SAVOIR PERDRE

DU MÊME AUTEUR

Ouvert toute la nuit, Hachette Littératures, 1998.
Quatre garçons dans le van, Pauvert, 2002.

David TRUEBA

SAVOIR PERDRE

Traduit de l'espagnol
par Anne Plantagenet

Flammarion

Titre original : *Saber perder*
Éditeur original : Editorial Anagrama, 2008

Pour la traduction française :

ISBN : 978-2-0812-2280-9

Pour Cristina Huete,
productrice de films

Canto a noite até ser dia [1]

1. « Je chante la nuit jusqu'à l'aube » (extrait d'un fado célèbre, *Meu Fado Meu*, de Paolo de Carvalho. (*Toutes les notes sont de la traductrice.*)

But in my arms till break of day
Let the living creature lie,
Mortal, guilty, but to me
The entirely beautiful.

W.H. AUDEN, *Lullaby*

(Mais dans mes bras jusqu'à l'aube / Laissez se reposer la créature vivante, / Mortelle, coupable, mais pour moi / Absolument belle.)

Première partie

« C'est ça le désir ? »

1

Le désir travaille comme le vent. Sans effort apparent. Voiles déployées, il file à une vitesse folle. Portes et volets clos, il cogne en quête de brèches ou de rainures pour s'infiltrer. Le désir associé à un objet nous condamne à lui. Mais il peut prendre une autre forme, abstraite, déconcertante, qui nous enveloppe comme un état d'âme et annonce que nous sommes prêts. Il nous reste alors juste à attendre, toutes voiles dehors, qu'il souffle vers nous. C'est le désir de désirer.

Sylvia est assise au fond de la classe, près de la fenêtre, à l'avant-dernier rang. Derrière elle il y a seulement Colorines, un Colombien qui porte le survêtement de l'équipe d'Espagne et somnole pendant les cours toute la journée. Sylvia aura seize ans dimanche. Elle a l'air plus âgée, son attitude un peu distante la place au-dessus de ses camarades. Ces mêmes camarades qu'elle examine à présent.

Il n'est pas là. Celui dont la bouche effleurera ma bouche. Dont la langue se mélangera à la mienne. Celui dont les dents mordront ma lèvre inférieure, le lobe de mon oreille, un coin de mon cou, un pli de mon ventre. Il n'est pas là.

Non.

Dans sa classe, Sylvia est entourée de corps à moitié formés, de visages qui ne leur correspondent pas, de bras, de jambes aux mauvaises proportions, comme si tous grandissaient par à-coups désordonnés. Les bras de Carlos Valencia qu'on aperçoit, puissants, sous sa chemise, sont attirants et bronzés, mais il est prétentieux et sans charme. Soso Sepúlveda a des mains de dessinateur, délicates, mais il est indolent, sans énergie. Raúl Zapata est mou, il n'a définitivement rien du corps que Sylvia aimerait accueillir telle une vague de chair sur le sien. Nando Solares a tellement de boutons plein la figure qu'on le confond parfois avec le crépi du mur. Manu Recio, Óscar Panero et Nico Verón sont sympas, mais immatures ;

le premier a du duvet au-dessus des lèvres, le deuxième parle à tort et à travers et le troisième est juste en train de s'enfoncer deux crayons de papier dans le nez pour faire rire les copains.

Tanque Palazón sort avec Sonia, il lui entoure la taille de son bras et lui pelote le cul avec ses doigts boudinés, d'un geste possessif que Sylvia abhorre. Huesitos Ocaña est trop maigre, trop grand, et il zézaye ; Samuel Torán ne pense qu'au foot, il faudrait se transformer en ballon pour attirer ses yeux noisette imbéciles. Curro Santiso est déjà, à quinze ans, un futur conservateur d'hypothèques, comptable gris ou conseiller financier. Sans aucun intérêt. Tolai Sanz est hors compétition à cause de son penchant, ou plus exactement, de son épanchement homosexuel ; il a assez à faire avec les petits machos qui caricaturent cruellement ses manières, le harcèlent ou le bousculent d'un coup d'épaule chaque fois qu'ils le croisent. Quelo Zuazo habite une planète encore inexplorée et Chulo Ochoa assiste aux cours avec la même passion qu'un ingénieur nucléaire qui se retrouverait à l'école primaire. Pedro Suanzes et Edu Velázquez sont deux gothiques, solitaires, cheveux longs, vêtements noirs, respectés dans leur auto-marginalisation car suspectés de planifier l'assassinat du reste de la classe de la manière la plus horrible qui soit. Erizo Sousa, l'Équatorien, a les cheveux en pointe et un petit rire de lézard. Enfin il y a Colorines, surnommé ainsi à cause des multiples couleurs qu'il arbore, quasiment un arc-en-ciel.

Le reflet du soleil qui entre parfois par la fenêtre et se pose sur les pupitres offre plus d'intérêt que la classe. Sylvia désirerait sauter à la perche par-dessus son âge. Avoir dix ans de plus. Dès maintenant. Se lever sans autorisation, avancer entre les rangées, gagner la porte et laisser à l'instant même tout ce qu'elle vit derrière elle. Car Sylvia n'a pas encore atteint le détachement parfait de Colorines, qui joue parfois avec le capuchon de son stylo dans l'épaisse forêt de ses boucles, comme s'il rêvait de trouver un toucan ou n'importe quel oiseau exotique sous sa toison de cheveux noirs. Sylvia n'aime pas ses cheveux. Elle aurait préféré la crinière blonde de Nadia, la Biélorusse naturalisée, ou les cheveux lisses d'Alba, ses deux meilleures amies en classe. L'avantage des cheveux, c'est qu'au moins on n'est pas obligé de les voir tout le temps. Pas comme les seins. Deux ans plus tôt, Sylvia priait en secret pour que les siens grossissent ; désormais elle regrette que ses désirs se soient réalisés, beaucoup trop réalisés. Comme une prière pour la pluie qui déclencherait des inondations. Elle n'ose plus faire un pas sans son 95C. Ce sous-vêtement qui lui a toujours paru orthopédique. Dans la rue Sylvia doit supporter les regards lascifs qui se plantent sur ses seins, au gymnase elle entend Santiso et Ochoa railler leur balancement incontrôlable, dans toute conversation il y a un moment où ses seins s'emparent de l'attention, de l'espace et du temps. Quand elle choisit un chemisier ou un pull, elle le fait en fonction de sa poitrine : si elle est mise en valeur, le reste de sa personne est ignoré. Elle-même parfois en plaisante, ce n'est pas agréable d'arriver partout une minute après ses seins. Son amie Mai lui jette à la figure qu'elle n'a qu'à mettre des chemises d'homme et pas des tee-shirts. Tu préférerais être plate comme moi, qu'on te regarde de la même façon de dos ou de face ? Mais Sylvia la soupçonne de feindre de l'envier pour la décomplexer.

D'autres élèves se sont assis avant elle à sa place, plongés eux aussi dans cette saveur douce-amère, ce désir de désirer. Le lycée Félix Paravicino a été fondé en 1932. Il s'est agrandi en 1967 avec l'ajout d'un bâtiment impersonnel en béton. Une insulte à sa beauté originelle en brique. En 1985, cet établissement jusqu'alors féminin est devenu mixte. Dans le vieux bâtiment, les escaliers sont larges, le sol couvert de dessins mystérieusement entrelacés, avec une rampe en bois génératrice d'addiction, que des milliers de jeunes mains caressent chaque jour. Le nouveau bâtiment possède des escaliers étroits, du carrelage pour toilettes et une rampe en pin vernis bon marché. Dans le vieux bâtiment, les grandes fenêtres ont deux battants en bois et une poignée en fer qui émet un crissement agréable. Les fenêtres du nouveau bâtiment sont en aluminium, et leur poignée grince dès qu'on l'actionne. Les couloirs du vieux bâtiment sont vastes, lumineux, tapissés de carreaux modernistes. Dans le nouveau, les couloirs sont étroits, sombres, jalonnés de petites portes en bois creux. Le passage d'un bâtiment à l'autre est l'équivalent d'une gifle esthétique ; symboliquement, on peut considérer le progrès comme exécrable.

Le vendredi, l'enchaînement des matières lui semble encore plus insupportable. À la première heure, histoire, doña Pilar. Surnommée « J'étais là » car aussi lointain que soit l'épisode qu'elle commente, elle paraît assez âgée pour l'avoir vécu. On dit qu'elle a réussi à falsifier son certificat de décès pour feindre d'être encore en vie. Dans le caveau familial, ils lui ont donné un ultimatum : ils lui gardent sa place encore deux mois, pas plus. Les yeux de Dionisio, le prof d'anglais, brillent davantage que ceux des élèves à la fin du cours. Pourtant, tout ce qui l' ttend d'excitant c'est la presse sportive. Éventuellement un site porno sur Internet. Carmen, la prof d'espagnol, souffre d'un problème nerveux à la mâchoire et se limite à parler dix minutes ; le reste de l'heure est consacré à des exercices de syntaxe. Pendant le cours, elle porte la main à sa mâchoire comme si celle-ci allait se décrocher et, malgré la douleur permanente qu'elle semble ressentir, tout le monde affirme que c'est à cause de ses pratiques sauvages de sexe oral. Don Emilio, le prof de physique, parcourt inlassablement les rangées entre les pupitres, comme s'il aspirait à battre un record olympique. Ses élèves l'imaginent le soir quand il rentre chez lui, tout fier : « Chérie, aujourd'hui sept kilomètres en quatre classes. » Octavio, le prof de maths, a une moustache fournie et un problème au cou : il penche à droite, raide et instable, comme si un vent intense et contraire le faisait ployer. Octavio est le seul qui parfois leur fait le plaisir d'interrompre son cours pour parler de l'actualité, commenter un programme télé, une information étrange, ou leur expliquer l'influence de l'inflation sur leurs intérêts juvéniles. Toute possibilité d'échapper au cours pendant un instant est accueillie comme une fête. L'année précédente, les élèves posaient le journal sur le bureau de El Bombillo [1] afin qu'il le commente et que l'heure de cours passe plus vite. Sylvia a l'impression que les profs ont suspendu leur existence réelle pour être juste des profs. Si elle les rencontre dans la rue, elle ne les reconnaît pas, comme un médecin en dehors de son cabinet. Sa mère lui a un jour raconté une anecdote : alors qu'elle était au théâtre, quelqu'un assis devant elle l'avait saluée avec familiarité. Au troisième acte seulement elle avait réalisé qu'il s'agissait de son dentiste.

Mais Sylvia n'a pas meilleure opinion de ses camarades. La classe est un concert de bâillements. Pendant les pauses, ils se précipitent tous les uns vers les autres, comme s'ils craignaient de rester seuls une seconde. À la cantine ou dans la cour, ils se rassemblent devant un magazine ou l'écran d'un téléphone portable et échangent de brefs messages entre deux ricanements dissonants. Il y a aussi les sportifs, pour qui rester assis en classe représente un insupportable temps perdu, eux qui n'attendent que la reprise de leur sempiternel match. Dans la cour se disputent en simultané six matchs de foot, l'un d'eux avec une petite balle de tennis, genre mission impossible pour les myopes. Sylvia et ses amies doivent rester vigilantes car il y en a toujours un pour viser leur cul ou leur ventre, et il leur faut dissimuler leur douleur pendant que les autres s'esclaffent. Ceux qui ont échoué à s'intégrer dans un groupe majoritaire errent parmi les installations comme des caméléons cachant leur solitude. Enfin, il y a ceux qui prennent les études au sérieux, échangent du matériel à la bibliothèque et souvent ne sortent pas de la classe pendant les pauses.

Parfois, quand un professeur termine une explication et demande s'il y a des questions, Sylvia a envie de lever la main et de dire oui, pourriez-vous recommencer depuis le début ? Mais depuis le début du début, depuis que nous sommes nés, parce que je n'ai encore rien compris au cours de ces presque seize années de vie.

L'été est fini. Il y a deux semaines, après le premier samedi de la rentrée, Sylvia est sortie avec son amie Mai. Elle a rencontré un garçon et ils se sont saoulés à la bière. Ça fait seulement trois mois qu'elle a commencé

1. Littéralement « Le Siphon » ou « La Pipette », surnom d'un professeur de l'année précédente.

à boire de l'alcool. Ils ont dansé ensemble et transpiré dans la chaleur d'un bar bondé, et à un moment Sylvia s'est retrouvée plaquée contre le mur des toilettes, les yeux fixés sur la faïence marron ébréchée, la salive du garçon à quelques millimètres, son haleine et sa main nerveuse qui, après avoir échoué à ouvrir son soutien-gorge, se démenait pour parvenir à glisser ses doigts dans sa culotte. Les toilettes étaient sales, le garçon s'appelait Pablo et il était impossible de comprendre ce qu'il susurrait en bavant à son oreille à cause de la musique assourdissante. Sylvia a eu du mal à se dégager et à sortir en courant entre les flaques de pisse pour chercher de l'air dans la rue. Quand elle a relevé les yeux, le garçon la regardait, immobile, depuis le trottoir d'en face.

Ce ne serait pas lui non plus.

Par chance, Mai l'a ramenée chez elle et elle est parvenue à estomper les traces de fumée, de bière et de désir confus. Ne te prends pas le chou, la virginité se perd d'abord dans la tête. Dans la tête et en se frottant le minou, ma belle. Tu n'es pas vierge, Sy, le truc, c'est que tu n'es pas encore allée avec un mec, a dit Mai.

Mai ne vit qu'à six rues de Sylvia, mais elles ont seulement commencé à se fréquenter au lycée. Elle a un an de plus qu'elle. Elles partagent un coin de la cantine, une sorte de fortin où Mai exerce, avec sa cinglante langue de vipère, un droit d'admission. Seuls quelques privilégiés ont le droit d'accéder au monde de ses goûts esthétiques. Sylvia a modelé les siens à l'aune des critères impitoyables de Mai. Grâce à elle, elle a porté sa première minijupe, ses premiers collants noirs, des bottes à grosse semelle, l'anneau d'argent qu'elles ont acheté ensemble sur un marché artisanal et que Mai a fixé sur le pouce de Sylvia. Elle n'a pas encore osé les tee-shirts moulants à cause de sa poitrine. Comme Mai le lui a suggéré, elle s'est mise à écrire son prénom avec un « y » et à écouter de la musique « décente ». Pour Mai, la musique se divise entre la « décente » et le reste. Mai a un petit piercing argenté dans le nez, elle pisse debout et fume depuis l'âge de treize ans.

Pendant l'été, Mai est sortie avec un garçon qu'elle a rencontré en Irlande, alors qu'elle étudiait l'anglais. Elle a passé tout le mois de juillet à baiser, ainsi qu'elle l'a annoncé à Sylvia dans de laconiques textos. « Sy, je ne suis plus la même. Sy, je suis une autre ! », lui a-t-elle écrit un jour. Quand les deux amies se sont retrouvées à l'aéroport, Sylvia a senti que Mai avait changé. Ses boutons au menton avaient disparu, elle avait une nouvelle coiffure, des mèches rouges dans ses cheveux noirs et une petite frange qui lui cachait un œil, son mauvais œil. Elle s'était fait tatouer une sorte de liseron avec des feuilles en forme de lames de rasoir autour de la cheville gauche et elle se douchait désormais quasiment tous les jours. Sylvia a eu l'impression que la bouche de Mai était plus charnue, ses lèvres plus voluptueuses. Mais la mutation la plus absolue, c'était son rire. Mai ne riait plus avec son mépris habituel un peu forcé. À présent ses éclats de rire étaient libres, venaient du plus profond d'elle-même, des rires francs et authentiques qui, pour Sylvia, sentaient le sexe et la satisfaction.

C'est comme si ma chatte s'était mise à faire partie de mon corps avec tous ses droits et non comme avant, quand elle était recluse dans le deuxième sous-sol de droite, disait-elle. Puis elle lui parlait de Mateo. Il est de León, alors l'anglais, je ne l'ai pas beaucoup pratiqué.

Sylvia écoutait Mai lui raconter son histoire et elle ressentait quelque chose d'étrange. Elle ne l'identifiait pas encore comme le désir qui souffle juste à son oreille.

Dans sa porcherie, comme Mai appelle sa chambre pleine de CD et de fripes, le romantisme n'entre pas. Mais à présent, chaque vendredi elle prend le car pour passer le week-end avec son mec dans une vieille bâtisse de Bierzo. « Tu vas devenir une villageoise aux joues bien roses », lui a dit Sylvia. En réalité, elle a peur de perdre leur complicité.

Dani vient souvent les rejoindre à la table de la cantine. Il était avant dans la même classe que Mai et leur amitié est née de manière inattendue. Un jour où Mai fredonnait en boucle une chanson, avec son anglais du dimanche, Dani lui avait touché l'épaule et il lui avait tendu une feuille de brouillon. Dans la marge, il avait écrit les paroles de la chanson. Jusque-là, Mai n'avait pas échangé plus de deux monosyllabes avec ce garçon aux fines lunettes argentées et au regard fuyant. C'était une chanson d'un groupe de Denver dont le leader était un type obscur qui donnait des concerts entouré de ses musiciens, assis dans un gros fauteuil à oreilles. Elle s'intitulait *Let's Pretend the World Is Made for Us Only.* Et c'était précisément dans ce monde clos sur lui-même, où Mai prétendait vivre, que s'était immiscé Dani.

Ce vendredi, Mai saute les deux derniers cours pour attraper le car à destination de León qui part à trois heures et demie. Sylvia la regarde s'éloigner du lycée les écouteurs sous les cheveux, avec sa démarche masculine et ses grandes bottes noires assorties à l'ombre exagérée de ses paupières.

À la sortie, Sylvia tombe sur Dani. En réalité, elle l'a attendu, après avoir rodé, inquiète, devant le tableau de petites annonces du hall d'entrée. Satur, le conseiller principal d'orientation, lit un journal de foot et salue d'un mouvement de tête chaque professeur ; aux élèves, il n'accorde qu'un mépris calculé. Au fond de l'entrée il y a un énorme portrait du moine qui a donné son nom au lycée, une reproduction d'un tableau du Greco, avec une légende gravée en lettres stylisées : « Ni assez orgueilleux pour prétendre plaire à tous, ni assez humble pour céder au mécontentement de certains ». Mille fois les yeux des étudiants passent sur la phrase sans parvenir à la comprendre ni à lui prêter attention.

Sylvia feint de rencontrer par hasard Dani, qui lève les yeux du journal gratuit qu'il est en train de lire.

Salut, Dani, dimanche c'est mon anniversaire. Ah, oui ? Félicitations. Je fais une petite fête chez moi... Il y aura Mai. Et d'autres gens. Ça te dit ? Dani met un instant à répondre. Dimanche ? Oui, l'après-midi, tôt. Vers quatre heures et demie, cinq heures. Ah, je ne sais pas ce que j'ai prévu.

Ils marchent dans la rue. Voitures en double file et concert de klaxons. Le vendredi, la sortie nord est bouchée. Au croisement des avenues, trône un Corte Inglés triomphant comme une cathédrale moderne. Une actrice blonde américaine, au nez suspicieusement parfait, invite à consommer l'automne. Le jean de Dani lui descend sur les fesses, et le bas, à hauteur des talons, est tout effiloché. Sylvia est convaincue que ses lèvres sont trop fines et elle s'efforce de les grossir grâce à une technique qu'elle a mise au point après deux mille tentatives devant son miroir, la bouche entrouverte.

Il y aura des frites, du Coca-Cola, des choux à la crème ? demande-t-il. Oui, bien sûr, et un clown qui gonfle des petits ballons en forme de bite. Sylvia remet son sac sur son dos. Je compte sur toi ? Dani acquiesce. Seize ans, c'est ça ? dit-il ensuite. Eh oui, seize ans. Une vieille.

Quand elle marche, les cheveux de Sylvia flottent sur ses épaules. Elle les a détachés et, lorsqu'elle descend du trottoir, ils se soulèvent, légers, avant de se poser à nouveau. Dani se dirige vers le métro. Au moment où ils se disent au revoir, Sylvia est à deux doigts de lui dire la vérité. Il n'y a aucune fête. Ce n'est qu'une stupide manœuvre pour qu'ils se retrouvent seuls tous les deux. Mais elle se contente de répondre à son tchao par un tchao identique.

Sylvia rentre chez elle. Une légère brise souffle dans son dos et pousse une boucle sur sa joue. Comme chaque fois qu'elle est nerveuse, elle mâchouille une de ses mèches de cheveux en marchant.

2

Aurora ne s'est pas du tout cassé la hanche de manière spectaculaire. Elle a voulu enjamber le bord de la baignoire pour en sortir, et a soudain perçu un léger craquement. Elle a senti un petit frisson, ses jambes ne l'ont plus soutenue. Elle est tombée si lentement qu'elle a eu le temps d'effleurer du bout des doigts les carreaux du mur et de se préparer au choc. Son coude a cogné contre la robinetterie, lui causant une douleur froide, et un instant après elle était allongée, nue et impuissante, au fond de la baignoire encore humide. Papa, a-t-elle voulu crier, mais sa voix sortait faiblement. Elle a essayé d'élever le ton, mais elle n'a pu que répéter sa plainte.

Papa… papa… papa.

La rumeur parvient jusqu'à la petite pièce du fond, où Leandro lit le journal. Il croit d'abord que sa femme l'appelle pour une broutille, pour qu'il lui descende un pot d'épices trop haut pour elle, une bêtise de ce genre. C'est pourquoi il réagit par un morne « Que se passe-t-il ? » qui reste sans réponse. Sans se presser, il replie son journal et se lève. Plus tard, il aura honte de l'irritation qu'il a ressentie à l'idée de devoir renoncer à sa lecture. C'est toujours pareil, il s'assoit pour lire et elle lui parle, plus fort que la radio ou le téléphone, que la sonnette de la porte. « Tu ouvres ? », alors qu'il a déjà le téléphone à la main. Il avance dans le couloir avant d'identifier l'endroit d'où provient son appel monotone. Il n'y a pas d'urgence dans la voix d'Aurora. Peut-être du fatalisme. Quand il ouvre la porte de la salle de bains et découvre sa femme au sol il pense qu'elle est malade, qu'elle a eu un malaise, il cherche du sang, du vomi, mais il ne voit que le blanc de la baignoire et sa peau nue comme un voile.

Sans un mot, dans un silence étrange, Leandro tente de la soulever. Il saisit entre ses mains son corps pâle, vieux. La chair flasque, les seins fondus, les bras et les cuisses inertes, les veines qui transparaissent en lignes violettes.

Ne me bouge pas, je crois que je me suis cassé quelque chose. Tu as glissé ? Non, tout à coup… Où as-tu mal ? Je ne sais pas. Calme-toi. Dans un geste qu'il ne réussit pas à s'expliquer, Leandro, marié avec Aurora depuis quarante-sept ans, attrape une serviette proche et couvre le corps de sa femme avec pudeur.

Il observe le fond de la baignoire. Usée, polie par le contact de l'eau, repeinte à certains endroits avec de l'émail blanc qui ne s'accorde pas au reste. Leandro a soixante-treize ans. Sa femme, Aurora, deux de moins. La baignoire aura bientôt quarante et un ans de service, et Leandro se rappelle à présent qu'il y a deux ou trois ans Aurora a parlé de la remplacer par une neuve. Regarde si quelque chose te plaît et si ce n'est pas trop compliqué, lui avait-il dit sans grand entrain. Mais pourquoi se prend-il à cet instant précis à penser à la baignoire ?

Qu'est-ce que je dois faire ? demande-t-il, perdu, incapable de réagir. Appelle une ambulance. Leandro se sent envahi par une honte irrépressible. Il pense aux histoires avec les voisins, aux explications. Sérieusement ? Oui, vas-y, appelle. Et habille-moi, donne-moi la robe de chambre.

Leandro téléphone aux urgences, on lui passe un médecin qui lui recommande de ne pas déplacer Aurora et sollicite des informations sur la chute, les symptômes de douleur, l'âge, l'état de santé… Un moment, Leandro croit que la seule aide qu'il va recevoir est téléphonique, comme tous ces « services au client » maintenant, alors il insiste, atterré, envoyez quelqu'un, s'il vous plaît. Ne vous en faites pas, une ambulance est déjà en route. L'attente se prolonge plus de vingt minutes. Aurora essaie de s'habiller, elle a enfilé les bras dans les manches de sa robe de chambre, mais chaque mouvement la fait souffrir. Mets-moi une chemise de nuit et du linge de rechange dans le sac, lui demande-t-elle.

Les infirmiers apportent du bruit, du mouvement et un certain apaisement, qui contrastent avec le silence tendu des minutes précédentes. Ils descendent les escaliers, Aurora sur une civière, jusqu'à l'ambulance. Leandro, ahuri et gêné, est invité à monter. Il cherche du regard dans le rassemblement des voisins une tête connue. Il y a la veuve du premier, à droite, avec qui ils se sont disputés car elle refuse de participer au coût d'installation d'un ascenseur dans leur vieil immeuble. Elle le regarde avec curiosité de ses petits yeux misérables. Il demande à la señora Carmen, du même palier que lui, de fermer la porte de chez eux, qu'il a laissée ouverte. Pendant le trajet, sous les rafales aiguës de la sirène, Aurora prend la main de Leandro. Ne t'inquiète pas, lui dit-elle. L'infirmier, dans sa veste phosphorescente ridicule, les regarde avec un sourire, ce n'est rien, vous verrez.

Appelle Lorenzo de l'hôpital, insiste-t-elle, il a toujours son portable sur lui. Sylvia doit être en cours, mais ne va pas les effrayer, hein, ne va pas les effrayer, le prévient Aurora. Lorenzo est leur fils unique et Sylvia leur petite-fille. Leandro fait un signe affirmatif de la tête, tient la main d'Aurora, mal à l'aise. Je l'aime, pense-t-il. Je l'ai toujours aimée. Il ne dit rien parce qu'à cet instant il a peur. Une peur paralysante et menaçante. À l'intérieur du véhicule sans fenêtres, il perçoit la vitesse à laquelle ils se déplacent à travers la ville. À quel hôpital allons-nous ? interroge Aurora. Et Leandro songe mais bien sûr, comment ai-je pu ne pas poser la question, c'est à moi de m'occuper de ces choses-là, mais dans sa tête s'entremêlent mille sensations confuses.

3

Lorenzo a écouté le matin arriver, tout doucement, sur la pointe des pieds. Le rythme des voitures a augmenté. Le camion poubelle. Les premiers bourdonnements de l'ascenseur. La porte métallique d'un commerce qui ouvre dans la rue. Le réveil de sa fille, avec ses trois minutes de pause entre chaque sonnerie. Il a entendu Sylvia se doucher à toute vitesse. Prendre son petit déjeuner debout et sortir de la maison. L'hélicoptère de la police qui survole la ville à cette heure. Un klaxon, un moteur de voiture qui a du mal à démarrer. Ses mains sont agrippées au revers des draps en un geste crispé. Quand il les relâche, il remarque ses doigts engourdis, à force d'être restés tendus pendant des heures, accrochés au couvre-lit comme ceux d'un alpiniste en cordée. Le soleil d'automne a commencé à frapper les persiennes et à chauffer la chambre.

Il se passe la main sur le crâne. Il a perdu tant de cheveux au cours des derniers mois… Plus jeune il était dégarni, mais à présent il a quelque chose de ravagé. Il a pris du Propecia et acheté un shampoing anti-chute, après avoir suivi des conseils infructueux moins légaux. Au début, Pilar riait de le voir compter les cheveux qui restaient dans son peigne ou se replacer une mèche au millimètre près. Ensuite elle a pris conscience du drame qu'il vivait et elle a évité le sujet. Putain, je suis en train de devenir chauve, disait quelquefois Lorenzo, et elle tentait de le rassurer, n'exagère pas. Mais il n'exagérait pas.

Les cheveux ont inauguré une longue liste de choses perdues, pense désormais Lorenzo. Ses mains s'agrippent aussi aux draps en un geste de protection, de conservation. Comme si tout perdre n'était pas une peur abstraite mais quelque chose qui lui arrivait ici et maintenant.

Qu'ai-je fait ? Qu'ai-je fait ?

Il est près de dix heures du matin quand le téléphone se met à sonner avec insistance. Lorenzo a pris la précaution d'éteindre son portable et de le ranger dans le tiroir de la table de nuit. Mais le téléphone de la maison n'a pas arrêté de sonner. Dans le salon et dans la cuisine. Avec un timbre différent. Le sans-fil du salon plus aigu, plus électrique. Il ne va pas décrocher, il ne va pas répondre. Il n'est pas chez lui. Il l'entend sonner un moment puis s'arrêter. Une courte pause et ça sonne de nouveau. Il est évident qu'il s'agit de la même personne qui appelle de manière tenace et répétitive. Ne se lassera-t-elle jamais ? Lorenzo a peur.

Qu'ai-je fait ? Putain, qu'ai-je fait ?

La nuit d'avant, Lorenzo a tué un homme. Un homme qu'il connaissait. Un homme qui a été, pendant quelques années, son meilleur ami. Quand il l'a revu, en dépit des circonstances inhabituelles dans lesquelles se sont produites leurs retrouvailles, malgré la violence qu'elles ont déchaînée, Lorenzo n'a pu s'empêcher de se souvenir de la dernière fois qu'ils se sont parlé, il y a presque un an. Paco avait changé, un peu grossi. Il avait conservé sa chevelure intacte, avec son ondulation blonde de toujours, mais il paraissait plus lent, plus lourd dans ses gestes. Nous avons changé tous les deux, avait pensé Lorenzo, blotti dans l'obscurité. Paco avait un visage tranquille. Était-il heureux ? Lorenzo s'était posé la question, et ce simple soupçon servait éventuellement de circonstance atténuante à ce qui était arrivé ensuite. Non, il ne pouvait pas être heureux, ça aurait été trop injuste.

Lorenzo s'était enfui avec les yeux gris de Paco cloués dans les siens. Ce n'est pas facile de tuer un homme qu'on connaît, de se battre avec lui. C'est sale. Ça tient du suicide, de sa propre mort, on tue quelque chose de soi, tout ce qui a été partagé. Pas facile non plus de rester immobile devant un corps qui meurt et d'essayer de savoir s'il ne respire plus ou s'il est juste évanoui. Puis il faut passer en revue chaque erreur commise, chaque mouvement, penser à celui qui viendra là après pour examiner ce qui s'est passé. Tendre l'oreille pour s'assurer que personne n'écoute, pour préparer sa fuite lâche. Y a-t-il des fuites courageuses ?

Lorenzo était sorti par où il était entré. Par la clôture du fond, après avoir caressé le dos du chien, qui lui avait léché les bottes. Il avait laissé ouvert le robinet du tuyau d'arrosage, qu'il avait trouvé dans le garage, pour inonder le lieu. Le transformer en aquarium. Ça aiderait à éliminer les traces, à compliquer le travail de reconstitution. Il avait grimpé sur un tas de briques, jeté un œil d'un côté puis de l'autre, et sauté par-dessus la clôture. Il pouvait avoir été vu par un voisin, ou filmé par une caméra de surveillance. Il avait marché sans se presser jusqu'à sa voiture. Quelqu'un avait pu le remarquer, relever son immatriculation, graver son visage. Ce n'était pas un quartier résidentiel, mais dans cette zone de Mirasierra avec ses pavillons et ses immeubles aux appartements peu nombreux, on remarquait tout de suite les étrangers. Il était 23 h 15, un jeudi soir. Une heure normale, pas le cœur de la nuit, pas du tout une heure criminelle. Il avait tué un homme dans son garage, un homme qu'il connaissait. Tout ça n'était qu'un accident, une erreur nourrie par la rancœur qu'il avait conservée à l'égard de Paco. La rancœur est mauvaise conseillère pour un homme.

Lorenzo ne considère pas qu'il s'agit là d'un crime calculé et exécuté froidement. Il ne l'a pas prémédité. Mais quand il s'est vu surpris par les feux de la voiture, quand la porte du garage s'est relevée et qu'il s'est caché derrière le barbecue recouvert de sa housse verte, il a su ce qui allait se produire. Aucun doute.

Lorenzo avait sur lui une machette. Quand il l'avait achetée, au cas où ça tournerait mal, il pensait plus au chien qu'à Paco. Même s'il savait que c'était un gentil chien, qui aboyait tout en faisant la fête aux visiteurs. Seulement, il était peut-être mort ce chien et ils en avaient un autre, méchant pour de vrai. Oui, le chien justifiait la machette. Mais quand Lorenzo a tendu la main et saisi le manche au fond de son sac de sport, il a compris que l'arme avait en fait toujours été destinée à Paco. Il s'est revu dans la boutique d'alpinisme tandis qu'il soupesait la lame. À quoi pensait-il alors ?

Après, Lorenzo a suivi le plan établi. Il s'est changé dans sa voiture, a arrosé d'essence les vêtements et les bottes beaucoup trop grandes pour lui. Il les a laissés se consumer dans la benne à ordures d'un chantier isolé à l'autre bout de la ville, mais n'importe qui a pu le voir et tisser un lien entre lui et le meurtre. Lorenzo sera décrit comme un homme corpulent, d'une bonne quarantaine d'années, chauve, eh oui, conduisant une vieille voiture rouge et il sera éventuellement précisé, pour les connaisseurs, qu'il s'agit d'une Opel Astra. Et à présent, Lorenzo laisse passer le temps qui va être nécessaire pour rassembler les preuves. Il est là, calfeutré dans ses draps, l'avant-bras endolori par un mauvais mouvement de la nuit d'avant. Il n'a pas encore vu les bleus intenses que les doigts de son ami Paco ont imprimés sur ses bras lors du combat. Il remarquera bientôt les marques ovales, de la taille d'une pièce, et constatera la trace physique qu'inscrit un homme quand il tente de s'accrocher à la vie qui lui échappe. Le téléphone sonne de nouveau. Comme une menace suspendue dans l'air.

4

Ariel fait partie de ces gens qui se croient incapables de pleurer dans un aéroport. Pourtant, dans ces lieux d'adieux et de retrouvailles, il espionne les larmes des autres, et ça suscite chez lui une certaine tendresse, il a toujours été persuadé qu'il avait trop de pudeur pour pleurer. À présent il se félicite d'avoir des lunettes de soleil car il a les yeux pleins de larmes.

Le chef de la sécurité du club, Ormazábal, lui avait dit de demander Ángel Rubio, le commissaire de l'aéroport. Le garde au contrôle des passeports l'a entendu prononcer le nom de son supérieur et a levé les yeux. Il a reconnu Ariel sous ses lunettes noires et l'a laissé passer avec un sourire complice. Comme ça, Ariel a pu accompagner son frère jusqu'à la porte d'embarquement. À cette heure de la nuit, un samedi, l'aéroport était tranquille. Il a été impressionné, à l'enregistrement, de voir le tapis roulant emporter la valise de son frère, métallique, énorme, couverte d'adhésifs. Cette valise arrivée avec eux un mois et demi plus tôt. Elle repartait déjà. Et Ariel allait demeurer seul dans cette ville qu'il n'avait pas encore apprivoisée, dans une immense villa où, à son retour, Charlie, son frère aîné, ne serait plus là.

Charlie, c'était le bruit et l'euphorie, la fête, les décisions, le caractère, la voix. À Buenos Aires, quand la rumeur qu'une équipe espagnole s'intéressait à lui s'était avérée solide, Ariel n'avait pas hésité. Tu viendras avec moi, Charlie. Son frère n'était pas sûr, ma vie est ici. Ma femme, mes deux fils, je ne vais pas te servir de garde du corps, de nounou, de chaperon. Il n'avait jamais dit oui, mais pendant les négociations il avait été question de billets d'avion pour tous les deux, de trois voyages aller-retour par saison, de la future maison où ils vivraient, du jour où ils arriveraient, de leurs intérêts.

À l'aéroport d'Ézeiza, lorsque les deux fils de Charlie s'étaient agrippés à leur père, Ariel s'était senti égoïste. Il avait besoin de son frère, de débarquer avec lui en Espagne, de l'avoir tout près, pour s'occuper des affaires quotidiennes. Mais il savait aussi qu'il faisait un cadeau à Charlie. Il étouffait à Buenos Aires, sa vie familiale et professionnelle n'étaient pas à la hauteur, comme il disait lui-même. Il l'avait écouté rassurer ses garçons, « ne vous inquiétez pas, c'est oncle Ariel qui s'en va, moi je reviens aussitôt ». Mais il savait que Charlie partait avec bonheur, Madrid l'attirait. Il entraînait son frère aîné car celui-ci aimait l'aventure. Charlie vivait la carrière de footballeur d'Ariel par procuration, depuis toujours, religieusement, plus encore depuis qu'il était devenu professionnel.

Leurs parents restaient en Argentine. Lui, ingénieur municipal et elle, fausse dure qui avait craqué le jour du départ : « je ne vais pas à l'aéroport, je dois protéger mon cœur ». Le père, lui, était venu. Il était resté de l'autre côté de la douane, retenant ses deux petits-fils contre sa poitrine, l'épouse de Charlie à côté de lui. Elle pleurait. Elle perd peut-être un mari, avait alors pensé Ariel. Le vieil homme en revanche ne pleurait pas. Il assistait avec un mélange d'orgueil et de tension au passage de son fils Ariel à la vie adulte.

Les joueurs qui quittaient l'Argentine pour tenter leur chance en Europe voyageaient généralement avec toute une suite. La famille, les nounous et les amis qui deviennent de véritables pros pour intégrer le cercle des intimes. Les amis de la période faste, aurait dit Le Dragon Colosio, ceux qui disparaissent lorsque survient l'orage. Des compagnons de bar et de boîte de nuit, qui contribuent à rendre moins désespérante l'heure de la fermeture. Il faut se protéger du vide, de l'inconnu. Mais quand Ariel avait proposé à son père de venir avec lui à Madrid, celui-ci lui avait répondu ne sois pas comme ces dégénérés qui laissent les gens autour d'eux pomper leur fric, leur vie, profites-en pour découvrir un autre pays et t'amuser comme tu en as envie, toi tout seul. En apprenant que Charlie accompagnerait Ariel, il s'était contenté de hausser les épaules.

Charlie à ses côtés, Ariel avait pu fermer les yeux dans l'avion et dormir la majeure partie du trajet vers l'Espagne malgré la présence agitée de son frère, qui regardait tous les films en même temps sur les différentes chaînes de l'écran, demandait une autre bière alors qu'il n'avait pas fini la sienne, parlait haut et fort, flirtait avec l'hôtesse. Et toutes les filles sont aussi mignonnes que vous en Espagne ? Il dégageait l'assurance du grand frère, celle avec laquelle il avait conduit Ariel en le tenant par la main à l'école maternelle de l'Amiral Curiel pour son premier jour de classe, à l'âge de quatre ans. Au moment où ils avaient posé le pied sur le sol abîmé de la cour, il lui avait dit si quelqu'un te touche ou se moque de toi, note bien son nom pour me le redire après. Toi, tu ne te bats avec personne, d'accord ?

Ariel se sentait comme l'enfant qu'il avait été lors de ce premier jour d'école lorsqu'il avait atterri en plein mois de juillet caniculaire à l'aéroport de Barajas, s'était retrouvé harcelé par une foule de photographes et de caméras de télévision qui l'avaient assailli de questions sur ses attentes, sa position préférée sur le terrain, sa connaissance des supporters espagnols ou la supposée polémique autour de son numéro, puisque Dani Vilar ne voulait pas lui céder le numéro sept. À côté de lui, Charlie, sourire en coin, le guidait vers la sortie. Les questions une autre fois, messieurs, répétait-il, une autre fois. Il était tombé alors sur l'envoyé du club, Ormazábal, qu'il rencontrait pour la première fois et à qui il avait lancé avec autorité, mais putain où est la voiture ? C'était ce frère qui, à dix ans, quand Ariel fêtait son cinquième anniversaire, l'avait persuadé qu'il aurait toujours le double de son âge, comme c'était le cas à ce moment-là. Quand tu auras dix ans, j'en aurai vingt, et quand tu en auras cinquante, j'en aurai cent. Et même si les mathématiques contredisaient alors déjà ce raisonnement tiré par les cheveux, Ariel n'avait jamais douté que son frère le dépasserait toujours en tout.

Sauf qu'à présent Charlie partait. C'est pourquoi Ariel n'avait pas ôté ses lunettes de soleil, même dans le salon VIP où ils avaient attendu l'embarquement. Il ne voulait pas être importuné par quelqu'un qui viendrait lui demander un autographe, mais il n'était pas sûr non plus de dominer ses larmes, en dépit des efforts déployés par son frère pour dédramatiser leur séparation : il fallait que je rentre. C'est un peu plus tôt que prévu, d'accord, mais il fallait bien que ça arrive.

Charlie fit le point avec Ariel sur tout ce qui était réglé, organisé. La maison louée par le club, une villa dans une banlieue huppée où il n'y avait que des politiciens à la retraite, de riches chefs d'entreprise, une star de télé. Un endroit où la présence d'un footballeur n'attirait l'attention de personne. Un couple, Emilia et Luciano, s'occupait de la maison. Lui était chargé du jardinage et des travaux d'entretien, elle faisait le ménage et la cuisine. Ils disparaissaient tous les deux à trois heures de l'après-midi. Quand, un matin avant de partir à l'entraînement, Ariel s'était excusé car la table du salon était pleine de bouteilles vides de bière, de cendres et de mégots laissés par Charlie, Emilia l'avait rassuré. Ces deux dernières années nous avons eu un entrepreneur anglais et, pour être franche, je n'ai jamais connu quelqu'un d'aussi sale. Luciano a dû repeindre les murs et remplacer les toilettes, vous voyez ce que je veux dire ? Le pire c'est qu'il était directeur d'une multinationale de produits d'entretien. Comme on dit, les cordonniers sont toujours les plus mal chaussés.

Emilia, lui répétait Charlie, veillera sur toi comme une mère. Regarde comme elle cuisine. Le problème de la voiture avait été résolu douze heures après leur arrivée à Madrid. Le club bénéficiait d'offres de toutes les marques et Charlie avait choisi une Porsche Carrera platine métallisée après avoir rendu visite au concessionnaire avec l'attaché de presse. Face aux doutes d'Ariel sur ce choix, Charlie s'était montré catégorique : C'est une voiture provocante, pour déclarer clairement tes intentions. Dans cette équipe, tu dois gagner ta place jusqu'au parking. Et quand t'en as marre, tu en prends une autre, les marques se damneraient pour faire de la publicité avec des footballeurs. À l'aéroport, Charlie l'avait prévenu : Ne vas pas changer ton bolide contre un 4X4, je te connais. Ici, il n'y a que les mères de famille qui conduisent ce genre de tanks pour se sentir plus en sécurité.

Le club a déjà perdu ses mystères – tous ces mystères qui donnaient autrefois à Ariel des insomnies. Il connaît maintenant le personnel qui peut lui être utile. Le président est un professionnel du bâtiment, qui dirige désormais un authentique empire de protection privée, avec plus de cent mille employés fabriquant des voitures blindées, des fourgonnettes de transport de fonds, des alarmes, des portes renforcées. Il ne s'intéresse pas au football et récolte les insultes des gradins qui le rendent irascible, imprévisible, et lui donnent des réactions infantiles. Pas très beau, un peu bossu, grisonnant. Les joueurs le surnomment « *Psychose* ». Lors des premiers entraînements, il était descendu sur la pelouse pour saluer l'équipe et, quand il avait serré la main du capitaine, Amílcar, un joueur brésilien expérimenté qui avait obtenu la nationalité espagnole, il lui avait dit : Mais vous êtes toujours ici ? Je croyais que vous étiez à la retraite. Il avait beau parler sérieusement, tous avaient ri de la plaisanterie. Il voulait appliquer les règles de son succès dans les affaires au terrain de jeu. Je veux que mon équipe ait la meilleure défense de la ligue, que personne ne nous vole le ballon. Pendant la présentation d'Ariel, avant la formalité ridicule consistant à l'exhiber devant les télévisions en train de jouer seul sur la pelouse avec le maillot de l'équipe, le président s'était adressé aux journalistes. Je persévère dans ma volonté d'engager des défenseurs, d'avoir une équipe solide comme une forteresse, on dit que les Argentins ont de sacrés coups de pied et savent mouiller leur chemise. Ariel avait été obligé de rire et de blaguer avec les journalistes. On m'a toujours dit que la meilleure défense c'est l'attaque. Sans savoir réellement si le propriétaire du club était conscient qu'il venait de signer un contrat avec un ailier gauche.

Mais celui qui commande vraiment, c'est le directeur sportif, un ancien joueur du club, défenseur central. On raconte que sur la cheminée de son salon il laisse trôner avec orgueil les radios de plusieurs tibias et péronés, et même celle d'un fémur d'un de ses adversaires pris en chasse sur le terrain. Sa carrière dans les bureaux s'est construite sur une technique inverse, celle d'un négociateur sinueux et sibyllin. On continue à l'appeler par son nom de joueur, Pujalte. Quand Ariel lui avait demandé son prénom, il lui avait répondu laisse tomber, tout le monde m'appelle Pujalte, c'est plus facile.

L'entraîneur, en revanche, n'a pas connu de grands succès en tant que joueur. Il s'est fait un nom dans une modeste équipe montée en deuxième division grâce à lui. Il baisse la tête d'une façon quasi imperceptible quand il se trouve devant Pujalte, qui lui parle avec une autorité presque physique et le défie avec son passé de joueur chevronné. Il s'appelle José Luis Requero et pratique un football de laboratoire, préférant le tableau noir au terrain. Son ordinateur portable déborde de statistiques et il a toujours près de lui un jeune homme délicat et timide, dont on prétend qu'il est de la famille du président, qui s'emploie à enregistrer et à remonter des images de matchs pour corriger les erreurs ou préparer les rencontres avec les équipes adverses. Requero dit pratiquer une psychologie de groupe, il fait de longs discours tactiques qui s'appuient sur les notes prises dans son inséparable carnet, et lorsqu'un journaliste a révélé qu'on commençait à le surnommer « le professeur », il a souri avec un plaisir non dissimulé. C'est sa deuxième saison au club, après une année discrète, sans aucun titre. Le premier jour d'entraînement, il a présenté ses collaborateurs, qui incluent le préparateur physique et deux assistants presque identiques, les masseurs, le responsable d'équipement et sa petite troupe, ainsi que l'entraîneur des gardiens, ancien gardien lui-même né à Eibar, aux traits préhistoriques. Ensuite il a offert à chaque membre du personnel effectif un exemplaire du livre *Le Triomphe partagé*, écrit par deux jeunes managers américains, qui s'ouvre par cette maxime : « Quand tu célèbres ta victoire, n'oublie pas que tu n'aurais rien obtenu sans l'aide de ceux qui t'entourent. » Quelques jours avant le début de la saison, le livre était déjà l'objet de l'hilarité générale dans les vestiaires, surtout à cause d'une phrase extraite de la page 26, « un homme au côté d'un autre homme, c'est beaucoup plus que deux hommes », à laquelle les joueurs ont attribué une portée homosexuelle refoulée. Oui, bien sûr, ce sont deux putains de pédés, a résumé le latéral Luis Lastra.

Ariel avait connu différents entraîneurs depuis qu'il avait été engagé, à dix-sept ans, par le club de San Lorenzo. Jusque-là, il n'avait eu qu'un seul maître, le vieux Simbad Colosio, qui dirigeait une école de foot près de l'ancien Gasometro [1] où avaient été formés des centaines de joueurs pour une petite équipe de division d'honneur. Il avait invité Ariel à se

1. Nom de l'ancien stade de football de San Lorenzo, dans la banlieue de Buenos Aires.

joindre à eux à l'âge de douze ans, après l'avoir vu évoluer dans un championnat de la ville. « La seule manière de tirer quelque chose de la jambe gauche de ton frère, c'est de la tenir éloignée quelque temps des équipes professionnelles, répétait-il à Charlie. Le préserver de l'obsession nationale maladive de dénicher un nouveau Maradona. » Pendant cinq ans, il avait été le directeur technique d'Ariel, qui était devenu footballeur grâce à lui. À Buenos Aires, il faut arriver au football aussi puissant qu'un sous-marin, car ici les espoirs qu'on fonde sur les jeunes joueurs peuvent tuer comme des poignards, l'avait-il entendu lui dire une fois.

Simbad Colosio avait été un deuxième père pour Ariel. Le désintérêt du sien pour le foot, qu'il qualifiait d'« opium autochtone » ou de « malheur national », selon le degré d'irritation que provoquait chez lui son omniprésence, avait conduit le jeune Ariel entre les mains du vieil entraîneur. Colosio était un homme triste d'aspect, aux pulls usés, aux cheveux grisonnants, et qui parlait lentement en prenant son interlocuteur par l'épaule. Le père d'Ariel n'avait pas voulu répéter avec son fils cadet les erreurs qu'il croyait avoir commises avec Charlie. Ses efforts pour l'éloigner du sport et de la rue avaient poussé son fils aîné à devenir un simple employé sans qualification dans l'entreprise d'amis qui lui devaient une faveur. Il s'était marié tôt et, à vingt-deux ans, avait déjà deux enfants. Pendant l'adolescence de Charlie, père et fils avaient eu des relations extrêmement conflictuelles. C'est pourquoi, quand était arrivé le tour du cadet, son père avait opté pour la patience et la pondération, ce qui avait permis à Ariel de consacrer tout son temps au foot, du moment que ses résultats scolaires restaient convenables.

Colosio était surnommé Le Dragon, du temps où il était joueur. À présent, on l'appelait parfois Le Dragon Endormi, car il savait garder son calme, jusqu'au moment où il explosait, avec le sursaut féroce de la bête irascible qu'il avait dû être. On racontait que sa respiration seule faisait perdre le ballon aux attaquants. Trois fois par semaine, il venait chercher Ariel au coin de sa maison, à Floresta, dans sa Torino blanche des années 80. Il avait alors déjà récupéré à l'arrêt de bus Macero et Alameda, qui vivaient à Quilmes et à Villa Esmeralda. Tous trois s'asseyaient à l'arrière de la voiture, Ariel leur offrait ses vignettes en double de la collection du championnat et ils attendaient que Le Dragon se lasse de son propre silence et veuille bien leur servir une anecdote sur le foot. Le foot des années 50 et 60, quand les jeunes joueurs devaient lustrer les chaussures des vétérans, quand on cousait encore les ballons, quand une thermos de café bien noir et les amphétamines constituaient là encore les seules drogues dans les vestiaires, quand le gardien demandait le ballon en vouvoyant les joueurs, quand il n'y avait pas la télévision et qu'il fallait archiver dans sa mémoire les passes magistrales et savoir les raconter comme Fioravanti, quand vivre du football était un luxe seulement à la portée des plus grands. Il parlait sans nostalgie, sans mythifier le passé, grognant toujours pour terminer : Des années de merde, mes garçons, des putains d'années de merde !

Le Dragon Colosio avait appris à Ariel à jouer en colère, à ne pas entrer sur le terrain pour se faire des amis, à insulter les défenseurs, à s'entraîner encore quinze minutes après la fin des matchs. « Qui ne songe déjà au match suivant n'est pas un footballeur. » À empiéter sur la ligne de touche, à oublier qu'il jouait ailier, à ne pas pleurer les défaites. « Parce que les larmes c'est bon pour le tango. » Lorsqu'un club professionnel avait voulu engager Ariel alors âgé de quinze ans et que Charlie avait insisté pour qu'il accepte, Colosio lui avait dit quelque chose qui peut-être aujourd'hui, à l'aéroport de Madrid, était encore valable : Ariel, ton frère, c'est ton frère, et toi, c'est toi. Ariel était alors resté, en dépit de Charlie qui avait tenté de le faire changer d'avis. Le Dragon est un perdant et tu ne peux pas laisser un perdant diriger ta carrière.

À présent aussi Ariel reste seul et pense Charlie, c'est Charlie, et moi, c'est moi. Mais qui suis-je ?

La routine va te tenir occupé, lui a dit Charlie, tu n'auras pas le temps de te sentir seul. Charlie était le dernier à embarquer, défiant quasiment les employés de la compagnie aérienne qui le pressaient d'avancer. Il a serré Ariel dans ses bras et à l'oreille, à voix très basse, il a fait référence, enfin, à la raison de son départ précipité : j'ai déconné, Ariel, je ne mérite pas de rester à tes côtés. Je ne veux pas te salir. À partir de maintenant tu dois voler seul, j'espère que là-bas on sera tous fiers de toi. D'accord ?

D'accord.

Il pressait bien fort le dos d'Ariel pour l'attirer contre lui. Ne pleure pas, imbécile, un mec qui gagne deux millions et demi de dollars par an ne peut pas pleurer. Et il a disparu dans le couloir d'embarquement en direction de l'avion.

Ariel rebrousse chemin jusqu'à sa voiture garée en face du terminal. Il regagne l'hôtel où l'équipe passe la nuit avant le match du lendemain. Pujalte lui a donné l'autorisation d'accompagner son frère à l'aéroport. La famille d'abord, bien sûr.

Quand Ariel entre dans l'hôtel, certains de ses coéquipiers discutent par petits groupes avant de monter dans leurs chambres. Amílcar lui adresse un salut. C'est le joueur le plus expérimenté. À côté de lui il y a Poggio, le gardien remplaçant qui chauffe le banc de touche depuis cinq ans sans interruption. « Ce qui fait de moi le cul le mieux payé du monde avec celui de Jennifer Lopez », affirme-t-il lui-même. Il y a aussi Luis Lastra, arrivé de Santander la saison passée et qui rit aux blagues de manière bruyante et contagieuse. Debout, sa chaussure immaculée sur une chaise, se trouve le jeune Jorge Blai, qui ne cesse de toucher sa frange raide. Au bar, le Ghanéen Matuoko, véritable armoire à glace, boit en cachette un gin tonic, qu'il dissimule après chaque gorgée comme s'il voulait faire croire que le verre n'est pas le sien. Près de lui, deux ou trois joueurs de plus, le groupe de Brésiliens, et l'entraîneur des gardiens qui engloutit des olives par six et crache, comme une mitraillette, les noyaux dans une poubelle lointaine.

Ariel leur rend leur salut mais ne rejoint pas le groupe. Il se dirige vers les ascenseurs quand quelqu'un près de la réception s'adresse à lui. Ça y est, ton frère est parti ? J'aurais bien aimé lui dire au revoir. Ariel se retourne. Il reconnaît le visage trempé de sueur sous les boucles rousses et les grosses lunettes noires. C'est un journaliste de presse écrite. Il s'appelle Raúl, mais tout le monde l'appelle Ronco [1] à cause de sa voix éraillée. Habitué des entraînements et des conférences de presse, il a toujours soutenu Ariel dans son journal. Ils se sont rencontrés à plusieurs reprises, mais Ariel évite qu'une fausse intimité s'instaure entre eux, il se méfie des journalistes. Ils écrivent sur la pêche, disait d'eux Le Dragon, quand les seuls poissons qu'ils ont vus de leur vie c'est ceux qu'on leur sert au restaurant. Ronco a noté son numéro de téléphone sur une carte de l'hôtel et il la lui tend avec deux doigts, appelle-moi si tu as besoin de quoi que ce soit.

Ariel le remercie d'un signe de tête. Dans le miroir de l'ascenseur, il vérifiera si ses yeux sont encore rouges, s'ils révèlent qu'il vient de pleurer. Avant de s'éloigner, il entend la voix râpeuse et à moitié aphone du journaliste : « Bonne chance pour demain. »

1. L'adjectif *ronco* signifie « rauque », « enroué ».

5

Sylvia entend sortir son père, qui a rendez-vous avec des amis pour aller au foot. Elle l'a vu envelopper un sandwich au saucisson dans de l'aluminium et décrocher l'écharpe de l'équipe du portemanteau de l'entrée. Comme un gosse, a-t-elle pensé. À midi, ils ont mangé à la cafétéria de l'hôpital, avec son grand-père. Leandro paraissait fatigué après deux nuits passées à veiller. Ils ont réussi à le convaincre de laisser la tante Esther dormir cette nuit dans la chambre d'Aurora. Pour Sylvia, il ne peut exister deux femmes plus différentes. Sa grand-mère Aurora est légère, les yeux clairs, douce dans ses façons, elle fait souvent ce geste de poser sa main sur ses lèvres, comme si elle riait en secret ou bâillait ou taisait quelque chose. Sa tante Esther est conventionnelle et expansive. Elle parle fort et, quand elle rit, elle exhibe ses gencives roses, plus grandes encore que les énormes dents de sa bouche en forme de pelleteuse. Elle est mariée, cinq enfants et sept petits-enfants, dont elle montre avec orgueil les photos, qu'elle en ait l'occasion ou pas. Sylvia voit peu ses cousins et sa tante Esther lui ressort les photos à chaque fois, comme un catalogue de vente par correspondance. Elle se souvient bien de l'un d'eux, Miguel, du même âge qu'elle. Il lui avait cassé une dent de lait, des années plus tôt, d'un coup de raquette. Par amour, apparemment.

L'horloge de la cuisine indique quatre heures et demie. Son père a laissé la radio allumée, qui passe des publicités pour le tabac et l'alcool tous les dimanches après-midi de match. Sylvia tremble de nervosité. Dans sa chambre, elle met de la musique et monte le son. Son pied droit oscille comme s'il possédait son propre rythme. Sylvia chante le plus fort possible et s'efforce de ne penser à rien. « Le froid éteint le désir ; allumons le feu. » Elle préférerait ne pas entendre la sonnette de la porte automatique qui retentit avec une courte pulsation. Sans hâte, elle se dirige vers la porte pour ouvrir à Dani.

Tout au long du week-end, Sylvia a failli à plusieurs reprises annuler le rendez-vous. Ce matin même elle a écrit un message sur son portable, dans le couloir de l'hôpital : « Finalement il n'y aura pas d'anniversaire, à bientôt », mais elle ne s'est pas résolue à l'envoyer à Dani. Depuis qu'elle l'a invité à sa fausse fête, elle se sent ridicule. La même nervosité infantile, presque hystérique, que l'été dernier à la plage quand elle tournait autour du comptoir de la buvette ou jouait au flipper pour savoir si le serveur la regardait avec intérêt ou si, au contraire, ses vingt et quelques années impliquaient un décalage insurmontable entre eux. Le décalage entre ce qu'on désire et ce qu'on peut obtenir, entre ce qu'on est et ce qu'on veut être. De la même manière, elle a invité Dani à son anniversaire alors qu'il n'y a pas de fête.

Vendredi, tandis qu'elle rentrait chez elle à pied, elle a réduit en charpie un coin de sa chemise cartonnée. Elle est arrivée à la maison persuadée qu'il valait mieux appeler Dani et annuler l'invitation lancée quelques minutes plus tôt. Mais elle a trouvé un mot de son père à côté des miettes d'une tartine. Grand-mère Aurora est hospitalisée.

Sylvia partit à l'hôpital, repoussant ainsi la tentation du repentir. Ne t'inquiète pas, lui dit sa grand-mère dès qu'elle la vit entrer. Dans deux heures, on allait lui installer une prothèse, solution plastique au vieillissement de ses os, mais elle semblait calme et de bonne humeur. Certaines se font faire des seins ou des lèvres en plastique, eh bien moi, c'est la hanche !

C'est une formalité, l'opération est une formalité, répétait son grand-père. N'est-ce pas, Lorenzo ? C'est bien ce que nous a dit le docteur ? Mais le père de Sylvia ne répondait pas, il tournait dans la chambre tel un lion en cage. Je l'ai appris seulement en fin de matinée parce que j'avais un entretien pour du travail et j'avais éteint mon portable, se justifiait-il.

Le médecin était grand, le visage sillonné de veinules rouges. Il parlait pour lui-même, comme si au lieu d'informer la famille il se remémorait une liste de choses à faire. Sylvia remarqua une tache rouge sur sa blouse, mais ce n'était pas du sang, plutôt du chorizo. Quand, après l'opération, on remonta Aurora dans sa chambre, elle semblait aussi faible qu'un oiseau blessé. Leandro insista pour qu'ils s'en aillent, repartent chez eux. À présent, elle est sous l'effet de l'anesthésie, ça ne sert à rien que vous restiez, leur dit-il.

Sylvia et son père rentrèrent à la maison. Elle prépara quelque chose à dîner, tandis que Lorenzo scrutait les informations sur toutes les chaînes. Téléphone à ta mère et raconte-lui, dit-il à Sylvia, qui appela Pilar sur son portable. Autour d'elle, on entendait des conversations. Pilar était au restaurant. Elle lui demanda le numéro de la chambre d'hôpital d'Aurora, puis elles évoquèrent l'idée de passer bientôt un week-end ensemble. Elles se dirent au revoir avec tendresse. Tu vas bien ? lui demanda sa mère. Sylvia répondit oui, sans y penser.

Sa mère avait quitté son père cinq mois auparavant. Sylvia n'avait jamais imaginé que cela arriverait. Pour elle, ses parents étaient un bloc, deux pièces assemblées pour toujours. Quand tout se brisa, elle comprit qu'ils partageaient les restes, seulement, d'une vie de couple, les petits riens du quotidien et n'avaient presque plus d'intimité en dépit de leur cohabitation. La mère de Sylvia, Pilar, prit sa décision un jour de mars où il pleuvait à verse, et, avant d'en parler à son mari, elle confia ses plans à sa fille. Je vais quitter ton père, Sylvia. Elles tombèrent dans les bras l'une de l'autre et discutèrent un bon moment. L'amour s'éteint sans qu'on s'en aperçoive, lui dit Pilar. Elle lui expliqua qu'elle avait été capable de supporter la lente démolition de leur couple, de s'habituer à survivre parmi les décombres de ce qui avait été de l'amour. Et comment tout cela devient un poids insupportable le jour où on redécouvre la passion avec quelqu'un d'autre. La vie vous rend invisible et le mensonge finit par blesser. J'ai quarante-deux ans, tu ne crois pas que je mérite une seconde chance ?

Malgré l'aspect inattendu de la situation, Sylvia n'eut aucun mal à comprendre sa mère. Mais tout ce qu'elle réussit à dire fut « pauvre papa ». Sa mère se mit à pleurer, très lentement, les lèvres pincées. Elle était tombée amoureuse du directeur de son bureau à Madrid. Santiago. Elle avait prononcé son prénom comme on prononce le prénom de quelqu'un qu'on aime. Sa mère travaillait dans une entreprise qui se consacrait à l'organisation de fêtes et d'événements sociaux et culturels. Les deux derniers mois, les voyages de Pilar, ses obligations professionnelles intempestives, avaient augmenté. Sylvia comprenait pourquoi à présent. Pilar et Santiago avaient eu une aventure prudente avant de vouloir s'engager plus avant dans une nouvelle relation. Ensuite, on avait proposé à Santiago de diriger la succursale de sa ville, Saragosse. Bien avant que tout ceci arrive, entre ton père et moi il ne restait que l'habitude pratique de vivre ensemble, de t'élever, de nous réunir avec des amis et pas grand-chose d'autre ; regarder passer la vie, avoua-t-elle à Sylvia. Les mères n'abandonnent pas les pères et encore moins leur fille, pensa Sylvia. À cette occasion, traumatisante et édifiante, Sylvia posa un autre regard sur sa mère : c'était aussi une femme, plus seulement une mère, cette espèce électrodomestique sentimentale. Tu dois être heureuse, lui dit-elle.

Lorenzo s'était accroché à la télévision, à la musique, au foot le dimanche, avait tenté de recomposer sa vie professionnelle, de s'en sortir financièrement, de retrouver un ou deux amis à moitié oubliés, de sortir plus souvent. Il essayait de tenir la maison, de se montrer disponible pour sa fille, de ne pas laisser transparaître la défaite. Sylvia l'observait. Elle s'efforça d'être plus souvent à la maison, de cuisiner pour son père quand elle le voyait trop déprimé pour faire quoi que ce soit, de l'accompagner le dimanche midi chez les grands-parents. Il disait « ta mère » et jamais plus « Pilar ». Peu à peu disparurent photos et souvenirs, les détails accumulés en vingt ans de vie de couple. En deux visites rapides, Pilar finit par emporter tous ses vêtements et son matériel de travail, qui occupait les étagères les plus vivantes du petit bureau. Ses affaires de toilette et autres objets divers s'effacèrent comme la lumière de l'après-midi. En présence de Sylvia, ses parents ne s'étaient ni disputés ni montrés violents. Il n'y avait eu qu'un épais silence, au moment de la séparation. Mai racontait toujours à Sylvia que le divorce de ses parents avait constitué la pire époque de sa vie. Une conne de psychologue leur a dit que pour mon bien, pour le bien de l'enfant, j'avais alors sept ans, il valait mieux qu'ils ne se séparent pas d'un coup mais petit à petit. Alors ils ont passé huit mois à se chier dessus, et pour m'éviter le traumatisme de la séparation, ils m'ont donc fait subir l'horreur de leur cohabitation forcée.

Sylvia rencontra le nouvel amour de sa mère lors d'un dîner glacial dans un restaurant de Madrid. Plus tard, elle eut honte de s'être comportée de façon si mesquine et outrée. Elle recroisa ensuite Santiago toutes les fois où elle se rendit à Saragosse pour voir comment sa mère s'était installée dans une autre ville, un autre appartement, une autre vie. Mais Sylvia faisait preuve d'une fidélité inébranlable à l'égard de son père. C'est lui qui a le plus besoin de moi, disait-elle.

Un jour, soudain, la vaisselle dans la cuisine fut rangée autrement et les éléments dispersés de la maison réunis dans une nouvelle disposition. La télécommande de la télé dormait sur le canapé et personne ne la replaçait, soigneusement, sur la table basse. Le téléphone sans fil n'était jamais sur son chargeur, le tambour de la machine à laver ne faisait plus le même bruit, le panier à fruits n'était jamais rempli à ras bord. L'ombre de Pilar ne s'évanouit pas complètement, mais sa présence ne se fit plus sentir dans chaque recoin de la maison.

Samedi après-midi, Sylvia parla au téléphone avec Mai – qui était au chaud avec son mec, loin. Leur conversation fut courte. Sylvia ne lui raconta pas qu'elle avait invité Dani à sa fausse fête d'anniversaire. Elle écouta de la musique enfermée dans sa chambre. Son père lui demanda si elle n'avait pas l'intention de sortir ce soir. Je vais faire un tour, annonça-t-il. Sylvia songea qu'il était comme ces hommes entre deux âges qu'on voit parfois en boîte ou dans un bar, en chasse, avec des airs de prédateurs tristes, nus quand ils sortent le soir sans personne. Dans son lit, Sylvia se caressa en imaginant que ses mains n'étaient pas les siennes. Mai lui avait conseillé de s'asseoir un bon moment sur sa main : jusqu'au moment où elle s'engourdit, alors on dirait les doigts de quelqu'un d'autre et c'est plus agréable de se toucher. Avec la ferme intention d'annuler ses plans du lendemain, Sylvia s'était endormie, coupable et ridicule.

Dani a apporté deux paquets-cadeaux qu'il tend à Sylvia tandis qu'ils s'embrassent sur la joue. Je suis le premier ?

Je ne t'ai pas prévenu ? feint Sylvia. Finalement j'ai annulé l'anniversaire parce que Mai était à León et que ça tombait mal pour les autres. Tu déconnes ? Je m'en vais ? demande-t-il, légèrement mal à l'aise. Non, c'est ma faute. Dani hésite avant d'entrer, *la honte, moi tout seul ici*. Eh bien, on n'a qu'à célébrer ça toi et moi. On n'a pas besoin de tant de gens pour faire la fête, non ?

Sylvia le conduit jusqu'à sa chambre, où la musique n'a cessé de résonner. Elle ferme la porte derrière elle. Mon père est parti au foot. Sylvia ouvre le plus petit paquet. C'est un disque de Pulp, avec sur la pochette une blonde en plastique, nue, à plat ventre sur un velours aussi rouge que ses lèvres. Un emballage bon marché. Sylvia ne parvient pas à le déchirer. Concentrée sur cette tâche, elle remarque que le rouge lui monte au visage. Quelqu'un a calculé que chaque personne perd en moyenne deux semaines de sa vie juste à enlever le putain d'emballage des CD, dit Dani. Pendant ce temps, il déballe le deuxième cadeau, une bouteille de tequila Cuervo. J'ai cru qu'on serait nombreux, mais il va falloir qu'on la boive à deux.

Sylvia va chercher deux petits verres et s'assoit sur le lit. Dani inspecte les murs de la chambre. Sylvia a mis en route le nouveau CD et ils hochent tous deux la tête en rythme. Elle examine les décorations de sa chambre en quête d'erreurs impardonnables, un détail qui la ridiculise dont elle serait obligée d'avoir honte. Il y a des photos de Mai, une affiche et pas mal de désordre. Ils avalent des gorgées de tequila d'un coup, et au deuxième verre ils trinquent. Sylvia ouvre un paquet de chips et met des pistaches dans une grosse tasse. Ils s'emploient à les décortiquer et de temps en temps l'un d'eux fait un commentaire sur la musique : *Pourquoi devons-nous nous tuer pour prouver que nous sommes vivants.* Pas mal, non ? Oui. L'alcool brûle la gorge de Sylvia et descend ensuite dans son estomac telle une boule de feu.

On peut mélanger avec du Coca ou c'est un péché ? Au contraire, bonne idée, dit Dani. Puis il fixe la photo d'un chanteur sur le mur. Tu le trouves beau, ce type ? Ça dépend avec qui on le compare. Bien sûr, si tu le compares à Lelo, dit Dani en se référant à don Emilio, le professeur de physique. Toi aussi tu l'as eu en cours ? L'avoir en cours, c'est beaucoup dire. Il passait l'heure à marcher entre les tables pendant qu'on laissait la pointe de nos stylos dépasser du bord de nos tables pour lui lacérer sa blouse. Le gars finissait super crade.

Plus tard, il traduit pour Sylvia alors que le chanteur ânonne, syllabe après syllabe : *Voici l'œil du cyclone. C'est pour cela que des hommes avec des imperméables délavés donnent de l'argent, mais ici c'est pur.* Putain, c'est bizarre, non ? dit Sylvia. Après elle se sent ridicule à cause de son commentaire. Elle s'avance d'un pas et Dani lève la main jusqu'à sa nuque, sous ses cheveux. Sylvia trouve qu'il met une éternité à approcher sa bouche et à l'embrasser délicatement. Ce qu'elle note en premier c'est la fine monture des lunettes de Dani qui effleure sa joue. Sa bouche sent la tequila et, quand ils séparent leurs lèvres, ils se remettent à boire.

Ils perdent la notion du temps, mais passent trois quarts d'heure à s'embrasser, à se caresser le dos, à s'attirer l'un vers l'autre. Quand Dani porte la main jusqu'à son cul, sur son pantalon, puis fouille sa taille pour plonger jusqu'à la peau, Sylvia rentre le ventre parce qu'elle se sent grosse, s'appuie contre le mur. Elle déboutonne la chemise à carreaux de Dani, lentement, et caresse du bout des doigts la ligne de ses côtes. Je suis très saoule, annonce-t-elle, et il remplit les verres pour toute réponse. Ils s'embrassent, la bouche inondée de tequila. Ça leur coule sur le menton, ils rient. Il lui défait sa ceinture, elle place sa main sur son pantalon et sent combien il est excité. Elle l'empêche de retirer son soutien-gorge. Elle a peur que ses seins se répandent, s'emparent de tout. Tu ne vas pas me laisser te déshabiller ? demande Dani. Non, c'est mon anniversaire.

Elle est consciente que sa peur va tout gâcher. Elle ne va arriver à rien et elle tremble. Elle va tout flanquer par terre. Comme seule échappatoire, elle prend l'initiative. Elle défait la ceinture du pantalon de Dani. Ils sont debout, serrés l'un contre l'autre. Elle repousse ses mains quand il les porte à ses seins. Elle palpe son sexe dans son caleçon et songe un instant que c'est la première fois de sa vie qu'elle touche une bite. Elle descend le caleçon de Dani jusqu'à ce qu'il soit nu, mais elle ne regarde pas vers le bas. Ils poursuivent par un baiser qui semble tout remplir, dans lequel ils se concentrent pour ne pas faire attention au reste. Sylvia promène le bout des doigts sur la peau nue de Dani. Elle attrape sur la table le papier cadeau de la bouteille et, amusée, en enveloppe le sexe de Dani. Encore un cadeau ? Dani rit. Elle commence à le masturber, la main sur le papier. Va-t-il trouver cela drôle ou deviner que c'est seulement une fuite, un signe de panique ?

Dani jouit dans un spasme, le papier cadeau s'humidifie et deux gouttes glissent par terre. Sylvia s'arrête et l'instant se remplit d'une immobilité froide. Ils se séparent avec prudence après un baiser dans lequel elle se donne plus que lui. Les salives, brusquement, commencent à avoir un goût différent. Sylvia laisse tomber le papier cadeau dans la poubelle métallique. Dani remonte son pantalon.

Ils boivent deux gorgées sans savoir quoi se dire. L'ivresse sexuelle du moment paraît éteinte. Sylvia se sent petite, même si elle sourit. Elle ne veut pas que Dani s'approche ni qu'il la touche, elle comprendrait qu'il s'en aille dans l'instant. Je lui ai emballé la queue dans du papier cadeau et je l'ai branlé, se dit-elle comme si elle avait besoin d'énoncer son acte pour prendre conscience du spectacle honteux qu'elle a mis en scène. Si le sol voulait bien s'écrouler à l'étage inférieur, il lui rendrait service.

La conversation s'assoupit. Sylvia change la musique et va s'asseoir sur le lit. Dani s'installe à califourchon sur le fauteuil pivotant de Sylvia. Ils évitent de se regarder. Peut-être que je m'en vais, non ? dit Dani, passé un délai prudent. Sylvia consulte son réveil et l'approche de ses yeux comme si elle était myope. Je crois que mon père ne va pas tarder à rentrer. Ils se quittent sur le palier par deux baisers sur les joues, ignorant leurs lèvres irritées. Sylvia regarde Dani descendre l'escalier sans attendre l'ascenseur. Elle s'allonge sur son lit agrippée à un coussin, dos au mur. Elle a envie de pleurer ou de crier, mais elle se contente d'envoyer à Mai un SMS pour lui demander à quelle heure arrive son car à la gare routière sud. 23 h 45, lui répond cette dernière.

Sylvia a besoin de parler avec elle, de tout lui raconter, savoir si ce qu'elle a fait peut être considéré comme la plus basse expression d'un enfantillage stupide ou s'il existe une rédemption possible. Elle a besoin de lui dire que tout à coup elle a su qu'elle ne voulait pas faire l'amour avec Dani, qu'elle s'est sentie incapable de se mettre nue devant lui. Elle soupçonne que s'il avait insisté ou s'il avait pris en main la situation, elle n'aurait rien pu refuser. La terreur du ridicule aurait vaincu la pudeur. Elle a envie d'en rire avec Mai, qu'elle lui balance ce fut un moment pathético-sexy, comme elle dit souvent, qu'elle lui répète sa phrase, le douloureux et le glorieux sont à un doigt de distance. Elle veut l'entendre dédramatiser l'événement avec la même absence d'inhibition que lorsqu'elle lui crie jamais tu ne vas te les enlever, les toiles d'araignées de ta chatte ! Ou encore, arrête d'avoir peur, qu'est-ce que tu crois, que les bites sont des machines à creuser les tunnels du métro ? Elle veut partager avec Mai la peur panique que Dani raconte ce qui s'est passé au lycée ou qu'à partir de maintenant ils se considèrent comme un couple ou, au contraire, qu'ils ne se reparlent plus jamais. Elle est perdue et elle a besoin des conseils de son amie.

Mai descend du car l'air fatigué. Leurs putains de films de gangsters ne m'ont pas laissé fermer l'œil, dit-elle à Sylvia. Elle n'a pas non plus dormi les nuits précédentes. Elle lui raconte qu'elle a passé les quatre heures et quelques du trajet à envoyer des textos à son mec parce qu'il lui a manqué dès l'instant où elle est montée dans le car. Sylvia décide de ne pas prendre le métro avec elle et la regarde descendre les escaliers.

Mai se retourne avant de disparaître. Joyeux anniversaire, ma vieille, je te dois un cadeau, lui dit-elle.

Seule dans la rue, Sylvia marche rapidement pour évacuer sa rage. Le bonheur de Mai est une trahison, sa fatigue une offense. Elle descend sur la chaussée pour éviter les rencontres désagréables du trottoir, qu'un connard ou un pervers la pousse contre un porche. C'est un dimanche soir et la ville se vide pendant que Sylvia marche. Les gens se replient chez eux pour se protéger de la fin du week-end. Le sol est sec et la lumière des lampadaires se reflète à peine sur l'asphalte. Le lacet d'une de ses bottes aux semelles en caoutchouc noir s'est dénoué, mais Sylvia ne veut pas s'arrêter pour l'attacher. Elle fait de grandes enjambées agressives, comme si elle flanquait des coups de pied dans l'air. Elle ignore que lorsqu'elle va traverser la rue où elle avance à présent elle va se faire renverser par une voiture. Et si à cet instant elle ressent la douleur de ses tout juste seize ans, bientôt elle éprouvera un mal différent, d'une certaine manière plus accessible, dans sa jambe droite brisée à trois endroits.

6

Leandro marche à cette heure imprécise entre le jour et la nuit, le dimanche, où les gens reviennent de l'église, du théâtre, les couples rentrent de promenade, les lumières des lampadaires commencent à briller et gagnent peu à peu en intensité, les jeunes gens se donnent ces derniers baisers du week-end qui ont le goût des adieux, de l'ennui ou de la passion. L'heure où les familles quittent les hôpitaux, les résidences du troisième âge, et où de la radio lointaine d'une voiture ou d'un appartement aux fenêtres ouvertes on entend les résultats monotones et définitifs d'une loterie qui n'a porté chance, pratiquement, à personne. Leandro avance dans une rue résidentielle, au milieu d'arbres jaunissants, une rue presque sans trafic, sans passant pour la traverser, sauf un voisin, à cause de son chien. Dans quelques heures ce sera lundi et déjà un brouillard gris s'étend.

Leandro cherche le n° 40, mais depuis le trottoir des numéros impairs, pour garder une certaine distance. Les maisons sont basses, avec de petits jardins à l'arrière et une entrée étroite. Des immeubles avec des appartements sur quatre ou cinq étages défient les vieilles constructions avec leurs briques neuves, leurs miradors en aluminium et leur laideur uniforme. Le n° 40 est un pavillon à deux étages. La clôture élevée ne laisse voir que la cime des arbres et les murs de l'étage supérieur d'une couleur crème, si usée qu'elle semble grise. Le toit est en ardoise et la façade victime d'une rénovation qui a volé au pavillon son peu de charme. Toutes les persiennes sont baissées. À côté de la plaque du numéro, une lumière indique la sonnette.

Leandro passe au loin, sans s'arrêter.

Il s'éloigne de quelques pas et guette depuis le trottoir d'en face. Il n'ose pas regarder le pavillon trop longtemps, comme s'il avait affaire à un être humain et ne voulait pas que leurs yeux se croisent. Il baisse les siens. Les relève. Rien de menaçant. Pourquoi tant de précaution puisque personne ne soupçonnerait un vieux monsieur de soixante-treize ans ? Tout le monde sait que ses pas ne peuvent que le conduire nulle part.

Il préfère ne pas prolonger le maraudage. Il décide de traverser la rue et marche vers la porte. Il ressent un frisson fiévreux qui l'invite à céder. Il s'assure que personne ne le regarde depuis le trottoir ou une fenêtre alentour, attend que passe rapidement une voiture dans la rue et cache son visage pour ne pas être identifié. Il sonne au portail et entend pour toute réponse le chant prolongé d'une cigale électrique qui le presse de pousser la porte. Il y a un chemin de pierres plates dans l'herbe qui mène jusqu'à un petit porche et une porte blanche sous une lampe en méthacrylate jaune. Quinze pas, à peine, mais Leandro est exténué.

Les deux nuits précédentes, il a dormi par intermittence. Le lit supplémentaire installé dans la chambre d'hôpital avec les coussins du canapé est dur, petit et inconfortable. Il lui lamine les reins. À minuit, une infirmière est entrée pour changer la sonde d'Aurora, et il n'était même pas sept heures du matin quand les femmes de ménage ont commencé à s'agiter partout. Ces derniers jours ont épuisé Leandro. L'hospitalisation d'urgence vendredi, l'opération d'Aurora, l'angoisse de la retrouver somnolente et fragile après le bloc opératoire. Les visites le lendemain, son épuisante belle-sœur à l'euphorie injustifiée, un couple d'amis informés de l'accident. Manolo Almendros et sa femme avaient passé l'après-midi du samedi à l'hôpital. Manolo et lui avaient bavardé avec animation, mais l'énergie de son ami avait fini par avoir raison de lui. Il marchait dans le couloir avec une telle intensité qu'il aurait pu creuser des sillons dans le sol. Almendros parle fort, il est ingénieux, infatigable. Ancien représentant en pharmacie, depuis qu'il est à la retraite il lit d'énormes bouquins de philosophie qu'il se sent ensuite dans l'obligation de partager avec Leandro et le monde entier, écrit des lettres aux journaux et, de temps en temps, enquête pour retrouver d'anciens camarades de fac.

Mais Manolo, tu es venu voir ma femme ou me donner une conférence ? a dit Leandro pour essayer de le faire taire.

Toutefois, il a remarqué qu'Aurora s'animait avec les visites. Son visage retrouvait des couleurs et même si elle ne participait pas aux conversations, elle regardait autour d'elle avec une mine reconnaissante. Leandro est rentré chez lui pour changer de vêtements et téléphoner à Luis, son élève de piano. Il va falloir reporter le cours de samedi matin. Ma femme a eu un accident. Il a passé la journée à déambuler à l'étage de l'hôpital où se trouve la chambre d'Aurora, à faire des allers-retours aux toilettes, piochant des fragments de conversations d'autres familles et patients, curieux devant la douleur étrangère.

Le dimanche, il déjeuna avec son fils Lorenzo et sa petite-fille Sylvia. Leandro envia la douceur des mains de l'adolescente quand elle les posa sur le visage d'Aurora et lui caressa le front et les joues. Ces mains lisses, encore intactes, avec toute la vie devant elles. C'était l'anniversaire de Sylvia et pendant le repas elle trinqua avec sa canette de Coca. Leandro se souvint de sa naissance, de la joie de l'arrivée d'un bébé, de la disponibilité d'Aurora pour garder la petite plusieurs jours durant. Le vertige avec lequel avait passé le temps, seize ans déjà. Les infructueuses leçons de piano qu'il lui avait données à une époque et qu'ils arrêtèrent d'un accord tacite. Sylvia avait hérité de l'oreille butée de son père, peu doué pour la musique, se disait Leandro. En revanche, elle montrait la sensibilité de sa mère pour le reste. Toutes ces années, ils avaient assisté à l'étiolement du couple que formaient Lorenzo et Pilar, si plein de vie et de complicité à une autre époque. Leandro avait vu son fils perdre sa place, ses cheveux, son travail, sa femme et même sa fille, comme on perd toujours ses enfants à l'adolescence. En tant que père il avait aussi ressenti cette distance insurmontable, la contrariété de voir son fils abandonner ses études, se livrer à un travail qui pendant longtemps lui avait donné une stabilité désormais perdue. Il l'avait vu devenir adulte, mari, père, construire une vie normale. Il ne pouvait nier que cette normalité était un cran en dessous de leurs attentes, à Aurora et lui. Mais tous les parents attendent trop de leurs enfants. Avec le temps ils en étaient venus à espérer que cette normalité fût peut-être la recette du bonheur. En vain. Ou peut-être l'avait-elle été un temps, jusqu'au moment où tout avait commencé à se briser. Comme son fils n'aimait pas parler de ses problèmes, ils entretenaient une relation distendue dont ils ne cherchaient pas à combler les trous. Ils déjeunaient le dimanche et parlaient à table de tout et de rien.

Esther, la sœur d'Aurora, se présenta à sept heures du soir avec un petit sac de rechange, prête à passer la nuit à l'hôpital. Rentre à la maison maintenant, inutile de rester jusqu'à point d'heure, avait dit Aurora à Leandro. Ça la gênait de l'obliger à être là, loin de la maison, distrait par les visites ; elle connaissait l'allergie de son mari pour l'imprévu, le désordre, son amour pour la routine. Le mari d'Esther lui proposa de le ramener dans sa Mercedes. Il n'y avait aucune complicité entre eux. Son beau-frère travaillait comme intermédiaire dans des instances officielles où il gagnait une fortune à obtenir pour d'autres des licences en accélérant les processus bureaucratiques qu'il parvenait à vaincre à coups de jeux d'influence et de pots-de-vin. Il était expert dans l'art de feindre la cordialité. Je préfère marcher, s'excusa Leandro.

Un incident, survenu aux premières heures de la matinée, avait rallumé en lui un instinct endormi.

Il avait été réveillé par l'agitation du couloir, les chariots avec leurs grincements métalliques, une voix, mais il était toujours allongé sur son lit de fortune quand l'infirmière de garde du matin entra comme un ouragan. Elle avait une bonne trentaine d'années, des cheveux brun rassemblés en une queue-de-cheval. Son visage était joyeux, bien proportionné, doux et aimable. Elle se glissa entre le lit d'Aurora et celui de Leandro, se pencha pour changer la sonde d'Aurora et inspecter ses bandages. Quand elle fit ce mouvement, les yeux de Leandro grimpèrent sur ses jambes nues sous sa blouse et réussit à voir les cuisses qui s'effleuraient. Hâlées au cours de récentes vacances, elles naissaient, puissantes, à partir du pli derrière les genoux. Sous la blouse, Leandro aperçut une de ces toutes petites culottes que portaient les filles des revues d'antan et que les gamines d'aujourd'hui laissent dépasser de leur pantalon taille basse. À cet instant furtif, Leandro sentit l'excitation que lui causait cette chair proche, désirable et épiée depuis une position privilégiée.

Ce matin-là, quand Aurora se plaignit d'une légère douleur dans les côtes, Leandro se hâta d'aller prévenir l'infirmière, pour le simple plaisir de la revoir. Ce réveil érotique inattendu le mena vers les pages denses des petites annonces érotiques du journal consacrées au commerce sexuel. Il trouva une série d'annonces encadrées, certaines accompagnées d'un dessin de femmes aux seins nus, dans des postures suggestives. L'une d'elles attira son attention : « Pavillon de haut standing dans les quartiers nord, sélection de jeunes femmes élégantes. 24/24h, même le dimanche. Discrétion absolue. » Leandro mémorisa le numéro de téléphone. C'était facile pour lui, une sorte de gymnastique mentale qu'il pratiquait depuis toujours. Aurora se moquait de lui et le surnommait « mon agenda vivant » avant de lui demander le numéro d'une connaissance.

Il appela du couloir.

Nous sommes disponibles à toute heure, lui dit une voix de femme, pourquoi ne venez-vous pas nous voir ? Je viendrai, je viendrai, répondit Leandro en raccrochant après avoir enregistré l'adresse. Et le voilà justement devant la massive porte blanche à moulures.

La femme qui l'accueille a les cheveux teints en blond et il faudrait lui enlever son maquillage à la truelle pour distinguer les traits de son visage. Elle le conduit dans un petit salon où se trouve un canapé devant une table basse. Leandro accepte de boire une bière, qu'elle lui apporte dans une canette, avec un verre et une coupelle d'amandes. Il déteste les morceaux d'amandes qui se coincent entre ses dents et sourit de se voir assis là, comme pour une visite dominicale à quelque parent.

La femme lui explique les conditions d'usage du lieu. La boisson est offerte par la maison et dans un instant les filles défileront devant lui. Il devra en choisir une. On paie d'avance, en espèces ou par carte, et le tarif est le même pour toutes : deux cent cinquante euros l'heure complète. S'il a besoin d'une facture, il lui en sera délivrée une au nom d'une société qui, bien entendu, ne spécifie pas l'activité, achève-t-elle de l'informer.

Une fois seul, Leandro se souvient de la dernière fois qu'il a payé pour du sexe. C'était dans un sordide bar de province, en compagnie d'un ami, au cours d'un voyage pour des concerts scolaires, presque vingt ans auparavant. La femme avec qui il s'était mis au lit après quelques verres n'était pas parvenue à l'exciter, une jeune Galicienne fatiguée qui avait fini par lui dire moi je ne peux pas en faire plus, à force de pomper je vais avoir des crampes, alors c'est comme tu veux, mais il vaut mieux qu'on arrête là parce que comme on dit chez moi : on ne trait pas une vache qui n'a pas de lait. Ce jour-là, il avait eu la confirmation qu'il ne trouvait pas de satisfaction chez les prostituées. Manolo Almendros, son ami, lui disait généralement, en lui montrant les pages roses dans les journaux : regarde comment le marché du sexe se développe, c'est d'une puissance incroyable, un super business. Un jour, avec cette habitude qu'il avait de remonter son pantalon quasiment jusqu'à la cravate, il lui avait affirmé à partir de sources fiables qu'il y avait en Espagne plus de quatre cent mille putes en activité. Un pour cent de la population. Offre et demande. Voilà où les gens dépensent leur argent. Mais pas Leandro, qui avait quitté ce bar de nuit, dans la banlieue de Pampelune, qui puait le désinfectant, en se jurant de ne jamais remettre les pieds dans un endroit pareil.

Il ne savait pas très bien ce qui le ramenait, à présent, dans ce lieu aussi soigné et conventionnel que la maison d'un parent. Avec Aurora, il trouvait encore le moyen opportun d'être satisfait quand il en avait besoin.

Les filles commencent à apparaître, affables et câlines, s'arrêtent une seconde devant lui, puis l'embrassent sur les deux joues et se retirent en laissant la porte entrouverte pour permettre à la suivante d'entrer. Une douzaine de filles impeccables, peu vêtues, qui ressemblent davantage à des étudiantes qu'à des employées de bordel. Elles lui demandent son nom et si c'est la première fois qu'il vient au pavillon. Défilent une Française, deux Russes, trois Latino-Américaines et deux Espagnoles avec de gros seins siliconés et sûres d'elles, à domicile. Après une grande Ukrainienne, une jeune Noire incroyablement charpentée entre alors. Quel âge as-tu ? Vingt-deux ans. Elle est du Nigeria. Comment t'appelles-tu ? Valentina. La fille porte un décolleté échancré et un pantacourt collant, elle touche la main de Leandro de ses doigts humides. Il se sent comme le personnage d'une fiction dont la seule possibilité est d'avancer jusqu'au chapitre suivant. On monte ensemble ? demande Leandro. Attends un peu ici, dit-elle.

Elle sort et la responsable revient aussitôt. Je crois que vous avez fait votre choix, n'est-ce pas ? Leandro se lève et sort de son portefeuille les billets. On ne trouve pas facilement d'Africaines dans ces lieux, mais soyez tranquille, si elle est ici c'est parce qu'elle est parfaitement saine, dit-elle en poussant la porte. Leandro reste seul, grignote nerveusement des amandes. Valentina réapparaît pour le guider en haut de l'escalier. Elle le précède, saisit la rampe tressée. Leandro commence à tousser. Un petit morceau d'amande l'empêche de respirer.

Enrhumé ? demande-t-elle. Elle parle avec un accent, ne maîtrise pas vraiment la langue.

Leandro tousse sans rémission, incapable de répondre. Elle le conduit jusqu'à une pièce au bout du couloir. Une chambre qui semble être celle d'un adolescent, avec un lit et son couvre-lit brun, une console encastrée et une télévision. Les stores sont baissés et il y a un gros rideau vert clair. Leandro tousse une nouvelle fois, sans réussir à recracher le bout d'amande. Quand la fille lui donne deux petites tapes dans le dos pour l'aider il se trouve ridicule. Il s'assoit sur le lit et se frappe la poitrine.

Je suis désolé, dit-il, mais il ne peut pas s'arrêter de tousser. La fille lui rapporte de la chambre contiguë un verre d'eau. Elle le lui tend avec un sourire. Le bord est taché de rouge à lèvres. Leandro boit mais il ne parvient pas à se calmer.

Tu ne vas pas mourir, hein, dit-elle. Avec un filet de voix, Leandro demande s'il y a une salle de bains. La fille lui montre la porte. Sans avoir le temps de prêter attention au lieu, Leandro boit au robinet, tente de faire des gargarismes et se calme enfin. Absurde. Stupide d'être là à tousser, à s'étrangler à cause d'une amande. Il veut s'en aller. Il revient dans la chambre et trouve la fille assise sur le lit en train d'examiner un de ses pieds, qu'elle a levé en l'air. Ça va mieux ? Oui, pardon, je me suis étranglé, c'est peut-être nerveux, je n'ai pas l'habitude. Leandro s'arrête, de nouveau il estime grotesque, à son âge, de prétendre qu'il est inexpérimenté dans ce domaine.

La fille lui tend une grande serviette usée et lui indique qu'il doit se doucher. Il se déshabille à toute allure et laisse ses vêtements sur la chaise tandis qu'elle place un drap sur le matelas. Elle le conduit dans la salle de bain adjacente et l'aide à entrer dans la baignoire rose. Elle contrôle la température de l'eau comme une mère qui doucherait son enfant, et mouille le bas du corps de Leandro jusqu'à la taille. Elle met un peu de gel sur sa main et lui savonne l'entrejambe. Tu ne te douches pas ? demande-t-il. Tu veux ? Leandro acquiesce et elle lui donne le pommeau de la douche. Elle a les cheveux attachés en fines tresses compliquées qui s'agitent, quand elle bouge, comme des rideaux fils. Lorsque Leandro lève le pommeau, elle dit non, pas mouiller les cheveux, non.

Elle se lave sans se laver, c'est plus une exhibition qu'autre chose. Savonne-moi. C'est maintenant Leandro qui presse le doseur de gel et lui en enduit le corps. À leurs pieds s'accumule la mousse blanche. L'action dure un moment. Puis elle ferme le robinet et sort se sécher. Leandro attrape sa serviette.

Dans la chambre, elle le renverse sur le lit. Elle a remis son soutien-gorge. Malgré ses longs faux ongles, elle ouvre l'emballage d'un préservatif. Elle essaie de l'exciter avant de le lui enfiler. Leandro observe qu'elle fait tout avec le professionnalisme d'une caissière de supermarché qui enveloppe un article dans un petit sac plastique.

La jeunesse tonitruante de Valentina tombe sur la peau âgée de Leandro. Elle place ses seins, sa bouche, l'ouverture de ses jambes et ses mains sur différentes parties de son corps. Leandro poursuit son exploration de l'irréalité tout en se laissant exciter. Le contact est étrange. Leurs peaux si distinctes s'effleurent et la différence de texture devient plus évidente. Leandro, avec une pudeur d'esclavagiste, se sent comme un missionnaire dans le péché. La terre a beaucoup tourné pendant qu'il lisait le journal chez lui ou donnait des cours de piano, pendant qu'il finissait de se faire un œuf à la coque pour dîner ou écoutait les informations à la radio. Il apprécie le corps jeune et étranger qui simule des gémissements de plaisir près de son oreille pour le satisfaire. S'il parvient à oublier la situation et à s'oublier lui-même, il est capable de collaborer avec la fille à l'échafaudage de son érection.

Ils parlent ensuite, allongés. Il lui demande son vrai nom. Elle hésite avant de le lui dire. Je m'appelle Osembe, mais Valentina plus joli en espagnol. Osembe me plaît mieux, dit Leandro. Qu'est-ce que ça signifie ? Rien, en yoruba rien. Ma mère disait que dans le dialecte de ses parents ça voulait dire « Quelque chose trouvé. » Et Leandro ? Ça a une signification ? Leandro sourit un moment. Non, on m'a appelé comme ça à cause du jour où je suis né. C'était le saint du jour. Osembe lui demande son âge et Leandro répond soixante-treize. Tu ne fais pas si vieux, dit-elle. Tu me donnais combien, seulement soixante-dix ? Mais elle ne capte pas l'ironie et ne rit pas. Leandro touche du bout de ses doigts le téton sombre sous le soutien-gorge d'Osembe, comme un obscur pois chiche.

Tu es très belle.

Seins pas beaux. Elle les attrape à travers son soutien-gorge et les positionne plus haut. Opérer et remonter ici.

C'est beau le Nigeria ? Osembe hausse les épaules. On entend une voix dans le couloir. Une voix à laquelle Osembe paraît obéir. Elle se lève du lit et commence à se rhabiller. C'est l'heure, douche-toi, et elle ramasse du bout des doigts le préservatif et les petites serviettes humides qu'elle jette dans une corbeille doublée d'un sac plastique.

Ils s'embrassent sur les joues à la porte de la chambre. Elle sourit de toutes ses dents. Leandro descend les escaliers. La maîtresse de maison le reconduit à la porte. La nuit est rude, un peu cruelle. Leandro prend un taxi. Il rentre chez lui et évite le salon. Il se réfugie dans son bureau. Il s'assoit dans le fauteuil où il a l'habitude d'écouter son élève jouer sur le piano droit, un vieux Pleyel en bois un peu crevassé. Il respire lourdement, il a froid. Il prend un vinyle sur son étagère et le place sur le tourne-disque. Bach me fera du bien. Après la friture du début, la musique retentit et Leandro monte le son. Il se sent un peu plus vieux et un peu plus seul. Le prélude choral en *fa* mineur. C'est cette fermeté qu'apprécie Leandro, cette harmonie robuste avec laquelle on élabore une architecture émotionnelle qui produit un éventail de sensations.

Il pense à sa vie, aux jours où il a su avec certitude qu'il ne serait jamais un grand pianiste, qu'il resterait toujours de ce côté-ci de la beauté, parmi ceux qui la contemplent, l'admirent, en jouissent, mais jamais ne la créent, jamais ne la possèdent ou la dominent. Il sent de la rage, alors que la musique impose sa pureté, l'éloigne de lui-même. Il est peut-être en train de voyager loin de lui, ni heureux ni misérable. Étranger.

7

Lorenzo est assis entre ses amis Lalo et Óscar. Ils suivent du regard la course de l'attaquant de leur équipe jusqu'à la ligne de but. Le centre n'est pas bon et le stade répond au tir manqué par un soupir général. Lalo siffle en mettant les doigts sous sa langue. Ne siffle pas Lastra, lui au moins il mouille sa chemise, dit Óscar. Lorenzo approuve vaguement. Les dernières minutes du match sont plus ouvertes, moins ennuyeuses que le reste de la rencontre, pendant laquelle le ballon n'a cessé d'être renvoyé d'un bout à l'autre du terrain. Depuis des années Lorenzo a sa place dans la tribune nord, près du but où son équipe attaque en première mi-temps. Pour cette raison, il est habitué à vivre les fins de match de loin, avec ses joueurs comme des fourmis qui tentent de forcer le but adverse. Le public est impatient, les matchs sans but provoquent une frustration partagée, amplifient le vide qui s'ensuit. Il observe les derniers échanges avec une concentration intense, comme si ça pouvait aider son équipe. Mais pas Lorenzo.

Lorenzo est en retrait, il a été incapable de s'investir dans la partie. Quand ses yeux croisent le regard de quelqu'un, il les détourne. Il essaie de reconnaître ses voisins habituels. Ensuite il déplore son comportement excessif, ses soupçons qui l'empêchent de se détendre et d'en profiter. Comme vendredi, lorsqu'il a enfin écouté les messages téléphoniques de son père qui l'informait de l'accident de sa mère et s'est senti ridicule de s'être caché toute la matinée. De même quand il quittera le stade, il regrettera de ne pas avoir utilisé le match à bon escient : pour s'évader.

Samedi, le journal a annoncé la nouvelle. Les informations télévisées la mettaient en relation avec deux autres crimes. Un homme d'affaires, disait-on, avait été assassiné à coups de couteau dans le garage de sa propre maison, le vol était apparemment le seul mobile. Une image de l'entrée de la maison, de la clôture, du numéro, de la plaque de la rue.

Du remplissage pour une nouvelle qui finirait peut-être dans les limbes des affaires non résolues. Lorenzo aurait pu compléter les détails. Il aurait pu écrire que l'assassin et la victime s'étaient connus sept ans plus tôt, quand ils avaient travaillé ensemble comme cadres moyens dans une grande multinationale dédiée à la téléphonie mobile, où ils avaient tous deux bénéficié des opportunités d'un marché en expansion. L'entreprise où travaillait Lorenzo avait été absorbée et Paco était un homme d'affaires volontaire et habile, de ceux qu'on recherche pour tirer le meilleur rendement d'un marché florissant.

Très vite, ils étaient devenus amis. Ils mangeaient ensemble à côté de leur bureau. Un jour, ils s'étaient acheté la même voiture grâce à un contact de Paco qui travaillait chez Opel. Toutes deux rouges, toutes deux Turbo. Paco était marié à une femme silencieuse, très mince. Ils n'avaient pas d'enfant. Teresa était la fille d'un constructeur qui avait bâti une grande entreprise à partir de rien. Depuis des années Paco bénissait la fortune douteuse de son beau-père en offrant à ce dernier des lots de cravates chères. Quand le vieux mourra, plaisantait-il, je pleurerai d'un œil et de l'autre je commencerai à chercher un yacht. Paco apprit à Lorenzo le savoir-vivre. La viande se mange saignante ; le jambon suintant ; méprise le pain ; le cigare cubain, il faut le serrer du bout des doigts et sentir la texture de l'herbe, lorsque tu fais tomber la cendre la pointe du cigare doit conserver la forme d'un cône ; la cravate ne doit pas être assortie à ton costume mais à ton ambition ; il vaut mieux avoir une seule paire de chaussures très chères que six bon marché. Avec Paco il s'était inscrit à un club de vins et chaque mois on lui envoyait une caisse de bouteilles et un fascicule pour s'initier à la dégustation. À l'époque de leur association, lorsqu'il leur arrivait de prolonger la journée, Paco débouchait un bon vin et, tandis qu'ils finissaient la paperasserie, ils discutaient du goût d'un bourgogne ou d'un rioja et commandaient de la nourriture japonaise par téléphone. En sortant, Paco insistait pour lui montrer un appartement où des femmes asiatiques, le comble de la soumission, faisaient des massages érotiques, mais la seule fois où Lorenzo consentit à l'accompagner, il se retrouva avec une petite Chinoise attardée mentale qui riait trop fort. Il paya rapidement et rentra chez lui sans attendre son ami.

Tous les jeudis soir, depuis son mariage avec Teresa, cérémonie officielle qui avait eu lieu aux Jeronimos [1], et où il avait définitivement vendu son âme, Paco se rendait chez son beau-père et jouait au poker avec lui et deux de ses vieux amis. Quand on bluffe, quand on monte les paris pour

1. Nom de la congrégation de l'église la plus traditionnelle de la ville, située juste à côté du musée du Prado, à Madrid. Lieu privilégié pour les mariages.

tromper l'adversaire, expliquait Paco à Lorenzo, quand on feint d'avoir une main qu'on n'a pas, je crois que c'est le seul moment depuis qu'on se connaît où on se dit la vérité.

Pilar n'avait jamais aimé Paco. Elle n'appréciait pas son ascendant sur Lorenzo. Il sentait le nouveau riche, vulgaire, tout-puissant. Tu ne le comprends pas, la corrigeait Lorenzo, toute cette attitude, c'est du flanc, il faut prendre ça au second degré. Pilar n'avait pas non plus accroché avec Teresa. Elle ne parle pas, et je ne sais jamais si c'est parce qu'elle n'a rien à dire ou si elle a peur d'en dire trop, avait-elle conclu après six ou sept dîners désagréables entre les deux couples. Pilar n'avait jamais avoué à Lorenzo qu'une des raisons qui la tenaient éloignée de Paco était sa façon de la regarder. C'était un provocateur. Non seulement il cherchait à séduire, attitude naturelle chez lui, mais il rivalisait aussi avec Pilar. Lorenzo était la proie, l'objet de la dispute.

Quand le marché finit de croître, l'heure fut aux compressions, aux départs, aux reconversions. Paco persuada Lorenzo de s'entendre avec l'entreprise autour d'un départ raisonnable, une indemnisation qui leur permettrait d'être indépendants. Il n'y a rien de plus triste que de revendiquer un travail, disait Paco, c'est comme pleurer la femme qui vient de te quitter. À cette époque, les travailleurs manifestaient tous les jours devant l'imposant bâtiment de la multinationale et ils avaient obtenu la reconnaissance de la société civile. La solidarité est seulement le premier pas vers l'indifférence sans culpabilité, l'avertit Paco. Il montrait un de leurs camarades vociférant. Avoue qu'il est pathétique de crier contre un bâtiment, de lancer des œufs ou de la peinture contre des sigles, je préfère employer toute mon énergie à m'en fourrer plein les poches la prochaine fois.

Lorenzo se laissa conquérir. Il savait qu'il n'était pas fait du même bois que Paco. Lorenzo venait d'une famille dans laquelle l'argent n'avait jamais été une valeur. Il remarquait que ses parents s'ennuyaient quand il leur donnait parfois des détails sur l'entreprise qu'il avait fondée avec Paco. Après avoir eu leur fille Sylvia, Pilar avait mis du temps à retrouver du travail, mais ensuite ils avaient toujours eu Aurora pour garder la petite. Les parents de Pilar étaient morts des années auparavant dans un accident de voiture et la mère de Lorenzo se mettait en quatre pour remplir sa fonction d'unique grand-mère. Bien qu'il n'eût jamais essuyé un seul reproche, Lorenzo détestait avoir besoin de ses parents. S'il parvenait à progresser, si les choses se passaient bien, il serait enfin capable de leur montrer sa réussite.

Lorenzo et Paco achetèrent deux locaux commerciaux et montèrent une boutique d'accessoires de téléphonie. Paco possédait l'art de ne faire apparaître que la rentabilité. Il pouvait ne pas payer les fournisseurs en temps et en heure, mais jamais ces derniers ne lui refusaient une bière, une plaisanterie ou une nouvelle commande. Il ne contrôlait jamais les chiffres, un diagramme dessiné sur une feuille lui suffisait pour justifier un nouvel investissement. Il était volontaire, courageux, pariait gros et retombait toujours sur ses pieds. Demain nous ferons les comptes, aujourd'hui dis-moi seulement si je peux commander un Ribera pour le dîner et un Partagás avec le café, c'était une de ses phrases. Lorenzo se laissait entraîner. Il n'allait pas à tous les dîners, ne répondait pas à toutes les invitations, se réfugiait auprès de Pilar, qui restait à la maison avec Sylvia, persistait à fréquenter ses amis de toujours, Lalo, Óscar, mais alors il entendait Paco lui dire : « les amis ne servent qu'à remplir les moments qu'on ne sait pas remplir soi-même ». Paco récitait un catéchisme individualiste et plein de morgue. Et si un commentaire pouvait blesser Lorenzo, il était toujours suffisamment teinté d'ironie pour faire comprendre à celui-ci qu'il s'agissait seulement d'une blague. Au côté de Paco, on ne pouvait pas perdre. Et pourtant, Lorenzo perdit tout.

Le plus douloureux fut la récrimination silencieuse de Pilar. Le « je t'avais prévenu » sous-entendu. Cette part de la défaite avait un goût plus amer encore que la défaite en soi. Il était si facile de conserver l'idée superficielle que Paco était un mirage, un illusionniste, un joueur qui dévastait ceux qui l'entouraient, que Lorenzo s'y refusa pendant des mois. D'ailleurs dans l'effondrement, les pertes, la débâcle ruineuse de l'affaire, ils paraissaient plus unis que jamais. Paco parlait de projets. Le gruyère aussi a des trous, à quoi doit-il son goût ? disait-il. Mais le trou s'agrandit pour finir par manger le fromage. Les créanciers se succédaient et Lorenzo n'avait pas la capacité de Paco pour s'en débarrasser, les tromper, retarder leur indignation de quatre jours. Les locaux furent mal vendus, ils n'en tirèrent aucun profit, les deux années de travail et l'argent de l'indemnisation s'évanouirent. Lorenzo passa par la pénible expérience de demander de l'argent à ses parents pour régler ses comptes. Cette collaboration doit s'arrêter, lui dit alors Pilar.

Paco se lança dans une autre aventure à laquelle Lorenzo ne voulut pas participer. C'est à partir de là qu'une distance s'instaura entre eux. Ils ne se voyaient presque plus. Lorenzo se replia sur lui-même. Il élabora une théorie. Paco était un oiseau de proie, une sorte d'ascaride. Quelqu'un qui parasite l'énergie des autres. Il se souvint comme Paco arrivait en milieu de matinée, le café servi avec juste un peu de sucre, tel que Lorenzo l'aimait. Comme il avait une phrase judicieuse à chaque moment, comme il ridiculisait les collègues de l'entreprise ou semait des tentations à la manière du joueur de flûte de Hamelin. Il m'a volé ma chance, se disait Lorenzo. Il est arrivé dans ma vie et m'a volé ma chance. Parce que Lorenzo sans Paco était un homme contraint de repartir de zéro, mais à présent sa chance était passée, les portes ne s'ouvraient plus comme avant. Toutes les cartes favorables semblaient avoir déjà été distribuées. Pilar s'était consolidée dans un travail qui lui plaisait, elle se sentait utile et progressait rapidement. C'est à ce moment-là, bien entendu, que Santiago a fait son apparition, se disait Lorenzo. Il s'était faufilé entre les brèches de son instabilité, avec une odeur de pouvoir. Lorenzo était ensuite resté à peine quelques mois dans trois nouveaux emplois. Parfois la principale activité de sa journée consistait à aller chercher Sylvia à la sortie de l'école, à l'aider dans ses devoirs. Il était clair que Paco lui avait montré une façon de vivre beaucoup plus attirante, amusante et passionnante que celle qui lui semblait désormais destinée.

Pilar revint un jour de son bureau avec une information qui acheva de démolir Lorenzo. Une sorte d'humiliation finale et dévastatrice. Si seulement elle lui avait été épargnée. Le nom d'une entreprise créancière de l'affaire de Lorenzo était familier à Pilar. C'était un nom qu'elle l'avait entendu répéter lors de ses cauchemars quotidiens. Nous devons trois millions à Sonor. L'argent tiré de la vente du dernier local s'était volatilisé quand ils avaient payé cette dette. Cet après-midi j'ai enquêté dans le registre de Sonor, lui dit soudain Pilar un soir, une fois Sylvia couchée. Lorenzo ne comprit pas tout de suite, mais il leva le regard avec attention. Les seuls membres de cette société sont Paco et Teresa. Elle lui montra les photocopies, les signatures de la création de la société. Si Paco avait escroqué Lorenzo, ça changeait tout. S'il avait été capable d'ourdir une stratégie diffuse pour couler une entreprise afin d'en faire bénéficier une autre qui lui appartenait, alors Lorenzo était une victime, et non plus un imbécile. Il doit y avoir une explication, dit-il à Pilar, et il prétendit devant elle que cette nouvelle, tant de mois après, ne l'affectait pas plus que ça. Pilar n'insista pas, abandonna le sujet, redevint silencieuse, avec cette façon que Lorenzo trouvait parfois insultante. Il ne savait pas encore qu'il s'agissait de la mise en œuvre élaborée du plan de démolition de son couple. Les termites travaillent également en silence.

Lorenzo laissa passer quelques jours, mais cette information fut la raison qui le poussa à aller voir Paco pour la dernière fois. Pour la dernière fois avant celle où il le tua. Il se rendit chez lui, dans son pavillon. Le pavillon de ma femme, tu crois que je ne me sens pas humilié de savoir que si je ne suis pas ruiné c'est seulement parce que je suis marié avec elle ? lui avait crié Paco un jour où Lorenzo lui jetait au visage ses malheurs. Lorenzo entendit aboyer le chien, mais quand la porte s'ouvrit, l'animal chercha juste à se faire caresser le dos. Il est dressé à l'envers, il aboie et ensuite il est affectueux, au lieu d'être affectueux puis de mordre par surprise, disait Paco.

Lorenzo connaissait bien la maison. Il était venu plusieurs fois. Quand tout allait bien et aussi quand ils cherchaient des portes de sortie, des moyens de freiner l'hémorragie finale. Il avait vu Paco sortir d'une caisse à outils fermée avec un cadenas et cachée dans le garage derrière des étagères avec de gros pinceaux, des chiffons et des boîtes de peinture, une liasse de billets pour les cas d'urgence. Quand mon beau-père a trop d'argent sale je le garde un peu ici.

Cette dernière fois, ils restèrent dans le jardin. Paco sortit à sa rencontre, souriant, lui tendit la main pour lui donner l'accolade, mais Lorenzo le stoppa net. Tu m'as trahi, tu m'as trompé. Paco demeura immobile, attendit que Lorenzo continue. Sonor est à toi, nous te devions de l'argent à toi. C'était une arnaque. Paco essaya d'endiguer ses accusations, expliquant qu'il s'agissait d'une société différente, qu'il avait fondée avec Teresa grâce à l'argent de son beau-père et que la dette était réelle. Je t'ai caché que c'était à moi, mais la dette existait, je peux te le prouver. C'est toi qui gérais les comptes, ajouta-t-il ensuite, tu sais que c'est vrai, je n'ai jamais rien contrôlé, j'ai perdu autant que toi. Lorenzo eut envie de rire, mais il se contenta de répondre qu'il n'avait pas, lui, perdu autant.

Pas autant.

Cela avait été douloureux à dire. Il pressentait alors peut-être déjà tout ce qu'il avait perdu. Plus que l'argent d'une indemnisation, ses économies ou deux ans de travail. Beaucoup plus. Il avait perdu le respect de sa famille, sa place. Il avait perdu sa chance. Lorenzo avait regardé le pavillon à deux étages, le gazon tondu, le costume de Paco, ses cheveux blonds et ondulés, son allure décontractée. Le tout nourri par la trahison. Il avait senti la rage et l'envie irrépressible de frapper son ancien ami. Paco avait tenté de le calmer, l'avait invité à entrer, lui avait proposé de revoir les comptes. On a déconné, Lorenzo, on a déconné ensemble, ne te culpabilise pas, mais ne me culpabilise pas non plus, lui avait dit Paco. On est pareils. Ça sonnait faux. Lorenzo ne serait jamais comme Paco. Paco ne perdait jamais.

Ce fut peut-être à cet instant, alors qu'ils demeuraient tous deux plantés au milieu du jardin, dans la matinée d'un jour froid de novembre, des mois avant que Pilar ne quitte Lorenzo, dans ce silence des explications épuisées, que le crime s'était forgé. Paco avait passé la main sur les épaules de Lorenzo, paternel, apaisant. Si tu as besoin d'argent, je peux t'en prêter… Mais Lorenzo ne l'avait pas laissé terminer, il lui avait écarté le bras violemment et avait levé le poing pour le frapper au visage. Mais il ne l'avait pas fait. Et il s'était senti vainqueur pendant une seconde. Il avait tourné les yeux vers la maison et avait vu Teresa à la fenêtre d'une des chambres, entre les rideaux. Il avait relâché sa menace et avait fait demi-tour très lentement. Ils ne s'étaient pas dit un mot de plus. Lorenzo avait marché vers la porte. Il faudrait encore du temps avant que la rancœur s'accroisse, que la certitude obsédante que Paco lui avait volé sa chance le conduise de nouveau jusqu'à cette zone résidentielle et le pousse à commettre un crime.

Maintenant c'est un assassin, et il regarde le foot. Certains spectateurs quittent le stade avant la fin du match pour éviter les embouteillages, le trafic qui reprendra dans quelques minutes. Certains auront la chance de ne pas voir leur équipe encaisser un but tardif et définitif. Le gardien tchèque récupère le ballon dans les filets et le passe rapidement à l'un de ses coéquipiers. L'entraîneur ordonne un changement rapide et remplace l'ailier gauche, un Argentin récemment engagé qui récolte les sifflets du public. Lorenzo aussi se lève pour le siffler. Rentre chez toi, l'Indien, rentre chez toi ! lui chante un groupe de jeunes. Le joueur ne se presse pas pour aller jusqu'au banc de touche, ce qui énerve encore plus les supporters. Cours, latino de merde ! lui crie quelqu'un. Et Lalo et Óscar rient. Mais il se fout de nous, pourquoi il ne court pas ? On est en train de perdre. La protestation détend Lorenzo, le réconcilie avec lui-même. Participer à l'indignation générale est une forme d'évasion. Et ces cinq minutes au cours desquelles le stade entier pousse son équipe pour obtenir le nul qui n'arrive pas sont les cinq premières minutes qu'il savoure depuis des jours.

8

Les cuites se suivent et ne se ressemblent pas. La dernière, avant de quitter Buenos Aires, n'avait rien à voir avec celle de maintenant. Elle n'était pas solitaire. Ariel vient de sortir d'Asador Tomás, le restaurant où il a dîné avec deux de ses coéquipiers. Ils sont jeunes comme lui, mais semblent moins affectés par la défaite. Nous gagnerons un autre jour, lui a dit Osorio. Mais Ariel ne fait pas la tête à cause de la défaite, pas seulement. Il a souffert des sifflets, d'avoir été remplacé. C'est la troisième fois consécutive que le sélectionneur le sort avant la fin. Pendant le match, il n'a cessé de se répéter ça y est j'y suis, ce n'est pas si difficile, il faut jouer le long de la touche. Mais quand il recevait le ballon de dos, il ne trouvait aucun joueur à qui le passer. Un attaquant doit inventer l'espace et courir pour l'occuper, lui disait Le Dragon. Pendant toute la partie Ariel n'a pu se débarrasser du souffle du défenseur sur sa nuque qui lui bottait les fesses à coups de genou. De temps en temps Ariel lui taclait les chevilles et l'insultait. La balle arrivait imprécise jusqu'à lui, mourait entre ses pieds. Une nouvelle fois les sifflets, réinventer une action qui ne finit jamais bien.

Las d'attendre le ballon, Ariel s'est réfugié vers le centre du terrain et ç'a été la cohue des heures de pointe. Si personne n'est là où il doit être, disait Le Dragon, il n'y a pas de football. Des jambes, des corps collés les uns aux autres et un ballon maltraité. Ce que je ne comprends pas c'est pourquoi le ballon n'a pas porté plainte contre vous ! criait Le Dragon en colère quand ils jouaient ainsi. Ariel entendait les supporters, il sentait leur pression comme une présence physique. Il demandait la balle alors qu'il ne savait pas quoi en faire quand il l'obtenait. Ce n'étaient pas des vraies passes, c'étaient ses coéquipiers qui s'en débarrassaient. Qui perdaient la balle. Et Ariel la perdait à son tour.

Dans le restaurant, on ne les fait pas payer, le mur est plein de portraits de clients célèbres, la plupart footballeurs, quelques politiciens et le roi avec un groupe de chasseurs. Il y a aussi le propriétaire de l'établissement à genoux devant le pape lors d'une audience au Vatican. D'une table alentour leur parviennent les signes persistants de deux filles, pulls moulants, seins hauts. Ce sont des putes, dit Poggio. Tu es fou, mec, lui répond Osorio. Ils demandent au propriétaire de les présenter. Elles engagent une conversation animée avec eux. On appelle une amie ? demande l'une d'elles devant la mine grave d'Ariel, qui ne fait rien d'autre que boire du vin. Ariel refuse de la tête. Il se lève. Je rentre chez moi.

Il laisse un généreux pourboire au chef de salle, qui envoie chercher les clés de sa voiture. Tu aimes l'eau-de-vie ? lui demande ce dernier en lui tendant une bouteille au cristal épais avec un bouchon en liège. C'est le propriétaire qui la fait. Pure. Indolore. Ariel prend la bouteille et récupère sa voiture à la porte de l'établissement. Il a envie de conduire. Il met de la musique et s'enfuit vers la première direction. La dernière cuite, définitivement, n'avait rien à voir avec celle-ci.

C'était à Buenos Aires. Dans le restaurant de la sœur de Walter, un de ses coéquipiers, à qui il avait loué son petit appartement de Belgrano. La veille de son départ. Il avait réuni quelques amis du quartier, des joueurs de son équipe, le préparateur physique, le professeur Matías Manna, qui affirmait que les grands chanteurs d'opéra prennent toujours un gin tonic avant d'entrer en scène, pour justifier ainsi le quatrième qu'il buvait ce soir-là. Il y avait aussi Macero, toujours intime d'Ariel même s'il jouait désormais à Newell's et détenait le record de cartons rouges du championnat. Charlie n'était pas venu. Sors avec ta bande, c'est ta nuit. Mais Agustina, sa fiancée de toujours, était là. Ils l'avaient taquiné, lui disant que lorsqu'il serait millionnaire il les oublierait. Beaucoup avaient apporté un cadeau qu'Ariel avait dû déballer. Un drapeau argentin, à mettre dans les vestiaires espagnols. Alberto Alegre, petit-fils d'Aragonais exilés après la guerre civile qui était avec lui au lycée les dernières années, s'était levé pour lui chanter le *chotis* « Madrid » pendant que les autres faisaient en chœur les accords de trombone. À ce moment-là, la plupart étaient déjà ivres ; les uns avaient proposé de boire un dernier verre à l'Open Bay et les autres d'aller danser au Ink. Agustina s'était retirée à ce moment-là, profitant de la confusion aux portes du restaurant. Je suppose que ton voyage t'aidera à m'oublier, lui avait-elle dit en l'embrassant sur les lèvres. La rupture avait eu lieu sans trop d'explications. Je n'ai pas su faire, se reprochait Ariel. Elle était toujours amoureuse de lui. Lui, en revanche, n'éprouvait qu'une tendresse diffuse, accroché au désir fou qu'il avait eu d'elle un jour, à leur relation sereine, belle, et pourtant jamais épanouie. Il quittait les autres plus bruyamment, mais avec elle il tirait un rideau sur l'amour, étranger, cruel. L'adieu était amer, comme un chapitre qui se refermait. Heureusement, l'alcool l'aidait. Il n'avait pas lâché le discours que les autres lui réclamaient à grands cris, un discours, un discours, et c'est lui au petit matin qui les avait envoyés au lit.

À présent dans sa voiture, à des milliers de kilomètres loin de là, sur la route quasi déserte, Ariel se rappelle qu'il y a des mois de cela il jouait au Cenicero, un tiers seulement de la capacité de ce stade madrilène ventru qui s'élève dans les airs, avec ses tribunes vitrées luxueuses pour les invités de marque. Cependant, sur le terrain l'espace semblait s'inverser. Là-bas, Ariel s'amusait en jouant, il ne subissait pas autant de pression et se déplaçait facilement parmi les défenseurs. Quand il jouait à domicile les supporters chantaient son nom ou soutenaient en chœur son équipe comme une musique de fond familière, « mets des couilles, des couilles », sans arrêt. Ces mêmes supporters qui les insultaient quand ils baissaient la garde ou ne s'épuisaient pas comme ils l'exigeaient. C'était le prix d'un amour passionné, parfois brutal, mais jamais froid et inassouvi comme celui du public madrilène. Là-bas, on n'avait pas les jambes lourdes comme ici. À l'époque, il était seulement le gosse à qui un matin, à la fin de l'entraînement, quelqu'un du club avait dit il y a un espingouin qui veut te parler.

Le représentant s'appelait Solórzano et revendiquait une exclusivité pour négocier en son nom. Ne perdons pas la tête, lui avait dit Charlie, même si c'était lui qui désirait le plus la perdre. Les Espagnols arrivent avec plein d'argent. Le foot là-bas peut payer n'importe quoi, n'importe quoi, répétait Charlie. Ce soir-là, il les avait emmenés manger des pâtes au Piégari. Si la saison prochaine tu ne joues pas dans un club espagnol, je me rase la tête, leur avait dit Solórzano, et Charlie avait éclaté de rire, le type est chauve, on n'a rien à perdre. Je ne travaille pas seul, leur avait expliqué Solórzano. Le club argentin d'Ariel préférait gagner rapidement de l'argent et voulait vendre les droits du joueur à une société comprenant deux intermédiaires bien connus qui avaient investi dans un capital iranien, acheté un club au Brésil et étaient en négociations avec un autre club à Londres. Il fallait agir vite. Apparemment Boca proposait un million et demi de dollars pour cinquante pour cent de la propriété du joueur. Je ne veux pas aller là où on me dit d'aller, je veux choisir mon équipe, insistait Ariel auprès de Charlie.

Après avoir signé l'exclusivité avec Solórzano ils avaient compris ce qu'il voulait dire par le fait qu'il ne travaillait pas seul. Dans la presse sportive espagnole avait paru un article. « Tout le monde veut engager le joueur à la mode, l'attaquant de San Lorenzo, Ariel Burano Costa. » Lors du match suivant contre Rosario Central il avait marqué le deuxième but et la femme de Puma Sosa, le milieu de terrain uruguayen, lui avait dit qu'on l'avait vu aux informations sur la chaîne internationale espagnole. Solórzano avait téléphoné de Madrid, le vent souffle dans ta direction, la semaine prochaine je te transmets des offres.

Quelques jours plus tard il lui avait arrangé une interview par téléphone avec un journaliste espagnol qui lui posa des questions en direct. C'est vrai ce qu'on dit, tu es capable de faire tant de dribbles sur un bout de pelouse que les défenseurs s'arrêtent pour te regarder et t'applaudissent ? Ariel commença à comprendre le pouvoir de Solórzano. Sa façon de disposer les pièces pour qu'elles convergent toutes dans la même direction : Madrid.

Il leur faxa un autre article d'un journal espagnol, le *Clarín* local. On y esquissait le portrait d'Ariel, nouveau joueur surgi des bidonvilles, compétiteur né, rapide, intuitif, artiste. « Dans les rues d'un faubourg de Buenos Aires, Ariel Burano, dit « Plume », a appris à coller le ballon à son pied gauche. On l'appelle Plume parce qu'il se déplace avec une légèreté de danseur. » Ariel sourit devant le cliché. C'était sûrement moins vendeur de dire qu'il était le fils d'une famille de la classe moyenne de Floresta et qu'il avait appris à maîtriser le ballon pendant les cours interminables de l'école Lincoln où, sous son pupitre, il faisait rouler le ballon de gauche à droite pour échapper aux ennuyeuses leçons. En réalité, on l'appelait Plume parce qu'on disait qu'un simple souffle suffisait à le faire tomber. Dans les stades rivaux, chaque fois qu'il tombait sur la pelouse, le public lui chantait : Plume, Plume.

Ariel apprendrait par la suite qu'un rabatteur avait écrit au club espagnol pour lui recommander de l'engager : « dans deux ans il jouera pour Boca ou River et coûtera le double. » Quelqu'un de la direction filtrait pour Solórzano le nom des joueurs qu'elle allait tenter de faire signer et il se mettait alors au milieu. Solórzano montait le prix. N'aie pas peur, plus un joueur est cher plus il intéresse, car beaucoup de gens vivent de l'argent qui se perd en route. Il partageait une commission avec un indic au sein de la direction puis mettait en branle une mécanique médiatique bien huilée avec informations privilégiées et quelques billets à la clé ; il s'agissait de multiplier le prix, d'intéresser d'autres acheteurs et de forcer la signature grâce à une illusion fabriquée dans les médias. Si le public presse, tu acculés le président dans les cordes et il paie ce qu'il faut, tu le laisses toujours gagner un petit peu, détourner une pincée d'argent vers son compte aux îles Caïman et tout le monde est content. L'important, c'est que tout le monde soit content, non ? N'est-ce peut-être pas la seule mission du foot, rendre les gens heureux ? leur demandait Solórzano.

Pour Ariel, le football espagnol était un peu familier. Il connaissait des joueurs partis là-bas et le satellite diffusait des matchs en direct le dimanche. Même si beaucoup revenaient de l'étranger sans gloire – cette année même, Martín Palermo ou Burrito Ortega ou, dans son propre club, Loeschbor et Matías Urbano –, partir là-bas était un véritable rêve. Mais lors du deuxième voyage de Solórzano, les choses avaient semblé s'éloigner. Ça se complique, on va voir ce qu'on peut faire. Le club avait atteint son quota d'étrangers non européens. Ils nous laissent le cul à l'air. Ils ne veulent pas récupérer un Argentin, alors que l'affaire est déjà classée et que la presse a dit de toi que tu es le nouveau Maradona. Il lui montra la une d'un journal sportif avec sa photo et un énorme titre : « La nouvelle recrue ».

Burano c'est un nom italien, n'est-ce pas ? leur demanda Solórzano. Charlie acquiesça sans conviction, le grand-père de mon père dit qu'il venait de là. Deux semaines plus tard Solórzano avait exhibé l'extrait de naissance de leur arrière-grand-père Burano envoyé par une paroisse italienne. Pour une modique somme, je te fais un arbre généalogique avec la Joconde à la place de ta mère. Avec ses origines italiennes, Ariel occuperait une place d'Européen, il n'aurait pas à se battre avec des Brésiliens, des Africains, des Mexicains. Avec cette face de gigolo et cette tignasse de maquereau tu ne peux être qu'Italien, avait dit Solórzano à Ariel. On ne fait rien de mal, on retrouve seulement les papiers perdus de ta famille. C'est une mécanique qui ne peut plus s'arrêter.

Solórzano ne leur inspirait pas confiance. Ni à Ariel ni à Charlie. Il buvait du vin rouge et fumait des cigares bon marché. Sa dentition, qui se terminait par deux molaires en or, ressemblait à un sol non récuré. Même s'il assurait que sa seule patrie était celle de l'argent, à plusieurs reprises, encouragé par l'alcool, il leur avait confié que ce qu'il fallait à l'Espagne c'était un autre Franco et à l'Argentine un nouveau Perón. C'était un nostalgique sarcastique, une fripouille donneuse de leçons. Pour finaliser le contrat, il était revenu en compagnie d'un jeune avocat, représentant du club, et ils se réunirent tous dans les bureaux du conseiller d'Ariel. Charlie avait pour tâche d'être vigilant, mais entre deux rires de corbeau Solórzano détendait l'ambiance avec son inépuisable recueil d'anecdotes. Il avait raconté d'où venait la passion du président du club, « *Psychose* », pour le foot. Il avait acheté une équipe dans le nord du pays, et partageait la propriété du stade avec la mairie de la ville ; il avait réussi à faire descendre le club en deuxième division puis plus bas encore, et l'avait finalement conduit à la ruine. C'était absurde, au lieu d'essayer de faire gagner son équipe, il faisait tout son possible pour qu'elle perde. C'était le monde à l'envers. Mais toute l'affaire avait été révélée avec la démolition du stade, qui était tout près de la plage, lorsqu'on avait construit mille quatre cents appartements de luxe sur le terrain à bâtir, avec l'aval des autorités locales, bien entendu, pour qu'il ne subsiste aucun doute légal. Les membres du club voulaient le tuer et, d'un geste qu'il avait présenté comme chargé de dignité, il avait vendu l'équipe. À cette époque le patrimoine de ce club n'était plus que son nom et ses couleurs, rien d'autre. Quelques années plus tard, c'était un homme si solvable qu'on était pratiquement allé le chercher pour qu'il préside le club madrilène. À présent, ça lui donne du prestige social, une tribune à Madrid c'est comme être devant la cour des rois. Avec ce genre de gens on peut faire des affaires, avait conclu Solórzano, parce qu'ils sont comme moi : ils ne respectent qu'une seule chose en dehors de l'argent : beaucoup d'argent. C'était ce type désagréable et hâbleur, à l'haleine chargée, aux cheveux couleur rouille, avec épingle à cravate dorée et chaussures à carreaux, qui avait emmené Ariel en Espagne. À en juger par son aspect louche, ce dernier aurait dû soupçonner que rien ne serait facile.

Début juillet, Ariel avait rendu visite au Dragon. Il suivait depuis le banc de touche l'entraînement des garçons avec ses yeux tristes, ses lunettes et son vieux sifflet à pois chiche. Je pars en Espagne, lui dit Ariel. C'est ce que j'ai cru entendre. Les lunettes du Dragon étaient démodées depuis vingt ans. Je venais vous dire au revoir. L'entraîneur fit un signe affirmatif de la tête sans cesser de regarder les joueurs. Ariel demeura un long moment à côté de lui, dans l'espoir qu'il lui dise quelque chose. Un jour, après avoir regardé un match du Mondial de Corée chez lui, alors que sa femme le raillait parce qu'il se levait toutes les cinq minutes pour aller aux toilettes, Le Dragon lui avait dit : le foot c'est pour les humbles, c'est le seul métier où tu peux jouer mal toute une partie et la gagner, et jouer bien et la perdre. Ariel n'avait pas oublié cette phrase et il craignait que le vieil entraîneur croie désormais qu'avec son contrat de millionnaire et son départ pour l'Espagne il n'ait perdu l'humilité en question. Je suis le même garçon que vous alliez chercher l'après-midi pour le conduire à l'entraînement, avec Macero et Alameda aurait-il voulu lui dire. Ils restèrent silencieux quelques instants de plus, jusqu'au moment où Le Dragon lui montra un joueur : Celui-là il s'appelle comme toi. Envoie-lui une plume dédicacée, ça va le tuer. Bien sûr, dit Ariel. C'est rare que de bons joueurs sortent de Buenos Aires, les seuls garçons prometteurs viennent de l'intérieur du pays. Le Dragon se tourna vers lui et le saisit fortement par l'épaule. Il lâcha un grognement. Dans cette histoire, le pire qui peut t'arriver c'est de te croire un peu meilleur que tu ne l'es en réalité. Ce fut sa façon de le quitter, il traversa le terrain pour corriger une action. Ariel l'avait observé un moment et il était parti.

Pendant longtemps il avait cru que les départs étaient plus difficiles que les arrivées, mais il se trompait. À présent il se voyait tel qu'il était, seul, avec pour toute compagnie la ligne blanche de la route, sans savoir où il allait, la bouteille d'eau-de-vie entre les cuisses et la même chanson en boucle, « devant quatre chemins, et aucun ne mène nulle part ». Il avait peur de l'échec dans ce pays parfois accueillant, parfois hostile. Son premier match, lors d'un tournoi amical, l'avait renvoyé au vestiaire avec un sentiment d'escroquerie. Maintenant ils vont venir me dire tout était une blague, nous savons que tu es un médiocre absolu, tu peux rentrer à Buenos Aires. Tout n'était peut-être qu'un terrible malentendu. Mais alors Charlie était encore dans les parages, et il lui montrait le côté positif des choses, les bonnes vibrations, le rassurait. Ils téléphonaient à la maison et Charlie racontait le match à ses fils comme s'il avait assisté à une partie différente de celle où Ariel avait raté ses dribbles. Il disait c'est le Plume, le *Wing* que tout le monde attendait.

Il a pris une sortie au hasard et suit les indications pour retourner en ville. De là il pourra s'orienter. En réalité, il connaît juste le chemin entre sa villa et le stade et il est obligé d'y revenir. C'est son point zéro dans la ville. Son centre du monde. Le stade se cache jusqu'au moment où il apparaît soudain dans tout son éclat. Ariel prend par une grande avenue déserte, mais les feux semblent passer au rouge pour lui. Dès qu'il en quitte un, le suivant vire aussitôt. Comme s'ils voulaient emprisonner la voiture. Finalement le feu passe au vert et Ariel accélère à fond pour atteindre le suivant avant qu'il ne soit rouge, mais de l'obscurité proche surgit une ombre, il a beau tourner le volant il ne peut l'éviter, la bouteille tombe entre ses jambes. Il freine autant qu'il peut. Il entend un choc violent sur le capot, la voiture s'arrête. Ariel demeure immobile un instant. Panique. Il a renversé quelqu'un. La chanson tourne toujours dans l'autoradio, mais à présent elle ne convient plus à la situation. Il a peur de sortir, d'ouvrir la porte, d'affronter la réalité. Il sent que l'ivresse s'est évanouie. Seule demeure la terreur. Ses chaussettes sont imbibées d'eau-de-vie. Il prend des forces. Tout cela ne dure pas plus de trois secondes.

9

Enfant, Sylvia passait beaucoup de temps chez sa grand-mère Aurora. Elles jouaient ensemble sur son lit. Elles inventaient les vacances de la poupée préférée de Sylvia. D'abord elles escaladaient avec elle les coussins comme des montagnes enneigées. Puis elles mettaient le dessus-de-lit par terre et feignaient d'être sur la mer. Les plis étaient les vagues sur lesquelles nageait la poupée manipulée par Sylvia. Les vagues grossissaient pendant le jeu, la mer s'agitait, et à la fin, enhardies, il y avait toujours une grande vague qui recouvrait la grand-mère, la poupée et Sylvia, riant à gorge déployée. Parfois, quand elles ressortaient la tête de là pour reprendre haleine, son grand-père Leandro les regardait de la porte, affolé par le désordre. Il souriait pourtant, mais ne disait rien. Aurora se tournait toujours vers sa petite-fille et lui disait : Maintenant il va falloir que tu m'aides à refaire le lit.

Son père vient de sortir de la chambre et il n'a pas manqué de remarquer les rideaux vénitiens, la télévision fixée dans un coin de la pièce, les appliques neuves aux murs. Sylvia fait un parallèle entre ces détails et l'hôpital de sa grand-mère où tout est vieux, délabré, où les murs sont abîmés, où les patients n'ont pas l'impression, comme dans cette clinique, d'être les premiers à occuper la chambre. Une sacrée différence, ici tu es comme une reine, lui a dit Lorenzo, ta grand-mère doit partager sa chambre avec une autre malade qui ronfle comme une dératée.

Ce matin, elle s'est réveillée la bouche sèche. Son père lisait un journal sportif assis sur le canapé. Depuis l'opération Sylvia avait la jambe dans le plâtre, suspendue dans l'air. Mai y avait dessiné sa signature au marqueur. Son amie n'était pas restée longtemps, juste le temps que Lorenzo aille déjeuner. Ça fait mal ? Un peu.

Mai lui raconta son week-end. Sylvia ne lui dit rien sur son rendez-vous avec Dani. Son absurde fête d'anniversaire. Quand son nom arriva dans la conversation, Sylvia s'inquiéta. Il m'a demandé de tes nouvelles ce matin, lui dit Mai. Je lui ai raconté ce qui t'était arrivé, mais j'ai pensé qu'il valait mieux qu'il ne vienne pas, non ? Oui, c'est mieux ainsi.

Elle était assise au pied du lit quand la porte s'ouvrit. Pilar entra. La mère de Sylvia et Mai se dirent bonjour et Pilar embrassa sa fille en demandant ce qui s'était passé. Mai prit congé. J'y vais, demain je reviens te voir, OK ?

Sylvia sentit sur son visage les larmes de sa mère. Je vais bien, ce n'est pas grave. Pilar se redressa et posa la main sur le plâtre. J'ai été opérée par le médecin de l'équipe espagnole de foot, lui expliqua Sylvia. Il dit que dans deux mois je pourrai retourner dans la compétition. Bien sûr, avant, il faudra que l'entraîneur me convoque Pilar souriait. Tu vas venir chez moi jusqu'à ce que tu puisses remarcher. On verra, répondit Sylvia. Ton père ? Il est allé manger. Il ne peut pas s'occuper de toi, dit Pilar, il a d'autres soucis. Maman, je me débrouille toute seule, j'aurai des béquilles, je ne suis pas invalide. Sylvia sortit le bras de sous le drap et Pilar vit les contusions. Le fils de pute ne m'a pas ratée. Sylvia, ne parle pas comme ça. Bon, alors, ce monsieur si bien mis m'a emboutie de brusque manière.

Sylvia ne cherche pas à blesser sa mère, mais elle manque de patience quand elle parle avec elle. Dans l'ironie elle trouve souvent la manière de réduire la distance entre ce que sa mère désire entendre et ce qu'elle a envie de raconter. Quand elles vivaient ensemble, Sylvia ignorait le sentiment de solitude que cela procurait à sa mère, la frustration qu'elle ressentait à se voir ainsi refuser l'accès aux préoccupations de sa fille. Qu'as-tu envie de manger ? Ça m'est égal. Tu sors maintenant ? Oui. Où ? Par là. Avec qui ? Avec Mai. Juste vous deux ? Non, avec deux gardes civils. Pilar souffrait face aux explications paresseuses de Sylvia. C'est la naissance de sa vie privée, se disait-elle.

Si tu vas voir grand-mère, ne lui raconte rien, elle a déjà assez… dit Sylvia à sa mère. La porte s'ouvrit et Lorenzo entra. Pilar et lui se regardèrent. Après un instant de doute elle s'avança vers lui et ils s'embrassèrent sur les joues. Ce fut un geste mécanique, leurs joues s'effleurèrent avec étrangeté après vingt ans de baisers sur les lèvres.

Je lui ai proposé de venir avec moi ces jours-ci, jusqu'à ce qu'elle puisse bien remarcher. C'est comme elle veut. Un moment plus tard ils se remirent à discuter, tous deux se proposant de rester la nuit. Sylvia insista pour qu'ils s'en aillent. Elle n'aimait pas assister à ces compétitions entre ses parents, cette course à l'amour filial. Grâce à la séparation, elle avait gagné en indépendance, peut-être par désertion des deux parties, mais elle se sentait mieux, moins protégée, moins surveillée. Vivre avec son père était ce qu'il y avait de plus proche de la solitude. En l'absence de sa mère Sylvia avait grandi à une vitesse spectaculaire. Elle s'était rendu compte de ce que signifiait ne pas avoir quelqu'un au-dessus de soi pour résoudre tous les besoins quotidiens.

Le docteur Carretero lui rendit visite en toute fin de journée. Il salua Pilar et lui expliqua, avec la même patience qu'il avait employée à l'égard de Lorenzo le matin même, le processus de récupération de Sylvia. Elle passerait cinq semaines avec la jambe dans le plâtre et ensuite il y aurait une très légère rééducation. C'était un homme dans la cinquantaine, les cheveux gris avec une raie et des mains fines. Dans deux mois elle sautera de nouveau à la corde. Sylvia fronça les sourcils. Je préfère qu'elle passe la nuit ici, et demain nous la laisserons sortir, d'accord ? Elle a plusieurs contusions et il vaut mieux ne prendre aucun risque. Puis il sortit de la chambre et Lorenzo en profita pour expliquer à Pilar que le conducteur de l'automobile prenait en charge tous les frais. C'est lui qui l'avait conduite ici et il avait demandé qu'on le tienne informé. Nous avons eu de la chance, elle a été renversée par un type bien, aujourd'hui la plupart des gens s'enfuient. Une putain de chance. Ne parle pas comme ça, Sylvia, la corrigea Pilar. Je ne me suis rendue compte de rien, poursuivit Sylvia. Ce matin le monsieur est venu pour parler avec papa et je ne me souvenais même pas de sa tête. Je crois qu'ils étaient deux dans la voiture et c'est l'autre que j'ai vu. Tu t'es évanouie ? demanda Pilar. Je ne sais pas, peut-être… Tout a été bizarre. Après le choc j'ai essayé de me lever et j'ai senti que ma jambe était comme en caoutchouc, alors j'ai eu peur. C'est à ce moment-là qu'il m'a mise à l'arrière de la voiture. Elle a eu pas mal de chance. Elle a traversé sans regarder, en pleine nuit, sur un passage interdit, intervint Lorenzo.

Quand ils la laissèrent enfin seule, Sylvia éprouva une sensation de paix. Sa mère était partie en premier. Je t'appelle plus tard, dit-elle. Tu veux que je te rapporte des vêtements ? Mais la question s'éteignit toute seule. Le regard orgueilleux de Lorenzo suffit pour rappeler à Pilar que les vêtements étaient chez lui et non à sa disposition. Lorenzo attendit un moment, comme s'il ne voulait pas sortir en même temps qu'elle.

Sylvia explore les chaînes de la télévision au moyen de la télécommande. C'est l'heure des informations. Elle trouve une émission de clips musicaux. Elle la laisse en fond sonore, sans lui prêter beaucoup d'attention. Un chanteur se débat entre une douzaine de femmes qui le caressent, le supplient, le désirent. Lorenzo a laissé les journaux entassés sur le canapé, mais elle n'a pas envie de les regarder. Une infirmière lui apporte son dîner. Sylvia mange avec appétit. Sur son mobile elle reçoit un message de Dani. Soigne bien ta jambe. Sylvia lui répond avec la même froideur dépouillée. Je vais essayer.

Un moment plus tard on lui retire son plateau-repas. L'infirmière lui souhaite une bonne nuit, lui montre la sonnette d'appel. À la télévision, une femme en maillot de bain chante en se roulant par terre autour d'une piscine comme un serpent en rut. Quand elle entend des doigts tapoter de manière brève et répétée contre la porte Sylvia pose la télécommande sur la table de chevet. Maman ? La porte s'ouvre très lentement et apparaît un visage cuivré, encadré d'une chevelure un peu ébouriffée. Un corps petit mais robuste. Il tient une boîte de chocolats à la main.

Tu n'es pas ma mère, je crois.

Non, je ne pense pas, répond le garçon. Tu es Sylvia, n'est-ce pas ?

C'est son accent, la douce cadence de sa voix, qui attirent l'attention de Sylvia. Elle l'observe tandis qu'il se retourne pour fermer la porte derrière lui. Il lui tend les chocolats. J'ai apporté ça, c'est le moins que je pouvais faire. Merci. Sylvia attrape la boîte, et remonte le drap pour couvrir ses seins. Elle n'a pas de soutien-gorge sous sa chemise. Elle ne veut pas que le regard du garçon, aux yeux couleur miel protégés par des cils extrêmement longs, soit distrait. Ses sourcils sont fournis, le droit interrompu par une légère cicatrice. Sa cloison nasale un peu tordue achève de lui donner une certaine dureté contrebalancée par un délicat grain de beauté à mi-chemin entre la commissure des lèvres et l'œil gauche. Dur et doux.

C'est toi qui m'as renversée, n'est-ce pas ? demande Sylvia.

10

Le mardi il y retourne.

Leandro est accueilli par la même responsable. Elle le conduit dans un salon différent, plus petit, étroit. Leandro comprend qu'elle s'arrange pour que les clients ne se croisent jamais. Appelez-moi Mari Luz, s'il vous plaît, vous pouvez me tutoyer, lui dit la femme. Leandro préfère le traitement froid, professionnel, du premier jour, tant de familiarité le trouble, aggrave ses sentiments envers lui-même. Quand, quelques minutes plus tôt, il s'est retrouvé dans la rue, à l'heure de la sortie des écoles, il a envisagé de faire demi-tour. L'agitation extérieure était menaçante. Il a croisé un autobus scolaire, des voitures. Impossible que les voisins d'une rue engourdie comme celle-là ignorent à quoi se consacre le pavillon du n° 40 aux stores toujours baissés. Les clients, comme lui, sont probablement scrutés avec indignation. « Tiens, encore un… »

Leandro préfère ne rien boire. J'aimerais la même fille, dit-il. Valentina, n'est-ce pas ? demande Mari Luz. Laissez-moi voir, vous allez devoir attendre un peu, rien du tout, dix minutes. Si vous préférez voir les autres… Non, l'interrompt Leandro, je préfère attendre.

Leandro s'assoit. Devant lui, il y a une fenêtre par laquelle il voit les feuilles d'un platane tomber sous une rafale de vent. Un bruit de pas. Une voix féminine. Mais rien qui révèle l'occupation des chambres. Il suppose qu'Osembe doit être avec un autre client. Il a laissé Aurora à l'hôpital, assoupie. Esther est venue passer un moment l'après-midi. Je vais aller me dégourdir les jambes, a dit Leandro.

Il avait passé un lundi d'angoisse et de culpabilité. Moins par ce qu'il avait fait la veille dans l'après-midi que par le désir irrépressible de recommencer. Il était arrivé tôt à l'hôpital pour permettre à Esther de rentrer chez elle. Il apprit vite l'accident de Sylvia. Au début il eut peur. Renversée hier soir par une voiture, entendit-il dans la bouche de son fils, et il relia l'événement à son rendez-vous avec Osembe. C'était le châtiment. Sa petite-fille renversée au moment où lui… Elle va bien, il n'y a rien à craindre, le rassura Lorenzo. Ils décidèrent de ne pas en parler à Aurora.

Il dormit très mal sur le canapé-lit. Honte et excitation. Il entendait la respiration d'Aurora, toute proche, comme tant d'autres nuits. Il pensa aux rares occasions où il avait recherché du sexe loin d'elle. Dans son bureau il conservait un livre de photographies de nus féminins. C'étaient des nus artistiques, la plupart en noir et blanc. Se masturber le renvoyait avec une ironie cruelle à l'adolescence. Jamais il ne s'était imaginé assis tout seul dans le petit salon d'un pavillon comme celui-là.

Certaines nuits Aurora et lui entretenaient encore quelque chose d'apparenté à une rencontre érotique. Cela se produisait au cours de nuits étranges où elle remarquait qu'il avait du mal à s'endormir. Elle tâtait entre ses jambes et découvrait qu'il était excité. Elle le calmait avec la main. Parfois Leandro montait sur elle et ils faisaient l'amour sans pénétration. Comme c'était douloureux pour Aurora ils se contentaient d'effleurer leurs sexes, de se caresser l'un l'autre. Ils n'en parlaient jamais ; quand c'était fini, ils se tournaient le dos pour dormir. Personne ne nous apprend à être vieux, hein ? lui avait-elle dit un soir. Leur désir, sans doute, était mort depuis longtemps et reposait, enterré sans cérémonie, sous les ressorts du lit matrimonial.

Mardi matin, le docteur passa dans la chambre, plus calme mais avec la même tache de chorizo sur sa blouse. Il emmena Leandro dans une chambre voisine et lui montra des radios. Les femmes de ménage venaient de quitter la pièce et ça sentait le désinfectant. Le docteur ouvrit grand les fenêtres. Il parlait en agitant son crayon de papier entre ses doigts. Voyons voir, la fracture de la hanche ne revêt pas d'importance majeure, comme je vous l'ai déjà dit. C'est une chose courante, considérée comme une épidémie de la vieillesse. Songez que chaque année en Espagne nous traitons quarante mille fractures de la hanche chez les personnes âgées, en particulier les femmes. C'est pourquoi ceci est anecdotique.

Leandro eut peur. Peur du moment où le spécialiste commencerait à lui parler de ce qui n'était pas anecdotique. Le problème, c'est que ce type de fracture est parfois le premier signe d'un affaiblissement général. Nous allons renvoyer votre femme à la maison, mais nous allons lui faire des examens sérieux, en plus de cette grave ostéoporose dont elle souffre et pour laquelle elle est déjà sous traitement… Leandro mit les mains dans les poches de sa veste. Il avait froid. Je n'en savais rien, dit-il. Le médecin sourit, ouvrit le dossier contenant tous les renseignements sur Aurora. Vous savez comment sont les femmes, elles cachent leurs problèmes. Oui, répondit Leandro. Le docteur lui parla de densitomètre et de degrés de mobilité, mentionna d'autres examens qui allaient être réalisés, mais il n'arrivait à aucune conclusion. Leandro posa la question de la rééducation une fois qu'ils auraient quitté l'hôpital. L'important c'est de ne pas se laisser envahir par le découragement, se contenta de dire le médecin. Ce sont les soucis de l'âge.

Dans la petite pièce glacée la conversation languit. Troublé, Leandro sortit dans le couloir pour retourner dans la chambre d'Aurora. Son incompétence pour les tâches domestiques le désespérait. Jusqu'à cet instant, Aurora avait tenu la maison, et Leandro ne voyait pas grande différence entre une machine à laver et un réfrigérateur. Lui s'occupait des factures, des comptes en banque, de régler les quittances, d'acheter le vin, d'assister aux sinistres réunions de copropriété, mais il ne connaissait rien à la marche de la maison. Il savait que le dimanche son fils Lorenzo et Sylvia venaient déjeuner et que presque toujours il y avait de la soupe de riz et du merlu frit. Et que si Manolo Almendros se présentait le jeudi vers midi Aurora lui proposait toujours de rester manger et lui offrait ses chocolats préférés au dessert. Seulement il ignorait tout de l'organisation de ces choses. Il se sentit angoissé à l'idée de sa femme impotente dans une maison inadaptée.

Dans trois jours nous sommes chez nous, annonça Leandro à Aurora, qui lisait dans son lit. Puis il s'assit près d'elle et ouvrit le journal. Ils lisaient tous deux en silence, presque la même phrase au même moment. Ils se posaient peut-être les mêmes questions, mais ils ne se dirent rien. Photos encadrées de terroristes islamistes. La mort de Yasser Arafat. Les élections imminentes aux États-Unis.

Osembe est descendue le chercher. Leandro la voit arriver à travers la vitre. Elle a beau sourire et l'embrasser sur les joues, elle arbore le même air absent que la fois précédente. Elle le conduit en haut de l'escalier jusqu'à une chambre différente, un peu plus grande. La fenêtre donne sur le jardin de derrière et le store n'est pas du tout baissé. La lumière de l'après-midi entre. Une autre chambre, remarque-t-il. Elle est mieux, dit-elle. La salle de bains est plus spacieuse, avec des azulejos jaune pâle. Au-dessus du lavabo il y a un meuble avec un miroir à trois ovales. Leandro remarque qu'il est presque identique à celui de chez lui, ce qui le perturbe. Osembe se savonne l'entrejambe et Leandro ressent une pointe de dégoût quand il devine qu'une minute plus tôt elle était avec un autre client. Il se coiffe les cheveux avec les doigts et regarde les taches qu'il a sur le front et les joues. Le visage d'un vieux. Il y a un jacuzzi, ça te dit ? Après, peut-être, répond Leandro.

Quand il s'assoit pour se déshabiller il regarde le jardin. Il voit la piscine à moitié remplie et une balançoire blanche au portique rouillé. Déshabille-toi, demande Leandro à Osembe. Elle se place devant lui et ôte ses vêtements mécaniquement. Elle tarde à enlever ses dessous, comme si elle voulait se montrer pudique. Elle se regarde et tend les muscles de ses cuisses et de ses fessiers. Pendant un moment elle semble oublier que Leandro est devant elle. Elle mâche du chewing-gum. Leandro se lève pour l'embrasser et il sent son haleine à la fraise. Elle ne retire pas le chewing-gum de sa bouche mais le cache entre ses dents tandis qu'elle embrasse Leandro sans passion.

Leandro la prend dans ses bras et finit de la dénuder. Elle se moque, sans excitation, distante. C'est moi qui le fais, allonge-toi. Leandro obéit et se dirige vers le lit. Elle domine la situation. Leandro tente de se rebeller car il ne prend pas de plaisir dans cette succession de caresses. Tu veux baiser ? demande-t-elle. Leandro se sent ridicule. Il voudrait donner à leur rendez-vous une couleur intime, mais il se rend compte qu'Osembe ne tolère pas de sortir de la routine. Elle préfère que tout soit prévisible, plat, professionnel. Leandro devine qu'il peut exister chez elle un plaisir plus lointain, caché, mais l'accès à ce lieu intime lui est interdit. Elle mâche son chewing-gum, ses pensées loin de là. Leandro ne parvient pas à être excité par ce tripotage de son sexe, plus semblable à un travail de manipulation industrielle qu'à un jeu érotique. Allez, grand-père, dit-elle. Comme si elle allait le stimuler ainsi. Leandro est envahi par la mauvaise humeur. Arrête, dit-il, et il s'assoit sur le lit.

Il a envie de rire. Qu'est-ce que je fais ici ? se demande-t-il. Les yeux de la fille regardent dans le vide, comme si rien n'avait vraiment d'importance.

La situation est alors désagréable pour tous les deux. Je suce. Non, répond Leandro. Il s'assoit derrière elle et la prend dans ses bras en serrant son dos contre lui. Il lui caresse les bras et le ventre. Elle tente de bouger, de changer de position et de reprendre le rituel, mais Leandro l'en empêche. Elle veut juste que le client jouisse. C'est sa seule façon de comprendre sa tâche. Comme un travail manuel. Elle n'aspire pas à entrer dans sa tête. Elle serait même incommodée d'apprendre que Leandro poursuit un autre but que celui d'atteindre l'orgasme.

Leandro enfouit son visage dans la crinière de cheveux d'Osembe. Elle rit comme s'il lui faisait des chatouilles. Elle ne comprend pas le plaisir qu'il peut trouver à lui caresser le dos, les épaules, à parcourir du bout des doigts son corps entier et à refuser, par contre, de la pénétrer. Lui, en revanche, sait que c'est la raison qui l'a poussé à revenir là.

En toute fin de matinée il avait accompagné Luis, son élève, à un magasin de pianos d'occasion dont il connaît le patron. C'était un rendez-vous prévu depuis longtemps. Le propriétaire fut extrêmement aimable mais le garçon n'osa pas essayer les pianos. Leandro le fit à sa place. Ils avaient convenu d'un prix. Mes parents ne me laissent pas aller au-delà. Ne t'inquiète pas, lui avait dit Leandro, pour ce prix nous allons trouver quelque chose de bien. Ils passèrent dans un autre magasin et, là, Leandro remarqua un piano droit, noir, restauré à la perfection. Il ne dépassait pas trois mille euros. Il joua un instant. Il a un son merveilleux, dit-il. Mais quand il effleura le bois noir et lisse du bout des doigts, Leandro sut qu'il aurait beau lutter contre son désir de revoir Osembe au pavillon, il s'y rendrait de nouveau l'après-midi même. Alors il fut envahi par un enthousiasme auquel son élève et le vendeur du magasin donnèrent une interprétation erronée. Ah, don Leandro, vous avez toujours la même passion pour la musique que lorsque nous nous sommes rencontrés et ça va bien faire dans les trente ans, pas vrai ?

Leandro a perdu une partie de l'engouement matinal. Même s'il caresse à présent cette peau qui lui manquait. Il s'arrête sur une longue cicatrice près de la brisure du coude d'Osembe. La blessure l'intrigue. Peut-être un accident au village, un animal sauvage. La dangereuse enfance en Afrique. J'ai été coincée par un ascenseur quand j'étais petite, explique-t-elle. Dans un grand magasin. Et il s'attarde sur la peau rugueuse de son coude pendant un long moment. Puis il pose les doigts sur son sexe rasé. Il sent le duvet dur de son pubis et la façon dont ses cuisses fermes se serrent pour lui barrer l'accès. Tu veux baiser ? L'heure est bientôt passée, dit Osembe. Leandro remarque qu'elle n'aime pas être caressée. Et lui ne veut rien faire d'autre. Il découvre la laideur de ses pieds, ses orteils tordus et ses ongles déformés, maladroitement vernis de blanc. Il caresse ses jambes et ses bras, touche son nez qui se dilate quand elle respire. Je veux seulement te connaître, lui explique-t-il, mais elle ne parvient pas à le comprendre. Osembe se lève et remue son cul, d'une manière comique, près du visage de Leandro. Elle fait bouger ses muscles fessiers de haut en bas en modifiant parfois leur tension, heureuse comme une enfant qui montrerait qu'elle sait bouger ses oreilles. Mon cul te plaît ? Leandro l'étudie, insolent, léger, musclé, juste devant son visage. Non. C'est toi qui me plais. Il l'embrasse. Elle rit et s'écarte.

Tu veux encore ? demande Osembe une fois l'heure écoulée. Tu peux payer une heure supplémentaire. Osembe se caresse les seins en glissant ses mains sous son soutien-gorge qu'elle n'a pas enlevé. Des vergetures blanchâtres apparaissent.

« D'accord », dit Leandro.

11

Sylvia avait sept ans quand Lorenzo avait repeint la cuisine. Il s'en souvient à présent, assis devant le téléphone sans fil, face au mur à moitié couvert d'azulejos et couronné par une moulure bleue en forme de tresse. Le reste, c'est lui qui l'avait peint. Saumon, avait dit Pilar. Mais quand Lorenzo avait donné les premiers coups de pinceau, elle lui dit : Ce n'est pas saumon, c'est orange. Ils discutèrent sur les nuances et sur la véritable couleur des tranches de saumon qu'ils avaient mangées quelques jours plus tôt. Elles étaient comme ça, dit Lorenzo en montrant le mur. La vérité, peut-être, c'est que le saumon est orange. Non, le saumon est saumon, répondit-elle. Puis Pilar alla chercher Sylvia à la sortie de l'école et quand la petite entra dans la cuisine, elle vit son père juché sur l'escabeau, en train de passer la brosse dans un coin. Comme la cuisine est jolie en orange ! s'exclama Sylvia. Pilar sourit. Je te jure que je ne lui ai rien dit. Il ne sut jamais si Pilar l'avait prévenue en chemin. Il se rappelle qu'ils avaient ri. C'était une autre époque.

L'orange avait perdu de son intensité, la cuisine aussi. Un azulejo était fendu depuis le jour où Lorenzo avait essayé de planter une fixation pour suspendre un meuble à casseroles. Au sol, un morceau du carrelage avait été cassé lorsque Sylvia avait fait tomber la boîte de farine en aidant sa mère à préparer un gâteau. La porte d'un meuble accroché au mur avait été remplacée par une autre qui n'avait pas la même nuance de blanc.

Cicatrices.

Dans le répertoire des téléphones usuels se succédaient des numéros qui avaient cessé depuis longtemps d'être utiles. Le pédiatre de la petite, plusieurs bureaux, le numéro du domicile d'une secrétaire, la baby-sitter qu'ils appelaient quand ils sortaient le soir, trois ou quatre proches, morts depuis, qui demeuraient dans les limbes du répertoire, un autre complètement oublié, une amie de Pilar qu'ils ne fréquentaient plus, le numéro de l'ancienne école de Sylvia et, à la lettre P, ils étaient là, les numéros de Paco. Domicile, portable, beaux-parents, et l'appartement d'été à Altea. Lorenzo respire profondément avant de composer le numéro.

Les jours précédents ont été intenses. Sa mère à la clinique, l'angoisse de son père qui craignait qu'elle ne remarche plus, l'accident de Sylvia, l'arrivée de Pilar. Il s'était retrouvé deux jours de suite avec elle à la clinique. Il lui proposa de loger à la maison. Non, je dors chez une amie, répondit-elle. Pilar s'interessa à tout ce qui le concernait, voulut savoir s'il cherchait toujours du travail, s'il avait besoin d'argent. Non, je vais bien, mentit-il. Puis il lui demanda si elle savait pour Paco. Il a été tué chez lui, c'était dans les journaux. Pilar en resta bouche bée. Elle paraissait affectée par la nouvelle. Lorenzo avait décidé qu'il pouvait parler de ce sujet, qu'il devait le faire. Il avait commenté l'événement à son père, à son ami Lalo, l'avait raconté à Sylvia.

Le mardi, en milieu de journée, il trouva un message sur son répondeur. Un inspecteur du nom de Baldasano, appartenant à la Brigade criminelle, avait laissé son numéro de téléphone. Quand Lorenzo le rappela l'homme fut concis. Il voulait seulement lui poser quelques questions. Il semble avéré que vous avez été l'associé du señor Garrido. Oui, bien sûr, j'ai appris par les journaux, dit Lorenzo. Vous comprendrez que nous aimerions vous poser quelques questions. La phrase eut un écho ambigu, inquiétant. Lorenzo lui expliqua qu'il devait cet après-midi aller chercher sa fille à la clinique, il lui parla de l'accident. Était-il possible de reporter le rendez-vous au lendemain ? La vie quotidienne, la normalité, était le meilleur alibi de sa défense.

Un policier dans un uniforme au tissu épais le guida jusqu'à un bureau où l'inspecteur Baldasano le reçut. Il buvait du café dans un petit gobelet en plastique marron. Il lui en proposa un tandis qu'il ouvrait un dossier, mais Lorenzo refusa. Je viens de prendre mon petit déjeuner, merci. Lorenzo était nerveux et il pensa que le mieux était de l'avouer. Je suis un peu nerveux, en vérité. Vous n'avez aucune raison, le rassura le policier. C'est très simple. Tout désigne un vol orchestré par les bandes habituelles qui opèrent dans la ville, les bandes violentes, Cubains, Albanais, Bulgares. Mais il reste des interrogations. Nous avons demandé à la femme du señor Garrido de nous éclairer sur les affaires de son mari, de nous parler des gens qui pouvaient être en conflit actuellement avec lui et je vais être franc avec vous… elle a lâché votre nom.

Lorenzo acquiesça, sans se laisser surprendre. Paco et moi avons été liés, plus exactement nous avons été amis et associés, puis l'affaire s'est mal terminée, voilà la vérité. Nous le savons, voulut le tranquilliser l'inspecteur, même si le ton de sa voix n'était nullement tranquillisant. C'était il y a un moment, poursuivit Lorenzo, et nous ne nous étions pas revus depuis longtemps. Nous n'étions plus amis, mais ça ne veut pas dire que nous étions ennemis. Je ne lui en veux pas... Paco était un arnaqueur. Lorenzo prononça ce mot sans lui donner de gravité. Il se félicita de l'avoir dit. Il eut de l'effet. L'inspecteur bredouilla un « oui ».

Paco m'a roulé. Nous avons monté une petite affaire ensemble, j'ai perdu de l'argent, c'est vrai, lui n'a pas perdu autant que moi, et, comment dire, je me suis senti escroqué. Il s'agit de deux ou trois millions de pesetas, pas de sommes faramineuses... Lorenzo s'arrêta, craignant de se trahir. Paco avait l'argent de sa belle-famille et pour lui la faillite de la société n'a pas été si grave. Moi j'ai tenté de refaire ma vie et je ne lui ai jamais rien réclamé. L'inspecteur resta silencieux, il attendait que Lorenzo ajoute quelque chose. Ce qu'il fit. Quand j'ai lu la nouvelle, j'ai eu de la peine, je ne me suis pas du tout réjoui. J'ai eu de la peine pour elle, Teresa, surtout.

Lorenzo estima qu'il ne devait pas trop en dire, mais cette fluidité de mots le calmait. Il était aussi surpris qu'apaisé de mentir avec autant de naturel. Il en tirait de la force pour affronter les silences de l'inspecteur. Avait-il beaucoup d'ennemis ? demanda Baldasano. Quand il releva le visage Lorenzo vit qu'il avait une cicatrice dans le cou, cachée par sa chemise, rose, pas très grande, qui ressemblait plus à une brûlure qu'à une coupure. Ennemis est un mot fort, dit Lorenzo. Il ne s'entendait pas très bien avec certaines personnes, ça c'est sûr. L'inspecteur l'interrogea sur la nuit du jeudi. Vous avez quelqu'un qui pourrait témoigner qu'il était avec vous ? Lorenzo réfléchit un instant. Ma fille. Je vis avec ma fille. Je suis divorcé.

L'inspecteur fit un signe affirmatif de la tête, comme s'il connaissait déjà ces détails. Il leva les yeux vers Lorenzo : Je vais vous poser une question à laquelle vous avez tout à fait le droit de ne pas répondre. Ce n'est rien d'autre qu'une question.

Le mot revenait. À l'extérieur retentissait une telle variété de sonneries de téléphones qu'on aurait pu les prendre pour la musique d'un manège. Au-dessus de la tête de l'inspecteur, au plafond, il y avait une tache grise de moisissure, encore humide.

Connaissez-vous quelqu'un, parmi les relations professionnelles du señor Garrido, qui aurait eu une raison suffisante pour l'assassiner ? Lorenzo feignit de réfléchir. De repasser la liste des connaissances de Paco dans sa tête. Pendant un instant il essaya de trouver quelqu'un et l'exercice le calma, le déplaça vers une autre idée, le transforma en innocent de la manière la plus simple du monde. Non, dit-il. Et, sans savoir très bien pourquoi, il se vit dans l'obligation d'ajouter que Paco était une personne qu'on ne pouvait pas haïr.

Lorenzo ne dit rien de plus. Il regarda de nouveau la tache du plafond. L'inspecteur dirigea son regard au même endroit. Vous pouvez le croire ? C'est là depuis six jours. Ce sont les toilettes du dessus, aux passeports. Je vous assure que c'est assez désagréable d'être assis là toute la matinée en sachant qu'on a une flaque de pisse au-dessus de la tête. Bien, je ne vais pas vous prendre plus de temps. Je vous demande par contre de marquer ici tous vos numéros, j'aimerais vous avoir toujours sous la main. Pour d'éventuelles questions.

Il avait de l'adoration pour ce mot. « Interrogatoire » devait lui paraître trop menaçant. Manies de bureau. Il tendit une petite carte à Lorenzo pour qu'il note ses coordonnées. Le dernier numéro, c'est celui de chez mes parents, au cas où. Après, il se demanda s'il ne s'était pas montré trop coopératif. Il sortit du bureau et se félicita qu'un policier monte au même moment les escaliers à grand bruit parce qu'un détenu avait vomi sur ses chaussures. Bordel de merde, j'ai même les chaussettes mouillées, putain ! Au milieu des rires de l'assistance, Lorenzo chercha la porte.

Apaisé, il laissa derrière lui le commissariat. Mentir avait produit en lui la même libération que dire la vérité. Une fausse confession reste une confession. Parler de l'affaire, se situer à une place qui ne lui correspond pas l'avait aidé à se distancier. Le mensonge couvre parfois parfaitement la vérité. Quand il avait dit que Paco était quelqu'un qu'on ne pouvait haïr, c'était vrai. Il pensa que son erreur venait de là, d'avoir transgressé cette limite. D'en être arrivé à le haïr. Paco était coupable de sa situation professionnelle, de son incapacité à donner à Pilar ce dont elle avait besoin, du regard apitoyé de ses parents quand ils lui prêtaient de l'argent, de sa disgrâce. Paco était coupable du fait que sa fille ne s'endormait plus sur le canapé du salon et qu'il ne pouvait plus la porter jusqu'à son lit ; coupable parce que, lors d'un entretien d'embauche, il était resté muet, face à un jeune cadre gominé qui venait de lui demander pourquoi un professionnel comme lui n'avait pas réussi à se stabiliser au cours de toutes ces années. Coupable du fait qu'en milieu de matinée il partageait la rue avec les femmes au foyer et les vieux ; coupable de l'avoir sorti d'un coup du droit chemin, qu'il devait désormais retrouver sans l'aide de personne.

Dans la cuisine, Lorenzo compose le numéro de domicile de Paco. C'est le numéro qu'il a tant de fois appelé pour entendre la voix de son ami, cette voix qui lui donnait rendez-vous dans un restaurant ou prenait congé de lui jusqu'au lendemain au bureau. Cette même voix qui un jour lui a dit : « Lorenzo, je crois que nous avons tout perdu », et qui mentait car seul l'un d'eux avait tout perdu. Le téléphone sonne une, deux, trois fois, avant que réponde la douce voix de Teresa. Cette présence éteinte et silencieuse, cette femme qui compensait par sa réserve le caractère expansif de son mari. Celle qui avait désigné Lorenzo comme suspect.

Les policiers travaillent souvent ainsi, songe-t-il, ils n'ont pas de pistes, pas de preuves, pas d'indices, mais ils font pression sur un suspect jusqu'à ce qu'il s'écroule. Alors seulement ils commencent l'enquête par la fin, résolvent le délit grâce à l'auteur des faits. Mais il ne serait pas si facile à vaincre, lui.

Bonjour Teresa, c'est Lorenzo. Bonjour. Sa voix à elle paraît lointaine, comme si elle surgissait des profondeurs. J'ai appris pour Paco et j'ai hésité à appeler, je ne sais pas, je voulais te dire que je suis vraiment désolé, si tu as besoin… Lorenzo s'interrompt. Il ne veut pas être cruel envers lui-même, envers le dernier gramme de sincérité qui se rebelle en lui. Merci d'avoir appelé, dit-elle. Non, je… Je sais que ce n'est pas facile, mais je voulais… C'est bon, merci, coupe-t-elle. Un instant après elle raccroche.

Lorenzo se lève de sa chaise et boit de l'eau directement au robinet, comme les enfants aux fontaines. Pilar n'aimait pas qu'il fasse ça. Pourquoi salir un verre ? disait-il. Il s'appuie sur le bord de l'évier et le monde semble s'arrêter. Elle me soupçonne, pense Lorenzo. C'est son droit. Ça ne va pas être si facile. Non, pas si facile.

12

Ariel rentre chez lui par le garage, en voiture. Le salon est froid. Quand le soleil se couche, la température change. Il y a des journaux entassés sous la table basse, des CD empilés par terre, l'écran plat de la télévision collé au mur. La main d'Emilia, qui range tout, impose l'ambiance impersonnelle qui règne dans la maison. Charlie n'est plus là et on entend juste le moteur du frigo ou le bruit saccadé de l'arrosage qui saute dans le jardin.

Lorsqu'il a renversé la fille, il a réussi à surmonter le choc, à sortir de la voiture et à prendre Sylvia dans ses bras. Il a voulu l'aider à se remettre debout, mais elle s'est écroulée. Il l'a installée sur le siège arrière, c'était presque une enfant, ses cheveux en bataille, bouclés, lui cachaient le visage. Elle ne disait rien, ne se plaignait pas. Dans le rétroviseur, Ariel a vu le pantalon déchiré de la fille, sa poitrine agitée par la respiration. Il ne parvenait pas à s'orienter, ne connaissait pas d'hôpital proche, craignait de ne pas avoir agi correctement quand il l'avait soulevée et déplacée. Il a composé sur son portable le numéro de Pujalte, pensant que c'était le plus raisonnable. Je viens de renverser une fille dans la rue, je ne sais pas quoi faire. Pujalte l'a rassuré, ne lui a pas demandé davantage d'explications. Où es-tu ? Ariel s'est référé aux lieux qu'il connaissait. Tu es très près du stade, tu saurais y aller ? Bien sûr. Alors attends-moi porte 14.

Il ne lui fallut pas longtemps pour arriver jusque-là. Il s'arrêta devant la porte indiquée après avoir fait le tour du bâtiment puis il descendit de la voiture. Par la fenêtre il vit la fille allongée. Elle respirait calmement, elle semblait être évanouie. Le moment lui sembla infiniment long. Les abords du stade étaient submergés par les ordures d'après match. Papiers et canettes éparpillés sur le trottoir. Enfin une voiture arriva à vive allure, brûla le feu rouge. Elle s'arrêta près de lui. Ce n'était pas, comme il l'espérait, Pujalte qui conduisait, mais Ormazábal, le chef de la sécurité.

Elle t'a reconnu ? Tu as parlé avec elle ? Non, à peine, répondit Ariel. Il lui avait juste murmuré : Ne t'inquiète pas, nous allons à l'hôpital.

Du siège passager descendit un homme d'une quarantaine d'années, aux cheveux noirs et courts. Il prit les clés de la main d'Ariel et s'installa au volant de sa Porsche. Il va s'en occuper. Viens, monte, je te ramène chez toi, ne t'en fais pas. Ariel vit sa voiture s'éloigner, conduite par l'autre homme. Il tarda un moment avant de se décider à monter dans la voiture d'Ormazábal. Ils parlèrent peu. L'autre semblait connaître le chemin de la maison d'Ariel sans avoir besoin d'indications. Son portable sonna. Ormazábal fit un signe de la tête, deux, trois fois. OK, dit-il. Puis il se tourna vers Ariel. Tout est réglé, la fille va bien. Ariel ne réussit pas à lui poser une seule question. Un moment après le portable sonna de nouveau. Ormazábal le passa à Ariel. C'était Pujalte. C'est bon, elle est à la clinique, des gens de confiance. Le pote d'Ormazábal a tout pris à sa charge, il a dit que c'est lui qui conduisait. Ne te fais aucun souci. C'est grave ? demanda Ariel. Rien de spécial, c'est un accident, elle a une fracture, mais elle est entre les meilleures mains. Ariel garda le silence. Tu avais bu, apparemment. Un peu. Bon, demain je te vois à l'entraînement, OK ? Rentre chez toi et dors tranquillement. Tout va bien. Merci beaucoup, dit Ariel. C'est mon job.

La réponse de Pujalte le transperça comme un poignard. Ce fut son au revoir. Il raccrocha. Paralysé là, à côté du stade, Ariel se sentit l'homme le plus minable du monde. L'endroit où il était venu pour triompher, le haut-parleur qui devait diffuser son nom dans le monde entier, n'était à présent que le témoin de sa lâcheté. Jusqu'alors sa carrière avait été celle d'un joueur exemplaire. Or, dans son nouveau destin, tout n'était que problèmes et imprévus. Ormazábal le déposa près du portail d'entrée de sa maison. Ce genre de choses arrive, lui dit-il en guise d'au revoir. C'était un homme sinistre et froid qui s'appliquait, en vain, à se montrer aimable.

Ariel eut du mal à dormir. Il n'appela pas sa famille, alors qu'il avait promis de le faire après le match. Il ne voulait pas donner de mauvaises nouvelles. Charlie lui avait laissé un message. Il était arrivé à Buenos Aires.

Le matin à l'entraînement il attendit l'arrivée de Pujalte au bord du terrain. Il s'allongea sur la pelouse pour les premiers étirements et il aima sentir l'humidité, l'odeur de l'herbe fraîchement coupée. C'était pareil sur tous les terrains. Caresser la verdure, sentir les chevilles s'enfoncer comme une douce morsure.

Il n'y avait pas trop de journalistes, les habituels. Les caméras arriveraient en toute fin de matinée. Un groupe de gamins qui avaient sauté les cours pour chasser les autographes, et des supporters à la retraite au milieu des gradins. Pujalte fit son apparition et s'arrêta un instant pour parler avec le préparateur physique. Puis il lui fit signe de s'approcher. Ariel courut jusqu'à lui. C'était ça le pouvoir. Ça et les chaussures de ville sur la pelouse humide, détail qui perturbait toujours les footballeurs.

Pujalte lui entoura les épaules avec le bras et marcha à ses côtés le long du terrain. Il lui expliqua que le docteur Carretero s'était occupé de la fille, que la discrétion était absolue. Ils ont parlé avec son père, tout est réglé. Ta voiture est au parking. Quoi qu'il arrive, celui qui conduisait c'était l'autre, d'accord ? Ariel acquiesça. La fille a seize ans, elle récupérera vite.

Ariel demeura silencieux. Au point que le directeur sportif lui flanqua une tape dans le dos pour le secouer. Allez, maintenant ton seul souci, c'est le jeu. Ariel lui fit un signe pour le remercier. L'année dernière notre vice-président est mort dans un hôtel de Bilbao alors qu'il baisait avec une hôtesse d'accueil. Là, oui, il a fallu être rapides, putain. Pour l'histoire de ton frère aussi, ajouta-t-il, ce sont des choses qui arrivent. Il vaut mieux qu'elles n'arrivent pas, hein, mais nous sommes là pour dégager les ballons. J'ai passé toute ma vie à ça. Pujalte sourit, découvrant ses dents jaunies. Je n'ai jamais été un joueur élégant, mais j'étais efficace.

Ariel retourna à l'entraînement. Il se joignit à la ronde où les joueurs se passent le ballon d'une simple touche. Quand il se retrouva en position de centre il ne fut pas très à l'aise. Seize ans, pensait-il, pauvre petite. Et si Pujalte lui avait menti ? Si c'était plus grave que ce qu'il avait avoué ? Il essaya de se rappeler le choc, si elle se plaignait d'autre chose que de la jambe. Elle était restée évanouie un bon moment. L'entraîneur répartit les maillots de deux couleurs différentes pour le petit match final. Ariel n'arriva pas à se concentrer, il laissa filer le moment.

Au parking, il chercha sa voiture. Les clés étaient sur le volant. Il n'y avait aucune trace, ni sang ni eau-de-vie. Quelqu'un s'était donné la peine de nettoyer après lui. Des doigts frappèrent contre la fenêtre et Ariel sursauta. C'était une journaliste, jeune, avec une frange blonde. Ariel baissa la vitre et elle approcha un magnétophone. Elle se présenta et lui posa quelques questions. D'après toi, quand les Espagnols pourront-ils te voir au mieux de ta forme ? Ariel hésita. La fille faisait tout pour que ses gestes et l'attitude de son corps soient ceux d'un homme. Le regard franc et direct.

Bientôt, j'espère.

Quand il arriva chez lui, Emilia finissait de préparer un *cocido*. Tu en as déjà mangé ? Oui, enfin, c'est comme le *puchero* [1], répondit Ariel en

---

1. Le *cocido* est un plat madrilène et le *puchero* est le plat le plus apprécié de la cuisine argentine. Tous deux, bien qu'assez différents, sont un mélange copieux de lard, viande, chorizo, etc.

regardant le mélange un peu aléatoire de pois chiches, légumes, viande, chorizo, lard et boudin. Je te laisse une casserole de soupe. Il essaya de faire la sieste, mais il se retrouva vite dans le jardin à frapper le ballon. À treize ans, il avait passé un après-midi entier à taper dans la balle sans qu'elle touche le sol. Il était parvenu à atteindre cinq mille coups. C'était dans l'immédiat un exercice inutile, épuisant, mais ça l'aidait à se vider la tête, à revenir au néant accueillant. Et puis il estima que l'exercice était terminé. Il envoya le ballon avec force contre le gazon.

Il avait pris une décision.

La célébrité était la partie la plus absurde de sa profession. Il aimait bien qu'un enfant lui demande un autographe, qu'on le regarde dans la rue, qu'on le reconnaisse dans les restaurants, mais c'était un enfer pour mener une vie normale. Cet accident aurait pris une tout autre tournure s'il n'avait pas été connu. Il avait bu, il conduisait vite, la presse se nourrissait facilement de ce genre de choses, il pouvait avoir des problèmes. Il comprenait le travail de dissimulation du club, le service qu'on lui rendait en effaçant sa trace. Mais lui n'était pas comme ça. Il arriva à la clinique à la nuit tombée, il préférait cette heure-là. Les visites étaient certainement terminées.

Il connaissait l'endroit. C'est là qu'il avait passé la visite médicale le lendemain de son arrivée à Madrid. Et à la sortie il avait posé pour les reporters. Tu sais combien ils nous paient pour te photographier ici ?, lui avait murmuré Pujalte. Vingt mille euros. C'était sa façon de lui expliquer comment fonctionnait le commerce de la publicité autour du football.

La réceptionniste le reconnut. Je viens voir une amie, elle a été renversée par une voiture hier, une jeune fille. 312, lui dit-elle. Sylvia Roque. Puis elle lui montra l'ascenseur avec un immense sourire.

Ariel mit du temps à s'approcher de la porte. Il frappa timidement. Il fut surpris par la manière dont la fille le reçut. C'est toi qui m'as renversée, pas vrai ? Ses beaux cheveux noirs et bouclés tombaient sur l'oreiller. Le dessus-de-lit la recouvrait jusqu'au-dessus des seins. Elle souriait avec une jambe dans le plâtre maintenue en l'air. Et cet accent ? D'où es-tu ? De Buenos Aires. Buenos Aires, je ne connais pas. C'est beau ? La fille semblait à l'aise. Ariel avait envisagé que tout serait plus tendu. Mais elle affichait un demi-sourire, dominant. Elle ouvrit les chocolats. Ariel examina la chambre. Tu en veux un ? Ariel refusa de la main. Il la regarda manger un chocolat. Elle avait une jolie bouche. La télévision crachait de la musique en anglais.

En réalité, je venais m'excuser de ne pas t'avoir amenée moi-même à l'hôpital, lui dit Ariel. Ça m'aurait mis dans le pétrin et comme j'avais un ami avec moi… Une nouvelle fois il se mettait à mentir. Il décida d'arrêter. Ne plus mentir.

Tu es footballeur, non ? Ariel fit oui de la tête. Comment tu t'appelles ? Ariel s'avança vers le matelas, à la hauteur du plâtre. Ariel. Ariel Burano. Ariel, c'est joli. Ici c'est un nom de lessive, dit-elle. Je sais. Ariel attrapa un des journaux sportifs et lui montra sa photo sur une page, surmontée du titre : « Aux abonnés absents… ». Comme tu vois, je suis en plein triomphe, ajouta-t-il.

Sylvia le regarda dans les yeux. Pourquoi es-tu venu ? Je me suis senti moralement obligé. Ça m'a paru très mal élevé de ne pas dire la vérité. Je voulais savoir si on s'occupait bien de toi, ce genre de choses. Mon père est supporter de ton équipe, il adore le football, dit Sylvia. Et toi, non ? demanda Ariel. Ici les gens sont complètement abrutis par le foot. En Argentine c'est pareil, non ? Pareil, voire pire.

Sylvia réfléchit un instant et sourit de nouveau. Ça veut dire que je peux aller voir la presse avec cette histoire et en tirer un bon pactole. Oui. Rassure-toi, je ne le ferais pas. Ton ami s'est très bien comporté, d'après mon père. Il travaille au club. Comme bouc émissaire ? Je ne connais pas la ville, je ne savais pas où t'amener ni comment arriver jusqu'à un hôpital, se justifia Ariel.

Sylvia hocha la tête. C'était un accident. Je suis contente que tu sois venu, contente de te connaître. Tu m'inviteras au foot quand je sors ? Ariel saisit l'occasion pour se montrer aimable. Si tu veux. Sylvia souriait toujours. Le médecin dit que je serai rétablie assez rapidement et que je pourrai prendre ta place. Ça ne m'étonnerait pas.

Ariel sortit son téléphone de la poche de son blouson. Tu as un portable ? Sylvia lui donna son numéro. Ariel lui donna le sien et quand ils échangèrent leurs téléphones ils semblèrent entrelacer leurs mains sans se toucher. Appelle-moi si tu as besoin de quoi que ce soit.

Arrête de te sentir coupable. Qui te dit que je ne me suis pas jetée sous ta voiture parce que je voulais me suicider ? Pourquoi une fille comme toi se suiciderait ?

Je te fais une liste ?

Quand ils se quittèrent, Ariel dit ç'a été un plaisir de faire ta connaissance. La prochaine fois que tu veux faire la connaissance d'une fille, inutile de lui casser la jambe.

Ariel n'a pas trouvé comment allumer le chauffage. Il a mis un sweat-shirt. Il dîne des restes du déjeuner. Il appelle Charlie. Il ne lui raconte rien de l'accident. J'ai joué comme un cul. Ne dis pas ça, le corrige son frère, tu devrais voir les vieux, ils n'en peuvent plus, ils se prennent pour les parents de Maradona. Ariel lui raconte que les premiers commentaires négatifs sortent dans les journaux. S'ils croient que tu vas être le premier mauvais Argentin qu'ils jugent dans leur vie ! Même là-dessus tu n'es pas original, le provoque Charlie. Pourquoi tu n'invites pas quelqu'un à passer une petite semaine là-bas avec toi ? Ariel réfléchit à la proposition de son frère. Ce n'est pas une mauvaise idée. Il pense vaguement à Agustina. Ils se disent au revoir et Ariel ne tarde pas à s'endormir. Il se repose pour la première fois depuis plusieurs jours. Il est aidé par le regard franc de Sylvia sur son lit d'hôpital. Par cette paix contagieuse qui brille dans ses yeux.

13

La chambre est entourée d'étagères en pin qui ploient sous le poids des livres. Il y a des livres à l'envers, de côté, empilés sur d'autres livres, des livres sur deux et trois rangées, des livres par terre, sous la dernière étagère. Dans certains, des papiers rognés dépassent entre les pages, froissés, on dirait des notes, des photocopies. Sylvia les regarde comme s'ils formaient un tout, une sculpture. À part la lampe, son lit et une toute petite table ronde, la chambre ne contient rien. Elle est arrivée dans la nouvelle maison de sa mère peu de jours après sa sortie de l'hôpital. Elle devrait dire « la maison de Santiago ». La lumière filtre par le store. Elle n'a pas sommeil.

Au début, le travail de sa mère était un esclavage désagréable. Quel besoin as-tu de souffrir ?, disait Lorenzo. Pilar se consacrait à la gestion d'actions culturelles, mais c'est à elle que revenaient les tâches les plus bureaucratiques, les moins créatives : demandes d'autorisations, organisations de voyages, séjours d'hôtel, classement de factures. On dirait que tu découvres aujourd'hui que le rêve de ta vie était d'être secrétaire. Sylvia avait un jour entendu son père dire ça à sa mère. Lorenzo n'aimait pas le métier de sa femme, dont les horaires s'allongeaient parfois, ce métier qui s'introduisait telle une coulée de lave dans leurs week-ends, durant les heures où elle était à la maison. Pilar avait failli démissionner. C'est alors que Santiago était arrivé pour prendre en charge le bureau de Madrid. Sylvia avait assisté au changement.

Brusquement, le travail de sa mère devint intéressant, il les nourrissait, il leur donnait un sujet de conversation lors des dîners en famille. Elle avait l'air heureuse, occupée, un agenda débordant de notes toujours à la main. À la même période, le travail de son père commença à être source de problèmes, de tensions, d'incertitudes, de mal-être. Paco, l'associé de papa, le type amusant qui lui apportait toujours des cadeaux, disparut.

On ne prononçait plus son nom, il ne téléphonait plus. C'était devenu un fantôme.

Elle sort avec son chef, pensa Sylvia quand sa mère lui révéla qui était son nouveau compagnon. Santiago avait l'intention de retourner à Saragosse, la ville où il était né. Et toi, que vas-tu faire là-bas ?, demanda Sylvia à sa mère lorsque celle-ci lui expliqua qu'elle allait s'installer avec lui. La même chose, le travail est identique.

Sa mère lui parlait souvent de sa nouvelle ville. Elle est plus petite, plus accessible, plus agréable que Madrid. On ne perd pas son temps dans les bouchons, à se rendre d'un point à un autre. M'éloigner de Madrid me fait du bien. Pour moi cette ville est liée pour toujours à Lorenzo.

La maison de Santiago à Saragosse est grande. Elle est pleine de papiers, de livres. Il y a deux tableaux abstraits, l'un dans le salon et l'autre dans le bureau. Il y a aussi l'affiche d'une exposition de Picasso en 1948 et dans la cuisine un grand dessin d'une table jonchée de fruits, de vases, de fleurs. Par les fenêtres du salon on voit le pont en fer peint en vert sur le fleuve. C'est une jolie vue, relaxante, que Sylvia regarde au cours des heures où elle reste seule à la maison. L'eau a une couleur de boue, elle coule avec force.

Son père l'avait ramenée de la clinique à la maison. Il l'avait déposée dans le hall de l'entrée tandis qu'il cherchait à se garer. Sylvia tenait entre ses doigts l'enveloppe beige contenant ses radios. Elle n'était pas encore très à l'aise avec les béquilles. Elle avait attendu. À cette heure, trouver une place où laisser la voiture pouvait prendre un moment. Son père ne cessait de se plaindre depuis qu'ils avaient quitté l'hôpital. Et maintenant pour se garer, tu vas voir..., disait-il. L'Équatorienne qui garde l'enfant du cinquième était arrivée de la rue. Le petit s'était endormi dans sa poussette, les jambes pendantes comme une marionnette au repos. La fille avait un beau visage, elle était plutôt forte et quand elle s'était retournée elle avait exhibé des cuisses éclatantes. Elles se saluèrent d'un geste. Elle appela l'ascenseur et remarqua la jambe dans le plâtre de Sylvia. Que t'est-il arrivé ? Je me suis fait renverser par une voiture, dit Sylvia. Maudites voitures. Sylvia acquiesça tout en observant l'habileté avec laquelle l'Équatorienne faisait entrer la poussette dans l'ascenseur. Ses manœuvres faisaient balancer les petites jambes de l'enfant.

Lorenzo revint au bout d'un moment. C'est dingue ! La solution bientôt, ce sera de bouffer sa voiture pour lui trouver une place ! Lorenzo rouspétait en permanence, ce qui amusait Sylvia. Ce soir-là ils s'étaient assis ensemble dans le salon pour regarder le match de foot. Ariel jouait et Sylvia le suivait du regard, pendant que son père le critiquait rudement. Ce garçon ne sert à rien, il n'a pas de sang dans les veines. Pourquoi est-ce qu'on le surnomme Plume ? Il est gay ? avait demandé Sylvia. Son père l'avait regardée l'air outré. Il n'y a pas de footballeurs gays, tu es folle ? On l'appelle comme ça parce qu'il est minuscule. Il n'est pas si petit.

La sévérité avec laquelle Lorenzo critiquait Ariel avait fini par irriter Sylvia. Je ne trouve pas qu'il joue si mal. Les autres non plus ne font pas ce qu'on dit. Parce que tu t'y connais en foot, peut-être ? Les caméras avaient montré le geste de dégoût d'Ariel quand il fut remplacé. Son équipe gagnait par un but à zéro contre une équipe polonaise dont les commentateurs affirmaient qu'elle manquait de pedigree compétitif. Sylvia vit que les cheveux d'Ariel lui collaient au visage à cause de la sueur, la télévision obscurcissait son visage et le faisait paraître plus costaud. Quand il fut remplacé, il alla s'asseoir sur le banc de touche. Il défit les lacets de ses chaussures, descendit ses chaussettes et jeta par terre ses protège-chevilles bleus. Il mit son haut de survêtement et leva ses jambes pour ramasser ses genoux contre son corps. Les quinze dernières minutes, Sylvia ne suivit pas le match avec grand intérêt. Son père avait placé un coussin sous son plâtre pour qu'elle puisse l'appuyer sur la table. Il lui apportait à boire puis il lui prépara des œufs sur le plat avec des pommes de terre pour dîner.

Maman veut que je vienne chez elle jusqu'à lundi, avait dit alors Sylvia. Lorenzo avait haussé les épaules. C'est toi qui vois.

Pilar entre dans la chambre de Sylvia après avoir frappé tout doucement à la porte. Elle l'aide à se redresser. Tu veux te doucher ? Plus tard, dit Sylvia. Elle a les cheveux emmêlés et les yeux gonflés. Elle a dormi quasiment douze heures. Pilar la trouve jolie et le lui dit. Santiago est parti à Paris, il ne rentrera pas avant la nuit. Sylvia passe un pull sur sa chemise de nuit et sa mère enfile une chaussette d'hiver sur son pied sans plâtre. Elles vont dans la cuisine, Sylvia par petits sauts. Pilar lui prépare le petit déjeuner. Prends le jus d'abord, sinon il perd ses vitamines. Tu as froid ? Tu veux que je t'apporte ton pantalon ?

À la maison, sa mère avait l'habitude d'être négligée. Parfois elle partageait même un vieux peignoir avec Lorenzo. C'est pourquoi Sylvia est étonnée par la jupe et les chaussures. Elles sont neuves. Ça lui va bien. Son gros pull dissimule sa minceur excessive. Ses cheveux sont plus soignés, joliment coupés, avec une teinte acajou qui fait ressortir ses yeux.

La nuit d'avant Sylvia a appelé Mai. Ce week-end encore elle est allée à León. Mateo n'est pas cool avec moi, je te raconterai, lui dit son amie. C'est ma faute, je suis super lourde. Il est toujours aussi difficile de parler avec Mai d'autre chose que de sa vie de couple débutante. Sylvia a aussi appelé Alba et Nadia. Rien de nouveau en classe. Elle a perdu une semaine de cours, mais, d'après ses camarades, rien qu'elle ne puisse rattraper. Elle n'a pas reparlé avec Dani depuis leur froid échange de messages. Elle consulte son portable de temps en temps, le tient à la main quand elle se déplace avec ses béquilles. C'est étrange, mais souvent elle pense qu'Ariel va l'appeler et quand ça sonne ou qu'un message arrive elle se surprend, agitée, à imaginer que ça puisse être lui.

Mais ce n'est jamais lui.

Pilar s'assoit devant elle et écarte une mèche de son visage. Tu veux que je te les attache ? Sylvia fait non de la tête et ses boucles se mettent à danser. Comment va Lorenzo d'après toi ? demande Pilar. Sa mère a toujours dit papa et, maintenant, l'entendre l'appeler Lorenzo lui paraît bizarre, comme si elle parlait de quelqu'un d'autre. Ce qui est peut-être le cas. Il voit beaucoup ses amis ? Sylvia hausse les épaules. Je ne sais pas, normalement, ils vont au foot. Elles parlent de sa grand-mère Aurora, de la mauvaise passe qu'ils traversent. Pilar devient sérieuse. Je vais te donner de l'argent, je ne veux pas qu'en ce moment tu sois obligée d'en demander à papa. Sylvia sourit et tient le verre de lait brûlant des deux mains. Je te préviens, je vais le dépenser en drogues et en hommes. Je n'en doute pas, répond Pilar. En hommes c'est mieux, à condition qu'ils soient de qualité. Sylvia lève les yeux. Mon problème, ce n'est pas la qualité, mais la quantité. Pilar prend le verre et le porte jusqu'à l'évier. Tu as un petit copain en ce moment ? Sylvia s'étonne. *En ce moment ?* Comme si elle avait *déjà* eu un petit copain. Sylvia fait non de la tête, mord dans son toast. Il n'y a pas d'urgence, dit sa mère. J'espère seulement que ça sera avant que je sois trop vieille. Pilar se retourne, amusée, je note un certain ton désespéré. Un certain ton ? Je suis totalement désespérée.

Et puis juste après Sylvia veut savoir. Maman, à quel âge as-tu couché pour la première fois ? Avec un homme ? Non, avec ton ours en peluche. Pilar marque une pause. Vingt ans. Sylvia lâche un sifflement, j'espère que ce n'est pas héréditaire. Puis elle se livre à un calcul mental tout en observant le timide sourire de sa mère. Mais, alors, c'était avec papa, n'est-ce pas ? Pilar acquiesce. Papa a été le premier ? Le regard de Sylvia erre avant de se poser sur la table. Du bout du doigt elle fait danser l'assiette sur le bois. Elle ne regarde pas sa mère quand elle demande et Santiago le deuxième ? Pilar fait signe que oui avec un son guttural.

Pendant un instant on entend seulement, dans la rue, le bruit des portes d'un autobus qui s'ouvrent. Sylvia pense à sa mère, se repasse en accéléré le film de son existence. Sans savoir très bien pourquoi elle dit drôle de vie, non ? Un peu... Pilar se tourne vers elle, ses yeux se mouillent. J'ai été très heureuse avec ton père. Il est possible que je ne sois plus jamais aussi heureuse avec personne. Je n'ai pas regretté de... mais elle s'arrête, ne termine pas sa phrase. Sylvia joue avec une mèche de cheveux et la met dans sa bouche. Pilar s'assoit devant elle et la lui retire des lèvres. Elles ne se disent rien. Sylvia tend la main vers la radio, posée au coin de la table. Elle cherche une émission de musique qui ne soit pas trop ringarde. De puissantes guitares retentissent. Vraiment tu aimes ce bruit ? demande Pilar. Eh oui !

14

Le jeudi il y retourne encore.

Leandro est dans le jacuzzi. Il a le dos appuyé contre la poitrine d'Osembe et les mains posées sur ses cuisses. Elle le caresse avec une éponge et, pendant un moment, croit qu'il va s'endormir blotti entre ses bras. La salle de bains n'est pas très grande, il y a une douche, au rideau douteux tout mouillé. Le jacuzzi est bleu, ovale. De temps en temps les jets se mettent en route et Osembe rit car ils la chatouillent sous l'eau. Une légère couche de mousse s'est formée. Les cheveux gris de Leandro sont humides et tout aplatis. J'ai lu des choses sur ton pays, dit Leandro. Il est très grand. Il a plus de cinquante millions d'habitants et on dit qu'il sera bientôt le troisième pays le plus peuplé de la planète. Je suis du Delta, dit-elle. Isekiri. Et elle prononce le mot sur un ton bien différent de celui qu'elle utilise en castillan, moins hésitant. Aujourd'hui tu es heureuse, plus contente, dit Leandro. Osembe le serre contre elle. Tu viens, moi contente.

Leandro s'est assis parmi les étudiants, une encyclopédie à la main, le long d'une des tables de la bibliothèque municipale de Cuatro Caminos, pour en savoir un peu plus sur le pays d'Osembe, comme s'il se préparait lui aussi pour un examen imminent. Il a lu ce qu'il pouvait sur son histoire, sa fondation mythique, les divisions religieuses, la pauvreté, l'indépendance, la corruption. Tu en sais plus que moi, dit Osembe en l'écoutant parler. Mon pays est très riche, les gens très pauvres. Quelqu'un tapote à la porte. C'est Pina, une Italienne aux cheveux très courts teints en blond. Elle entre, enveloppée dans une serviette verte, comme si elle venait de terminer son service. Comme vous êtes bien ! dit-elle avec un accent joyeux. Leandro se souvient d'elle lors du défilé le premier jour. Je peux ? Leandro se sent observé par les deux filles, qui guettent une réponse. D'accord, dit-il.

Pina enlève sa serviette. Son corps est maigre, elle n'a presque pas de seins, les côtes saillantes. Elle enjambe le rebord de la baignoire et s'assoit face à eux. Elle écarte les bras autour de l'ovale. Elle s'approche et les trois corps se touchent. Il a beaucoup de chance le grand-père, deux filles pour lui tout seul, dit-elle, et Leandro, bien qu'il sourie, se repent de l'avoir laissée entrer. Elle semble trop gaie, peut-être droguée. Elle embrasse Leandro sur la bouche, mais un instant après caresse les seins d'Osembe et lui embrasse les épaules. Tu aimes nous regarder ? Pina caresse Osembe et elles se moquent de lui avec ce jeu lesbien ostentatoire, grossier.

Ce midi, Leandro lisait le journal à côté du lit d'Aurora. Elle avait l'air d'envier sa concentration. Lis-moi les nouvelles. Leandro a levé les yeux. À cet instant même, il était plongé dans les pages internationales. Au Nigeria, la terre d'Osembe, de là son attention, il y avait une grève des travailleurs du secteur pétrolier. Plus de cinquante morts pendant les manifestations. C'était un territoire dévasté, pollué, où les grandes compagnies pétrolières contrôlaient les ressources. Cependant, la violence s'était déclenchée lors d'affrontements religieux entre musulmans et chrétiens. Que veux-tu que je te lise ? a voulu savoir Leandro. N'importe quoi. Il s'est interdit les pages internationales. Sur la politique nationale mieux valait ne rien lire non plus. Une perpétuelle campagne électorale. Il a lu les faits divers. Un homme avait tué sa compagne en la jetant du balcon de leur maison, la jeune femme était enceinte de quatre mois. Deux hommes s'étaient donné des coups de couteau lors d'une dispute au sujet d'un match de foot. Apparemment ils étaient frères et avaient vu le match ensemble. Comment va le monde, mon Dieu, a dit Aurora, et Leandro a compris qu'il devait sauter cette section.

Il a ensuite lu l'interview d'un écrivain britannique qui avait romancé la vie d'Isabelle la Catholique. Aujourd'hui, estimait l'auteur, elle aurait été enfermée dans un hôpital psychiatrique, diagnostiquée comme une paranoïaque avec délires hystériques, irrécupérable. Leandro a levé les yeux. Aurora paraissait intéressée. Il a continué. Ce sont ses médiocres conseillers qui ont pris la décision d'expulser les Juifs par peur de la puissance économique et sociale dont ils commençaient à jouir. Leur terreur de perdre des postes d'influence les a conduits à préférer nuire au pays. Une fois, il avait entendu son ami Manolo Almendros aborder ce thème en spécialiste. Avec l'expulsion des Juifs, l'Espagne avait révélé pour la première fois toute sa médiocrité, elle avait initié sa transformation en un pays complexé et minable. Et avec el Dos de Mayo, avait-il ajouté, le triomphe du terroir s'était imposé, chaque région palliant l'impuissance du pays. Puis Leandro a poursuivi sa lecture, mais une annonce encadrée sur le bord de la page opposée a attiré son attention. Au sein d'un cycle de musique classique, organisé par une caisse d'épargne, était annoncé le concert de piano de Joaquín Satrústegui Bausán. Le 22 février. Il l'a dit à Aurora. Regarde, Joaquín va jouer à l'Auditorio. Tu prendras des places ? Ça fait combien de temps qu'on ne l'a pas vu ? a-t-elle demandé. Presque huit ans. Ce serait formidable de le voir jouer une nouvelle fois. Leandro a hésité. Je ne sais pas, si tu veux.

Leandro et Joaquín Satrústegui s'étaient connus enfants. Ils vivaient dans la même rue de Madrid. Pendant la guerre, ils jouaient ensemble parmi les ruines dues aux bombardements. Ils ramassaient les balles, les restes des bombes que lançait l'aviation franquiste. Avec Joaquín, il avait trouvé un cadavre dans les décombres d'un terre-plein, aujourd'hui la Castellana. Sur le ventre gonflé de l'homme s'entassait un essaim de mouches et Leandro avait jeté une grosse pierre sur lui pour les chasser. La pierre, quand elle s'était enfoncée dans la poitrine, avait provoqué un bruit sourd, comme celui d'un tambour qui se déchire. Les deux enfants s'étaient éloignés à toutes jambes, mais cette scène avait été à l'origine de cauchemars récurrents qui avaient duré pendant toute l'enfance de Leandro. Encore aujourd'hui il était incapable de manger de la viande un peu crue. Ce matin-là, Leandro avait raconté à sa mère ce qu'ils avaient vu. « Des brutes », s'était-elle contentée de dire. Rien de plus. Mais jamais il n'avait oublié son ton affligé.

De la guerre il gardait des souvenirs diffus – une époque libre où les enfants vivaient dans la rue. La victoire avait signifié le retour des hommes adultes, de l'autorité absente, la fin de la liberté. Le père de Leandro avait purgé par deux années de service militaire son affiliation républicaine, mais il avait bénéficié de l'aide du père de Joaquín. Pendant la guerre, cet homme, militaire de carrière, avait été donné disparu près de Santander. Dans le quartier, tous considéraient Joaquín comme un orphelin et aidaient sa mère, sa sœur un peu plus âgée et lui à survivre. Mais quand la guerre avait pris fin le père était revenu avec un poste militaire important et une reconnaissance claire et nette. C'était un héros, disait-on, il avait été à Burgos, près du commandement. C'était un homme très grand, à la démarche lourde, le visage sillonné de petites veines rougeâtres, avec un énorme double menton qui se répandait sur sa poitrine comme un bavoir de chair. Dans leur maison avaient lieu les cours de piano que recevait Joaquín et auxquels Leandro avait été autorisé à assister – Leandro, que tout le monde connaissait alors comme le fils de la modiste, en particulier depuis la mort de son père emporté par la gangrène. Don Joaquín leur avait payé à tous deux le conservatoire. Il leur disait étudiez, car l'art est ce qui distingue les hommes des bêtes. Tous les animaux savent mordre, procréer, survivre, mais y en a-t-il un seul qui sache jouer du piano ? Joaquín et Leandro se moquaient de lui en secret et ils prenaient dans leurs bras Betún, le teckel de la mère de Joaquín, un chien laid et de mauvaise humeur, pour l'obliger à jouer avec ses pattes sur le clavier du piano. Tu vas voir comme mon père va être surpris quand tu joueras les *Nocturnes* de Chopin.

À l'adolescence, la relation de Joaquín avec son père s'était faite plus tendue. À dix-sept ans il s'était installé à Paris pour poursuivre ses études de piano. Leandro et lui étaient restés en contact. Au début, ils s'écrivaient, puis ils s'étaient donné des nouvelles par intermédiaires interposés et à la fin ne s'étaient plus vus que lorsque Joaquín, désormais pianiste respecté et célébré, revenait en Espagne pour un concert. Perdre des amis est un lent processus, où deux intimes marchent dans des directions séparées jusqu'au moment où ils s'éloignent de manière irrémédiable. Leandro avait vu mourir don Joaquín, vieux, triste, sans nouvelles d'un fils qu'il admirait, mais avec qui il ne parlait presque plus. Leandro comprenait l'amertume de cet homme, lui aussi appartenait au passé de Joaquín, au souvenir d'une autre époque. Si ça se trouve, il ne se rappelle même pas de nous, a-t-il dit à Aurora. Mais non, a-t-elle répondu, ne dis pas de bêtises.

Aurora l'a pressé de réserver des places pour le concert, Leandro s'est résigné. Qu'Aurora soit plus enthousiaste que lui le troublait. C'est ton ami, il sera content de nous voir. Peu après, ils ont abandonné la lecture à cause de la pesante présence de Benita, la femme de ménage, qui à cette heure de la matinée relâchait son activité physique pour s'adonner à la conversation.

Quand ils avaient quitté l'hôpital, le médecin avait conseillé à Leandro de se procurer une chaise roulante pour les premiers jours, les premiers déplacements. Leandro s'était rendu l'après-midi dans un magasin spécialisé de la rue Cea Bermúdez. La chaise était plus lourde qu'il ne le croyait. Il doutait de sa capacité à la manier. Il avait préféré la louer. Si tout allait bien, Aurora remarcherait sans problème, au moins le médecin était optimiste. Le soulagement de quitter l'hôpital était assombri par la panique provoquée par cette nouvelle situation. Achète des chocolats pour les infirmières, elles ont été si gentilles avec moi, lui avait demandé Aurora.

À présent Pina rit à gorge déployée, avec deux grandes incisives qui se chevauchent, une vilaine bouche aux lèvres fines, un regard qui met Leandro mal à l'aise. C'est la première fois qu'il se retrouve dans une de ces énormes baignoires pleines de trous. Osembe a repoussé Pina à deux reprises, les deux fois où il lui a semblé que l'étreinte de l'Italienne allait trop loin. Leandro l'a laissée le masturber un instant avec ses mains aux doigts osseux, mais il s'est rapproché d'Osembe pour montrer clairement ses préférences. L'après-midi se termine sans extase ni complicité.

La responsable, Mari Luz, accepte la carte de crédit de Leandro. Lorsqu'elle l'a informé qu'il devait payer pour les deux filles, il lui a expliqué qu'il n'avait pas assez de liquide sur lui. Leandro ne veut pas discuter, mais tandis que sort le reçu de la carte, il additionne les sommes. Aujourd'hui il paye cinq cents euros, plus le pourboire de dix euros qu'il glisse tous les jours dans la main d'Osembe au moment de la quitter. En deux visites, il a dépensé la totalité de sa retraite. L'Italienne, je ne veux pas qu'elle revienne se joindre à nous, d'accord ? Mari Luz approuve d'un signe de tête, ici c'est vous qui commandez, et Leandro croit retrouver la maîtrise de la situation grâce à cette démonstration d'autorité.

Il sort dans la rue. Ses cheveux humides recueillent la brise froide du soir. Il s'est peigné devant le miroir de la salle de bains. Le petit placard était vide et sale. Il contenait un peigne et une brosse à dents usée, un tube de dentifrice sans bouchon, à la pâte toute desséchée. La saleté du lieu paraissait, plus qu'inexistante, cachée dans un coin. On ne la voyait pas de prime abord. Dans la rue, il se retourne pour regarder le pavillon aux persiennes baissées. Je suis un irresponsable, un fou. Il se calme en pensant qu'il s'agit peut-être de la dernière fois qu'il voit cet endroit. Il faut que ça s'arrête. Ça n'a aucun sens.

Aucun sens.

15

Lorenzo attend devant chez ses parents. Il remonte de dix mètres le trottoir, puis redescend. L'entrée n'a pas changé depuis son enfance, seule la porte massive a été remplacée par une autre, plus légère, laide et fragile, quand on a installé l'automatisation. C'était là, si elle n'était pas encore revenue des courses ou d'une commission, qu'il attendait sa mère à son retour de l'école. Assis sur le perron il avait passé à cet endroit de nombreuses heures de sa vie. La rue de son enfance en revanche ne ressemble plus à celle qu'il a connue. Il y avait des maisons basses aux murs blanchis à la chaux et aux toits rouges. À présent, les immeubles aux fenêtres en aluminium se sont multipliés. Les vieux couples qui ont fondé le quartier dans les années quarante et cinquante sont tous morts ou presque. Quand l'un d'eux sort se promener on dirait plus un naufragé qu'un voisin.

Lorenzo est venu à la demande de son père. Ta mère veut se promener et tout seul je ne peux pas la descendre. Après deux jours de pluie quasi ininterrompue, un soleil lavé illuminait la rue. Lorenzo a aidé son père à descendre la chaise roulante sur les deux étages sans ascenseur. Au premier palier, Leandro a frotté ses mains endolories sur sa veste. À la maison, les mains de son père avaient toujours été protégées. Il ne cuisinait jamais, n'utilisait pas de couteaux, n'ouvrait ni boîtes de conserve ni bouteilles, et ne portait pas de choses dangereuses. Il n'avait jamais joué les maçons, comme d'autres pères. Regarde si toi tu peux, tu sais que papa ne doit pas s'en occuper, disait sa mère à Lorenzo quand il s'agissait d'accrocher un tableau ou de vérifier une prise. Les mains de son père leur donnaient à manger et quand un jour il se blessa le doigt en se pinçant dans une chaise décollée, il enfila pendant quelque temps un doigt en cuir comme protection. Ce matin, en le voyant porter la chaise jusqu'à la rue, il a pensé qu'il n'avait plus l'âge ni la force pour veiller sur une femme malade. Ils vivent dans une maison sans ascenseur, aux escaliers hauts et vieux. Ils comptent sur le fait qu'Aurora récupérera vite sa mobilité, mais si ce n'est pas le cas il faudra qu'ils changent leur mode de vie.

On fait un tour dans le quartier, on revient vite. Lorenzo a menti et leur a dit qu'il avait un entretien d'embauche. Il n'a eu aucun mal à trouver un bar. Sur ce plan, aucun changement. Il y en avait pratiquement un tous les deux immeubles. Ils survivent au temps, sans luxe. Ils sont petits et sales, mais les gens les utilisent comme bureau, lieu de rendez-vous, cantine, confessionnal, salon. Au fond, une femme était en train de jeter de l'argent dans une machine à sous avec son caddie vide rangé à côté d'elle. Le comptoir en zinc paraissait blanc tant il était rayé. Dans le journal Lorenzo a découvert un reportage sur l'insécurité à Madrid où on citait en exemple le meurtre de Paco, avec cette nuance alarmiste : « La paix troublée d'un homme qui rentrait chez lui la nuit ». Lorenzo était défini comme un « assassin brutal ». Il a continué jusqu'aux offres d'emploi. Il en a entouré deux. Il appellerait plus tard, peut-être.

Sylvia lui manquait. Les jours de pluie sans elle à la maison étaient pour Lorenzo épais et tristes. Entendre en permanence la musique qui émanait de la chambre de Sylvia le réconfortait. Il aimait la voir entrer et sortir à toute allure, écouter le murmure quand elle parlait au téléphone avec ses amies. Sans elle la maison était maussade. Allumer la télé ou la radio, s'asseoir dans la cuisine pour faire ses comptes, siffler dans le salon, ne servait à rien. Quand Sylvia n'était pas là, l'écho faisait de l'appartement le repaire d'un loup blessé.

Le jour de son départ, Pilar est venue la chercher à la maison et Lorenzo a proposé de les conduire à la gare d'Atocha. Il a avancé sa voiture jusqu'à l'entrée et, au moment où il aidait Sylvia à s'installer sur le siège, une voiture a surgi derrière eux, klaxonnant pour exiger le passage. Lorenzo s'est retourné avec violence, s'est dressé face au conducteur. C'était une femme. Quoi ? T'as besoin de lunettes ? La femme a eu un geste de mépris et Lorenzo a été sur le point de s'avancer vers elle. Papa, laisse tomber. Cette salope a bien vu ton plâtre et elle klaxonne quand même. Lorenzo s'est retenu, il a vu la nervosité de Pilar, qui était installée sur le siège arrière. Sans hâte, il s'est assis au volant et a pris son temps pour démarrer. La ville offrait parfois ces duels de voiture à voiture. La femme derrière eux a klaxonné de nouveau. Lorenzo a levé le majeur et le lui a montré dans le rétroviseur. Ta gueule, connasse.

Lorenzo voit ses parents apparaître au coin de la rue, lentement, la chaise avance par à-coups. Ils croisent une famille philippine et il y a une voiture garée sur le trottoir qui oblige son père à descendre du bord et à manœuvrer péniblement avec la chaise. Ça fait longtemps que tu attends ? Non, non. Ils montent à l'appartement. Aurora a l'air fatiguée. Quelle belle journée, n'est-ce pas ?, dit-elle avec une mélancolie qui semble faire référence à autre chose. L'appartement de ses parents paraît également plus petit à Lorenzo maintenant, le couloir plus étroit, le salon insuffisant, même le piano droit dans le bureau de son père se révèle minuscule à ses yeux. La femme de ménage s'affaire par là. Vous l'employez encore ? demande Lorenzo. Son père hausse les épaules. Des mois auparavant Lorenzo les a entendus discuter au sujet de Benita. Pauvre femme, disait Aurora. Apparemment, ses problèmes d'obésité l'handicapaient dans son travail. Étant donné sa petite taille il lui aurait fallu des échasses pour enlever la poussière au-dessus des meubles. Ta mère la garde par compassion, lui a expliqué Leandro. Personne ne garde une aide-ménagère par compassion, a répondu Lorenzo, on la paie pour qu'elle fasse son travail. Elle a besoin de cet argent, je ne peux pas lui dire de ne plus venir, a conclu Aurora.

Lorenzo retourne dans son quartier en bus. Il n'est pas loin. Il prend le 43 et ensuite il fait à pied le bout de chemin entre l'arrêt et chez lui. Au marché il achète du blanc de poulet coupé en aiguillettes. Il marche en direction de son immeuble avec son petit sac. Son ami Óscar l'a appelé pour sortir ce soir et manger un morceau par là. Il sera avec sa femme, et Lalo les rejoindra peut-être. Ils parleront de politique, de foot, quelqu'un commentera un programme de télévision ou un incident de travail. Ce sera toujours mieux que de rester seul à la maison, à regarder la télévision. La nuit précédente, Lorenzo est allé se coucher tôt, mais il a perdu le sommeil au contact des draps. Du fond de l'armoire où il entasse ses vêtements, désormais tristes sans ceux de Pilar, il a sorti une petite poupée Barbie qu'il cache depuis un moment. Ç'a a été un jouet d'enfance de Sylvia, à présent lui aussi oublié, abandonné. Elle était blonde, même si elle a perdu l'éclat de ses cheveux. Elle portait une petite robe courte avec des attaches en velcro. Lorenzo s'est mis avec elle dans le lit, lui a ôté sa tenue et s'est masturbé en caressant ses seins saillants, dynamiques, bien dessinés. Il a frotté sa silhouette, ses longues cuisses parfaites, a effleuré son pied recourbé, presque du bout des doigts. Il a fantasmé sur le cul de la poupée, l'imaginant réel. Parfois il lui faisait l'amour dans le lit, parfois dans la baignoire. Il l'a trouvée au fond d'une caisse de jouets mis à l'écart. Avec le départ de Pilar, les armoires avaient été déplacées, la maison réordonnée. Ç'avait été une sorte de déménagement partiel. La poupée l'a surpris, comme si elle revenait du passé. Il a failli la jeter à la poubelle, mais quelque chose l'a arrêté. La poupée lui parlait, l'excitait avec son contact en plastique, son volume étudié, le dessin pervers de ses formes, l'attitude de son corps, le nez altier, un peu méprisante, froide, élitiste. Elle est devenue une absurde compagne de ses jeux érotiques, une consolation solitaire. Après avoir joui, Lorenzo la rhabille et la cache de nouveau dans le fond de l'armoire, sous les grosses chaussettes et les chemisettes qu'il ne met plus jamais.

Lorenzo arrive dans l'entrée et appelle l'ascenseur, quand il remarque l'affichette qui annonce une nouvelle panne. Il soupire avec dégoût. C'est fréquent. L'ascenseur est lent, petit, et son moteur flanche régulièrement. Quand Lorenzo commence à monter les escaliers, il entend s'ouvrir la porte d'entrée. C'est l'Équatorienne qui travaille pour le jeune couple du cinquième. Elle pousse la poussette du petit, aux anses de laquelle sont suspendus deux pleins sacs de courses avec le logo du supermarché. Il la voit s'arrêter devant l'ascenseur et se diriger vers l'escalier. Il est sur le point de l'ignorer, mais il change d'avis. Laisse-moi t'aider. Elle le remercie sans savoir si elle doit lui tendre les sacs ou la poussette.

Lorenzo pose son petit sac blanc sur le ventre de l'enfant endormi et attrape la poussette par les roues avant. Il la soulève. La fille fait la même chose de l'autre côté et ils montent. L'effort a quelque chose de la répétition, une heure avant il montait sa mère de la même façon. L'enfant dort, ignore les secousses. Tu pensais monter seule les cinq étages ? lui demande Lorenzo. Elle hausse les épaules. Ils n'ont jamais échangé plus qu'un bonjour, parfois Lorenzo tire la langue au petit ou lui fait un clin d'œil, mais à elle, il ne lui accorde jamais plus qu'un sourire accompagné d'un salut silencieux. À présent il l'observe. Elle n'est pas très grande, elle a les cheveux bruns, lisses, lâchés sur ses épaules. Son corps semble s'élargir à mesure qu'il descend, mais son visage a de beaux traits indiens. Le regard aiguisé, déchiré, la bouche fine et jolie, le nez avec de la personnalité, fort mais agréable. D'où es-tu ? Équateur, dit-elle. Et votre fille ? Lorenzo n'a pas compris la question. Comment va sa jambe ? Ah, bien, bien. Elle est allée passer quelques jours chez sa mère. La fatigue commence à se faire sentir, même s'il préfère ne pas s'arrêter si elle ne le fait pas. Vous êtes séparés ? Oui, mais ma fille vit avec moi. Lorenzo ne peut éviter une bouffée d'orgueil. À présent je suis son père et sa mère. Votre fille est chouette, très sympa, dit-elle. Sylvia ? Oui… et Lorenzo sent que c'est peut-être une façon de lui reprocher de n'être pas, lui, d'un naturel aimable. Comment t'appelles-tu ? Daniela, et vous ? Lorenzo, mais, je t'en prie, tu peux me tutoyer.

Une grosse mèche de ses cheveux lisses balaie son visage et Lorenzo a envie de l'écarter. Elle souffle dessus pour la replacer. À Loja nous avions un prêtre espagnol qui s'appelait Lorenzo. Il nous expliquait le martyre de San Lorenzo, il nous faisait très peur. Lorenzo hausse les sourcils. Oui, je vois, bien sûr. Le grill et tout cela. Ils traversent le palier du troisième. Je m'appelle Lorenzo à cause du San Lorenzo de l'Escorial. Il semblerait que mes parents m'ont engendré là-bas, pendant un séjour, et je ne sais pas, le nom a dû leur plaire, car dans ma famille il n'y a pas d'autre Lorenzo. On m'a toujours raconté ça. Daniela sourit avec timidité : C'est beau l'Escorial ? Je ne le connais pas. Lorenzo réfléchit un instant. Beau ? Disons que c'est… intéressant. Si tu veux je t'emmène un jour, ça fait des siècles que je n'y suis pas allé. Non, ne vous en faites pas, s'excuse Daniela, comme si elle craignait un malentendu. Lorenzo se vexe. Elle pose la poussette par terre. Ils sont arrivés au quatrième. C'est votre étage, n'est-ce pas ? Lorenzo proteste. Non, non, je t'accompagne jusqu'au cinquième, tout de même. Daniela résiste, mais ils montent le dernier étage à un bon rythme, presque sans parler. Leur respiration à tous deux paraît plus agitée. Ils se quittent une fois que Daniela a ouvert la porte. C'est dit, je t'accompagne à l'Escorial quand tu veux. Ça me fera plaisir, vraiment. Daniela rit et le remercie deux fois encore.

Lorenzo jette son blouson sur le canapé. L'effort l'a fait transpirer. Il entre dans la cuisine et boit directement au robinet. Pilar n'aimait pas ça. À présent ça n'a plus d'importance. Elle n'aimait pas non plus qu'il se rase dans la cuisine, comme il faisait parfois. Il y a une meilleure lumière. Et elle riait quand elle l'entendait uriner et tirer la chasse avant d'avoir fini. Tu es si pressé ? À présent personne ne corrigera ses petits vices.

La sonnette de la porte retentit. Lorenzo se retourne. Il laisse sonner une deuxième fois. Quand il ouvre, il est étonné de voir Daniela sur le seuil. Elle porte le petit sac de Lorenzo avec ses courses du marché. Elle sourit. C'est à vous, non ? Lorenzo attrape le sac. Merci, c'est mon repas d'aujourd'hui. C'est tout ce que vous mangez ? Lorenzo hausse les épaules. Aujourd'hui je suis seul. Brusquement il comprend que Daniela éprouve de la pitié, presque de la peine, devant cet homme de plus de quarante ans qui rentre seul chez lui avec un petit paquet ridicule de nourriture. Ils ne se disent rien, mais Daniela lui montre l'étage au-dessus et lui rappelle qu'elle a laissé l'enfant seul. Lorenzo la regarde monter les marches. Elle porte un jean noir super moulant. Il pense à Pilar. Jamais elle n'aurait osé mettre des vêtements si serrés, aussi mince qu'elle ait pu être. Ces filles-là en revanche ont cette audace. Elles montrent leurs seins, leur cul, leurs cuisses, leurs formes, utilisent des couleurs extrêmes, parfois des décolletés, dévoilent leur ventre dans la rue, s'exhibent sans complexe malgré leur corpulence. Sylvia a hérité cette pudeur vis-à-vis de son propre corps. Elle s'habille en noir, des vêtements amples, tire les manches de ses pulls jusqu'à les déformer pour couvrir ses mains, si elle sort avec des amis elle noue une veste à sa taille pour cacher son cul.

Lorenzo a laissé les informations allumées à la télé du salon pendant que les aiguillettes de poulet cuisent dans la poêle. Il sera bientôt prêt pour s'asseoir et regarder les quinze minutes consacrées au foot. Dans la corbeille à fruits il ne reste qu'une poire cabossée, avec un côté violet, blet.

16

Ariel voyage de nuit, fatigué, dans le charter qui ramène d'Oslo l'équipe et la presse. Ce soir ils ont joué contre une équipe solide et rude, sur un terrain glacé, sous une couche de froid. Ils ont perdu deux à zéro et il a vécu un des pires matchs de sa carrière professionnelle. Il pourrait arguer du fait que le ballon n'a jamais circulé, que les défenseurs de son équipe se sont contentés de renvoyer les tirs norvégiens et qu'à chaque affrontement leurs adversaires se sont imposés. Il pourrait dire que près des lignes de touche il semblait faire deux degrés de moins que sur le reste du terrain, qu'il a fait l'erreur de choisir des chaussures multi-crampons ou que le défenseur blond qui le marquait était super rapide et utilisait ses bras comme des ailes de moulin. Il pourrait aussi prétexter les quatorze fautes qu'il a subies, mais il sait très bien que lorsqu'on perd, ce ne sont pas les excuses qui manquent.

Ses compagnons sommeillent dans l'avion. L'entraîneur relit les notes de son carnet. Matuoko ronfle la bouche ouverte. Jorge Blai colle ses crottes de nez, certain que personne ne le voit, sous la tablette devant lui. Dans des positions impossibles sur leurs sièges, quatre ou cinq joueurs jouent à la pocha, mais moins bruyamment que d'habitude. On a perdu et on est obligé de garder une contenance. Osorio, assis à côté d'Ariel, joue à la console. Ariel a mis ses écouteurs et écoute de la musique argentine. Il trouve un peu absurde d'entendre, de retour de Norvège, les vers d'une vieille chanson de Marcelo Polti : « Il fait chaud, si chaud que tes jambes cachent le centre de la terre ». Deux ans plus tôt il avait rencontré Marcelo, supporter fanatique de San Lorenzo, musicien respecté qui, le jour où il avait été nommé membre d'honneur du club, s'était agenouillé dans le cercle central du terrain et avait mangé une poignée de gazon sous les applaudissements euphoriques du public. Il avait ensuite invité l'équipe au complet à un de ses concerts dans l'Obrero. Je crois que j'ai tous tes disques, lui avait dit Ariel quand ils s'étaient salués dans la loge. Demain tu pourras dire ça, avait murmuré le type, et le lendemain il lui avait fait parvenir deux CD de quatre-vingts chansons inédites, jamais enregistrées. Ils étaient devenus bons amis, Marcelo assistait à chaque match au Nuevo Gasómetro et à deux reprises Ariel s'était rendu dans sa maison à Colegiales, où le sous-sol était transformé en studio d'enregistrement. D'où je sors juste pour grappiller un instant et le mettre dans une chanson, comme un vampire. Pédant, excessif, « génialoïde », chaotique, fumeur invétéré et grand buveur de maté, allergique aux drogues après les avoir toutes essayées. La première fois qu'Ariel était tombé amoureux, en 1995, ç'avait été d'une fille qui existait seulement dans les paroles d'une chanson, une dénommée Milena. « Milena, ces baisers dans l'air, mes étreintes dans le vide, te sont réservés, ma chérie… » Chaque semaine Ariel reçoit de Marcelo un long mail qui lui remonte le moral. Souviens-toi que j'ai mangé le gazon sur lequel tu cours. Il lui donne des nouvelles d'Argentine et le félicite d'être si loin. Un océan me semble la distance idéale pour cohabiter avec ce pays. En ce moment il a pris en grippe le señor Blumberg, devenu quasiment leader national, dont le fils adolescent, Axel, avait été assassiné d'un tir dans la tempe, par les hommes qui le séquestraient dans une voirie de La Reja. Ariel avait participé à la manifestation massive du 1er avril devant le Congrès. Là, le père du garçon avait pris la tête de la rébellion citadine contre l'insécurité et la violence. Marcelo ironisait sur le poids politique qu'il commençait à avoir. C'est un pays de fous, ils prennent leur revanche d'avoir toute leur vie été des victimes, aujourd'hui on utilise la douleur pour cogner sur les marginaux, ça sert d'alibi pour punir le pauvre. Et il s'épanchait ainsi pendant des paragraphes sur n'importe quel sujet de l'actualité argentine, le seul pays au monde, selon sa définition, où il se passait tous les quarts d'heure une chose et son contraire.

De l'arrière de l'avion proviennent les rires de la presse. La vodka achetée dans les boutiques de l'aéroport aide les journalistes à résister à la fatigue. On écoute Velasco, un animateur radio à la voix caractéristique, raconter des blagues en haussant le ton et imiter les voix de célébrités qu'Ariel ne connaît pas. De là arrive Ronco, qui se penche vers lui. En voyant Osorio plongé dans sa console il lui dit, avec un sourire, veille sur tes neurones, toi, ne fais pas comme lui. Ariel retire ses écouteurs. Demain tu vas te faire descendre. J'ai mal joué, répond Ariel. Mal ? Vous avez joué comme des merdes. Vous êtes sûrs que les Norvégiens n'ont pas trafiqué le ballon ? Ariel sourit. Ronco continue. Je t'invite à dîner demain. On m'a chargé de t'interviewer. Ça te sortira un peu, d'accord ? Ariel accepte. Ronco retourne à son siège. Je m'en vais, on dirait une veillée funèbre. Il serre la main du délégué du club, un homme à l'éternelle gabardine, dont le devoir est de régler les affaires mineures de l'équipe.

Ariel a rencontré Ronco avant le début de la saison. Dans la salle de presse, ses cheveux rouges d'Irlandais et sa voix semblable à une guitare frappée à coups de marteau attiraient l'attention. Au mois d'août, le club avait reclus l'équipe dans un hôtel de Santander. Entraînement physique, se mettre au niveau des statistiques de l'entraîneur. Premières causeries tactiques. Ariel partageait une chambre avec Osorio, du même âge que lui, formé par le club, peu souvent titulaire au cours de la saison, et qui passait son temps libre à jouer à la play-station sur la télévision. Après le dîner, Ariel se joignait parfois à une partie de billard avec un des vétérans : Amílcar ou le gardien remplaçant Poggio, qui souffrait d'insomnies. À partir du troisième jour, la monotonie était devenue insupportable : la cohabitation collégiale, les horaires stricts, l'ennui des repas répétitifs, pâtes et poulet ou poulet et pâtes. À minuit il fallait se retirer dans les chambres où parfois les joueurs se réunissaient pour discuter, regarder la télé, avec les exclamations qui célébraient les apparitions féminines des émissions. Putain la gonzesse, tu as vu cette paire de nibards ? Charlie était venu à Santander avec la voiture. Cette nuit on part en vrille. Charlie parlait ainsi depuis leur arrivée, employant des expressions espagnoles qu'il avait entendues. Ariel était descendu en cachette et l'avait retrouvé au parking. Il s'était allongé à l'arrière de la Porsche, se dissimulant sous des serviettes pour sortir de l'enceinte sans être vu. Quand il avait quitté la chambre, Osorio lui avait dit : tire un coup pour moi.

La zone des bars était remplie de gens, des vacanciers pour la plupart. Ils entrèrent dans un local où la musique était assourdissante et cherchèrent une place. Au fond, Ariel reconnut Ronco. Merde, un journaliste, dit-il à Charlie. Les journalistes finissent toujours par utiliser n'importe quelle indiscrétion à propos d'un joueur, pas tant pour lui faire du mal que pour se faire mousser d'être bien informés. Mais Ronco s'avança pour les saluer. Je n'ai rien vu. Vous voulez que je demande au patron un salon privé ? Il vaut mieux que peu de gens vous voient ici. Ils le laissèrent faire.

On les installa dans une salle où la musique était moins forte. Bien que ce fût une salle privée elle débordait de gens, mais le patron leur prépara une table à l'écart. Ronco, flanqué d'un photographe qui faisait office de consommateur muet de whiskies-Coca, leur raconta des histoires sur l'entraîneur, l'équipe, tel joueur. Il transpirait, enlevait ses lunettes pour se sécher le visage avec des serviettes en papier dont il faisait ensuite des boules qu'il lançait. Il demanda à Ariel avec qui il partageait sa chambre. Osorio ? Son dernier neurone s'est suicidé d'ennui. Ils parlèrent de Solórzano et Ronco leur dit que dans le club on l'appelait Papa Commission. Tu lui tends la main, il te prend le bras. Ronco buvait des bières à un rythme fébrile, il était élancé comme un joueur de basket. Solórzano est protégé par des gens de la direction, pensez que tout ça est tohu-bohu, tromperies, entrepreneurs avec envie d'en être, de devenir célèbres, et la tribune est leur tremplin pour obtenir la requalification illégale, le pot-de-vin avec les conseillers municipaux à l'urbanisme, le prestige social, une certaine notoriété, et dans le meilleur des cas faire la conquête d'une miss qui leur bouffe la queue contre un instant de luxe. L'Argentine est peut-être un pays corrompu jusqu'à la moelle, mais ici on a réussi à rendre une certaine corruption et photogénique et légale à la fois. Voilà.

Il expliqua qu'on surnommait Requero, l'entraîneur, « Mains Propres », il ne se trompe jamais. Si on gagne, c'est grâce à son tableau noir, si on perd c'est parce que quelqu'un d'autre a commis une erreur. Ronco inspirait confiance, il fumait du tabac brun et tenait sa cigarette à l'intérieur de la paume de sa main. Il évoqua certains joueurs, Dani Vilar, qui avait été le plus critique à l'égard d'Ariel à son arrivée, c'est un bon gars, mais il a perdu la pêche physique qu'il faut dans ta position, ça fait de la peine de voir un type millionnaire se traîner sur les terrains de jeu. Mais, évidemment, prendre sa retraite est un traumatisme, d'autant plus quand on a cinq enfants et une femme comme la sienne, on dit qu'elle est Légionnaire du Christ. Il assura qu'il ne dirait pas un mot sur leur escapade nocturne. Hier soir, Matuoko a fait monter trois putes dans sa chambre.

Dans le troisième bar, Charlie et Ariel rencontrèrent deux Argentines inscrites à un cours d'été sur « l'émotivité » dans le palais de la Magdalena. À l'intérieur de la voiture, garés près de l'hôtel où ils étaient reclus, ils purent mettre en pratique certaines des connaissances acquises par les deux filles. L'une d'elles n'arrêtait pas de parler, mais Charlie estima que c'était une vertu, comme un fond sonore. Pour la patrie, mon frère, pour la patrie, criait-elle pendant qu'ils baisaient tous les quatre dans la voiture inconfortable. À ce moment-là, rien ne semblait pouvoir poser problème. Le lendemain leur escapade n'eut aucune répercussion, elle passa inaperçue, aidée en cela par le fait que pendant la nuit le Polonais Wlasavsky avait détruit sa voiture en heurtant une clôture, pour éviter une vache qui avait traversé une rue à Torrelavega, selon sa version, et selon les autres en revenant d'un bar à putes du nom de Borgia IV. Deux jours plus tard, six membres de l'équipe, y compris l'entraîneur des gardiens, souffrirent d'une gastro-entérite, apparemment due à un fruit de mer pas frais. Ariel fut épargné, il n'avait jamais supporté les fruits de mer.

Il en avait été ainsi depuis le début. Charlie apportait la touche de folie, mais aussi la diversion. Lors de leur premier voyage à Madrid, ils avaient été logés dans des chambres contiguës dans un hôtel de luxe près du stade. Le club vivait alors des jours agités : il venait de rompre le contrat d'un avant-centre brésilien parce qu'il y avait dans son sang des traces de Tétrahydrogestrinone, un anabolisant interdit. On glissa à la presse que le type avait un genou en mauvais état, mais comme Solórzano avait géré leur engagement à tous les deux, les cordes négociatrices s'étaient tendues au dernier moment. Quelqu'un s'était risqué à suggérer que c'était les deux ou aucun. Charlie devint sérieux. Mon frère est clean, c'est l'autre qui a pris de la THG. Toutefois, pendant deux jours la signature fut gelée. Pour finir, le Brésilien fut hospitalisé dans un centre de dialyse, son sang lavé et il intégra une équipe française. Ariel put alors signer son contrat, il passa l'examen médical et ils attendirent quelques jours avant de chercher une maison en ville.

Le club et Charlie se chargèrent de la trouver. Tu dois vivre comme un riche, le prévint son frère. Le troisième jour à l'hôtel on lui passa l'appel d'une journaliste. Ils avaient beau insister, Charlie refusait d'accorder des interviews exclusives. Ariel l'entendait discuter avec autorité. Soudain Charlie se mit à rire à gorge déployée et il tendit le téléphone à Ariel. Écoute ça. Allô ? dit Ariel. Et une voix féminine, nerveuse mais joyeuse, s'adressa à lui. Tu es Ariel ? écoute en réalité je ne suis pas journaliste, je suis ici à la réception et je suis venue pour tirer un coup de bienvenue avec toi. Ariel n'eut pas le temps de réagir, son frère lui arracha le combiné et invita la fille à monter.

Deux minutes après entra une trentenaire avec des seins énormes et des cheveux blonds colorés aux boucles emmêlées. Joyeuse, amusante, désinhibée. Ils burent trois bières et Charlie fut le premier à la prendre dans ses bras. Ils se déshabillèrent et s'emberlificotèrent sur le lit. Devant la passivité d'Ariel, elle insista, moi celui que je voulais me taper c'était ton frère. Ariel, mi-amusé, mi-stupéfait, se déshabilla. Tandis qu'elle était pénétrée par Charlie à quatre pattes sur le lit, la fille introduisit le sexe d'Ariel dans sa bouche. Elle avait un piercing rouge brillant sur le bout de la langue. Elle était d'Alcázar de San Juan même si elle résidait à Madrid, plus exactement à Alcorcón, et avant de partir elle leur raconta qu'elle avait baisé avec sept joueurs de première division. Il m'en manque un du Betis qui est trop mignon, mais tout le monde dit qu'il est gay.

Une telle réception ne laissait pas de surprendre Charlie et Ariel, pourtant habitués aux *botineras* argentines, ces filles qui entourent les footballeurs, comme les groupies les rockeurs. Ariel eut du mal à se retenir de rire quand le lendemain matin un journaliste de la télévision publique lui demanda s'il se sentait bien accueilli par les Espagnols. Je me sens aimé, j'espère seulement leur donner du plaisir, sur le terrain, répondit Ariel. Au fond de la salle de presse, à la porte d'accès, Charlie riait aux éclats, attirant le regard des journalistes, qui prirent alors conscience qu'Ariel était accompagné de son frère aîné.

Aujourd'hui, la situation n'était plus si détendue. L'équipe ne fonctionnait pas. Ils étaient sixième au classement et n'avaient plus le choix : maintenant il fallait gagner. Le tournoi européen venait de commencer par un mauvais résultat. Ariel revenait en voiture de l'entraînement un matin quand il entendit à la radio deux commentateurs parler de lui : « Ce n'est pas un crack, ça c'est clair, c'est un joueur quelconque, en Argentine tu fais un pas et on t'en sort seize du même genre. » On avait beau s'habituer au ton cinglant de la presse sportive, les critiques faisaient toujours mal. Le lendemain de son match de présentation, une signature prestigieuse d'un journal de foot écrivit : « Ariel Burano a déclaré qu'il n'est pas le nouveau Maradona. Il n'avait pas besoin de le dire, ça crève les yeux. Il suffit de le regarder jouer. Il dribble jusqu'au drapeau de corner, mais ses fioritures plairont-elles aux très exigeants supporters madrilènes ? »

Charlie n'accordait aucune importance à ces commentaires. C'est un connard, j'ai demandé au club et il semble que c'est un vendu, depuis des mois il essaie de faire venir le Mexicain Cáceres à ton poste, son beau-frère est agent de joueurs. Qu'est-ce que ça a à voir avec toi ? De nombreuses fois il avait entendu Le Dragon lui dire qu'il fallait prendre la presse avec de la distance, mais le mieux était de ne pas la prendre du tout.

Dans le compte rendu de son premier match officiel, un type qui écrivait assez joliment ne lui consacrait qu'un seul adjectif : autiste. « Ariel Burano s'est comporté comme un autiste. Trois équipes ont joué. L'équipe locale, les visiteurs et lui. Nous verrons s'il s'agit seulement d'un problème d'adaptation ou si c'est le symptôme d'une maladie incurable. » Patience, disait Charlie. Si tu t'arrêtes pour lire ce qu'on écrit tous les jours tu n'auras plus le temps de rien, même de pisser.

Ariel comptait réussir à convaincre peu à peu les gens de son statut de footballeur mais il ne s'attendait pas au départ précipité de son frère. Charlie était son point de référence, son premier bouclier face à la réalité. Si loin de chez lui, chaque coin partagé avec Charlie sentait l'odeur de la maison. Les ennuis de Charlie se produisirent lors du deuxième match de la ligue, à Saint-Jacques-de-Compostelle. L'équipe avait joué tard le samedi soir, match retransmis dans tout le pays. Ils passèrent la nuit en ville. Ariel et Charlie sortirent dîner avec deux joueurs argentins de l'équipe adverse. Trente-deux Argentins jouaient en Espagne, répartis parmi les équipes de première division. Ariel ne connaissait pas Sartor et

Bassi. Il les avait rencontrés ce soir-là sur le terrain. En particulier Sartor le Dogue, qu'on surnommait ainsi parce qu'il ressemblait à un de ces chiens argentins qui, lorsqu'ils mordent, ne lâchent jamais leur proie. Il marquait Ariel à chaque corner et approchait tout près de son visage son nez aplati sous un crâne rasé en lui criant latino de merde, pédé, pute, fais tes valises et repars dans ton pays de merde, connard. Il lui disait qu'il allait baiser sa mère, que sa sœur était lesbienne, que sa fiancée à Buenos Aires se faisait prendre par l'avant-centre de River, toutes sortes de provocations. Lors d'un coup où Ariel s'était jeté au sol pour feindre d'avoir été taclé, il l'avait attrapé par le bras pour le relever du gazon et lui avait crié, debout, tas de merde, tout le monde sait que tu joues parce que tu suces l'entraîneur. Ariel avait éclaté de rire. Le type était si excessif qu'il en était drôle, malgré son attitude criminelle et la menace de ses crampons en aluminium.

À la fin du match, ils allèrent se serrer la main. Sartor était de Córdoba et il le gratifia d'une chaleureuse accolade. Comme un dogue apprivoisé. Ils décidèrent de se retrouver après la douche pour dîner ensemble dans un gril argentin appartenant à un ami. Bassi était de mauvaise humeur parce qu'il n'avait joué que les cinq dernières minutes. On me fait entrer seulement pour gagner du temps. Sartor était en Espagne depuis cinq ans. Bassi avait joué en Italie trois ans avant d'arriver ici. Là-bas c'est plus tranquille. Dans certains matchs tu peux même t'amuser. Sartor avait une tête d'assassin de film de série B. Bassi, cheveux bouclés, corps énorme, était surnommé Le Boiteux car il se déplaçait avec une claudication ostentatoire.

Ils burent pas mal, parlèrent avec passion du foot argentin, Sartor était de los Leprosos, ç'avait été sa première équipe, Bassi d'Independiente. Ils les raccompagnèrent à l'hôtel. Quelques supporters saouls, qui s'étaient arrêtés pisser sous les porches derrière la cathédrale, reconnurent Ariel. Ils portaient des écharpes de son équipe. Au loin l'un d'eux vomissait de la bile sur ses chaussures. Un autre jeune, les cheveux ébouriffés et les yeux voilés, s'arrêta devant Ariel. Ce type est une star. Tu es le meilleur, le meilleur. Ohé, ohé. Et il commença à chanter à grands cris et à appeler les autres. Ariel et ses compagnons accélérèrent le pas en direction de l'hôtel.

Mais le pire survint après. Ariel fut réveillé en sursaut par des cris dans le couloir. C'était la voix de Charlie. Il passa en hâte un survêtement et sortit de sa chambre. D'une porte non loin de là apparurent également des têtes de curieux. Il vit alors Charlie debout, vêtu juste d'un slip noir, frappant à coups de pied et de poing une femme qui se traînait par terre, à moitié nue. Ariel courut jusqu'à lui et tenta de maîtriser son frère, ivre et hors de lui. Il était évident qu'il avait pris de la cocaïne. Personne n'avait rien dit mais pendant le dîner il était allé trois fois aux toilettes. Deux coéquipiers d'Ariel l'aidèrent à l'immobiliser. La femme, rousse, saignait du nez et criait d'indignation. Je vais te dénoncer, appelez la police. Ariel retenait son frère comme un cheval sauvage. Ils croient que je suis pédé, ces fils de pute, répétait Charlie.

Ariel mit du temps à comprendre. Bassi et Sartor avaient fait une blague à Charlie. Ils lui avaient envoyé cette prostituée dans sa chambre d'hôtel, comme un cadeau. Le drame était arrivé quand Charlie avait découvert que c'était un travesti. Au lieu de le laisser repartir, il en avait fait une affaire personnelle et s'était mis à frapper la prostituée. Ariel enferma son frère dans la chambre et aida la femme à moitié nue à se recomposer. Quelqu'un lui prêta une serviette humide, elle se sécha le nez et se nettoya le visage. Ariel s'excusa. Il était défoncé, il vaut mieux que tu t'en ailles. Elle se calma, remercia Ariel pour ses soins et refusa l'argent qu'il lui proposait, non, non, ce fils de pute m'a déjà payée.

L'incident aurait été oublié si quelques heures plus tard l'agressée ne s'était pas présentée devant le gérant de l'hôtel en menaçant de dénoncer la société si on ne lui donnait pas le nom de l'occupant de la chambre. De peur qu'il ne s'agisse d'un joueur, on réveilla le délégué de l'équipe qui prit l'affaire en mains. Ce ne fut pas facile. La fille voulait appeler la presse, la police. Là, à l'aube, au comptoir de la réception, ils se mirent d'accord sur une somme d'argent pour clore l'incident.

Dans l'avion de retour à Madrid, Pujalte avait échangé des paroles avec Charlie, au fond de l'appareil. À l'écart de tous. Ariel les avait vus, mais il n'avait pas été invité à se joindre à la conversation. Un moment après, Charlie s'était effondré. La fille avait porté plainte contre le club. Elle ignorait le nom du joueur, mais la police avait rédigé un rapport pour coups et blessures. L'hôtel avait admis que cette chambre était payée par l'équipe, mais il avait affirmé ne pas savoir quel joueur l'occupait concrètement. Pujalte accorda une semaine à Charlie pour quitter le pays. Nous pouvons embrouiller l'affaire pendant quelques jours, mais ensuite il faudra donner un nom, il faut protéger le club. Tu ne voudrais pas qu'il nous arrive la même chose que l'équipe anglaise à Malaga. Quatre joueurs d'une équipe britannique logés dans un hôtel avaient été arrêtés pour viol, l'affaire avait été un scandale national jusqu'au moment où, tout récemment, un accord déshonorant avait été conclu avec les femmes moyennant une somme d'argent. Ces conneries entre les mains des journalistes sont comme des boules de neige qui finissent en avalanche, expliqua Pujalte.

Ariel comprit immédiatement ce que cela signifiait : se séparer de Charlie. Son attitude grave, son silence irrité, sa colère contre le comportement stupide de son frère laissèrent place à la panique, à une solitude soudaine. Puis il y avait eu l'accident de voiture et de nouveau la main protectrice de l'équipe, sa dépendance à Pujalte. Et à présent il jouait mal.

Ariel voit Pujalte se diriger vers lui. Il vient vers lui, même s'il s'arrête pour saluer des gens de la direction et d'autres joueurs. Quand il arrive à sa hauteur il s'accroupit dans le couloir, attend qu'Ariel enlève ses écouteurs. On m'a dit que tu es allé à la clinique pour voir la fille de l'accident. C'est stupide de ta part. Si tu veux plus d'emmerdements, continue comme ça, n'en fais qu'à ta tête.

J'ai hésité, ça m'a semblé juste de m'intéresser à elle, réplique Ariel. Un frisson lui parcourt le dos. Juste ? Le mieux c'est que tu joues au foot. Le reste, tu nous le laisses. Je ne sais pas comment les choses fonctionnent dans ton pays, mais ici ce n'est pas une république bananière, il y a des procès. Et en changeant de ton il se relève et plaisante joyeusement avec Osorio. Sur le terrain tu n'en branles pas une, mais sur ta petite machine là tu mets les gaz. Puis il retourne à son siège à l'avant.

Ariel a l'impression d'être un enfant une nouvelle fois pris en faute. L'autorité de Pujalte le répugne mais c'est surtout sa propre soumission qui l'offense. Avec une rage contenue, il remet ses écouteurs. Le Dragon répétait souvent un proverbe chinois : « Quand les choses vont mal ton bâton se transformera en serpent et te mordra. » Ariel espère que ça ne se passera pas comme ça. De retour d'une défaite, seul avec sa musique, il a peur de s'enfoncer dans une lente disgrâce sans fin.

17

Les deux invalides, dit Sylvia, et elle sautille jusqu'au lit de sa grand-mère Aurora. Elles s'embrassent. Sylvia se baisse malgré sa jambe dans le plâtre. Sa grand-mère s'émeut. Que t'est-il arrivé, ma fille ? J'ai été renversée par une voiture. Lorenzo était allé la chercher à la gare, mais on ne l'avait pas laissé entrer sur le quai pour l'aider. Les hôtesses se chargeraient d'elle. Depuis les attentats de mars les mesures de sécurité avaient augmenté. La gare d'Atocha continuait de consacrer un endroit aux messages bouleversants, avec bougies allumées et photos de certains morts. Sylvia était apparue sur le quai appuyée sur ses béquilles. Une hôtesse portait sa valise. Nous allons voir grand-mère ? Elle est rentrée à la maison maintenant, n'est-ce pas ? demanda-t-elle. Lorenzo avait fait un signe affirmatif. Tu m'embrasses d'abord, non ? Pilar n'a pas été trop pénible ?

Tu as raté beaucoup de cours, dit grand-mère Aurora. Sylvia lui explique qu'il n'y a pas de contrôles avant décembre. Il fait froid. La grand-mère déroule une couverture sur le lit. Je reviens dans un moment, OK ? dit Lorenzo. Et papa ? demande-t-il ensuite à sa mère. Il est sorti faire un tour. Elles entendent les pas de Lorenzo, qui s'en va. Ton grand-père est dans une colère… Figure-toi que la chaudière est en panne et que personne ne vient la réparer. Nous sommes sans chauffage, sans eau chaude. La grand-mère soulève la couverture. Viens là à côté de moi. Avec prudence Sylvia s'allonge et toutes deux s'enfoncent sous les draps.

Elles parlent de Pilar. Elle est heureuse ? Elle va bien ? Sylvia a pensé à elle pendant une grande partie de son voyage de retour. Sa mère va bien. Sa mère est heureuse. Santiago est rentré de Paris et lui a rapporté un châle très fin en cachemire. Puis ils ont dîné tous les trois. Le lendemain matin, Pilar a conduit sa fille à la gare de Delicias. Elle a attendu la dernière minute pour descendre de voiture. Sur les quais il y avait un courant d'air horrible. La fin octobre était plus agitée et froide que d'habitude. L'hiver est pressé d'arriver, a dit un homme âgé qui montait dans le train chargé de sacs de légumes. Les personnes âgées parlent souvent de la météo, Sylvia en revanche n'est jamais parvenue à s'intéresser à la température qu'il fera le jour suivant. Par la fenêtre du train elle a observé la longue barrière métallique, qui protégeait l'accès tout au long de la voie. Comme si on avait délimité la nature. Cette grille transmet kilomètre après kilomètre quelque chose de démoralisant, comme si chaque centimètre de la planète était condamné à être clôturé.

Ton père est très maigre, il mange ? demande Aurora. Pas qu'un peu, tu ne vois pas le bide qu'il a. Sylvia s'inquiète des douleurs de sa grand-mère. S'ennuie-t-elle toute la journée dans son lit ? J'ai des visites toutes les heures, j'ai plus de vie sociale que lorsque j'étais en bonne santé, ton grand-père se désespère, tu sais comme il n'aime pas les gens. Ça lui rappelle quelque chose. Elle demande à Sylvia de lui prendre des places pour l'Auditorio. Tu sais le faire par téléphone ? Évidemment. C'est que moi je suis un peu perdue avec ces choses-là et ton grand-père ne le fera pas, je le connais.

Aurora lui demande comment elle se débrouille avec son plâtre. Bien, le plus embêtant c'est pour me doucher. Elle lui raconte qu'elle s'assoit dans la baignoire, qu'elle mouille un gant et le frotte contre son corps pour ne pas mouiller le plâtre. Elle ne lui raconte pas que l'autre matin ça l'a excitée de faire ça, jusqu'à un point dont elle a honte. Elle sentait que le gant était comme une main étrangère et rugueuse qui hérissait sa peau avec un plaisir inquiétant. Ce qui a rendu Sylvia plus nerveuse encore ç'a été d'imaginer que cette main était celle d'Ariel. Ma fille, je me suis lavée comme ça pendant des années. Dans une bassine. Et ton grand-père allait aux bains qu'il y avait sur Bravo Murillo. Jusqu'à ce que nous ayons une salle de bains à la maison. Je te lis le journal ? demande Sylvia. Non, non, ton grand-père le fait déjà pour moi le matin. Je sais que ça l'ennuie de lire à haute voix, mais j'aime voir la tête qu'il fait en énonçant les nouvelles. Tu as vu ? Il n'y a que des maris qui tuent leurs femmes. Et aujourd'hui, quel malheur, figure-toi, des pèlerins qui revenaient de Fatima sont morts dans un accident d'autocar.

Sylvia se propose de lire un livre. Elle l'a commencé dans le train. C'est Santiago qui le lui a offert ce matin, avant qu'elle parte à la gare. À présent tu vas avoir beaucoup de temps pour lire. On verra s'il te plaît, lui a-t-il dit. Comment ça s'appelle ? demande la grand-mère. Sylvia lui montre la couverture du livre, qu'elle vient de sortir de son sac. Il n'est pas neuf. Quelqu'un l'a déjà lu avant elle. Sylvia aime les livres d'occasion. Les livres neufs ont une odeur agréable, mais ils sont effrayants. C'est comme avancer sur une route où personne n'est jamais passé.

Sylvia raconte à sa grand-mère ce qu'elle sait de la trame jusque-là. Cinq sœurs en âge de se marier. Un riche héritier qui arrive au village où elles vivent. Leur mère qui désire les offrir en mariage. Il y en a une, la plus intelligente, qui se sent méprisée par le meilleur ami du riche noble qu'elle entend faire un commentaire désobligeant à son propos. Et tu devines qu'ils vont tomber amoureux, eux deux précisément. Donc ça te plaît, dit la grand-mère. Jusqu'à maintenant oui. Sylvia n'avoue pas que plusieurs fois dans le train elle a dû relire des pages qu'elle avait déjà lues. Elle a du mal à lire, elle n'est pas habituée.

Petite, elle n'aimait pas que sa grand-mère lui lise des contes, elle préférait qu'elle les invente. Sa grand-mère savait ce qu'elle voulait entendre. Princesses, monstres, méchants, héros. Il y avait toujours une fillette aux boucles noires à qui il arrivait mille et un malheurs avant de rencontrer l'amour, le bonheur. Sylvia lit à haute voix : « C'était exactement la question que j'attendais, dit-il. L'imagination d'une jeune fille est assez rapide ; elle saute de l'admiration à l'amour et de l'amour au mariage en un instant. »

Quand sa grand-mère s'endort, Sylvia reste un moment allongée près d'elle, détendue, au rythme de sa respiration. Puis elle se lève et sort de la pièce. La maison est un frigo. La chambre de sa grand-mère est au moins chauffée par un petit radiateur électrique. La porte du bureau de son grand-père est entrouverte. Elle s'avance vers le piano droit. Elle effleure quelques touches sans s'asseoir. Elle se souvient des cours que lui donnait son grand-père, toujours si rigoureux, très strict sur la position des mains, du dos, de la tête. Une fois, il lui avait bandé les yeux pour qu'elle joue sans regarder les touches. C'est un piano, pas une machine à écrire, lui disait-il. Ce n'est pas une dictée dactylographiée, c'est écouter l'imagination de l'autre. Mais son grand-père n'avait pas de patience et elle peut-être pas de talent. Un jour elle avait dit à sa mère, s'il te plaît, maman, je ne veux plus faire de cours avec grand-père. Voyons, si on reprenait les leçons où on en était, proposait régulièrement son grand-père le dimanche après le déjeuner, mais ils savaient tous deux que les cours avaient été interrompus pour toujours. Depuis longtemps déjà.

Son grand-père rentre vers huit heures du soir. Il est impeccable comme d'habitude, sérieux, de mauvaise humeur. Ils ont appelé pour le chauffage ? Personne n'a appelé, dit Sylvia. Lorenzo sonne à la grille automatique, je suis garé sur le trottoir, il demande à Sylvia de descendre. Elle va dire au revoir à sa grand-mère, qui est réveillée. Il y a eu un petit bruit dans ton sac. Sylvia vérifie à l'intérieur. Ah, c'était un message. Mais bien que son pouls s'agite, elle ne dit rien. Je m'en vais. Son grand-père l'aide de son bras à descendre les deux étages de l'escalier. Sans ascenseur, je ne sais pas ce que nous allons faire.

« Comment va cette jambe ? » Le message n'est pas très expansif, mais c'est déjà ça. C'est Ariel. Plusieurs jours ont passé. Sylvia était sûre qu'après sa visite à l'hôpital il l'avait effacée de sa vie. Et que pouvait-elle espérer ? Elle serre son portable contre son ventre, son père conduit à côté d'elle, elle ne sait pas quoi répondre. Suis-je tombée amoureuse de lui ? pense-t-elle. Puis-je être aussi bête ? Elle n'a raconté à personne sa visite, sa rencontre avec lui. Elle n'a pas pu exprimer à haute voix ce qu'elle ressent, ce qu'elle pense, lui ôter de la valeur. Comme tout ce qui est refoulé, ça grossit comme une infection non traitée. Il est beau, avec un visage d'enfant, semble être quelqu'un de bien. J'ai seize ans. Il est célèbre, c'est une star du foot. Je ne lui ai pas demandé. Peut-être qu'il est marié et qu'il a trois enfants. Les footballeurs sont comme ça. À trente ans ils paraissent vieux. Il faudra qu'elle interroge son père.

Elle pourrait parler à Mai, elle trouverait quelque chose d'ingénieux. Mais cette dernière est obsédée par Mateo et serait incapable de se mettre à sa place. Elle serait obligée de lui expliquer tant de choses. Le dernier week-end, en plus, son voyage à León s'est passé en demie teinte. Il sort avec ses amis et ne s'intéresse pas à moi, c'est comme si ma présence le gênait, se plaignait Mai à Sylvia. Je ne pense pas y retourner, qu'il vienne à Madrid s'il veut me voir.

Finalement elle envoie le message suivant : « Le plus lourd c'est de porter le plâtre toute la journée. » Elle se mord la lèvre. Elle regrette. Elle aurait dû écrire quelque chose de plus brillant. Plus audacieux. Qui le force à répondre, à s'engager, provoquant une chaîne de messages qui à la fin les réunit. Quand sonne le petit bip du portable qui annonce que le message a bien été reçu, Lorenzo tourne la tête. Vous passez vos journées à ça, quelle connerie, vous allez oublier de parler. C'est moins cher, lui explique Sylvia. Un instant après, elle est déçue en lisant la réponse d'Ariel. « Courage. » Sylvia a envie de rire. De rire d'elle-même. Elle se regarde dans le rétroviseur extérieur en cherchant le fond de ses yeux. Le miroir est ébréché. Il est cassé, dit-elle à son père. Oui, je sais, ça fait quelques jours, un connard.

La réponse d'Ariel agit sur Sylvia comme une gifle, brusque rappel de la réalité. Il lui dit qui il est, qui elle est. Les pieds sur terre. Il faudra qu'elle empêche Ariel de se faufiler par toutes les fentes de ses fantasmes, de son imagination. Il faudra lui interdire d'envahir ses rêves, les moments où ses pensées s'évadent. Qu'il ne s'introduise pas dans ses lectures, dans la musique qu'elle écoute. Que ses temps morts ne soient pas nourris du désir ardent d'un appel de lui, d'un contact qui n'arrive pas. Elle sait que le seul plaisir venant de lui dont elle peut jouir c'est celui que provoque cette piqûre de douleur, cette sorte de conformisme désolé. Elle est triste, mais au moins cette tristesse est à elle, elle l'a fabriquée avec ses attentes, personne ne l'a provoquée, elle n'est victime de personne. Elle se sent bien dans cette souffrance, qui ne la gêne pas. Elle se détend. En attendant. Elle ne sait pas quoi.

18

Leandro est assis dans la cuisine. Il assiste au travail du réparateur de la chaudière. Il n'a pas envie de parler. Il est en colère. L'homme ignore sa mauvaise humeur et bavarde, infatigable. Il a enlevé le cache métallique de l'appareil et laissé à l'air libre le ventre souffreteux et mal nourri du moteur, les brûleurs qui rechignent à s'enflammer. Leandro admire ses mains dures, humides, pleines de graisse, qui bougent avec habilité entre les bourrelets. Lui n'a jamais su se servir de ses mains autrement que pour tirer de la musique d'un piano, corriger un geste à un élève, marquer parfois une partition avec son crayon.

Il dort désormais dans son bureau. Il a débarrassé le canapé des vinyles, des papiers, des partitions et du livre qui y traînaient. Il a poussé sous le lit d'Aurora les vieux journaux où il y avait encore quelque chose qu'il comptait lire. Il préfère qu'Aurora dorme seule. Il craint de se retourner pendant la nuit et de lui donner des coups. Il veut qu'elle soit à l'aise. Il a honte également, même s'il ne se l'avoue pas, de frôler son corps propre quand il vient de passer une heure ou deux en contact avec la sueur et l'odeur âcre de la peau d'Osembe. Le corps d'Aurora a toujours suscité chez lui du respect. Il l'a vu vieillir, perdre sa fermeté, sa vitalité, mais il n'a jamais cessé de posséder le mystère presque sacré du corps aimé. C'est pourquoi à présent, quand il le frôle, il se sent sale, scélérat.

Ces derniers jours l'énervement s'est emparé de lui. Vendredi soir la maison était froide et il a voulu allumer la chaudière. Impossible. Il a appelé le service technique. Ils ne travaillaient pas jusqu'au lundi. Ce qui signifiait passer le week-end sans eau chaude ni chauffage. On lui a conseillé d'appeler un réparateur d'urgence. Ce qu'il a fait.

Arriva un type costaud, avec un blouson en cuir noir. Il était presque onze heures du soir. Le gars sortit de sa sacoche un tournevis cruciforme et inspecta par petits coups les différents tuyaux. Il faut changer des pièces, le mieux c'est que vous appeliez la boîte. Leandro lui expliqua que c'était ce qu'il avait fait, mais qu'elle était fermée jusqu'au lundi. L'homme haussa les épaules et lui tendit une facture tout en consultant sa montre. Il portait son téléphone portable attaché à sa ceinture comme un pistolet. Quand Leandro vit qu'il lui demandait cent soixante euros il fut scandalisé. Le type lui détailla la somme. Déplacement, urgence, service nocturne et week-end, en plus de la demi-heure minimum de main-d'œuvre. Leandro fut en proie à l'indignation. Il lui donna l'argent, mais tandis qu'il le raccompagnait à la porte il murmura je préfère me faire agresser, vous savez, je préfère qu'on me mette un couteau sous la gorge, au moins ces gens-là en ont besoin. Vous êtes pires. Bon sang, vous y allez un peu fort, voulut se défendre le réparateur, mais Leandro refusa de l'écouter et lui claqua la porte au nez en guise d'au revoir. La voix d'Aurora l'appelait, il dut lui expliquer. Allons, ne te mets pas en colère lui dit-elle, il y a un radiateur au grenier, si tu peux l'attraper.

Le lendemain il essaya de se doucher à l'eau froide. Il attendit un moment, dans la baignoire, la main sous le jet glacé, avec l'espoir que son corps s'adapte à la température. Puis il abandonna. Il s'assit avec une certaine désolation sur le bord de la baignoire et examina son corps nu. La vieillesse était une défaite difficile à supporter. C'était dégoûtant. La peau blafarde tremblante de froid. La poitrine flasque, les poils disséminés. Les taches sur la peau, les mains pleines d'arthrose. Les jambes osseuses comme celles d'un malade, les mollets, les bras ramollis, comme si les câbles qui soutenaient sa peau tendue avaient lâché. Il se souvint de ces tableaux qu'il a méprisés toute sa vie, où Dali peint le passage du temps comme une matière visqueuse qui fond. De la même manière il voyait sa peau glisser jusqu'au sol tel un vieux vêtement et découvrant le squelette d'un cadavre.

Il pensa à la chair tendre, exubérante et jeune d'Osembe, à la répugnance qu'elle devait sentir quand elle léchait sa décadence blanchâtre. Il soupesa un instant ses testicules, son pénis rose, flasque, une peau inutilisable, qui semble être couverte de chair de poule. Il ne parvenait pas à s'expliquer l'autorité dont il pouvait encore user. La soumission esclave et éternelle à ses caprices. Qui a dit que le sexe était le robinet de l'âme ? Ce n'était pas l'érection, désormais intermittente, inattendue, hasardeuse, qui le traînait derrière Osembe tous ces après-midi ; c'était autre chose. Le contraste de leurs corps, peut-être l'évasion par le contact, la sensation d'abandonner son propre corps pour posséder le corps de l'autre, touché, caressé. Les remords désolés avec lesquels il quittait le pavillon, en proie à la culpabilité, puis les souvenirs délicieux qui l'envahissaient peu après ; le désir fou qui le soumettait de nouveau, aussi forte put être sa résistance. Leandro encaissait comme une capitulation le moment où son doigt appuyait sur la sonnette du numéro 40. Mais c'était un geste si bref, si rapide, qu'il ne lui laissait pas le temps de penser, de fuir. Il se sentait poussé, lui, un homme pourtant exercé à la solitude, habitué à l'ennui. Il était capable de vaincre l'urgence pendant un jour, deux, de dire non, de manière catégorique, de plonger son esprit dans autre chose. Mais il finissait toujours par se rendre face à la nudité noire d'Osembe, à l'éclat de ses dents blanches, à son regard absent qu'à présent, en étudiant son propre corps, il interprétait comme une barrière de survie contre le dégoût.

Quand il sortait du pavillon il se méprisait. Il estimait vulgaire le corps féminin, pensait à Osembe et se disait qu'elle n'était qu'un mammifère avec des seins, musclé et jeune, une masse de chair qui n'aurait pas dû l'attirer. Il lui niait tout mystère, tout secret. Ses plis lui paraissaient sales, ses orifices horribles, ses formes sans suggestion, ses fluides désagréables, il visualisait le désir comme un boucher la pièce qu'il dépouille ou un médecin le tissu où il trace l'incision. Mais ce mécanisme de rejet s'écroulait devant un autre ordre, supérieur. Et c'est ainsi qu'il était retourné de nouveau le samedi, le dimanche et le lundi au pavillon.

La contemplation de son propre corps attrista la matinée de Leandro. Il se consacra aussitôt à Aurora, à lui être agréable, à s'occuper d'elle. Il lui lut le supplément du dimanche avec ses transitions absurdes entre un article sur la difficulté de survivre à Gaza et un reportage sur les bienfaits de la « chocothérapie » illustré par des photos de top models au corps luisant. Il lui prépara un thé, s'assit avec elle pour écouter Radio Classique. Il évitait les informations pour qu'elles ne laissent pas dans leur sillage de traces violentes et sinistres. Comme lui disait son ami Almendros, qui débarquait souvent chez eux avec sa femme, nous, les vieux, avons tendance à voir le monde se précipiter vers l'abîme, sans nous rendre compte que c'est nous qui y allons, le monde tourne toujours, mal, mais il tourne. Combien de fois Leandro se réjouit de savoir qu'il mourra avant de voir se déchaîner la haine absolue, la violence dévorante. Tous les signes désignent une destruction implacable, mais quand il exprime son pessimisme à haute voix son ami sourit, c'est nous qui foutons le camp, pas le monde, Leandro, ne sois pas comme ces vieux qui stupidement se consolent en croyant qu'avec eux, d'un coup, tout le reste disparaîtra.

Almendros ne manquait jamais de rappeler ce dessin humoristique qui les faisait rire. Deux hommes préhistoriques vêtus de peaux de bêtes à côté de leur grotte, et le premier qui dit à l'autre : Ici nous sommes sans pollution, sans stress, sans embouteillages ni bruits et regarde, notre espérance de vie ne dépasse pas trente ans. Almendros s'en pâmait de rire.

Ce n'était pas Maurice Chevalier qui disait que la vieillesse est horrible, mais que la seule alternative connue est encore pire ?

Le dernier après-midi avec Osembe, tandis qu'il luttait pour maintenir son érection, Leandro lui avait parlé de l'emprisonnement de deux cents femmes au Nigeria qui protestaient contre la Chevron Texaco. Osembe ne semblait pas impressionnée. Où as-tu lu cela ? Dans le journal, répondait-il. Dans le journal on ne dit que des mauvaises choses sur mon pays. Et elle avait l'air fâchée, comme si personne ne croyait en la beauté de sa terre. Mon pays est très riche, insistait-elle. Mais elle lui raconta aussi qu'elle avait perdu un frère dans une explosion alors qu'il volait de l'essence d'une raffinerie avec d'autres garçons. Du ventre de ce pays on extrayait un demi-million de barils de pétrole par jour. Les politiques volent tout, disait-elle.

Leandro passa la matinée à se répéter je n'irai pas, je n'irai pas, je n'irai pas. Mais il y alla. À dix-sept heures quarante-cinq il était sur le trottoir d'en face. Il avait pris l'habitude de sonner à six heures pile et considérait que cette heure lui était désormais réservée. Ce jour-là il vit Osembe arriver en taxi. Un homme noir était avec elle. Il ne descendit pas, elle sonna à la porte et on lui ouvrit.

Tu as un fiancé ? lui demanda Leandro cet après-midi-là. Mon fiancé est au Bénin, dit-elle. Il sait ce que tu fais ? Osembe acquiesça. Là-bas aussi je l'ai fait parfois, les touristes ont de l'argent. Leandro était étonné que son fiancé soit d'accord. Il sait qu'avec lui c'est différent. Si toi tu n'es pas du Bénin, pourquoi lui vit-il là-bas ? demanda Leandro. Osembe lui parla des problèmes de violence, d'une tuerie à Koko et comment elle était partie vivre au Bénin avant de venir en Europe. Leandro crut qu'elle était arrivée en *patera* [1], mais Osembe éclata de rire, comme s'il avait dit une ânerie, et ses dents apparurent. Je suis venue en avion. À Amsterdam. J'ai d'abord travaillé en Italie. Une amie à moi travaillait à Milan. Elle gagnait beaucoup d'argent.

Osembe était arrivée en Espagne quatre mois plus tard dans la voiture d'un ami, un protecteur. Leandro pensa à l'homme du taxi, il lui dit cet après-midi je t'ai vue arriver, il y avait un homme avec toi. Je n'aime pas prendre de taxi seule, une de mes amies s'est fait violer par un chauffeur de taxi. Mais Leandro insista et la questionna sur l'homme qui l'accompagnait. Elle trancha. Je ne veux pas de fiancés noirs, les Noirs sont des fainéants, j'en veux un qui travaille. Les Noirs sont bons pour baiser, ils ont une grande queue, mais ce ne sont pas de bons maris.

1. Bateau utilisé par les immigrants pour accéder clandestinement aux côtes du sud de l'Espagne.

Leandro rit en entendant ses opinions cinglantes et acérées. Tu te moques de moi ? Je ne suis pas intelligente, c'est ça ? Elle répondait par des généralités aux questions personnelles. Ils parlaient, allongés sur le matelas, laissaient filer le temps, et quand elle estimait que ses questions à lui franchissaient la limite elle levait une barrière, portait sa main au pénis de Leandro et recommençait l'activité sexuelle, comme une manière de couper court à la conversation.

Leandro apprit que le premier endroit où elle avait travaillé en Espagne avait été une route de la côte catalane. Et de là elle était venue à Madrid en voiture. Je suis arrivée dans ce pavillon par hasard, dit-elle. Ils avaient besoin d'une Africaine pour un bon client. Un homme d'affaires espagnol, qui débutait dans le commerce des diamants en Afrique, devait conclure un contrat avec une société exportatrice. Après le dîner, il avait emmené son nouvel associé au pavillon. Dans les affaires espagnoles, conclure un contrat par une invitation aux putes paraissait traditionnel. Restaurant, liqueurs, cigare et putes. Un jour Almendros lui avait raconté que sa fille, qui avait travaillé un temps pour une grande entreprise d'intermédiation dans le milieu agricole, était tenue de conduire après dîner ses clients de province dans une maison close de confiance. Cela la répugnait, mais c'était une habitude imposée, qu'elle avait héritée de son prédécesseur au même poste, et les hommes ne semblaient pas être gênés qu'une femme les laisse à la porte de l'établissement et règle la facture.

On m'a fait venir pour cet homme qui voulait une Africaine. Il était très saoul, mais il a bien payé et il est revenu deux jours plus tard, il avait du mal à bander parce qu'il avait été mal opéré d'une hernie, expliqua Osembe. Il était tendre, mais très saoul. On m'a proposé de rester. Ici on travaille avec des gens bien, ce n'est pas comme la rue, où tu le fais dans les voitures, tu suces sur les sièges ou dans les parkings, tu sais ? Ici il y a même un médecin qui nous rend visite, moi je n'ai pas le sida ni aucune maladie, dit-elle avec un ton quasi menaçant.

Ce travail te plaît ? Leandro se rendit compte qu'il avait posé une question stupide. Je sais que c'est mal, dit-elle. Je le sais, mais ce sera juste un temps. Leandro avait vu dans un reportage pitoyable à la télé que ces femmes étaient rackettées par des réseaux qui leur payaient le voyage et exigeaient d'elles ensuite une ou deux années de prostitution. Elles étaient contraintes de travailler pour payer la dette contractée par le passage, tenues par la menace faite à l'égard de leurs familles restées au pays et par le fait que leur passeport était confisqué par un compatriote qui les surveillait jusqu'à ce qu'elles réunissent les dix mille euros que coûtait leur libération. Il y avait aussi des histoires d'enlèvement, de viols sauvages, de chantage s'appuyant sur des superstitions ou sur le vaudou, de boulettes confectionnées avec du sang menstruel, des poils pubiens, des bouts d'ongles et la menace d'un pouvoir surnaturel qui asservit. Osembe riait en entendant les histoires qu'il lui racontait. Tu as lu ça dans un roman ?

Ils connaissent les filles de là-bas et savent où vit leur famille, ça leur suffit. Laisse tomber la sorcellerie. De toute façon je ne crois pas à tout ça, je suis chrétienne. Tu n'es pas chrétien ? Leandro fit non de la tête. Elle se montra étonnée. Tu ne crois pas en Dieu ? La question et le ton presque scandalisé de la fille amusèrent Leandro. Non. Pas beaucoup, répondit-il. Moi oui, je crois que Dieu me voit et je lui demanderai pardon et il sait qu'un jour j'arrêterai tout ça. Dans les phrases longues, la langue d'Osembe cognait contre sa lèvre supérieure, elle avait des difficultés pour obtenir certains sons, mais sa musique était très agréable. Et ça ne te gêne pas de devoir être avec un vieux comme moi ? demanda Leandro. Tu n'es pas vieux. Bien sûr que si. Il y eut un silence, elle l'embrassa sur la poitrine, comme si elle voulait lui prouver une fausse fidélité. Je suppose que mon argent est pareil que celui des autres, susurra Leandro. Tu aimes l'argent, hein, en quoi le dépenses-tu ? Je ne sais pas, en fringues, en trucs pour moi, j'en envoie à la maison. J'ai cinq frères. Et mon fiancé et moi nous allons ouvrir un magasin au New Benin Market ou à Victoria Island si ça marche.

Je veux te voir en dehors d'ici, lui dit Leandro quand il acheva de se rhabiller. Donne-moi un téléphone. Elle refusa. C'était interdit. Tout l'argent serait pour toi. Osembe fit non de la tête, mais avec moins de conviction. Réfléchis. Elle dit non, ce n'est pas possible. Leandro eut la certitude que les conversations étaient écoutées, qu'Osembe se savait surveillée. Quelqu'un frappa à la porte, c'était la façon d'annoncer que l'heure avait passé. Le bruit effraya Osembe, puis elle réagit par un énorme sourire franc et détendu.

Dans la rue Leandro s'était senti stupide à cause de sa conversation, de ses prétentions à la connaître, à la voir en dehors du pavillon. Que voulait-il, se lier intimement ? Qu'elle lui raconte sa vie, son drame particulier ? Partager quelque chose, se rapprocher ? Il pouvait payer pour qu'on rassasie son désir, mais rien de plus. Ensuite il avait dû rentrer chez lui, rappeler le service technique pour la chaudière, pleurer d'impuissance parce qu'un autre jour était passé sans que quiconque soit intervenu, il avait beau expliquer que sa femme était alitée, avec une maladie des os ; régler des factures, lire le journal, recevoir la visite d'un proche, manger, boire, se laver, se montrer dans la rue, dans la vie des autres, tâcher d'arriver à la nuit suffisamment calme pour pouvoir dormir, et peut-être rêver de quelque chose d'agréable ou de désagréable. Et un jour disparaître. Leandro savait très bien qu'il avait soixante-treize ans et qu'il payait des sommes indécentes pour étreindre le corps d'une Nigériane qui n'en avait que vingt. C'était un élément chaotique dans sa routine, une bombe à retardement dans sa vie quotidienne.

Le réparateur lui parle, cette chaudière elle a des années, mais une fois la soupape changée elle sera comme neuve, vous verrez. Leandro hausse les épaules, elle tombe en panne tous les hivers. Il s'est montré sec avec le technicien dès qu'il est arrivé. C'est sa minuscule vengeance vis-à-vis de l'humiliante attente des derniers jours, la maison transformée en glacière inhospitalière, comme une pension bon marché. L'homme, aux doigts comme des boudins, sourit, il faut bien que les choses tombent en panne, sinon de quoi on vivrait, nous ? Et d'ailleurs chaque fois les choses deviennent plus sophistiquées pour que personne ne puisse les réparer. Vous avez remarqué pour les voitures, par exemple ? Avant, n'importe qui pouvait mettre la main dans le moteur et régler le problème, mais maintenant vous ouvrez le capot et c'est tout juste s'il ne vous faut pas deux doctorats pour trouver le couvercle du delco. Et, dans les garages, la moindre réparation ne coûte pas moins de cinquante mille pesetas, parce qu'en plus avec l'euro, dites-moi, soixante euros ça a l'air de rien, alors que ce sont dix mille pesetas, avant c'était une fortune. Aujourd'hui rien, c'est comme de la ferraille. Vous n'avez pas cette impression, vous ? Hein, vous n'avez pas cette impression ?

Non, je n'ai pas cette impression.

19

Lorenzo préfère attendre dans la rue. Il redescend les marches du commissariat et balaie le trottoir du regard. Environ dix minutes, lui a-t-on dit. Lorenzo suivait une impulsion. Il lui paraissait logique de passer par le commissariat et d'aller voir l'inspecteur, lui demander si l'enquête avait un peu avancé. Il s'était rendu à un entretien d'embauche tout près, une place de livreur de pain, mais l'horaire était rédhibitoire. Commencer la journée à cinq heures du matin. Je dois réfléchir, avait-il dit. Et, avec une certaine supériorité, l'homme lui avait souri, ne réfléchissez pas trop, il y a du monde qui attend dehors. La veille au soir, sur la table de la cuisine, il a examiné l'état de ses comptes. Il a calculé les frais fixes mensuels, auxquels il a ajouté une moyenne de frais imprévus. Il avait fini de toucher ses allocations deux mois plus tôt et sa gestion des choses allait se révéler désormais fondamentale. Il ne se rappelait aucun autre moment de sa vie où il avait eu moins d'argent sur son compte.

La première fois qu'il avait ouvert un livret il était encore mineur. Il avait travaillé à l'installation d'une exposition, pendant l'été. Son père l'avait accompagné. Il avait déposé alors trente mille pesetas mais, sur place, Leandro lui avait fait une surprise. Tiens, lui avait-il dit, comme ça tu auras un peu plus pour commencer. Et il lui avait donné un chèque de deux cent cinquante mille pesetas, sorte de cadeau secret. N'en parle pas à ta mère, elle n'aime pas l'idée que tu travailles et que tu arrêtes tes études, elle ne veut pas que je t'encourage. Peu à peu, dans la vie de Lorenzo s'était imposée la nécessité de gagner de l'argent par lui-même, d'être indépendant. Il avoua rapidement son incapacité pour les études, son manque de concentration. Óscar lui dit que son père recherchait quelqu'un pour son entreprise de photocomposition et Lorenzo entra à un poste de commercial. Il travaillait avec des maisons d'édition, des magasins, des imprimeries. Quand il annonça la nouvelle à ses parents, leur visage se teinta d'incompréhension. Pourquoi si tôt. Lorenzo leur certifia qu'il continuerait d'étudier. Et c'est ce qu'il fit, durant presque deux ans. Davantage pour les rassurer que par intérêt véritable pour les études. À dix-sept ans il avait rencontré Pilar, qui elle était toujours, en revanche, à l'université. Un jour, Lorenzo s'aperçut qu'il était fiancé depuis trois ans, sérieux, tranquille, avec un travail qui lui garantissait des revenus fixes, stables. Alors il franchit le pas, monta la dernière marche, dit adieu à la maison de ses parents, à la jeunesse. Il devint autonome.

En découvrant que la somme sur son compte était si réduite, il a frissonné. Il a pointé quatre offres d'emploi et a commencé à appeler. Pour la première, on recherchait des gens plus jeunes que lui, moins de trente ans. La deuxième, c'était à Arganda, trop loin de chez lui. La troisième, un poste d'agent immobilier, travail que méprisait Lorenzo, rien de plus triste que de faire visiter des maisons à la commission. Et la quatrième, la livraison de pain. Il revenait de l'entretien d'embauche.

Le crime avait eu sur lui un effet paralysant. Comme si, chaque matin, il s'attendait à être arrêté, qu'un coup de pied démolisse la porte et que les policiers lui demandent de les accompagner. Il dirait alors au revoir avec un regard coupable, triste et désolé à sa fille Sylvia. Pour cette raison, se faire voir de l'inspecteur ne lui semblait pas une si mauvaise idée. Il pourrait toujours s'effondrer, tout lui avouer, crier sa culpabilité. Quitter enfin cette zone indéfinie, où il ignorait s'il était un suspect sérieux ou un simple méandre de l'enquête.

Mais à présent il regrette. Il est dans la rue, n'a laissé son nom à personne, l'inspecteur ne l'a pas vu et Lorenzo pense qu'il vaut mieux ne pas remonter. Que va-t-il faire ? Poser des questions maladroites ? Son intérêt démesuré n'est-il pas une preuve de sa culpabilité ? Mieux vaut se tenir à l'écart. Il n'est pas non plus revenu sur les lieux du crime comme l'exigent les clichés. Par contre, les lieux du crime sont revenus à lui des centaines de fois.

Lorenzo savait que tous les jeudis, depuis de nombreuses années, Teresa et Paco dînaient chez les beaux-parents de ce dernier en compagnie d'oncles de Teresa et d'un couple de vieux amis. Paco était invité à jouer aux cartes. Ils descendaient au sous-sol, où il y avait un comptoir de bar et une table de jeu. Les tuyaux du chauffage étaient à découvert et sur un mur était accroché un tableau promotionnel de la société. Ils fumaient des cigares, buvaient des whiskies rares, se chamaillaient, parfois s'énervaient, mais ils n'échangeaient quasiment jamais que des anecdotes. Le père de Teresa, que Lorenzo avait seulement aperçu à une fugace occasion, était quelqu'un de très méfiant, avec un sens de l'humour aiguisé. Paco lui témoignait autant d'admiration que de mépris, il éprouvait à l'évidence un gros complexe à son égard. C'était un homme sûr de lui, capable de répéter à qui voulait l'entendre : Ce qui m'aurait plu c'est épouser ma fille et m'avoir pour beau-père.

L'argent avait été la raison initiale pour planifier un cambriolage dans la maison de Paco. Lorenzo savait qu'il pourrait trouver dans le garage la fameuse boîte à outils. Paco ne se souviendrait peut-être même pas qu'un jour il l'avait vu sortir de là une liasse de billets. Paco se vantait toujours de n'être jamais imposable. L'argent noir ne lui faisait pas peur. Qu'il soit noir ne signifie pas qu'il salit. Et quand Lorenzo montrait quelque réserve, il persistait. Tout le monde fait pareil, avocats, notaires, plombiers, arrête avec tes scrupules, ici seul celui qui touche une paie mensuelle est clean vis-à-vis des Impôts. Lorenzo savait que l'alarme n'incluait pas le garage, que le travail pourrait être rapide. Le dîner du jeudi soir lui laissait plus de trois heures pour dénicher la boîte.

Il vit sortir la voiture de la maison de Paco. Une voiture neuve, brillante, de marque suédoise. À l'intérieur la silhouette du couple. Teresa se regardait dans le rétroviseur avant, finissant de se coiffer. Quand il s'approcha de la clôture le chien se mit à aboyer. Il valait mieux ne pas avoir l'air d'un maraudeur, Lorenzo sauta sans problème, en deux temps. Le chien courut se faire caresser le dos. Pour entrer dans le garage Lorenzo cassa la serrure de la petite porte de service. Dans son sac de sport il avait apporté une perceuse radiale. Il la mit en marche et en six coups démonta la serrure. Le chien aboyait à cause du bruit, mais se calma ensuite.

Dans le garage Lorenzo alluma la lumière. Il portait des gants en latex et posa le sac de sport par terre. Il déplaça l'étagère des pots de peinture, des outils. Mais derrière ne se trouvait pas la boîte qu'il cherchait. Paco avait dû la changer de place. Elle était certainement là, quelque part. Lorenzo se mit à fouiller avec désespoir, à tout retourner. Il transpirait sous sa salopette.

Tandis qu'il essuyait ses yeux pleins d'une sueur humide qui lui troublait la vue, il entendit la voiture de Paco s'approcher et la porte du garage commença à se relever.

Il laissa tout et se cacha derrière le barbecue recouvert d'une bâche verte. Accroupi, derrière, il ne serait pas vu. La porte mécanique du garage s'élevait. Il traîna le sac de sport vers lui, mais il vit alors la perceuse, abandonnée par terre. À ce moment-là les phares éblouirent le garage et la voiture stoppa à l'intérieur. Il ne comprenait pas pourquoi Paco revenait, il devait avoir oublié quelque chose. La maison de ses beaux-parents n'était pas loin, Teresa était restée là-bas et il était revenu. Il ne put jamais lui demander pour quelle raison. À présent il savait que c'était pour mourir.

Paco laissa la porte de sa voiture ouverte, ce qui déclencha l'alarme. Il avança de quatre pas et s'arrêta devant le mur en désordre, toucha avec les doigts l'étagère qui avait été déplacée puis tourna la tête. Lorenzo ne pouvait pas le voir, mais il saisit la machette au fond de son sac de sport. Les pieds de Paco s'approchèrent et sa main effleura la bâche en toile qui recouvrait le barbecue à roulettes. Lorenzo se redressa d'un bond agressif, se jeta sur lui et lui asséna deux coups de machette dans le ventre. Profonds, rageurs, féroces. L'étape suivante fut plus compliquée. Introduire une nouvelle fois la lame ne fut pas aussi facile. Les deux premiers coups tenaient un peu de l'échappatoire, de l'autodéfense. Ensuite ils luttèrent l'un contre l'autre. Les yeux de Paco découvrirent Lorenzo. Il ne cria pas. Mais il agrippa ses mains aux bras de Lorenzo. Lorenzo enfonça seulement une fois de plus le couteau, sans conviction, avec lâcheté. Beaucoup de sang coulait, tombant par terre et imbibant les vêtements. La main et le bras de Lorenzo étaient rouges. Se découvrir ainsi déstabilisa Lorenzo, le paralysa un instant. Suffisamment pour que Paco parvienne à lui faire lâcher la machette, qui tomba par terre. Paco voulut la ramasser. Mais avant qu'il ait pu se lever, Lorenzo récupéra la perceuse et transperça sans le regarder le dos de Paco. La veste se déchira, le sang jaillit.

Paco mit du temps à mourir. Pour s'assurer qu'il ne respirait plus, Lorenzo retourna son corps avec le pied. Il saisit le tuyau d'arrosage et se lava les mains, puis les bottes et laissa l'eau couler près de son ami.

Il lui fallut cinq bonnes minutes pour partir. La voiture émettait l'avertissement monotone signalant que la porte était ouverte. La persistance de ce son finissait par être énervante. Lorenzo la referma d'un coup de pied. Il n'était pas certain que Paco était mort mais il ne pouvait s'agenouiller à ses côtés, lui prendre le pouls, vérifier son regard. Il préféra croire qu'il l'était. Il rangea son matériel dans le sac et renonça à chercher l'argent. Il n'arrivait pas à penser. Plus rien n'avait de sens. Pendant un bon moment il fut comme un somnambule, un homme sans détermination ni idées claires, sans plan de fuite. Le tuyau d'arrosage remuait comme un serpent devenu fou sur le sol inondé.

Lorenzo traîna le corps de Paco jusqu'à l'intérieur de la voiture. Il l'allongea sur le siège arrière. Il pensa partir de là avec la voiture, mais il lui parut stupide de voyager avec le cadavre de son ami. Finalement il prit le tuyau d'arrosage et le coinça dans une petite ouverture de la fenêtre. La voiture commença peu à peu à se remplir d'eau. Lorenzo regardait la scène du dehors, au milieu du garage. L'intérieur de la voiture se transformait en aquarium. Le corps de Paco fut submergé, l'eau atteignit le volant, couvrit les tissus, le tableau de bord, commença à monter jusqu'aux fenêtres. Quand elle se mit à déborder par la fenêtre à peine ouverte, Lorenzo estima que le moment était venu pour lui de s'en aller.

Combien de temps avait passé ? Quelqu'un était-il en route à la recherche de Paco, inquiet de son retard ?

Lorenzo rabaissa la porte du garage et espéra que l'endroit serait bientôt converti en piscine, que l'eau effacerait toute trace de la lutte. Il enleva sa salopette et ses gants tachés de sang, alors que le chien se frottait énergiquement contre lui pour l'inviter à jouer. Il jeta l'ensemble dans le sac de sport. Il traversa le jardin et quitta les lieux avec tout le naturel dont il était capable.

Une fois à l'intérieur de sa voiture, Lorenzo retira ses bottes et changea de vêtements. Il était garé trois rues plus loin, devant d'autres villas. En chemin, il s'arrêta pour jeter dans une benne à ordures la mèche de la perceuse. Dans une autre, quelques kilomètres plus loin, il jeta la perceuse. Elle lui avait coûté plus de sept cents euros, mais il était dangereux de la garder. Puis il arriva à un terrain vague et aspergea d'essence le sac de sport et l'enflamma à l'intérieur d'une benne, persuadé que quelqu'un le voyait, que rien de ce qu'il faisait n'avait beaucoup de sens.

Devant le commissariat il aurait aimé remonter le temps, sauter en arrière, à la veille de l'assassinat de Paco. Tant qu'on le soupçonnerait, il lui serait impossible de se mettre en mouvement, de penser à l'avenir. À quoi bon chercher un emploi s'il était coupable d'un crime ? Ne valait-il pas mieux commencer à payer dès maintenant ? Mais pourrait-il tout oublier ? Laisser ça derrière lui sans être puni ? Si la culpabilité était désagréable, l'incertitude l'était davantage encore. Il réfléchit à la question sous tous les angles et décide de ne pas retourner au commissariat.

Il marche dans la rue. Un homme discute violemment avec une femme, ils ont l'air drogués. Les gens regardent de loin, mais personne n'intervient. À l'arrêt de bus il y a une affiche avec un mannequin pour de la lingerie féminine. Quelqu'un a écrit au marqueur bleu, sur son ventre : « Branlettes à dix euros ». Trois étudiants marchent bruyamment sur le trottoir. Un homme arrête un taxi. Au feu, une fillette roumaine lave le pare-brise des voitures tandis que les conducteurs tentent de l'en empêcher. Dans son kiosque, un vendeur de loterie aveugle écoute la radio. Deux femmes avancent sur le trottoir, marchent ensemble, mais chacune poursuit une conversation sur son portable. Lorenzo se sent protégé, réconforté.

En se promenant, il se rapproche de la maison de ses parents. Il hésite à demander à son père de lui prêter de l'argent, ça n'est pas une bonne idée. Ça l'inquiéterait davantage. Il transporte la télévision du salon dans la chambre de sa mère et dès l'instant où il est actif, organisant la vie des autres, il se sent mieux. Il se rend compte que l'état d'esprit est une question d'énergie. Si on s'arrête, on s'enfonce. Quant à l'équilibre, c'est une question de mouvement, comme ces assiettes qui tournent sur la pointe d'un bâton.

Il utilise le téléphone de ses parents pour passer un appel. Après deux tentatives il localise la personne qu'il cherche. Bonjour, je suis Lorenzo, le père de Sylvia, la fille de l'accident. À l'autre bout de la ligne l'homme change de ton immédiatement. Il se montre cordial, comme lorsqu'ils se sont rencontrés à la clinique. Quand Lorenzo lui explique la raison de son coup de fil, l'homme ne tarde pas à comprendre. Pour toucher l'indemnisation de l'assurance il faudra attendre un moment et Lorenzo n'est pas vraiment sûr de la générosité du système à l'égard d'une fille qui a traversé de nuit en dehors des clous. Il est prêt à convenir d'une somme pour oublier toute la bureaucratie. Il ne veut pas avoir l'air anxieux ni louche. Vous avez pensé à un montant ? Lorenzo préférerait ne rien dire, il ne veut pas pécher par intérêt ni commettre une erreur de calcul. Six mille euros ? hasarde-t-il. Bon, nous pouvons discuter.

Il rentre chez lui à pied. La promenade sert à le fatiguer et à le rendre anonyme, libre. Le trottoir est jonché de feuilles jaunes et sèches, les mimosas et les platanes sont presque nus. Il prend l'ascenseur jusqu'à son palier, mais avant d'entrer il monte les escaliers jusqu'au cinquième et sonne à la porte de Daniela. Elle lui ouvre, étonnée. L'enfant joue dans le salon. Dimanche, je peux t'emmener à l'Escorial. Daniela le regarde, mi-amusée, mi-méfiante. Je ne peux pas, dit-elle. Lorenzo reste silencieux. Dimanche, je ne peux pas. Le cousin d'une amie arrive d'Équateur et nous allons le chercher à l'aéroport, l'accueillir. Lorenzo acquiesce avec la tête. Vous avez une voiture ? Je peux vous conduire dans ma voiture. Daniela cherche quelque chose de menaçant chez Lorenzo. Sérieusement ? Bien sûr, je serais heureux de vous aider. Je ne sais pas, c'est très gentil, hésite-t-elle. Sur le palier ils conviennent d'un rendez-vous. Lorenzo propose de les prendre à la sortie du métro à deux rues de là, à dix heures du matin. Entendu, c'est d'accord… Daniela referme la porte car le petit l'appelle à l'intérieur. Elle dit à peine au revoir à Lorenzo. Elle évite tout flirt entre eux.

20

La réunion est humiliante. Le bureau du directeur sportif se trouve dans l'aile administrative du stade. Ariel monte dans l'ascenseur privé avec un vieil employé du club qui marmonne dans sa barbe, tête basse. L'ascenseur dépasse l'arrêt qui conduit à la tribune. On raconte que parfois, quand les matchs se terminent en bronca avec marée de mouchoirs blancs, quand les gradins exigent des responsables, les dirigeants prennent l'ascenseur et s'enferment dans la salle de réunion. Là, alors que retentit la déception des supporters, ils cherchent, par l'éventuel renvoi d'un entraîneur, le moyen de maintenir leur mandat. C'est ça le football, pense Ariel, le pouvoir, il y a toujours d'autres têtes à couper avant la sienne. Dans la salle l'attendent Pujalte, l'entraîneur et deux autres dirigeants qu'il connaît à peine. Une secrétaire a apporté une carafe d'eau et trois verres.

L'entraîneur parle en premier et fait un exposé monocorde, plein des habituels clichés : le bien de l'équipe, l'intérêt général avant le particulier, nous comprenons ce que ça signifie, mais toi tu dois comprendre les supporters, etc. Tout avait commencé deux jours plus tôt, quand Ariel avait reçu un appel de Hugo Tocalli, l'entraîneur de la sub-20 argentine qui le convoquait pour les matchs de qualification au Mondial des jeunes sélections. Ariel avait déjà joué un match avec ses compagnons et avait été international, par deux fois, avec la sub-17. Il sait que jouer au Mondial de Hollande en juin sera pour lui une occasion unique. L'équipe d'Argentine sub-20 vient de gagner l'or olympique à Athènes et pendant le dernier Mondial aux Émirats arabes unis, elle a perdu en demi-finale contre le Brésil lors d'un match qui l'a fait pleurer devant sa télé. Il s'agit d'un championnat junior, pour gamins, un passe-temps, démarre Pujalte. Actuellement nous ne pouvons pas te perdre pour quatre matchs, qui sont fondamentaux pour nous. Et t'envoyer à des éliminatoires en

Colombie pour que tu brilles parmi les espoirs. Pour Ariel il s'agit d'un engagement qu'il ne veut pas manquer, une compétition internationale, une confirmation de son ambition de joueur, c'est un tremplin indispensable pour sa carrière. La plupart des jours que je vais sacrifier seront pris sur mes vacances de Noël. Mais Pujalte fait non de la tête. Ici, il faut choisir entre professionnalisme et plaisir, répète-t-il. Tu dois désormais oublier ton pays, tu n'es plus Plume Burano, OK ? Il est temps de grandir, tu es venu en Espagne pour grandir, putain, devenir adulte, pas pour jouer avec les juniors. Pense aux blessures. C'est la seule chose qu'ajoute Requero, l'entraîneur, les yeux baissés, tandis qu'il fait jouer un stylo entre ses doigts. Une blessure maintenant serait une catastrophe.

Charlie lui manque. Quelqu'un qui parle avec autorité, qui tape du poing sur la table. Qui défende ses intérêts personnels sans peur, au moins ce qui est écrit dans le contrat, l'autorisation de répondre aux appels de la sélection nationale, toutes catégories confondues. Il insiste sur l'importance, sur sa motivation. Mais le club ne va pas lui donner l'autorisation. Son équipe va le réclamer et elle en a tous les droits, la Fédération oblige les clubs à céder leurs joueurs, tente d'expliquer Ariel. Pujalte l'interrompt, évidemment qu'elle oblige, c'est de cela qu'on parle, ton renoncement doit être volontaire. Les spectateurs apprécieront ton geste, ton sacrifice. Ça pourrait être un moyen de te gagner les supporters, de vaincre leurs réticences. Le mot choisi, « réticences », mortifie Ariel. Il ne répond pas, sait que tout est perdu, mais il est surpris que Pujalte trouve à ce moment-là une occasion pour lui rappeler les critiques du public, les sifflets quand il est remplacé, le manque d'enthousiasme général autour de son engagement. Il écoute encore une kyrielle de justifications superficielles. Il sait que ce n'est qu'une question de pouvoir, que s'il se trouvait au faîte du triomphe, respecté de tous, il pourrait exiger. À présent, non, il n'en est pas là. Il faut l'accepter.

Le dernier match, il a été meilleur. Il a obtenu un penalty qui a permis à son équipe de gagner, mais surtout il a été actif, incisif. Son meilleur football jusqu'à aujourd'hui. Il avait tous les jours Buenos Aires au téléphone et l'approche de Noël semblait l'animer. Bientôt nous nous verrons, lui disait Charlie. Au sein de l'équipe il s'est lié avec deux joueurs. Osorio et un attaquant dénommé Jorge Blai, marié avec un ancien mannequin. Il l'a mis en contact avec un agent de people, un type drôle et bavard qui s'appelle Arturo Caspe, l'invite à des fêtes et a déjà obtenu pour lui deux contrats plutôt amusants. On l'a payé six mille euros pour jouer un match de play-station contre le défenseur d'une équipe adverse afin de présenter aux médias un nouveau jeu d'ordinateur et trois mille euros pour participer à une fête sponsorisée par une marque de montres italiennes. Ronco l'a accompagné et lui a montré ce qu'il définissait comme l'aristocratie pourrie de la nuit madrilène. Des gens qu'on voit à la télé, qui partagent avec les spectateurs leurs relations sentimentales, leurs ruptures, leurs sautes d'humeur, leur nouvelle coiffure, et même leurs nouveaux seins ou nouvelles lèvres, et reçoivent en contrepartie un salaire variable, toujours en fonction de la prise de risque social qu'ils prennent. Toutefois Ronco semblait être celui qui s'amusait le plus au cours de ces soirées glamour, se goinfrant de bières et de canapés et, de temps en temps, sauvant Ariel du dévolu qu'avait jeté sur lui un vampire de people. Au lieu de te sucer le sang on te suce la bite, lui expliquait-il, mais le prix est plus élevé que si tu allais aux putes.

Un jour, ils se sont rendus dans une discothèque, inaugurée pour la quatrième fois de l'année mais avec différentes célébrités, et Ariel a été abordé par une femme au physique spectaculaire, qui semblait avoir été créée par un érotomane fou. Seins improbables, lèvres gonflées, pommettes rehaussées, taille super fine. Ronco l'a gentiment écartée. Celle-là, elle vient avec son photographe, d'abord elle dit que vous êtes seulement amis, ensuite que vous êtes ensemble, puis que tu l'as quittée, puis que tu l'as baisée six fois en une nuit, puis que tu l'as trompée avec d'autres et enfin elle décrit ta queue en détail dans une émission du soir. Chaque chapitre pour une somme modique. Si tu as envie de te la faire, demande-moi l'autorisation avant. Ainsi Ronco, de loin, faisait oui ou non de la tête chaque fois qu'Ariel entamait une conversation avec une femme.

Ariel a aussi passé trois nuits distrayantes avec la fille d'un ancien mannequin, une jolie petite blonde multi-orgasmique qui semblait être un clone de sa mère avec vingt ans de moins et criait tellement quand elle jouissait qu'il avait plus mal aux tympans qu'aux reins le lendemain matin ; après il a couché avec la serveuse d'un bar à la mode dans le bureau même du gérant, et a peuplé deux ou trois autres de ses nuits avec des femmes accidentelles que Ronco cataloguait cochonnes ou désespérées, selon sa singulière façon de parler. La nuit est traîtresse, j'ai un ami qui dit qu'il n'a jamais couché avec une femme horrible, mais s'est réveillé à côté de centaines.

Ariel n'aimait pas trop la fumée, l'ambiance de la nuit, l'alcool et les filles seulement attirées par les stars. Dans ces lieux, il y avait une sorte de croisement d'intérêts, un manque d'authenticité assez crispant, et y planait la menace des ragots, que son nom occupe les milliers d'heures de radio et de télévision consacrées à raconter qui sortait avec qui, qui couchait avec qui. Ce n'était pas très différent de l'Argentine, là-bas il avait aussi été la proie des couvertures de *Paparazzi*, *Premium* ou *Latinlov*, où une fille qui posait nue citait son nom comme une de ses multiples conquêtes. Autour de lui il sentait la présence de gens en quête de reconnaissance, qui se mettaient en quatre pour le présenter à quelqu'un, voulaient l'inviter à une première, à une fête privée, à un défilé de mode. Il recevait des propositions pour utiliser un gymnase au centre-ville, une eau de Cologne, des lunettes de soleil. Jorge Blai lui disait il faut profiter de notre moment, après personne ne se souviendra de nous.

Sa maison vide ne l'aide pas à se sentir bien. La nuit il regarde des DVD, écoute de la musique ou se connecte à Internet pour lire la presse argentine, échanger des nouvelles avec des amis du pays. Pris d'un accès de nostalgie, il a écrit à Agustina. Dans un moment de faiblesse, il a été tenté de l'inviter à venir passer une semaine à Madrid. Il commence à connaître les endroits où trouver de la nourriture argentine, des CD argentins, des magazines argentins, où boire du maté et bavarder un moment avec un professeur d'université ou un publicitaire de là-bas qui le reconnaisse.

Il a sympathisé avec Amílcar, milieu de terrain brésilien en fin de carrière qui semble comprendre le cirque du football à la perfection. Il vit dans une villa d'un quartier résidentiel. Il a rencontré sa femme, une beauté de Rio de Janeiro, Miss Pain de Sucre 1993, l'année où il jouait au Fluminense[1]. Ils ont trois enfants. Fernanda hausse le ton et se met en colère d'une manière comique, plus italienne que brésilienne.

Un jour où le soleil cognait, ils ont déjeuné sous la véranda de leur maison. Fernanda était bronzée, les cheveux blonds. J'adore le climat de Madrid, a-t-elle dit à Ariel. Quand nous sommes arrivés il y a six ans c'était une ville sale, agressive, laide, mais avec beaucoup de charme. Ici tout le monde vous parle, est aimable, joyeux. À présent ça s'empire, c'est le même chaos mais les gens n'ont plus le temps d'être charmants. Tout s'est accéléré. Amílcar a secoué la tête. N'importe quoi, tu sais comment sont les femmes, on est gentil avec elles chez le coiffeur et Madrid devient une ville merveilleuse ; on ne leur cède pas le passage à un carrefour et Madrid est horrible. Il prononça *horribel.*

Fernanda a traité Ariel avec familiarité, comme s'il était un petit frère. Elle venait d'avoir trente-trois ans et elle lui a avoué qu'elle était déprimée à cause d'un événement survenu deux semaines plus tôt. Des types avec un camion du supermarché étaient arrivés devant la maison. La Péruvienne qui s'occupe des enfants était là. En cinq minutes ils avaient vidé toute la villa. Les appareils, les bijoux de famille, même la télé des enfants, ça avait été épouvantable. Et le pire c'est qu'ils ont frappé la pauvre femme. Tu imagines ? Elle a cinquante ans et ils lui ont donné

1. Club de football brésilien situé à Rio de Janeiro.

des coups de pied par terre. Ils voulaient savoir où était l'argent, le coffre-fort, que sais-je... La pauvre l'a super mal vécu. Apparemment c'étaient des Colombiens, c'est la police qui me l'a dit, parce que dans la chambre de Gladys il y avait une image du Christ et ils l'ont retournée, il semble qu'ils font ça pour que Dieu ne les voie pas, un truc comme ça. Des sauvages.

Amílcar et elle parlaient avec beaucoup d'élégance, comme s'ils avaient posé pour Ariel. Lorsque nous sommes arrivés à Madrid les gens lui lançaient des compliments, et maintenant elle se sent vieille parce qu'on ne lui dit plus rien. Elle niait, n'importe quoi, les Latino-américains sont très grande gueule. Ils vous sifflent depuis les échafaudages, vous interpellent à tue-tête, les Espagnols avant disaient des choses plus recherchées, je me rappelle un type tout petit, avec une grosse tête, chauve et moustachu, que j'ai croisé dans la rue et qui m'a susurré : « Mademoiselle, avec votre sang menstruel je me ferais des infusions », mais c'était avec beaucoup de respect, comme lorsqu'on adresse ses vœux pour Noël. Amílcar comptait prendre sa retraite dans deux ans et tenter de rester dans le corps technique de l'équipe, mais Fernanda voulait rentrer au Brésil. J'en ai assez du foot, n'y a-t-il rien d'autre au monde ? Rio me manque, la mer, la plage.

Ariel a accompagné Amílcar chercher ses enfants en 4X4 à l'école britannique où ils étudiaient. La rue était bloquée, les voitures garées en double file. Les enfants ont franchi la porte avec l'uniforme vert de l'école et un blason au relief doré sur la veste. Pendant un instant Ariel s'est senti à son aise, comme s'il faisait partie de la famille.

Ariel a ensuite joué au foot dans le jardin avec le fils aîné et il est parti avant la fin de l'après-midi. Dans l'une des rues du quartier il y avait une place pleine de commerces. Il s'est arrêté devant un fleuriste et il a envoyé un texto à Sylvia pour lui demander son adresse. Il a commandé un bouquet de fleurs à l'employé dominicain qui gérait la boutique. Des semaines avaient passé depuis l'accident et il avait seulement été en contact avec elle à une occasion, par textos, pour prendre de ses nouvelles. Il lui avait envoyé des encouragements, mais elle n'avait pas poursuivi leur échange de messages, lui avait répondu par quelque chose de concis et de plutôt tranchant. Ariel avait compris qu'elle ne devait pas avoir une très bonne opinion de lui, quelqu'un qui l'avait renversée et qui avait laissé les autres en prendre la responsabilité, la conduire à l'hôpital. Elle avait toutes les raisons de le mépriser. Sylvia avait répondu au message instantanément, indiquant son adresse, avec à la fin un ironique : « Tu vas venir dédicacer mon plâtre ? »

Il a dicté l'adresse au fleuriste et lui a demandé une enveloppe pour envoyer un mot. Quel genre ? a demandé l'homme. Amour ou amitié ?

Ariel a levé les sourcils de surprise. Le dominicain lui a montré différents types d'enveloppes, certaines décorées de petits rubans, d'autres illustrées de fleurs et de lisières. C'est pour une amie, lui a expliqué Ariel. Il lui a tendu un papier et un stylo. Avec le regard visqueux du fleuriste cloué sur sa nuque, Ariel n'est pas parvenu à écrire. Et alors, vous n'avez pas d'inspiration ? Nous avons des cartes avec des messages déjà tout prêts. Vous voulez les voir ? Ariel a haussé les épaules. C'est alors qu'il a eu une idée.

En sortant de chez le fleuriste il a couru vers la voiture. Une contractuelle était en train de mettre une amende sur son pare-brise. Excusez-moi, je suis désolé, je suis allé acheter des fleurs pour une amie qui a eu un accident. Vous lui souhaiterez un bon rétablissement, a répondu la femme sans le regarder. Et elle a avancé pour verbaliser une voiture quelques mètres plus loin. Vous n'êtes pas très aimable, a lancé Ariel, provocateur. On ne me paie pas pour être aimable. Je crois que si, on vous paie aussi pour être aimable. La femme a levé la tête vers lui. Vous êtes quoi, argentin ? Je ne sais pas si en Argentine on paie la police pour être aimable, mais je peux vous certifier qu'ici non. Et la femme a coupé court à la conversation. Ariel est monté dans sa voiture après avoir déchiré la contravention, mais avant qu'il quitte l'endroit un autre policier a tapé à sa fenêtre. Vous êtes le footballeur ? Ariel a fait signe que oui, sans entrain. Le policier a retourné son carnet de contraventions et lui a demandé un autographe pour son fils. Pour Joserra. Moi aussi je m'appelle Joserra, José Ramon. Ariel a signé rapidement, un griffonnage et un « bonne chance ». Votre collègue n'est pas très sympathique. Le commentaire n'a pas paru surprendre le policier. Elle vous a verbalisé ? Pardonnez-lui, on a détecté une tumeur au colon à son mari il y a trois jours et elle le vit très mal. En deux jours elle a bazardé trois carnets de contraventions. Ariel a vu que la contractuelle mettait une autre amende dans la même file de voitures. Le policier s'est remis à lui parler. De toute façon, avec le fric que vous gagnez, une amende n'est pas vraiment un souci, non ? Ariel a répondu par un demi-sourire et s'est éloigné de là.

Quand la réunion avec Pujalte et Requero s'achève, Ariel traverse les bureaux. À cette heure il y a beaucoup d'activité. L'ambiance est au travail, le bruit lointain d'un fax, des secrétaires qui tapent sur le clavier des ordinateurs, des sonneries de portables. On distingue seulement que l'endroit est consacré au football par les photos de joueurs mythiques qui ornent le couloir et quelques trophées disséminés ici et là, des détails qui rappellent qu'il ne s'agit pas de n'importe quelle entreprise commerciale. Nous préparons un communiqué de presse où on annonce que tu renonces volontairement au Mondial de la sub-20 avec la sélection argentine pour ne pas nuire au club, lui a proposé Pujalte, qu'aujourd'hui ta seule obsession est d'apporter des résultats à l'équipe. Les supporters trouveront ça magnifique, tu verras. Tu veux ajouter quelque chose en particulier ? Ariel a décliné. Alors c'est bon, restons-en là.

Il compose le numéro de portable de Charlie à Buenos Aires mais il est encore éteint. Il calcule que là-bas il doit être sept heures du matin. Il ne connaît qu'une seule personne aussi lève-tôt, qui à cette heure doit déjà être réveillée depuis un moment. Quand il s'assoit dans sa voiture il tape le numéro du domicile de Simbad Colosio. La voix du Dragon répond à l'autre bout de la ligne. C'est Ariel, Plume. Tiens ! Comment ça va, l'espingouin ? Quelle heure est-il là-bas ? Ariel consulte sa nouvelle montre, énorme, cadeau de la marque italienne. Une heure. Il s'est passé quelque chose à l'entraînement ? Tu vas bien, mon petit ? Ariel garde le silence, écoute la respiration du vieux à l'autre bout de la ligne. Tout va bien, je voulais parler avec quelqu'un de chez nous, et le seul que je connais qui se lève aussi tôt c'est vous. Il lui explique que le club ne l'autorise pas à jouer la coupe du Monde de la sub-20. Il le fait lentement, ne veut pas se montrer fragile devant lui. Je pourrais les obliger, mais ici les choses ne vont pas si bien et je ne peux pas faire ce que je veux.

Bon, l'entend-il dire. Ils n'ont pas encore vu briller ta jambe gauche, c'est ça ? Quelquefois, répond Ariel. Les gens, ils en veulent pour leur argent. Sinon… Tu viens pour Noël ? J'espère que oui. On se verra alors. Il y a une longue pause, Ariel pressent qu'il ne lui dira rien de plus, mais ça le calme d'entendre la cadence respiratoire du Dragon.

Tu te souviens de cet exercice que j'obligeais les attaquants à répéter ? Celui du pneu ? Ariel s'en souvient. Il fallait tirer avec précision pour que le ballon entre par le trou d'une roue de voiture suspendue à une corde à la barre transversale du but. Chaque fois de plus loin et chaque fois plus rapidement. Tu te souviens qu'au début ça vous paraissait toujours impossible ? Mais ensuite on trouvait toujours le trou, toi au moins tu le trouvais toujours.

Le vieux semble avoir fini de parler. Soudain il ajoute c'est toujours pareil, au début ça paraît impossible, mais après… Oui. Ariel veut dire quelque chose, en vain ; l'idée que Le Dragon le trouve déprimé l'épouvante. Quelqu'un t'a dit que ce serait facile ? Il n'attend pas de réponse. Tu le sais bien, ce n'est pas facile.

Ce n'est pas facile.

Deuxième partie

« C'est ça l'amour ? »

1

Pour éviter les escaliers du lycée, Sylvia prend l'ascenseur des professeurs. Ce matin, quand elle est arrivée, don Octavio, le prof de maths, toujours tiré à quatre épingles, est monté avec elle. À cause de son cou rigide il est obligé de se tourner complètement pour regarder sur le côté. Quand il a vu son plâtre, il lui a demandé combien de temps elle allait devoir le porter. C'est pénible, encore une semaine je crois. Ah, moi c'est pire, c'est pour toujours. Et il lui a montré son cou bloqué. Un accident ? a demandé Sylvia. Non, on appelle ça la maladie de Bechterew. J'imagine que lorsque monsieur Bechterew est allé chez le médecin et qu'on lui a dit qu'il souffrait de la maladie de Bechterew il a dû être assez effrayé, non ? Il s'est mis à rire, seul. Sylvia l'a accompagné d'un sourire tardif. Il est sorti un étage avant elle. Passe une bonne journée. Vous de même.

Pendant la pause Sylvia reste dans la classe. Mai s'est assise sur son bureau et elle a posé ses bottes sur le bord de sa chaise. Le talon du plâtre de Sylvia repose sur le pupitre d'à côté. Avec les béquilles, elle a acquis une aisance notable. Elle s'appuie dessus quand elle est debout, à l'arrêt, le genou sur le manche. Dès qu'elle s'assoit elle les rassemble comme si elles étaient toutes légères, attrape son sac par terre en tenant les béquilles par le bas et dans la rue écarte les papiers ou les canettes abandonnées sur le trottoir telle une joueuse de hockey. L'inactivité lui a donné du temps pour être seule. Avant l'accident, ses journées dépendaient presque exclusivement des heures de cours, des plans de Mai. Dès qu'elles rentraient du lycée, elles passaient l'après-midi ensemble, allaient chez Mai, s'enfermaient dans sa porcherie pour écouter de la musique ou s'asseyaient devant chez elle pour parler.

Les dernières semaines, en revanche, avaient eu pour Sylvia des airs de retraite. Elle s'allongeait sur son lit avec ses écouteurs, le regard fixé sur les étoiles phosphorescentes adhésives qu'elle avait collées des années auparavant, quand le plafond de sa chambre aspirait à ne pas avoir de limites. Pour la première fois de sa vie elle avait lu pour le plaisir de suivre une histoire, de s'insérer dans ce qui lui était étranger. Elle avait vaincu cette anxiété qui, lors de ses autres tentatives de lecture, la ramenait toujours à ses propres préoccupations. Elle avait terminé le roman que Santiago lui avait offert en six jours de lecture prolongée, parfois jusqu'à ce que ses yeux s'embuent et lui donnent en papillotant l'impression d'avoir du sable dedans. Ensuite elle avait cherché sur les étagères du bureau, à la maison, lu les premières phrases d'autres romans et par une erreur fatale demandé à son père ce qu'elle pouvait lire. Pendant vingt minutes Lorenzo avait hésité entre tel et tel livre, proposant l'un puis l'autre, avec un enthousiasme confus, jusqu'au moment où il lui avait tendu un gros roman écrit par une femme, je ne l'ai pas lu, mais ta mère l'a beaucoup aimé. Pilar avait toujours un livre dans son sac pour lire sur le chemin du travail.

Sylvia avait parlé au téléphone avec sa mère et lui avait dit qu'elle avait terminé le roman que Santiago lui avait offert. Ce week-end, quand elle était venue la voir, Pilar lui avait apporté un autre livre, de la part de Santiago. Il te l'a dédicacé, ça le gênait mais j'ai insisté. Sylvia l'avait ouvert à la première page. « Parfois un livre est le meilleur des compagnons. » Il a une écriture étrange, mais jolie, avait-elle dit à sa mère.

Le premier jour de son retour en classe ses camarades l'ont entourée. Une fille est même allée jusqu'à l'embrasser sur les deux joues. Tous ont écrit sur son plâtre, certains, comme Nico Verón, des obscénités : « Comment baise-t-on avec un plâtre ? » ; d'autres, comme Sara Sánchez, avec affectation : « De la part d'une amie à qui tu as beaucoup manqué » ; et Colorines avec un surréalisme inattendu, a écrit : « Allez l'Espagne ! » Dès ce premier matin, le plâtre de Sylvia a terminé tel un mur de graffitis, plein de mots d'adolescents. Dani est également entré dans la classe et ils ont parlé un moment en présence de Mai, avant qu'il ose lui proposer si ça te dit un après-midi je viens te tenir compagnie. Quand tu veux, a répondu Sylvia. Dani est reparti et Mai a lâché son diagnostic. Celui-là il est dingue de toi.

Deux jours plus tard, Dani lui a rendu visite chez elle. Sylvia a mis du temps à ouvrir, son père venait de partir. Dani s'est assis par terre, le dos contre un meuble. Sylvia s'est allongée sur son lit, penchée. Ils ont parlé des cours, d'un concert à venir, d'un film récent. D'Erizo Sousa qui s'était fait tabasser par deux skins le vendredi d'avant. Dani est allé chercher deux bières dans le frigo et Sylvia lui a demandé tu aimes le foot ? Dani a été surpris par la question. Seulement les finales, a-t-il dit ensuite. Quand les mecs perdent, qu'ils pleurent assis par terre et qu'ils n'ont plus l'air si crâneurs et si sûrs d'eux. Sylvia avait vu à la télévision que l'équipe d'Ariel jouait le soir même en Turquie. Ils sont restés silencieux et Dani a dit soudain je me suis pas mal pris la tête avec ce qui s'est passé le jour de ton anniversaire. Pardon, j'ai été une imbécile. Non, c'est moi, je me suis senti ridicule. Pourquoi ? Je ne sais pas.

Après une pause, Sylvia a donné une petite tape sur le matelas à côté d'elle. Viens, monte. Dani a mis du temps à se relever et quand il s'est assis à côté d'elle, il a effleuré son corps. Sylvia l'a dirigé pour qu'il s'allonge sur elle. Ils se sont embrassés un long moment. Il a plongé dans ses cheveux, lui a mouillé le cou en respirant. Sylvia a posé ses mains sur son dos. Leurs corps ont bougé en rythme, même si Dani prenait garde de ne pas déplacer le plâtre ni de peser de tout son poids dessus. Leurs sexes ont commencé à se frotter. Sylvia a senti l'excitation de Dani à travers ses vêtements. Dani a remonté son tee-shirt jusqu'au cou et embrassé ses seins, qu'il a sortis du soutien-gorge. Sylvia était gênée par son tee-shirt enroulé à son cou et par l'élastique du soutien-gorge sous ses aisselles, mais les caresses l'excitaient, tout comme les morsures humides de Dani. Sylvia a plongé sa main dans le pantalon de Dani et a palpé son cul avec ses ongles. Ils ont fait l'amour habillés, sans s'arrêter. Leurs vêtements les protégeaient. Sylvia, avec une intense pression des cuisses, a agrippé Dani quand il a éjaculé dans un râle.

Ils ont ri de la tache humide autour de sa braguette. Avec son manteau ça ne se verrait pas. Tu veux te laver ? lui a dit Sylvia. Non, il vaut mieux que je m'en aille. Il est parti rapidement. Sylvia a remarqué combien Dani changeait après avoir joui. Il passait d'une ardeur irrépressible à un froid malaise. Comme s'il atterrissait dans la réalité par une brusque secousse. De l'état de flottement, d'inertie, à la prise de conscience d'où il se trouve, de ce qui vient de se passer, de qui ils sont. La Terre tourne sur elle-même et il est une heure de moins aux Canaries. Pas elle. Sylvia aurait aimé rester un moment enlacée contre lui, que Dani enroule un doigt dans sa boucle de cheveux préférée, qu'il l'embrasse même si la salive avait un goût moins chaud après l'orgasme. Mais bientôt elle s'est retrouvée seule à nouveau sans presque s'en apercevoir.

Son père est rentré tard et l'a trouvée en train de lire. Il a remarqué qu'il ne s'agissait pas du livre qu'il lui avait laborieusement recommandé. Tu n'as pas sommeil ? Il sentait la fumée et le foot entre amis. Qui a gagné ? Nous, a dit Lorenzo. Et cet Argentin, celui que tu ne peux vraiment pas sacquer, il a joué comment ? Bah, il n'a pas été trop mal. Sylvia a terminé un chapitre avant de s'endormir.

Le lendemain, Dani était incapable de soutenir son regard. Il est venu lui tenir compagnie un moment avec Mai dans la classe mais il a disparu avant la fin de la pause. Sylvia a eu alors envie de lui dire du calme, je ne suis pas amoureuse de toi. Mais peut-être le savait-il déjà. Sylvia s'est sentie de nouveau stupide à cause de la scène de la veille, mais apaisée, sans désir d'aller plus loin dans leur relation.

Pour l'heure, elle écoute Mai lui raconter les dernières péripéties de son histoire d'amour. Mateo veut participer à une manifestation anti-globalisation à Vienne et lui a demandé de l'accompagner. Ça peut être romantique, non ? Un petit voyage ensemble ? Sylvia ne dit rien. Elle pense à Ariel.

Hier soir, après des semaines de silence, elle a reçu un message de lui. Il lui demandait son adresse. Sylvia la lui a envoyée aussitôt et a couru se changer. Elle croyait qu'il allait venir chez elle. Elle est restée tendue pendant plus de deux heures, a changé six fois de tenue, opté finalement pour un gros pull sur son soutien-gorge. Elle a décidé qu'elle avait les cheveux sales et a fait et défait sa queue-de-cheval tant de fois qu'elle en a eu mal aux poignets. Quand la sonnette a retenti elle était à deux doigts de hurler.

Derrière la porte se tenait un Péruvien avec un gros bouquet de fleurs. Sylvia a signé le reçu d'un gribouillage déçu et est restée seule avec le bouquet. Elle l'a posé sur la table. Il y avait une petite enveloppe avec son nom et à l'intérieur une carte sur laquelle il était écrit : « Accepte-le, s'il te plaît, avec un million d'excuses et un baiser. Ariel. » À côté, plié en deux, un chèque au porteur de deux mille euros. Sylvia s'est laissée tomber sur le canapé. Le bouquet était énorme, excessif, impersonnel. Le contact du pull sur sa peau l'excitait. Dans un geste de fin de soirée, elle a déchiré le chèque en confettis minuscules et les a jetés dans le cendrier.

Un moment après elle lui a écrit le message suivant : « Les fleurs sont belles, j'ai déchiré le chèque. Ce n'était pas la peine. » À peine une seconde plus tard son téléphone sonnait. Tu es folle ? Tu dois accepter, c'est un minimum. Sylvia l'a interrompu. Arrête de te sentir coupable. C'était un accident et c'est tout. Ariel a dit quelque chose au sujet de l'assurance, mais Sylvia ne l'a pas laissé continuer. Ton ami s'est occupé de tout. C'est ce que mon père m'a dit. Ils ont réglé ça entre eux. Le « ton ami » a sonné durement, vilainement. Il y a eu un silence, que Sylvia a rompu. Tu ne m'as même pas invitée à venir te voir jouer. Ariel lui a demandé si ça lui plairait. Oui. Plus qu'un chèque. J'ai cru… Oui, je sais ce que tu as cru. Que j'aurais peut-être l'idée de profiter de cette histoire pour te tirer du fric. Eh bien non, tu peux désormais être tranquille.

À l'autre bout de la ligne on a entendu seulement la respiration d'Ariel. Ce dimanche on joue ici, a-t-il dit. Je te laisse deux entrées ? Deux, ça te va ? Oui, a confirmé Sylvia. Et si tu marques un but, tu me le dédieras ? Ariel a ri. Je ne crois pas que je vais marquer. Mais si tu marques, comment je saurai que tu me le dédies ? Je ne sais pas, mais je t'ai dit, je ne crois pas que je vais marquer. Tu pourrais lever les cinq doigts en l'air, pour les cinq semaines que j'ai passées avec ce putain de plâtre. Marché conclu. Les fleurs sont belles, c'est toi qui les as choisies ou bien il y a aussi dans le club un type employé à ça ? a-t-elle demandé.

À la fin de la conversation, Sylvia s'est sentie un étrange pouvoir. Dans un groupe elle avait toujours laissé les autres commander, organiser, elle sortait avec des amis plus âgés qui imposaient leur autorité. Avec Ariel, c'est elle qui prenait l'initiative. Elle qui se permettait de refuser son chèque, de le taquiner, de regarder avec ironie son bouquet de fleurs.

L'après-midi, elle a apporté le bouquet à sa grand-mère. Elles sont superbes. Avant, tous les dimanches, ton grand-père avait l'habitude de me rapporter des fleurs, qu'il achetait à une gitane près du kiosque. Mais la gitane est partie et il n'y a plus eu de fleurs.

Sylvia est rentrée à la maison avec son père. Pendant qu'il conduisait elle a dit on m'a passé deux entrées pour le foot dimanche, ça te dit ? Avec toi ? a-t-il demandé, étonné. Oui, avec moi. Et qui te les a données ? Ça te dit ou pas ? Sylvia a souri sans bouger un muscle de son visage.

Quand la pause se termine et que la salle se remplit à nouveau, Mai se traîne paresseusement loin de son amie, en direction de sa classe, située à l'étage du dessus. Après je te raccompagne chez toi. Sylvia déplace son plâtre pour dégager le passage entre les pupitres. Nadia lui offre le dernier bout d'un petit pain au lait. Colorines s'affale sur sa chaise avec un soupir d'ennui anticipé. Le professeur de sciences entre et referme la porte derrière lui, bien qu'il manque encore deux ou trois retardataires. Comment ça va ? demande-t-il depuis son bureau. Mais personne ne répond.

2

Quelquefois il suivait une jolie femme qu'il croisait dans la rue. À quinze pas de distance, il dégustait sa démarche, son déhanchement, ses formes, sa hâte. Il spéculait sur son âge, son mode de vie, ses liens familiaux, son travail, fixait ses cheveux qui ondulaient dans son cou ou guettait son profil. Il lui suffisait de partager avec elle une même direction pour la connaître, l'accompagner plusieurs rues pour lui faire l'amour. Souvent elle se perdait sous un porche, dans une voiture, descendait dans une bouche de métro ou entrait dans un magasin, et Leandro attendait sur le trottoir d'en face comme un amoureux patient. Il lui était également arrivé de suivre une femme dans les couloirs du Corte Inglés, incapable de déterminer ce qu'il cherchait. Il l'avait étudiée à travers les rayons, étage par étage, avait savouré le dessin de son visage, cet air absent de qui achète sans se savoir regardé. La plupart du temps, il se contentait d'apprécier l'harmonie des lèvres, la caresse d'un pull sur la forme d'un sein ou le va-et-vient d'un genou jouant avec une jupe. Il se retrouvait parfois dans un quartier étranger où cette femme embrassait un homme ou rejoignait un autre groupe de femmes, après un trajet en bus derrière son sillage sensuel qui disparaissait soudain dès qu'elle se socialisait, dès que prenait fin son état de solitude.

Regarder était admirer. Regarder était aimer. Jamais auparavant le sexe n'avait pris un caractère aussi obsessionnel pour Leandro. Jamais il ne s'était senti dominé par l'instinct, incapable de contrôler son désir. Jamais il n'avait senti sa pulsion sexuelle matin, midi et soir. Le sexe à toute heure. Le scintillement d'un objet suffisait pour rappeler l'éclat de la peau d'Osembe ou une forme quelconque ses cuisses musclées. Un léger balancement le renvoyait à ses seins et la couleur rose intense suggérait les paumes de ses mains. Tout accident était sexe. Tout geste était sexe. Toute oscillation était sexe. L'arrondi d'une simple casserole, la forme d'une bouteille posée sur la table, l'envers d'une cuiller. Sexe. Sexe quand il se réveillait excité, seul dans son lit. Dans la douche le matin, qui lui rappelait la douche rapide du pavillon avant et après l'amour. Sexe l'après-midi quand approchait l'heure habituelle du rendez-vous. Sexe le soir quand il retrouvait son lit, plein de remords, alors que le contact des draps l'excitait de nouveau.

La peur était également sexe. L'absence de contrôle de soi. L'obsession. La honte était sexe. La chute l'excitait. Le précipice qu'il devinait derrière sa poursuite incompréhensible d'un plaisir qui ne lui correspondait pas et dont cependant il jouissait tous les après-midi. Tous les après-midi car après les deux premières semaines au cours desquelles chaque rendez-vous avait été suivi par au moins quarante-huit heures d'angoisse, de culpabilité et de tentative d'oubli, ses défenses s'étaient effondrées. La dernière semaine, il n'avait manqué qu'un seul jour. Il y était même allé le samedi et le dimanche. Malgré la pluie persistante de la dernière semaine de novembre qui avait charrié la pollution et la saleté des rues au point de la rendre éclatante à la lumière des phares. À six heures du soir, ponctuel comme un employé, Leandro sonnait à la porte métallique qui s'ouvrait avec un grincement.

Osembe le recevait parfois en petite tenue, parfois habillée. La cérémonie du déshabillage changeait, mais le processus était le même. Le vieux corps de Leandro assiégeant la forteresse de la fille. Au Bénin elle avait travaillé sur un stand du marché et elle s'amusait le week-end à la plage. Là elle avait commencé à se faire de l'argent en montant dans la chambre des touristes ou en les accompagnant en discothèque. Elle expliqua à Leandro que le premier Espagnol qu'elle avait connu était un ingénieur qui travaillait pour une ONG. Il était très saoul, mais il me traitait avec tendresse. C'était lui qui lui avait parlé pour la première fois de l'Espagne. Il travaillait dans le Delta, sur un projet de rénovation écologique et de décontamination, mais chaque fois qu'il était au Bénin ils se retrouvaient. La sœur d'Osembe avait une boutique d'artisanat africain à Vitoria et cette dernière l'aidait à obtenir un bon prix pour des pièces qu'elle transportait dans un énorme container une fois par mois. Quand je suis arrivée à Madrid, je l'ai appelé. Je l'ai vu un jour, raconta Osembe. Il m'a donné un peu d'argent et ensuite il m'a demandé de ne plus l'appeler. Il a une nana ici. Elle avait aussi connu un autre Espagnol du consulat à Lagos, un garde civil qui lui avait offert des boucles d'oreilles et un tee-shirt du Real Madrid pour son petit frère. On baisait deux jours par semaine au Sofitel Ikoyi. Les Espagnols sont très tendres.

À plusieurs reprises Osembe a prononcé un nom : Festus. Leandro lui a posé des questions, mais elle ne précise jamais. C'est l'homme qui l'a amenée à Madrid. Rien de plus. Quand Leandro lui demande tu as un mec ? elle se met à rire, comme si c'était une question ridicule. Ici je suis à moitié maquée avec la maison. C'est ton fiancé ? Tu vas te marier avec lui ? Elle rit davantage. Non, avec lui, quelle horreur. Je t'ai déjà dit, les Africains ne font pas de bons maris. Leandro l'a interrogée sur les bracelets dorés, les anneaux, les colliers qu'elle ferme autour de son cou et qu'elle enlève parfois avec délicatesse et pose sur la table de chevet. J'aime les bijoux, dit-elle, mais elle n'avoue jamais que ce sont les cadeaux de quelqu'un. Je gagne mon argent. Elle change souvent de coiffure, elle lui a raconté qu'elle avait passé quatorze heures de son jour de liberté pour qu'une amie lui fasse des tresses. Ses dessous sont choisis, aux couleurs voyantes, parfois assortis à ses ongles fantaisie qui finissent cassés et sans éclat.

Il entre dans la chambre d'Aurora avec une infusion à la camomille fumante dans la tasse. Il met du sucre dans l'infusion et de la confiture sur le toast qu'elle prendra par minuscules bouchées. Leandro caresse la mèche blanche, aux nuances grises, qui tombe sur un côté du visage de sa femme. Hier leur petite-fille est venue et elle a lavé les cheveux d'Aurora dans une cuvette d'eau chaude sur le matelas, avec un massage relaxant de ses mains délicates, et aujourd'hui ses cheveux brillent au contact de la lumière. Je dois aller à la banque, dit-il. Ensuite je reviens te faire la lecture. Il quitte la chambre après l'avoir plongée dans la joyeuse sarabande d'un caprice de Mozart que diffuse à cet instant Radio Clásica.

Dans la rue le soleil intense qui l'accueille ne tempère pas le froid. Un balayeur fume une cigarette à côté de son seau, de sa pelle et de sa balayette. Il lit un journal sportif froissé qui a perdu ses couleurs et crache un mollard vert sur la chaussée. Sur l'avenue on a déjà installé les illuminations de Noël. Chaque fois de plus en plus tôt, commente quelqu'un tous les ans. Leandro traverse les succursales vitrées de la banque. Il distingue les employés affairés à leur bureau entre les aimables images annonçant les nouvelles offres bancaires et les clients qui attendent comme des poissons dans un bocal sans eau.

Deux jours auparavant il s'est retrouvé dans une chambre avec Osembe et deux autres filles, une nouvelle venue du Guatemala avec un cul énorme et de jolis yeux tristes, et une Valencienne, qu'il avait vue le premier jour, et qui lui a expliqué qu'elle était la plus ancienne du pavillon. Elle venait de se faire refaire les seins, qu'elle exhibait fermes, plastiques. Pendant la fête qu'ils ont organisée, elle a versé du champagne dessus. Leandro a remarqué son crucifix, doré, si déplacé qu'il en devenait comique, au cours de cette cérémonie on ne peut moins solennelle qui a duré presque trois heures. Nu parmi cette chair en plénitude, caressé par des mains différentes, les voix murmurantes de trois continents, des sourires francs, Leandro s'est cru pendant un instant le roi du monde. Il renversait sa coupe sur la peau des filles et léchait ensuite leurs corps. Ivre et un peu fiévreux, Leandro est ressorti dans le froid de la rue, convaincu que la spirale qui l'engloutissait était une réaction contre la vie formelle et pleine de modération qu'il avait toujours menée. Ce soir-là il a payé l'addition avec sa carte de crédit. Trois jours plus tard il a reçu un appel de sa banque. Une voix féminine à l'amabilité glaciale lui a dit que son solde était largement négatif, raison pour laquelle il devait venir de toute urgence à leur agence pour alimenter son compte. C'était presque l'heure de la fermeture et à voix très basse Leandro a répondu je viendrai demain.

Leandro attend dans la file devant un guichet pendant qu'une vieille dame, qui ne voit presque rien, tente de mettre à jour son livret de Caisse d'épargne, avec une confiance totale à l'égard de la jeune femme courtoise qui lui annonce son solde. Le directeur de la succursale touche l'épaule de Leandro et le salue avec une fausse cordialité. Il l'invite à entrer dans son bureau. Au moment où il lui propose de s'asseoir, il adresse un signe à une autre employée. Ils parlent de Noël qui approche, de la météo, de la montagne apparemment déjà recouverte de neige, tandis que Leandro pense si c'était un animal, le directeur serait un moustique, méfiant et nerveux. Quand il demande à Leandro des nouvelles de sa femme, la conversation prend un ton grave. Vous ne savez peut-être pas qu'elle s'est cassé la hanche il y a un mois... Dieu du ciel, je l'ignorais complètement, comment va-t-elle ? Elle est très faible, dit Leandro, et il marque une pause volontairement appuyée, la convalescence est aussi longue que problématique.

Leandro explique qu'Aurora doit réapprendre à marcher, comme une enfant, mais que ses forces l'abandonnent. L'autre jour elle a voulu s'asseoir sur son lit et elle n'en a pas été capable. Elle ne peut pas se soutenir. Le médecin, qui leur a rendu visite ce matin-là, a tenté de les rassurer. C'est un processus normal, elle a besoin de repos. Mais Aurora s'est écroulée, et ce jour-là elle a chuchoté à Leandro il vaudrait mieux que je meure maintenant. Leandro lui a pris la main et lui a caressé la tête. Il lui a parlé pendant un long moment et ça a semblé la ranimer.

L'employée pose devant les yeux du directeur un extrait de compte de Leandro avec ses derniers mouvements. L'alarme qui s'allume dans les yeux du directeur est aussitôt désactivée par Leandro. Ma femme est en train de mourir, mon devoir est de dépenser mes économies jusqu'au dernier centime pour acheter tout ce qui peut lui prolonger la vie ou du moins l'aider à ne pas souffrir. Le directeur pointe la sortie régulière d'argent de distributeurs automatiques, les montants excessifs sur la carte de crédit. Leandro ne dit pas grand-chose, il évoque des infirmières, des médicaments chers, des seconds diagnostics dans des cliniques privées. Il ne dit pas putes, massages, bains moussants, caresses monnayées. Il pose la main sur son portefeuille et propose de rembourser son découvert, mais le directeur l'arrête, il n'en est pas question, pas question, il n'y a pas d'urgence. Dans cette banque, les personnes passent avant les chiffres.

Leandro ment avec naturel, il convainc facilement. Le directeur sort une calculatrice et griffonne plusieurs sommes. Il propose à Leandro un crédit extraordinaire qui peut l'aider au cours des prochains mois. Nous pourrions prendre votre appartement comme garantie, en partie, peut-être seulement cinquante pour cent, et vous assurer la liquidité qui vous permettra d'être tranquille face à la maladie de votre femme. Sinon, je ne sais pas si vous connaissez notre offre d'hypothèques réversibles.

Leandro hésite. Je ne suis pas sûr, il faudrait que j'étudie la question, dit-il. Ici, bien entendu, nous vous offrons les meilleures conditions du marché, l'assure le directeur. D'accord, mais ma pension est si ridicule. J'ai peur de m'embarquer dans quelque chose à cette échelle… Non, don Leandro, s'il vous plaît. Laissez-moi vous expliquer comment fonctionne notre système de crédit.

Il sort de la succursale avec l'opération bancaire simulée écrite sur un papier. Il pense que toute une biographie se résume dans le croisement de quatre ou cinq chiffres. On lui a remis l'extrait de compte de ses dernières opérations et Leandro sent une piqûre humiliante quand il reconnaît le nom fictif de la maison close. Chaque après-midi avec Osembe, chaque excès, apparaît consigné. Une autre somme, insignifiante, correspond aux places pour le concert de Joaquín Satrústegui qu'Aurora a achetées par téléphone quelques jours auparavant. Finalement elle s'était évertuée à les prendre. Puis il y a les frais domestiques, les factures. Mais entre tous se détachent, accusateurs, les montants pour le vice. Le regard du directeur l'avilit davantage encore quand il quitte la succursale, cette espèce de condescendance, de respect, de pitié.

S'ils savaient.

S'ils savaient, pense-t-il, ceux qui en le regardant ont de l'estime pour le vieux monsieur honnête qui assiste avec tristesse à la maladie de son épouse, à ı honnête décadence de la vieillesse, s'ils savaient qu'il cache le vertige de la dégradation morale. S'ils le savaient comme lui. Comme il sait que cet après-midi il retournera au pavillon vers dix-sept heures trente et s'accordera une demi-heure de doute, se tourmentera avec une culpabilité anticipée, mais appuiera sur la sonnette de la porte métallique et scrutera par la vitre polie du petit salon l'arrivée d'Osembe, ses grandes enjambées, son petit saut à la dernière marche, son sourire aux dents alignées quand elle le découvrira, un après-midi de plus, ponctuel, vaincu.

Pour toutes ces raisons peut-être, et aussi parce qu'en rentrant à la maison il trouve Aurora plus fragile et plus sombre que jamais, quand il s'allonge sur le lit près d'elle, au lieu de la consoler, il éclate en sanglots.

Des sanglots lents, sourds, de vieil homme brisé. La radio diffuse l'adagio de *L'Empereur* de Beethoven, un peu *moto*, et Aurora lui rappelle que parfois, il y a longtemps, il osait le jouer pour elle. Tu te souviens ? Quand l'as-tu joué pour la dernière fois ? Non, tu parles, je ne connais même pas le début. Si, moi je m'en souviens, quand Lorenzo a décidé d'arrêter ses études et j'étais déprimée et toi ça paraissait t'être égal et tu m'as dit qu'il ne fallait pas culpabiliser les gens parce qu'ils choisissent une vie différente de celle qu'on choisirait pour eux. J'étais triste et tu as joué pour moi. Aurora sèche les larmes du visage de Leandro avec ses doigts doux et fins, sans pouvoir se tourner vers lui. Ensuite ils se prennent la main, allongés sur le matelas, et elle lui dit n'aie pas peur, tout va s'arranger, tu vas voir comme je vais récupérer. Pourquoi vous les hommes êtes-vous si craintifs ?

Pourquoi avez-vous peur de tout ?

3

Sa place dans les tribunes du stade est presque au ras du terrain, la pelouse sous ses yeux comme un tapis humide et moelleux. Vu de là le foot ne paraît plus si facile. Le ballon semble plus ingouvernable. Les espaces minuscules. Les joueurs humains. On prend conscience de la sueur, on entend le gémissement lors d'un choc ou le sifflement pour demander le ballon. Sylvia est assise à côté de Lorenzo, la jambe dans le plâtre. À chaque respiration, de la buée sort de sa bouche. Couvre-toi, lui a dit son père avant qu'ils partent de chez eux. Lorenzo a mis un bonnet en laine, mais Sylvia est protégée par sa cascade de cheveux. Ils partagent la rangée de sièges rembourrés, moelleux comme ceux d'un cinéma, avec un joueur non sélectionné et les épouses des autres, des beautés fabriquées en série qui, au lieu de suivre le match, restent les yeux cloués sur leur homme et éprouvent un léger sursaut chaque fois qu'il subit un choc un peu rude. Regarde, celle-là c'est la femme du Polonais qui porte le numéro cinq, on dit qu'il a dépensé cent mille euros pour un chien de race, lui indique Lorenzo, mais Sylvia n'est pas attentive aux commérages. Et l'Argentin ? C'est laquelle sa nana ? demande-t-elle. Aucune idée.

Quand Sylvia avait quinze mois et qu'elle s'était mise à marcher toute seule, Lorenzo l'avait observée se regarder dans le miroir qui se trouvait alors dans sa chambre. Elle tenait entre ses mains un pot de crème appartenant à sa mère et elle l'offrait à son propre reflet, persuadée qu'il s'agissait de quelqu'un d'autre. Lorenzo s'habillait sans perdre de vue la petite. À un moment donné, Sylvia avait passé la tête derrière le miroir, pour tenter de découvrir où diable se cachait l'autre fillette, cette fillette qui la regardait et lui offrait également un petit pot de crème. Elle avait répété le geste plusieurs fois. Lorenzo ne lui avait rien dit, rien expliqué. Il s'était contenté de la regarder en souriant, de jouir de la parcimonie concentrée de la petite fille face à son propre reflet encore inconnu pour elle. Il se rappelait parfois cet instant sans savoir avec certitude si c'était ça, un truc aussi simple que ça, le bonheur.

Une fois seulement Lorenzo était déjà allé au foot avec sa fille. Sylvia avait huit ans. Au bout d'une demi-heure la fillette avait perdu tout intérêt pour le match et s'était mise à jouer à sa place, parlant seule, regardant autour d'elle. Se retrouver de nouveau assis avec elle, partager un sac de graines de tournesol, localiser du regard une vieille femme qui n'en finissait pas d'insulter l'arbitre et la famille de celui-ci, ou la fumée d'un cigare, lui donnait l'impression d'avoir rattrapé sa journée. Au guichet des invitations Sylvia a récupéré une enveloppe à son nom avec deux entrées. Je les ai gagnées à un jeu à la radio, a-t-elle menti. Lorenzo l'a aidée à traverser les couloirs d'accès au stade. Une fois à leurs places VIP, Lorenzo a plaisanté, chanté l'hymne à haute voix et énuméré pour Sylvia les deux formations en prenant le temps de commenter les caractéristiques de certains joueurs. Il profitait du luxe de partager à nouveau un moment avec sa fille, un cadeau rare en ces temps où elle jouissait désormais d'une énorme autonomie.

Pilar avait souffert avant lui de l'adolescence de Sylvia. Mère et fille se disputaient, s'agrippaient pour des broutilles. La façon de s'habiller de Sylvia, ses silences prolongés, ses manières à table, ses amitiés. Les quinze ans de Sylvia avaient définitivement autorisé Pilar à briser son couple. Nous avons encore la vie devant nous, elle n'a plus autant besoin de ses parents, lui avait-elle dit lorsqu'elle avait demandé le divorce. Lorenzo ne parvient pas à s'expliquer à quel moment leur maison a cessé d'être un refuge, leur famille une garantie de bonheur, comment la complicité et l'amour qui les unissaient ont pu mourir. Quand il s'en était rendu compte, les deux autres personnes qui vivaient sous son toit étaient devenues des étrangères. Chacune avec ses intérêts, ses préoccupations, ses priorités. Dans le cas de Sylvia c'était normal, le fruit de son âge. Mais pour leur couple, c'était le symptôme de quelque chose de plus trouble, plus triste. La passion s'éteint lors de petits événements sans importance et un jour il ne reste rien. Lorenzo devine qu'au cours de sa chute personnelle il y a eu un moment où Pilar lui a lâché la main et décidé de ne pas se laisser entraîner. Elle a sauté en parachute de l'avion qui s'écrasait. Il était trop occupé à éviter sa propre catastrophe pour la retenir. Il ne lui en veut pas de ne pas avoir voulu partager sa déchéance.

Dans le passé, quand Lorenzo réfléchissait sur sa relation avec Pilar, il concluait qu'elle le rendait meilleur. Sa tranquillité, sa confiance, sa générosité rejaillissaient sur lui. Elle lui avait permis de choisir, de se stabiliser, de grandir. Elle célébrait chacune de ses avancées. Leur couple fonctionnait alors comme support, comme moteur. Se marier, vivre ensemble, avoir une fille, avaient représenté les marches naturelles de leur harmonie. À la naissance de Sylvia, Pilar avait renoncé à son travail, mais au bout de quelque temps elle avait eu besoin de s'échapper de la maison qui l'étouffait. Je sens que ma vie s'est arrêtée, disait-elle. Elle avait erré de poste insatisfaisant en poste insatisfaisant jusqu'au jour où elle avait trouvé sa place, mais Lorenzo était convaincu qu'à ce moment-là ils avaient déjà pris des chemins divergents. Des chemins qui se croisaient à la maison le soir – des détails concernant la petite, le sexe rapide du dimanche matin. Ç'avait été la fin de l'alliance, de la complicité et, comme il arrive souvent dans ces cas-là, quelqu'un d'autre était entré dans la vie de Pilar.

Quand Pilar annonça qu'elle partait, Lorenzo ne put la retenir. Il connaissait bien sa femme. Elle avait pris sa décision et rien ne pourrait la faire changer d'avis. Ni ses larmes, ni ses promesses de changer, ni un quelconque chantage sentimental. Si Pilar tardait parfois à se décider, elle le faisait toujours en ayant pesé le pour et le contre. Elle était indulgente, mais ses sentences avaient un caractère définitif. C'est ce qui se passa. Deux jours plus tard elle avait déménagé, quatre jours après il restait à peine un de ses vêtements, et au bout de deux semaines ils officialisèrent leur séparation, réglèrent leurs comptes, firent des calculs, divisèrent les frais, les économies. Ce fut facile. Pilar lui laissa quasiment tout. Je préfère rester ici, leur dit Sylvia. Lorenzo le prit comme une victoire, mais il savait aussi que c'était l'option la plus pratique pour elle et la plus respectueuse à l'égard de la nouvelle vie de sa mère. En réalité, pensa-t-il, elle choisit son quartier, ses amis, son lycée, sa chambre, ce n'est pas moi qu'elle a choisi face à Pilar.

Depuis la séparation, Lorenzo n'avait pas couché avec une autre femme. Le sexe était quelque chose de superflu, endormi, à l'écart. Trop de problèmes. Il n'avait pas assez d'argent pour passer la nuit à attendre un verre à la main que quelqu'un réponde à l'appel de son âme solitaire ou s'émeuve de son état de désespoir. Trop orgueilleux pour accepter la défaite. En amour non plus il n'allait pas mendier. Tout se résoudrait quand il reprendrait la place qui lui correspondait.

Trouver du travail sur un marché professionnel en crise n'avait pas été simple. Lorenzo avait été commercial à la commission pendant trois mois pour une entreprise informatique, mais son contrat s'était terminé et il s'était retrouvé de nouveau à la rue, sans l'énergie des jeunes pour enchaîner six ou sept missions poubelle pendant un an. Grâce à l'intervention d'un ami il avait obtenu un poste chez un distributeur de matériel de téléphonie, seulement les journées n'en finissaient pas et l'entente avec ses collègues avait tourné à l'aigre à cause d'un accident stupide. Lors d'un match de foot en salle un jeudi après le travail dans un complexe sportif municipal, Lorenzo disputa brutalement la balle et l'un des plus jeunes garçons de la boîte, un flambeur avec profusion de dribbles et de petits ponts, en sortit mal en point – avec une fissure au crâne, une fracture à la clavicule et une commotion cérébrale qui les effraya pendant un bon moment. Lorenzo s'excusa cent fois et tous le disculpèrent, c'était un malheureux incident de jeu, mais il arrêta de participer aux matchs, et peu après quitta son emploi. Il n'avait pas la force de se faire de nouveaux amis. Il spéculait alors déjà sur le coup qui lui rendrait un peu ce qui était à lui, par une conception assez singulière de la justice. Voler à Paco ce que Paco lui avait volé. Qui n'était pas seulement de l'argent.

Son père lui avait prêté une certaine somme pour surmonter ses difficultés. Je ne veux pas que Sylvia soit obligée de changer de mode de vie. Il était soucieux à l'idée que sa fille devine ses problèmes d'argent, se sente une charge et choisisse d'aller vivre avec sa mère. Ce serait tout perdre. Pour Lorenzo, depuis toujours, le pouvoir était quelque chose de physique, qui voyage avec soi, qui se transmet, une sorte de couleur de peau. De là son acharnement à se comporter comme si rien n'avait changé, alors que tout avait changé.

Pour cette raison, la fille qui gardait l'enfant des voisins du dessus apparaissait au moment opportun – il avait alors besoin de nouvelles connaissances, qui ne le jugeraient pas sur ce qu'il avait été, mais sur ce qu'il pouvait être. Et qui ignoreraient tout de sa chute.

Il avait donné rendez-vous à Daniela à la sortie du métro. Lorenzo arriva dans sa voiture et elle monta avec son amie. Voilà Nancy, présenta Daniela. La fille avait le sourire bridé dans un appareil dentaire. C'était son cousin qu'ils allaient chercher à l'aéroport.

Au terminal des arrivées ils attendirent plus de trois heures le vol en provenance de Quito et Guayaquil, qui subissait des retards permanents. Le biberon d'une petite fille qui attendait son père roulait par terre, des familles patientaient, inquiètes, consultaient leur montre, faisaient les cent pas à l'étage et au rez-de-chaussée. Tous ces visages étrangers, ces regards tendus et inquiets faisaient plus penser à un enterrement qu'à l'arrivée d'un avion. Daniela et son amie Nancy acceptèrent juste de Lorenzo une bouteille d'eau pour supporter l'attente. Il s'intéressa à leur vie en Espagne, à leurs conditions de travail. Aucune des deux n'avait encore de papiers. Elles travaillaient chacune sans contrat comme employées de maison. Daniela disait être bien avec le couple du cinquième ; Nancy était plus critique avec la famille du vieil homme dont elle s'occupait. Elles partageaient un appartement avec trois autres amies, un premier étage près de la gare d'Atocha. Nancy avait une fille en Équateur, élevée par sa grand-mère, à qui elle envoyait de l'argent tous les mois. Je n'ai laissé personne derrière moi, dit Daniela, même si elle expliqua qu'elle faisait vivre sa mère et ses petits frères à Loja.

Nancy craignait que son cousin soit arrêté à la douane. Daniela la rassurait. À mesure que l'attente se prolongeait elles remerciaient plus chaleureusement Lorenzo de les avoir accompagnées. De rien, de rien, disait-il, mais elles insistaient. Elles avaient peur des taxis espagnols, habitués à arnaquer les étrangers, et si Wilson, ainsi que s'appelait le cousin de Nancy, était très chargé, prendre le métro serait galère. Quand on demande un service à quelqu'un qu'on connaît, dit Daniela, après il croit avoir des droits sur vous. Lorenzo ne dit rien. Malgré les péripéties qu'elles racontaient Lorenzo ne percevait pas chez elles une ombre de frustration. Il demanda à Nancy si sa fille lui manquait. Je la gâte, répondit-elle, elle a les plus beaux jouets du quartier. Daniela souriait avec les joues et plissait ses beaux yeux indiens, fendus.

Wilson apparut chargé d'un tas de paquets mal emballés. C'était un type costaud, le visage criblé de boutons de variole, les cheveux comme du fil de fer noir et un œil strabique qui surveillait les alentours. Il n'avait pas trente ans, mais il étreignit sa cousine avec une autorité paternelle, d'un seul bras robuste, tandis que de l'autre, méfiant, il ne lâchait pas le chariot avec les sacs. Lorenzo perçut qu'avec Daniela, qui fit un pas vers lui pour échanger un baiser, l'effusion fut moins chaleureuse. C'est une connaissance qui nous ramène dans sa voiture, dirent-elles en guise de présentation.

Lorenzo les accompagna jusqu'à l'appartement. Il y avait un petit salon qui communiquait avec l'entrée et un long couloir donnant sur les chambres. C'était vieux, sur les murs, la peinture était à moitié écaillée, et le bois des énormes portes tout gondolé. Deux fenêtres du salon ouvraient sur l'arrière de la gare d'Atocha, le reste était orienté vers un sombre patio intérieur. Quand avait eu lieu l'attentat, les vitres avaient explosé. Ç'a été terrifiant, expliqua Nancy. On a cherché une amie pendant des heures, on a cru qu'elle était morte, mais ensuite on l'a retrouvée dans un hôpital, avec une jambe déchiquetée. Elle a eu de la chance, on va lui donner des papiers.

Daniela et Nancy insistèrent pour que Lorenzo reste dîner. Elles préparèrent un plat composé de riz et de viande d'agneau assez sèche, le tout accompagné d'une bouteille de deux litres de Coca. Malgré les grands radiateurs en fer fixés aux murs, il y avait dans le salon un petit poêle à butane. Pendant que les filles s'affairaient en cuisine, Lorenzo discuta avec Wilson sur le canapé, qui cette nuit deviendrait son lit. Il arrivait sans travail, avec un visa de touriste, persuadé qu'il trouverait quelque chose dès le lendemain. Et toi, t'es dans quoi ? demanda-t-il à Lorenzo dont il avait perçu l'intérêt pour sa situation. Lorenzo se troubla avant de répondre. En ce moment dans rien, je suis au chômage. Wilson considéra que c'était une grande nouvelle. Et pourquoi on ne ferait pas un truc ensemble ? Du fret, n'importe quoi. En Équateur, Wilson était chauffeur. Aussi bien de camions que de voitures officielles, un temps j'ai aussi travaillé comme gardien pour un type qui possédait une énorme hacienda à San Borondón. Mais ici ton permis ne sera pas valable, lui dit Lorenzo. Donc, répondit Wilson, et il ajouta avec un sourire franc, je pourrais utiliser le tien, on se ressemble un peu, non ? Sauf pour l'œil fou. Lorenzo rit.

Wilson disparut peu après manger, vaincu par le décalage horaire. À ce moment-là Lorenzo était déjà conquis. Il avait écouté ses propositions. Si tu avais une camionnette, dès demain on pourrait fonctionner comme une petite entreprise, souviens-toi de moi en cas de besoin, tu vois déjà ce que je ferais si je n'étais pas enfermé à la maison avec toutes ces bonnes femmes, et Wilson sourit avec complicité. Lorenzo se réfugia derrière le prétexte qu'il cherchait un autre type de travail. Mais j'y penserai. Ensuite il se rendit avec Nancy, Daniela et deux autres colocataires de l'appartement à un bar du coin, à l'ambiance équatorienne, situé juste à côté d'un centre téléphonique dominicain qui s'appelait Caribe-phone. Il était le seul Espagnol. Le bar Pichincha affichait une enseigne aux lettres adhésives orange collées à la porte vitrée de l'entrée. Son vieux nom espagnol, Los Amigos, figurait toujours à l'extérieur, sur la porte, très haut même si un jet de pierres avait écaillé la vieille enseigne. C'était un vaste espace avec un bar en verre, un sol en granit et des tables métalliques où une grande partie de l'assistance n'avait pas encore fini de manger.

Quand il s'avança vers le bar entouré par les filles, personne ne prêta attention à Lorenzo mais lui se sentit mal à l'aise, étranger dans ce lieu qui appartenait à un autre climat. La musique le dépaysait, les visages aussi. Daniela portait un tee-shirt noir moulant avec « Miami » brodé en lettres argentées qu'une grosse mèche de ses cheveux flétris masquait de temps en temps. Des gens venaient parler à Nancy ou à Daniela et peu après Lorenzo se retrouva isolé avec son café glacé. Daniela s'en rendit compte et se tourna vers lui. On vient souvent ici. Bien sûr, bien sûr, dit-il. Ils entamèrent une conversation privée, en marge de leur entourage. Il l'interrogea sur son travail, elle parla des autres voisins de l'immeuble. De l'homme du deuxième B qui une fois, quelle audace, s'était collé à elle dans l'ascenseur. C'était vraiment moche, parfois les Espagnols croient que nous sommes toutes des putes ou un truc du genre. Lorenzo sourit. Le mec du deuxième B ? C'est un militaire à la retraite. À la retraite ? Je peux te dire qu'il était au garde-à-vous. Elle dit *gadavous* en mangeant les syllabes. Ils éclatèrent de rire tous deux, mais elle mit sa main sur sa bouche, comme si elle avait honte d'avoir prononcé la phrase.

Daniela lui expliqua qu'en principe le dimanche matin elle allait à l'église, mais elle avait fait une exception ce jour pour accompagner son amie. Tu es croyant ? lui demanda-t-elle soudain. Lorenzo haussa les épaules. Oui, en fait, je crois en Dieu, mais je ne suis pas pratiquant… Beaucoup de gens en Espagne sont comme ça, dit-elle. C'est comme s'ils n'avaient plus besoin de Dieu. Mais si on ne croit pas en Dieu on ne croit en rien. Lorenzo ne sut pas très bien quoi dire. Il regarda autour de lui. Le lieu ne semblait pas approprié pour une conversation mystique. Quand on pense que ce sont les Espagnols qui ont apporté la religion en Amérique… poursuivit-elle. Oui, entre autres choses, répondit Lorenzo. La musique dansante résonnait.

Un type corpulent se dirigea vers le bar à côté de Lorenzo. Il s'accouda et le poussa de manière ostentatoire. Lorenzo se retourna pour le regarder mais ne dit rien. Le type planta sur lui des yeux sombres, provocateurs. Il était gros, pas très grand, bâti comme une armoire à glace. Je vais devoir y aller, dit Lorenzo. Ne fais pas attention à lui, ils boivent trop et deviennent agressifs. Non, ce n'est pas pour ça, dit Lorenzo, qui s'écarta du bar et se rapprocha de Daniela. J'ai ma fille à la maison et elle a toujours la jambe dans le plâtre.

Il dit au revoir à Nancy, qui parlait avec animation à ses amies. Daniela sentit le besoin de le raccompagner jusqu'à la porte, comme si elle le protégeait. Merci encore. Lorenzo minimisa la chose. Dis à Wilson qu'il m'appelle s'il a besoin de quoi que ce soit. Daniela parut étonnée. D'accord, mais je n'ai pas ton téléphone. Lorenzo fouilla dans son blouson sans trouver de quoi écrire. Ça ne fait rien, dit-elle, je sais où tu habites. Ils s'embrassèrent sur les joues. Au deuxième baiser Lorenzo effleura de son nez les cheveux de Daniela. Ils sentaient la camomille.

Lorenzo alla chercher Sylvia, qui avait mangé chez ses grands-parents. Il avait téléphoné avant, ne m'attendez pas, je suis avec des amis. Il eut un peu honte de mentir à son père, mais c'était difficile d'expliquer qu'il restait dîner chez la fille qui gardait l'enfant du couple de l'étage au-dessus. Sylvia était avec sa grand-mère, dans la chambre. Elles jouaient aux dames sur le lit et les jetons glissaient sur le plateau incliné. Leandro marchait dans le couloir, inquiet. Lorenzo parla avec lui de l'état d'Aurora. Elle a l'air plus en forme. Elle aime voir sa petite-fille, dit Leandro, quand elle est là elle fait semblant d'aller bien. Je crois que je vais acheter une camionnette, dit-il à son père, je voudrais chercher quelque chose à mon compte, je suis fatigué de travailler pour les autres. Lorenzo n'obtint pas de Leandro la réaction enthousiaste qu'il espérait. Son père lui proposa de l'argent. Même si en ce moment ça ne va pas très fort. Non, refusa Lorenzo, j'en ai, je me suis fait un peu de fric à droite à gauche. Il préféra cacher qu'il faisait référence à l'indemnisation pour l'accident de Sylvia.

Sylvia est montée pour la première fois dans la camionnette pour aller au foot. J'en avais marre de la voiture, avec ça au moins je peux trouver des petits boulots. Pour s'approcher du stade c'était le chaos. Lorenzo a laissé Sylvia dans un bar à côté pour qu'elle n'ait pas trop à marcher. Les amis de Lorenzo, Óscar et Lalo, les attendaient déjà. C'était là qu'ils se retrouvaient habituellement. À une heure du match, le bar était rempli de gens. Sept demis, entendait-on soudain, une autre tournée ici. En regardant les entrées de Sylvia, l'un des deux a sifflé. Sacrées bonnes places, si tu tends la main tu pourras toucher les joueurs.

Et c'est presque le cas. Même si Ariel joue rarement de ce côté-là. Pendant la deuxième mi-temps, pour parvenir à le voir depuis la place de Sylvia, il faut écarquiller les yeux. Le match n'est pas très brillant. Lorenzo veut expliquer à Sylvia quelques passes, mais elle ne lui prête pas attention. Le dix, ils sont en train de le bombarder de coups de pied. Le dix, c'est Ariel Burano. Et c'est précisément ce joueur, un peu avant la fin du temps réglementaire, qui profite d'une phase confuse dans la zone de démarcation pour envoyer le ballon au fond des filets. Sylvia lève les poings pour célébrer le but. Lorenzo la prend dans ses bras et tous deux laissent éclater une joie démesurée. Le dix, dit-elle. Lorenzo sent le corps de sa fille collé au sien et savoure le moment. Quand elle était petite il la serrait contre lui ou lui faisait des chatouilles et la mordillait tendrement, mais une fois l'enfance derrière eux ce contact quotidien s'était perdu comme le reste.

Il a toujours envié Pilar de continuer à partager des moments plus intimes avec Sylvia. Il se rappelle la nuit où Pilar lui a raconté qu'en allant voir si elle dormait, elle l'avait trouvée en larmes sur son lit. Pourquoi pleurait-elle ? Pilar avait souri, mais ses yeux étaient humides. Elle dit qu'elle ne veut pas grandir, que ça lui fait peur. Qu'elle veut rester comme elle est. Et toi, qu'est-ce que tu lui as dit ? avait demandé Lorenzo. Pilar avait haussé les épaules. Que veux-tu que je lui dise, puisqu'elle a raison. Et le lendemain matin, Lorenzo, qui l'avait réveillée pour l'emmener à l'école, avait voulu en reparler avec elle. Elle ne semblait pas vraiment vouloir l'écouter, comme si le traumatisme supposé s'était évanoui pendant la nuit. Malgré tout, Lorenzo lui avait parlé, tu verras comme la vie est toujours pleine de jolies choses, à n'importe quel âge, si j'étais resté un enfant pour toujours, je n'aurais jamais rencontré ta mère et tu ne serais pas née. Sylvia avait réfléchi un moment à la porte de l'école. D'accord, mais quand tu étais petit tu ne savais pas tout ce qui allait t'arriver après, c'est ça qui est dur. Sylvia ne devait pas avoir plus de huit ou neuf ans.

Après s'être dégagé de l'accolade de ses coéquipiers qui l'ont enseveli sous leurs corps près du drapeau de corner, Ariel court jusqu'au centre du terrain et reçoit les acclamations du public. Voici l'œuvre du numéro dix Ariel Burano Costa, annonce une voix euphorique dans un mégaphone. Ce n'était pas un beau but, mais c'est le même prix, dit Lorenzo. Voyons à présent si ces connards se bougent un peu et s'il y a d'autres occasions. Mais rien ne se passe. Le match se refroidit. Les dernières minutes se déroulent presque sans tir, les deux équipes semblent assumer le résultat. À cinq minutes de la fin, Ariel est remplacé. Il marche jusqu'à la touche, sans se presser. Il est applaudi, en dépit de quelques sifflets. « Pourquoi sifflent-ils, alors qu'il a marqué le but ? » demande Sylvia. Lorenzo hausse les épaules. Il n'arrive pas à convaincre les gens. Trop artiste.

4

Ariel laisse couler l'eau brûlante sur son corps. Mais même ainsi il n'arrive pas à se réchauffer. Quand tout se passe bien, la vapeur condensée dans les vestiaires, dans la zone des douches, ressemble à la Terre promise. On entend le sifflement de l'un, la blague d'un autre, quelqu'un qui imite une voix de femme, un quatrième qui demande le shampooing. Aucune trace de ce silence épais, des yeux baissés, de l'attitude courbée des jours de défaite. Le gardien tchèque est surnommé Canelón [1] à cause de la taille de sa bite et ce soir il n'est pas épargné par les plaisanteries de Lastra qui lui crie je t'apporte le balai pour que tu réussisses à te frotter le gland. Dimanche dernier Ariel avait marqué le but de la victoire sur leur terrain et ce samedi c'était l'une de ses actions qui avait permis de mettre le second. À Valladolid, avec le vent qui déviait le ballon en l'air, on avait dû surligner en rouge les limites de la cage de but car la pelouse était gelée et Ariel avait la sensation de jouer sur des lames de rasoir. À l'entrée même de la surface de réparation il avait esquivé deux défenseurs et affronté le gardien quasiment sans angle. Il avait fait un pas en arrière et l'attaquant qui arrivait en courant n'avait eu qu'à pousser la balle dans les filets. On appelle ça la passe de la mort, car marquer un but tient un peu du meurtre. Quand il s'était libéré de l'étreinte de ses coéquipiers, Matuoko s'était avancé vers Ariel à l'écart et lui avait tapoté la joue, c'est ton but, mon pote.

À partir de ce moment, chaque fois que le Ghanéen avait touché le ballon, les supporters les plus jeunes avaient poussé des cris de singe, hou, hou, oh, oh, pour insulter le joueur. Ils remuaient les mains comme des macaques et par mégaphone on leur demandait d'arrêter leurs insultes racistes qui pourraient entraîner une sanction pour leur équipe. La

1. Cannelloni.

semaine passée, sur son propre terrain, Ariel aussi avait dû écouter les sifflets d'une partie des supporters, dans la zone réservée à un groupe d'ultras répondant au nom de « Honneur de la Jeunesse ». La direction les cajolait parce qu'ils étaient fidèles et enthousiastes, accompagnaient chaque déplacement de l'équipe à des prix dérisoires. Du coup, ils bénéficiaient d'un bureau pour leur organisation dans le stade. La saison précédente ils avaient pris d'assaut l'autocar de l'équipe lors du retour d'un match perdu. Ils avaient menacé les joueurs et les avaient insultés avec des cris de mercenaires et de sauvages. Ariel avait croisé Ronco à la sortie des vestiaires un matin où il avait rendez-vous avec eux dans leur bureau au premier étage du stade. Tu vas accorder une interview à ces mecs-là et te faire prendre en photo avec eux ? avait-il demandé scandalisé. Je sais que vous le faites tous, mais viens, regarde, et il lui avait montré sur son ordinateur portable leur site sur Internet. Symboles nazis, ton dur et menaçant abrité par les couleurs de l'équipe. La plupart des joueurs de l'effectif posaient, photographiés avec les écharpes et les insignes du groupe. Ariel trouva une excuse et annula le rendez-vous par l'intermédiaire de l'un des attachés de presse. Pour cette raison, quand il entendait des cris comme « sale indien », « latino de merde », il ne se sentait pas vraiment blessé. L'ambiance qui entoure le foot est la même partout. Matuoko, par exemple, lutte contre un fait avéré : un joueur noir n'a jamais triomphé dans cette équipe.

Ariel s'habille rapidement et enfile un bonnet de laine sur ses cheveux mouillés. Les vestiaires des visiteurs, tristes, au carrelage blanc comme des toilettes publiques, contrastent avec ceux de l'équipe locale, vers lesquels il s'avance. Ils sont très luxueusement rénovés et à leur porte tourbillonnent des journalistes accrédités et des joueurs qui sortent douchés. Il veut saluer celui qu'on appelle le Python Tancredi, un joueur de Santa Fe qui a hérité du surnom du mythique Ardiles, même si ce dernier était un milieu de terrain si lent que dans *La Nación* quelqu'un avait écrit de lui : « Il faudrait plus de quatre-vingt-dix minutes et deux prolongations pour que Tancredi atteigne un ballon. » Les journalistes démontrent parfois leur génie de cette cruelle manière. On raconte que le Python envoya comme cadeau à la rédaction du journal un échantillon de ses selles dans un flacon en verre. Tancredi est en Espagne depuis six ans et il accueille Ariel par une accolade et un baiser sur les deux joues. Tu t'acclimates ? Dingue, tu as vu le froid qu'il fait.

Ils parlent de leurs plans pour Noël. Le Python a quatre enfants. Pas question de les mettre tous dans un avion. Je fais venir mes parents et mes beaux-parents ici, ce sont eux qui voyagent. À Buenos Aires il faut une protection, un garde du corps, c'est écœurant. Tu ne peux faire confiance à personne, pas même aux vieux. Il lève les mains et fait ce geste italien qui consiste à unir le bout des cinq doigts. Tu sais qu'il y a cent quarante-trois délits par heure ? Le pays est à bout. La dernière fois que j'y suis allé je me suis arrêté dans une station-service avec mon vieux, et deux mecs énormes, super louches, ont déboulé avec un pistolet comme ça. Non, moi je reste ici. Ariel dit qu'il ira en Argentine, sa mère est trop faible pour supporter un vol aussi long. Tu as déjà rencontré le Tigre Lavalle ? lui demande le Python. Ariel fait non de la tête. C'est une tradition en Argentine d'appeler les gardiens de but Fou, Singe, Chat ou Tigre. Le Tigre Lavalle est un gardien vétéran de Carcaraña qui a atterri en Espagne après des années passées dans le championnat mexicain. Anarchiste et génial, autant vénéré que haï, il tire les penaltys. La presse l'adore car parmi ses réponses formatées il y a toujours des perles sans langue de bois, des trouvailles réjouissantes. Ariel ne le connaît pas personnellement. On n'a pas encore joué contre son équipe, dit-il au Python. C'est lui qui se démène le plus pour rassembler tous les Argentins, explique-t-il à Ariel, il nous réunit toujours sous un prétexte quelconque, il est super sympa.

Au moment où l'équipe sort vers l'autocar le délégué fait un signe de tête à Ariel, du fond du couloir. Ariel prend congé du Python. Il emboîte le pas aux autres jusqu'à la rue. Derrière les barrières les gamins demandent des autographes, prennent des photos, mais il fait trop froid et les joueurs ne s'arrêtent quasiment pas. Dans le car ils choisissent un film d'arts martiaux, avec combats de katana et sauts impossibles au ralenti. Ariel allume son portable. Il a emmené un livre, *No Logo*, que lui a envoyé Marcelo Polti avec une dédicace si démesurée qu'elle remplit les trois premières pages de l'ouvrage et dit entre autres choses : « Pour que tu sois conscient que ces petites chaussures de marque dont tu fais la publicité et que tu contribues à mettre dans le crâne des gosses sont le terreau même de l'inégalité mondiale. » Mais lire sur la route donne mal au cœur à Ariel. Il n'est pas grand lecteur, son père disait souvent j'ai dû bien mal m'y prendre pour que mes fils croient que les livres mordent.

Ils rentrent à Madrid en autocar, avec deux sandwichs et un fruit, la petite bouteille d'eau et la bière que l'un d'eux a réussi à glisser. Comme Jorge Blai passe toujours vingt minutes devant la glace avant de sortir affronter la presse, ce soir ils lui ont vidé sa gomina dans sa chaussure pour qu'il ne les fasse pas attendre. Ariel se souvient du Turc Majluf, qui consommait une boîte entière de Lordchesseny à chaque match de San Lorenzo. C'est Poggio, le gardien remplaçant, qui a l'idée de ces blagues cruelles. Parfois Amílcar le justifie, il faut bien qu'il s'occupe, on le paie un million d'euros pour manger des graines de tournesol sur le banc de touche, c'est le mec le plus adroit du monde. Et il y a du vrai là-dedans, car le premier jour où Ariel s'est retrouvé avec lui sur le banc des remplaçants il a admiré son habileté pour les décortiquer et les engloutir, tout ça avec ses gants de gardien.

Le siège à côté d'Ariel est vide, de l'autre côté du couloir il y a Dani Vilar, à qui rendre un salut semble coûter plus d'effort que d'aller se faire arracher une molaire. Ils se regardent mais ne se disent rien. Son père souffre de la maladie d'Alzheimer et il passe une très mauvaise saison, ainsi que l'expliquent ses coéquipiers. Il manque souvent les entraînements, ce que personne n'ose lui reprocher. Dehors il fait noir. Un défenseur central, Carreras, se lève et ouvre son sac de sport. Il montre des vêtements à ses compagnons. Ils viennent du magasin de ses parents et il leur promet de bons prix. Il y a des tee-shirts, des survêtements, des pulls, beaucoup de marques. Quelqu'un crie avec ce que tu gagnes tu vends des fringues, mais il dit que c'est pour aider ses parents. Dans l'équipe tout le monde sait qu'il est pingre et on le vanne avec ça. Pour dribbler Carreras, disent-ils, il faut juste lancer un euro à droite et partir à gauche. Ils se moquent de lui pendant un moment, il crie plus fort que les rires, je vous fais trente pour cent, eh, trente pour cent.

Dimanche dernier, quand il a rallumé son portable après le match, Ariel a reçu un message de Sylvia. « Félicitations pour le but. J'ai passé un bon moment. Merci pour les places. » Il a répondu : « Tu m'as porté chance. » Il s'est rappelé ensuite qu'il ne lui avait pas dédié le but. « Je ne sais pas si tu m'as dédié le but car tout le monde s'est mis debout et je n'ai rien vu » lui a-t-elle écrit. « J'ai oublié, ce n'est que partie remise », a-t-il répondu. La suite a mis du temps à arriver : « La prochaine fois, j'aimerais que tu m'invites à boire quelque chose, j'aime bien le foot mais pas à ce point. » « Marché conclu, quand tu veux », a réagi Ariel. « Ma vie sociale est aussi mouvementée que celle d'une bonne sœur. Choisis le jour qui te convient le mieux. » « Demain ? » Ils ont convenu de dîner le jour suivant. « Je t'emmène dans le meilleur restaurant argentin de Madrid », a-t-il proposé.

Quand Ariel avait écrit le dernier message il s'était rappelé les cheveux bouclés de Sylvia, son visage blanc aux yeux vifs, mais guère plus. Il éprouva un soupçon de remords, comme si ce rendez-vous le mettait mal à l'aise. Cependant il trouvait juste de compenser le mal qu'il lui avait fait. Ce soir-là il dîna avec Osorio et Blai et deux des Brésiliens de l'équipe. En fin de soirée ils voulurent l'entraîner dans une discothèque en banlieue, elle est tout près de ta maison, mais Ariel avait envie d'appeler Buenos Aires. Il faut fêter ton premier but, insistaient-ils. Je ne veux pas fêter mon premier but comme si c'était le dernier, OK ? dit Ariel en prenant congé. On ne sait jamais s'il y en aura d'autres, dit Blai, tu sais combien j'ai marqué de buts en six ans de championnat ? Trois. Alors il valait mieux les célébrer. Et deux contre son camp, parvint à dire Osorio avant de recevoir un coup dans le ventre.

Ariel avait donné rendez-vous à Sylvia sur les marches de l'immeuble de Correos. Il leur semblait naturel à tous deux de se retrouver près de l'endroit où s'était produit l'accident. Comme un retour au point de départ. Ariel était en retard, le trafic était exaspérant et en essayant de zigzaguer entre les voitures il se fit rageusement siffler par un taxi. Pour s'approcher de l'édifice qui, d'où il se trouvait, ressemblait à un énorme porte-parapluies, il dut manœuvrer illégalement. Il vit Sylvia assise sur la troisième marche, le plâtre posé sur la pierre. Il klaxonna. Des policiers réglaient le trafic à côté de la statue de Cibeles et il était impossible de stationner longtemps. Quand elle tourna la tête, la chevelure de Sylvia se souleva. Elle se mit debout avec agilité. Elle n'avait qu'une seule béquille et Ariel fut affreusement gêné de la voir marcher en direction de la voiture sans pouvoir descendre l'aider. Il lui ouvrit la portière de l'intérieur. Je crois que ce n'était pas un bon endroit pour se donner rendez-vous, dit-elle. Tout est bouché, dit-il. Les gens ont commencé leurs courses de Noël, ils sont fous. Oui, approuva Ariel. Sylvia tenait sa béquille comme un bâton. Ariel conduisit vers la Puerta de Alcalá, se retrouvant de nouveau au cœur du bouchon.

Sylvia regarda de tous côtés. C'est bizarre d'être assise dans cette voiture. Mais j'aime mieux ça qu'être imprimée dans le pare-brise. Ariel l'interrogea sur sa jambe, la douleur, le plâtre. Le pire c'est quand ça pique à l'intérieur et que tu te mets à gratter le plâtre comme si ça pouvait te calmer. Ariel avait baissé la musique et l'on entendait juste les accords atténués. J'avais réservé dans un super restaurant, mais après j'ai pensé que ce serait mieux d'aller chez moi, dit-il. Tu aimes les friands argentins ? On peut en acheter sur la route… En réalité Ariel était mal à l'aise à l'idée de se retrouver dans un restaurant où tout le monde l'observerait, où quelqu'un pourrait penser qu'il s'agissait d'un rendez-vous galant. Sylvia réagit par un long silence. Chez toi ? souffla-t-elle enfin. Je ne sais pas. Ariel comprit sa maladresse. Je disais ça parce que dans les restaurants c'est le bordel, les gens, tout ça, mais tu as raison, allons-y… Oui, bien sûr, on te reconnaît partout. La conversation s'accélérait et Ariel se justifiait plus que nécessaire. OK, allons chez toi, tu as raison, dit-elle pour en finir. Sûr ? Si tu ne le sens… Non, allons-y, je ne veux pas que tu passes la soirée à signer des autographes.

Mais chez le traiteur où il s'arrêta pour commander les friands, Ariel vit que deux tables au fond, près d'un rayon de pâtes italiennes, étaient libres. Il alla chercher Sylvia dans la voiture. Dînons là, il n'y a personne, ça ira. Les patronnes de l'endroit étaient deux Argentines sympathiques qui leur expliquèrent en les installant qu'elles n'avaient pas la licence d'un restaurant, seulement d'un point de vente, mais qu'elles servaient les gens pendant qu'ils attendaient leur commande, ce qui leur permettait de contourner le règlement. Sylvia prit une bière et Ariel un verre de vin de Mendoza. Ils s'installèrent au fond, parmi les étals de produits. De temps à autre un client entrait pour acheter quelque chose et le regard d'Ariel se faisait fuyant. Il mit du temps à se détendre. Sylvia paraissait plus à l'aise. Elle lui posa des questions. Sur le match. Sa carrière de footballeur. Comment il avait débuté. Comment il était arrivé en Espagne. Ariel parla pendant un long moment, les yeux de Sylvia plongés dans les siens. Il repoussait ses cheveux en arrière et parfois elle imitait son geste en dégageant une mèche de boucles derrière son oreille. Puis Sylvia appuya ses coudes sur la table et posa ses mains sur ses joues. Comme elle était jolie dans cette position détendue, observatrice. Et Ariel s'aperçut que pendant tout ce moment il n'avait cessé de parler de lui. Je parle trop, dit-il. Le grand défaut argentin. Non, c'est intéressant, dit-elle. Avant de te rencontrer je croyais que les footballeurs étaient fabriqués en série, je ne sais pas, en plan industriel, tous découpés sur le même patron. Et qu'on oubliait toujours de leur mettre un cerveau, bien sûr, ajouta-t-il.

Une des patronnes descendit le rideau métallique. Prenez votre temps, ne bougez pas, on ferme parce qu'on doit ranger et faire notre caisse, mais vous ne nous gênez pas. Cette sorte d'isolement leur permit de se détendre. Donc, le *choclo*, c'est le maïs, dit Sylvia après avoir mordu dans un friand. Oui, la nourriture c'est tout un truc. Ta famille te manque ? demanda-t-elle. Oui, bien sûr, dit-il. Peut-être que je les ferai venir, si je reste ici. Une des patronnes apporta la bouteille de vin ouverte et s'assit avec eux. Elle vivait en Espagne depuis trois ans. Le *corralito* [1] m'a tuée, et ici je n'ai pas trouvé de travail en tant qu'actrice, alors j'ai donné des cours d'interprète. Mais ça s'était mal passé et elle s'était alors associée avec une amie pour importer des produits de là-bas. Ariel se demandait si les deux femmes étaient en couple, mais il n'osa pas poser la question. Elle parlait de son pays, évoquait certaines personnes, se moquait d'un chanteur, maudissait un homme politique, riait de la dernière opération de chirurgie esthétique d'une présentatrice de télévision, elle va devoir faire opérer ses enfants pour qu'ils n'aient pas l'air d'avoir été adoptés.

La rénovation du magasin – qui avait pour nom Buenos Aires-Madrid – n'était pas achevée. Le loyer leur revenait si cher qu'elles ne pouvaient pas se permettre de finir les travaux. L'autre femme, moins bavarde, finissait de

1. Ainsi que l'on a appelé la limitation du retrait d'argent en espèces imposée par le gouvernement argentin au mois de décembre 2001, pour éviter la sortie d'argent du système bancaire et éviter un effondrement économique.

ranger la marchandise. La première parlait en cascade. Elle maudit la réélection du président des États-Unis et affirma ensuite qu'il manquait plus que jamais un nouveau Che. Le sous-commandant Marcos me laisse un peu froide, avec son masque et tout ça. À certains moments le regard d'Ariel cherchait Sylvia et il lui faisait discrètement un signe ironique à propos de leur hôtesse et de son torrent de paroles ou de la moustache évidente qui apparaissait sous son nez. Ariel mettait son doigt sur son visage pour montrer en cachette la moustache à Sylvia et la faire rire. Mais tous deux appréciaient cette irruption, qui leur permettait de s'étudier l'un l'autre sans s'exposer, de se regarder sans se parler, d'être complices.

Quand ils sortirent, Ariel lui dit je t'avais prévenue, les Argentins sont d'intarissables bavards. Sylvia était admirative, quelle façon de parler ! Et tu as remarqué ? Pour cette femme, le dictionnaire est trop petit, elle en a inventé un autre. Ils marchèrent jusqu'à la voiture. Il était onze heures moins le quart. C'est l'heure à laquelle je dois rentrer, je ne peux pas beaucoup dépasser. Je te rapproche de chez toi, proposa Ariel. Sylvia le guida dans les rues de Madrid. À un feu rouge, elle se risqua à demander. Tu vis seul ? Maintenant oui. Il y eut un silence. Continue tout droit, montra-t-elle. Mon frère était avec moi, mais il a dû repartir. Je vis en banlieue, à Las Rozas. Dans une villa ? Ariel fit oui de la tête. Tu aimes le ciné ? J'ai un écran géant et un tas de films, si un jour ça te dit... Je n'aime pas beaucoup le ciné, répondit Sylvia. Tout le monde aime le ciné, s'exclama Ariel étonné. Au bout de cinq minutes je sais déjà comment va se passer l'histoire, je m'ennuie, c'est toujours la même chose. Ariel sourit. Il n'avait jamais entendu un raisonnement pareil. Tout se répète, non ? réussit-il à argumenter, puis il s'en voulut, ça n'avait pas beaucoup de sens. Non, dans la vie on ne sait jamais ce qui va se passer la minute suivante, alors que dans les films on le voit venir. Ne serait-ce que dans le casting tu sais déjà s'ils vont tomber amoureux ou pas, qui est le méchant. D'accord, tu fais référence au cinéma américain, respira Ariel. Les gens aiment tant ce qui se répète, savoir ce qu'ils vont voir. C'est comme ceux qui vont en vacances à la plage : tout ce qu'ils veulent c'est qu'il y ait du soleil et des vagues, sinon, ils se fâchent. Si un jour tu viens chez moi je te passerai un film différent, tu verras. Entendu, dit-elle. J'ai un ami, Marcelo, un musicien, très connu en Argentine, il dit toujours que si le public décidait il serait forcé de composer toujours la même chanson.

Ils arrivèrent à la rue de Sylvia, mais elle le laissa passer devant chez elle avant de lui dire de s'arrêter. En réalité, j'habite là derrière mais je ne voudrais pas que quelqu'un me voie descendre d'une voiture comme ça. Elle ne te plaît pas ? Très prévisible. Prévisible ? Un peu tape-à-l'œil, typique d'un footballeur. Je suppose que ça impressionne les filles, mais moi ça me met mal à l'aise, dit-elle. C'est mon frère qui l'a choisie, il est assez m'as-tu-vu en effet, s'excusa Ariel. Je t'aide à descendre, attends. Ariel sortit de la voiture et ouvrit la portière de Sylvia, prit sa béquille pendant qu'elle descendait.

Ils s'embrassèrent sur les joues. J'ai passé une très bonne soirée, dit-elle. Tu n'aimes pas ma voiture, tu n'aimes pas le ciné, tu es une fille compliquée. Ariel sourit. Sylvia prit des forces et demanda tu crois ? Je plaisante, se justifia-t-il. Merci pour l'invitation, dit-elle afin de prendre doucement congé. C'était un plaisir. J'imagine que pour toi c'est l'enfer de devoir te promener avec une paralytique. Le plâtre te va très bien, dit Ariel, et il sourit encore. On me l'enlève la semaine prochaine, alors si tu veux tu peux me renverser à nouveau, OK ?

Aucun des deux ne parvenait à quitter l'autre. Appelle-moi quand tu veux, dit Ariel. Toi, appelle-moi, je ne veux pas être lourde. Sylvia s'éloigna, tâchant de se montrer agile en dépit de sa béquille. Ariel rentra dans sa voiture et, quand il se regarda dans le rétroviseur, il effaça son sourire, qui lui semblait stupide, innocent, captivé. Il ne démarra pas avant de la voir disparaître dans le hall d'entrée, juste après qu'elle lui eut adressé un signe de la main en guise d'adieu.

Ils ne se sont pas reparlé depuis cette soirée du lundi. Ariel a pensé à elle tout au long de la semaine, mais ça le gênait de proposer un autre rendez-vous. Il était évident qu'ils avaient flirté comme si elle n'avait pas seulement seize ans, comme si la raison pour se voir dépassait la compensation de l'accident. C'était une fille attirante, saine, mais Ariel avait conscience de son côté juvénile, de cette dangereuse inertie qui pouvait la pousser à tomber amoureuse de lui, à fantasmer sur une relation qui n'allait pas arriver. Non. Dans l'autocar, quand il a allumé son portable, il a espéré qu'un message d'elle apparaîtrait. Ça n'a pas été le cas. Elle non plus ne donnait pas signe de vie. Et il ne fallait pas qu'il lui en donne.

Il ne fallait pas.

Il regarde sa montre. Il est presque minuit. On ne distingue toujours pas les lumières de la ville par la fenêtre. Il écrit un message. « Aimerais-tu venir voir un film demain chez moi ? Comme ça tu me raconteras la fin. » Il cherche dans son répertoire le numéro de Sylvia et l'envoie. C'est samedi soir. Elle est sûrement sortie avec ses amis du lycée. Ariel sent que ça lui correspondrait davantage à lui aussi, à cause de l'âge, que de se retrouver dans un autocar en compagnie de ses coéquipiers, avec en fond sonore les aventures d'un héros qui, à la fin du film, comme toujours, résoudra tous ses problèmes par une démonstration de puissance physique.

5

Elle a remonté le col de son pull jusqu'à sa bouche. Sa respiration s'échauffe au contact de la laine. C'est une sensation agréable. Le froid de la pierre atteint ses cuisses à travers le pantalon. Il aurait mieux valu ne pas s'asseoir. Mais il la fait attendre. Il la fait toujours attendre. Pour être à l'heure à Madrid il faut prendre le métro. Il est difficile d'être ponctuel parmi ce magma de voitures. Pourquoi n'a-t-elle pas voulu qu'il vienne la chercher chez elle ? Non, a-t-elle pensé, il ne vaut mieux pas. Elle craignait que son père ou un voisin la voie monter dans cette voiture. C'est pourquoi elle est une nouvelle fois assise sur les marches du bâtiment de Correos. C'est un lieu horrible pour un rendez-vous, je sais, mais c'est un peu notre lieu, non ?

La dernière fois qu'ils sont sortis ensemble et qu'elle est montée dans sa voiture, Ariel l'a emmenée chez lui. Ça paraît loin, mais à cette heure, sans circulation, c'est à une seconde, avait-il dit. Sylvia était nerveuse et son pied s'agitait sur le petit tapis. Ils avaient mis presque une semaine avant de communiquer à nouveau après leur premier dîner ensemble. Elle avait failli perdre espoir. Ou plus exactement elle avait perdu espoir à plusieurs reprises. Le mardi, son portable avait bipé. C'était un message de Mai. Elle venait d'arriver à Vienne avec son mec. Le mercredi, quelqu'un l'appela à une heure indue. Dani. Il avait l'air saoul. Je ne sais jamais comment te parler, dit-il. Sylvia ne savait pas non plus. C'est normal, non ? Le vendredi, en rentrant chez elle, elle vit une voiture métallisée identique à celle d'Ariel. Elle s'avança jusqu'au bord du trottoir. Le conducteur était un quadragénaire mollasson, cheveux gominés, lunettes de soleil. À ses côtés, une femme qui avait l'air d'être un accessoire en série offert avec le véhicule. Le samedi soir, elle reçut un message et crut que c'était Alba ou Nadia qui lui demandaient si finalement elle se décidait à sortir avec elles, mais c'était lui. Il l'invitait à voir un film chez lui. Elle accepta. Bien entendu.

Que penser ? Que cherchait-il ? Que cherchait-elle ? Son âge ne l'aveuglait-il pas ? Il pouvait la tromper. Le mirage typique. Pressentir ce qui n'est pas. Le désir oblige à voir ce que le désir dessine. Et la réalité ? Il m'appelle. Parle avec moi. Il serait plus normal que je n'existe pas, pensait Sylvia, que j'aie cessé d'exister après l'accident, et pourtant… il est gentil. Il est simplement gentil.

Il est gentil, et moi je suis tombée amoureuse.

Ses pensées vagabondaient à leur guise. Sylvia était incapable de se concentrer. À la télévision apparaissaient des images du sommet des chefs d'État à Vienne, la ville aux mains des anti-trouble-fête. Casques et boucliers protecteurs de science-fiction. Charges policières. Mai ne répondit pas à son dernier message. Sylvia ne s'inquiéta pas pour autant. Elle rentrait dimanche.

La première fois où Ariel l'emmena chez lui ils entrèrent dans la villa par le garage. Au sous-sol, il y avait une pièce transformée en gymnase. Il fit réchauffer des boulettes de viande pour dîner. Elles étaient bonnes, cependant c'était ridicule de manger dans ce salon, avec Ariel debout qui lui proposait différents films jusqu'au moment où elle en choisit un. Il éteignit les lumières, sortit une bouteille d'un litre de bière et deux verres. Les images surgirent, mais l'attention de Sylvia n'était pas sur l'écran, elle était sur Ariel. Il avait étendu son bras sur le haut du canapé, comme dans une intention d'étreinte, de caresse qui ne se produisait pas, qui n'allait jamais se produire. Et Sylvia se demanda si ses chaussettes n'avaient pas de trou avant d'enlever ses bottes, se mettre à l'aise, se pelotonner sur le canapé pour voir s'il allait se décider à la prendre dans ses bras. On lui avait retiré son plâtre le matin même. Super, comme ça je me sens un peu moins coupable, lui dit Ariel quand il la vit. Elle avait encore besoin de la béquille pour appuyer son pied avec assurance, mais elle avait retrouvé ses mouvements.

Ils regardèrent le film. Il était drôle. Confus. C'était l'histoire de deux escrocs. Vers la moitié, Ariel lui demanda tu sais comment ça va se terminer ? Un des deux n'est pas ce qu'il paraît, ça c'est clair. Ariel sourit. Tu l'as déjà vu ? demanda-t-elle. Oui, mais ça m'est égal. Je l'aime bien. Ça ne me dérange pas de connaître déjà la fin d'un film. C'est pareil au foot, si c'était juste le résultat qui comptait chaque équipe pourrait tirer cinq penaltys d'entrée et tout le monde à la maison. L'important c'est le jeu. Sylvia haussa les épaules, nerveuse. Pourquoi lui parlait-il de foot ? Elle se mit à mordiller une mèche de cheveux sans pouvoir s'arrêter. Que pensait-il d'elle ? Il l'invitait comme une curiosité. Une Espagnole vive et agréable. Une sorte de nièce guillerette. Il lui parlait de foot, mais elle avait remarqué son ton professoral. Il s'adresse à moi comme à une enfant. Plusieurs fois Sylvia perdit le fil du film, déconcentrée par l'impression qu'elle éprouvait d'être minable.

Quand le film s'acheva, Sylvia examina les montagnes de CD. Abondance de groupes argentins. Certains noms lui étaient familiers, Intoxicados, Los Redondos, La Renga, The Libertines, Bersuit, Callejeros, Spineta, Vicentico. Choisis quelque chose que tu aimes, demanda-t-elle. Il mit le dernier disque de son ami Marcelo. Il n'est pas encore sorti. Écoute, c'est super bien. Sylvia s'assit, but une autre gorgée de bière. Les paroles…, dit Ariel, ce type a un monde à lui, fou. Il finissait ses phrases en montant le ton, et les dernières syllabes demeuraient dans l'air, carillonnantes. Je n'écoute quasiment pas de musique en espagnol, dit-elle. Je préfère ne pas comprendre les paroles. Je ne sais pas, je trouve que tout a l'air plus plat, plus simplet quand c'est dans sa propre langue. Tu es folle ? dit-il. Et il répéta les vers : « Prisonnier des lianes de ta forêt, je cherche le sentier qui me rende la sagesse que j'ai perdue, la vision que j'ai égarée dans ta brume, la corde où je me pends chaque lundi quand perd mon équipe, Ariel, comme c'est loin Madrid. » Là il fait référence à moi. Ariel la regarda, sans s'asseoir. C'est beau, non ? Sylvia se défendait, oui, peut-être. Un peu plat. Dès que je comprends les paroles tout me semble plat. Ne pas être d'accord était une façon de se distinguer. Trop mou, dit-elle ensuite d'un autre groupe. Je déteste ces groupes qui jouent les durs avec cheveux longs, tatouages et tout l'attirail, et qui chantent juste de la soupe, des petites ballades bien niaises. Ariel y entendit une déclaration de ses goûts et chercha pour Sylvia un groupe plus agressif. Ils sortent d'un bidonville, le plus pauvre de Buenos Aires, dit-il. Ils jouaient fort, beaucoup de guitare. Sylvia aima davantage. Je vois, ce qui te plaît c'est le rock branché des *villa miseria*, devina-t-il. Au moins le bruit cache un peu la simplicité des paroles. Ariel rit. Tu ne peux pas accuser Marcelo de simplicité, ça fait vingt ans qu'il est en analyse. C'est un taré. Il y a des gens qui ont fait leur thèse de doctorat sur ses chansons, c'est lui qui me l'a dit. Il me pousse à aller voir un psy de ses amis qui s'est installé à Madrid.

Sylvia ne se sentait pas très à l'aise pour écouter de la musique face au sourire d'Ariel, à ses yeux interrogateurs rivés sur elle. Elle faisait oui de la tête, disait c'est bien ou ça j'aime bien. La scène avait quelque chose d'un examen. Il lui demanda quelle était sa musique préférée et elle nomma des groupes qu'il ne connaissait pas. Tous anglais ou américains. Tu me les feras écouter, dit-il, presque comme par politesse. Sylvia prit cependant ça pour une invitation à prolonger leur relation. Il resservait de la bière de temps en temps, mais toujours de l'autre côté de la table basse, pleine de journaux sportifs et de magazines sur sa console inférieure. Sylvia en feuilleta quelques-uns, mais les femmes en couverture étaient trop belles, retouchées par ordinateur en quête d'une perfection fictive, sans un seul bouton, ni un pli, ni une ride – sans une vraie peau. J'ai fait la une de celui-ci. Ariel lui tendit un magazine avec sa photo en couverture. Surtout ne le lis pas, l'interview est une horreur.

Ils parlèrent un peu encore, malgré la musique à fond et lui qui changeait les chansons avant qu'elles finissent, comme s'il voulait lui offrir une anthologie en vingt minutes. Le temps avait passé. Comment je vais rentrer chez moi ? dit Sylvia. Il était onze heures moins vingt. Ariel insista pour la reconduire. Il sortit sa voiture du garage et Sylvia évita l'escalier en passant par la porte du jardin. C'était ridicule d'être obligée de partir si tôt. Pour lui, certainement, la nuit ne faisait que commencer. Elle monta dans la voiture comme une toute jeune Cendrillon. Ils rentraient par l'autoroute à présent déserte en direction de la ville. Toujours la même musique de son ami Marcelo. Je l'aime tellement que je l'ai copiée pour la voiture, expliqua-t-il. Le trajet du retour paraissait effacer ce qui s'était passé avant. Quand nous arriverons à la maison, pensait Sylvia, ce sera de nouveau comme si nous ne nous connaissions pas. C'était une sensation étrange. Une route prise en sens inverse qui ramenait au point de départ. Il ne s'était rien passé, car rien ne devait se passer. Sylvia regardait l'autoroute et mordilla une nouvelle fois une mèche de ses cheveux. En ville, Ariel l'interrogea sur ses parents. Je vis avec mon père, juste nous deux. Ma mère est partie il y a six mois. Et, sans qu'Ariel ne dise rien, Sylvia se vit dans l'obligation d'ajouter ce sont des gens bien. Leur couple a sombré. Parfois je crois qu'ils sont restés ensemble pour moi, sans plus, alors qu'ils n'avaient plus rien à partager. Sylvia mit ses cheveux derrière ses oreilles, les yeux tristes. Il la regarda deux fois, tout en conduisant.

Dans la rue de Sylvia, Ariel dépassa le hall d'entrée de chez elle. Que personne ne te voie descendre de cette voiture de flambeur, plaisanta-t-il. Tous deux éclatèrent de rire. Merci pour le film. On refait ça quand tu veux. Quand tu veux, toi. Ariel consulta son agenda. Demain nous partons, nous jouons en Italie mercredi, mais au retour, si tu veux, je t'appelle, on en reparle. D'accord, se contenta de dire Sylvia. Ils s'embrassèrent sur les joues, elle l'enveloppa dans ses cheveux, qu'il écarta délicatement. Ariel l'aida à descendre. J'ai passé un bon moment, ne crois pas que je connaisse tant de gens ici avec qui voir un film et boire une bière. Sylvia marcha jusqu'à l'entrée avec un sourire de victoire.

Dans l'ascenseur qui montait chez elle, seule, appuyée sur sa béquille, un peu barbouillée par la bière, elle se donna un long baiser sur les lèvres dans le miroir. Je suis stupide, pensa-t-elle ensuite.

Le jeudi, en rentrant de son match en Italie, Ariel lui écrivit un message. « Et si on regardait un autre film ? », proposait-il. « La séance complète », répondit-elle, ce qu'elle regretta aussitôt. La séance complète ? C'était effronté. Elle regrette aussi de s'être peint les lèvres d'un violet sombre qu'elle cache pour l'instant sous le col en laine de son pull, dans le froid de six heures du soir, assise sur les marches glacées, en attendant de voir apparaître le reflet métallisé de la voiture d'Ariel à leur lieu de rendez-vous désormais habituel. Elle sent qu'ainsi elle a exposé, de manière évidente, ses intentions. Son amour. Dans le violet, dans sa disponibilité, son enthousiasme. Elle est nerveuse.

6

L'hôpital rend Leandro malade. Dans la salle d'attente il n'y a que des vieux. C'est comme un microcosme en extinction. Il s'étonne que personne n'ait encore tourné un film de science-fiction dans lequel il y aurait juste des vieux en attente de greffes, qui survivraient grâce à un médecin ingénieux. Ça a peut-être été fait, il ne prête plus attention aux affiches depuis un bon moment. Une femme parlait à haute voix, avec animation, de sa maladie. Une autre lui répondait, ma belle-sœur a eu la même chose. Une troisième, l'espérance c'est ce qu'on perd en dernier. L'infirmière encaisse la colère d'un homme qui dit être là depuis une heure, prend les papiers des derniers arrivés, demande aux gens d'être patients, appelle les trois personnes suivantes de la liste.

L'attitude de Leandro est à l'opposé de celle d'Aurora. Elle, dans son fauteuil roulant, conserve une ferme dignité. La tête bien droite, les épaules redressées. Seules ses mains inertes, blanches entre la pluie de taches de vieillesse, endormies, révèlent que c'est elle la malade. Leandro baisse la tête, le regard sur le sol, les épaules affaissées. Samedi dernier son élève, Luis, lui a dit qu'il n'avait plus de temps pour les cours de piano à cause des examens à l'université et qu'il arrêterait de venir pendant quelque temps. Bien sûr, a répondu Leandro, mais il a senti que c'était la fin de sa vie professionnelle. Dans les meilleures années il a eu jusqu'à cinq ou six élèves en cours particuliers qu'il répartissait tout au long de la semaine. Depuis qu'il est à la retraite il a réduit le nombre de cours, mais n'est jamais descendu en dessous de trois. L'année passée il s'est limité à un seul, Luis, un garçon bien élevé et assidu qui venait tous les samedis à onze heures. C'est le conservatoire qui lui avait recommandé Leandro comme professeur. Il n'avait pas l'énergie de mettre des annonces, de chercher des élèves. En perdant son dernier élève il se dit ça y est, c'est fini, un autre chapitre clos. Il s'est montré silencieux lors de ce dernier cours, au point que le jeune Luis s'est senti dans l'obligation de lui remonter le moral. Peut-être qu'après les examens je reprendrai.

Les derniers jours, il était à peine sorti de la maison. Il veillait sur Aurora, de plus en plus fragile, guettant les moments fulgurants où elle s'animait et pendant lesquelles il remplissait pour elle d'absurdes tâches : appeler Untel pour son anniversaire, payer à Benita son heure supplémentaire de jeudi dernier. Soudain elle sortait de sa léthargie ou interrompait sa lecture pour organiser la routine. Va voir s'il nous reste de l'huile, il faut peut-être en acheter, tu devras aider Benita pour les étagères du haut dans la cuisine, elle ne les atteint pas. Alors Leandro était contraint de regarder l'énorme femme se hisser sur un tabouret pour tenter péniblement d'éliminer la graisse accumulée à des endroits inaccessibles, tout en criant, pour cinq centimètres, oui monsieur, pour cinq centimètres on ne m'a pas donné la pension de nanisme. C'est vraiment un mauvais coup du sort, ça m'aurait au moins servi à quelque chose d'être si petite, mais même pas. Leandro connaissait ses malheurs personnels. Un mari mort d'emphysème, alors qu'il était encore dans la fleur de l'âge ; une pension ridicule, une fille tombée dans la drogue, qui s'était suicidée à vingt-deux ans en se jetant par la fenêtre et un fils transporteur incarcéré au Portugal pour une sombre affaire de contrebande. On avait mis quelque chose dans son fret, mais c'est lui qui avait tout pris à sa charge pour ne pas dénoncer ses chefs. Elle montrait trop de force, cette femme minuscule, qui égayait la maison de sa voix pleine de vie ; elle chantait souvent une *copla* en passant l'aspirateur et Leandro, que le mélange de ces deux sons épouvantait, fuyait dehors en quête de paix. Quand elle avait terminé son travail, Benita se présentait près du lit d'Aurora et prenait congé d'elle bruyamment. Elle lui pinçait les joues avec force, comme ça vous prenez un peu de couleur, vous êtes toute pâle, ou répétait le pire c'est de rester trop immobile, de immobile à morte il n'y a qu'un pas.

Leandro faisait le tour du quartier pour profiter des heures claires du soleil d'hiver. Il achetait n'importe quoi au marché Maravillas, parmi les étals qu'il connaissait depuis toujours et ceux dont il évitait la familiarité. Dans la rue il assistait au spectacle des gitanes qui vendaient des vêtements, des crayons à lèvres, des mouchoirs. Il se perdait parfois dans les rues intérieures et ses pas le conduisaient devant la façade du conservatoire Diapason. Aux heures de cours de solfège ou de piano il entendait un élève qui jouait, des doigts jeunes et hésitants. Il avait enseigné ici pendant trente-trois ans.

L'état de ses comptes l'a tenu éloigné du pavillon. Il s'est appliqué à veiller sur Aurora comme si cette tâche l'écartait de la tentation. Un après-midi il s'est enfermé dans son bureau pour écouter un disque et s'est réconforté sur l'idée que son infamie avait peut-être pris fin. Leur fils Lorenzo débarque tous les jours chez eux et demande tout va bien ? Tu t'en sors, papa ? Appelle à l'aide dès que tu en as besoin, s'il te plaît.

Un dimanche il a trouvé sa petite-fille assise au piano et il s'est mis à côté d'elle. Il l'a aidée à deviner les notes d'une mélodie qu'elle fredonnait avec quelques phrases en anglais, comme si elle composait une chanson.

Aurora lui demande de l'attendre à l'extérieur. On va me faire des examens, des trucs bizarres, il vaut mieux que tu n'entres pas. Elle l'oblige à rester de l'autre côté d'une porte sur laquelle est collé un avertissement sur le taux de radioactivité du lieu. Leandro tue le temps dans le couloir, touche chacun des doigts d'une de ses mains avec l'autre, fait les cent pas afin de ne pas revenir s'enfermer dans la salle d'attente pleine de conversations morbides.

Il ne comprend pas comment, à quel moment, où, a pu s'élever entre eux cette barrière, cette zone de protection où l'un n'intègre pas l'autre dans sa souffrance, dans ce qu'il éprouve. Aurora, qui était si ouverte, si pleine de vie, sincère, toujours disponible, joyeuse, enthousiaste, se montrait réservée sur tout sujet qui pouvait affecter ou importuner Leandro. Toute sa vie, elle avait respecté son espace, son silence, son manque d'implication et avait tout fait pour que rien ne perturbe cela. À présent Leandro a honte d'une telle relation. Sa femme ne partagera pas avec lui sa peur, sa douleur. Il est possible pourtant qu'elle ait besoin de le faire, mais elle se taira, se montrera forte, autonome, car c'est ainsi qu'elle a appris à vivre à ses côtés.

Cette façon d'être s'était peut-être imposée dès leur première rencontre. Leandro avait vingt-trois ans quand il se présenta dans un bureau des annexes de l'ancien ministère de l'Éducation pour tenter d'obtenir une bourse dans le but de poursuivre ses études à Paris. Il passa de guichet en guichet, avec une recommandation écrite qu'il montrait à qui voulait la lire. Aurora tapait à la machine à écrire. Ce fut elle qui le remarqua et se proposa de l'aider, alors qu'elle n'était qu'une secrétaire intérimaire. Peut-être pressentit-elle déjà alors que Leandro était incapable d'affronter la moindre difficulté, qu'il avait besoin de quelqu'un pour régler les catastrophes domestiques, balayer les peurs minuscules. Aurora s'intéressa à son cas alors que Leandro attendait un dernier refus, assis sur un banc en bois où il frottait ses mains gelées. Il lui dit qu'il cherchait à obtenir une bourse pour étudier dans une école à Paris et elle lui demanda quelle était sa branche. Piano classique, dit-il. En cette journée si lointaine, les yeux d'Aurora s'écarquillèrent, énormes, comme si Leandro avait possédé l'unique clé capable de les ouvrir ainsi.

Piano classique.

Leandro a toujours pensé que ces deux mots-là lui avaient livré le cœur d'Aurora. Il les avait prononcés avec arrogance. Madrid, 1953, piano classique. C'était comme parler de la vie sur d'autres planètes. Aurora lut la recommandation écrite par un notable et lui demanda d'attendre un moment. Elle disparut dans un couloir reculé et mit du temps à revenir. À tel point que, lorsqu'elle réapparut, Leandro répondit à son sourire par un vous êtes sûre que je ne vous fais pas perdre trop de temps ? Mais Aurora fit un signe négatif de la tête. Je déteste mon travail, la moindre interruption est une chance.

Malgré les bonnes intentions d'Aurora, Leandro n'obtint qu'un tas d'aimables paroles et promesses qui ne se concrétisèrent jamais. Dans la rue, ce premier jour, il prit congé d'elle en lui serrant poliment la main, et partit en remontant le col de son manteau. Il ne se retourna pas pour la voir sous le sombre porche. Il ne voulut pas faire l'effort d'être aimable ni la remercier de sa peine, amplifiant ainsi son allure romantique, chargée de silences, une aura de mystères et une chaleur secrète. Quand il s'éloigna des bureaux de la rue Trafalgar il savait qu'il la reverrait, qu'il irait la chercher derrière ce petit guichet pour lui offrir le rien qu'il avait à offrir, le peu qu'il avait à dire. Je crois que je ne vous ai pas remerciée pour tout ce que vous avez fait pour moi, lui dit-il deux jours plus tard. Elle rougit comme une écolière.

L'après-midi ils flânaient sur les trottoirs du centre-ville. Leandro laissa s'éteindre son inconstante passion pour une danseuse qu'il avait connue lors des auditions du ballet où il travaillait à l'heure comme pianiste. Aurora brisa toutes les espérances d'un jeune collègue de travail de son père que ce dernier invitait souvent à dîner afin qu'il lui montre, par-dessus son assiette de soupe, ses yeux de mari impatient. Après six mois passés à lire *Primer Plano* pour choisir un film, à éviter les flaques de la rue ou la puanteur des mendiants sur le trottoir, à écouter la radio ensemble, Aurora confia à Leandro ses économies et lui dit pars à Paris et tente ta chance. Ils se savaient alors amoureux sans avenir. Dans ses lettres, Joaquín promettait de partager son destin avec lui.

Après la guerre, alors qu'on l'avait cru mort, le père de Joaquín était réapparu bien vivant, victorieux et héroïque. Rien à voir avec ceux qui rentraient du front ou des camps d'internement comme des ombres languissantes. Les mauvaises langues disaient qu'il avait mené une double vie sentimentale et qu'il purgeait à présent ses fautes en jouant le père de famille dévot, généreux avec tous ceux qu'il rencontrait sur le chemin de sa messe quotidienne. Magnanime, il aidait les plus défavorisés du quartier et avait insisté dès le premier jour pour que Leandro partage avec son fils ses cours de piano.

Trois après-midi par semaine un vieux professeur, qui avait perdu son poste au conservatoire à cause de ses sympathies socialistes, se présentait chez Joaquín. Trop vieux pour être fusillé, trop entêté pour changer d'idées, comme il s'était lui-même décrit lors d'une rarissime confidence à ses élèves. Don Alonso avait tenté de discipliner les deux garçons face au clavier. Ils apprirent autant de ses leçons que de sa tristesse silencieuse, du remerciement amer avec lequel il recevait, comme un pourboire, la paie du père de Joaquín à la fin du cours, de sa façon précautionneuse de ranger les partitions vieillies dans son porte-documents en cuir décousu. Leandro avait toujours gardé un souvenir affectueux de don Alonso et de ses exercices pour la main gauche, ou de cet après-midi où il leur parla des écoles de musique en Russie, de la discipline de ses conservatoires, de la façon dont on repérait facilement les talents sur l'ensemble du territoire, avec une voix si étouffée et si coupable qu'on aurait cru qu'il leur racontait une orgie dans une maison de passe clandestine. Il se rappelait aussi ses silences comme des puits profonds. À onze et douze ans Leandro et Joaquín avaient beau ne penser qu'aux plaisirs de la vie ils avaient remarqué le savoir-vivre désabusé de leur professeur.

Cette vie parallèle avec Joaquín, tous deux assis devant le piano, avait peut-être fait naître de faux espoirs chez Leandro. Leurs familles étaient bien différentes, leur situation économique encore plus. Alors que Joaquín avait commencé à dilapider son premier argent de poche en distractions, Leandro avait essayé de subvenir aux besoins de sa mère, veuve. Et les milliers d'heures qu'ils avaient partagées dans la rue puis dans les cafés, les conversations, les confidences, étaient restées derrière eux avec le départ de Joaquín à Paris.

De Paris Leandro avait écrit deux longues lettres à Aurora. Des lettres peu nombreuses par rapport à ce qu'elle espérait, mais bien significatives dans leur amertume. Leandro ne réussissait pas à entrer au conservatoire ni ne parvenait à s'établir dans la ville. Joaquín avait alors un professeur célèbre, une Autrichienne émigrée qui parlait un français de plomb, devant laquelle Leandro passa une audition et joua le concerto pour piano *Jeune homme* de Mozart. Quand elle lui demanda pourquoi il avait choisi ce morceau, Leandro lui répondit exactement ce qu'il pensait encore aujourd'hui. C'est peut-être la plus belle pièce pour piano jamais composée. La phrase de la femme à la fin de l'audition brisa ses illusions. Nous ne choisissons pas cette profession pour jouer le beau de manière conventionnelle. Leandro rentra à Madrid au bout de trois mois. La santé de sa mère avait empiré et Aurora lui manquait. Joaquín lui avait dit quelque chose qui sonnait alors déjà comme un pieux mensonge, à Madrid tu peux réussir de la même façon qu'ici.

Aurora et Leandro entamèrent des fiançailles officielles, heureuses et intimes, isolés du monde et de ses limites. Ils attendirent que Leandro termine ses études pour se marier et vivre ensemble. Il pouvait cumuler deux ou trois emplois et obtenir un salaire qui leur permettait amplement de payer le loyer. Elle garda son poste de secrétaire jusqu'au moment où elle fut enceinte. À la mort de la mère de Leandro, grâce à la vente de l'appartement, ils en achetèrent un autre sur la place Condesa de Gavia. À cette époque Aurora s'était habituée à la réserve de Leandro. Il lui suffisait de savoir qu'il éprouvait pour elle beaucoup plus que ce qu'il n'arriverait jamais à exprimer. Ensuite elle se nourrit de l'énergie de son bébé, de la vitalité du nouveau-né.

Joaquín volait alors de ses propres ailes. Il avait pris un agent et avait déménagé à Vienne pour suivre des master class et assister à celle de Bruno Seidlhofer afin d'améliorer ses premières performances. Ses lettres étaient chaque fois plus courtes et plus espacées. Là-bas il croisa des pianistes comme Friedrich Gulda, Alfred Brendel, Ingrid Haebler, Walter Klein, Jörg Demus, Paul Badura-Skoda. « Hier j'ai vu jouer Glenn Gould, écrivit-il à Leandro, lors d'un concert où il massacrait Bach, comme d'habitude. » Il se rendit au Staatsoper pour voir diriger Clemens Krauss ou Furtwängler, entendre des pianistes comme Fischer, Schnabel, ou encore Alfred Cortot, qu'ils avaient écouté d'innombrables fois dans un enregistrement des années trente des *Vingt-Quatre Préludes* de Chopin que don Alonso leur avait appris à révérer. Peu après Joaquín signa un contrat avec la maison de disques Westminster et Leandro devint le vieil ami d'enfance dans un Madrid où il revenait le moins possible, en particulier à partir du moment où ses déclarations publiques contre le régime furent courantes et très appréciées dans son Paris d'accueil.

En rentrant à la maison ce matin-là, Leandro se contente de guider les infirmiers dans les escaliers. À chaque marche mille fois parcourue il voit l'ombre de ce qu'ils ont été et pense que les jambes d'Aurora ne remonteront plus jamais, fermement, à cet endroit, comme lorsqu'elle portait le petit dans ses bras, avec les sacs de courses. Leandro l'aide à se dévêtir et à se mettre au lit. Un peu plus tard il placera le plateau-repas sur son ventre et s'installera dans le fauteuil d'à côté. Ils écouteront la radio qui, à cette heure, rediffuse les principales nouvelles du jour. Aurora ne lui révélera pas ce que lui a dit le docteur. Leandro ne lui avouera pas non plus l'urgence qu'il éprouve de sortir, de se rendre au pavillon où travaille Osembe. Après deux semaines d'abstinence il retournera la voir en fin d'après-midi.

7

Samedi, il est midi et Lorenzo met la table. Sylvia s'étonne. Il est tôt. Tu vas au foot ? Non, mais j'ai un rendez-vous, répond-il de façon énigmatique. Elle fait cuire quelques pâtes, deux escalopes, et ils mangent en regardant à la télé un magazine people et le début du journal. Sylvia annonce qu'elle passera l'après-midi chez ses grands-parents.

Tu as parlé avec ta mère récemment ? Sylvia fait signe que oui. Tu as des examens bientôt ? Dans deux semaines. Tu étudies ? Le plus possible.

Deux heures plus tard Lorenzo attend Daniela devant chez elle. Quand elle arrive il remarque qu'elle s'est maquillée avec un peu d'ombre violette sur les yeux et sur les lèvres. Elle porte un pantalon élastique ajusté et un chemisier fuchsia sous son blouson en jean. Ses cheveux humides tombent sur son dos. Un grand sac en toile pend à son épaule. Tu es très belle.

Le lundi Lorenzo avait attendu cette heure incertaine de la matinée où tout le monde est plongé dans ses tâches et où l'on reconnaît les désœuvrés à leur façon lente de marcher sur les trottoirs ou à leur regard trop insistant sur une vitrine. Il était monté jusqu'à l'étage supérieur et avait sonné à la porte.

Daniela ouvrit. Derrière elle on entendait le bruit d'une télévision et les babillements de l'enfant devant des dessins animés. Elle eut une nouvelle fois cet air provocateur un peu contrarié, mais agréable. Elle avança d'un pas pour franchir le seuil comme si elle s'assurait ainsi de ne commettre aucune transgression dans le foyer qu'on lui avait confié.

Pardon de te déranger, mais je crois que j'ai quelque chose pour ton ami. Wilson ? Lorenzo acquiesça, dis-lui de m'appeler. C'est un petit boulot qui peut l'intéresser. Je lui dirai, merci.

Le dialogue s'essouffla aussitôt, mais elle resta là, avec l'ébauche d'un sourire. Alors Lorenzo se lança. Autre chose, ça te dirait d'aller à l'Escorial ce samedi ? Je serais ravi de t'amener, tu te souviens que je t'avais promis ? insista Lorenzo. Je ne sais pas, ce samedi... Daniela laissa courir ses pensées. Ne te sens pas oblig... Tu peux venir avec ta copine, si tu veux. Je ne sais pas si elle pourra. Demande-lui, ça me ferait plaisir. Entendu, je te préviendrai.

Lorenzo s'excusa une nouvelle fois d'être monté et disparut dans l'escalier. Une demi-heure après son portable sonna. C'était Wilson. Il en était toujours à de petits boulots sporadiques dans le bâtiment, rien de fixe, tous les matins il attendait très tôt sur une place d'Usera l'arrivée de camionnettes pour une embauche à la journée. Là-bas je me mets dans la file d'attente, je bombe le torse pour montrer mes muscles et je baisse la tête pour cacher mon œil fou, lui raconta-t-il en rigolant. Lorenzo lui expliqua qu'il devait vider un appartement et que l'argent dépendrait du temps qu'il mettrait à remplir cette tâche.

Cette opportunité s'était présentée lors d'un dîner entre amis chez Óscar. Lalo avait parlé d'un appartement que venait de racheter l'agent immobilier pour lequel il travaillait. L'ancien propriétaire était un de ces vieux qui ont la manie d'accumuler des tas de cochonneries et sont une nuisance pour les voisins. Pourquoi font-ils ça ? avait demandé quelqu'un. Je me souviens d'une vieille dame de mon quartier qui vivait entourée de chats, c'était pareil. Syndrome de Diogène, avait dit Ana. C'est un trouble psychologique appelé syndrome de Diogène. Il en faut chaque fois plus. Óscar avait ajouté qu'il s'agissait certainement d'une forme de rejet social, quelque chose qui se faisait par haine des autres. La peur du vide, avait renchéri Ana. Ce sont des personnes âgées qui vivent seules. On doit vider l'appart cette semaine et vous n'imaginez pas la peur qu'on a à l'idée de ce qu'on va trouver là-bas, il doit y avoir au moins six tonnes de déchets, avait raconté Lalo. Moi je peux le faire, avait alors annoncé Lorenzo, à la surprise générale.

Lorenzo leur avait expliqué qu'il avait le projet de monter une petite entreprise de déménagements et de transports. Si c'était bien payé, ça pouvait être une mission parfaite pour commencer. Devant le regard de ses amis il s'était senti offensé. Ce n'est pas digne comme travail, c'est ça ? Si, bien sûr, c'est juste un peu surprenant. Surprenant ? Il faut bien que je vive. Je ne sais pas si vous êtes conscients que je suis au fond du trou. Oui, bien sûr. Et les regards s'étaient esquivés les uns après les autres, comme s'il s'agissait d'un concours où il fallait tenir le plus longtemps possible sans rien se dire. Lorenzo n'avait pas voulu que la conversation en reste là. Il avait insisté. Je me charge de le nettoyer et de le vider, et en fonction des heures que ça prend on convient d'un prix. Mais tu vas le faire, toi tout seul ? L'endroit doit être infecté.

C'est alors que Lorenzo s'était souvenu de Wilson. Je connais des Équatoriens qui peuvent me donner un coup de main. Il avait senti que ses amis respiraient plus tranquillement, comme si ce partage de l'effort l'élevait jusqu'au rang patronal, leur épargnait la dégradante image de leur ami courbé pour ramasser la merde accumulée pendant des années par un vieux malade mental. Lorenzo avait improvisé à haute voix. Je pense monter une entreprise de livraison par camionnettes, un petit truc, il y a de la place pour ce genre d'activité.

Ça ne me paraît pas une si mauvaise idée, avait approuvé Óscar. Je te voyais déjà avec un lumbago, détruit en moins d'une semaine, avait reconnu Ana. On en reparle lundi, avait dit Lalo avec un enthousiasme exagéré.

Wilson attendit dans la camionnette tandis que Lorenzo montait dans le bureau de Lalo à l'agence immobilière. Son ami lui remit les clés de l'appartement. Il écrivit l'adresse sur un papier. Ça ne va pas être facile. Il me faudra une facture, etc. Bien sûr, bien sûr. Tu es sûr que l'ancien propriétaire n'est pas à l'intérieur... Non, tout est passé par des cabinets de notaires. L'appartement est à nous. Pour l'argent tu me diras... Tu as besoin de quelque chose pour les premiers frais ?

Lorenzo et Wilson montèrent les escaliers jusqu'à l'appartement. L'œilleton avait été arraché et on l'avait scellé avec du ruban adhésif noir. Avant qu'ils arrivent à ouvrir la porte, alors qu'ils essayaient chacune des clés que leur avait remises Lalo, une voisine sortit de l'appartement d'en face. Nous sommes de l'agence immobilière, la rassura Lorenzo. Je ne peux pas croire que vous allez emporter toute cette merde. L'odeur est intenable.

Ce n'était rien comparé à la puanteur qui surgit une fois la porte ouverte. Il va nous falloir des masques, dit Wilson. Il leur était quasiment impossible d'avancer à cause de la quantité d'objets amoncelés dans l'appartement. Le canapé et la télévision, le mobilier usuel de n'importe quelle maison, étaient recouverts d'une couche de détritus, déchets accumulés, objets empilés. Une vision de noyade. Des meubles de différentes tailles, des chaises, de vieux journaux, des sacs plastique remplis d'on ne savait quoi.

Il doit y avoir des rats, dit Wilson. Ou pire encore. Et l'appart n'est pas mal du tout. Tu verras le fric qu'ils vont demander quand il sera neuf, répondit Lorenzo, soudain transformé en professionnel. Il faut acheter des masques, des sacs poubelle, des gants, des pelles, des bleus de travail, prendre deux mecs en plus. Et après avoir soulevé des planches et vu s'éparpiller de tous côtés une armée de blattes il ajouta et une bombe insecticide.

Il leur fallut deux jours complets pour vider l'appartement. L'odeur de cloaque était intense et pénible à supporter. Ils chargeaient d'énormes sacs poubelle dans la camionnette garée sur le trottoir, roulaient jusqu'à une décharge proche où ils vidaient tout avant de revenir et de recommencer. Les détritus paraissaient ne jamais finir. Des journaux et des magazines qui remontaient jusqu'à l'année 1985, semblaient dater le début de la démence. La voisine, qui vint faire la conversation à Lorenzo, Wilson et les deux compatriotes de ce dernier qui les avaient rejoints pour ce travail, leur raconta pendant leurs pauses le peu qu'elle savait de l'homme. D'abord il avait commencé à négliger son apparence physique et peu à peu son appart s'était dégradé. Des femmes ? Non, elle ne se rappelait pas. Elle était sûre qu'il travaillait à Correos, mais ces dernières années il n'avait pas d'horaires. Il pouvait aussi bien sortir la nuit et ne pas bouger pendant plusieurs jours. Aucun bruit, aucun scandale. Mais voilà, quand les voisins s'étaient mis à lui reprocher son attitude, l'odeur et l'accumulation dangereuse de déchets, il avait arraché l'œilleton et l'avait bouché. Un jour, il avait même menacé le président de la copropriété avec un couteau. Et quand la police en avait eu marre de venir régulièrement avec des assistantes sociales, on lui avait envoyé un avis d'expulsion. Alors l'agence immobilière était arrivée et, personne ne savait très bien comment, avait réussi à acheter l'appartement.

Sous une armoire, il y avait un immense tiroir en bois plein de photos de femmes découpées dans des magazines, comme le font les enfants pour tuer le temps. La tâche devait lui avoir pris des années car la quantité était énorme. Il ne s'agissait ni de femmes nues ni de femmes particulièrement belles, elles ne semblaient pas avoir été choisies d'une façon déterminée. C'étaient des femmes. Le contour était très détaillé, sans coupure, un inutile travail de haute précision. On aurait dit de vieux découpages de petits modèles à habiller. Il y avait une autre collection : des carnets de tickets de métro, dont la gomme qui les reliait s'effritait rien qu'en l'effleurant. Des capsules dans des tiroirs, des bouteilles vides et des prospectus publicitaires. Dans la cuisine, juste les couverts indispensables pour une personne. Un verre, une assiette et un jeu de fourchette, couteau et cuillère. L'image radicale de la solitude. Des centaines de torchons et des sacs en plastique froissés en boule. La manie de garder semblait seulement concerner les choses inutiles, insignifiantes. Des collections entières de rien. Il n'y avait pas trop de déchets organiques et l'odeur la plus insupportable provenait des toilettes abîmées dont le réservoir gouttait inlassablement. La baignoire était une sorte de piscine oxydée, avec des flacons vides de gel et de savon entassés sur le rebord. Les toilettes n'avaient pas de lunette. Dans la cuisine, collé à la porte du frigo, un bout de papier attirait l'attention. On pouvait y lire un numéro de téléphone et un nom : Gloria.

Lorenzo garda le papier. Le deuxième jour, pendant une pause, il composa le numéro. Gloria ? demanda-t-il à la voix qui lui répondit. Oui, c'est moi, dit une femme. Elle devait avoir dans les quarante ans.

Pardonnez-moi, s'excusa Lorenzo. Je vous appelle du 43 de la rue Altos de Pereda, premier étage A. De l'appartement de don Jaime Castilla Prieto. Lorenzo avait mémorisé le nom de l'ancien occupant. Que voulez-vous ? demanda la femme.

Lorenzo tourna autour du pot pour essayer d'obtenir des informations. Il lui dit qu'ils étaient en train de vider l'appartement et qu'il avait trouvé son numéro noté sur un bout de papier. Il y a peut-être des choses de valeur que vous voudriez conserver. Pourquoi vous m'appelez moi ? Je ne suis jamais allée dans cette maison. Je ne connais personne de ce nom. Mais votre numéro était sur un papier, sur la porte du frigo… Je ne sais pas pourquoi…

Lorenzo insista sur le fait qu'il était étrange qu'elle ne connaisse ni l'endroit ni l'homme qui gardait son numéro de téléphone comme unique contact avec la réalité. C'était, en apparence, la seule donnée qui le reliait au monde. Mais la femme, la Gloria en question, démentait toute relation. Son démenti semblait sincère, étonné, un peu troublé. Lorenzo se rendit compte qu'il commençait à importuner cette femme et prit congé d'elle en s'excusant. Bizarre.

À sa façon, le propriétaire de l'appartement était un type ordonné, lui fit remarquer Wilson lors d'une pause. Les objets du quotidien qui apparaissaient, tels les fossiles d'une vie conventionnelle une fois retirées les couches de détritus accumulés. Un vélo d'appartement poussé sous le lit, des cintres, des chaussures en bon état. Pourquoi vivre ainsi ? Pourquoi finir ainsi ? Lorenzo éprouvait un certain vertige, de la peur, en se posant toutes ces questions sur le chemin de la décharge. Il se consola finalement avec la réponse de Wilson. Le type a tout lâché. Pourquoi pas ?

Le dernier chargement de la camionnette correspondit à des choses auxquelles Wilson ou Lorenzo accordaient une valeur. Des meubles coquets de petite taille, un buffet, trois montres, des carafes en cristal. Lors de ce transport final Lorenzo mit dans une valise en carton des 45-tours, deux ou trois livres et l'énorme collection de photos aux silhouettes découpées.

À la fin il appela son ami Lalo. Ça y est, l'appartement est vide. Demain je te fais passer la facture, OK ?

Lorenzo raccompagna les potes de Wilson dans les environs de Tetuán. Puis tous deux se rendirent dans le quartier du Rastro à la boutique d'un antiquaire, qui leur avait promis de jeter un œil aux meubles qui restaient. Ce n'est pas une bonne affaire, pensa Lorenzo devant la somme que le type leur offrit. Wilson, plus habile, marchanda avec plus d'aplomb et parvint à faire monter de plusieurs dizaines d'euros l'offre finale. Ils allèrent ensuite laver la camionnette à une station-service, pour tenter de la débarrasser de son épouvantable odeur. L'Équatorien frottait l'arrière du véhicule comme s'il lui appartenait. Lorenzo ressentit un étrange plaisir. Ce type lui plaisait bien. De temps à autre il lâchait un bon mot intentionnellement et riait de toutes ses dents. Quand il le déposa devant chez lui, Lorenzo lui dit est-ce que tu crois que Daniela pourrait descendre un moment ? J'ai quelque chose à lui demander, se justifia-t-il face au sourire bienveillant de Wilson.

Lorenzo attendit dans l'obscurité, garé devant l'entrée du garage voisin. Daniela sortit du hall et s'avança vers la camionnette en évitant le faisceau lumineux des phares. Comment ça s'est passé ? interrogea-t-elle. Épuisant, répondit Lorenzo. Wilson te racontera.

En dehors du travail, Daniela semblait plus détendue. Ses cheveux lâchés, humides, lui tombaient sur les yeux. Au fait, c'est d'accord, dit-elle soudain.

Lorenzo ne comprit pas tout de suite qu'il s'agissait de la réponse à son invitation pour le samedi. Je viens te chercher après déjeuner ? OK.

Lorenzo démarra et elle se retourna, sans se départir de son demi-sourire. Lorenzo la regarda se diriger vers l'entrée. Elle marchait sans se déhancher, plutôt par petites impulsions provocantes. Elle sait que je la regarde, pensa Lorenzo.

Il passa ensuite chez ses parents. Leandro et Aurora dînaient dans la chambre. Une tortilla. Lorenzo apprécia leur sobre intimité. Il était joyeux, épuisé par le travail. Je reste juste une seconde, il faut que je rentre me doucher, expliqua-t-il. Tu es sûr que tu ne veux pas dîner ? Non. Il prit de leurs nouvelles, se fâchant parce qu'ils ne lui avaient pas demandé de les accompagner à l'hôpital, et il leur donna des réponses évasives et euphoriques au sujet de son activité. Quand ce sera un peu plus solide je vous raconterai, se contenta-t-il de dire, convaincu que sa phrase sonnait bien. Qu'a dit le docteur ? demanda-t-il plus tard à son père, en partant. Rien, c'était un contrôle de routine.

À la maison il trouva un mot de Sylvia. « Je suis chez Mai pour bosser, je rentrerai tard. » Pour bosser. Lorenzo esquissa un sourire ironique.

Après s'être douché il se mit au lit. Il tourna dans tous les sens, fatigué, mais en proie à l'excitation. Il n'arrivait pas à s'endormir. Il se releva pour sortir de l'armoire voisine la poupée Barbie enterrée tout au fond et se remit au lit avec elle. Sous les draps il caressa ses formes plastiques. Il était trop fatigué pour se masturber et finit par s'endormir, la poupée sur le ventre.

Pendant la nuit le bruit de la porte qu'on ouvrait le réveilla. Les pas légers de Sylvia. Lorenzo jeta un coup d'œil au réveil de sa table de chevet. Près de trois heures du matin. Sortait-elle avec un garçon ? Pourvu qu'elle sache ce qu'elle fait. Il faudra que j'en parle avec Pilar. Je lui demanderai. Les filles se confessent à leur mère. Il se réveilla complètement et accorda à Sylvia le temps nécessaire pour se coucher avant de s'aventurer jusqu'à sa chambre. Tu crois que c'est une heure pour rentrer, Sylvia ? Je me suis attardée. Oui, j'ai bien vu. J'étais chez Mai. Je ne veux pas que tu rentres si tard, je m'inquiète. OK, laisse-moi dormir. Lorenzo observe son corps de femme sous les draps. Il se demande si un garçon profite de ses formes et efface ensuite la question de ses pensées, trop perturbé. Il met ça en relation avec sa propre sexualité. Sa préoccupation pour sa fille n'empêche pas que de retour dans sa chambre il se masturbe avec la poupée et la range après, honteux, au fond de l'armoire.

Quand le samedi, en tout début d'après-midi, Daniela sort de chez elle et grimpe d'un bond dans la camionnette de Lorenzo, ce dernier réprime sa pulsion de l'embrasser d'une manière trop enjouée. Il se contente de lui rendre son sourire. C'est très loin L'Escorial ? Une heure, à tout casser. Je pensais que c'était plus loin.

Non, c'est tout près.

8

Il est descendu au garage à toute vitesse. Il ne veut pas arriver en retard à l'entraînement. Il a sorti les draps de la machine à laver. Il ne sait pas très bien quoi en faire. Ils sont encore humides. Il les étend sur le séchoir intérieur. Dehors il fait froid.

À l'entraînement il a les mains gelées. Les jambes lourdes, il s'en rend compte. Il n'a pas assez dormi. La nuit d'avant lui revient par rafales.

Qu'est-ce que j'ai fait ? C'est une mineure. Elle a seize ans. Pourtant les lèvres d'Ariel ne quittaient pas les lèvres de Sylvia. C'est elle qui avait brisé la glace et attiré la main d'Ariel vers sa nuque, l'avait plongée sous l'épaisseur de sa chevelure. Ariel avait réussi à caresser son cou. Qu'allait-il arriver ? Sylvia avait reculé un instant, cherché les yeux d'Ariel et souri.

Je suis folle, non ?

Ariel a effleuré sa joue avec les doigts. Elle était douce, lisse. C'était un peu comme caresser un enfant. Il ne va rien se passer, a-t-il dit.

Sylvia a baissé la tête, honteuse. Ariel aurait voulu lui effleurer les lèvres des doigts, mais il n'a pas osé. Sylvia a attrapé une mèche de ses cheveux et l'a mordillée à la commissure de ses lèvres. Ariel a caressé ses mains, écarté les cheveux de sa bouche. Pourquoi fais-tu ça ? Je fais ça quand je suis nerveuse. Et tu es nerveuse en ce moment ? Je ne sais pas. Il n'y a aucune raison. Tu n'es pas bien ici ? Tu veux autre chose ? Peut-être une autre bière…

L'aller-retour d'Ariel à la cuisine leur a accordé quelques secondes de répit à tous les deux. Sylvia s'est renversée sur le canapé. Ariel savait que lorsque les baisers étaient trop passionnés ils dissimulaient la peur tapie derrière, une peur panique. Une fois il avait embrassé pendant des heures une fille qu'il avait rencontrée à un concert, des baisers d'une ardeur incroyable, mais quand il avait essayé de la déshabiller elle s'était enfuie épouvantée. Ce souvenir, ajouté aux baisers spontanés et lascifs de Sylvia, l'a inquiété. Non, il n'irait pas plus loin. Le froid du frigo lui a rendu sa sagesse. Quand il s'est assis de nouveau sur le canapé il s'est éloigné de quelques centimètres de Sylvia. Presque rien, mais pour elle c'était comme s'il se trouvait soudain à des kilomètres.

Il vaut mieux que je te ramène chez toi, a-t-il dit, et elle a acquiescé. Il est minuit et demi.

Mon père va me tuer. Tu t'entraînes tôt demain ?

À dix heures. Il lui a expliqué qu'ils terminaient à treize heures et avaient l'après-midi libre. Sylvia a laissé échapper un sifflement. Cool la vie. J'avoue que je suis un inconditionnel de la sieste, je l'étais déjà à Buenos Aires. J'ai besoin de dormir, au moins une heure. Ils ont parlé ensuite du match du samedi suivant. À Séville. Ils partiraient le vendredi. Ce sera retransmis à la télé si ça t'intéresse. Je ne suis pas si accro, je crois. Je pensais que tu aimerais me voir... La conversation s'est poursuivie comme s'il y avait eu un écran de pluie entre l'un et l'autre. Ariel a touché son nez avec ses doigts et Sylvia s'est rongée l'ongle du pouce.

Tu m'as invitée parce que je te plais ? La question de Sylvia a fait revenir la chaleur perdue, ses yeux se sont écarquillés comme un ciel vert. Je t'ai invitée parce que tu me plais bien..., parce que tu me plais, oui. Mais je ne t'ai pas amenée ici pour coucher avec toi.

Ariel est demeuré immobile, lointain. Sylvia a souri, nerveuse. Lorsqu'elle a bu à la bouteille ses lèvres se sont tendues et Ariel a eu de nouveau envie de les embrasser. Pourquoi cette folie ? Ils avaient seulement quatre ans d'écart, mais pour Ariel c'était une différence infranchissable. Il s'est souvenu d'un copain qui lui disait nous les footballeurs on est comme les chiens, à trente ans on est des vieux.

Ariel a établi une distance physique, en guise de barrière de résistance. Sylvia est parvenue à la rompre et a caressé du doigt son sourcil fendu par une petite marque. Blessure de guerre, a-t-il dit, et il lui a expliqué que c'était pendant un entraînement deux ans plus tôt. Un exercice à la con, pour enlever la peur de jouer avec la tête. On lance un ballon par terre entre deux joueurs très proches et celui qui gagne, c'est celui qui parvient à le frapper de la tête le premier. Tu sais, ce genre de choses pour voir qui a le plus de couilles.

Tu me montres ta chambre ?

Ma chambre ?

Sylvia s'est levée avec agilité. Elle s'est mise devant lui et lui a tendu la main. Ariel a hésité un instant, l'a prise et s'est levé à son tour. Ils ont laissé la télé allumée, avec la musique du film qui résonnait dans le salon, et ils ont monté les escaliers. Par ici, a-t-il dit, et elle est passée devant lui. Ariel a deviné les os de son dos sous la laine de son pull. Un papier dépassait de la poche arrière du jean de Sylvia. Ariel s'est mordu la lèvre inférieure. Il a désigné la deuxième porte. Elle était entrebâillée, Sylvia l'a poussée. Le lit était fait et près du lecteur de disques posé par terre, des tas de CD étaient éparpillés. Sylvia s'est assise sur le lit et a choisi un CD. Elle l'a mis. Le lampadaire de la rue projetait un éclat orangé qui illuminait la chambre. Les murs étaient nus, à l'exception de la photo d'un gratte-ciel à New York dans un cadre fin en bois noir. Ariel a eu honte de cette photo, héritage de l'ancien locataire.

Il a vu Sylvia enlever son pull et laisser ses cheveux retomber en cascade sur son visage. Au lieu de se recoiffer, elle a lancé le pull par terre et ébouriffé ses cheveux en un geste ironique.

Je crois que ce serait bien que tu me prennes dans tes bras, vraiment.

Ariel a souri. Elle agissait de façon si cérébrale qu'il était impossible de se sentir mal à l'aise. Ils se sont avancés l'un vers l'autre et il l'a prise par les épaules. Elle a cherché ses lèvres, les a trouvées.

Trois bracelets de fil tout usé entourent le poignet de Sylvia.

Peu importe ce que nous allons faire, mais après cette nuit tu n'es pas obligé de me revoir si tu ne veux pas, jamais, tente de dire Sylvia avec aplomb. Elle semble moins nerveuse que lui. Ils se laissent tomber sur le matelas et le baiser se prolonge en étreintes désordonnées. Elle lui ôte d'abord son tee-shirt et lui embrasse les épaules. Puis Ariel soulève le sien et, après le lui avoir retiré entre ses boucles, il détache son soutien-gorge. Les seins de Sylvia font irruption, dominant la scène avec leur blancheur vive et le rose enflammé de ses tétons. Elle paraît reculer. Le processus est lent, espacé. Les vêtements, c'est toujours un casse-tête, ils ne sont pas conçus pour être enlevés, songe Ariel.

Il déboutonne la braguette du jean de Sylvia – elle le laisse faire. Il baisse ensuite ses vêtements, qui s'enroulent sur ses cuisses. Sylvia le force à remonter. Elle ne veut pas que le visage d'Ariel reste devant son pubis. Elle le serre fort, comme pour l'immobiliser, pendant qu'elle parvient, avec les pieds, à se débarrasser des vêtements coincés à ses chevilles. Il la voit tirer les draps et se précipiter dans le lit. Ariel s'assoit sur le matelas pour se déshabiller.

Tu as des préservatifs ?

Ariel fait signe que oui et sort de la pièce un instant. Sylvia remarque, sans le vouloir, ses jambes super musclées. Quand ils se retrouvent sous les draps, Sylvia s'aventure à parcourir avec les mains son corps athlétique. La peau hâlée d'Ariel contraste avec la blancheur de Sylvia. Après des caresses évasives, elle atteint le sexe d'Ariel. Elle ne réussit pas à le prendre entre ses doigts, fait marche arrière et s'allonge, comme si elle voulait l'accueillir en elle sans vraiment participer à ce qui va arriver.

Mais Ariel ne grimpe pas sur Sylvia. Il ne lui demande pas si elle est vierge, même si sa main descend jusqu'à son sexe, humide et offert. Il la masturbe délicatement, utilisant le majeur pour la pénétrer. En un instant, Sylvia ferme les yeux et se met à languir de plaisir. Elle s'agrippe à son bras et gémit. À la fin elle pousse un cri puis un autre et encore un autre plus contenu. Ils s'écroulent et rouvrent les yeux en souriant. Ariel laisse tomber sa tête près d'elle.

Sylvia retrouve la pesanteur de son propre corps. Le moment précédent paraissait avoir correspondu à une étrange lévitation. Ariel veut s'installer contre elle. Il place son bras en guise d'oreiller pour que Sylvia y pose son cou. Elle se couvre les seins.

Tu veux que je te fasse quelque chose ? demande timidement Sylvia. Ce n'est pas la peine. Sylvia prend un ton comique. Vraiment, ça ne me gêne pas, je passais par là. Rouge de honte, elle se cache le visage dans les draps. Tu dois me trouver complètement stupide.

J'espère que tu as trouvé ça beau.

L'expression la surprend. Aucun Espagnol ne l'aurait employée. Elle raconte à Ariel ce que son amie Mai dit souvent : Lorsque les Argentins parlent, c'est comme des caresses. C'est dans le ton de la voix, ici tout a l'air plus agressif.

Ariel change la musique. Une voix féminine brésilienne se répand dans la pièce comme de la gaze. Une musique pour baiser. Il regrette de l'avoir choisie.

Sylvia caresse le ventre d'Ariel avec sa main, constate que son sexe est excité et s'oblige à le masturber, même si le mouvement lui semble ridicule, grotesque. Ariel met sa main autour de la sienne et l'aide à terminer.

Un très long moment, dont ils n'ont pas été conscients, a passé.

Maintenant il faut vraiment que j'y aille, annonce Sylvia. Elle s'est assise sur le matelas et Ariel trouve excitante sa manière subtile de cacher ses seins avec le drap et son bras. Comme dans les vieux films. Il l'observe qui commence à se rhabiller à une vitesse endiablée.

Tu veux te doucher ?

Je ne veux pas rentrer trop tard chez moi.

Son pull est resté du côté d'Ariel. Quand il se lève, il le tend à Sylvia. Tiens, dit-il en utilisant le terme argentin pour pull-over. Sylvia sourit. Elle finit sa bière en deux gorgées pendant qu'Ariel se rhabille debout.

La voiture volait sur l'autoroute presque déserte. Sylvia a baissé la vitre et sorti la tête. Une très légère pluie tombait, qui lui a mouillé la figure, l'a rafraîchie. Elle n'a pas dit à Ariel qu'elle avait la sensation d'être toute rouge depuis trois heures, la peau en feu. Elle a secoué ses cheveux en arrière, comme si elle voulait les détacher de sa tête. C'était agréable. La musique retentissait entre eux. Ils se parlaient à peine.

Sylvia a guidé Ariel jusqu'à chez elle. Comment s'appelle ce quartier ? a demandé Ariel. Un nom mignon. Nuevos Ministerios[1]. Tu n'étais encore jamais sorti avec une fille de Nuevos Ministerios ? Et toi ? Tu étais déjà sorti avec un garçon de Floresta ?

Ariel a été étonné qu'elle ne se penche pas pour l'embrasser. Un bref contact sur la joue en guise d'adieu. Rien d'autre. Sylvia a dit merci j'ai passé une très bonne soirée. Moi aussi, a répondu Ariel. Aucun des deux n'a osé dire on s'appelle. Ariel l'a regardée s'éloigner vers l'entrée en briques. Un être fragile au milieu de la chaussée éclairée. Il a pensé qu'il ne la reverrait peut-être jamais plus. Il a admiré l'effort que Sylvia a dû faire pour ne pas laisser déborder ses émotions, pour contenir ses envies de s'épancher, de s'abandonner. Il l'a estimée davantage.

Lorsqu'il a changé les draps, les traces qui restaient l'ont rapproché de Sylvia. Il a senti qu'il avait été froid, distant, dur avec elle. Comme quelqu'un qui aurait rempli une formalité. Le footballeur qui se tape l'adolescente éblouie sans aucun effort, car tout ce qui l'intéresse c'est ajouter un nom à sa liste de conquêtes. Mais je ne me la suis pas tapée, a-t-il argumenté pour sa défense. C'était peut-être pire de l'avoir laissée le branler si longuement. Il avait dû faire un effort pour réussir à jouir sans que ça devienne insultant. Il a jeté les draps dans la machine à laver et attendu que ça démarre. Il ne voulait pas qu'Emilia fouine là-dedans ou lui demande des explications.

Il rêve des cheveux de Sylvia posés sur ses seins, qu'ils recouvraient presque complètement. Il se souvient après l'orgasme de l'immobilité de la jeune fille, qui n'osait pas faire le pas suivant et avouer une certaine précipitation, de la peur, des regrets. À cet instant il a envie de la revoir et de lui donner la chaleur qu'il n'avait pas manifestée durant toute cette soirée.

À l'entraînement le ballon file entre les uns et les autres. Ariel semble incapable de l'intercepter. À un moment donné l'entraîneur s'approche du groupe et d'un ton sec dit mets les gaz, Ariel.

Ariel perçoit qu'il ne fait pas uniquement référence à cet instant précis mais à son rendement général. Et il se sent blessé. Il a honte de n'être pas entièrement dévoué au jeu, concentré.

Quand il quitte le terrain il signe les autographes que lui demande à travers les trous de la clôture une bande de collégiens. Une fille crie qu'est-ce que t'es beau et Ariel lève les yeux vers elle. Elle a le visage altéré de la puberté – cet âge de transition quelque peu monstrueux – qui n'a pas fini de se former. Elle est entourée par un troupeau d'amies, hystériques et criardes. La bande lui déplaît. Tous ces jeunes ont perdu cette

1. Nouveaux Ministères.

grâce de l'enfance à laquelle on pardonne tout. Il se rappelle encore son ami qui établit un lien entre la vie des footballeurs et celle des chiens. Nous aussi on meurt avant notre maître.

Il a décidé de ne pas revoir Sylvia. De s'éloigner d'elle. Ça ne doit pas se reproduire. Il ne la reverra plus. C'est sa maturité, inconcevable chez une fille de seize ans, bien que feinte, qui l'effraie le plus, qui la rend encore plus dangereuse à ses yeux.

9

Il était six heures du soir, ce samedi-là, et le soleil n'avait toujours pas brillé. Ce serait donc l'une de ces rares journées où il n'apparaîtrait pas du tout. Sylvia était arrivée un peu plus tôt chez sa grand-mère. Sous ses yeux humides, le sourire d'Aurora compensait cet après-midi que Sylvia laissait paresseusement passer sans rien de mieux à faire. Mai était retournée à León pour le week-end, tout occupée à sauver son histoire d'amour qui, d'après elle, s'en allait en eau de boudin. Ses trois jours à Vienne avaient été aussi intenses que pénibles. Elle s'était pris un coup perdu des unités de maintien de l'ordre qui lui avait fissuré la clavicule. À part un énorme hématome qu'elle exhibait fièrement, elle avait passé quarante-huit heures en observation dans un hôpital éloigné de la ville. Elle maudissait Mateo, qui s'était à peine intéressé à elle. On n'est pas venu ici en couple, lui avait-il dit.

L'hôpital était une sorte de prison pour blessés légers. Un Italien avec un bras cassé, un Grec intoxiqué par une bombe lacrymogène, une Américaine avec un genou détruit par une balle en caoutchouc. C'était une forme cachée de détention. À plus de quarante kilomètres de Vienne. Il n'y avait plus moyen de retourner à la manif. Et sans le chargeur du portable, se plaignait Mai. C'est pour ça que je ne t'ai pas envoyé de message, pour garder de la batterie au cas où Mateo m'appellerait. Une attitude égoïste, elle le reconnaissait, et inutile car il ne l'avait même pas appelée, disait Mai fâchée contre elle-même. Elle avait raconté à Sylvia ses péripéties dans les moindres détails.

Je me sentais bête, abandonnée. Heureusement qu'il y avait un anarchiste de Logroño, un gros mec super drôle, qui n'a pas arrêté de me faire rire. On lui avait fait quinze points de suture à la tête et il ne se plaignait pas. On s'est très bien entendus. Il me disait tout le temps ne te plains pas, t'imagines, être anarchiste à Logroño c'est comme vendre des peignes sur la planète Mars. Un jour il avait sauté dans l'arène pendant les fêtes de San Roque pour dénoncer la torture animale et exiger l'interdiction des corridas. J'étais avec trois ou quatre autres écolos et là on nous a vraiment passés à tabac. On était à poil et j'ai pris un coup de pied qui m'a fait remonter un testicule, tu ne peux pas savoir à quel point ça fait mal.

À l'hôpital, après avoir confié ses doutes au gros anarchiste de Logroño, Mai avait décidé de rompre avec Mateo, mais le voyage de retour les avait réconciliés. Vingt heures d'autocar, ça rabiboche n'importe qui, disait Mai. Malgré la fatigue, les mains de Mateo sous la couverture avaient été assez habiles pour sauver leur relation. Au moins sur ce plan-là, insinuait-elle avec un sourire en coin. Ma vieille, j'ai l'impression qu'entre nous c'est seulement physique.

Sylvia aurait aimé lui raconter son aventure avec Ariel, mais elle n'en trouvait pas l'occasion. Elle avait peur de Mai. Elle parlait trop. Si quelqu'un au lycée apprenait un truc pareil, ça pouvait leur pourrir la vie. Dans ce contexte, ne pas parler était une vertu. Car dès qu'on se faisait remarquer, on courait un risque, le danger de se retrouver avec une légende fabriquée de toutes pièces. Comme cette fille de seconde dont on avait dit qu'elle se faisait payer pour sucer dans les toilettes des garçons. Au bout de quelque temps la pauvre avait disparu : pour une moitié du lycée, c'était parce qu'elle ne supportait pas le mensonge ; pour l'autre, parce que ses parents avaient découvert que c'était vrai. Chaque fois que Sylvia parvenait à vaincre ses réticences et se décidait à tout révéler à Mai, cette dernière était par chance trop absorbée par sa propre histoire. Qu'est-ce que tu crois, toi ? Si je vais le voir ce week-end, je baisse complètement mon froc, ou j'ai raison de me battre pour que tout ne soit pas foutu ?

La réponse de Sylvia avait été laconique. Vas-y.

Le lendemain de sa nuit avec Ariel elle a manqué sa première heure de cours. Elle a encaissé la colère de son père, ses reproches à propos de l'heure à laquelle elle était rentrée à la maison. Sur le chemin du lycée elle a vérifié les messages sur son portable, mais aucune nouvelle d'Ariel. Elle s'est rappelé combien il avait été froid. C'est elle qui avait forcé le dénouement. Il avait résisté et elle l'avait emmené dans la chambre. Il n'avait rien fait pour la retenir quand elle avait voulu partir en quatrième vitesse. Il ne l'avait même pas embrassée lorsqu'ils s'étaient quittés dans la rue. Ils n'avaient presque pas parlé au retour, dans la voiture. Tout était étrange. Glacé.

Quand elle s'était rhabillée à toute allure sous ses yeux, les taches de son sperme encore humides sur les draps, elle s'était sentie sale, stupide. Elle avait honte de ses gros seins qui se balançaient bêtement pendant qu'elle rattachait son soutien-gorge. De son odeur de femme. Et Ariel qui n'avait même pas voulu lui faire l'amour, lui arracher une virginité qui émanait d'elle de toute évidence, elle en était certaine, comme claironnée aux quatre vents par un mégaphone installé sur son visage, dans son comportement. Cette branlette maladroite par laquelle elle avait voulu le satisfaire, comme n'importe quelle adolescente timide, avait tout de la dissimulation hystérique. De temps en temps de minuscules signes positifs lui revenaient en mémoire. Elle se souvenait des mains et de la peau d'Ariel, de son attitude sans défense quand il avait joui, de la crampe dans sa cuisse, de ses muscles tendus. Le plaisir de lui caresser le dos, de sentir ses côtes saillantes. Tout en elle, à l'inverse, lui paraissait flasque. La moindre tentation de lui envoyer un message, de lui rappeler leur nuit ensemble, s'évanouissait dès que Sylvia mesurait combien elle avait été effrontée et farouche à la fois.

Aucun signe d'Ariel n'arrivait. Peu à peu la version la plus noire et la plus fataliste s'est imposée à l'esprit de Sylvia. Je ne suis qu'une pauvre petite cruche qui s'accroche à un footballeur célèbre. Comme si j'avais droit, en contrepartie de l'accident, à un peu plus qu'une indemnité d'assurance.

Le vendredi, Sylvia ne tenait plus. Dans un moment de désolation où tout son courage l'avait abandonnée, elle lui a envoyé un message. « Bonne chance pour le match. » Formel et neutre. Il a mis du temps à lui répondre. « On se parle à mon retour. Merci. » Le merci rabaissait pratiquement tous ses espoirs au rang d'une formalité. Merci. Ça ressemblait plus à un serrement de mains qu'à un baiser. Plus à un départ qu'à un retour. Il n'aurait manqué plus que ça, la nuit où il l'avait raccompagnée chez elle, qu'ils se serrent la main et se disent c'était un plaisir, à la prochaine. Et si tu veux un maillot dédicacé je peux te l'envoyer à ton domicile. Si parfois elle était tentée d'envisager Ariel comme l'homme de sa vie, elle pouvait dès à présent renoncer, se disait-elle. J'ai perdu l'homme que j'aime.

Ce soir-là elle est sortie avec des camarades de classe. C'est de mon âge, a-t-elle pensé. Les rues bondées, pas les villas de luxe de la banlieue chic, les restaurants chers, les chambres d'adulte. Un bar plein de jeunes, de mélanges alcoolisés, une musique tonitruante qui débordait sur les trottoirs, des forêts de cheveux, des yeux revêches, des pantalons taille basse, des rires exagérés, des filles maquillées à outrance comme des clowns en chaleur, des garçons avec les mains dans les poches, des groupes qui se tapotaient dans le dos, des filles qui cachaient leurs jambes et leurs hanches, un groupe à côté d'un autre groupe, dans une sorte de chaîne qui s'étendait dans la rue et s'écartait de mauvais gré pour laisser passer une voiture.

Sur la place où ils voulaient s'asseoir deux policiers contrôlaient les papiers d'identité de six ivrognes roumains, qui occupaient le banc d'un square pour enfants – un square dégoûtant, plein de bouteilles et de verres en plastique –, faisant tout pour les effrayer. Dans les bars il n'y avait pratiquement pas moyen de parvenir jusqu'aux jolies serveuses, qui allaient et venaient d'un bout à l'autre du comptoir pour servir les clients qu'elles gratifiaient à peine d'un regard. Les camarades de classe de Sylvia plaisantaient entre eux, parlaient des cours, se moquaient d'un professeur, d'un élève. Nico Verón imitait le prof de maths au cou rigide. La nostalgie habituelle de ce qui s'était passé la veille. Ils écoutaient de la musique et attendaient que quelqu'un dise on bouge ? pour changer de lieu.

Son père avait été nerveux tout le samedi matin et s'était employé à ranger le salon, tentant de redresser l'étagère de la bibliothèque qui avait cédé sous le poids de l'encyclopédie. Il avait placé la table très tôt, et Sylvia avait préparé à manger pour eux deux. Elle s'était levée tard. Elle n'avait pas faim et n'avait pas le moral. Elle avait demandé à son père s'il allait au foot tout en sachant parfaitement que son équipe jouait à Séville.

Avant de partir chez ses grands-parents, elle s'est examinée devant le miroir. Même après la douche ses cheveux sentaient encore le tabac de la nuit précédente. On dit que perdre sa virginité change l'expression du visage. Le doigt d'Ariel avait-il suffi ? Elle s'est touché une partie de la mâchoire. Ses pommettes ne s'étaient pas encore affinées. Elles étaient toujours, d'après Sylvia, pleines des rondeurs de l'enfance, qui lui donnaient l'impression d'être une éternelle grosse. Ses yeux peut-être laissaient voir une vague expression, fugace, quelque chose de plus adulte, de plus mûr. Comme si elle connaissait désormais une certaine vérité. Mai avait raison quand elle affirmait que les garçons voulaient l'aimer, mais la fuyaient. Elle disait exactement ils ont beau avoir les mains sur tes seins, leurs pieds courent déjà dans la direction opposée. Sylvia n'allait pas empêcher Ariel de fuir. Plus vite serait mis un terme à leur relation absurde et accidentelle, mieux ce serait. Mais ça avait été beau, non ? se demandait-elle parfois, pour ne pas perdre complètement, au moins, la douceur de ce souvenir. Quand il l'avait ramenée chez elle, elle avait remarqué sa main crispée sur le levier de vitesse automatique de la voiture. Un geste tendu. Elle avait eu envie de lui caresser les doigts, de l'inviter à se détendre, mais elle ne l'avait pas fait.

Le sourire de sa grand-mère Aurora l'aide à oublier. Son grand-père Leandro les laisse un moment pour sa promenade de l'après-midi. Elles font une partie de dames sur la couette. Au cours de la partie tous les pions dégringolent mais ça ne les ennuie pas vraiment de recommencer. Tu te souviens quand on jouait à la poupée sur ton lit et qu'on le défaisait complètement ?

J'ai envie de me couper les cheveux, annonce Sylvia. Sa grand-mère tente de lui ôter cette idée de la tête. Ils sont si beaux. Oui, mais c'est pénible, dit Sylvia. Quoi que je fasse, ça ne va jamais. Aurora lui caresse les cheveux et les ramène vers l'arrière. Fraîchement lavés, ils ont gagné en épaisseur en séchant dans la rue, avec la brise.

J'avais les cheveux comme toi, mais je les portais toujours attachés. Un jour j'ai voulu les couper et ton grand-père, qui était le seul à les connaître détachés, m'a demandé pourquoi. C'est beaucoup de travail, lui ai-je expliqué. Conserver les tableaux du musée du Prado aussi et personne ne songe à les jeter, m'a-t-il dit.

Sylvia sourit et lève les yeux vers sa grand-mère.

Ton grand-père avait cette façon nullement raffinée de dire de jolies choses. Il n'a pas changé. Maintenant il parle moins, c'est vrai, et cède à la mélancolie. Un jour viendra où tu couperas tes boucles, mais il ne faut pas que ce soit dans un accès de mauvaise humeur.

Les forces d'Aurora s'épuisaient vite. Tu veux que je te lise quelque chose ? Non, parle-moi, lui répond-elle. Sylvia ne sait pas quoi dire. Elle lui raconte que ces derniers jours, dès qu'elle essaie de lire, elle avance à travers les pages mais sans rien comprendre. Au bout de trois pages, je suis obligée de revenir en arrière, dit-elle.

Qu'as-tu donc dans la tête ?

Sylvia ne répond pas, même si elle aimerait bien. Elles évoquent les examens proches. Sa grand-mère la questionne sur Lorenzo. Sort-il, cuisine-t-il, fréquente-t-il des amis ? Elle lui raconte que son grand-père et elle ont toujours négligé leurs amis. Lui, il s'en fiche, il aime être seul, mais moi parfois les visites me manquent, les gens autour. Ton grand-père adore Manolo Almendros, mais il ne l'appelle jamais, il faut que ce soit lui qui appelle, qui vienne avec sa femme passer l'après-midi ou manger de temps en temps, et c'est à moi qu'il téléphone avant pour savoir s'il ne dérangera pas et pour que je lui achète les chocolats qu'il aime.

Elle fait signe à Sylvia de prendre un coffret à bijoux non loin. Ensemble elles examinent les pièces. Sa grand-mère lui explique l'origine d'une montre ou d'un collier. Ce bracelet, c'est Leandro qui me l'a offert dans un élan de romantisme, un de ces très rares moments où nous avions l'air d'un couple normal. Si quelque chose te plaît, je te le donne, c'est pour toi.

Cette sorte d'héritage anticipé gêne Sylvia. Elle fait mine d'essayer des boucles d'oreilles mais elle les repose. Où pourrait-elle aller avec ?

Un jour tu seras obligée d'être élégante... Bien sûr, aujourd'hui vous avez des anneaux dans le nez et des boucles au nombril. Comme tout a changé... Et ailleurs, grand-mère, ailleurs aussi... Raconte... Il y a des filles qui s'en mettent sur la langue, et sur le clitoris. Sur quoi ? Une boucle d'oreille ? Ou une petite boule en argent, dit Sylvia. Et ça ne fait pas mal au... ? Je ne crois pas. Non, bien sûr, ça doit être une chose primitive, pense Aurora à voix haute, comme si elle retrouvait ses esprits.

Un moment plus tard sa grand-mère s'est endormie. Sylvia révise les cours d'histoire qu'elle a dans son sac. Son grand-père rentre, décoiffé par le vent et le visage troublé par le froid. Sylvia dîne avec eux puis retourne chez elle à pied.

Les samedis soir la dépriment. C'est comme s'il fallait absolument s'amuser à tout prix. À la portière d'une voiture trois étudiants finissent d'enfiler leur tenue de *tuna*[1]. L'un d'eux est chauve avec un gros ventre, et il a une mandoline. Plus loin un garçon pleure assis sur le bord du trottoir. La fille à côté de lui tient ses lunettes et essaie de le consoler. Elle échange un regard avec Sylvia, qui comprend qu'elle vient de rompre.

Elle s'est allongée sur le canapé pour voir le match à la télé. Ariel est accroché par un défenseur qui lui colle au dos et finit par le faire tomber par terre. Ariel proteste auprès de l'arbitre, qui lui fait signe de se relever sans arrêter la partie. Sylvia trouve ridicule ce personnage de l'arbitre, qui semble ne pas appartenir à la même réalité que les joueurs. On dirait un seigneur, élongé et aristocratique, au nom impossible, toujours extravagant. On doit les choisir pour leurs noms bizarres, pense-t-elle. Celui-ci s'appelle Poblano Berrueco.

Le maillot d'Ariel est sorti de son short après l'accrochage. Ariel semble étonnamment petit face au joueur qui le marque, comme un enfant. Quand il court, sa chevelure se soulève, lissée par la transpiration.

Les commentateurs se contentent d'énoncer le nom de celui qui a le ballon et de sortir des lieux communs. L'un dit un but débloquerait le match. L'autre, le nul montre qu'il n'y a aucune supériorité de la part de l'une ou l'autre équipe. À moins de sept minutes de la fin, Ariel tombe dans la surface de réparation et l'arbitre montre le point de penalty. Les commentateurs discutent devant la rediffusion de la faute. Sylvia a l'impression que c'est Ariel qui a cherché la jambe du défenseur et s'est laissé tomber. Ce cinéma la fait rire. Et si c'était pareil pour tout ?

C'est un autre joueur qui marque le but. Un Brésilien, robuste défenseur, qui pourrait être le père du reste de l'équipe. Ariel est remplacé. Au moment où il franchit la ligne de touche il échange une petite tape affectueuse avec le joueur qui lui succède. La caméra montre Ariel qui marche vers le banc, baisse ses chaussettes et reçoit une nouvelle tape dans le dos de l'entraîneur. Il s'assoit, trempé de sueur, et se couvre avec sa veste de survêtement. Le commentateur dit ce garçon a besoin de s'acclimater

1. Sorte de confrérie musicale étudiante avec une tenue spéciale aux couleurs de l'université représentée.

pour finir de montrer tout ce dont il est capable. Sylvia pense qu'il sera peut-être bientôt une grande star. Un coéquipier lui dit quelque chose à l'oreille et Ariel sourit.

Après le match il y a un film américain. Sylvia n'a pas envie de bouger. Un homme passe dix ans de sa vie en prison pour un crime qu'il n'a pas commis. Quand il sort, son unique obsession est de retrouver le véritable coupable. Son père rentre à la maison au cours de la huitième bagarre. Il s'assoit un instant à côté de Sylvia. Il a l'air fatigué, triste.

Ton équipe a gagné, dit Sylvia.

Lorenzo acquiesce. Dans le film, l'homme donne des coups de poing à trois individus patibulaires qui l'ont acculé dans une impasse. Quand Sylvia se lève pour aller au lit, il lui dit éteins, moi aussi je vais dormir.

Sylvia a mis ses écouteurs et chante en même temps que la musique. Elle a envie de se masturber mais ne le fait pas. Elle s'endort avec les écouteurs. Elle les enlèvera plus tard d'un geste de la main. Sur sa table de chevet elle a posé son portable en train de charger. Silencieux.

Au lever du jour elle se sent seule. Elle a froid. Elle se retourne dans son lit. Elle met un moment à éclater en sanglots, son oreiller serré contre elle. À l'étouffer.

Sa mère appelle un peu plus tard. Elle a accompagné Santiago à un congrès à Cordoue et au retour ils se sont arrêtés à Madrid pour déjeuner avec elle Elles parlent des examens et du travail avec Santiago. Pilar a l'air contente. Elle plaisante avec Sylvia au sujet des garçons. Je fais peur aux garçons, dit-elle. Ça doit être tes cheveux.

Santiago vient chercher Pilar au moment des desserts. Il a apporté deux livres pour Sylvia, qu'il sort de sa sacoche. Tu les as déjà ? Sylvia les feuillette et fait signe que non. Si seulement je les avais lus quand j'avais seize ans comme toi maintenant, mais tout ce que je voulais faire alors c'était jouer au basket, dit-il.

Quand elles se quittent, Pilar l'étreint exagérément. Sylvia la remercie mais s'écarte. Sa mère lui frotte le dos, comme si elle voulait lui transmettre quelque chose qu'elle ne sait pas lui dire. Prends bien soin de toi, hein, s'il te plaît. A-t-elle remarqué que j'étais triste ? songe Sylvia.

L'après-midi, elle commence à lire le livre le plus gros. Il n'y a rien qui la rapproche d'Ariel. Le sujet lui semble trop éloigné de sa vie. À la page dix-sept elle le referme. Ouvre l'autre. « Je me sens toujours attiré par les endroits où j'ai vécu, les maisons et les quartiers. »

Du salon lui parvient la rumeur de la radio qu'écoute son père, le « Multiplex ». Buts et incidents sur tous les terrains, coupures publicitaires destinées aux hommes. Sylvia n'a aucun mal à comprendre pourquoi les fins d'après-midi sont si tristes le dimanche.

Plus tard Mai lui passe un coup de fil de l'autocar. J'ai rompu avec Mateo, je n'en peux plus. Il a décidé d'aller vivre à Barcelone. Tu crois que je vais perdre mon temps avec un type qui fait des plans sans me demander mon avis ? Qu'est-ce que ça change pour toi qu'il vive à Barcelone ou à León ? demande Sylvia. Ce n'est pas ça, ma vieille, c'est le principe, putain. Quand on est en couple c'est pour tout partager, non ?

Mai parle pendant un moment à l'autre bout de la ligne. Sylvia ne lui prête pas trop d'attention. À la fin, presque par obligation, son amie lui demande et toi comment ça va ?

J'ai connu des jours meilleurs, répond Sylvia. Vraiment, des jours meilleurs.

10

Leandro ne marche pas, il fuit. Il a tourné à l'angle d'une rue solitaire et maintenant il arrive au coin de la rue Arturo Soria. Il descend le large trottoir jusqu'à l'arrêt de bus. Leandro a bien vite regretté sa décision inattendue. La responsable du pavillon l'avait accueilli avec un sourire encore plus maquillé que d'habitude. Elle l'avait fait passer au petit salon. Là, elle lui avait dit nous avons eu un petit problème avec le chèque de l'autre jour. On me l'a renvoyé.

Leandro fut surpris, il ne s'attendait pas à cette nouvelle. La responsable ôta toute importance au sujet. Leandro n'avait pas de monnaie sur lui et il proposa de faire un nouveau chèque. Tout plutôt qu'être obligé de laisser encore une fois la trace de sa carte de crédit. Je vous ai déjà dit que je préfère le cash, l'avertit la femme. À deux rues d'ici il y a un distributeur automatique. Dans ce cas je reviendrai un autre jour, menaça Leandro.

Allons, allons, je ne vais pas vous retirer ma confiance pour un accident, n'est-ce pas ?

La responsable accepta le chèque signé que Leandro lui tendit d'une main tremblotante. Elle sortit de la pièce pendant qu'il écrivait. Si elle avait vu son manque de fermeté dans le poignet, elle aurait eu des doutes. Elle lui rapporta le chèque renvoyé par la banque et ajouta mécaniquement, de façon presque insultante, je préviens Valentina à l'instant. Aujourd'hui je préférerais une autre, répliqua-t-il alors, sans trop y penser. Voyez-vous cela, aujourd'hui vous voulez changer. Très bien, je fais passer les filles. Asseyez-vous. Vous voulez boire quelque chose ?

Leandro refusa et s'assit sur le canapé après avoir enlevé son manteau. Il faisait chaud.

Il choisit sans réelle conviction et demanda à la première fille qui entra dans le petit salon de monter avec lui. C'était une Slave, blonde, aux cheveux mi-longs, grande, avec peu de poitrine. Ils montèrent dans une chambre. Elle se déshabilla promptement et il en fit autant. Le rituel de la douche fut différent cette fois, la fille lui fit signe de s'asseoir sur le bidet. Là, elle lui lava le pénis et le trou du cul avec du gel douche, comme si elle finissait de frotter les assiettes sales du jour. Elle parlait un bon espagnol bien qu'avec une voix dissonante, qui semblait perdre de l'énergie au fur et à mesure de la phrase. Elle tenta de se montrer sympathique. Elle prit sa place à califourchon sur le bidet et frotta son pubis rasé avec sa main pleine de mousse blanche.

Une fois allongé sur le lit, Leandro commença à trouver la voix de la fille désagréable. Le timbre était trop aigu, trop lointain. Elle se mettait soudain à caqueter de manière absurde, presque ridicule. Chaque phrase ressemblait au cri d'une poule couveuse. La fille était trop maigre et ses os saillaient. Elle passa ses cheveux blonds sur sa poitrine, lui mordilla les tétons et caressa la peau flasque qui entourait son vieux ventre.

Après les jours d'abstinence où il s'était interdit les escapades au pavillon, ses visites étaient devenues presque quotidiennes. Comme une rechute. Le dimanche il était resté à la maison à cause d'une pudeur insurmontable. Aurora avait reçu deux visites qui lui avaient permis de s'enfermer dans son bureau. Au bout de trois semaines les retrouvailles avec Osembe avaient été agréables. Elle s'était montrée tendre, lui avait demandé la raison de son absence. Il lui avait expliqué que sa femme était malade et elle ne lui avait pas posé d'autres questions, évitant ainsi qu'il se rende ridicule à parler de la maladie de sa femme, nu sur le lit d'un bordel. Osembe s'était employée avec concentration à le faire jouir. Cet après-midi-là, quand il était rentré à la maison, sa culpabilité était tempérée par le sentiment d'avoir passé un bon moment. En plus, s'était-il dit, je n'y retournerai pas avant un certain temps. Mais il y était retourné l'après-midi suivant. Et celui d'après. Et Osembe avait repris sa manière routinière de le satisfaire. La deuxième partie de chaque rendez-vous se transformait en une brève discussion où chacun des deux révélait à l'autre quelques détails de son intimité.

Le lundi ils réutilisèrent le jacuzzi, même si la propreté douteuse de l'endroit et la blancheur de la baignoire mettaient Leandro mal à l'aise. Il jouit de la proximité d'Osembe. La différence amusante entre sa peau et la mousse de l'eau offrait des contrastes stimulants. Dans la rue, il se sentit transpercé par le froid de l'après-midi. Il crut qu'il était en train de tomber malade.

Il s'imagina au lit, fiévreux. Il pensa qu'il n'y aurait personne pour s'occuper de lui. Désormais il ne pourrait plus revivre ces journées de grippe ou de gastro-entérite qu'il avait passées alité, avec Aurora qui veillait sur lui, lui offrait quelque chose à manger, lui apportait ses médicaments à la bonne heure, le réchauffait quand il en avait besoin. À présent il serait un malade abandonné. Et le châtiment lui paraissait juste.

Mais il ne tomba pas malade. Et le lendemain, après le déjeuner, il laissa Aurora, assoupie, avec pour compagnie le bruit d'une gentille émission de radio d'après-midi. Avant de sonner au pavillon, du trottoir d'en face, il vit un homme faire entrer des caisses de supermarché puis des sacs de pressing. Ce sont peut-être les draps, se dit-il. Il attendit quinze minutes que l'homme ressorte et s'éloigne dans un 4X4 sombre. Le pavillon avait ses habituels stores baissés comme des yeux fermés, la même ambiance de discrétion, de silence, presque d'abandon. Pourtant cet après-midi-là il se révolta contre Osembe.

Elle l'avait accueillie somnolente mais attentionnée. Elle était presque nue, peut-être venait-elle juste de quitter un client. Elle l'avait lavé en riant, maladroite, et Leandro s'était demandé si elle n'était pas droguée ou ivre. Ils s'étaient jetés sur le lit et elle avait été excessive. De temps en temps elle gloussait bêtement ou disait des mots tendres qui, entre deux rires, paraissaient des moqueries à son encontre. Avec deux doigts elle avait agité pendant un moment le pénis de Leandro, comme s'il s'agissait d'une petite marionnette parlante. Il était si mou qu'on aurait dit un Guignol pervers et insultant.

Leandro se sentit vulnérable et ridicule. Il tenta de se retenir, de lui faire comprendre son dégoût. Mais elle s'appliqua à lui faire une fellation consciencieuse. Elle mordillait le pénis de Leandro et plusieurs fois il se sentit à la frontière entre la douleur et le plaisir. Elle remplissait sa bouche de salive et humidifiait le membre à moitié en érection. Les bruits étaient désagréables et faisaient perdre à Leandro sa concentration forcée. Que se passe-t-il aujourd'hui ? disait-elle. Ça ne te plaît plus, mon amour ? demandait-elle. Alors elle se contenta de secouer son pénis sans vie d'une main agressive, comme un travail pénible et absurde.

Leandro lui saisit le poignet avec force. Calme-toi, dit-il. Assez. Elle résista, mais il la força à s'allonger à côté de lui. Ils attendirent un instant de recouvrer leur souffle.

Je veux te voir en dehors d'ici, dit Leandro. C'est interdit. Donne-moi un téléphone. Tu gagneras plus d'argent. Tout sera pour toi. Ne parle pas, dit Osembe, et elle bougea la tête comme si elle voulait lui indiquer d'être prudent. Tu ne vois pas que tu gagnerais le double ou le triple ? Combien on te donne ici ?

Leandro parcourut le corps d'Osembe. Elle riait de la façon dont il la mordillait délicatement ou poussait des cris étouffés. Leandro glissa jusqu'à son sexe et tenta de domestiquer son absence de concentration.

Il sentit échouer ses tentatives de lui donner du plaisir. Elle ne mouillait pas. Elle semblait de pierre. Comme je suis stupide, pensa-t-il.

Il s'était redressé, s'était rhabillé sans prendre sa douche habituelle et était sorti de la chambre sans laisser de pourboire. Osembe n'avait rien dit et Leandro avait soupçonné qu'elle s'était assoupie dans le lit.

En bas, il avait payé en liquide. Tout s'est bien passé ? avait demandé la responsable. Il avait répondu par un simple oui. Il avait eu envie de frapper Osembe, de la gifler, de la mettre en colère ou au moins de la crisper, pour parvenir à voir, peut-être, quelque chose de vrai en elle. Mais il s'était réjoui de ne pas l'avoir fait. Le moindre conflit dans ce genre de lieux finit toujours mal.

Dans la rue il avait eu du mal à contenir sa colère. Les gens qu'il croisait lui paraissaient bassement laids, désagréables, bêtes. Cette large rue, avec ses haies de fleurs, lui semblait snob et sans personnalité, le trottoir mal dessiné. Il préférait les rues grises du vieux Madrid. Il trouvait la forme des voitures ridicule, le climat inhospitalier, les troncs écorcés des arbres déprimants. La ville lui transmettait de la vie, mais une vie obscène, grotesque. Les magasins étaient peu attirants, avec des enseignes rachitiques éclairées par des néons bon marché, la publicité des arrêts de bus envahie par la même beauté frigide, et les gens avec leurs visages froids étaient, dans leur grande majorité, d'une vulgarité démoralisante.

Je n'y retournerai pas, s'était-il dit. Depuis le premier jour il avait été attiré par le mépris altier d'Osembe, la cruauté de son regard vide et indifférent. Mais l'éclat de sa peau était addictif. Il savait qu'il ne la posséderait jamais, qu'elle ne penserait jamais à lui ni se ferait le moindre souci pour son vieux client pervers. Il savait aussi que la fidélité de ses visites n'attendrirait jamais son cœur de pierre. Le plaisir sexuel qu'elle lui accordait était le fruit d'un professionnalisme automatique, les mains qui parcouraient son corps caressaient seulement l'argent que cela lui rapportait. Argent qu'elle dépensait en manucure, coiffeur, cosmétiques, vêtements, bijoux, parce que tout ce qu'il percevait chez Osembe le renvoyait à une fille étrangère, à la gravité de son destin, à une survivante satisfaite d'un naufrage qui ne l'angoissait pas.

S'il laissait un jour ce vice stupide ruiner sa vie, il lui resterait la consolation de savoir qu'il l'avait fait consciemment, qu'il ne se retrouvait pas dans ce pavillon ni dans ces bras par erreur, qu'il s'agissait d'une décadence choisie, d'une chute volontaire et compulsive qui ne méritait aucune pitié, qui n'était soutenue par aucune justification romantique.

De retour chez lui, ce soir-là sa colère s'était transformée en paix et reddition. Il avait lu pour Aurora à côté de son lit, lui avait préparé un bouillon et l'avait embrassée sur la joue pour lui souhaiter bonne nuit. Aurait-il fait tout cela avec le même état d'esprit, s'était-il demandé, s'il n'avait pas touché de si près la misère morale, la pire bassesse ? Si les événements de la vie n'avaient pas besoin d'un contraste indispensable ? Ce qui était bon l'était à cause de la proximité du mal, le beau à cause du laid, le correct à cause de l'incorrect.

Je vais récupérer, n'aie pas peur, lui avait dit Aurora quand elle avait remarqué son air abattu. Il avait éteint la lumière. Dans le noir il s'était senti sale et dégoûté. Aurora commettait une énorme erreur d'interprétation sur la raison de sa tristesse. Je ne souffre pas à cause de toi, mais à cause de moi, avait-il pensé, blessé.

Leandro était allé se coucher avec la salive séchée d'Osembe sur la peau. Il aurait préféré se réveiller mort, libéré. Mais il se réveilla sain et sauf, âme comprise. Et l'après-midi même il était sous le corps d'une Ukrainienne osseuse et plate, qui prétendait s'appeler Tania et que Leandro avait choisie pour se venger d'Osembe, même s'il soupçonnait que son attitude ne lui ferait ni chaud ni froid. Qu'espérait-il ? Qu'elle soit jalouse ? Il regretta vite quand il se vit en train de simuler pour jouer au client satisfait. Avec Osembe au moins il ne se sentait pas conditionné.

Leandro est obligé de se concentrer pour réussir à jouir. Je peux m'habiller seul, dit-il quand la fille propose de l'aider avec son horrible voix de gallinacé. Leandro observe son corps mou, sa vieillesse blanchâtre, les taches brunes sur sa poitrine. Pourquoi je fais ça ? Pourquoi je me détruis comme ça ? Il n'avait pas travaillé toute son existence, lu, étudié, vécu avec une femme belle et pleine de vie, ne s'était pas évertué à mener une vie droite et libre pour finir déchiqueté, méprisable, dans une maison de passe des quartiers chics. Vais-je ruiner ma vie ? se demande-t-il. Il prend sa tête entre ses mains posées sur ses genoux, comme un boxeur sonné quelques minutes après avoir perdu.

Il entend l'avertissement intérieur qui lui interdit de pleurer. La voix qui lui rappelle que ces lamentations coupables ne sont pas plus sincères. Il ne connaît que trop bien toutes les ficelles de la culpabilité. Le remords et lui étaient de vieux amis qui se trahissaient sous prétexte que rien n'est définitif.

Dehors un oiseau chante. Du couloir provient la rumeur du sexe monnayé dans une chambre voisine. Tania est sortie de la salle de bains contiguë et l'attend debout pour qu'ils quittent la pièce ensemble. Personne ne doit être seul, tout est chorégraphié pour éviter les rencontres indésirables. Osembe savait-elle qu'il était ici ? Et que ressentait-elle ? De l'indifférence, forcément. Peut-être une pointe de contrariété à l'idée de perdre un argent facile. Mais tous les clients sont pareils, lui avait-elle dit un jour. Même s'il apportait une composante désuète. La vieillesse, la décrépitude, le vice à contretemps, la persistance dans l'erreur, sa culpabilité infiniment plus marquée que celle de tout autre esclave de l'incontrôlable appétit sexuel. Il serait difficile de trouver quelqu'un qui soit pire que lui.

Il se caresse les cheveux devant le miroir. À nouveau le sentiment d'être dans une chambre d'étudiant. En le voyant, personne ne pourrait soupçonner l'immense désolation qu'il cache. Au fond de ses yeux, il voit un homme mort. Leandro s'adresse un regard entendu qui lui sert à contrôler n'importe quelle émotion. Froid.

Dans le couloir entre les chambres, il entend une porte s'ouvrir, un mouvement inhabituel. Osembe sort la tête. Elle porte une robe couleur crème ajustée aux hanches, qui lui descend jusqu'à mi-cuisses et retenue par deux larges bretelles sur les épaules, qui laissent voir son décolleté. La tenue a quelque chose de désagréable à cause de son côté artificiel, mais elle fait ressortir la splendeur de son corps. Ses yeux sont injectés de sang.

Aujourd'hui tu m'as trompée avec une autre, pas vrai ? Leandro n'a pas envie de répondre, il commence à descendre l'escalier. Elle pose ses longs ongles peints en rose framboise sur son épaule. Demain c'est mon anniversaire. Si tu viens on fera une fête spéciale. Ça te dit ?

Leandro interprète la scène comme un pathétique triomphe. Il hausse les épaules. Est-ce de la provocation ? Une petite victoire ?

La responsable succède à Tania au bas de l'escalier. Elle reconduit Leandro à la porte. J'espère qu'il n'y aura pas de problèmes avec le chèque, n'est-ce pas ? Leandro lui assure que non, fermement. Elle lui adresse un sourire qui dévoile ses dents abîmées et tordues.

Il ne vaudrait mieux pas, grand-père, il ne vaudrait mieux pas.

La phrase contient une dose de mépris et de menace. Leandro se sent agressé. Il quitte le pavillon d'un pas décidé, sans se laisser abattre. C'est la fin. Jamais plus il ne reviendra dans ce lieu. Il jette même un regard à la porte métallique pour la fixer une dernière fois dans sa mémoire. Et aussi à la baie vitrée, voilée d'un rideau. Bientôt tout ne sera plus qu'une ombre. Il sent le regard de quelqu'un derrière une persienne, perçoit une présence derrière les lattes. Jamais plus. Personne n'est assez stupide pour se laisser vaincre quand l'ennemi a montré ses armes et son évidente supériorité. Ce serait suicidaire. Il s'éloigne à pas vifs, renaissant. Il fuit.

Et il le sait.

11

Le dimanche Lorenzo déjeune chez ses parents. Il a préparé un mauvais riz qui colle à la cuillère quand il sert. Leandro et lui se sont placés autour du lit d'Aurora, qui le complimente après avoir à peine porté quelques grains à sa bouche. Lorenzo s'inflige lui-même le châtiment. Ça peut aussi servir de colle à papier peint, si tu veux on refait ta chambre. Sylvia est allée déjeuner avec sa mère, de passage en ville. Et, comme d'habitude, Lorenzo a éprouvé une pointe de jalousie. Il enrage de ne pas pouvoir emmener sa fille dans d'autres restaurants que le bar en dessous de chez lui avec son menu à neuf euros. Il sait que Santiago sera là et qu'il tentera de séduire Sylvia avec la même force, la même assurance grâce auxquelles il a conquis Pilar. Son air important, sa tchatche, les livres qu'il lui offre et qu'elle lit à présent alors qu'elle n'a jamais montré d'intérêt pour la lecture.

Quand Pilar lui avait annoncé qu'elle le quittait et qu'il y avait un autre homme dans sa vie, Lorenzo n'avait pas été étonné que cet homme fût Santiago. Il n'est pas rare, avait-il dit alors en essayant de la blesser le plus possible, qu'une secrétaire ait une liaison avec son patron. La phrase n'avait pas réussi à offenser Pilar. Et cela avait peut-être davantage énervé Lorenzo. Au cours des jours suivants il avait fait une chose dont il avait encore honte. Il ne savait même pas si Pilar était au courant. Il était possible que Santiago ne le lui ait jamais raconté.

Lorenzo n'avait jamais rencontré Santiago à part les deux fois où il était passé chercher Pilar à son bureau près de la place de l'Indépendance. Quand Santiago n'était pas encore son chef, Pilar plaisantait lors des dîners d'amis. Je crois que j'ai le travail le plus ennuyeux du monde. Mais Marta, la femme de Lalo, qui travaillait au ministère de la Justice, lui rétorquait moi je suis secrétaire dans un sous-secrétariat, alors vous imaginez ce que je suis ? Sous-sous-secrétaire ? Et ils riaient tous, comme pour chasser, de cette manière, l'éternelle frustration professionnelle de Pilar.

Ce jour-là Lorenzo avait attendu aux abords du bureau et, lorsqu'il avait vu Santiago surgir de l'entrée, il s'était dressé devant lui. On peut parler ? Allons prendre un café tranquillement. L'attitude civilisée de Santiago, au lieu de le calmer, l'avait davantage offensé. Lorenzo l'avait bousculé. L'autre avait encaissé sans répondre, s'était appuyé contre le mur. Il avait ajouté quelque chose. Conciliateur. Lorenzo lui avait crié dessus, pourquoi tu me fais ça ? Hein ? Pourquoi tu me fais ça ? Par réflexe, Santiago s'était protégé avec les mains. Qu'est-ce que tu crois, que je vais te frapper ? avait continué Lorenzo. Et il lui avait tapé rageusement sur les bras comme pour le faire se sentir inférieur. Ses lunettes marron étaient tombées par terre, sans se casser. Quelqu'un qui passait dans la rue s'était arrêté pour regarder. Santiago avait ramassé ses lunettes, les avait replacées sur son nez et s'était mis à marcher, d'un pas ferme, sans courir. Lorenzo ne l'avait pas suivi. Il avait seulement répété je ne vais pas te frapper. Mais Santiago ne s'était plus retourné et il s'était éloigné.

Lorenzo n'avait jamais compris ce qu'il avait essayé de faire, ce qu'il cherchait en allant à sa rencontre. Il voulait juste obliger Santiago à être conscient de la blessure qu'il lui causait. Tu es heureux parce que tu m'as broyé, tu m'as tout volé. Avec le temps, sa violence et sa bêtise lui avaient fait honte, l'avaient humilié. Il fallait que Santiago sache ce que coûtait son bonheur, le prix qu'il faisait payer à un autre. Lorenzo souhaitait se présenter devant lui autrement qu'en tant qu'ancien compagnon de Pilar, comme un être réel, blessé.

Mais le malaise qu'il ressent ce dimanche alors qu'il déjeune avec ses parents ne remonte pas si loin. Il est lié à l'après-midi de la veille.

Sur l'esplanade du monastère de l'Escorial, entourés de groupes de touristes qui prenaient le chemin du retour en direction des autocars stationnés non loin, Lorenzo avait questionné Daniela. Ça t'a plu ? Elle lui avait avoué qu'elle était impressionnée par l'énormité, le poids de l'Histoire.

Nous les Espagnols, on est fous, pas vrai ? avait réussi à dire Lorenzo. Un truc pareil, bâti au milieu de nulle part, par la folie d'un roi qui voulait expier ses péchés.

Il avait raconté à Daniela les origines du monastère, le martyre de San Lorenzo, le bâtiment en forme de gril de torture, Philippe II qui s'était estimé coupable d'avoir gagné la bataille de Saint-Quentin le jour du saint, tous ces détails qu'il avait lus à toute vitesse après s'être connecté à Internet sur l'ordinateur de Sylvia.

Daniela lui dit qu'elle avait éprouvé la même impression de petitesse quand on l'avait emmenée, à l'école, visiter l'église de la Compagnie de Jésus, en plein centre historique de Quito. Les effets du soleil sur les vitraux et les peintures bien explicites sur la vie qui attendait l'infidèle avaient fini par convaincre les indigènes de la grandeur du Dieu des catholiques. Elle était revenue plus tard la visiter après l'incendie, avec ses murs noircis, et c'était encore plus impressionnant.

Lorenzo sortait des généralités, confondait les dates et les noms, dans une sorte de conférence bien intentionnée qui ressemblait plus à l'exposé d'un candidat voué à l'échec. Quand il essaya de dire quelque chose sur l'arrivée des Espagnols en Équateur et l'esprit qui guidait ceux qui élevaient des églises énormes et des couvents, Daniela le corrigea avec une certaine douceur. Hernan Cortés n'a rien à voir avec ça, je crois que tu fais référence à Pizarro. Oui, bien sûr, Pizarro, c'est pareil. Il feignit aussi de connaître le général Sucre, la date de la déclaration d'indépendance sur les hauteurs du Pichincha et mentit même en assurant évidemment que j'ai entendu parler de Rumiñahui. Il y a longtemps, au lycée.

Pendant la visite, il ne réussit pas à répondre à toutes les questions qu'elle lui posa. Oui, je crois que le roi s'est marié plusieurs fois, trois ou quatre je ne sais plus, dit-il devant les tombeaux. Bien entendu, il était très croyant, regarde dans quel petit lit pourri il dormait. De temps en temps il arrivait à lire avant elle les légendes qui accompagnaient une peinture et fanfaronnait alors, ça, c'est son père, Charles Quint. Mais c'était le caractère entreprenant des Espagnols, leur folie illuminée, que faisait ressortir Lorenzo dans son discours égaré, comme s'il avait voulu, aux yeux de Daniela, s'apparenter à ces hommes cruels mais magnétiques, pleins de projets féconds. Si féconds que Francisco de Aguirre eut jusqu'à cinquante enfants, lui dit-elle avec une ironie que Lorenzo ne comprit pas. Le monastère fermait tôt ses portes et ils furent délogés de la bibliothèque. Quand l'appariteur les pressa de sortir, Lorenzo était en train de montrer avec une certaine inexactitude l'endroit qui correspondait à l'Équateur sur un vieux globe du monde. C'est typique des fonctionnaires, regarde l'heure qu'il est. Tu crois qu'on peut fermer à six heures du soir un monument si visité, l'orgueil de ce pays ?

Ils s'étaient assis sur le petit mur qui servait de clôture afin d'attendre le coucher du soleil entre les montagnes derrière le monastère. La vue était superbe. Daniela lui parla de l'époque où elle était à l'école à Loja. Elle lui expliqua qu'elle connaissait bien l'histoire de l'Espagne à cause d'une religieuse de Pampelune, agressive et autoritaire, qui avait été son enseignante. Elle nous frappait avec un gros missel, ici, juste en haut du crâne. Mais elle leur racontait aussi comment l'illumination de Dieu avait conduit les Espagnols à travers les mers et les forêts pour répandre la foi sur le Nouveau Continent et donner des noms de saints aux villes qu'ils conquéraient. Les soldats s'étaient fatalement éloignés de leur Dieu et s'étaient livrés au désir ardent de la luxure, au vice, à la folie, à la sexualité et avaient finalement péri, malades et châtiés.

Cette femme, Leonor Azpiroz, dit Daniela avec un souvenir d'une remarquable précision, m'a frappée un jour en pleine classe. En inspectant les rangs elle avait découvert mon livre déchiré. Il était passé entre beaucoup de mains avant les miennes, c'était un livre de catéchisme espagnol qui s'appelait *Il est avec vous*. Elle m'a fait me lever et m'a giflée. Ce n'est pas ainsi qu'on traite le matériel scolaire, m'a-t-elle dit. Je me souviens que j'étais folle de rage, ce n'était pas ma faute, j'avais reçu le livre comme ça, et quand je suis rentrée chez moi j'ai brisé à coups de pied le crucifix qu'on avait fabriqué en travaux manuels avec des pinces à linge. Le lendemain elle s'est aperçue de mon regard rancunier, et elle est venue me chercher pour m'embrasser. Elle a pris ma tête entre ses mains et m'a dit, petite Indienne, vous avez un visage de sainte, ne vous égarez pas à la première injustice de la vie. C'était une sage, une salésienne sage qui voyait à l'intérieur des gens.

Lorenzo profita de la brèche ouverte par la confession de Daniela pour l'interroger sur sa famille. Daniela évoqua sa mère malade, qui s'occupait de tous ses frères et sœurs. Elle, elle était venue en Espagne avec la responsabilité de leur envoyer de l'argent. Quand elles se parlaient au téléphone sa mère pouvait à peine contenir son émotion. Je prie pour toi, disait-elle à Daniela.

J'ai une sœur, un peu plus âgée que moi, lui expliqua Daniela, qui n'a donné que des soucis à ma mère. Elle ressemble à mon père, je crois. On ne la voit jamais. Elle est venue en Espagne avant moi, mais elle n'appelle jamais, rien. Elle a de mauvaises fréquentations. Ma mère sur ce plan a été très généreuse avec moi, elle m'a dit pars en Espagne mais ne le fais pas pour moi, fais-le pour toi et l'argent que tu gagnes, même trois fois rien, il faut qu'il soit propre. Sois honnête et Dieu te récompensera. Qu'est-ce que tu crois, lança-t-elle à Lorenzo avec défi, que je ne sais pas d'où vient l'argent que gagnent certaines, même dans le quartier ? Il est très difficile de rivaliser avec celles qui ne respectent pas les règles.

Lorenzo se souvint alors d'un tee-shirt qu'avait mis Daniela un jour et auquel il avait à peine prêté attention. « Il me rend heureuse », disait la légende. Et il avait aimé penser que ça faisait référence à lui. Mais désormais il savait avec certitude que c'était une allusion à ses convictions religieuses et il se vit alors dans l'obligation de la prévenir qu'il ne croyait pas en Dieu et n'allait pas à la messe. À cause de sa réaction, une certaine absence, Lorenzo s'aventura dans une explication confuse où il affirma qu'il croyait en l'existence de Dieu, mais pas d'un Dieu comme l'entendaient les croyants, d'une autre forme, plus éthérée et personnelle, comme un Dieu à l'intérieur de chacun. Quand il sentit que ses paroles ne le mèneraient nulle part, il préféra abandonner la conversation. Ce n'est pas non plus un sujet auquel je pense très souvent.

Ce bâtiment, dit Daniela pour toute réponse, cette construction, peut seulement être le fruit de la foi véritable, du désir d'honorer Dieu sur tous les plans. Et Lorenzo leva les yeux pour regarder l'immense esplanade et le monastère qui recevait les dernières lueurs du jour. De son côté il pensa au caractère espagnol intrinsèque de sa construction spartiate, même s'il manquait de perspective pour le voir comme le Léviathan de granit glacial qui brisait la montagne de pins alentour.

Daniela commença à avoir froid et Lorenzo lui passa le bras autour des épaules. On rentre ? demanda-t-il. Ce serait mieux, répondit-elle.

Ils marchèrent sur le bas-côté de la route vers la camionnette qu'il avait garée sur un accotement plus loin. Le dimanche, on va à une église qui est près de chez nous, lui raconta Daniela. Le pasteur est brillant. Lorenzo prit ça pour une invitation voilée, mais ne dit rien.

Ils montèrent dans la camionnette. Lorenzo s'engagea sur la route qui longeait le monastère et à chaque dos-d'âne il ne pouvait s'empêcher de regarder du coin de l'œil la poitrine de Daniela tressauter. Pendant ce temps, elle lui parlait de la paroisse. Chaque jour il y a de plus en plus d'Espagnols. Parfois les Espagnols croient que ces églises sont seulement pour les latinos, mais maintenant ils viennent. Ils nous entendent chanter et certains nous rejoignent. Tu sais ce qu'ils disent ? Qu'ici la foi a toujours été triste. C'est vrai, vous autres, vous célébrez Dieu avec de la joie, des rires, se risqua à l'interrompre Lorenzo. La dernière messe à laquelle il avait assisté remontait peut-être à l'enterrement du père de Lalo. Ça faisait presque quinze ans.

La route pour Madrid passait entre des champs délimités par des murs en pierres. Lorenzo et Daniela regardaient droit devant eux. Le fait de ne pas se regarder leur permettait de parler avec une plus grande sincérité.

Vous êtes plus joyeux pour tout, s'entendit dire Lorenzo. Et il lui sembla à cet instant qu'il était allé trop vite. Ne crois pas ça, le corrigea Daniela. Nous avons beaucoup souffert. Les gens ont seulement l'image de ceux qui font la fête, etc., mais la réalité est tout autre. Tu connais forcément une Colombienne. Une Colombienne ? Non, pourquoi ? demanda Lorenzo. Elles te plairaient plus que moi, ça c'est sûr, dit Daniela sans cesser de fixer la route devant elle, comme si elle voulait le provoquer. Elles sont effrontées, n'ont aucune pudeur. Je ne veux pas généraliser, mais…

Lorenzo sentit une pointe d'excitation. Il avait pris pas mal d'argent dans son portefeuille en pensant qu'elle aurait peut-être envie de danser, d'aller dîner ou de s'amuser quelque part. À présent il se rendait compte de son erreur.

Quelques jours plus tôt il était passé au bureau de son ami Lalo pour toucher l'argent du déménagement de l'appartement. En réalité, avait-il avoué à son ami une fois dans son bureau, je n'ai aucune idée de la somme que ça représente, je ne sais pas. Lalo avait habilement rédigé une facture sur son ordinateur et demanda à Lorenzo de vérifier. Ça te paraît juste ?

C'est un peu plus que ce que je pensais, avait répondu Lorenzo.

Lalo imprima la facture et sortit l'argent d'un tiroir de son bureau. Ne t'en fais pas, c'est ce que j'avais prévu, lui assura-t-il. Ils allèrent prendre un café. La matinée était lumineuse, mais le café sombre, tout en longueur, sans autres fenêtres que celles de la devanture. Lorenzo questionna Lalo sur l'ancien propriétaire de l'appartement. Il y a quelques objets personnels qu'il faudrait peut-être lui remettre, mais évidemment, maintenant que vous l'avez envoyé vivre sous les ponts…

La phrase de Lorenzo sonna comme une accusation directe. Lalo se justifia. Au contraire, on s'est occupés de son admission dans une résidence pour personnes âgées. En réalité, moi je ne le connais pas, c'est quelqu'un d'autre qui s'est chargé de tout, un autre agent. C'était une de ces affaires où, au départ, tous les problèmes avec les voisins, les plaintes, etc., on se dit que ça va être super compliqué et qu'il vaut mieux ne pas s'en mêler, mais finalement ça a été résolu de la façon la plus simple possible. En deux semaines à peine tout était réglé. Tu sais ce que j'ai pensé après ? Qu'en réalité personne n'avait proposé au type de lui acheter son appartement alors que lui, justement, il voulait le vendre. C'est simple, non ? Là où il sera le mieux, c'est dans une résidence. J'ai l'impression que c'est quelqu'un qui avait perdu la tête. On a parlé d'un accident, je ne sais quoi…

Et tu sais dans quelle résidence il est ? Bien sûr, au bureau j'ai tous les renseignements, ça t'intéresse ? Non, c'était au cas où. Lorenzo n'avait pas voulu montrer trop d'intérêt. Quand on vide un appartement de cette manière, ça fait un peu de peine, on pense qu'on est en train d'en finir avec quelqu'un, avec tout ce qu'il a accumulé au cours de sa vie.

Dans mon travail, lui expliqua Lalo, on voit des choses qui déchirent le cœur. N'oublie pas qu'une maison, c'est souvent ce qui reste en dernier. Mon chef dit toujours ce truc génial : On ne paie pas son loyer en souffrant. Et c'est vrai, la vie est un cycle, finalement… même si c'est douloureux à entendre. La maison de quelqu'un qui meurt devient celle de quelqu'un qui vit ; le malheur des uns fait le bonheur des autres. C'est la vie.

Lorenzo avait raccompagné Lalo jusqu'à son bureau. Son ami lui avait expliqué qu'après les travaux l'appartement allait pouvoir être vendu, dans ce quartier, quatre fois plus cher que ce qu'ils l'avaient payé. Le genre de truc qui fait rêver, avait-il avoué à Lorenzo. Puis il lui avait trouvé les coordonnées de la résidence où se trouvait l'ancien propriétaire. Jaime

Castilla Prieto. Le nom est tout ce qu'il y a de normal, avait-il commenté. Ne te sens pas obligé de lui rapporter quoi que ce soit, le type est cinglé, et Lalo avait fait un vague geste de la main à la hauteur de sa tête. Lorenzo avait haussé les épaules.

Cet argent que Lorenzo avait reçu de Lalo était celui qui sommeillait le samedi suivant dans sa poche. Le chauffage exhalait un air épais qui sentait l'essence. Quand Daniela lui dit qu'elle ne connaissait quasiment pas les alentours de Madrid, Lorenzo lui parla d'un endroit désormais urbanisé mais qui, des années plus tôt, n'était encore qu'un pâturage pour les chèvres et les vaches.

Daniela avoua que tout déplacement l'angoissait. Elle n'avait pas de papiers et ne voulait pas tomber sur la police dans une gare ou lors d'un voyage. Ils vous gardent deux jours au trou et rédigent votre ordre d'expulsion. Elle était arrivée à Madrid deux ans auparavant avec un visa de touriste et l'unique objectif d'envoyer de l'argent à sa mère. Un jour, je veux avoir ma maison à moi, pas une énorme maison comme celles que se construisent souvent les autres émigrants avec de l'argent d'Espagne, je ne veux pas être aussi présomptueuse, juste quelque chose de simple, de joli. Lorenzo lui demanda comment elle s'était débrouillée lorsqu'elle était arrivée dans le pays.

Tu connais déjà Nancy. Elle m'a beaucoup aidée. Au début, je me suis occupée d'une dame âgée. Tu vois ce type grisonnant qui fait des interviews dans une émission l'après-midi à la télé ? Lorenzo fit vaguement signe que oui, même s'il lui fallut du temps pour identifier l'homme dont parlait Daniela. Eh bien, je m'occupais de sa mère. Je n'avais aucun jour de libre dans la semaine. Même pas le dimanche après-midi. La famille n'allait presque jamais voir la dame. Et je n'avais rien à manger. Tu sais de quoi je me nourrissais ? De petits gâteaux Prince au chocolat, tu imagines ? Deux ou trois par jour, rien de plus. J'ai eu une anémie terrible et un jour, dans la maison, je me suis évanouie. On m'a hospitalisée. Le présentateur a déboulé aussitôt à l'hôpital et avant de me demander comment j'allais, il s'est mis à me menacer, si je racontais quoi que ce soit il me pourrirait la vie et me ferait expulser du pays. Tu sais même ce qu'il a fini par me dire ? Qu'il était un ami du roi. Et il m'a congédiée là, à l'hôpital.

Tu te nourrissais seulement de gâteaux au chocolat ? Tu aurais pu mourir, dit Lorenzo scandalisé. Tu parles, j'ai grossi comme une vache. Regarde comme je suis. Tu n'es pas grosse, pas du tout… Quand ma mère voit les photos que je lui envoie elle m'écrit « mais, grosse femme, tu as mangé ma petite fille, où est ma petite fille ? » Tous deux se mirent à rire.

Elle s'était ensuite occupée de trois enfants, mais l'aîné, âgé de neuf ans, était hyperactif. Il me maltraitait, m'insultait, me tirait les cheveux, me donnait des coups de pied. Un jour je n'y suis plus allée, je n'ai même pas eu le courage de dire au revoir aux parents. Je ne voulais pas leur raconter ce que me faisait leur fils. Il m'avait dit que j'étais son esclave et que j'étais venue en Espagne uniquement pour torcher sa merde. C'est mal mais je suis partie. Il avait le diable en lui, cet enfant avait le diable en lui.

Lorenzo dit quelque chose pour la consoler, ce n'est pas la faute des enfants, c'est la faute des parents. Mais elle enchaîna sur son travail actuel. C'est un jeune couple, des gens bien. Et le petit est adorable. Pour moi c'est comme mon fils. Je ne les connais quasiment pas, je les croise juste dans l'escalier, avoua Lorenzo. Lui, je crois, il est employé de bureau dans une boîte, un truc comme ça.

Daniela haussa les épaules. En Espagne on vit très bien, les gens aiment sortir, prendre du bon temps. Un jour, la dame pour qui je travaille me l'a expliqué : on ne veut pas que notre enfant nous vole notre vie sociale. C'est pourquoi je reste certains soirs pour qu'ils puissent aller au restaurant ou au cinéma. Ils sont gentils. Ils ont l'air heureux.

D'après ce que tu racontes, dit Lorenzo, il y a de tout. Mais ici les gens sont joyeux, je crois… Sauf dans le métro, sourit Daniela. Dans le métro tout le monde est sérieux, personne ne se regarde, ne se salue. Les gens lisent ou regardent par terre, comme s'ils avaient honte. Comme lorsque tu me rencontrais dans l'ascenseur, tu baissais la tête et je me mettais à penser, quelles chaussures ai-je mis aujourd'hui ? j'espère qu'elles sont propres.

Ils rirent et il y eut un silence. Daniela interrogea Lorenzo sur sa séparation, comment s'organisait sa vie, comment il s'occupait de sa fille, si sa femme lui manquait. Lorenzo répondit avec sincérité, sans éviter une légère pointe d'apitoiement envers lui-même.

J'ai commis une erreur, admit-il. Un jour, j'ai cru que ma vie serait toujours comme elle était alors. Avec ma femme, ma fille, mon travail. Je ne concevais pas que ça puisse changer. Et peut-être que je n'ai pas été assez vigilant. Je me suis trompé.

Le silence qui suivit parut faire un blanc dans la conversation. La route déboucha bientôt sur l'autoroute pour Madrid. Des voitures plus rapides doublaient la camionnette de Lorenzo. Quand ils passèrent devant la déviation d'Aravaca et Pozuelo, Daniela lui dit qu'elle avait beaucoup d'amies qui travaillaient par là. Lorenzo lui expliqua qu'il avait connu à Aravaca le dernier berger de Madrid. Monsieur Jorge. Chaque Noël on lui achetait un agneau pour le repas du Nouvel An. Ils ont construit plein de pavillons jumeaux derrière sa bergerie et la mairie l'a obligé à abandonner ses chèvres, raconta-t-il à Daniela. Quand j'avais quinze ans. Tu n'étais même pas née.

N'exagère pas, sourit Daniela. J'ai trente et un ans. Je ne suis plus une jeune fille. Tu en as pourtant l'air, dit Lorenzo. Regarde, c'est ici que vit le chef du gouvernement, lui montra-t-il quand ils passèrent près du palais de la Moncloa. Il te plaît, le chef du gouvernement ? demanda Daniela. Les hommes politiques sont tous pareils... Non, s'opposa Daniela, en Équateur ils sont pires. Là-bas il n'y en a pas un d'honnête... Ce sont quatre familles, il faudrait les foutre dehors. Ils sont tous corrompus.

Une fois à Madrid, Lorenzo proposa d'aller dîner. Tu as déjà dépensé beaucoup d'argent, lui dit Daniela. Puis elle ajouta qu'elle était fatiguée. Tu ne veux pas aller danser ? Je suis sûre que maintenant tu vas aller danser avec tes amies, plaisanta Lorenzo. Non. Vraiment, non, allégua-t-elle. Et il fut impossible de faire fléchir sa détermination.

Devant la porte d'entrée, Lorenzo coupa le moteur et éteignit les feux. Merci beaucoup pour la balade, dit Daniela.

C'était beau la conjonction des deux longues lignes de ses yeux avec la ligne de sa bouche. Des mèches de cheveux tombaient sur ses yeux en amande. La main de Daniela se posa sur la poignée de la porte et Lorenzo se pencha, dominé par une force qu'il ne contrôlait pas. Il la prit par les épaules et chercha à l'embrasser sur les lèvres, mais elle lui tendit seulement la joue, comme une sorte de no man's land. Toutefois le baiser se prolongea un peu, puis elle s'écarta.

Je savais que tu allais faire ça, Lorenzo. C'était la première fois que Daniela prononçait son prénom. Je ne suis pas venue pour ça, je ne veux pas que tu croies que...

C'était elle qui s'excusait, comme si elle s'accusait de l'avoir aguiché. Il se sentit gêné, tenta de se montrer chaleureux. Tu me plais, pardonne-moi si... mais tu me plais et je... Les hommes ne veulent qu'une chose, dit Daniela, et après ils font beaucoup de dégâts...

Daniela parlait avec douceur et ses traits devenaient plus beaux aux yeux de Lorenzo. Au moment du baiser il avait frôlé sa poitrine avec son bras et senti un frisson. Lorenzo avait envie de la prendre dans ses bras, de la rassurer, mais Daniela dominait la situation avec une autorité qui le paralysait.

Il n'y a aucun malaise, je veux seulement que tu saches que je...

Le silence de Daniela parut suffisant pour se passer d'explication.

Merci pour ce si joli après-midi, dit-elle, et elle sauta hors de la camionnette. Elle marcha jusqu'à l'entrée. Lorenzo sentit une piqûre dans sa poitrine, une sorte de pincement cruel. Il mit du temps à démarrer et roula comme un somnambule jusque chez lui. Quand ils traversaient les pièces du monastère, parmi les tapisseries tissées en feuille d'or avec des scènes bibliques, Daniela s'était tournée vers lui et lui avait dit, tout bas, dans un susurrement, merci pour ce que tu as fait pour Wilson. Alors, en sentant son haleine si près de son visage, Lorenzo avait eu envie de coucher avec elle, de la déshabiller, de lui faire l'amour.

Il comprit son erreur, sa précipitation. Il devinait des blessures chez Daniela qu'il ignorait. Le fait qu'elle l'ait repoussé le fit se sentir mal, désolé.

C'était samedi soir mais Lorenzo rentra tôt à la maison. Il eut l'impression qu'il conduisait dans la direction inverse du reste de l'humanité.

Quand il arriva chez lui le match était déjà terminé. Il regarda un moment un film américain assis à côté de sa fille Sylvia. Elle aussi son samedi a mal tourné, pensa-t-il, mais il ne lui posa aucune question.

Le dimanche s'achève avec la même sensation de vide qu'il avait au réveil. Le lundi, il met du temps à se lever. Il trouve un mot de Sylvia sous deux oranges posées près du presse-agrumes. « Je ne rentre pas manger. » Il entend un mouvement de chaises à l'étage au-dessus et pense qu'il s'agit d'un langage codé par lequel Daniela lui communique son mépris.

Wilson l'appelle alors qu'il prend son petit déjeuner. Il a trouvé un déménagement à faire et lui demande s'il veut y participer avec sa camionnette. Oui, bien sûr, génial. Alors demain à huit heures. Lorenzo écrit l'adresse du rendez-vous sur le mot de Sylvia. Il faudra que tu te lèves tôt, désolé, je vois bien que ce n'est pas ton truc, dit la voix de Wilson à l'autre bout du fil. Je suis réveillé depuis un moment, se justifie Lorenzo. Tu as la voix cassée, observe Wilson, on dirait que tu es encore dans ton lit. Tu sais comment ma mère appelait ça ? Avoir une voix d'oreiller.

Lorenzo prend sa douche, se rase en écoutant la radio. Aux infos, on ne parle pas de lui. Devant le miroir il dit je suis un assassin. Bizarre comme ça avait été facile pour lui d'oublier, de laisser ça derrière lui. Enterré d'un jour à l'autre. Je suis un assassin. J'ai tellement changé ? se demande-t-il en regardant son visage fraîchement rasé. Et il répète.

J'ai tellement changé ?

Il est ballonné. Il a mal dormi. Il s'accroupit pour essayer de péter. Il s'allonge par terre et se masse le ventre. Il lève les jambes en l'air. Il pense je ne suis plus celui que j'étais, pas vrai ? Dans cette position absurde, le dos sur la carpette humide de la salle de bains, il entend la sonnette de la porte. Les bruits à l'étage au-dessus ont cessé et, un instant, il a l'espoir que c'est Daniela qui est descendue le voir, peut-être pour s'excuser. J'ai été sèche avec toi l'autre soir.

Mais quand il regarde dans l'œilleton, son cœur s'emballe. L'inspecteur Baldasano est accompagné par quatre agents. Ils viennent m'arrêter, aujourd'hui tout va s'arrêter. Pendant une seconde il se réjouit. Adieu, angoisse. Puis c'est la consternation. Tout perdre. Il ne veut pas mettre trop de temps à ouvrir, aussi le fait-il brusquement. L'inspecteur parle sur un ton rassurant. Bonjour, pardonnez-nous de vous déranger. Lorenzo les invite à entrer tout en vérifiant s'il n'y a pas un voisin dans l'escalier, en train d'assister avec curiosité à cette scène désagréable. Nous avons l'ordre de fouiller votre appartement. Ça prendra juste quelques minutes. Vous êtes seul ? Lorenzo referme la porte derrière eux.

Oui, je suis seul.

12

C'est lui qui a craqué le premier. Lui qui a envoyé un message en fin de journée le dimanche. « Salut, ça te dit qu'on se voie demain ? » Les matchs du jour étaient quasiment tous terminés. Les résultats permettaient à son équipe de remonter de trois points dans le classement. Il a éteint sa radio. « D'accord, mais pas trop tard », a-t-elle répondu. Pendant la nuit Ariel regarderait les matchs de la ligue argentine retransmis sur le satellite. Mais il lui restait quelques heures à tuer. « Cinq heures ? Comme d'habitude ? » Il savait qu'il finirait par envoyer le message à Sylvia, mais il a retardé le moment le plus possible. Il voulait la voir. « OK. » Cette fille lui procurait une étrange sérénité. C'était la pureté de son regard, ses manières presque enfantines, son absence de calcul, une certaine innocence. Dans son souvenir, les caresses tremblotantes, un peu furtives, son corps vierge, les baisers où elle renversait la tête en arrière, à la fois atterrée et excitée, son sourire nerveux, tentateur. Tout se présentait avec une telle netteté qu'il semblait impossible à Ariel d'avoir laissé passer tant de jours sans la voir.

Elle a répondu à ses messages dans l'instant. Des phrases courtes, directes. Claires. C'est moi qui ai imposé cette froideur entre nous, reconnaissait Ariel. « D'accord, mais pas trop tard », avait-elle écrit. C'était une manière subtile de lui dire cette fois on ne finira pas au lit. Et Ariel le comprenait. La nuit dicte ses propres conditions. Ce sera un amour d'après-midi, un amour d'adolescent, a-t-il pensé. Avec l'obligation de rentrer à la maison avant onze heures.

Le samedi, il avait vécu l'ennui d'avant match. Un ennui impatient. La promenade dans la rue avec des centaines de gamins qui demandent des autographes, le repos avec l'équipe, la discussion tactique, les quinze minutes de vidéo sur l'équipe adverse, la sieste, les conversations sauvages des hommes quand ils sont en groupe. Lastra avait trouvé un nouveau surnom à l'entraîneur : Lalala. C'est comme dans les chansons, expliquait-il, quand on ne sait plus quoi dire, il y a toujours un chœur derrière qui meuble avec « lalala ». Il avait cette impression-là, une fois épuisés les trois concepts et les trois détails à observer chez l'adversaire, l'entraîneur se mettait à s'écouter lui-même, à reprendre le même refrain. Et dans un murmure une partie des joueurs chantonnait « lalala », faisant rire ceux qui ne pouvaient plus se retenir. Un truc de collégiens, mais efficace. L'équipe appréciait la bonne ambiance. La plaisanterie s'était popularisée. Lastra s'était alors adressé à l'un des jeunes. Toi, pas un mot là-dessus, ici on sait tous que t'es une balance. Le garçon avait tenté de nier cette mauvaise réputation, mais le groupe imposait sa loi.

Le moment de la sieste fut pénible. Osorio, son compagnon de chambre, appela sa copine et passa deux heures au téléphone à lui dire des mots doux. Quand il raccrocha il se tourna vers Ariel. Elle m'a déjà soutiré une voiture, la salope. Puis il se replongea dans sa Playstation. Amílcar vint chercher Ariel pour un café. Quelqu'un racontait que Matuoko était en train de baiser dans sa chambre avec une célébrité locale, apparentée avec les ducs d'on ne savait où. Les Espagnols paraissaient tous la connaître grâce à la télévision. Elle l'a appelé dans sa chambre, pas le moins gênée du monde, racontait le compagnon de chambre de Matuoko. Elle doit avoir quarante et quelques mais elle est encore super bonne, disait un autre.

Ils mirent leurs valises dans le car parce qu'ils repartiraient directement du stade pour l'aéroport. Que personne ne laisse rien à l'hôtel, avait prévenu le délégué. Il y en a un qui a oublié sa poupée gonflable, cria quelqu'un. Et toi ton vibromasseur, lui répondit-on du fond du car. Quand Matuoko monta parmi les derniers, ses compagnons l'accueillirent avec une salve d'applaudissements, qu'il remercia en montrant son énorme dentition et ses gencives roses. L'entraîneur baissa la tête, un peu sombre. Le responsable de l'équipement raconta deux ou trois blagues très appréciées. Ma femme crie beaucoup quand elle baise, parfois je l'entends même du bar. Certains mirent leurs écouteurs, d'autres discutaient.

À l'entrée du stade, un groupe de supporters locaux les insultèrent, levèrent leur poing dans leur direction, lancèrent des oranges qui s'écrabouillèrent contre les vitres du car. Un gros mec bourré baissa son pantalon et leur montra son cul, laid et poilu. Paco, ne regarde pas, ça pourrait te plaire, cria Lastra entre les rires. Je préfère ta putain de mère, répondit l'intéressé depuis son siège à l'avant.

L'heure et demie qui précédait le match parut interminable. Échauffement sur la pelouse. Rumeur du public qui commençait à envahir les gradins. Changement dans les vestiaires. L'odeur des lotions. Ariel souleva du pied une boule formée par deux chaussettes. Un, deux, trois, quatre, il la maintint en l'air en la passant d'un pied à l'autre. Certains le regardaient en souriant. Sur le terrain, mec, fais ça sur le terrain ! cria quelqu'un. L'attente ensuite dans le couloir des vestiaires. C'était le moment où Ariel remarquait le plus de tension. Allez, allez, allez. Il faut gagner. Allez, allez, allez. De la force, de la force. C'était assez simple. Allez, allez, les gars, il faut gagner avec les couilles, leur rappela l'entraîneur des gardiens. Si ça tourne au vinaigre, tous à l'avant, conseilla le deuxième entraîneur.

Le match fut plein de pièges. Le jeu était constamment interrompu par des fautes. Au lieu de faire de longues passes, le meneur de jeu gardait le ballon collé à son pied. Le Dragon raillait ce genre de joueurs, ce sont des touristes, disait-il, pour te donner le ballon ils viennent à côté de toi, te serrent la main, te demandent si les gosses vont bien. Il n'y a pas moyen qu'ils le lâchent. Le ballon, il faut le toucher beaucoup mais le garder peu. Ariel était désespéré par le manque de circulation. Il se débarrassa du joueur qui le marquait à la première menace, et dès que celui-ci le rejoignit à contretemps il le fit tomber. L'autre prit un carton jaune au milieu de la première mi-temps, ce qui détendit un peu le marquage. Trois ou quatre fois il le distança le long de la ligne de touche et parvint à centrer. Mais la tête de Matuoko semblait mal orientée, comme s'il n'arrivait pas à situer la cage. Les tirs étaient trop hauts ou déviés. Lors d'un rebond Ariel se risqua à un coup à la chilienne, une reprise de volée dos aux buts. Le gardien réussit à détourner au-dessus de la barre transversale ce qui aurait été un but magnifique, de ceux qu'on revoit ensuite à la télé pendant plusieurs jours.

À la fin il se retrouva avec un ballon tombé par hasard près de la surface de réparation à cause d'un dégagement maladroit, avança jusqu'à la ligne de fond et chercha un camarade en retrait, face aux buts. Il vit le défenseur se jeter par terre et n'eut qu'à chercher avec son pied la jambe de son adversaire. Ariel tomba et l'arbitre siffla un penalty. C'est Amílcar qui le transforma, par un tir profond à mi-hauteur.

Ensuite l'entraîneur décida de retenir le jeu. Il remplaça Ariel par un défenseur, ce qui ne le dérangea pas. Ariel s'assit sur le banc de touche. L'entraîneur lui dit quelque chose qu'il ne comprit pas. Le gardien remplaçant, qui en était à son cinquième sac de graines de tournesol, lui murmura à l'oreille, lalala lalala, et tous deux se mirent à rire.

À l'aéroport, deux passagers protestaient, irrités par le retard. C'est révoltant, une heure qu'on nous retient ici pour attendre ces mecs-là. Un défenseur central lança à l'un d'eux un regard goguenard, détendez-vous, n'allez pas faire un infarctus. L'homme le toisa avec fureur et mépris et le délégué rassembla les joueurs afin qu'aucun ne s'égare. Pendant le voyage, Ronco, qui se trouvait dans l'avion, s'approcha d'Ariel pour le féliciter.

Le journaliste se laissa tomber sur le bras de son siège, content non ? Ariel acquiesça vaguement. On prend un verre en arrivant ? Ariel regarda sa montre. Ils atterriraient à Madrid aux alentours d'une heure du matin. C'est samedi soir, vous avez gagné, l'arbitre a gobé ton plongeon, lui dit Ronco, que veux-tu de plus ?

Ariel sourit. Ce n'était pas un plongeon. Le type m'a vraiment touché.

Il pensa que ce serait bien de sortir. Ses coéquipiers plaisantaient avec les hôtesses, qui souriaient, un peu mal à l'aise, mais flattées. L'une d'elles, les cheveux teints en roux, servit Ariel. Un thé, ce serait possible ? Elle lui sourit. Mille mercis, dit-il. Quand elle revint en cabine un joueur anonyme cria te presse pas, il y aura de la queue pour tout le monde. L'hôtesse apporta le thé d'Ariel. Je suis désolée, nous n'avons pas de maté. Ariel sourit avec ses yeux verts. Un peu plus tard, de loin, leurs regards se rencontrèrent et elle lui adressa un petit signe. Le joueur assis à côté d'Ariel lui donna un coup de coude. T'as une touche avec elle, pas vrai ? Tu sais ce qu'on dit ? Hôtesses et infirmières aiment s'envoyer en l'air. Ariel rit. Le joueur était dans le club depuis trois ans, c'était un remplaçant qui jouait à peine. Je suis de Murcia. Tu connais Murcia ? Ariel fit signe que non. Terre de salopes. Et il éclata de rire à nouveau. Ariel préféra écouter de la musique. Il fit mine de mettre ses écouteurs.

Mon frère, faut que tu viennes un jour là-bas, j'ai une baraque près de la Manga, tu vas tomber par terre. Tu fais quoi à Noël ? Tu vas à Buenos Aires ? Ariel hésitait, il en avait l'intention, mais n'avait pas encore décidé. Et on te rembourse le voyage ? Pour les quatre jours de vacances que nous donnent ces fils de pute. J'ai mes parents là-bas. C'est moche là-bas, à ce qu'on dit, plein de délinquance. J'ai lu l'histoire du footballeur dont on avait séquestré le père. Et je jouais avec un Argentin, Lavalle, tu le connais ? Quand il allait à Buenos Aires il avait deux gardes du corps. Il nous disait que c'était bien craignos.

Le vice-président, un jeune avocat avec une cravate bleu pâle, se leva et leur dit le président m'a téléphoné et me demande de vous transmettre ses félicitations. Et la prime ? cria quelqu'un, qu'il la double. La boutade fit rire tout le monde. Vous savez bien qu'au repas de Noël il fera un cadeau à chacun de vous. L'équipe applaudit en rigolant. À coup sûr ils auraient droit à un stylo ou à une montre. Ariel avait envie de mettre ses écouteurs mais il ne voulait pas offenser son voisin de siège, qui ne montrait aucunement l'intention de se replonger dans son magazine automobile. Ma femme est enceinte, lui raconta-t-il alors, le cinquième. Tu sais ce qu'on dit, il n'y a pas de cinquième mauvais. Celui qui tourne mal c'est celui du milieu. Il ne veut même pas entendre parler de foot. Depuis qu'il est petit il joue avec les poupées de sa sœur et ma conne de femme qui raconte partout que le gosse est gay, tu crois qu'on peut dire ça, il a seulement neuf ans, mais elle dit que oui, qu'il est né gay et elle trouve ça très bien. Plusieurs fois j'ai proposé qu'on en parle avec le psychologue de l'école, mais elle, pas question, ne rigole pas, c'est sérieux, putain, parfois j'ai une de ces hontes. Un jour il me dit tu dois toujours porter ce tee-shirt, tu ne pourrais pas changer de couleur ? T'imagines un peu à quel point le gamin perd les pédales.

Un moment plus tard la conversation dégénéra vers la politique. Je ne vote pas, mais si je votais il faudrait qu'il y ait un mec comme Pinochet ou Franco qui se présente, moi, quitte à être volé, je préfère que ce soit par quelqu'un d'autoritaire, qui mette au garde-à-vous toute la racaille qui pullule par ici.

Avant l'atterrissage, l'hôtesse ramassa les plateaux et enjoignit les passagers à replier leurs tablettes. Sur celle d'Ariel elle posa un dessous de verre sur lequel était écrit son numéro de portable. Ariel le rangea avant que son voisin le voie. Il parlait alors de la série de défaites de l'équipe d'Espagne de foot. C'est peut-être à cause du manque de compétitivité du caractère espagnol, mais, putain, Ballesteros et Fernando Alonso, ils sont bien d'ici, pas de la planète Mars. Là-bas en Argentine, qu'est-ce qu'on dit de notre sélection ? Ariel haussa les épaules, là-bas tout le monde sait pourquoi ça marche pas, c'est à cause du mec, là, celui avec la grosse caisse, le type avec la grosse caisse, il est *mufa*. *Mufa* ? demanda l'autre avec un intérêt démesuré. Oui, *mufa*, il porte malheur. Le mauvais œil ? Oui, c'est ça, le type avec la grosse caisse il a le mauvais œil. Tu déconnes, tu déconnes. Mais tout le monde sait ça là-bas, insista Ariel devant la consternation de son compagnon. Tu veux dire que M… Non, ne prononce pas son nom. Et Ariel se toucha la tête comme pour conjurer le mauvais sort. Nous autres, on a eu un chef d'État *mufa*, et il a fallu lui demander de ne pas assister aux matchs de la sélection.

Quand les roues de l'avion se posèrent sur le tarmac de la piste, ce fut aussitôt le branle-bas. Les passagers défaisaient leur ceinture de sécurité, récupéraient leurs valises, reconnectaient leurs téléphones. Ariel remarqua que son voisin allumait deux portables différents. Deux ? demanda-t-il. Putain, un pour ma femme et le deuxième pour les autres, tu ne voudrais pas que les messages se croisent. Le gardien qu'on avait il y a deux ans, il a envoyé un message porno par erreur à sa femme. T'imagines le sketch. Le mec était super drôle, pourtant il était catalan, et quand on lui avait demandé comment il avait arrangé les choses, il nous avait dit qu'il lui avait fait croire que c'était pour elle. Ce salopard disait que c'était pour chauffer un peu leur relation, raviver leur couple. Et si tu connaissais ma gonzesse, c'est un sacré numéro, elle inspecte mes messages, mon agenda. Quand je me fais une nana, avant de rentrer chez moi je m'arrête à une station-service et je me frotte contre la pompe d'essence, elle a un putain de nez pour les parfums.

Ariel chercha des yeux l'hôtesse parmi la forêt de têtes, comme s'il voulait l'étudier une dernière fois. En ce moment je me tape une des vendeuses de la boutique du club, une des brunes, la plus gironde, je te la présenterai. C'est moi qui l'ai branchée, c'est un putain de travail, mais bon. Tu sais ce qui l'excite le plus ? Que je la baise dans ma tenue de footballeur. Je ne sais pas, ça la rend dingue… Avec les jambières et tout, un putain de sketch. Les femmes, quand tu grattes un peu, tu découvres qu'elles sont vachement cochonnes.

Ils sortirent de l'avion et Ariel se sentit libéré de la conversation. L'hôtesse lui dit au revoir dans le couloir d'accès par un mouvement de la tête et se mordit les lèvres, sur lesquelles elle avait repassé un rose intense.

Ils récupérèrent leurs bagages sur le tapis roulant alors que le responsable de l'équipement se débrouillait avec ses assistants pour ne pas avoir à porter un seul sac. Ronco l'attendait près du contrôle de la Guardia Civil. On va aller dans un bar près d'ici, je te guide. Tu n'as pas une voiture plus tape-à-l'œil ? Ronco parlait à toute vitesse. Ariel lui résuma sa conversation avec son voisin d'avion. Avant c'était un joueur passable, de ceux qui se donnent et mouillent leur maillot, pas plus non plus, le prix Nobel de Physique on ne va pas lui donner cette année, mais maintenant il est trop vieux, dit Ronco. Regarde, c'est là, le Malevo. L'endroit est effrayant mais c'est ici que ça se passe.

Ronco insista pour qu'ils se garent sur un passage piéton. Qui va te mettre une amende à cette heure-là ? Dans la rue Ariel sortit de sa poche le dessous de verre de l'avion et le montra à Ronco. Le numéro de l'hôtesse ? Et c'est maintenant que tu le dis ? Qu'elle amène une copine, mais qu'est-ce que t'attends pour l'appeler ? Ronco fit le numéro sur le portable d'Ariel. Personne ne répondit. Qu'est-ce que tu crois ? Elle a dû aller baiser avec le pilote, comme d'habitude.

Ils s'installèrent au fond du bar. La musique était assourdissante. Ronco buvait des bières comme s'il y allait avoir une pénurie. Il était indigné qu'Ariel ait laissé filer l'hôtesse. Peu après la porte du bar s'ouvrit et, à sa stupéfaction, Ariel vit entrer Matuoko accompagné d'une femme aux cheveux roux. C'est elle, dit Ariel. C'est l'hôtesse.

Ils les saluèrent de loin et les virent s'installer de l'autre côté du bar. On dirait que la minette a donné son téléphone à tout le staff, dit Ronco. Ariel se justifia, je ne peux pas rivaliser avec ce mec-là, tu ne l'as pas vu à poil, il a un corps parfait. Se doucher à côté de lui est déprimant, avoua Ariel. Ronco prit un air dégoûté. Arrête, si je pense à un groupe d'hommes à poil ça me donne envie de vomir.

Ils parlèrent un moment de foot, sans quitter des yeux les progrès de Matuoko avec l'hôtesse. Elle, de temps en temps, regardait en direction d'Ariel et ébauchait un sourire, quasiment une moue d'excuse. Des jeunes s'approchaient régulièrement d'eux pour leur raconter leur vie, leur serrer la main. Chacun avait sa phrase. Maintenant c'est ma copine qui est fan. Moi j'ai joué chez les poussins. Il vous manque quelqu'un en milieu de terrain, le poumon de l'équipe. À votre place je sélectionnerai un autre gardien. Il faudrait moins sortir le soir et mouiller un peu plus son maillot, lança un autre, un peu plus loin. Ça, c'est un des trucs les plus surévalués du foot, tu ne trouves pas ? lui demanda Ronco. Ariel se souvint du Dragon, quand il leur disait vous avez très mal joué, trop couru, si ce jeu consistait à courir j'engagerais le champion du cent mètres plat. Puis quelqu'un à l'extrémité du comptoir cria faites moins la fête et marquez plus de buts et Ronco se rebiffa, qu'est-ce que ça a à voir ? Les meilleurs joueurs du monde ont toujours été des fêtards. Toi, Ariel, ce qui te manque, c'est justement de te lâcher un peu. Parfois, t'as même pas l'air argentin. Sur le terrain, c'est ça qui transparaît : les heures de bringue la nuit, de bringue et de cuite, à chaque dribble, à chaque affrontement avec un défenseur, il faut faire sortir la canaille qui est en toi. Il y a deux ans un groupe de supporters s'est présenté à l'entraînement avec une pancarte qui disait moins de putes et plus d'engagement, c'est le fantasme des gens, ils pensent que vous menez une vie de branleurs du tonnerre de Dieu, et du coup vous ne pouvez pas les décevoir, c'est comme si un acteur de Hollywood disait que sa vie est super triste, les gens s'en foutent, ils ne veulent pas entendre ça, pour ça ils ont déjà leur putain de vie de merde.

L'alcool finit par exciter Ariel. Une fille se détacha de son groupe de copines pour venir le saluer. Ronco l'encouragea. Vas-y, embrasse-le, ne sois pas timide. Ariel se concentra sur la fille, qui ne cessait de lui parler. Elle posa sur la cuisse d'Ariel sa main bronzée et lui parla à l'oreille pour lui dire que le foot n'était pas vraiment son truc, et d'autres choses de ce genre. Ronco continuait à blaguer, tu n'as pas une copine qui aime les mecs moches ? Je t'assure que nu je ne suis pas si mal que ça. Quand Ariel se pencha sur la fille et lui dit on ne serait pas mieux toi et moi dans un autre endroit ? elle sourit avec orgueil. Je fume ma cigarette et on y va, d'accord ?

La fille vivait dans un immeuble aux briques blanches des quartiers nord, près de la gare de Chamartín. Elle partageait un appartement avec trois amies. Elle étudiait la gestion d'entreprises dans une école de commerce. Sa famille était de Burgos. Je ne suce pas, je te préviens tout de suite, dit-elle à Ariel dans l'ascenseur, quand il lui empoigna fortement les cheveux. Ariel eut du mal à la déshabiller, la fille avait mis de la musique et elle dansait en exhibant ses dessous. Je suis folle, je ne fais jamais ça, je suis folle, répétait-elle. Ariel buvait à petites gorgées une canette de bière qu'elle lui avait apportée du frigo. Ils firent l'amour avec deux rythmes différents. Elle monta la musique comme si elle voulait seulement entendre les gargarismes de Céline Dion. Ariel ne comprenait pas très bien ce qu'il faisait avec cette fille qu'il ne désirait pas, qui n'était pas spécialement belle et ne l'aurait pas attiré sans le pouvoir de l'alcool. La fille disait dis-moi des saloperies à l'oreille, qu'est-ce que j'aime l'accent argentin, et elle lui demanda ensuite de la fesser, non pas si fort, comme ça, comme ça. Ariel se sentit ridicule. Il détesta les baisers sur la bouche qu'elle lui donna, et quand il eut terminé et retiré son préservatif il pensa à une seule chose : fuir vers sa voiture garée dans la rue. La fille, qui avait joui dans une sorte de crise de hoquets, n'en finissait plus de gémir à moitié en larmes sur le lit. Je ne fais jamais ça, putain, j'ai un mec à Burgos, qu'est-ce que je vais dire maintenant à José Carlos, hein, qu'est-ce que je vais dire à José Carlos ?

Ariel essaya de s'orienter sur les autoroutes périphériques et se perdit. Il retourna vers le centre-ville comme s'il était obligé de partir du kilomètre zéro pour retrouver son chemin. Sur la place de Colón on l'arrêta pour un alcootest. L'agent s'approcha de la portière de sa voiture. Ariel baissa la vitre avec son plus beau sourire. Je me suis perdu pour aller jusqu'à Las Rozas.

T'as sûrement picolé un peu, non ? Je te laisse passer parce qu'on a gagné. Il appela son collègue, tu vas voir, lui c'est un vrai supporter. Ariel leur offrit deux photos dédicacées qu'il avait dans sa boîte à gants. Il écouta ensuite les instructions confuses pour se rendre à la sortie la plus proche pour l'autoroute. L'agent le quitta avec un allez, bonne chance, nous on va continuer à chasser les ivrognes.

Le jour se levait quand il se coucha. Il mit du temps à s'endormir. Il était moulu. Il se réveilla à trois heures et demie de l'après-midi, répondit à ses mails. Marcelo lui donnait rendez-vous pour les vacances de Noël, puis il lui disait qu'il allait composer une chanson sur une fille de dix-huit ans qui avait tué un garçon de vingt et un ans dans une boîte de banlieue. Apparemment elle n'avait pas voulu danser avec lui, ils s'étaient disputés, il l'avait insultée, elle avait sorti un couteau de sa chaussure et l'avait tué. Quinze ans de prison. Mais ce qui plaisait à Marcelo c'était ce que la fille avait écrit le soir même dans son journal intime : « Aujourd'hui j'ai déconné. J'ai poignardé un mec et j'ai très peur. » Il faut que quelqu'un écrive la grande chanson de l'Argentine, et elle naîtra de choses de ce genre. Ariel lui écrivit « D'accord pour un barbecue à Noël. »

Après un moment, il ne trouva plus une seule excuse pour ne pas envoyer de message à Sylvia.

« Salut, ça te dit qu'on se voie demain ? »

Il vient la chercher à cinq heures. Il la trouve super jolie quand elle s'avance vers la portière. C'est une enfant, se dit-il. Il commence à pleuvoir et deux Chinois vendent des parapluies près du feu rouge. Sylvia a le visage glacé. Il fait froid, semble-t-elle se justifier en rougissant. En revanche ses lèvres roses ressortent sur la pâleur de son visage. Elle porte un épais pull en laine. Lorsqu'elle l'ôte, elle soulève un peu le tee-shirt qu'il y a dessous et la peau de son torse apparaît. Un jean noir. Ils vont dans un bar du centre. Un peu snob, dit-elle. Il y a un piano que personne ne touche. Asseyons-nous là, montre-t-elle, mais il préfère être plus éloigné de la fenêtre. Bien sûr, dit Sylvia.

Un serveur guindé vient prendre leur commande. Un Coca pour elle, une bière pour lui. J'ai vu le match, félicitations, lui dit Sylvia. Il la remercie. Tu deviens supportrice ? À cause de toi. Et elle sourit au-dessus du verre qu'on vient de lui apporter.

L'autre soir je me suis senti super mal après t'avoir laissée, commence Ariel. Sylvia hausse les épaules. Il poursuit. C'est un peu confus, pour moi… Des bobards, dit-elle. Mais je voulais que nous parlions, poursuit Ariel. Ça t'allait comme rendez-vous ? Tout plutôt que réviser pour les examens, répond-elle. J'en ai trois cette semaine. Alors peut-être que le rendez-vous d'aujourd'hui ne te convenait pas bien, insiste-t-il, gêné. Le rendez-vous d'aujourd'hui me convient parfaitement.

Ariel regarde autour de lui. Il ressent à nouveau l'étrange autorité de Sylvia. Elle parvient toujours à contrôler la conversation, et il suit derrière comme un défenseur un peu lent. Sylvia pousse un glaçon dans sa bouche puis le remet dans son verre. Elle a bu rapidement son Coca. Il y a un moment de silence que Sylvia se permet de rompre par un sourire.

J'ai l'impression qu'ici on ne va pas pouvoir s'embrasser, dit-elle à Ariel.

Ils se sont détendus soudain. Leurs genoux se frôlent sous la table. Sylvia étend sa main sur le verre de la table pour qu'Ariel puisse poser la sienne dessus. Il hésite. Quand le serveur s'approche, ils évitent le contact. Il apporte l'addition et demande à Ariel un autographe. Pour mon fils, moi je n'aime pas le foot. Comment s'appelle-t-il ? demande Ariel. Pedro Luis, mais mettez Pololo, c'est comme ça qu'on l'appelle à la maison.

Ariel dédicace en s'efforçant de se retenir de pouffer. Il en a les larmes aux yeux. Quand elle voit sa main trembler avec le stylo, Sylvia se cache le visage. Ils sortent dans la rue et éclatent de rire, pliés en deux. Dans la voiture ils plaisantent encore sur la terrible vie du pauvre gamin qu'on appelle Pololo. Avec un nom pareil ça ne m'étonnerait pas qu'il finisse par se jeter d'un viaduc ou par débarquer dans un McDo et tuer trente personnes, par vengeance, dit Sylvia.

Dans le parking souterrain de la place Santa Ana ils s'embrassent. Dès qu'il entend un bruit Ariel surveille tout du regard. C'est ici que les patrons viennent baiser leurs secrétaires dans leur voiture, dit Sylvia. Il craint secrètement que quelqu'un les filme avec son portable. C'était arrivé à un de ses coéquipiers quelques semaines plus tôt. Ils s'embrassent si longtemps, enfoncés dans le siège de la voiture, que le ticket de sortie d'Ariel expire et qu'il doit le renouveler au guichet où l'employé est d'une humeur massacrante car quelqu'un a chié dans les toilettes et l'odeur est insupportable. Mais qu'est-ce qu'il avait dans les tripes le mec ? Putain, c'est pourri. Il reconnaît Ariel en lui donnant son ticket et dit voyons si t'as le temps de sortir cette fois, parce que vu comme t'es lent sur le terrain, on est mal barrés.

Ils arrivent chez lui à la nuit tombée. Ils font l'amour sans hâte, avec de longs préliminaires où ils découvrent leur peau, s'étudient comme s'ils allaient bientôt être interrogés sur le corps de l'autre. Ils restent dans les bras l'un de l'autre, se caressent. Ariel ne se rappelle pas s'être jamais senti mieux, mais il lui dit je suis mort de trouille, tu es mineure, je ne sais pas ce que je fais.

Sylvia se love contre lui. Elle voudrait le rassurer. Ses seins sont recouverts par ses cheveux, qu'il repousse. Ils sont beaux. Elle redresse les épaules. Je suis tombée amoureuse de toi, dit-elle à Ariel, je crois qu'il n'y a rien de mal là-dedans. Tu as seulement quatre ans de plus que moi, tu n'es pas mon grand-père.

Ramène-moi vite à la maison, lui demande-t-elle peu après. Je ne veux pas que mon père me pose encore des questions. Je te vois demain ? demande Ariel. Bien sûr, mais si ça ne t'ennuie pas j'apporterai mes affaires pour réviser un peu. Je ne peux pas t'aider, j'ai été un très mauvais élève.

Dans la voiture garée au début de la rue leurs bouches semblent ne pas vouloir se séparer. Ils se désirent encore quand elle descend. Ses mains sont cachées dans les manches de son pull, à la japonaise. Quand Ariel rentre chez lui il a, gravé dans son oreille, le gémissement cassé de Sylvia.

Le gémissement cassé de quelqu'un qui perd sa virginité.

13

Les deux semaines suivantes passent en un clin d'œil. Sylvia dit au revoir à Ariel. Il est presque une heure du matin. Les vacances de Noël ont commencé et ça lui donne une marge pour rentrer un peu plus tard. Ils sont dans la voiture, devant l'entrée d'un garage. Pendant combien de temps je ne vais pas te voir ? lui a-t-elle demandé une seconde avant. Huit jours. Le deux, on reprend l'entraînement. Sylvia aurait voulu l'accompagner à l'aéroport le lendemain. Oui, plaisante-t-il, comme ça on pourra faire la une de tous les magazines people pour le numéro spécial Noël.

Ces allusions permanentes à l'impossibilité de leur relation blessent Sylvia. Pour Ariel il y a quelque chose d'insurmontable. Tu as seize ans, répète-t-il comme si c'était un crime, un obstacle définitif. L'âge se corrige avec le temps, rétorque-t-elle.

Ils étaient allés deux fois au cinéma. Dans l'obscurité ils se prenaient la main et partageaient du pop-corn, mais à la sortie il s'écartait d'elle. Parfois, agacée, elle le taquinait et s'avançait vers lui en demandant à haute voix : Vous ne seriez pas le footballeur argentin par hasard ? Seul sur le trajet jusqu'au parking il signait des autographes, écoutait quelqu'un lui faire une recommandation tactique pour le match suivant. Quelle patience tu as, lui disait Sylvia.

Sa villa était un refuge. Ils entraient par le garage et découvraient l'ordre imposé au quotidien par Emilia. Elle se doute de quelque chose, avait avoué Ariel à Sylvia, ce matin elle m'a dit que les nuits sont faites pour dormir, que je suis encore très jeune. Heureusement qu'elle ne me connaît pas, avait blagué Sylvia.

Elle se sentait moins intimidée par la villa. La nuit où ils avaient fait l'amour pour la première fois elle avait voulu partir le plus vite possible. Tout lui paraissait menaçant. Elle craignait d'avoir taché les draps avec son sang et quand Ariel avait discrètement ôté son préservatif, elle l'avait entendu tomber sur le parquet avec un bruit comique et ridicule. L'amour n'était pas juste un sentiment mais des fluides poisseux, des odeurs, de la salive.

Sylvia avertit Mai que son père pouvait l'appeler un jour pour lui demander si elles étaient ensemble. Alors seulement Mai se rendit compte qu'elle n'avait pas interrogé Sylvia sur sa vie intime depuis un bon moment. J'ai rencontré quelqu'un, lui dit-elle, je te raconterai. Mai, qui avait des dreadlocks toutes sèches et effilochées comme des algues, se mit à crier dans la cour pendant la pause dis-moi, dis-moi, dis-moi. Mais Sylvia avait déjà dévoilé son secret à une autre personne.

Ça s'était produit presque accidentellement. Dani lui était tombé dessus dans les couloirs du lycée. J'ai des entrées pour un concert trop dément ce week-end. Sylvia avait fait la grimace. Je crois que je vais rester chez moi, je dois bosser. Pour une fois, allez viens… Dani avait insisté. Je sors avec quelqu'un. En disant cela, Sylvia avait éprouvé du soulagement, de l'assurance. Son mirage devenait réel. Elle l'avait dit tout bas pour que personne d'autre n'entende. Dani avait hoché la tête et souri. Je suis content pour toi, avait-il réussi à murmurer. En vérité je suis encore plus content pour lui. Ils étaient descendus ensemble dans la cour et s'étaient quittés là.

Le dire à Mai n'eut pas l'éloquence magique de la première fois. Elle avait hésité à se confier à son père un jour où il était entré, euphorique, dans sa chambre, et où ils avaient discuté un moment de musique. Elle ne l'avait pas fait non plus avec sa mère lors d'un coup de fil où elles avaient évoqué les examens de fin d'année et l'approche de Noël. Pas plus avec sa grand-mère lors de sa visite dominicale, juste avant d'aller au foot. Parce qu'Ariel l'avait invitée au stade.

Sylvia avait trouvé le match long. Elle avait froid aux pieds et luttait contre le gel en frappant le sol en béton. C'était étrange de regarder Ariel sur le terrain. On aurait dit un autre homme. Lointain, plus âgé, différent. Elle ne le sentait pas à elle quand tout le stade le sifflait ou l'applaudissait en fonction du capricieux destin final d'une partie. Non loin se tenaient les joueurs qui n'avaient pas été retenus pour le match et les épouses ou fiancées des autres, qui préféraient le froid du stade plutôt que voir le match de chez elles ou à la télé du bar des joueurs. Elles avaient toutes une beauté identique, bourgeoise, avec gymnastique quotidienne. Comme leurs maris, elles avaient l'air plus âgées qu'elles ne l'étaient en réalité, à cause des vêtements coûteux qu'elles portaient, et d'un maquillage excessif.

L'équipe d'Ariel gagna sans difficultés. Ce qui plaisait le plus à Sylvia, c'était l'ambiance. Les rediffusions des actions que la télé montrait lui manquaient, ainsi que les gros plans pour pouvoir suivre le jeu. Elle ne réussit pas très bien à savoir comment s'était produit le troisième but, marqué par Ariel. En revanche, après qu'il eut embrassé ses coéquipiers, elle le vit courir jusqu'au rond central une mèche de cheveux entre les dents. Un clin d'œil à son attention qu'elle seule pouvait comprendre. Assise dans la tribune, elle rougit et regarda autour d'elle. Elle fut soulagée de penser que personne, parmi les quatre-vingt mille spectateurs, ne pouvait soupçonner qu'elle était la destinataire de ce geste.

Les supporters protestaient contre les décisions de l'arbitre et applaudissaient les phases d'attaque. Ils mangeaient et buvaient sans arrêt, certains apportaient de chez eux des sandwichs enveloppés dans du papier aluminium. Il y avait ceux qui fumaient le cigare et aussi la zone où se concentraient les spectateurs plus jeunes, qui ne cessaient de chanter et d'encourager l'équipe. Leur présence bruyante leur conférait une certaine autorité dans le stade.

Après le match ils étaient restés à peine une heure ensemble. À l'intérieur de la voiture garée dans une rue sombre. Ariel avait un dîner prévu avec ses coéquipiers, qu'il ne pouvait pas décliner. Le repas de Noël. C'est rigolo ? lui demanda Sylvia. Le président nous sort un petit discours et nous offre une montre de luxe, ensuite la plupart des joueurs se bourrent la gueule et finissent par jeter des cacahuètes dans les ventilateurs. T'as déjà vu ce qui se passe quand tu lances une cacahuète dans un ventilateur ? C'est drôle ? Vachement, ça dégueulasse tout.

Sylvia avait le nez qui coulait à cause du froid et Ariel lui donna de l'argent pour un taxi. Quand elle sortit de la voiture il lui dit tu ne m'as pas félicité pour mon but. Elle fit quelques pas sans lui répondre avant de se retourner, une mèche de cheveux dans la bouche. La nuit, la température descendit en dessous de zéro.

Ils se virent le lundi et dans la nuit du jeudi se dirent au revoir devant l'entrée de chez Sylvia. Le lendemain matin Ariel s'envolait pour Buenos Aires. Je déteste Noël, cette année plus que jamais, lui dit Sylvia. La voiture qui l'avait renversée presque quatre mois plus tôt était désormais la voiture dont elle ne voulait pas sortir, celle qui faisait battre son cœur plus vite lorsqu'elle la voyait arriver au milieu du trafic de la place de Cibeles.

Ariel lui dit au revoir en faisant clignoter les feux et attend de la voir passer la porte d'entrée.

Sylvia se couche en silence. Elle a un mauvais pressentiment. Ce voyage les séparera. Elle a peur que les doutes d'Ariel s'accroissent loin d'elle. Il l'oubliera. Ils sont les seuls à savoir que leur couple existe. C'est une relation privée, très facile à faire disparaître. Leurs vies si différentes finiront par les séparer. Sylvia le sait. Elle voudrait penser que ça ne se produira pas, mais elle n'y arrive pas.

Il n'y a pas d'avenir pour nous, se dit-elle. On ne partage presque rien, le lit et de longues conversations sur une chanson, un film, des sujets mineurs. C'est la fin.

Noël, c'est la mort.

14

Le poignet de Leandro ne tremble pas. C'est ce qui l'inquiète. Je devrais trembler. Sinon, que suis-je devenu ? Il regarde les veines de ses mains pour vérifier que le sang coule encore en elles.

Il signe.

Un coup de crayon rapide, comme le vol d'une libellule. Les deux initiales de son prénom, Leandro, et son nom, Roque. Il aimait bien son nom, plus jeune, quand il le croyait destiné à être célèbre un jour. Quand il s'entraînait à signer, dans la maison de Joaquín, en mouillant sa plume dans l'encrier du bureau de son père.

À cette époque le vieux militaire était à la retraite et il fantasmait sur l'idée d'écrire ses mémoires. Dès qu'il faisait assez doux il sortait se promener dans la rue, exhiber sa culture, sa blessure de guerre, accorder son salut cordial, son extrême générosité à l'égard de tous. Il payait les cours de piano de Leandro, avait aidé Pedro, au troisième étage, à monter une scierie avec quelques milliers de pesetas, avait extirpé des geôles de la milice le fils de la vendeuse de loto aveugle du marché, payé à la fille du marchand de churros des cours de couture et confection, ainsi qu'une machine Singer, et avait pris sous tutelle Agustín, un jeune qui lui rendait visite tous les après-midi depuis la guerre et qu'il encourageait à devenir professeur de grec dans un lycée.

Un jour Leandro s'était demandé si ce mécénat de quartier naissait d'une détermination innée ou s'il était le fruit d'une pulsion coupable, d'un mécanisme de compensation à cause du mal que le père de Joaquín avait fait pendant la guerre. Il n'en parlait jamais. En ce temps-là, peu de gens faisaient référence à la guerre, sauf pour la nommer de façon abstraite, comme ce fléau qui avait tout assombri, ou pour raconter pour la énième fois une anecdote comique, grotesque, presque toujours liée au froid et à la faim, les deux ennemis sans idéologie de ce conflit proche et dérangeant.

Soixante ans plus tard Leandro appose sa signature. Une signature destinée au départ à parapher des partitions ou des autographes pour ses admirateurs et qui au final n'a fréquenté que des factures, des documents sans importance et des papiers administratifs infiniment oubliables.

Autour de lui se tiennent le directeur de la succursale de la banque, l'employée qui a suivi le dossier et un notaire au regard fuyant, qui se présente avec vingt minutes de retard. Pour en arriver là, Leandro a traversé différents états d'âme. Montées et descentes, dépressions et euphories. Le matin de l'anniversaire d'Osembe il s'était présenté à la banque pour enclencher la procédure de crédit. Nous avons besoin de plusieurs papiers, titres de propriété de la maison, signature de votre épouse, certificats médicaux. L'employée avait dressé, avec une écriture scolaire appliquée, la liste complète de tout ce qui était nécessaire.

Je peux tout apporter demain, avait dit Leandro au directeur. Et celui-ci lui avait répondu par une expression qui lui déplut. Il vaudrait mieux. Qu'est-ce que cela signifiait ? Le directeur avait ajouté qu'ensuite tout serait entre les mains du département des risques, qui donnerait son accord pour l'opération.

Le département des risques était pour Leandro une dénomination sarcastique. Il fut sur le point d'éclater de rire. Accorder de l'argent en échange de la propriété de l'appartement où il vivait avec Aurora n'était pas un risque d'une audace démesurée. On appelait ça une hypothèque inversée, avec cette capacité que possèdent les mots pour cacher ce qu'ils désignent. L'inversé désignait la mort. Le jour où ils mourraient, ils perdraient l'appartement, rien de grave, ce jour-là ils auraient tout perdu.

Leandro connaissait cette succursale de la rue Bravo Murillo depuis l'époque où il s'était installé dans le quartier, tout juste marié avec Aurora. Il l'avait vue subir des transformations, s'agrandir et changer de nom en fonction de l'évolution des fusions bancaires. Il avait vu le personnel partir à la retraite ou être transféré ailleurs, il avait vu arriver des jeunes qui vieillissaient prématurément dans un travail obscur, le sourire vide et la cordialité forcée. Le directeur de la succursale, qui ressemblait à un insecte, lui avait donné des explications. Chez lui, tout était postiche. On aurait pu tout aussi bien penser que c'était un pervers, un père de famille exemplaire ou encore un amateur de tir au pigeon d'argile. Le monde semblait se réduire à sa cravate rayée. Dès que vous me rapportez les papiers je lance toute la machinerie. Le directeur précédent, Velarde, flanquait au moins sur son bureau des photos de famille, qui lui donnaient un aspect vivant. Il était sans façon et ordinaire, assez bavard. Leandro se rappela la première fois qu'il avait prêté attention à sa profession de musicien et émis le commentaire suivant : Ça doit être très précaire, n'est-ce pas ? Plus tard, au cours de toutes ces années où son compte avait été alimenté par le salaire toujours régulier du conservatoire, il ne lui avait jamais épargné la même phrase, vous don Leandro vous avez bien de la chance, toujours plongé dans la musique, alors que moi c'est seulement les chiffres, rien d'autre que les chiffres. Leandro avait dû entendre cette remarque près de sept cents fois.

Cet après-midi-là Osembe avait invité les autres filles dans la chambre. Ils ouvrirent du champagne et trinquèrent dans des verres en plastique au cours de ce qui ressemblait à une pause pendant le travail. Quand Mari Luz, la responsable, sortit de la pièce, deux filles allongèrent Leandro sur le lit et lui firent des chatouilles comme des adolescentes. Quatre ou cinq autres furent obligées de retourner dans leurs chambres, mais sur les douze filles quatre restèrent pour prolonger la fête une heure de plus. Il faut que tu choisisses la plus jolie, dirent-elles à Leandro. Tu es trop sérieux, c'est la fête, détends-toi. Quand ils terminèrent la bouteille, Osembe demanda à Leandro s'il leur en offrait une autre et une des Espagnoles descendit en chercher une.

Elles le forcèrent à boire au goulot une longue gorgée, le déshabillèrent. T'as jamais vécu un truc pareil, hein, grand-père ? Elles passaient leurs seins sur son visage et riaient à gorge déployée. La responsable monta les avertir que les rires dépassaient les limites autorisées dans la maison. Leandro tenta en vain de vomir dans les toilettes, car l'alcool lui donnait la nausée. Les filles l'étendirent sur le lit pour qu'il dorme un peu. Elles le couvrirent avec des serviettes.

Leandro se réveilla la bouche sèche. Dehors la nuit tombait. Ses vêtements étaient entassés, pêle-mêle, sur une chaise. Son vieux pantalon usé, son pull bleu, sa chemise au col amidonné, sa veste d'hiver, ses chaussettes à l'intérieur de la même chaussure. Il s'habilla et sortit dans le couloir. Le petit salon était fermé et à travers la vitre polie il aperçut deux jeunes hommes assis sur le canapé.

La responsable vint à sa rencontre. Par ici. Aujourd'hui, c'était la folie des grandeurs, n'est-ce pas ? dit-elle avec son sourire de corbeau, et elle le fit passer dans un autre salon minuscule. Ce sera mille cinq cents euros, dit-elle. Leandro attendit en vain la chute de la blague. Épouvanté, il parvint seulement à dire ce n'est pas moi qui ai organisé la fête. La fête consistait seulement à trinquer une fois, tout le reste est à votre charge, les filles ont passé leur temps de travail avec vous. Et je vous fais un prix, car si je vous facturais tout ce que vous devez… Allez, bon, ça va, faites-moi un chèque de mille euros et on n'en parle plus, quelle patience il faut avoir…

Leandro remplit le chèque en s'appuyant sur la table basse. La sonnette de l'entrée retentit et la responsable s'absenta de nouveau quelques minutes. Partez maintenant, lui dit-elle quand elle revint récupérer le chèque. C'est une très mauvaise heure, juste après la fermeture des bureaux.

Ce soir-là, après avoir dîné avec Aurora, après avoir éteint la télévision une fois que la respiration lente et régulière de son épouse révéla qu'elle s'était endormie, Leandro réunit les papiers de la banque. Il fouilla dans les chemises rangées au fond de l'étagère, aux élastiques distendus. Il relut l'acte de vente datant de 1955, lorsque l'appartement coûtait quasiment la somme qu'il avait dilapidée pendant l'après-midi. La signature avait eu lieu dans un cabinet notarial de la rue Santa Engracia. Il se souvint comme ils avaient marché nerveusement avec Aurora jusque-là, et du propriétaire de l'immeuble, un homme qui avait fait fortune grâce à une affaire d'importation de voitures parrainée par plusieurs militaires influents. C'était un jour chaud d'automne et son angoisse, alors, était de savoir s'ils pourraient faire face aux traites bancaires. La ville ne soupçonnait pas encore l'évolution désordonnée qui la ferait croître et s'étendre. La disparition des veilleurs de nuit, des charbonniers, des rémouleurs avec leur bicyclette, des grandes arcades aux ateliers ouverts, des débits de lait, des établissements de bains.

Il mit deux jours avant de retourner au pavillon. Il le fit à l'heure habituelle. Le salut du chauffeur de bus le surprit, ainsi que certains visages familiers parmi les passagers, comme s'il était devenu un client régulier du trajet. Il n'était pour eux qu'un vieux monsieur respectable, svelte et bien conservé. Personne ne pouvait imaginer la routine honteuse à laquelle il se livrait, pensait Leandro. Mais ce jour-là la routine fut interrompue quand la responsable l'arrêta à la porte du pavillon et lui barra l'accès. On m'a renvoyé le dernier chèque, c'est très grave, dit-elle sans une once d'amabilité. Nous revoilà au même point.

Leandro voulut bredouiller quelque chose, trouver une excuse. Devant le garage, à quelques pas de la maison, un homme apparut. Il avait un aspect patibulaire, les cheveux gris et les yeux clairs. On aurait dit une mise en scène destinée à effrayer Leandro. L'homme ne bougea pas, n'avança pas dans sa direction, mais il demeura là sans détourner le regard.

On va faire une chose, lui expliqua la responsable. Vous ne reviendrez pas ici tant que vous ne m'aurez pas rapporté l'argent en liquide. Et l'affaire sera réglée. Comme ça, plus de malentendus, avec les banques on sait ce que c'est. Leandro fit demi-tour. La femme le retint par le bras, autoritaire. Mais revenez, entendu ? N'ayez pas dans l'idée de nous laisser votre dette sur les bras. Vous ne voudriez pas que nous allions la réclamer chez vous…

Le notaire lit les modalités du prêt. Arrivé au point final il dit, avec son énonciation léthargique, don Leandro Roque, vous savez que vous signez un crédit emprunteur sous forme d'hypothèque inversée qui porte sur la propriété de votre appartement de la rue Condesa de Gavia ? Je le sais. Il lui demande alors les autorisations signées par son épouse, absente pour cause de maladie, ce qui est certifié par un document paraphé par un médecin associé. Le notaire récite ce qu'il a sous les yeux, comme s'il avançait dans une forêt où il faudrait se frayer un chemin à coups de machette jusqu'à la clairière de la signature.

Leandro avait vécu le moment pénible où il avait fallu placer sous les yeux d'Aurora des documents à signer, qu'il avait expliqués de manière évasive. Aurora avait signé sans poser de questions, de sa main faible qui tenait à peine le stylo. Puis elle avait demandé le pot de chambre et Leandro l'avait placé, attentionné, sous son corps, purgeant ainsi, croyait-il, un peu de sa trahison. Son urine qui tombait sur le plastique donnait des raisons à Leandro pour justifier son comportement.

Le lendemain matin Leandro se rendit à l'hôpital pour obtenir les attestations qui lui manquaient. Il fut surpris que le docteur le fasse entrer dans son bureau. Il avait insisté auprès de l'infirmière, il avait juste besoin d'une signature et ne voulait pas déranger. Mais le docteur souhaitait lui parler.

Comment va votre femme ? Faible, mais elle garde le moral, s'entendit dire Leandro, qui s'était assis sur le bord de la chaise sans retirer son manteau. L'infirmière allait rapporter le papier dès qu'elle aurait apposé le cachet de l'hôpital. Le médecin le regarda dans les yeux. J'ai un problème avec votre femme, vous savez ? Leandro fit non de la tête, sincèrement intrigué. Votre femme est très courageuse. Les femmes en général sont plus courageuses que nous, n'est-ce pas ? C'est possible…, oui, dit Leandro. Votre femme ne veut pas que quelqu'un de votre famille sache précisément ce qu'elle a. Elle ne veut pas vous inquiéter, ni vous, ni votre fils. C'est une attitude que je comprends et que je respecte, mais qui ne me semble pas juste. Qu'en pensez-vous ?

Leandro acquiesça. Pendant un moment il eut la sensation que le docteur savait tout sur lui. Qu'il pouvait le radiographier du regard, dénuder son âme et en signaler les zones d'ombre avec la pointe de son stylo. Il se sentit vulnérable, sans défense. Quel étrange pouvoir que celui des médecins, même sur les personnes en bonne santé.

J'ignore ce que vous savez exactement sur la maladie de votre femme, ce qu'elle vous a raconté. Eh bien, se justifia Leandro, ce sont les os, à cause de l'âge je présume, et elle m'a dit pour l'ostéoporose… Le docteur l'interrompit. Votre femme a un cancer carabiné, qui en aurait déjà terminé avec elle depuis des mois sans la force qu'elle a en réserve et qui sort de je ne sais où. N'importe qui dans sa situation serait effondré, accablé, détruit, mais elle simule très bien. Vous êtes marié à une femme hors du commun. Il n'y a aucune chance qu'elle remarche un jour, ça je l'ai dit à votre fils, je ne me suis pas permis d'aller plus loin. Ce qu'elle ne voulait pas que je vous dise, c'est qu'il lui reste une vie très courte et peu réjouissante. Elle va s'éteindre comme une bougie. Même sa lucidité, hélas, va se mettre en veilleuse…

Et vous savez pourquoi je vous dis tout ça ? Parce que je crois que ceux qui sont autour d'elle, en connaissant la gravité de son état, devraient faire tout ce qui est en leur pouvoir et consacrer tous leurs efforts pour qu'au moins le peu de temps conscient qui lui reste soit un temps de bonheur, de plénitude. Ce sont les moments durs de ce métier, vraiment, parfois on est obligé de trahir l'accord passé avec un patient, mais je suppose que vous serez d'accord avec moi si je vous dis qu'au fond on doit être responsable des décisions qu'on prend. Qu'est-ce qu'on peut faire ? Je n'ai qu'une seule réponse : essayer d'être heureux.

Leandro sort de chez le notaire et l'air est pur. Le directeur de la banque lui propose de partager un taxi et ils partent de l'énorme stade Bernabéu jusqu'à la succursale. À la radio, où passe la rengaine monotone des enfants pour le tirage du loto de Noël, quelqu'un fait une blague sur le gros lot. Il a envie de descendre. Toute cette fausse bonté qui recouvre la réalité l'étouffe.

Ce serait bien que je dispose de liquide à la maison en cas d'urgence, explique Leandro en descendant du taxi à la porte de la succursale. Bien sûr, tu t'en occupes, Marga ? Leandro remplit un papier et obtient rapidement plusieurs billets. L'employée le raccompagne jusqu'à la porte. Je préfère surveiller, lui explique-t-elle, par ici il y a pas mal de voleurs à la tire, surtout à l'encontre des retraités et des personnes âgées. Je trouve si injuste qu'ils attaquent ceux qui sont le plus fragiles. Ils les frappent ou les bousculent et pendant ce temps volent leur argent. Et Leandro s'en va sous le regard protecteur de la femme, exposé à une éventuelle agression pendant qu'il s'éloigne sur le trottoir.

Leandro marche jusque chez lui, la grosse enveloppe dans la poche intérieure de son manteau. L'argent a l'air de palpiter au rythme de son cœur, comme s'il avait une vie propre. Il monte trop vite les escaliers et arrive à la maison épuisé. Benita finit de ranger après le ménage. Comme toujours elle oublie le produit à vitres sur le bras du canapé et le plumeau sur un radiateur. J'ai laissé des pommes de terre avec de la viande dans une casserole, il faut juste faire réchauffer. Une femme a téléphoné et a demandé à vous parler mais elle n'a pas voulu laisser de message. Elle m'a dit que vous saviez très bien qui elle était. Elle m'a demandé si j'étais votre femme et vous savez ce que j'ai répondu ? Que j'aurais bien aimé…, pardonnez-moi, c'est sorti tout seul.

Leandro ne prête pas attention aux paroles de Benita mais sourit par politesse. Elle parle trop fort parce qu'elle est sourde d'une oreille à cause des coups que lui donnait son mari. Mais le rire ne distrait pas Leandro. Il est troublé par le coup de fil.

Aurora mange à contrecœur le plat que Benita a cuisiné. Leandro ne lui dit rien de sa conversation avec le docteur. Il accomplit les gestes quotidiens et routiniers qui consistent à approcher la radio près d'elle pour qu'elle puisse écouter son émission de musique classique. La seule chose qui varie dans son comportement habituel c'est lorsque la présentatrice annonce un morceau de Brahms. Leandro explique alors à Aurora que l'auteur l'a composé au moment où il vivait sa romance avec Clara, la veuve de Schumann, merveilleuse pianiste, et il lui raconte deux anecdotes sur le compositeur.

Il sait combien elle aime l'écouter. Leandro se maudit d'avoir rationné au compte-gouttes les plaisirs simples que sa femme avait sollicités de lui pendant toutes ces années de mariage. Il a été si radin.

Leandro se souvient en détail d'un soir, de nombreuses années auparavant : il était rentré du conservatoire et Aurora lui avait demandé comment s'était passée sa journée. Bien, avait-il répondu laconiquement. Un léger gémissement de sa femme avait alors brisé le silence et Leandro avait découvert qu'elle pleurait. Il lui avait demandé pourquoi. Elle avait mis du temps à le lui dire. Lorsqu'elle s'intéressait à sa journée, elle attendait un peu plus qu'un « bien » pour toute réponse, avait simplement avoué Aurora. Elle s'était retirée dans leur chambre et n'avait jamais reformulé ce reproche de manière si explicite. Leandro sait que le compte à rebours instauré par la maladie ne compensera pas une vie entière. Il espère que tous les bons moments additionnés constitueront pour Aurora un bilan positif de leur vie en commun, mais personne ne pourra jamais lui pardonner ce qu'il en a soustrait, l'épargne stupide de ses émotions. Elle ne le méritait pas, elle avait œuvré pour bâtir quelque chose de plus ardent, de plus riche.

Leandro a ôté de la liasse de billets la somme qu'il doit au pavillon pour solder sa dette. Avec ça je reboucherai le trou de ma vie. Comme on colmate une brèche, comme on ferme un puits. Comme la terre fraîchement remuée qui, avec le temps, finit par se confondre avec celle qui l'entoure.

Ce sera son cadeau de Noël, son renoncement, sa dernière visite au pavillon.

15

Lorenzo n'était pas revenu dans les hauteurs de ce quartier de Tetuán depuis l'époque où il jouait au foot avec d'autres enfants sur les terrains vagues. Il avait vu pousser les alentours de la place Castilla, mais le coin où il se trouvait à présent n'avait presque pas changé. Des maisons modestes, accolées les unes aux autres, certaines habitations basses en briques rouges, quasiment des baraques, qui rappelaient ce qu'avait été le quartier. De certaines rues on parvenait à voir les tours penchées de la place et un autre bâtiment provocateur en verre, propriété de banques ou de grandes entreprises, sous le regard de la vieille tour du Canal. Quand ils cherchaient un appartement avec Pilar, ils avaient fini par traîner dans la partie riche du quartier, de l'autre côté de la place. Mais les prix alors étaient déjà exorbitants et leur simple vue produisait une nostalgie immédiate. Nostalgie d'un mode de vie et d'une ville dont ils ne jouiraient jamais.

Finalement ils avaient trouvé l'appartement de la rue Alenza. Pilar était enceinte et il n'était pas question de quitter Madrid. Lorenzo ignorait si déménager à Saragosse avait été pour elle facile ou difficile, si c'était quelque chose qu'elle avait accepté parce qu'elle était prise dans la folie des grandeurs de Santiago, son ascension sociale, ou parce que ça représentait l'avantage de l'éloigner de son passé au côté de Lorenzo.

Il regarde sa montre. Il est onze heures et trois minutes. Le froid de la rue n'invite pas à s'attarder. Lorenzo se trouve devant l'endroit qui se remplit de gens. Ça aurait pu être un ancien atelier. Un vaste local à trente centimètres à peine au-dessus du trottoir, truffé de chaises rangées autour d'un couloir central. Des chaises pliantes, vieilles et pas très élégantes. On entre là par une porte en verre et en aluminium, presque entièrement recouverte par du bristol collé, des annonces, des photocopies. Sur la porte une vilaine affiche composée de lettres orange adhésives annonce : Église de la Seconde Résurrection. Un poste de télévision, sans le son, diffuse des images de cérémonies religieuses. Sur le plus grand bristol de la porte on peut lire : « Dieu t'appelle, tu ne lui réponds pas ? », avec le dessin un peu naïf d'un téléphone portable.

Lorenzo observe les gens qui entrent. La plupart latinos, les femmes endimanchées, les hommes avec leur chevelure impétueuse et brillante domestiquée à la gomina. Certains ont des tatouages dans le cou qu'on aperçoit entre leur col de chemise propre, aux couleurs vives. À la porte se rassemblent les enfants qui jouent sur le trottoir, la peau sombre, avec un fort accent madrilène.

Lorenzo commence à craindre que Daniela ne vienne pas. Un homme s'approche de la porte pour faire entrer les enfants. Quand il voit Lorenzo, il se dirige vers lui avec cordialité. On va bientôt commencer, si vous voulez vous joindre à nous. Lorenzo se place au dernier rang, debout.

Quelques jours auparavant, dans un état d'esprit beaucoup plus tourmenté, il a assisté à la fouille de son appartement au côté de l'inspecteur Baldasano. La façon dont les quatre hommes dispersés dans les pièces s'employaient à retourner ses vêtements, à fouiller le fond de ses armoires, lui paraissait si peu scientifique que Lorenzo en a été surpris. La tâche leur a pris à peine vingt minutes, que Baldasano a passées à regarder par la fenêtre du salon donnant sur la rue. Il éteignait ses petits cigares sous le robinet de l'évier de la cuisine. Les policiers ont emporté quelques vêtements de Lorenzo dans des sacs en plastique scellés et sont sortis de l'appartement de façon désordonnée. Baldasano a fait l'effort de l'inviter à prendre un café dans un bar non loin de là. Vous connaissez El Rubio ? C'est juste à côté.

Il y avait un aquarium avec des fruits de mer dans la devanture et une langouste qui ressemblait davantage à un animal de compagnie qu'à un plat destiné à la clientèle. Il a pris un café au lait. Une odeur de friture s'échappait de la cuisine. Le comptoir dissimulait des tapas d'omelettes, d'anchois, de salades composées, de boulettes de viande et de friands mous suintant d'huile sous des cloches en verre. Baldasano a salué de loin un autre homme assis au bout du comptoir qui feuilletait un journal sportif. Sans doute un autre policier. Lorenzo a essayé de localiser leur arme, sous l'aisselle. Ils portaient tous deux une veste épaisse, mais pas de manteau.

Baldasano fumait de petits cigares courts. Il avait la peau du menton crevassée et sa cicatrice quasi invisible dans le cou. En premier lieu il a rassuré Lorenzo. Je voulais juste parler un peu avec vous, je ne veux pas que vous pensiez qu'une fouille vous incrimine définitivement. Lorenzo se sentait inquiet, mais il a adopté une attitude passive.

L'inspecteur lui a expliqué que toute enquête avançait en délimitant le terrain. Au lieu d'établir des hypothèses nous éliminons des possibilités.

En ce qui concernait Lorenzo, il lui avait donné rendez-vous pour couper une fois pour toutes le fil qui, depuis le cadavre de Paco, menait jusqu'à lui. Bien sûr, vous devez savoir que nos indices écartent les bandes d'assaillants ou le mobile du vol. Nous sommes convaincus que c'est quelqu'un de son entourage qui a fait le coup, quelqu'un qu'il connaissait, qui savait par exemple que le jeudi soir il s'absentait de chez lui, et ça complique davantage l'enquête. Le vol organisé ne tient pas la route.

Lorenzo s'est rendu compte que la stratégie était très simple. Elle consistait à lui mettre la pression pour voir s'il allait s'effondrer.

En bouclant la boucle, poursuivait l'inspecteur, on arrive à la conclusion que nous sommes devant un assassinat commandité. Quelqu'un en voulait au señor Garrido. Problèmes économiques, sentimentaux, allez savoir. Il se peut que tout se soit précipité avec le retour inattendu de la victime chez elle. Et s'il s'agit d'un crime prémédité, aujourd'hui vous savez, on engage un grand échalas de Roumain ou de Bulgare pour rien du tout. Celui qui l'a tué était grand, il chaussait du 46. Je ne vous en dis pas plus.

En effet, s'est vu obligé de ponctuer Lorenzo.

Je suis sûr que vous pouvez vous souvenir de certaines personnes de l'époque de votre amitié, de personnes puissantes avec lesquelles le señor Garrido ne s'entendait pas bien, à qui il devait de l'argent, quelque chose qui pourrait nous conduire à une piste.

C'était il y a longtemps… Lorenzo a jeté deux ou trois noms de grandes entreprises au hasard, de l'époque des derniers mois de la société qui lui sont soudain revenus en tête. L'inspecteur ne prenait pas de notes. Il se contentait de faire tomber la cendre de son cigarillo en effleurant le bord du cendrier. Peu à peu son intérêt pour ce que disait Lorenzo s'est essoufflé.

Le señor Garrido avait une liaison avec une femme mariée. La femme d'un proche. Quelque chose d'épisodique, mais d'assez moche. Vous voyez, ce genre de choses… Vous-même venez de vous séparer. Dans votre cas il y a eu… ? Lorenzo a secoué la tête devant le geste vulgaire de Baldasano, qui esquissait des cornes avec ses mains. On n'allait pas très bien, moi j'avais des problèmes au travail, on s'était éloignés, ma femme et moi, et puis elle a rencontré quelqu'un d'autre. Je vois, s'est empressé de dire l'inspecteur, aux chevaux maigres vont toutes les mouches.

Ils parlèrent ensuite du quartier, de la psychose généralisée due aux bandes de Colombiens, des règlements de comptes qui débouchaient sur des meurtres jamais résolus. Jusqu'au moment où l'inspecteur, comme s'il déclarait la fin d'un cessez-le-feu, revint à la vie personnelle de Lorenzo. J'ai été surpris que vous soyez chez vous. Vous ne travaillez pas en ce moment ? Des trucs ici et là, mais je n'ai pas d'emploi fixe. La femme du señor Garrido m'a dit que vous aviez une petite fille. Petite fille, elle a quinze ans maintenant, même seize... À cet âge elles sont seulement petites dans leur tête, pour le reste ce sont des femmes.

Le commentaire déplut à Lorenzo. Il vient pour me débusquer, me provoquer. Sinon, il n'aurait aucune raison de perdre son temps comme ça.

Je vais être sincère, puisque je vois que vous êtes préoccupé. Il y a une chose qui cloche chez vous. Vous traversez une mauvaise passe, d'un point de vue économique j'entends, je ne sais pas si c'est pareil pour le reste. Mon expérience me dit que c'est dans ce genre de contexte que soudain, acculé par les problèmes, on a des réactions désespérées. D'une certaine manière vous auriez pu accuser le señor Garrido, Paco pour vous, de votre situation actuelle. Vous n'avez pas de famille qui puisse vous aider, vous êtes dans un moment difficile... Vous avez quel âge ? Quarante-cinq ans, répondit Lorenzo. C'est encore assez jeune.

Écoutez, inspecteur, je sais que vous pensez que c'est moi. Que j'ai pu commettre une telle chose. Lorenzo se mit à parler avec confiance. Vous ne me connaissez pas. La violence me terrorise, me paralyse. Je vois une bagarre dans la rue et je suis malade pendant deux jours. Je vais vous raconter un truc. Il y a des années, ça fait un moment déjà, j'étais dans ma voiture et j'ai vu des jeunes, en bande, qui couraient et avaient pris en chasse un autre type. Ils l'ont jeté par terre et l'ont tabassé avec une rage inimaginable, c'était terrible. Des coups de pied dans la tête, dans les côtes. Je n'ai rien pu faire pour l'empêcher. Le gars est resté comme ça par terre, comme un vieux chiffon. Ça m'a rendu malade. Je n'ai jamais pu l'oublier. Cette violence...

Lorenzo lui racontait un épisode réel, qui s'était passé des années plus tôt. Sylvia était alors un bébé et c'était peut-être pour cela que Lorenzo avait ressenti cette agression comme quelque chose de personnel, de terrifiant. L'inspecteur l'observa avec attention et se redressa sur sa chaise en métal. Pourtant la femme du señor Garrido nous a dit qu'un jour vous aviez failli frapper son mari. Ce n'est pas vrai. On s'est disputés. Je ne l'ai même pas touché. Mais vous avez failli le faire, elle l'a dit. En tout cas, je vois que vous savez à quoi je fais allusion.

Lorenzo haussa les épaules. L'insistance de la femme de Paco à le désigner, lui, comme suspect, l'étonnait. C'était une intuition si juste qu'elle le blessait.

Écoutez, lui dit l'inspecteur, si je pensais que vous étiez coupable ou même suspect, je vous aurais mis sous les verrous pendant quelques jours, je vous aurais harcelé avec certains indices qui auraient pu vous incriminer et je ne serais pas ici en train de prendre un café avec vous. La seule chose, je vous dis, c'est que je suis intrigué par cette coïncidence entre le crime et la mauvaise passe que vous traversez.

De nouveau les insinuations voilées du policier. Il me croit coupable mais n'a rien contre moi. Il fouine comme un chien qui ne trouve pas son os. Il attend que je me dénonce, que quelque chose me fasse perdre pied, que je baisse la garde.

L'inspecteur se remit à parler. J'ai vu de tout, des maris qui signalent la disparition de leur femme et qui, un quart d'heure après, s'écroulent en jurant qu'ils l'ont tuée par accident, des amitiés indestructibles qui se brisent en un dixième de seconde, un fils junkie qui tue ses parents à coups de hache. Je ne suis pas méfiant, mais la vie m'a appris à n'écarter aucune piste. Je ne veux pas vous faire perdre davantage de temps. Je vais vous dire la vérité. J'aimerais bien vous effacer de ma liste de suspects, mais je ne parviens pas à rayer votre nom. Il y a toujours quelque chose qui me dit que ça pourrait être vous. Vous savez ce qui vous fait le plus de tort ? C'est qu'au fond vous pensez que le señor Garrido méritait de mourir. C'est évident, ça se voit. L'amitié, en cela, c'est comme l'amour, une arme à double tranchant, merveilleuse d'un côté et mortelle de l'autre. Ce sont des sentiments dont l'envers est terrible.

Il alluma un autre cigarillo après en avoir offert un à Lorenzo, qui refusa. Vous vous êtes acheté une camionnette. Vous avez l'intention de repartir de zéro, n'est-ce pas ? Lorenzo haussa les épaules. J'espère que ça marchera. On n'a pas encore réussi à localiser le type qui a racheté votre voiture, parce que vous avez changé de voiture, n'est-ce pas, justement à ces dates-là. Oui, je crois que oui. Je serai peut-être obligé de vous embêter encore, on est en attente de traces ADN, vous savez, ces trucs modernes. Vous n'imaginez pas comme on nous fait chier à cause des séries télé, les gens maintenant se présentent dans les commissariats et c'est tout juste si on ne vous considère pas comme un ringard si vous ne sortez pas du labo avec le nom du coupable. Moi j'aimerais bien les envoyer faire un petit tour au labo pour qu'ils voient la putain de merde dans laquelle on est obligés de travailler. Dans ce pays tout s'est modernisé, mais nous… Bon, je ne vous retiens pas plus. Ne vous inquiétez pas, c'est moi qui paie.

Lorenzo se rendit compte que c'était sa façon de prendre congé. Il se leva sans hâte, les deux hommes se serrèrent la main et Lorenzo quitta le bar.

Au cours des jours suivants, il éprouva une peur constante. Il dormit à peine. Les souvenirs du meurtre le hantaient, ainsi que la présence de l'inspecteur à chaque pas. Il percevait un écho lointain quand il parlait au téléphone, était convaincu que quelqu'un le suivait en permanence et réglait son pas sur le sien pour ne pas être découvert.

La nuit, il entendait Sylvia rentrer tard et distinguait le moteur d'une voiture qui s'éloignait quand la porte d'entrée se refermait d'un coup métallique. Peut-être quelqu'un qui surveillait sa porte.

Il avait du mal à répondre aux messages de ses amis. Il évitait Daniela parce qu'il pensait que l'inspecteur observait sans pudeur ses avances auprès d'elle, s'amusait de la cour qu'il lui faisait. Il l'entendait se déplacer à l'étage au-dessus, sortir promener le petit, mais il ne cherchait pas à provoquer de rencontre entre eux. Il en vint à penser que dix ou douze ans de prison ne seraient pas pire que ce qu'il vivait ces jours-ci.

Wilson obtint pour lui deux ou trois déménagements et ils travaillèrent ensemble avec la camionnette. À l'arrière, il y avait toujours dans un coin la valise en carton de l'homme dont ils avaient vidé l'appartement. Un jour, à l'heure du déjeuner, Lorenzo prit la route de l'aéroport et roula jusqu'à la résidence pour personnes âgées. À la réception, un bureau plein de paperasses, il expliqua qu'il venait remettre une partie de ses affaires à un pensionnaire. Il dit son nom, don Jaime, et la femme parut montrer plus d'intérêt. Il était évident qu'il ne recevait pas beaucoup de visites. C'est moi qui ai vidé son appartement, et je voulais lui rapporter certaines choses. La femme nota le nom de Lorenzo et son numéro de carte d'identité sur une feuille de classeur. Et elle lui donna un numéro de chambre au troisième étage.

L'endroit était d'une grande laideur. Lorenzo frappa à la porte. Personne ne lui répondit. Il ouvrit quand même. L'homme était assis sur son matelas et regardait la télévision. Il ne l'aurait pas imaginé comme ça. Rond, propre, un visage aimable à l'expression perdue, pas du tout une apparence dangereuse. Mal rasé. À première vue, aucun signe de folie ou d'excentricité. Lorenzo lui expliqua la raison de sa visite et posa la valise près de lui. L'homme le regardait et semblait le comprendre, pourtant il ne faisait aucun geste d'assentiment, n'ouvrait pas la bouche pour dire quelque chose.

À l'intérieur de la valise, il y avait les montres, les coupures de journaux, quelques disques, mais Lorenzo ne l'ouvrit pas pour lui montrer le contenu.

Vous pouvez tout garder, dit soudain l'homme. Je n'ai besoin de rien, merci. Lorenzo protesta. C'est à vous. J'ai aussi trouvé ça. Lorenzo conservait encore dans son portefeuille le papier sur lequel était noté le numéro de téléphone. C'était sur la porte du frigo, peut-être que c'est important pour vous.

C'est le téléphone de Gloria, dit l'homme sans rien ajouter. Comme si ça expliquait tout. Lorenzo approuva. Je l'ai appelée, mais elle m'a dit qu'elle ne vous connaissait pas. C'est vrai, admit l'homme. Lorenzo laissa le papier sur la table de chevet, lui accordant une importance qu'il n'avait peut-être pas. L'homme lui parla de nouveau. Un jour quelqu'un a téléphoné à la maison. C'était une jeune femme, pressée. Je n'ai presque pas pu parler. Elle m'a dit c'est moi, Gloria, notez mon numéro si vous avez besoin de quelque chose. Je l'ai noté sur ce papier. Mais vous ne la connaissiez pas ? Du tout. C'était sûrement une erreur. Elle s'est trompée de numéro et elle a cru qu'elle parlait à quelqu'un qu'elle connaissait. Et pourquoi avez-vous gardé le papier avec son numéro ?

L'homme soupira profondément, comme s'il lui était difficile de répondre à cette question. Ça me tenait compagnie, ce numéro écrit, là, dit-il finalement. Quelquefois j'ai appelé, mais je n'ai jamais osé parler. J'entendais la femme, Gloria, répondre, attendre et puis raccrocher.

Sans savoir très bien pourquoi, Lorenzo profita du long silence qui suivit pour se laisser tomber délicatement sur le lit où il s'assit, à côté de l'homme. Sans le toucher. Il resta là un bon moment. L'homme regardait la télévision. À la fin d'une émission sur la vie amoureuse des people, il dit maintenant ça va être les informations, et il éteignit la télé avec la télécommande qu'il avait dans la poche de veste de son pyjama.

Ils passèrent quelques minutes de plus dans le silence. Lorenzo lui demanda s'il avait besoin de quelque chose, s'il allait bien. L'homme fit signe que oui. Je vais bien.

Lorenzo se leva. On entendait l'autoroute proche, presque comme si elle passait au milieu du minuscule jardin de la résidence. Et toutes les deux minutes, un avion faisait trembler les murs. Ils étaient tout près de l'aéroport, près de Ciudad Pegaso.

Je reviendrai peut-être une autre fois.

Au bureau de l'entrée il ne vit personne. C'était l'heure du déjeuner. Une vieille dame était assise dans un fauteuil roulant sur le sentier du jardin. De derrière, sa chevelure mal peignée ressemblait à un chien couché par terre.

À la maison, Sylvia était enfermée dans sa chambre. La musique inondait l'appartement. Lorenzo frappa à sa porte et elle lui dit d'entrer.

Tu as mangé ?, lui demanda Sylvia. Non, mais je vais me préparer un truc maintenant. Lorenzo attendit un instant avant de faire demi-tour. Il prêta attention à la musique. Des guitares à fond. La voix d'une femme, puissante, stridente. Elle imite la chanteuse des Pretenders. Comment elle s'appelle ? Sylvia lui montra la pochette d'un CD. Une femme brune, avec un débardeur. Lorenzo sortit un instant de la chambre et revint avec un CD du salon. Mets la six, dit-il à Sylvia. Un peu paresseusement, elle se redressa et fit ce que son père lui avait demandé. Tu entends comme ça se ressemble ? Tu connaissais ? Sylvia fit non de la tête. Ils restèrent ensemble à écouter la chanson. Toute la musique qui se fait aujourd'hui ne peut pas se comprendre sans celle d'avant, expliqua Lorenzo. Aujourd'hui c'est un peu plus mou, plus conventionnel et tout est sur le même modèle. Il n'y a plus de groupes comme avant.

Sylvia connaissait les goûts de son père. Des groupes mythiques, les Rolling Stones, les Beatles, Pink Floyd, Led Zeppelin. Quand Pilar l'avait quitté, il avait écouté la même chanson de Queen en boucle, comme un adolescent, avec la voix stridente du chanteur. Parfois Sylvia s'arrêtait dans l'escalier, avant d'ouvrir la porte de l'appartement, pour ne pas interrompre l'exorcisme. Elle l'entendait chanter à tue-tête plus fort que l'enregistrement. *Too much love can kill you.* Puis ça lui avait passé, comme s'il avait franchi une étape. De même qu'il existe des chansons d'amour, il peut exister des chansons de rupture.

Je me souviens du jour où ton grand-père m'a demandé de lui mettre la musique que j'écoutais, lui raconta Lorenzo. J'ai choisi une chanson des Rolling Stones. Je crois que c'était *Honky Tonk Women* ou un truc du même genre. Il s'est assis, a écouté le vinyle avec une attention totale. Et ensuite il m'a dit c'est bien. À mon avis l'harmonie est très prévisible, mais le goût, tu sais, c'est une forme de mémoire, en réalité on apprécie seulement ce qu'on connaît. Il faudrait que je l'écoute davantage. Et il est resté là, tout triste, comme ça lui arrive parfois, à ton grand-père. Parents et enfants ne se sont jamais bien entendus sur le plan musical.

Moi j'aime bien des choses à toi, le rassura Sylvia. Elle cita Bob Dylan. Ces jours-ci elle l'avait écouté chez Ariel. Apparemment son ami Marcelo Polti était un dingue de Dylan et il l'avait fait connaître à Ariel.

Lorenzo reprit son CD. Cette nana, elle était géniale, dit-il en montrant la chanteuse sur la pochette. Elle avait une telle énergie, quelque chose de viril, on était fous d'elle. Si tu veux, je te le laisse. D'accord, dit Sylvia, plus par gentillesse que par intérêt véritable. Ça lui faisait plaisir de voir son père loquace, expansif, plus joyeux que ces derniers jours. Au point que Lorenzo se risqua à lui poser des questions. Et alors, tu ne me racontes rien de ta vie. Tu n'aurais pas un petit copain, par hasard ? Parce que vu l'heure à laquelle tu rentres en ce moment. Je suis en vacances, papa. Ce qui signifie que si tu étais avec quelqu'un tu me le raconterais… Je ne sais pas, ça dépend, si c'était quelque chose de sérieux… Qu'est-ce que tu appelles sérieux ? Tout est sérieux, dit-il. Non, tout n'est pas sérieux, soutint Sylvia avec conviction.

Il y a quelques mois, une amie de Lalo qui a dîné avec nous nous a raconté qu'un jour elle est tombée dans la rue sur sa fille, qui doit avoir ton âge, en compagnie d'une amie. Elles se bécotaient toutes les deux de manière super passionnée sur un banc public, près de là où elles vivent, en fumant un joint et je ne sais quoi d'autre encore, et la femme était super remontée contre sa fille parce qu'elle ne lui avait rien raconté alors qu'elles s'entendaient très bien. Je lui ai dit que les enfants ne racontent jamais rien. Pas vrai ? Moi je ne racontais rien à mes parents.

La conversation ennuyait Sylvia mais elle appréciait l'effort de son père, même feint, pour tenter d'accéder à son intimité.

Un jour, quand je vivais encore chez tes grands-parents, j'arrive pour dîner et mon père me dit tout à l'heure il y a une fille qui a appelé, ta petite amie. Moi je ne leur avais rien raconté, ils ne connaissaient pas Pilar, mais mon père avait dit « ta petite amie » avec un naturel qui m'a tué. Ils m'ont demandé comment elle s'appelait, j'ai dit Pilar et ta grand-mère a dit elle n'a qu'à passer à la maison un jour, comme ça nous ferons connaissance. Et un jour je l'ai amenée à la maison et je l'ai présentée. Ce sont des choses naturelles je trouve, pas de grandes confessions du style « papa, j'ai quelque chose d'important à te dire », proclama-t-il avec une voix de fausset.

Sylvia haussa les épaules. Tu veux me tirer les vers du nez ou quoi ?, demanda-t-elle à son père. Non, bien sûr que non, c'était juste pour te raconter cette histoire, on ne fait que discuter.

Lorenzo sortit de la chambre. L'énergie qui l'animait le poussa à essayer de cuisiner un plat plus complexe que ne le permettaient ses capacités, même appuyées par un des livres de cuisine qui ornaient l'étagère. Sylvia partit un moment plus tard. Lorenzo ne l'entendit pas rentrer avant tard dans la nuit.

La liturgie commence par un chant. Le pasteur prend la parole. Il salue les présents et s'adresse à eux avec une douce intonation que Lorenzo ne situe pas exactement. Il leur dit c'est dimanche et ce jour nous accordons au Seigneur notre réflexion, nos pensées et aussi notre joie dans cet endroit commun qu'est l'église. Il parle tout près des paroissiens et cherche leur regard. Il porte une chemise blanche boutonnée jusqu'au ras du cou. Au premier rang, il y a un gros type dont les fesses débordent des deux côtés de sa chaise pliante. Il a une guitare entre ses grosses pattes. Il chante une chanson que Lorenzo croit avoir déjà entendue ailleurs. « Quelqu'un m'a dit que la vie est bien courte, que le destin se moque de nous, quelqu'un m'a dit que la vie est pleine d'épreuves, et que parfois elle nous remplit de douleur, mais quelqu'un m'a dit aussi que Dieu nous aime toujours, nous aime toujours. Dieu nous aime toujours. »

La porte s'ouvre, Lorenzo se retourne et voit entrer Daniela. Elle est surprise de le trouver là, mais ne se dirige pas vers lui, à ses côtés. Elle avance dans l'allée et se joint aux gens des premiers rangs. Lorenzo l'aperçoit qui salue discrètement les autres et prend part à la cérémonie. Il ne la quitte pas des yeux. Daniela tourne la tête à deux reprises seulement pour vérifier qu'il est toujours là. Une fois, elle le fait alors qu'elle chante en chœur une chanson sur la miséricorde de Dieu avec les pauvres.

Le pasteur parle de la vie quotidienne, de la présence de Dieu dans les choses les plus insignifiantes, de sa présence définitive dans chaque événement quotidien. Au fond de la poubelle où vous jetez les restes de la journée, il est là ; dans l'escalier du métro ou dans l'ascenseur, il vous observe pour voir comment vous vous comportez avec les inconnus. Oubliez ces éternels débats sur l'âme et la foi, imaginez-le dans chaque recoin de votre vie. Mais il ne vous juge pas, il vous connaît déjà, il vous accompagne pour que vous ne l'oubliiez jamais. Vous voyez ces caméras de surveillance qu'on met sur certains bâtiments ? Eh bien Dieu a installé ces caméras en nous. À tout moment les paroissiens lui répondent à haute voix, comme s'ils entamaient un dialogue. Puis ils s'interrompent pour chanter de nouveau et taper dans leurs mains.

N'importe quel croyant est un berger d'âmes. Vous êtes des pasteurs, dans la rue, dans votre travail, dans votre famille. Vous pouvez être la lumière qui éclaire celui qui ne voit pas. C'est notre mission. Nous sauver et sauver la majeure partie des gens qui nous entourent. Nous sommes des missionnaires de quartier.

À la fin, toute l'assemblée pousse les chaises et bavarde un moment en formant un cercle avant de s'échapper vers la rue. Certains ont apporté des paquets de riz, des haricots, des œufs, qu'ils laissent dans des sacs en plastique sur le bureau du pasteur. Nous les distribuerons, bien entendu, leur dit-il. Daniela s'avance en compagnie du pasteur vers Lorenzo et les présente l'un à l'autre. Bienvenu, dit l'homme, j'espère te voir souvent par ici. Merci, répond Lorenzo.

Il sort dans la rue avec Daniela. Il lui propose de faire un tour. Mais elle lui dit qu'elle doit rester préparer les sacs de nourriture pour les gens qui en ont besoin, elle aide le pasteur à les distribuer aux pauvres du coin. Si je l'avais su, j'aurais apporté quelque chose. Ce n'est pas obligatoire, lui explique Daniela. Ils restent immobiles un instant sur le trottoir.

Je ne voulais pas que nous nous quittions en mauvais termes. Je me suis peut-être précipité l'autre soir, commence à se disculper Lorenzo. Mais pour moi c'est important qu'on ne s'éloigne pas à cause de cela. J'ai envie de te connaître mieux. Et que toi aussi tu apprennes à mieux me connaître. Lorenzo s'entend, il est ridicule, influencé par la façon de parler du pasteur. Tu vas trouver ça bizarre mais je ne souhaite pas te laisser passer, comme quelqu'un qui a croisé ma vie et que peut-être je n'aurais pas réussi à rencontrer vraiment. C'est pourquoi je suis ici, je voulais te le dire. Wilson m'a expliqué que c'était ton église. Wilson connaît l'adresse ?, sourit Daniela. Je pensais qu'il connaissait juste celle des bars…

Lorenzo ignore le commentaire et regarde Daniela droit dans les yeux, comme s'il attendait quelque chose qui n'arrive pas.

Tu es très seul, n'est-ce pas ?, lui demande-t-elle.

16

Ariel a incliné son siège et tente de dormir. En classe affaires il y a plus de place. À côté de lui, un homme en costume lit la presse économique en buvant un xérès à petites gorgées. Comme à l'aller, le vol est plein de familles installées en Espagne qui sont retournées en Argentine pour Noël. Dans la file d'embarquement, des publicitaires, des universitaires – une certaine frange de la bourgeoisie – se mélangeaient à des voyageurs plus modestes munis de grands sacs et qui se montraient nerveux dès qu'il fallait présenter son passeport. On est le 2 janvier, et le début de l'année instaure toujours une sorte d'espoir généralisé de page blanche.

Au dernier rang de la classe affaires, étendu de tout son long, un masque sur les yeux, se trouve Humberto Hernán Panzeroni, gardien d'une équipe andalouse, qui est venu saluer Ariel avec effusion quand il a vu qu'ils étaient sur le même vol. Il dort en ronflant bruyamment.

Humberto est grand, c'est un vétéran de la ligue espagnole, où il évolue depuis quasiment six ans. Il est parvenu à être le troisième gardien de la sélection nationale lors des dernières coupes du monde. Il s'était assis sur le bras du siège d'Ariel pour lui parler, et chaque fois qu'une hôtesse passait à côté de lui il se retournait. Pour lui céder le passage ou lui faire un brin de cour, ce n'était pas très clair. Je déteste voyager en première, ici ils envoient les rombières, les jeunes sont en classe éco, c'est le monde à l'envers. Il avait une incisive d'un blanc différent du reste de sa dentition et Ariel s'est souvenu qu'il avait perdu une dent lors d'un choc contre un de ses défenseurs. Il l'avait vu à la télé.

À l'arrière il y a ma femme et les trois gosses. En première ça te coûte les yeux de la tête. Pour le bébé qui n'a même pas de siège ils te demandent mille euros. Ils ont parlé un moment de l'actualité de leur profession, des événements du pays et quand Humberto a commencé à sentir les effets des cachets qu'il avait pris, il a annoncé à Ariel qu'il allait dormir.

Le séjour d'Ariel à Buenos Aires avait été intense et il avait retrouvé tout ce qui lui manquait. Il avait pensé à Sylvia. Ils s'étaient même parlés au téléphone. Il était quatre heures du matin à Buenos Aires et Sylvia avait reçu son appel avec un mélange d'euphorie et de nervosité.

Lorsqu'il était arrivé à l'aéroport d'Ézeiza, son frère Charlie l'attendait à la sortie du couloir d'accès en bavardant avec l'hôtesse d'accueil. Il s'était jeté sur Ariel et l'avait serré dans ses bras, bloquant ainsi la sortie aux autres passagers. Il avait pris le sac de cabine d'Ariel et l'avait mis sur son épaule. Tu as changé, lui avait-il dit, maintenant c'est toi qui as l'air d'être l'aîné. Quand ils étaient passés à côté d'une fille habillée en Père Noël, qui distribuait de la publicité dans un short moulant, Charlie avait donné à Ariel un coup de coude. Il l'avait conduit dans une nouvelle voiture à la maison de leurs parents. Je l'ai à l'essai. Si elle ne me plaît pas, je ne la garde pas. C'est que maintenant je suis le frère du petit Ariel Burano, le Plume qui marque des buts en Espagne, s'était-il senti obligé de lui expliquer. Ici, les buts à Madrid ont la cote, n'est pas footballeur qui veut.

Sur la route, Charlie le mit au courant des affaires familiales. Leur mère était de nouveau malade, un peu dépressive. Elle prend des comprimés avec du fer ou du cuivre, je ne sais quoi, mais papa va bien, il passe son temps libre dans son petit atelier, comme si c'était le business de sa vie. Il lui commenta les nouveaux noms de la politique locale, lui raconta le malheur des uns et des autres, la mère d'Untel est morte, le fils d'Untel a été enlevé, le magasin d'Untel a fermé, Untel est parti en Espagne avec sa famille… Ici, si tu n'as pas un truc terrible à raconter les gens s'ennuient.

Ariel était attentif à ce que disait son frère, mais sans quitter des yeux la ville qui émergeait à côté de l'autoroute. Tout lui avait manqué, la disposition différente des maisons, les bâtiments en dents de scie, les couleurs, les publicités familières, les feux rouges en haut des rues, le métro aérien, les commerces sur le trottoir. Dans leur quartier, les poubelles s'accumulaient depuis plusieurs jours près des arbres, à cause de la grève, lui expliqua Charlie. On avait remplacé la porte d'entrée par une grille métallique avec contrôle vidéo. Ça ne va pas si mal que ce qu'on va te dire, l'avertit Charlie. Et enlève ton pull, il fait trente degrés, coco.

On l'accueillit avec émotion. Ses neveux avaient grandi et Ariel leur dit je ne sais pas si les maillots que je vous ai rapportés vont être à la bonne taille. Il tendit à son père un sac contenant du turrón, du patxaran, du jambon serrano sous vide et le magazine *Hola* pour sa belle-sœur. Vous avez gagné le championnat ?, lui demanda son père, et tout le monde se mit à rire. Ariel lui expliqua qu'en Espagne le championnat ne se terminait pas avant le mois de juin. Et alors, repartit son père, tu sais que Dali disait que le football n'aurait aucun avenir tant que le ballon ne serait pas hexagonal. Ça me serait égal, ça me conviendrait même mieux, dit Ariel. Sa mère avait excessivement grossi. Ariel la trouva vieille et fatiguée.

On t'arrête dans la rue, les gens te reconnaissent ?, lui demanda sa belle-sœur. Je te l'ai déjà dit, expliqua Charlie, en Espagne, on te demande de signer des autographes n'importe où, sur une serviette en papier, un ticket de bus, un tee-shirt. Tu te souviens de ce gosse qui t'a demandé un autographe sur ses cahiers d'école ?

Dans la rue, Ariel se réjouit du spectacle des gens, du climat. Bientôt il ferait trop chaud. C'était l'été. Beaucoup d'amis étaient partis à la plage. Il fut invité à Villa Gesell, dans la maison de vacances de certains proches, mais il avait envie de rester à Buenos Aires. Il s'assit à une terrasse, dans un coin près de Recoleta. De temps en temps, quelqu'un lui criait « hé champion ! » du trottoir d'en face. Un autre lui montrait son poing levé à travers la fenêtre de sa voiture. Ils te traitent bien les Espagnols ?, l'apostropha un homme.

Il voulait profiter de sa semaine de vacances pour voir ses amis. Qu'est-ce qu'on fait pour la Saint-Sylvestre ? Un truc à la maison, tranquilles, proposa Charlie. Avec son frère il parla de son acclimatation en Espagne, de la stratégie de l'équipe, de ses besoins. On m'a dit que tu avais une fiancée, lança tout à coup Charlie. Qui t'a dit ça ? J'ai mes informateurs. Ariel ignorait ce que savait exactement son frère. Il se contenta de dire oui, enfin, il y a une fille, mais rien... Puis il supposa qu'il parlait avec Emilia.

Il retourna à son appartement de Belgrano qu'occupait désormais son ami Walter. Il était mieux décoré que lorsqu'il y vivait. Il utilisait même la terrasse sur le toit, dont Ariel avait à peine profité. Il y avait installé un rocking-chair. Ils grimpèrent sept marches métalliques d'un escalier branlant et s'installèrent en haut avec un thermos de maté. L'immeuble, près du stade Monumental, côtoyait les plus hauts bâtiments du quartier. Tous avec de super balcons en plexiglas, des chaises longues coûteuses et une vue privilégiée sur le fleuve qui ressemble à la mer. Comme j'étais bien ici, dit Ariel, à Madrid j'habite dans un endroit bien différent.

Marcelo l'invita à un barbecue et réunit plusieurs amis, tous supporters de San Lorenzo, l'avait-il prévenu. Il lui montra les derniers travaux dans son studio, lui dit qu'il irait peut-être à Madrid lors de sa prochaine tournée, intitulée Séquestration Express. J'ai des super musiciens, je suis content. Il avait l'air heureux, sûr de lui. Le disque venait de sortir. On me le pirate déjà partout sur Internet, en plus il faut faire bonne figure et remercier ces putains de gens qui te volent, mais bon, comme on disait avant, il vaut mieux être volé que tué. Ariel voulut rentrer assez tôt, mais Marcelo insista, aujourd'hui il y a une manif de piqueteros [1], reste, il vaut mieux ne pas être dans la rue. La manifestation était à l'appel du Bloque Piquetero Nacional, du Corrientes Clasista y Combativa, du Frente Darío Santillán, du PTS, du MAS. Ariel se familiarisait de nouveau avec la politique locale.

Ils dînèrent en famille le soir de Noël. Le Père Noël apporta des cadeaux dans la nuit et, à quatre heures du matin, Ariel tournait dans son lit sans pouvoir dormir, absorbé, l'oreille concentrée sur les oiseaux et un générateur non loin, le passage du métro aérien près de la maison, la rumeur de l'autoroute. Sa chambre lui semblait à présent être celle d'un écolier, un lieu où le temps s'était arrêté, qui ne lui appartenait plus. Ses trophées d'enfance, les photos accrochées de ses équipes juniors, ses caisses de jeux, ses quelques livres. Toute sa vie il avait rêvé pouvoir vivre du football et maintenant que c'était le cas il sentait que ça ne lui plaisait plus comme avant. Il aimait mieux s'entraîner que jouer. Le matin, quand il arrivait sur le terrain il trouvait l'herbe fraîche, accueillante, sans la pression des matchs. Alors il profitait du ballon, de ses compagnons, des exercices, du jeu. Les matchs étaient une formalité qui devenait laborieuse, où il ne retrouvait plus que par rafales la plénitude d'avant, de l'époque où jouer était un plaisir et seulement un plaisir. Le stade se transformait souvent en une bulle de pression, à l'intérieur de laquelle respirer, voler, semblait de plus en plus difficile. Dans ses souvenirs agréables revenait toujours sa main sur la nuque de Sylvia, perdue entre ses boucles, ses yeux au dessin original, d'un vert pétillant et mystérieux, lumineux parmi cette crinière de cheveux, la moue à la commissure de ses lèvres quand elle venait juste de dire quelque chose de drôle ou de provocant. À des milliers de kilomètres, le souvenir du corps enivrant de Sylvia l'excitait, il le parcourait en pensée pour en jouir de nouveau.

Il fit une longue promenade avec son père jusqu'au parc Chacabuco. Ils parlèrent de la faible santé de sa mère. Sinon, on viendrait te voir, je te le dis sérieusement, mais elle ne peut pas prendre un avion maintenant avec la tension qu'elle a. Elle a grossi, avoua Ariel. C'est à cause des médicaments et parce qu'elle ne bouge pas. Pas moyen de la faire sortir de la maison.

---

1. Les piqueteros doivent leur nom aux barrages, les « piquetes », qu'ils dressent sur les routes pour protester. Activistes qui participèrent au mouvement social initié par des travailleurs en Argentine au milieu des années 1990, un peu après que la crise économique de 2001 provoqua la désindustrialisation et la réduction des exportations argentines en 1998, une période de grave récession qui força le président Fernando de la Rúa à une démission anticipée.

Il dévora la presse locale. Soudain il avait l'impression d'être un étranger, un nouvel arrivant dans cette ville qu'il lui semblait ne pas connaître. C'était la même sensation qu'à Madrid, il avait réussi à n'être de nulle part, étranger partout. Il roula sur l'avenue Nazca jusqu'à Bajo Flores. Il s'arrêta au passage du métro. Il longea le stade du Nuevo Gasómetro pour prendre par l'avenue Varela. Le quartier de Soldati, plus désolant que jamais. Sur les murs, les graffitis de toujours, Stop aux bas salaires. La famille du garage auto El Golazo préparait un barbecue sur le trottoir. Le vigile lui ouvrit le portail. De retour au pays ? Juste pour Noël. Il gara le pick-up de Charlie près des dortoirs, se souvint des barbecues du samedi sous le hangar, avec l'équipe réunie. Ça lui manquait. Il passa près du portrait du Huevo Zubeldía, qui avait gagné, exactement trente ans plus tôt, le championnat national pour San Lorenzo. Les murs rappelaient les héros de l'exploit : Anhielo, Piris, Villar, Glaria, Telch le mouton, Olguín, Scotta, Chazarreta, Beltrán, Cocco, Ortiz. Ariel s'étonna de trouver une photo de lui encadrée à côté des glorieux *tueurs*. Tu as vu ta photo ? lui dit Cholo, responsable des installations. Ils se donnèrent une accolade. Il entra dans les vestiaires avec lui. Tout le monde est en vacances. C'était simple, avec des images religieuses, des thermos de maté, de petites armoires en bois laqué, des chaussures entassées. Là-bas, ça doit être plus luxueux, hein ? C'est autre chose, Cholo, autre chose.

Il téléphona à Agustina. C'était une obligation. Il l'avait parfois appelée depuis l'Espagne, à des moments de désespoir, après le départ de son frère. Un jour il avait failli lui offrir un billet et l'inviter, mais il avait eu honte de prétendre disposer des gens de manière égoïste à sa guise. Le pire, ç'avait été la troisième fois, une nuit où il était rentré ivre mort, après être sorti avec Ronco, et qu'il avait éprouvé le besoin de lui parler. Il avait été grossier et désagréable, et avait fini par se masturber en lui demandant de lui dire des trucs cochons au téléphone. Depuis il n'avait pas eu le courage de la rappeler sauf pour s'excuser, froid et concis. Mais il était en ville et il aurait été impoli de ne pas la voir.

Ils sortirent ensemble un après-midi. Ariel avait rendez-vous pour dîner avec des amis et il ne voulait pas que la nuit puisse être une tentation. Prolonger quelque chose qui n'existait plus ne lui ferait que du mal. Ils se retrouvèrent près de la place Lavalle et elle lui dit qu'il avait l'air d'un touriste. Je suis devenu un touriste, s'excusa-t-il. Il voulait se promener un peu avant son rendez-vous. Ils parlèrent de choses superficielles. Agustina avait opté pour des boucles d'oreilles en ivoire, avait coiffé sa queue-de-cheval et choisi son rouge à lèvres avec une attention extrême, mais elle comprit rapidement que ces retrouvailles n'allaient pas les mener à nouveau l'un vers l'autre. Au cours de ces deux heures, Ariel maintint une distance stricte entre eux. Agustina réussit à le faire parler de Sylvia. Je ne crois pas que ce soit une relation qui aille quelque part, mais elle me permet de me détendre, d'être bien, de pouvoir parler intimement avec quelqu'un. Elle acquiesçait en l'écoutant. Ses paroles la blessaient, mais elle le cachait. Ariel lui disait tu sais, quand on aime tellement une personne qu'on essaie de la protéger du mal qu'on peut lui faire. On a peur parce qu'on se connaît, alors que l'autre ne voit que le côté merveilleux des choses. Et Agustina avait envie de lui dire je sais très bien de quoi tu parles, je connais ce sentiment, mais elle lui dit seulement que le mieux était d'en profiter et de ne pas trop gamberger.

Je suppose que je devrais la vacciner contre moi, dit-il, avec un sourire.

Elle n'a peut-être pas envie d'être vaccinée.

Et Ariel s'aperçut alors qu'il parlait de Sylvia, tandis qu'Agustina parlait d'elle-même. Ils se dirent au revoir un moment après. Elle posa sa main sur sa joue et lui dit prends soin d'elle, parvenant à culpabiliser Ariel de ne pas avoir fait la même chose à son égard.

Ses amis l'emmenèrent dîner et Ariel fut expansif. Il raconta l'anecdote de l'attaquant mexicain qui avait bousillé sa voiture en restant en première pendant quarante kilomètres, persuadé qu'elle était automatique ; le centre-droit de Mendoza qui jouait en deuxième division aux Canaries et avait tellement grossi que les supporters lui chantaient « mets-toi au régime » sur la musique de *Guantanamera* ; le gardien remplaçant de son équipe qui mangeait des pépites de tournesol avec les gants à une vitesse vertigineuse ; un coéquipier qui puait tellement des pieds que les autres fourraient ses chaussures dans les poubelles ; Wlasavsky, le Polonais, que tout le monde appelait Blas, et de sa collection de Rolex en or ; la femme de l'entraîneur des gardiens qui se bourrait la gueule au bar de la tribune officielle ; l'arbitre gay qui convoquait certains joueurs avant le match pour leur dire qu'il était un de leurs admirateurs et qui les invitait à dîner ; le défenseur central paraguayen d'une équipe d'Estrémadure qui, lorsqu'on lui avait demandé de citer un personnage public admirable, avait répondu Ben Laden et avait été sanctionné pour trois matchs avant de présenter ses excuses ; un entraîneur brésilien, qui avait essayé de faire jouer le capitaine de son équipe avec une oreillette – en milieu de match, il y avait eu une interférence avec un présentateur qui commentait la retransmission de la partie, et le pauvre type était devenu fou.

La rigolade prit fin brutalement parce qu'à la télévision du restaurant ils virent des images de l'incendie d'une discothèque de la capitale où avaient péri plusieurs jeunes gens, des parents presque encore adolescents, dont le nombre se précisa au cours des jours suivants, un lieu plein à craquer et sans mesures de sécurité. Ça avait brûlé à cause de feux de

Bengale allumés à l'intérieur alors que les sorties de secours étaient cadenassées pour éviter que quelqu'un entre sans ticket.

Cette nuit-là Ariel téléphona à Sylvia. Elle hurlait du bar où elle se trouvait. De sa chambre, contiguë à celle de ses parents, il tenta de murmurer. Tu me manques, dit Ariel. Mais elle l'entendit à peine.

Le lendemain, il alla passer la matinée avec le Dragon. Le pays était bouleversé par l'incendie de la veille. La femme du Dragon leur prépara un maté et ils s'assirent sur le canapé, devant la télé. Tu ne sais pas à quel point tu as bien fait de partir d'ici. Tout est corrompu. Dès qu'on va commencer à enquêter dans cette boîte on découvrira qu'il n'y en avait pas un, du premier au dernier, qui n'avait pas les mains sales. Ça fait honte.

Au bout d'un moment ils éteignirent la télé. Jusqu'à quand ces bâtards vont-ils continuer à exploiter la douleur des gens pour faire leur show ? Il l'interrogea sur l'Espagne mais Ariel avoua qu'il suivait peu l'actualité là-bas. Depuis les bombes dans les trains ils détestent les Arabes ?, demanda l'entraîneur. Non, je ne crois pas, répondit Ariel. On ne dirait pas.

Le Dragon lui dit qu'il caressait l'idée d'arrêter son travail. Je n'ai plus beaucoup de jus. Son fils, qui avait à peine deux ans de plus qu'Ariel, avait passé une mauvaise année. Il laissa entendre un problème lié à la drogue. Il hésitait à quitter la ville, pour changer d'atmosphère. Il se sentait bien dans sa maison à la campagne. Dans son jardin mal entretenu, une vieille cage de but faite avec des bouts de bois carrés s'élevait entre les buissons. Le Dragon l'avait récupérée dans une école abandonnée du coin. Toute ma vie j'ai essayé de former des garçons et, résultat, celui avec qui j'ai échoué, c'est mon fils, dit-il amèrement.

Le Dragon lui confessa qu'il regardait certains matchs sur le satellite. Je te vois tendu, comme si tu avais un œil sur les gradins. Toi, tu joues, ne te charge pas de responsabilités. Il ne faut pas oublier le plaisir du jeu, jamais. Ton métier est absurde, si tu ne le fais pas en t'amusant ça n'a aucun sens. Tu ne peux pas te mettre à réfléchir, ça paralyse. L'intelligence, c'est de savoir gérer sa propre angoisse. Regarde ce qui se passe dans le monde, si tu t'arrêtes pour y penser, tu te tires une balle, comment veux-tu te mettre à dribbler si tu penses à ces gamins de la discothèque ?

Il voulut l'inviter à dîner, mais Ariel avait rendez-vous avec Charlie. Ils se quittèrent de bonne humeur. Marque des buts, tout ce que veulent les Espagnols ce sont des buts. Le Dragon se pencha à la fenêtre de sa portière pour ajouter quelque chose. Les sujets les plus importants ne sont ni palpables ni tangibles. Regarde, l'entreprise la plus rentable du monde, c'est l'Église. Ensuite il y a le football. L'un et l'autre vivent de la foi des gens, rien de plus. Ce n'est pas fou ?

Charlie l'emmena manger dans un endroit élégant de Puerto Madero et lui présenta une jolie femme qui était devenue sa maîtresse en titre. Elle travaillait à la télévision, sur le canal Onze, productrice, et voulait interviewer Ariel avant qu'il reparte à Madrid. L'après-midi même il enregistra une interview stupide et inintéressante en se promenant sur le port. Dans la voiture, sur le chemin de la maison, Charlie dit à son frère ne me juge pas, je vois bien que tu es en train de me juger et ce n'est pas à toi de le faire. Si tu étais à ma place tu serais peut-être pire, bien pire que moi, alors épargne-moi tes leçons de morale. Ariel lui fit un doigt d'honneur et tous deux se mirent à rire.

Ce fut un Noël triste. À la télé on ne voyait que les familles des morts de la discothèque, pendant trois jours elles restèrent sans information à la porte de la morgue. Le frère d'un joueur qu'Ariel connaissait se trouvait parmi les victimes. Et le jour suivant une vague gigantesque dans le Sud-Est asiatique laissa plus de quatre cent mille morts sur son passage. Des histoires dramatiques que les télévisions présentaient avec des bouts d'enregistrements vidéo faits par des touristes, des images qui s'interrompaient quand le tsunami les atteignait de sa gifle mortelle.

Le dernier après-midi à Buenos Aires, Ariel écourta sa promenade car les alentours de la Casa Rosada étaient envahis par les forces du maintien de l'ordre. On attendait une manifestation. Walter l'invita à son dixième barbecue en six jours. Là, il tomba sur un de ses anciens coéquipiers de San Lorenzo, un milieu de terrain qui jouait au Corinthians. Il avait au cou un collier en or avec un petit ballon de foot. C'est beau. Je l'ai commandé à un bijoutier de Rosario, un type incroyable.

Charlie et son fils aîné l'ont accompagné à l'aéroport. Sa mère lui a acheté à la dernière minute deux grands sacs de maté, qu'il porte avec ses bagages à main. Dans l'avion il ne dort pas. Il réfléchit à la possibilité de rompre avec Sylvia, d'éteindre ce feu étrange. Il a décidé de se concentrer sur son travail, de ne pas se laisser distraire par autre chose que le jeu.

Quand il descend de l'avion il dit au revoir à Humberto. Celui-ci s'est réveillé la bouche sèche et les yeux flous. Quand est-ce qu'on se rencontre ? Mais aucun des deux ne se souvient avec suffisamment de précision du calendrier de la compétition. On se verra sûrement à l'anniversaire du Tigre Lavalle, ça, tu ne peux pas y échapper.

Au contrôle des passeports, un jeune garçon avec un petit sac à dos lui demande son aide. La police l'a arrêté, il n'a pas assez d'argent liquide et pas d'adresse précise où aller. Il est très nerveux, excité. Je n'ai pas apporté assez de fric, ils veulent me faire chier juste pour ça. Ariel parle au guichet avec le policier. Il n'y a rien à faire. Ariel voudrait aider, il s'adresse à un autre policier qui le reconnaît immédiatement. On peut faire quelque chose ? Le policier lui sourit, ne t'en mêle pas, c'est mon conseil. Ariel y réfléchit à deux fois. Il donne le peu d'argent qu'il a dans son portefeuille au garçon et passe le contrôle.

En sortant avec ses valises il se sent encore bizarre, blessé par la situation. Il est obligé de signer des autographes à deux enfants. Il lève les yeux et derrière la foule qui attend les nouveaux arrivants il voit Sylvia. Elle lui sourit sans s'approcher. Il vient à sa rencontre, mais Sylvia l'évite. Elle marche derrière lui quand il se dirige vers le parking et ils maintiennent la distance entre eux tout au long du trajet composé de tapis roulants. Lui se retourne souvent et ils se sourient. Ils ne se disent rien, mais c'est comme s'ils s'embrassaient de loin. Comme s'ils se faisaient l'amour, chacun sur son tapis roulant, elle à trois mètres derrière lui.

Le parking est glacé. Il a gelé pendant la nuit. Ariel repère sa voiture. Ils s'embrassent à l'intérieur. Ils se séparent seulement quand elle tente de mettre le chauffage en tournant au maximum les boutons du tableau de bord. Je suis frigorifiée. Elle tire les manches de son pull.

Il glisse ses doigts sous les boucles de Sylvia et lui caresse la nuque. Bonne année, dit-elle.

Troisième partie

« C'est moi, ça ? »

1

Sylvia a deux vies. Dans la première elle s'assied au fond d'une salle de cours, derrière un pupitre vert aux bords écaillés qui touche celui de sa camarade Alba. Au cours de la matinée, différents professeurs tentent de laisser en elle et ceux qui l'entourent une petite trace. Parfois ce sont quelques phrases sur un carnet de notes, parfois un détail qui leur restera en mémoire jusqu'au lendemain du contrôle. Dans de très rares cas un savoir qui les accompagnera toute leur vie. Le professeur de mathématiques développe sur le tableau un problème de vecteurs. Le début du cours a été magnifique, la passion intacte après des années d'enseignement. Tout est mathématiques, leur a-t-il dit. Quand vous achetez, quand vous vendez, quand vous grandissez, quand vous vieillissez, quand vous partez de chez vos parents, quand vous trouvez un travail, quand vous tombez amoureux, quand vous écoutez une chanson inconnue, tout est mathématiques. La vie est mathématiques, additions et soustractions, divisions, multiplications, si vous comprenez les mathématiques vous comprendrez un peu mieux la vie. Et quand il les a vus rire, il a ajouté donnez-moi un exemple qui ne soit pas mathématiques, allez. Mon cul, a murmuré Tanque Palazón, et ils se sont mis tous à rire plus fort. Dieu, a dit ensuite Nico Verón. Dieu est mathématiques ? Don Octavio s'est arrêté un instant, mais sans paraître surpris. Dieu est la solution d'une équation qui n'a pas de solution. Mais aujourd'hui la classe ne prête pas attention à don Octavio.

En fin de matinée Sylvia rentrera chez elle à pied. Peut-être avec Mai, peut-être avec d'autres camarades qui se disperseront à chaque intersection. Elle préparera le repas pour son père et pour elle ou mangera quelque chose qu'il aura cuisiné. Elle s'enfermera dans sa chambre pour écouter de la musique, réviser pour un contrôle, répondre à un message sur son portable ou naviguer sur Internet afin de trouver les paroles d'une chanson, chatter ou surfer sans but précis. Elle comptera les secondes jusqu'à l'heure où elle passera dans sa deuxième vie.

Sa deuxième vie se déroule dans la villa d'Ariel, où ils regardent tous deux un film sur son écran plasma, discutent devant une bière avec de la musique en fond sonore, jouent à la console, mangent le *puchero* qu'Emilia a préparé à l'avance ou bien vont chercher des pizzas fines dans un restaurant italien qui chouchoute Ariel, ou encore réceptionnent un plateau japonais ou argentin d'une chaîne qui livre à moto jusqu'au quartier. Ils défont le lit pour faire l'amour. Rien à voir avec le petit lit froid où retourne Sylvia plus tard, où l'amour se présente seulement comme une évocation et où sommeille encore sur la couette un petit ours usé au poil doux, vestige de l'enfance. Les deux vies de Sylvia ont lieu sur des planètes ou des théâtres distincts, et elle y interprète deux personnages quasiment opposés. Parfois les planètes s'effleurent et une étincelle jaillit. Par exemple le jour où Ariel et elle achètent des CD et des DVD à la Fnac de Callao. De loin ils se montrent les pochettes, elle d'un groupe britannique à la mode, lui d'une formation castillane. Ils se suivent dans la queue devant la caisse et soudain Mai apparaît, surprise de voir Sylvia. Tu ne m'as pas dit que tu allais chez ta grand-mère ? Sylvia ment. Je me suis échappée un moment. Elle s'est désormais habituée à mentir et elle le fait avec naturel. Lorsque Mai insiste pour qu'elles aillent boire un verre ensemble Sylvia se défile. Mai désigne Ariel, qui paie devant elles à la caisse : Ce n'est pas le footballeur argentin ? Aucune idée, répond Sylvia. Il est super mignon. Chut. Sylvia se libère de Mai malgré le soupçon gênant de son amie. Je sais que tu ne me dis pas toute la vérité, tu vas voir ton mec. Quand est-ce que tu me le présentes, c'est un snobinard ou quoi ? Elles rient un moment. Et Sylvia réussit à retrouver Ariel au parking.

Il arrive aussi à Ariel de tomber par hasard sur un de ses coéquipiers à un feu rouge. Ils se parlent de voiture à voiture, à travers les fenêtres des portières, plaisantent jusqu'au moment où l'autre montre Sylvia du regard. C'est la fille d'un ami. Ariel ne sait pas dire autre chose, et Sylvia passe ensuite l'après-midi à se moquer de lui. Et ton ami, il sait ce que tu fais avec sa fille ? C'est au cours de ce genre d'incidents que les deux vies de Sylvia paraissent, plus que jamais, irréconciliables.

À d'autres moments, elle trouve que passer d'une vie à l'autre offre un contraste divertissant. Aujourd'hui, elle est sortie du cours d'anglais en vitesse. Le prof a un tic nerveux : il tire sur ses pattes. Et son explication a semblé interminable à Sylvia. Elle a pris le métro. Elle a rendez-vous avec un agent immobilier pour voir un appartement près du rond-point de Bilbao. Nous attendons quelqu'un d'autre ?, demande la femme quand elle voit que sa cliente a un cartable sur le dos. Non, finalement mon père ne va pas pouvoir venir, explique Sylvia tandis que l'ascenseur grimpe jusqu'au dernier étage. À cet instant, elle s'amuse à jouer le rôle d'une fille de millionnaire. Mon père n'a pas le temps, il me laisse choisir. L'agent abandonne ses réticences et ouvre la porte de l'appartement après avoir cherché parmi le monceau de clés qu'elle a dans son sac.

Sylvia parcourt l'appartement. De loin, la vendeuse lui énumère les avantages des travaux récents. Plafonds hauts, fenêtres en bois, terrasse magnifique avec vue sur les toits. J'aime beaucoup, mais mon père a dit un million d'euros maximum, c'est sa limite. Ça me paraît compliqué, répond la femme, mais, bien sûr, si une grande partie est payée en liquide, on peut négocier. Entendu, dit Sylvia.

Depuis plusieurs semaines Ariel a décidé de s'installer en ville. Il en a assez de vivre isolé dans un quartier où la rencontre la plus excitante qu'il puisse faire est celle d'un voisin décidé à aller courir de bon matin malgré ses symptômes d'angine de poitrine. Comme ça on pourra se voir plus facilement, sans tous ces allers-retours en voiture, c'est absurde, lui a dit Sylvia un jour où Ariel bâillait, épuisé, sur l'autoroute qu'ils empruntaient si souvent, lorsqu'il la reconduisait chez elle. Alors Ariel a demandé à son conseiller fiscal de lui fournir une liste d'appartements potentiels. Ils en ont éliminé certains en consultant les photos sur Internet. Celui qui leur a plu le plus, qui offre à Sylvia quelques minutes de bonheur dans le rôle de fille de millionnaire, est celui qu'elle visite à présent.

Un moment plus tard Ariel la retrouve à l'entrée du cinéma Roxy. Sylvia monte dans sa voiture. J'ai adoré. Il faudrait abattre une cloison pour agrandir le salon, pourquoi aurais-tu besoin de trois chambres ? L'agent m'a dit que si tu payais une partie en dessous de table ils te le laissent pour un million d'euros. Ariel n'y voit aucun inconvénient, il touche une partie substantielle de son salaire sur un compte à Gibraltar. Sylvia est étonnée de ne jamais le voir payer par carte ou retirer de l'argent au distributeur. Il a toujours sur lui d'importantes sommes en liquide. Il appelle son conseiller fiscal – mon comptable – dit-il, du téléphone de la voiture. Il conclut la vente. Ce quartier est un bon investissement, l'informe le type. Sylvia sourit et pose son pied sur le tableau de bord.

Ce soir-là ils se chamaillent l'un l'autre dans le gymnase qu'Ariel a installé au sous-sol de la villa. Il soulève des poids avec les jambes pendant que Sylvia marche un moment sur le tapis roulant. Elle se fatigue rapidement. Il lui dit tu vas avoir un gros cul si tu ne fais pas un peu d'exercice et elle lui rétorque je ne veux pas être la bourgeoise typique, la nana de footballeur, qui passe toutes ses matinées à la gym et ses après-midi chez le coiffeur ou à faire du shopping. Elles ne sont pas toutes comme ça, la femme d'Amílcar est très très classe. L'exception, dit Sylvia, mais toutes les autres… C'est quoi le problème, on vous vire de l'équipe si vous sortez avec quelqu'un de différent ? Aucun footballeur ne peut se permettre la faiblesse d'avoir une copine laide mais intelligente ? Ariel sourit tout en continuant son exercice. Je serai le premier. Sylvia menace de lui laisser tomber un poids de cinq kilos entre les jambes.

Les salles de sport me dépriment. Elles ressemblent à des salles de torture, dit-elle. Dans mon quartier il y en a une, l'après-midi, elle est pleine de tarés qui aspirent à être boxeurs et finissent dans des gangs de skins à tabasser des immigrants. Un jour, j'ai accompagné une amie, il y avait un mec dans un coin, la main dans la poche de son survêtement en train de se branler, je te jure, en regardant les filles sur les vélos d'appartement.

Le portable d'Ariel sonne et Sylvia le lui tend. Elle ne peut s'empêcher de regarder le nom qui apparaît sur l'écran. Ronco. Ariel lui reproche sa curiosité et répond. Allô ? Comment ça va ? Ah oui ? Non, je ne l'ai pas lu. Il dit ça ? Évidemment, lui est sans doute parfait, ne se trompe jamais. Quel fils de pute. Et elle est dans quoi cette interview ? Non, non, ça m'est égal, je ne veux pas la lire.

Sylvia l'écoute parler encore un moment. Elle sourit quand elle pense combien le foot est devenu une priorité dans sa vie. Elle planifie ses sorties avec ses amis et ses études en fonction du calendrier de la ligue. Ce qu'aucun de ses proches ne pourrait suspecter. Et elle est au courant des commentaires et des méchancetés qui s'échangent dans le petit monde du foot. Mon père serait heureux, pense-t-elle.

Oui, vraiment, j'ai acheté un appartement dans le centre, dit à présent Ariel. Comment ça un footballeur ne peut pas vivre dans le centre ? Et où doit-on vivre alors ? Dans les vestiaires ? Va te faire foutre. OK, d'accord, je suis cinglé, et c'est toi qui me le dis, toi le type le plus raisonnable de la planète.

Qui est Ronco ?, demande Sylvia une fois qu'Ariel a raccroché. Il dit qu'il y a une interview de mon entraîneur qui vient de paraître, dans laquelle il explique que certains nouveaux de l'équipe ne produisent pas le rendement qu'il attendait. Ça s'adresse à moi, bien sûr. Ce connard. Lui, il ne fait jamais d'erreur. Si je joue bien, c'est qu'il a deviné juste en m'engageant, si je joue mal, c'est que je ne l'écoute pas. Le Dragon me l'a toujours dit, il ne faut jamais se fier aux gens avec une tête de con.

Qui est le Dragon ? Un directeur technique de chez moi, que j'ai eu quand j'étais petit à Buenos Aires. Et le Ronco en question, qu'est-ce qu'il te disait au sujet de l'appart ? Rien, que dans le centre les gens ne vont pas me laisser vivre, qu'on va me faire chier avec les autographes... Il s'appelle Raúl, explique-t-il ensuite, mais tout le monde l'appelle Ronco. C'est un journaliste. Et tu peux être ami avec un journaliste ?, demande Sylvia. Pourquoi pas ? Et si un jour il doit parler de toi ? Il parlera de moi. Oui, insiste Sylvia, mais s'il doit parler de toi en mal... Qu'il le fasse, je le comprendrai... Donc tu acceptes bien les critiques, comme le commentaire de ton entraîneur. Sylvia sourit. C'est différent, c'est le typique fils de pute qui essaie de faire retomber la responsabilité de ses erreurs sur les autres. Des comme lui il y en a beaucoup. Ils ne te disent rien en face, mais ensuite ils lâchent une insinuation dans la presse, l'air de ne pas y toucher. C'est peut-être moi qui ai engagé un milieu de terrain français blessé qui n'a jamais pu s'entraîner avec nous depuis un an ? Ou deux salauds de Brésiliens qui ne branlent rien ?

Ariel arrête sa démonstration. Je vais me doucher. Sylvia le regarde sortir du sous-sol. Il est peut-être fâché, pense-t-elle. Elle connaît la tension dans laquelle il exerce son métier. Le bon côté quand on gagne le dimanche, c'est qu'on sait que la presse va nous laisser tranquilles pendant la semaine, lui a-t-il dit un jour. Ils s'en prennent à l'équipe qui a perdu. Si elle était jalouse, pense Sylvia, elle serait jalouse de son métier. De cette saloperie de foot. Parfois elle utilise cette expression. C'est sa façon d'établir une rivalité. Elle et cette saloperie de foot se disputent la vie d'Ariel. Mais elle n'ignore pas que pour lui c'est fondamental. Je ne serais rien sans le foot, lui a-t-il avoué un jour. Je serais quoi sans le foot, hein ? Un employé sans diplôme, un médiocre ? Je ne peux pas me permettre le luxe de mépriser ce qui me rend unique. Et parfois elle le voit se plonger dans un match retransmis à la télé, s'isoler du monde comme s'il jouait avec le regard. On commande quelque chose pour dîner ?, demande-t-elle. S'ils se rapprochaient des touches ils seraient plus durs à attaquer, répond-il.

D'autres fois il reçoit des appels sur son portable et parle pendant un long moment. Toujours de la même chose. De cette saloperie de foot. Du jeu, du match d'une équipe adverse, de ce qu'on lui a raconté sur le championnat argentin, des déclarations d'Untel, d'un article critique sur eux, du commentaire de la femme du président du club que quelqu'un a entendu. Ne fais pas l'enfant, lui répond-il de temps à autre quand il raccroche et qu'elle lui dit si j'avais su que tu passerais l'après-midi à parler au téléphone je serais restée chez moi.

Sylvia sait quand Ariel a besoin de déserter la réalité pour se concentrer entièrement sur son travail. Elle éprouve alors une sensation de vertige. Comme si elle tombait de très haut sans la possibilité de s'accrocher à rien. Seule comme elle l'est dans son histoire avec Ariel, en suspension, autour de son sillage. Elle se sent comme une invitée de luxe dans une planète sans gravité et étrangère, d'où elle se volatilise dès qu'Ariel cesse de la soutenir. Entrelaçant ses doigts aux siens, comme il le fait parfois tout en conduisant.

Souvent dans sa chambre elle se découvre envahie par la tristesse, les yeux humides. Elle sait que la dépendance est le plus grand ennemi de l'amour. Mais elle ne peut pas faire grand-chose, ne peut s'installer dans la vie d'Ariel, dans son autre vie, et cesser d'être ce qu'elle est vraiment. Elle aime quand ils sortent de la voiture et marchent dans une rue pleine de gens. Quand ils s'assoient dans un cinéma et qu'un couple qui arrive en retard s'installe près d'eux ou quand ils se réfugient dans un café et que quelqu'un s'approche pour saluer Ariel. Elle se sent alors comme les autres, normale.

Les quinze premiers jours de février sont printaniers. Il y a des gens assis aux terrasses de Santa Ana. Un après-midi, ils s'allongent sur le gazon du jardin de la villa, tondu soigneusement chaque semaine par Luciano, avec le spectacle des branches qui se découpent contre le ciel. Ils se sentent jeunes comme les autres.

Sylvia sort directement du sous-sol au jardin par la petite porte du garage. Elle s'assoit au bord de la piscine où flottent des feuilles sur l'eau verdâtre. Elle pose les mains sur le gazon et se laisse tomber en arrière. Elle sent ses cheveux se balancer dans son dos, agités par la brise. Elle demeure dans cette position jusqu'à ce qu'il la découvre là. Ariel marche sur le gazon. Il a les cheveux mouillés et a mis les sandales qu'elle déteste. Elles produisent une petite claque à chaque pas qu'il fait tandis qu'il s'approche d'elle. Il s'assoit derrière elle et la prend par les épaules.

À quoi penses-tu ?

Sylvia met du temps à lui dire qu'elle aimerait sortir, connaître des gens, faire quelque chose avec lui. Ariel bouge son visage d'un côté à l'autre pour que les cheveux de Sylvia le frôlent. Je cuisine quelques pâtes et on regarde un film ?, propose-t-il. Sylvia acquiesce. Elle a un peu froid et il l'enveloppe dans ses bras.

Pendant le film, Sylvia s'endort, vaincue par le sommeil. Sa tête est posée sur un bras du canapé. Ariel la porte jusqu'à sa chambre. Il la déshabille délicatement et elle feint de continuer à dormir, bien qu'elle sourie. Quand il lui retire son pantalon et le fait tomber par terre, Ariel avance son visage près du sexe de Sylvia. Mais elle plie un genou et dresse sa jambe comme une montagne entre eux.

Savoir que leur temps est limité semble tous deux les rassurer. Dans moins d'une heure ils devront respecter l'horaire strict de retour à la maison.

Mais à cause des caresses d'Ariel, cette nuit, Sylvia s'endort pour de bon. Elle se réveille désorientée et surprise, dans la lumière ensoleillée de l'aube de ce printemps anticipé. Ariel est endormi à côté d'elle, à plat ventre, un bras autour de l'oreiller. De l'étage au-dessous parviennent de légers bruits, quelques pas, une chaise qu'on traîne sur le sol de la cuisine, un robinet qui s'ouvre. Paniquée, Sylvia donne deux coups de coude énergiques dans les côtes d'Ariel, tente de le réveiller.

Ari, Ari, il fait jour. C'est le matin. Putain. C'est le matin !

2

Étrange de découvrir soudain son reflet et de le sentir étranger. Se reconnaître en lui, savoir qu'il s'agit de soi, mais dans le même temps le savoir autre. Leandro a légèrement humecté ses cheveux gris pour les ordonner, les plaquer sur son crâne. Qui est celui qui le regarde de l'autre côté du miroir ? Il se pomponne avant de partir en direction du pavillon où il retrouvera Osembe. Impeccable, comme un vieil homme honnête qui se rend à la messe ou à une conférence, avec son pull et sa veste, car aujourd'hui il se passera de manteau, il fait trop bon. Souvent, quand il se recoiffe devant le miroir du pavillon si semblable à celui de chez lui, Osembe passe près de lui et lui ébouriffe les cheveux avec une espièglerie enfantine qui tient de l'absurde quotidienneté. Comme si un moment plus tard ils allaient sortir se promener dans la rue bras dessus bras dessous, s'arrêter devant une vitrine et peut-être entrer dans un supermarché acheter un peu de poisson pour le dîner. Il regarde sa montre, c'est l'heure d'y aller.

Depuis quelques semaines, Aurora ne peut pratiquement plus se lever. Elle n'en a plus la force. Plusieurs fois elle s'est assise au bord du matelas mais n'a pas osé descendre du lit. Pour elle, la terre ferme n'existe plus. Leandro a du mal à l'installer sur son fauteuil roulant. Le matin, il remplit pour elle une cuvette d'eau et la pose sur ses cuisses. Aurora passe un bon moment à se laver le visage et à tamponner ses cheveux et son cou. Sa peau se crevasse facilement et elle demande la crème pour hydrater ses bras et son visage. Leandro examine parfois ses jambes pâles et fragiles quand Aurora soulève sa chemise de nuit. Penché sur elle, il observe le tissu relevé à mi-hauteur des cuisses. Certains jours il lui lave les pieds à l'eau chaude. Leandro coupe ses ongles de pieds encore humides, les plantes posées sur ses cuisses. Pourquoi tu t'embêtes, ce n'est pas la peine, lui dit-elle. Benita peut le faire. Non, ce n'est pas un problème. Et

Leandro poursuit ce qu'il considère comme une pénitence, agenouillé devant sa femme.

Le Jour de l'An, Aurora a éprouvé des douleurs quasi permanentes et le médecin des urgences leur a envoyé une ambulance. Elle a passé deux jours à l'hôpital et on l'a ramenée à la maison avec une dose de tranquillisants à prendre chaque jour qui la faisait sommeiller une bonne partie de la journée. Dès qu'elle s'est sentie mieux, elle a arrêté de les prendre. Leandro a insisté, tu n'es pas obligée de souffrir, ça ne sert à rien. Aujourd'hui ça va, je peux m'en passer, se justifiait-elle. Un après-midi, lors d'une visite, Lorenzo s'est inquiété devant l'état d'inertie de sa mère. Son père l'a emmené dans la cuisine. J'ai parlé avec le docteur, il lui reste à peine quelques mois à vivre. Lorenzo a laissé tomber sa tête entre ses mains. Il vaut mieux ne rien dire à Sylvia, a ajouté Leandro.

Benita changeait les draps tous les jours, parlait à Aurora d'une voix forte et vive. Je suis invalide, pas sourde, lui rappelait Aurora quand Benita lui répétait trois fois la même chose ou montait d'un ton. Elle s'adresse à elle comme on s'adresse aux malades et aux étrangers, pensait Leandro. Deux fois par semaine un masseur colombien venait, qui aidait Aurora à se dégourdir les muscles. À la fin, il lui donnait une petite tape sur la cuisse et concluait par la même phrase, bien, vous avez fait votre promenade de trois ou quatre kilomètres, puisque c'était selon lui l'équivalent en mètres de sa gymnastique passive.

Leandro passe ses matinées à se promener, à acheter la liste que lui a commandée Benita et à lire la presse à Aurora. Parfois il saute les paragraphes délicats. Toutes les semaines, une embarcation précaire pleine d'immigrants se fracasse contre les rochers de la côte et la mer recrache une vingtaine de cadavres sur les plages d'Andalousie. Presque chaque jour, un motard ou un groupe d'amis ou une famille au complet perd la vie dans sa voiture. Un prisonnier unit sa main avec de la colle industrielle à celle de sa compagne lors de sa visite au parloir pour réclamer son placement en semi-liberté. Il y a des morts au Proche-Orient, des réunions de dirigeants internationaux, des discussions politiques constantes, des prix culturels, de l'information détaillée sur le championnat de foot, le programme télé et d'incompréhensibles nouvelles économiques. La lecture du journal est une routine que Leandro n'ose pas interrompre. Il aurait l'impression que le monde s'achève. À certaines occasions il lit une interview, ça c'est très bien, lui dit-elle, et ce commentaire simple donne à Leandro le courage de continuer.

Ils ont regardé ensemble les informations de Noël sur la vague gigantesque qui a ravagé les plages vierges de Thaïlande et d'Indonésie. Ils ont contemplé sans parler ces images froides, presque irréelles, et se sont sentis aussi dépassés par la nature.

Un jour par semaine deux voisines du quartier viennent leur rendre visite. Cet après-midi-là, Leandro disparaît. Il se rend au pavillon. Depuis le Nouvel An il n'y va plus qu'une fois par semaine. Il a établi cette limite et quand il se sent tiraillé, sur le point de rompre son engagement, il s'enferme dans son bureau et met de la musique à plein volume sur le tourne-disque jusqu'à ce que l'heure soit passée. Parfois il se masturbe devant les vieilles photos d'un livre érotique.

La nuit du 31 décembre ils ont mangé les douze grains de raisin dans la chambre d'Aurora. Il y avait Lorenzo et Sylvia, mais tous deux sont partis peu après. Leandro est resté au côté d'Aurora pour voir le concert du Nouvel An à la télévision. Deux jours plus tard il a demandé à Osembe si elle ne partait pas en vacances. Ces jours-ci on travaille beaucoup, lui a-t-elle répondu. Des filles d'origine russe et bulgare, qui riaient avec des gloussements stridents dans les chambres contiguës, avaient intégré le pavillon. Des putes russes, a murmuré un jour Osembe. Qu'as-tu dit ? Rien, rien. Mais Leandro a compris que le vacarme des nouvelles venues l'importunait.

Un après-midi, vers la mi-janvier, Aurora a reçu ses amies à la maison. Elle était si faible qu'elle a dû faire un effort pour les saluer en les voyant entrer. Leandro les a laissées seules. Un moment plus tard il était allongé sur un lit du pavillon avec Osembe. Ma femme est en train de mourir, a-t-il dit soudain. Osembe s'est laissé tomber à côté de lui et lui a caressé le visage du bout des doigts. Elle est en train de mourir et j'ai honte de venir ici. Pourquoi ?, a-t-elle demandé. Tu as besoin d'oublier.

Mais je n'oublie pas, a été tout ce que Leandro a réussi à répondre. Je ne te fais pas oublier ? Un peu ?, a-t-elle continué comme si elle feignait d'être blessée dans son amour-propre, si toutefois il existait.

Leandro n'a pas répondu. Osembe a voulu en savoir plus. Les os, a-t-il répondu. Tu dois frotter des têtes d'ail sur tout son corps, sur ses jambes et sur ses bras. Des têtes d'ail crues et épluchées, frotte-la bien fort avec. Leandro a souri. Ne te moque pas, c'est très bon de faire ça.

Ces conversations finissaient par exciter Leandro. Plus encore s'il sentait qu'Osembe se relâchait, cessait d'être une pute pendant ces brefs fragments de discussion inconsistante. Ça l'excitait bien plus que tout le préambule érotique acidulé. Il se jetait alors sur elle, comme si le sexe s'emparait brusquement de lui. Et elle mettait un moment à comprendre son élan.

Cet après-midi il est rentré chez lui à temps pour prendre congé des amies d'Aurora et les remercier de leur visite. Elle somnolait, immobile dans la chambre, et Leandro s'est avancé pour l'embrasser. Aurora a ouvert les yeux. C'est toi, tu es de retour ? Il n'a pas répondu et s'est assis sur le matelas.

Tu utilises un nouveau gel ?, lui a-t-elle demandé tout à coup. Ton odeur est différente.

Leandro s'est troublé, mais il a réussi à élaborer un mensonge. J'ai essayé un échantillon qu'ils donnaient avec le journal. Il se souvenait des jours où elle décollait les enveloppes de publicité de cosmétiques qu'offrait le supplément dominical. C'est un peu fort, a conclu Aurora, mais Leandro a senti qu'il n'avait pas été capable d'apaiser les soupçons de son épouse et il a menti davantage. Je me suis douché en rentrant, j'étais en sueur après ma promenade.

Ce jour-là, il s'était douché après avoir fait l'amour avec Osembe. Il avait l'impression d'être envahi par son odeur corporelle. Il ne recommencerait plus. La plupart du temps il se contentait de se savonner l'entrejambe. L'idée de partager la salle de bains avec toute sorte de clients le répugnait. Pour combattre l'odeur de femme et de parfum étranger imprégnés sur sa peau, il marchait vite dans la rue, se faisait transpirer par une course extravagante.

Le beau temps inattendu des premiers jours de février invita Leandro à prolonger ses balades. Aux heures de la matinée particulièrement pénibles à cause de la présence de Benita, il descendait sillonner le quartier. L'activité frénétique ne s'arrêtait jamais. Des camionnettes de livraison, des gens qui faisaient leurs courses, des employées de maison qui promenaient des bébés dans des poussettes aux poignées chargées de sacs plastique. Un matin, Leandro avait suivi jusqu'à une porte d'entrée de la rue Teruel une jeune fille d'origine latino-américaine, avec les cheveux attachés dans le dos et une minijupe en jean. Elle poussait la poussette d'un bébé qui n'était sûrement pas le sien. Prodigieusement proportionnée, elle ne devait pas avoir plus de vingt ans. Elle s'arrêtait, sans hâte, devant les vitrines des magasins de chaussures et de vêtements, l'enfant endormi dans sa poussette. Leandro gardait une distance prudente mais ne la perdait pas de vue. Quand elle se tenait de profil il observait ses traits magnifiques. Il était rare de rencontrer une telle délicatesse dans un quartier peuplé de visages grossiers, de peaux tannées, d'une vulgarité dominante. Cette fille semblait une perle étrange, tombée là grâce à la répartition généreuse et capricieuse de la beauté. Leandro l'avait suivie pendant presque une heure. Lorsqu'elle était arrivée à ce qui paraissait être la porte de chez elle, la fille s'était arrêtée et avait attendu un moment. Craignant de la perturber, Leandro était passé près d'elle sans qu'elle fasse attention à lui. Elle avait des yeux noirs très vifs pour lesquels Leandro était invisible. Elle avait ouvert la porte vitrée et s'était perdue dans l'entrée.

Les retraités se reposaient sur des bancs dans la rue, parlaient de foot ou de politique avec des idées rebattues et presque toujours erronées d'après

Leandro. Leurs opinions étaient esclaves des commentaires qu'ils avaient entendus. L'un d'eux rentrait chez lui en portant ses sacs de course à bout de bras comme s'il pratiquait un exercice tandis que d'autres tenaient par la main un petit-fils qui n'allait pas encore à l'école ou s'appuyaient sur une canne pour ne pas renoncer à leur petite marche quotidienne, le regard perdu, parlant seuls parfois sous leur visière, égarés. Leandro s'efforçait de se distancier de ce groupe d'oiseaux de ville moribonds.

Il préférait marcher d'un bon pas. Les vendeurs ou les vieux impotents qui avançaient au bras d'un infirmier latino-américain le gênaient. Parfois il arrivait jusqu'aux larges trottoirs de Santa Engracia où le quartier montait d'un cran en standing et devenait plus ennuyeux. Les concierges contrôlaient leur territoire, suivant du regard les collégiennes d'un établissement religieux voisin ou mettant en fuite d'un regard hostile un Marocain qui passait par là. De jeunes Centre-Américains distribuaient des pubs à des piétons indifférents à la sortie du métro et arrosaient les alentours d'annonces pour des cours ou des restaurants du quartier. Le bruit du trafic était permanent, mais Leandro distinguait avec angoisse le marteau-piqueur, l'atelier de soudure ou la scie sauteuse qui retentissaient ici et là. Le square le plus proche, dans la rue Tenerife, était loin et sale, plein de merdes de chiens et d'ordures, et Leandro se sentait plus à l'aise dans l'agitation de ceux qui avançaient avec une destination précise que parmi ceux qui s'asseyaient pour regarder passer la matinée.

Leandro marche en direction du pavillon. Il ralentit parce qu'il ne veut pas arriver trop tôt. Il sonne et la porte s'ouvre pour lui. Mari Luz sort pour le recevoir. Ah, c'est vous, entrez. Elle le fait passer dans le petit salon où il est allé la première fois. Excusez-moi une seconde. Elle disparaît et Leandro reste seul pendant quelques minutes, assis sur le canapé tel un patient attendant chez le dentiste. Quand Mari Luz revient elle dit bien, je fais passer les filles, d'accord ?

Non, non, Valentina est libre ? Leandro garde pour lui le vrai nom d'Osembe. Sinon, j'attends, dit-il avec une domination évidente de la situation. Mais il n'est pas préparé à la réponse de la responsable dont le visage maquillé laisse apparaître un rictus. Je ne vous l'ai pas dit ? Je suis désolée, mais Valentina ne travaille plus ici. Comment ?

Vous m'avez bien entendue, la négresse ne travaille plus ici.

3

Si quelqu'un m'observe de loin maintenant il ne doit rien comprendre. Quand tout ce qu'on fait pour soi-même n'a aucun sens, on peut logiquement penser que ce sera encore plus indéchiffrable pour l'observateur extérieur.

Voilà ce que pense Lorenzo tandis qu'il assiste à la procession de la Santa Marianita de Jésus dans les rues proches de la place de la Remonta. Il ne sait pratiquement rien du mythe qui la nourrit. De ses larmes de sang versées cent ans plus tôt, de sa vie de flagellation et de martyre pour atteindre, par la douleur, la sainteté de Dieu. Depuis quelques semaines, depuis cette sorte de défi entre l'inspecteur Baldasano et lui, depuis qu'il a vaincu l'angoisse d'être arrêté à n'importe quel moment, il vit persuadé que quelqu'un le suit, espionne ses coups de fil, surveille ses faits et gestes. Cette perception, qui dans un premier temps l'a fait paniquer, l'intrigue seulement aujourd'hui. Elle le force parfois à se livrer à un exercice d'identification avec son poursuivant et à tenter de partager sa perspective. Parfois aussi un Lorenzo se détache de l'autre Lorenzo, comme s'il devait rédiger un rapport complet de ses activités et que le résultat ne soit qu'un fatras confus d'actions sans connexion déterminée. Que fait-il ? Où veut-il aller ? Que cherche-t-il ? Le jeu devient amusant quand, comme à présent, il ne sait pas lui-même quel est le sens de sa présence dans ce lieu. Daniela lui a dit allons voir la procession, ça plaira à ma mère que je lui envoie des photos.

Les membres de l'église de Daniela ne sont pas là. Pas même le pasteur à la voix douce et au nez si crochu qu'il semblait être le cadenas de son visage. Daniela a acheté un appareil photo jetable, emballé dans un carton jaune. Lorenzo prend une photo et tourne la petite roue qui fait avancer le négatif avec un bruit de crécelle. Sur celle-ci Daniela apparaît au premier plan avec, derrière elle, l'icône portée par les habitants du quartier.

Souris un peu, lui dit-il, et elle sourit, laissant apparaître les deux rangées de dents de sa bouche. Lorenzo regarde un instant autour de lui. Oui, il est définitivement difficile d'expliquer ce qu'il fait là. Il y a peu d'Espagnols. Deux hommes discrets, l'un les cheveux grisonnants et l'autre gros, qui accompagnent leurs femmes équatoriennes. Avant, quand il voyait un de ces couples mixtes, il regardait les Espagnols avec une certaine méfiance, avec même une certaine froideur. Serais-je devenu ainsi maintenant ?, se demande-t-il.

Lorenzo passe de longs moments chez ses parents, au côté de sa mère. Il sait qu'il lui reste seulement quelques mois à vivre. Au début il a ressenti de l'angoisse et de la douleur ; aujourd'hui ce n'est presque plus que de la routine. Semaine après semaine, les heures conscientes d'Aurora se réduisent. La mort a déjà marqué ses pommettes et sa bouche est consumée. Comme si le squelette gagnait centimètre par centimètre son autorité finale. Lorenzo comprend qu'elle ait voulu leur cacher la gravité de son état, elle n'a jamais aimé être sur le devant de la scène. Elle a toujours accepté un rôle secondaire à côté de son mari. L'important, c'était sa carrière à lui, sa tranquillité, son espace. Les enfants, ne faites pas de bruit, papa écoute de la musique ou prépare son cours, disait-elle à Lorenzo et à ses amis quand ils passaient l'après-midi à jouer à la maison. Sortons faire un tour pour que ton père soit seul un moment, proposait-elle d'autres fois. Laisse ton père lire tranquillement, il ne va pas très bien ces jours-ci. C'étaient des phrases dont Lorenzo se souvenait. Ensuite il avait assumé lui aussi un rôle secondaire par rapport à son père, en tant que fils. Ses études, sa vie, ses loisirs avaient intéressé sa mère, mais elle ne s'était jamais montrée possessive ni intrigante à ce sujet. À présent elle fait tout pour que sa maladie soit un problème personnel qui n'affecte pas les autres. Elle semble vouloir leur dire rassurez-vous, ne vous en faites pas, je vais mourir peu à peu, sans faire de bruit, continuez à vivre comme si de rien n'était.

Lorenzo aime rester debout près du lit de sa mère, ranger la table de chevet où sont posés pêle-mêle ses lunettes, un livre, les boîtes de médicaments et un verre d'eau. Qu'aurait dit l'homme qui le file ? Nous voyons ici un fils qui assiste à la mort de sa mère sans signe manifeste de douleur, un fils qui accomplit avec ennui le rite d'adieu envers celle qui lui a donné la vie et qui ne fait rien pour lui témoigner sa gratitude.

Il serait intéressant de savoir ce que l'homme qui l'espionne pense quand il le voit faire des achats ridicules dans un supermarché du quartier. Des boîtes de sardines, des œufs, de la bière, des conserves, les yaourts que Sylvia aime. Que peut-on penser d'un homme qui dort seul depuis des mois, quitté par sa femme, et qui ne défait toujours pas le côté du lit où elle dormait, qui se contente de replier la couette à son extrémité et de se glisser dans le lit sans toucher l'oreiller qui était celui de sa femme, comme s'il y avait une barrière de cristal qui l'empêchait de s'emparer complètement de ce qui est encore un lit conjugal malgré l'absence définitive d'une des parties. Cette maison était comme une grotte inhospitalière quand Sylvia n'était pas là. Et Sylvia était de moins en moins là. Certains jours elle sortait de la maison resplendissante, devenue désormais une femme mûre, belle, autonome. D'autres jours c'était la même gamine paresseuse, enroulée comme un chat autour de son oreiller dans la chaleur enfantine de sa chambre, avec un bouton rouge, enflammé, sur le front ou le menton.

Sa relation avec elle était de la même facture fluctuante. Des jours faits de monosyllabes, de réponses évasives, et des soirées à plaisanter, à partager la table de la cuisine ou à regarder ensemble un match de foot à la télé et à se chamailler parce qu'elle défendait, par exemple, cet attaquant argentin rapide que lui critiquait pour son manque de connexion avec l'équipe ou ses dribbles stériles loin de l'aire de jeu. Nous avons aussi ici le père d'une adolescente qui ignore presque tout d'elle, sera le dernier à savoir ce que savent sûrement ses amis, ses proches, et même, ce n'est pas impossible, sa mère. Lui non plus ne lui avait pas parlé de sa relation avec Daniela.

C'était le chapitre le plus confus de ces derniers jours. S'ils étaient ensemble, c'était de manière bien étrange. Ils marchaient séparément dans la rue, se quittaient en s'embrassant sur les joues devant l'entrée. Les après-midi où ils sortaient, ils faisaient de longues promenades. Daniela marchait lentement, presque en traînant les pieds. Ils entraient dans un café ou dans un magasin où elle essayait des chaussures ou une jupe, et en ressortaient sans avoir rien acheté, à cause du prix ou de l'insistance obstinée de Daniela à dire que tout lui allait mal. J'ai de grosses jambes, des pieds trop petits. Même si parfois une conversation parvenait à lui arracher un splendide sourire, il était difficile de briser la distance, de faire tomber le mur invisible qui les séparait. On aurait pu penser qu'ils étaient seulement amis sans l'attitude languissante que Lorenzo adoptait quand il la regardait s'en aller et la mélancolie qui l'accompagnait en rentrant chez lui.

Ils passaient quelques heures ensemble le week-end, parfois avec des amies à elle. Alors, les moments de lèche-vitrines ou d'essayage de pantalons ou de tee-shirt se faisaient plus longs. De temps en temps seulement elle acceptait qu'il l'invite. Ils allaient aux puces, mangeaient dans des restaurants bon marché. Le dimanche matin ils arrivaient ensemble à l'office religieux et discutaient un moment avec le reste des assistants pendant que les enfants couraient entre les chaises. Ils s'occupaient ensuite de la nourriture à répartir en sachets de rationnement, qu'ils distribuaient parmi ceux qui venaient les chercher, avec cette dignité des gens qui acceptent la charité.

Parfois ils se promenaient tout seuls sur les petits chemins du Retiro et elle s'arrêtait pour saluer un Équatorien qu'elle connaissait et qui toisait Lorenzo comme un usurpateur. S'il lui faisait un commentaire sur les regards assassins que lui jetaient ses compatriotes, elle répondait juste ne fais pas attention, ce sont des hommes.

J'ai mis beaucoup de temps à pouvoir supporter ce regard des hommes qui semble vouloir me posséder entièrement, lui avait expliqué un jour Daniela. Tu crois que je ne sens pas ces yeux qui me tripotent par devant et par derrière ? À cause d'eux, je me sens comme une sale pute sur qui ils ont un droit de jouissance. Les hommes sont toujours très agressifs.

Lorenzo se voyait dans l'obligation de les justifier, disait que cette façon de regarder ne cachait pas toujours de la violence, parfois ça pouvait être une forme d'admiration.

Quand un homme veut flatter, répliquait-elle, il n'a qu'à regarder la femme dans les yeux et baisser les siens. Il ne devrait pas lui mater les seins et les fesses et la harceler. Ceux-là mêmes qui te défient du regard quand ils te voient avec moi me violeraient des yeux si je les rencontrais seule.

L'attitude de Daniela, si sensible à tout mode d'approche sexuelle, en dépit de la volupté qui émanait d'elle presque sans effort, obligeait Lorenzo à s'excuser si leurs bras se frôlaient ou si leurs genoux se cognaient sous la table ou encore, dans la camionnette, quand il touchait sa cuisse en changeant de vitesse. Au marché il lui faisait essayer un collier ou des boucles d'oreilles. Ça te va bien, lui disait-il. Mais au moment de la quitter il osait juste murmurer prends soin de toi. De son côté, un après-midi, Daniela sortit de chez elle et marcha vers Lorenzo en lui montrant son portable. Tu sais que je t'ai mis dans les quatre numéros gratuits que me donne mon opérateur ? Ce fut le geste le plus tendre qu'elle eut envers lui.

Le travail de Lorenzo n'était pas moins compliqué à définir. Wilson était toujours flanqué de trois ou quatre de ses compatriotes, qu'il dirigeait avec autorité pendant un déménagement ou une collecte. Lorenzo s'était fait faire une carte avec son nom et son numéro de téléphone portable sous le titre dépouillé de « Transports ». À de nombreuses occasions, cependant, son travail se limitait à accompagner Wilson à l'aéroport avec la camionnette et à récupérer un groupe d'Équatoriens fraîchement arrivés. C'était une sorte de taxi collectif rentable. Lorenzo tournait autour des terminaux pour éviter la surveillance policière et Wilson faisait sonner son portable dès que la voie était libre. Ils les déposaient à différents endroits de la ville pour soixante ou soixante-dix euros nets. Wilson souriait avec ses yeux dépareillés, quand tu arrives en terre étrangère, expliquait-il à Lorenzo, tu fais toujours confiance à un compatriote.

Lorenzo aurait aimé savoir si l'inspecteur Baldasano avait connaissance de ses activités et si cela augmentait ses suspicions ou le persuadait au contraire que Lorenzo devait être éliminé de la liste de suspects de l'assassinat de Paco. Le voir se battre pour une poignée d'euros, travailler toute la journée pour empocher un salaire infime devait le surprendre. Au cas où il avait posté quelqu'un derrière les pas de Lorenzo, les journées de ce dernier étaient forcément très compliquées, sans horaires fixes ni routines prévisibles, pleines de petits boulots de bric et de broc. Surprenant chez un homme qui, il y a peu, avait eu des emplois stables. Si tu me regardes, pensait Lorenzo, bienvenue tout en bas de l'échelle du travail. Lui-même était étonné de se voir entouré d'Équatoriens, le tee-shirt trempé de sueur, en plein labeur, sur n'importe quel trottoir de la ville.

Daniela l'emmenait parfois le samedi après-midi à la Casa de Campo. Ils y retrouvaient Wilson et des amies à elle, achetaient à boire sur les stands improvisés et grignotaient des beignets, des galettes de maïs ou des friands cuits dans de l'huile fumante. En fin de journée ils s'asseyaient pour écouter de la musique dansante qui sortait par les portes ouvertes d'une voiture proche. Peu de temps après son arrivée dans le pays, Wilson était déjà connu de toute la communauté. Lorenzo était une sorte d'associé local pour son esprit entreprenant, sa pugnace volonté de gagner de l'argent. Je suis là pour ça, mon pote, pour remplir la caisse, se bornait-il à expliquer.

À cet endroit, il n'était pas rare de tomber sur un type qui avait trop bu ou un autre qui sortait échauffé d'un match de foot sur le terrain sableux près du lac. Parfois des rivalités éclataient sur les chemins en soulevant des nuages de poussière. Lorsque quelqu'un devenait violent il était maîtrisé par les autres. Mais l'alcool causait des dégâts. Un après-midi, Wilson se trouva au cœur d'un incident. Daniela et ses amies, parmi elles sa cousine Nancy, le sortirent d'une bagarre et le ramenèrent à l'appartement dans la camionnette, bourré comme un coing. À la porte, Lorenzo voulut les aider, mais Wilson dit qu'il pouvait monter tout seul. Le lendemain, Daniela raconta à Lorenzo qu'il avait continué de boire dans l'appartement et qu'il s'en était violemment pris à elles, qui lui demandaient d'arrêter. Les filles s'étaient toutes réfugiées dans la chambre de Daniela, mais elles l'avaient entendu détruire à coups de pied et de poing tous les meubles autour de lui avant de s'effondrer. Il eut beau leur demander pardon au réveil, elles furent inflexibles et depuis ce jour il ne dormit plus sous le même toit.

C'est alors que Wilson persuada Lorenzo de louer une maison. Lorenzo donnerait le change vis-à-vis du propriétaire. Les gens ne veulent pas nous louer à nous, les étrangers, avec toi il n'y aura pas de problème. Ils trouvèrent un vieil appartement sans ascenseur dans la rue de los Artistas. Lorenzo signa le contrat avec une femme âgée et confiante, dont les jambes étaient si gonflées qu'elle ne put l'accompagner lors de la visite. Elle lui laissa les clés et l'attendit dans l'entrée. Quelques jours après, Wilson s'était installé dans la plus belle chambre et avait sous-loué le reste de l'appartement à cinq compatriotes. Deux d'entre eux étaient mariés, mais sans enfant. L'affaire lui convenait parfaitement. Il était logé gratuitement et gagnait en plus de l'argent, qu'il partageait avec Lorenzo. Un contrat est un contrat et un associé est un associé, dit-il en lui remettant les premiers bénéfices.

La deuxième semaine, Wilson ajouta un matelas dans un cagibi de l'appartement qu'il loua à la nuit. Il faisait parfois affaire avec un des nouveaux arrivants qu'ils allaient chercher à l'aéroport. C'est seulement quinze petits euros, mon frère, annonçait-il, jusqu'à ce que tu trouves mieux. Lorenzo eut droit à un coup de fil de la propriétaire, informée par une voisine que l'appartement était un nid de latinos, selon les termes qu'elle avait employés. Non, non, la rassura Lorenzo, ils font quelques petits travaux pour moi, mais dès qu'ils ont fini ils s'en vont et je m'installe avec ma famille. Et trois jours avant la fin du mois, Lorenzo la tranquillisa définitivement en lui réglant le loyer mensuel accompagné d'une boîte de pâtisseries, attention que lui avait conseillée Wilson. J'ai deux fils, lui expliqua la femme. L'un est militaire à San Fernando et l'autre travaille à Valence dans le bâtiment, mais ça fait des mois qu'ils ne sont pas venus me voir. Ce sont eux qui m'ont convaincue de louer. Et vous faites bien, madame, c'est vous qui touchez le pactole, lui dit Lorenzo, ne laissez pas certaines voisines vous mettre de mauvaises idées dans la tête.

Wilson était entreprenant. Il avait persuadé Lorenzo de prêter de l'argent à trois familles. Nous sommes leurs anges gardiens, pas des profiteurs, lui expliquait-il. Ils leur avançaient l'argent indispensable pour louer un appartement et payer la caution, toujours démesurée à cause de la méfiance des propriétaires, et Wilson se chargeait de récupérer quotes-parts et intérêts obligatoires. Tu crois que les banques valent mieux que nous ? Elles ne laissent même pas ces pauvres gens s'essuyer les pieds sur le paillasson de l'entrée. La somme prêtée atteignait trois mille euros. Ils paieront ?, demanda Lorenzo.

Tu connais un pauvre qui ne paie pas ses dettes ? Ils savent que nous faisons une bonne action, que nous aidons les autres, lui expliqua Wilson.

Le jour où il était allé chercher Wilson à l'aéroport, Lorenzo n'aurait jamais imaginé que ce type silencieux, nostalgique et décalé deviendrait une présence quotidienne dans sa vie. Mais l'énergie de Wilson pour repartir de zéro, trouver une autre façon de multiplier les euros, forçait son admiration. Tu es mon amulette, disait-il à Lorenzo, pour prospérer ici il faut avoir un associé d'ici.

Daniela était la seule qui ne semblait pas séduite. Il boit trop. Et même s'il avait promis, après l'incident, d'arrêter l'alcool, elle l'évitait. Lorenzo ne lui parlait pas de son association stable avec Wilson, il savait qu'elle ne lui faisait pas confiance. La boisson sert à se donner du courage, disait Daniela. J'en ai assez souffert avec mon père. Un homme qui boit est un homme faible.

Wilson s'était justifié devant Lorenzo. Cette Indienne est complètement psychorigide. Boire quelques verres après le travail, ça n'a jamais fait de mal à personne, non ? Lorenzo avait tenté de lui soutirer plus d'informations au sujet de Daniela, mais Wilson était resté évasif. Là-bas non plus il ne la connaissait pas tant que ça. Ou alors il devenait énigmatique. Je crois que cette Indienne est une sainte. Tu as peut-être raison, avait admis Lorenzo. Plonger ses yeux dans ceux de Daniela est toute une expérience. Ils te lavent, te purifient. Wilson avait éclaté de rire.

Lorenzo a l'air d'un homme qui tourne autour d'un trésor bien protégé, sans oser l'effleurer de peur qu'il ne s'évanouisse. Il encercle avec précaution la forteresse de Daniela, cherchant à donner l'assaut définitif. Il ignore si un étranger observe ses timides avancées ou si Daniela elle-même se moque de ses attentions. Elles peuvent juste sembler d'innocentes manœuvres d'amoureux. Du moins, c'est ainsi qu'il le voit quand il sent son propre regard devenir étranger et s'observe lui-même de loin.

4

Le match rêvé est toujours mieux que le match joué. Les gradins du vieux stade de Highbury reprennent le cantique continu des supporters. C'est une sorte de prière païenne qui se maintient comme un murmure, seulement interrompu lors des phases dangereuses de jeu. Alors ça monte jusqu'au rugissement. Quand ils sont arrivés au stade, Ariel a été surpris par la proximité des maisons, comme si elles faisaient partie intégrante du voisinage. Le Dragon leur disait toujours, si vous voulez faire taire le public de l'équipe adverse, emparez-vous du ballon. Les dix premières minutes, ils ne cherchent pas à marquer, endorment le ballon, jouent le long des lignes de touche, côté droite, côté gauche. En un quart d'heure le public s'éteint et commence à siffler ses joueurs. Tenez compte de moi, possédez le ballon. Le public est toujours une épouse exigeante et mesquine qui part avec celui qui joue le mieux.

Ils perdent à cause de deux buts sur coups francs en tout début de match. Bien que l'équipe d'Ariel augmente la pression, elle ne trouve pas d'espaces. L'équipe adverse envoie la balle à un avant-centre qui la reçoit de dos, la contrôle et la maintient au sol en attendant une faute ou l'arrivée d'un joueur de deuxième ligne.

Le Dragon disait le foot est un jeu de mémoire où toutes les situations ont déjà été vécues, mais qui possèdent d'infinies possibilités de résolution. Quand ils étaient enfants il leur disait si vous vous ennuyez dans le car, imaginez ce que vous feriez au cours d'une phase de jeu concrète. Peut-être qu'un jour ça vous sauvera la vie.

Ariel s'était davantage affirmé dans l'équipe. Il osait siffler pour réclamer le ballon, remarquait que dans les impasses ses compagnons le cherchaient. Sa jambe gauche était la seule garantie de débordement, une ouverture face aux défenseurs. Le foot, c'était ça : dix contre dix jusqu'au moment où quelqu'un brisait l'égalité. Vous manquez de concentration, leur dit l'entraîneur pendant la mi-temps. On manque de stratégie, pensait Ariel. Il n'existait pas de logiciel pour expliquer comment marteler l'adversaire jusqu'à ce qu'il se rende. L'attaque s'organisait comme une incontrôlable loterie.

Requero, l'entraîneur, se plongeait dans ses cahiers. Il s'appuyait sur le système Amisco [1], qui enregistrait en permanence, au moyen de huit caméras, le match d'un joueur puis découpait les mouvements qu'il avait réalisés, ses inégalités de rendement. Et avec ces données il s'estimait satisfait, semblait-il, comme si l'inventeur de la théorie de la relativité avait été un ignare comparé à lui.

La routine : voyage, concentration, match, conférence de presse, la relation obsessionnelle entre opinion publique et résultats, invocation de concepts abstraits comme la chance, le hasard, la crise. En Espagne on parlait tant de foot qu'il était impossible de sortir indemne de ce flot de paroles. Soixante-dix mille paires d'yeux lui tombaient dessus dès qu'il recevait le ballon. Et la même frustration pour tous quand la partie rêvée ne coïncidait pas à la partie réelle.

Il était rentré de Buenos Aires décidé à rompre avec Sylvia. Mais sa présence à l'aéroport avait tout changé. Pendant le long trajet jusqu'au parking, alors qu'ils maintenaient entre eux une certaine distance, son désir de la prendre dans ses bras était revenu. La proximité de Sylvia changeait tout. Il n'y avait plus ni solitude, ni pression, ni angoisse, mais l'image d'une vie pleine. Il vivait une vie factice, dans une ville où il n'avait pas d'attaches, et Sylvia était arrivée pour lui donner un sens. Tout avait une valeur, l'attente, la distance, le voyage de retour, l'horaire de l'entraînement, la douche hâtive du matin, même la sieste. Parce qu'il y avait quelqu'un à qui parler, avec qui rire, quelqu'un proche de lui.

Sylvia avait pris possession de la maison, de cette maison vide sans âme qu'Ariel voulait quitter le plus vite possible. J'ai un contrat pour cinq ans, peut-être les plus belles années de ma vie, et je ne vais pas les passer dans cette villa impersonnelle, à pousser ces portes moches dans des encadrements moches avec des poignées moches, à monter cet escalier angoissant qui mène à une chambre moche où je ne me suis jamais senti chez moi.

Les coins sans personnalité étaient maintenant imprégnés du sourire de Sylvia, d'un geste de ses mains, et les coussins entassés à l'extrémité du canapé gardaient sa présence longtemps après qu'elle était partie.

---

1. Logiciel informatique qui enregistre les joueurs pendant le match, leurs mouvements, leurs déplacements, la zone de terrain qu'ils occupent, le nombre de kilomètres qu'ils parcourent, leur vitesse moyenne, le nombre de fois où ils touchent le ballon.

Ariel décida de s'acheter un appartement dans le monde réel, le monde auquel il n'avait pas droit. Au moins il le regarderait de sa terrasse. Comme il avait envié cette terrasse sur le toit à Belgrano dont profitait désormais Walter. De même qu'il aimait les moments passés avec Sylvia à regarder les gens depuis un bar ou de l'intérieur de la voiture. Une pause dans ce regard maniaque des autres sur lui.

Si tu pouvais voir les gens dans le stade, lui dit un jour Sylvia, quand tu reçois le ballon ils soulèvent un peu le cul de leur place, comme s'ils lévitaient. On a l'impression qu'ils sont avec toi sur la pelouse, tous, un vieux qui tousse, un type à cigare, ou encore un ado qui grignote des graines de tournesol. Et dès que tu perds le ballon ils se laissent retomber sur leur siège comme si c'était juste un exercice, tu leur as gâché leur délire. Ils ont raison quand ils te pourrissent, bien sûr...

Sylvia regardait tout pour la première fois. Elle questionnait, voulait savoir, s'attachait à des détails insignifiants pour lui. Elle commentait une de ses réponses lors d'une interview à la télévision, son tic de passer sa main sur ses chaussettes comme si elles tombaient, la façon dont il se pinçait la lèvre supérieure quand le jeu ne lui plaisait pas, son regard au ciel pour éviter les supporters. Parfois Ariel ne jouait pas le jeu et répondait par monosyllabes à sa curiosité. Alors elle se sentait immédiatement méprisée. Son exigence vis-à-vis d'Ariel était permanente. Elle se consumera, pensait Ariel certains jours, et quand il ne restera rien de moi qui la surprenne, elle me laissera derrière elle pour toujours.

Il reconnaissait ses états d'âme instantanément. Quelquefois Ariel se sentait accablé. Il appréciait l'intensité juvénile de Sylvia, mais il avait besoin de pauses. Alors elle imputait son absence à cette saloperie de football. De temps en temps elle lui disait si on t'enlevait le foot, tu serais vide.

Sylvia conservait la pudeur des premiers jours. C'était ce qui attirait Ariel. Rien n'était facile et ce qui s'était passé la veille n'était pas acquis pour le rendez-vous suivant. Un après-midi, alors qu'ils faisaient l'amour, elle permettait à Ariel de lécher son corps des pieds à la tête, mais le lendemain elle lui demandait d'éteindre la lumière pour enlever son soutien-gorge et sa culotte. Un jour ses mains étaient une barrière, un autre elles se faisaient exigeantes, curieuses. Puis, soudain, elle sortait à Ariel des trucs imprévus qui le faisaient éclater de rire : la bite est une chose plutôt absurde. Les couilles des mecs ressemblent au jabot d'un dindon, tu ne trouves pas ? Tu as remarqué que nos pieds font l'amour entre eux à leur manière, sans être coordonnés au reste du corps ?

Sylvia était capable de s'arrêter au beau milieu des caresses qu'il lui prodiguait pour lui dire brusquement je sais que tu aimerais bien maintenant que je te suce, mais je n'en ai pas envie, OK ? Ou s'il se jetait sur elle, elle le freinait, tu m'as déjà renversée une fois, hein. Il lui arrivait aussi d'interrompre le long baiser qui précédait en général leur entrée dans la chambre. Parfois j'ai l'impression qu'on ne sait pas s'aimer autrement, aujourd'hui ça ne me dit rien de baiser.

C'étaient peut-être des jeux d'adolescents, mais Ariel préférait y participer. Il ne voulait pas commander. Il avait peur, quelquefois, de transformer Sylvia en une femme trop sexuelle, de placer le garde-fou de son désir trop loin. Il se souvenait d'un de ses coéquipiers à Buenos Aires qui avait rompu avec sa copine de toujours et lui avait confié, mi-irrité mi-ironique, je ne sais pas de quoi je me plains, c'est moi qui en ai fait une salope, quand je l'ai connue c'était une gamine, et maintenant, à cause de moi c'est une nymphomane qui a fini par aller chercher une queue ailleurs quand je ne suis pas là. La femme de Libélula Arias le faisait cocu, d'après ce que racontaient les autres, et Ariel n'avait jamais oublié les sanglots de celui-ci dans cet autocar bleu qui les emmenait à Ézeiza, lors d'un déplacement, pour jouer contre l'équipe de Caldas en éliminatoire de la coupe Libertadores.

Ils passaient tous les après-midi devant la guérite du gardien du lotissement et Sylvia demanda un jour à Ariel pourquoi tu mets toujours ces lunettes de soleil de plouc ? C'est pour te protéger du regard du vigile ? Elles sont horribles, mais on me paie trente mille euros par an pour les porter de temps en temps, lui répondit Ariel, qui les rangea dans la boîte à gants. Sylvia se moquait de lui. Et quand est-ce qu'on va vous tatouer une marque publicitaire sur le front ? Vu que…

Bien entendu, Emilia lâchait certaines insinuations pour l'informer qu'elle savait qu'il avait de la compagnie la nuit. J'ai laissé à manger pour deux dans le frigo. Quelques jours plus tôt Sylvia était restée dormir à la villa. Le soleil les avait réveillés. Elle était terrorisée par la réaction de son père. Ils s'étaient rhabillés à toute vitesse. Ariel essayait de la calmer. Il s'était arrangé pour qu'elle ne rencontre pas Emilia qui avait commencé à aller et venir dans la cuisine. Ariel lui avait fait la conversation pendant que Sylvia gagnait le garage sans être vue. Sur le chemin Sylvia se maudissait. Je ne sais pas ce que je vais dire à mon père. Le trafic sur la route avait empiré les choses. Les avait transformés en ce qu'ils ne voulaient pas être. Une adolescente angoissée qui avait téléphoné à son père pour lui raconter qu'elle était restée dormir chez une amie. Au côté d'un amant fuyant et mal à l'aise.

Un moment plus tard Ariel l'avait déposée non loin du lycée et il s'était senti de nouveau ridicule. Il avait lu la presse dans un café, entouré d'ouvriers du bâtiment. Il avait constaté encore une fois combien les churros que les Madrilènes prenaient au petit déjeuner étaient gras. Un paragraphe dans le journal parlait de lui : « Ariel Burano n'est pas en forme et ne rappelle en rien le jeune joueur imbattable de San Lorenzo. Il n'y a plus aucune trace de ce dribbleur frénétique qui savait donner la cadence d'un match. L'Argentin est aujourd'hui un joueur désordonné qui perd la tête dès qu'il a le ballon aux pieds. » Le pire était cette étrange conviction que le monde entier avait lu l'article et partageait cet avis.

Mercredi vous gagnerez, hein ?, lui avait dit l'homme aux dents jaunes et aux yeux enfoncés qui tenait le bar. Voyons voir si vous allez nous donner un peu de plaisir. Ariel avait souri et fait oui de la tête, pour le rassurer. À Madrid, les hommes âgés avaient toujours cet air réprobateur et ne faisaient jamais un éloge sans une menace derrière. Cette année on fait un doublé sinon, moi, je vous enverrais tous à la mine. Pas un bar qui n'avait une photo de l'équipe et la presse sportive qui moisissait en même temps que les tapas du jour. Le football s'affichait comme un espoir ou une malédiction. Les gens lui donnaient une importance si démesurée qu'Ariel soupçonnait qu'en réalité ils ne lui en donnaient aucune.

Ils perdent le match. L'arbitre siffle de trois coups cruels la fin de la partie. Ariel pense à l'homme du café. Ils ne sont pas éliminés, mais ça complique la prochaine rencontre. Une équipe italienne ou un adversaire espagnol qui les connaît et saura frapper là où ça fait le plus mal. Ils n'ont pas eu le temps de voir Londres autrement qu'à travers la fenêtre du car, le périphérique, l'immense aéroport. Pour lui, toutes les villes se ressemblent. À Heathrow, Ariel observe une famille qui dort sur un banc de l'aéroport, à cause d'un vol retardé. On dirait des Pakistanais. Une femme obèse mange des chocolats. Le pilote, qui les salue quand ils embarquent, leur demande vous avez perdu, non ? Avec la tête que vous avez. En vérité je ne suis pas beaucoup le foot. Les hôtesses ont l'air fatigué. Ils rentrent à Madrid en pleine nuit, convoqués à l'entraînement dès le lendemain matin, punis comme des collégiens turbulents. Le vice-président, de manière confidentielle, invite certains joueurs à prendre un dernier verre dans un bar topless près de Colón. Ariel n'a envie de rien, mais les rires de ses coéquipiers et les danseuses aux seins nus l'excitent suffisamment pour qu'il s'enferme dans un salon privé avec une Brésilienne qui a un tatouage d'aigle dans le dos. Après une courte danse, elle lui fait une fellation rapide. Ariel se laisse faire. Tout ce qui peut le séparer de Sylvia lui semble bienvenu. Il a besoin de se concentrer sur son travail, se sortir le reste de la tête. Il ne veut plus la voir, il ne doit plus la voir.

5

Sylvia ouvre la porte de chez elle. Son porte-clés est un A dans un cercle en métal. Cadeau de Mai, explique-t-elle à Dani. Elle pousse la porte et ils entrent tous deux. Je ne sais pas si mon père est là. Il est trois heures de l'après-midi et on entend dans la cuisine le générique musical du journal télé. Sylvia passe la tête dans la cuisine et trouve son père assis. Salut, papa, voici Dani. Entrez, entrez. Lorenzo se lève et tend la main. Dani la lui serre, un peu gêné. Puis il s'assoit. Il reste de quoi manger, dit Lorenzo. Sylvia sort les assiettes et les verres du lave-vaisselle. C'est un accord tacite entre son père et elle, se servir du lave-vaisselle comme placard, dès qu'il est vide ils le remplissent de nouveau avec les ustensiles sales entassés dans l'évier et le remettent en marche.

De l'eau ?, demande Sylvia en remplissant la cruche au robinet. OK, dit-il. À la télévision, les cadavres carbonisés des passagers d'un avion russe abattu par des terroristes tchétchènes. Putain, c'est horrible. Lorenzo observe Dani, qui a commencé à manger. Vous êtes dans la même classe ? Non, j'ai un an de plus. Il est dans la classe de Mai, précise Sylvia.

Dani accepte le regard curieux de Lorenzo sur lui. Mais il ne peut pas pleinement l'interpréter. Deux jours plus tôt, Lorenzo sortait de la douche quand Sylvia lui a passé un coup de fil. Elle avait découché. Je me suis endormie chez Mai, a-t-elle menti. Et après je n'ai pas voulu t'appeler si tard.

Quand elle rentra du lycée à l'heure du déjeuner, Lorenzo alla à sa rencontre. Elle avait les cheveux ébouriffés, le sourire forcé, l'air somnolent. Lorenzo n'exerça pas son autorité, évita de se mettre en colère. Viens, allons manger.

Tu étais avec un garçon et tu as dormi avec lui, j'en suis sûr, lança Lorenzo avant qu'elle se décide à parler. Chez lui ? Il vit seul ? Ses parents n'étaient pas là, mentit Sylvia. Je pourrais le rencontrer, non ? J'ai le droit… Papa… Je ne vais pas l'interroger ni rien de ce genre. Voir sa tête, je veux juste voir sa tête.

Elle pensa qu'au cours des jours suivants il oublierait l'affaire. Ariel jouait à Londres et Sylvia en profita pour passer l'après-midi à la maison, se coucher tôt, étudier. Mais son père insista. Quand vas-tu l'amener ? Sylvia voulut une nouvelle fois s'esquiver, mais Lorenzo devint sérieux. Écoute, Sylvia, je ne vais pas te laisser traîner avec quelqu'un que je ne connais pas. Je suppose que vous prenez vos précautions et que vous ne faites pas de bêtises, mais je serai plus tranquille quand je le connaîtrai. Sylvia imagina, amusée, la surprise de son père si elle lui présentait Ariel. Lui demanderait-il un autographe ? Lui dirait-il qu'il doit davantage jouer en défense comme il le criait parfois à la télé ? Ou serait-il indigné ?

Je ne vais pas lui parler comme un crétin de père, merde, Sylvia, je veux juste le rencontrer. C'est si bizarre ? Tu préfères que je t'impose une heure pour rentrer et point barre ? Allons, il s'agit juste de jeter un coup d'œil au garçon, connaissant tes goûts je suis sûr que c'est un mec classe.

Sylvia sourit. Elle continuait à imaginer la scène entre Ariel et son père. Inquiet pour ma fille ? Non, ma préoccupation c'est que vous n'arriviez pas en finale de la Ligue des Champions. Mon père veut te rencontrer, aurait-elle pu dire à Ariel. Tu as de la chance, c'est un supporter de ton équipe.

Ce matin-là pendant la pause, quand Dani vint les rejoindre pour discuter un moment, alors qu'elle et Mai se dirigeaient vers leur coin habituel au fond de la cour, contre le mur en ciment, Sylvia sauta sur l'occasion. Ça vous dirait de déjeuner à la maison aujourd'hui ?

Mai hocha négativement la tête. Je ne peux pas, ma poule. En échange de Vienne, j'ai promis à ma mère d'aller chez le dentiste, et j'ai rendez-vous cet après-midi. Ça fait six ans que je n'y suis pas allée, ça craint, non ? S'il menace de me mettre un de leurs appareils, là, je te jure que je l'étrangle. Dans sa classe trois garçons avaient des appareils dentaires et Mai, pour plaisanter, les surnommait les métallurgistes. Dani leur raconta que sa dentiste était une femme et que lorsqu'elle se penchait pour lui soigner une carie il matait son décolleté. Un jour j'ai pris dans l'œil le crucifix en argent qu'elle portait au cou, un peu plus et je me retrouvais borgne. Châtiment divin, dit Mai.

Et toi ? Tu peux ? Sylvia regarda Dani dans les yeux. Il laissa passer quelques secondes. OK, dit-il. Mai écarquilla les yeux de façon comique. La mimique était juste à l'attention de Sylvia, qui se retint de rire.

Sur le chemin de la maison, à la sortie des cours, Sylvia se sentait cruelle envers Dani, qui marchait d'un pas joyeux, parlant de musique puis sans transition d'une page sur Internet. Il portait sur son épaule un sac à moitié vide. Les deux mains dans les poches. Si mon père se met à te poser des questions absurdes, laisse couler, tu sais comment ils sont. Sylvia lui sourit. Au fond, le jeu l'amusait.

Sylvia interrompt les tentatives de son père pour amorcer une conversation. S'il fait un commentaire sur le terrorisme international, elle dit sympa comme thème quand on est à table. S'il pose une question sur le lycée, elle répond tu ne voudrais pas qu'après avoir passé la matinée dans cet enfer on parle de ça. S'il interroge Dani sur ses futures études, papa, laisse-le manger tranquille. Lorenzo est pressé et finit par s'en aller. Ravi de t'avoir rencontré. Il serre la main de Dani avec une surprenante virilité puis embrasse Sylvia sur les deux joues.

Je crois qu'il m'a pris pour ton mec, dit Dani une fois qu'ils sont seuls. Tu as vu comment il m'a serré la main ? Il ne manquait plus qu'il me dise je te confie ma fille, qui est ce que j'ai de plus précieux au monde.

L'homme de la météo parle du mauvais temps. Ça me déprime, dit Sylvia en riant. Pas toi ? Vu comment va le monde, la vraie question n'est pas de savoir si demain il y aura du soleil ou du vent, mais si on sera encore vivants, non ? Sylvia zappe sur les autres chaînes. Le bébé récemment adopté en Afrique par un célèbre couple d'acteurs hollywoodiens va avoir sa réplique en cire dans un musée de Londres. Tu es déjà allée un jour dans un endroit plus horrible qu'un musée de cire ?, lui demande Dani. On dirait un entrepôt de morts vivants. Sylvia éteint la télé.

Dans la chambre de Sylvia, Dani a du mal à se détendre. Il examine les pochettes des CD pendant que Sylvia en met un. Il faut que je te passe des disques, j'ai un pote qui est allé cet été à Valence, à la campus party, et il a passé la semaine à télécharger des films et de la musique. Cette année je vais peut-être m'inscrire, même si toute cette faune d'accros à l'ordinateur me freine un peu. Vous pourriez venir, Mai et toi, maintenant que ton père me connaît. Ils rient tous les deux.

En réalité, c'est ma faute, lui avoue Sylvia. J'ai promis à mon père de lui présenter un jour le garçon avec qui je sors et il a cru que c'était toi. Sylvia avance près de lui la chaise de son bureau pour qu'il s'assoie.

J'espère que je lui ai plu. Je crois que oui. Imagine s'il te fait tout un plan, du style je t'interdis de revoir ce petit con… Je ne crois pas, dit Sylvia. L'autre, peut-être, ne lui plairait pas autant. Il est si moche… ? Non, ce n'est pas ça. Il est un peu plus âgé. Plus âgé que lui ? Que ton père ? Non, arrête de déconner. Alors ? Non, mais il a vingt ans… Fils de pute, profiteur de merde… Je plaisante, sourit Dani.

Peu après ils changent de conversation. Comment ça se passe en cours ?, demande Dani. Je ne sais pas, je suis à côté de la plaque. J'espère que je ne vais pas trop merder. Il faut que tu y arrives d'une manière ou d'une autre. Dani fait tourner la chaise. La plus grande connerie c'est de redoubler… passer un an de plus là-dedans…

Le portable de Sylvia sonne. C'est Ariel. Je te rappelle dans un petit moment, OK ?, lui dit-elle après quelques phrases. Je ne suis pas seule. Elle raccroche et pendant un instant ils ne se disent rien.

Je suppose que c'est l'idéal de toutes les filles, dit Dani, sortir avec quelqu'un qui ne plaise pas à leur père.

Sylvia rit. Pendant quelques secondes elle est à deux doigts de tout raconter à Dani, de lui dire la vérité sur Ariel. Puis ça lui semble une torture inutile. Sylvia le regarde et perçoit combien l'attitude de Dani est bizarre. Elle sait qu'il est amoureux d'elle. C'est pourquoi elle se sent à la fois bien et mal. Puissante et fragile.

Je ne dois pas avoir de pot, admet Dani, je plais bien aux pères. Sauf au mien, évidemment. L'année dernière pour mon anniversaire, il m'a offert tout content des billets pour une compétition de Formule 1. D'après lui c'était un plan d'enfer, un week-end à Barcelone. J'ai cru devenir dingue, je lui ai dit qu'il pouvait se les foutre au cul, que je n'allais pas perdre un week-end pour une connerie pareille. Dans quel état il s'est mis… Un jour il faut que tu viennes chez moi, j'ai de la super musique… Je ne sais pas si je plairais à ton père, répond Sylvia. Sûrement, il te fera des avances. Dès qu'il voit une paire de seins…

Et il ne termine pas la phrase. Sylvia a rétréci sous son tee-shirt. Elle soutient son regard. Soudain, Dani fait un pas vers elle et pose la main sur son épaule. La main de Dani tremble. La peau de Sylvia scintille au niveau de l'os de la clavicule.

Sylvia propose une bière à Dani. Elle va la chercher à la cuisine. Elle appelle Ariel. Lui explique qu'elle est avec son père et qu'elle ne peut pas parler. Dani entend de la chambre la rumeur lointaine de Sylvia, qui parle au téléphone. Elle donne rendez-vous à Ariel une heure plus tard, au coin de sa rue.

Quand elle revient de la cuisine, Sylvia est à des années lumière de la conversation avec Dani. Elle lui vole une gorgée de bière. Il finit la canette très vite, comme s'il voulait disparaître après son rapprochement manqué. Je pourrais peut-être tomber amoureuse de lui, dans une autre vie, pense Sylvia.

Ariel lui a rapporté un cadeau. C'est un tee-shirt avec écrit LONDON à l'intérieur d'un cercle blanc. Je crois que tu m'idéalises, plaisante-t-elle. Je ne rentre pas là-dedans, tu es fou, je suis grosse. Tu n'es pas grosse, ne dis pas de bêtises. Essaie-le.

Il conduit. Elle enlève son sweat-shirt et son tee-shirt, reste un instant juste en soutien-gorge, puis met le tee-shirt qu'Ariel a acheté dans une boutique à l'aéroport. Il épouse le corps de Sylvia comme un gant. Il te va à la perfection, dit-il. Si quelqu'un réussit à me parler pendant cinq minutes quand je porte ce tee-shirt sans mater mes seins, il gagne un voyage pour deux personnes aux Caraïbes.

Tu es bête…

Derrière la Gran Vía, il y a un petit café où on prépare à Ariel un maté. Sylvia goûte et se brûle la langue. C'est « surchauffé », dit Sylvia en employant une expression pseudo argentine, comme elle aime souvent le faire pour le taquiner. C'est vrai que ce tee-shirt est un peu scandaleux. Je te l'ai dit, approuve-t-elle. Ça te moule un peu trop les lolos. Sylvia aime ce mot pour dire les seins.

Sylvia ne sait pas comment placer ses bras. Elle les croise, les met autour de son cou, sur ses épaules, comme si elle s'étreignait elle-même, sans parvenir à trouver une position où elle se sente bien. Ariel sourit. Sylvia lui raconte que son père l'a harcelée pour qu'elle lui présente son petit ami. Aujourd'hui, un pote est venu manger à la maison et il a cru que c'était lui, tu ne peux pas savoir comme c'était ridicule. C'est qui ce pote ? Tu es jaloux ?, demande-t-elle, amusée. Je ne sais pas, j'ai des raisons de l'être ?

Sylvia rit. Il a l'air vraiment jaloux. Qu'est-ce que je pouvais faire ?, dit-elle. Mon père veut connaître le garçon qui me fait rentrer tard toutes les nuits. J'ai pensé le faire asseoir devant la télé quand il y aura le prochain match et lui dire c'est lui, le numéro dix.

Et à ton avis que dirait ton père ?, demande Ariel.

Il bondirait de joie, mettrait l'écharpe de l'équipe et ferait la ola. Je n'en sais rien. Je suppose qu'il te conduirait au commissariat le plus proche. Ariel laisse un instant le silence s'installer entre eux. Puis il approche le visage de Sylvia du sien et l'embrasse près de l'oreille, après avoir délicatement écarté ses cheveux. N'aie pas peur, murmure-t-il. Je ne peux pas m'en empêcher, dit-elle, et elle recule un peu. Chaque fois que nous sommes séparés pendant deux jours j'ai l'impression que je ne te reverrai plus jamais, que tu ne me rappelleras plus. Je comprends, dit Ariel, mais il n'ajoute rien.

Tu n'as aucun engagement envers moi, tu le sais, le jour où tu en as marre, tu me le dis et basta, lance Sylvia d'un trait. Je retourne au monde réel, point à la ligne. Et j'arrête de me cramer la langue chaque putain de fois que tu me fais goûter ce truc-là, dit-elle après avoir repoussé la pipette du maté avec un geste comique.

Donc pour toi, ça, ce n'est pas le monde réel, demande-t-il.

Être avec toi, en fait, vraiment, je ne sais pas. Ce n'est certainement pas le monde réel. Mais il me plaît. C'est un rêve, plutôt.

Je t'ai dit que je signe demain pour l'appartement ? J'aurai les clés.

Sérieux ? Si vite ? Tu as réussi à réunir tout le fric ?

Tu vas rire. La semaine dernière le président m'a payé les primes en retard. Il a ouvert un tiroir et m'a dit tiens, en me donnant une enveloppe pleine de billets de cinq cents euros. Les primes sont hors contrat. Au black. Après il m'a parlé pendant un petit moment. Il m'a demandé ça va comment en Argentine ? J'ai un associé qui veut qu'on achète des terres en Patagonie, là-bas chez les pingouins, où tout est super bon marché.

Sylvia hoche la tête. Ils rempliraient la Patagonie de pavillons mitoyens, comme ici.

Ce soir-là elle veut rentrer tôt chez elle. À dix heures, ils sont garés près de son entrée. Ils se sont embrassés. Le portable de Sylvia sonne. C'est sa mère. Sylvia répond. Ariel garde le silence. Il regarde par la vitre. Quand elle raccroche, Sylvia dit c'était ma mère, mon père l'a appelée pour lui raconter qu'il avait rencontré mon petit copain et que c'est un garçon très classe.

Il commence à m'emmerder ce gamin, plaisante Ariel. Je peux aller l'attendre à la sortie du lycée et lui casser la gueule.

Sylvia pense à son père, fier pour une fois de détenir une information privilégiée avant Pilar. Mon Dieu, dit-elle à Ariel, mes parents sont fous, maintenant ils sont contents que j'aie un mec.

Un gamin super classe, dit-il avec ironie. Beau, bien élevé, de beaux yeux. Il a des lunettes, corrige Sylvia. En plus c'est un intello. Le flambeur…

Ils échangent un rapide baiser. Soudain on dirait qu'Ariel est pressé, gêné de s'être garé là si longtemps. Une minute plus tôt une bande de jeunes a regardé sa voiture et a fait des commentaires haut et fort. Sylvia perçoit son embarras et dit j'y vais. On se voit demain ? On fête ton nouvel appart ? Ariel fait un vague signe de tête.

Sylvia monte dans l'ascenseur jusque chez elle. Elle ouvre la porte. Elle croyait trouver son père, mais il n'est pas encore rentré. L'appartement est dans le noir et Sylvia se dirige vers sa chambre sans allumer la lumière. Elle enlève son sweat-shirt et se regarde dans le miroir avec le tee-shirt de LONDON. Scandaleux, se rappelle-t-elle. Elle soupire et laisse tomber tous ses cheveux sur son visage. Elle trouve absurde de se mettre au lit et d'enclencher son réveil pour arriver à l'heure en cours. Elle trouve ridicule son lit d'adolescente et son petit bureau avec son ordinateur de lycéenne. La canette de bière de Dani est restée posée sur son bureau. Tout à coup elle est envahie par une vraie panique, elle a l'impression de s'enfoncer dans une maison solitaire.

Elle ouvre un livre et lit un moment, allongée dans son lit. Elle répond à un texto de Mai, reçu il y a plusieurs heures. « Cété koman avec Dani ? Ilé dingo de toi, te boufferait tes krotes de nez sans pb. » Sylvia était assise en face d'Ariel quand elle l'avait reçu. C'est juste une amie qui est folle.

Pour Sylvia, Dani et Ariel sont deux êtres impossibles à comparer, il n'y a aucune concurrence entre eux, même si elle a senti chez les deux le pincement de la jalousie à cause de la présence floue de l'autre. Quand Ariel me quittera, peut-être que je me mettrai avec Dani, pense brusquement Sylvia, sans savoir comment prennent naissance ces froides et calculatrices réflexions. L'idée la surprend. Ce serait par dépit, bien sûr.

Tu es trop tendue, ma belle, faut que tu te lâches, lui dit parfois Mai. Mais elle, dans sa relation avec Ariel, préfère ne pas s'abandonner complètement. Nager tout en gardant le bord de la piscine à portée de main, comme l'enfant qui vient d'apprendre à faire quelques brasses.

Il lui vient en tête une phrase qu'a prononcée Dani cet après-midi, quand il parodiait son père. C'est un type totalement prévisible, la seule phrase intelligente que je l'ai entendu dire de toute ma vie c'est « chaque année l'hiver est de plus en plus court ». Tu parles d'une connerie. Et pourtant cette phrase revient maintenant dans la tête de Sylvia. Chaque année l'hiver est de plus en plus court.

Son père rentre, bruyamment. Quand il voit le rai de lumière sous la porte de Sylvia il vient toquer. Il la trouve au lit, un livre entre les mains. Sylvia se redresse. Elle s'est couchée avec le tee-shirt LONDON. Super classe le mec, dit-il après quelques mots. C'est bon, papa, j'ai sommeil. Ils parlent encore un peu. Lorenzo remarque son tee-shirt, quand les draps glissent jusqu'au ventre de Sylvia. Ça ne te serre pas trop ? Je le mets seulement à la maison, répond-elle.

Son père sort. Sylvia pose la main sur son ventre, se caresse autour du nombril. Quand Ariel la déshabille, elle aime sentir la force de son étreinte. C'est un des rares moments où elle se sent belle.

6

Le taxi arrive à l'heure. Il sonne à l'interphone. Leandro court lui répondre. Il finit de nouer sa cravate grenat. Il est là, crie-t-il. De la chambre d'Aurora surgit la chaise roulante. Elle a mis une robe et des chaussures plates. Par-dessus, elle porte un châle ramassé sur ses genoux. Lorenzo pousse la chaise de sa mère, qui a coiffé devant le miroir sa chevelure cendrée. Le sourire d'Aurora, tandis qu'elle avance dans le couloir, bouleverse Leandro. Seul l'effort périlleux de descendre la chaise à bout de bras sur deux étages ternit la beauté du moment. Je la prends par les roues de devant, toi tiens-la bien par derrière, rappelle Lorenzo. Putain, j'en chie, attends un peu.

Le taxi, équipé pour les fauteuils d'invalide, dispose d'une plateforme qui s'abaisse jusqu'au trottoir. Leandro place dessus la chaise de sa femme, le mécanisme la soulève et la dépose en sûreté à l'arrière du monospace. J'ai l'impression d'être un cageot de fruits, commente Aurora dans les airs. Lorenzo dit au revoir à ses parents par la fenêtre, pendant que le chauffeur referme la portière coulissante et se précipite vers le volant. Passez un bon moment. Tu es sûr que ça ne t'ennuie pas de nous attendre ?, lui demande son père. Mais non, je vais regarder la télé. Lorenzo fait un signe vers le haut. Il attendra leur retour pour les aider avec la chaise. Le matin même il a reçu un coup de fil de son père. Quel enquiquinement, je ne sais pas comment faire, ta mère veut sortir. Lorenzo l'a rassuré. Aucun problème, au contraire, ça lui fera du bien de s'aérer un peu.

Tu es très belle, maman, a dit Lorenzo quand il est arrivé chez eux. Sa mère a souri en guise de réponse. Leandro était tendu. La chaise compliquait tout et, comme d'habitude, il se sentait miné par son inutilité, son manque d'habileté face aux problèmes. L'expression d'Aurora est devenue joyeuse devant l'activité de la rue. À l'Auditorium ? Vous allez au concert ?, demande le chauffeur de taxi, aimable. Vu de derrière, il ne laisse voir de lui qu'une calvitie franciscaine. Sur les vitres une pluie fine apparaît. Et en plus il pleut, pense Leandro.

C'est quand le concert de Joaquín ?, lui avait demandé Aurora le matin, alors qu'il était en pleine lecture d'un article sur la grève des vigiles privés. Hein ? Nous avions des places, non ? Oui, mais ça ne fait rien. C'est déjà passé ? Pendant un instant l'expression de son visage presque transparent s'était altérée. Aurora s'efforçait de ne pas perdre le cours des dates, même si pour elle tous les jours étaient les mêmes.

C'est aujourd'hui, ce soir, avait-il dit.

Elle était décidée. Bien sûr que si, nous irons. Et à partir de là l'angoisse de Leandro pour tout organiser. Appeler son fils, trouver un taxi adapté, prévoir les déplacements, l'horaire. Il savait qu'Aurora ne permettrait pas qu'il n'assiste pas au concert, mais sa décision d'y aller l'avait étonné. Je veux sortir.

Elle avait choisi sa robe, ses vêtements à lui, même sa cravate. Après la sieste, il avait semblé se déployer dans la maison, habituellement somnolente, une activité rageuse. Lorenzo arriverait à six heures et demie pour les aider. Tu as appelé le taxi ? Oui, oui, il sera là à sept heures.

Sur le parvis de l'Auditorium les gens commencent à se rassembler une demi-heure avant le spectacle. Leandro retire les places. Quand les portes s'ouvrent, il pousse la chaise jusqu'à une ouvreuse. Je suis désolé, quand j'ai pris les billets ma femme n'était pas encore invalide. Ne vous inquiétez pas, on va arranger ça tout de suite. L'ouvreuse garde les billets que Leandro lui tend, consulte une collègue et revient pour les placer sur un côté. Ici vous serez bien ? Leandro lève les yeux vers la scène. Ce ne serait pas possible de l'autre côté ? Bien sûr que si. À cause des mains du pianiste, vous savez ? L'ouvreuse fait signe que oui et ils traversent la salle devant le premier rang jusqu'au côté opposé. Quand Leandro s'assoit, il tourne la tête vers Aurora et lui demande si ça va. Elle acquiesce d'un geste.

Ces dernières années, depuis que Leandro est à la retraite, ils sont souvent allés au concert. Ils ont vu l'orchestre se remplir de spectateurs plus éclectiques qu'auparavant. Il y a tant de jeunes qui étudient la musique maintenant, se réjouissait Aurora. Leandro réservait son opinion. Les enfants d'âge scolaire pratiquaient presque tous cette activité aujourd'hui. Mais entre ça et étudier la musique de manière disciplinée et avec un peu de talent prometteur il y avait un abîme. Parfois il en plaisantait lors de conversations avec des amis. C'est comme la gymnastique ou le judo, rien de plus, et quand un enfant montre de véritables aptitudes on le dissuade pour ne pas gâcher son avenir d'ingénieur ou de chef d'entreprise.

Il salue d'un signe une ou deux têtes connues, puis se concentre pour le récital. Aurora se retourne de temps en temps, heureuse de se retrouver dans un lieu public après tant de semaines d'immobilité. Leandro est inquiet. Tiendra-t-elle le coup ? La semaine dernière, elle lui avait demandé un analgésique, mais elle n'avait pas su expliquer en quoi consistaient ses douleurs. Il avait eu peur de la laisser seule pour la première fois. La nuit il ne dormait que d'une oreille, au cas où elle l'aurait appelé depuis sa chambre. Le médecin, qui était venu lui rendre visite, s'était contenté d'esquisser un geste de patience et de recommander qu'elle continue les massages. Ce n'est pas désagréable, n'est-ce pas ?

Leandro ne s'était toujours pas remis de la surprise qu'il avait éprouvée quand il avait entendu la responsable du pavillon lui dire, avec cette ironie presque agressive, Valentina ne travaille plus ici. Il avait mis du temps à réagir. La femme lui avait offert à boire, mais il n'avait rien voulu prendre. Vous connaissez les autres filles, aucune ne vous décevra. Ou bien peut-être n'aimez-vous que le chocolat ? Leandro n'était pas disposé à plaisanter. Il s'était gratté la tête un instant et s'était risqué à demander s'il était arrivé quelque chose à Valentina. Que s'est-il passé ?

Ce n'était pas une fille pour ici. Les Noires ne sont pas faites pour des lieux comme celui-là. Ce n'est pas raciste, c'est la pure vérité.

Après plusieurs questions qui n'avaient récolté que des demi-réponses, Leandro avait eu le fin mot de l'histoire. La veille apparemment, un des derniers clients de la nuit était monté avec Osembe vers cinq heures du matin. Quand le type était parti, lui avait expliqué Mari Luz, il n'avait pas retrouvé sa voiture. Une Mercedes par-dessus le marché. Elle n'était plus garée là où il l'avait laissée et quand il a mis la main dans sa poche, plus de clés non plus. Ça lui a immédiatement mis la puce à l'oreille. Il est revenu au pavillon et nous a fait un esclandre de tous les diables. Il était sûr que la Noire lui avait volé ses clés. Nous avons dû le calmer. Leandro avait compris que c'était une manière de lui dire qu'ils avaient prévenu le vigile de l'endroit, celui qu'il avait entrevu un après-midi devant le garage.

Bien entendu Valentina avait disparu. Elle avait certainement profité d'un moment d'inattention du type et lancé à quelqu'un les clés par la fenêtre, dans la rue, rien de plus simple. La responsable avait continué son récit de manière laconique, sans dramatiser. L'homme s'est rebiffé et j'ai dû mettre le holà, si vous voulez, vous n'avez qu'à aller à la police et basta. La seule chose de bien dans ce commerce c'est que personne n'a intérêt à ce que la police s'en mêle. Nous avons tous trop à cacher, non ? C'était quoi l'histoire de la pierre ? Que celui qui n'a jamais péché jette la première, n'est-ce pas ? Donc le type est parti. Il m'a fait de la peine, je vous le dis, parce que je suis sûre moi aussi que la Noire l'a volé, avec un complice, allez savoir. En tout cas elle ne reviendra pas par ici, et tant mieux, un problème de moins. Une voleuse, ici, c'est juste ce qui peut arriver de pire.

Leandro essaya d'obtenir de la femme un téléphone, une adresse, un contact pour localiser Osembe. Même si j'en avais un je ne vous le donnerais pas, lui dit la responsable. Suivez mon conseil, ne vous créez pas de problèmes, vous en avez déjà suffisamment. Si vous voulez vous amuser, vous avez le choix ici, il y a de nouvelles filles que vous ne connaissez pas encore. Asseyez-vous, prenez un verre, pourquoi s'obstiner sur une seule alors que le monde est plein de jolies femmes ?

Leandro se montra entêté. Vous avez bien quelque chose, un téléphone, un nom, ce n'est pas si difficile. Mari Luz estima que la visite était terminée. Écoutez, laissez tomber, cette fille n'était pas très catholique, son départ est ce qui pouvait nous arriver de mieux. Et tout en lui parlant, elle l'avait poussé vers la porte, comme si Leandro n'était qu'un pénible visiteur du dimanche. Dans la rue, une femme était passée à côté de lui sans le quitter des yeux. Leandro avait eu l'impression qu'elle hochait la tête, et le jugeait.

Pourquoi voulait-il revoir Osembe ? Que trouvait-il chez elle ? N'était-il pas rassasié ? Il savait bien peu de choses, se souvenait qu'elle avait lâché une fois qu'elle vivait à Móstoles, près du parc Coimbra, mais pour Leandro, ce nouveau quartier, c'était l'étranger.

Tu n'avais pas un fils à Móstoles ? osa-t-il demander à son ami Almendros lors d'une longue promenade qu'ils firent ensemble. Non, à Leganés, lui répondit celui-ci, c'est à peu près pareil, pourquoi ? Non, rien, c'est mon fils, mentit Leandro, il envisage peut-être de vendre son appartement pour emménager dans un quartier moins cher. Il faut qu'il réfléchisse bien, c'est ce que je lui ai dit, qu'il réfléchisse bien.

Un haut-parleur prévient que le début du concert est imminent et Leandro pose les yeux sur son programme. Il y a deux parties. La première comprend des pièces de Granados, ses valses, et la seconde les *Kreisleriana* de Schumann et les *Moments musicaux* de Schubert. Joaquín est resté un an sans jouer à cause d'une tendinite chronique au poignet gauche. Leandro et lui ne se sont pas revus depuis presque dix ans. La dernière fois, c'était lors d'un concert de l'orchestre symphonique où Joaquín avait joué comme soliste le *Concerto n° 25* de Mozart. Leandro avait envié son jeu naturel, sa profondeur d'exécution, même s'il préférait Brendel. Il avait alors eu un peu honte de son jugement. Il avait été invité au cocktail qui avait suivi et Joaquín avait été affable avec lui, comme toujours. Il lui avait redemandé son numéro de téléphone, ainsi qu'il l'avait fait les quatre dernières fois où ils s'étaient revus, mais ne l'avait jamais appelé. Il avait joué à deux autres occasions à Madrid. Leandro n'avait pas assisté aux concerts.

Joaquín monte sur scène et les applaudissements accompagnent son salut souriant et sa démarche vigoureuse vers l'instrument. Il soulève la queue de son frac et s'assoit face au clavier. Il observe et impose un silence profond, interrompu seulement par le grincement du bois ou une dernière toux féminine. Aurora regarde Leandro et sourit en voyant sa concentration. Il touche le bras de sa chaise et du bout des doigts effleure sa main sur le châle. Joaquín pose les doigts sur les touches et la musique monte de sa main gauche, délicate. Il leur tourne le dos, mais Leandro parvient à voir son profil. Il a les cheveux blancs et toujours aussi fournis. Le dos droit, une présence puissante, qui se prolonge en parfaite continuation du piano. Les pieds joints, appuyés sur la pointe de ses chaussures brillantes aux talons gris.

Quand la musique envahit l'auditorium au bois blond, Aurora ferme les yeux. Leandro se souvient de l'adolescent qui partageait sa vie quotidienne dans la rue, dans leurs maisons ouvertes. Il ne sait pas très bien pourquoi lui revient l'après-midi où ils s'étaient enfermés avec la radio de son père pour écouter Horowitz jouer les *Funérailles* de Liszt, puis tenter d'imiter les octaves avec de grands élans du bras. Dans ce même programme il y avait la *Pathétique* de Tchaïkovski. Ils avaient monté le volume comme ils faisaient toujours quand ils restaient tout seuls à la maison. La musique résonnait avec force et on l'entendait de la rue. À l'époque ils avaient tous deux décidé d'être professionnels et à quinze ans à peine se consacraient à la musique avec enthousiasme et snobisme. Les yeux de Joaquín cet après-midi-là étaient remplis de larmes. C'est Dieu qui joue, avait-il dit avec grandiloquence.

Là résidait peut-être l'immense distance qui les séparait. Leandro était incapable d'une telle exhibition émotionnelle. Son ami parlait sans peur dans un flot de paroles, se laissait porter par ce qu'il entendait, ce qu'il interprétait. Il n'hésitait pas à crier non, non, quand un interprète célèbre de l'époque attaquait une pièce de manière différente de celle qu'il estimait être la bonne. Des années plus tôt, leur maître, don Alonso, leur répétait chaque après-midi la même phrase, l'émotion ne suffit pas, l'intensité ne suffit pas, elles doivent être accompagnées de précision, de précision. Oubliez la poésie, il s'agit ici de transpiration et de savoir. En revanche, quand il estimait qu'une façon de jouer était excessivement froide ou technique, il leur ressortait en allemand la célèbre phrase de Beethoven, exergue à sa *Missa Solemnis, Von Herzen, möge es wieder zu Herzen gehen*. Venant du cœur, qu'elle puisse retourner au cœur.

Les erreurs de Joaquín étaient énormes, mais pleines de promesses. C'est ainsi que les définissait leur maître quand on lui posait la question. Leandro commença à sentir qu'entre eux s'ouvrait un abîme : d'un côté Joaquín, qui jouait comme un ange ; de l'autre lui, qui interprétait correctement une partition. Les professeurs qu'ils partagèrent au conservatoire ne corrigeaient pratiquement pas Leandro. En revanche, ils consacraient des heures à gagner l'estime de Joaquín grâce à leurs critiques. Ils savaient que c'était pour eux un défi de diriger de telles prédispositions spectaculaires, hors du commun. Plusieurs fois Leandro se surprit à penser comme c'est injuste, c'est moi qui me suis battu pour jouer, moi qui viens de tout en bas, qui ai insisté, enfant, de nombreux après-midi, pour ne pas arrêter, et c'est lui qui va triompher. Comme si cela cassait une logique de justice poétique. Pour Joaquín la vie était facile, pleine de satisfactions, agréable. Bien vite Leandro trouva une place de copiste pour un salaire de misère qu'il remettait à sa mère. Joaquín n'avait pas cette nécessité.

Il l'invitait à venir écouter des disques de Bach, lui payait sa place au concert, son verre dans les bars, l'incluait dans des plans et des sorties dont Leandro n'avait pas les moyens. Joaquín était le seul qui se permettait l'audace de se lever au beau milieu d'un concert et de traverser la rangée de spectateurs assis en murmurant moi je peux le tolérer, mais pas Beethoven. Puis vint Paris et l'éloignement. L'apparition d'Aurora pour remplir le temps libre et orphelin de Leandro. La lente transformation de l'ami devenant peu à peu étranger. Je suis plus français que les Français, disait Joaquín quand il revenait à Madrid et raillait le bienheureux provincialisme de sa ville natale. J'ai choisi Paris. Ceux qui sont nés là-bas n'ont pas à faire d'efforts, moi oui, je ne veux plus être ce que j'étais avant d'arriver.

Après la mort de ses parents, les visites de Joaquín s'espacèrent. En cachette de Leandro, une fois son succès international établi, il demandait à Aurora s'ils avaient besoin de quelque chose. Au milieu des années soixante, on lui attribua en Autriche la médaille Hans von Bülow. Leandro n'éprouva jamais de jalousie. Il était satisfait d'avoir partagé l'ascension d'un garçon doué, il vécut avec plaisir son triomphe et ne pensa jamais que Joaquín usurpait quoi que ce soit. Leandro le défendait si, dans une discussion entre musiciens, quelqu'un commettait l'habituelle injustice de le discréditer, presque toujours parce qu'il était du coin, parce qu'il était d'ici. Mais il cessa de lui écrire, de le tenir au courant de sa vie, et même si les liens qui les unissaient ne se dénouèrent pas complètement avant de nombreuses années, le fossé entre l'un et l'autre devint tel au cours des années soixante que même Leandro commença à cacher qu'il le connaissait. Plusieurs fois, comme c'était le cas aujourd'hui, sa présence à un concert de Joaquín était due à l'insistance d'Aurora. Il n'a pas eu le temps de t'appeler, c'est à toi de te rapprocher de lui, ce n'est pas parce qu'il ne donne pas de nouvelles qu'il n'a pas d'amitié pour toi. Mais un jour arriva où Leandro se sentit tel n'importe quel spectateur venu écouter l'homme qui se tenait sur scène.

Un jour, leurs mains s'étaient posées ensemble sur le vieux piano Pleyel. Le piano que Leandro avait acheté au père de Joaquín pour l'emmener chez lui puisque plus personne ne l'utilisait. Ça me fait plaisir que ce soit toi qui en hérites, lui avait-il dit. Les mains de Joaquín – pleines de complexité et de puissance – étaient toujours capables de parcourir une partition pour offrir du plaisir à un auditoire. Le bout de ses doigts étant certainement renforcés par du sparadrap ou des pansements. Celles de Leandro avaient été domestiquées pour être l'outil de travail correct d'un professeur d'école de musique. Pendant des années Leandro pensa que son ami le croyait blessé par les griffures de l'échec, l'injustice de l'art, et il s'efforçait de lui montrer que ce n'était pas le cas. Jusqu'au jour où il découvrit que Joaquín ne pensait pas à lui, ne s'intéressait pas à lui, ne souffrait pas pour lui. Pire encore, il avait peut-être même oublié que Leandro avait consacré sa vie lui aussi au piano. Il ne se rendait pas compte, évidemment, qu'ils faisaient le même métier.

À l'entracte Aurora veut boire de l'eau et Leandro l'accompagne en direction du bar. L'ouvreuse lui demande si tout va bien. Dans le vestibule un garçon vient à leur rencontre. C'est Luis, l'ancien élève de Leandro. Son dernier élève. Bonsoir. Le garçon les salue tous deux. Son regard ne s'attarde pas plus qu'il ne faut sur la chaise d'Aurora. L'image de garçon parfait de Luis a toujours agacé Leandro. Discret dans ses vêtements, toujours correct dans ses manières, avec sa façon posée de parler. Une fois, Leandro l'avait prévenu que la musique devait être appréhendée comme quelque chose de supérieur, jamais comme un accessoire, plutôt une déesse qu'il fallait vénérer. Mais le garçon se retranchait sans cesse dans son manque d'ambition avoué. Je sais que je n'irai pas très loin, mais je veux juste jouer le mieux possible. C'était un élève appliqué qui avançait à son rythme. Leandro savait qu'il voulait obtenir un diplôme universitaire et ne pas faire de la musique sa profession. Il n'avait pas été étonné qu'il arrête les cours. Ça vous plaît ? réussit-il à leur demander. Oui, bien sûr, répond Leandro. Énormément, ajouta Aurora. Bon, à plus tard, dit Luis avant de s'éloigner.

Leandro tend un verre d'eau à Aurora et boit rapidement un verre de vin. Le goût âpre lui convient bien, le réveille. Le ton des conversations s'élève petit à petit et résonne à présent dans les couloirs. Leandro se demande si Joaquín a gardé la manie de se laver les mains pendant l'entracte avec de l'eau tiède et de s'allonger pieds nus sur le sol dur, les jambes en l'air appuyées sur le dos d'une chaise, formant un angle droit parfait. Sa femme lui prépare-t-elle toujours un thé dont il boira à peine deux gorgées avant de remonter sur scène ? Aurora lui tend son verre presque vide. Tu en veux encore ? Non, merci. Leandro finit son vin.

Quand leurs têtes se retrouvent à la même hauteur, une fois qu'ils sont retournés à leurs places, Aurora lui demande toi aussi tu aimes Schumann ? Qui ne l'aime pas ? Ce qu'il va jouer est magistral, c'est un homme qui a souffert très jeune, un torturé, comme on dit maintenant. Elle acquiesce, comme si elle voulait que le cours ne s'arrête jamais. Tu te rappelles ce film allemand que nous avons vu sur sa vie, quand nous étions fiancés, *Träumerei* ?

La deuxième partie du concert est rapide, passe vite. Joaquín interprète les *Kreisleriana* pratiquement sans utiliser la pédale, combine les mouvements pairs les plus débridés et violents avec les impairs, qu'il joue lentement et de façon presque angoissante. Si quelqu'un tousse pendant l'un d'eux, il n'exclut pas un geste réprobateur. Bientôt les gouttes de sueur commencent à perler sur son front. Pour la première fois il utilise une serviette posée près de lui. À la fin, le public debout réclame une autre pièce et il se rassoit, joue avec profondeur, se laisse posséder par les harmonies les plus agitées de la *Fantaisie et fugue pour orgue en sol mineur* de Bach. L'atmosphère sombre est parfaitement au goût du public, qui se laisse transporter. Le grave est toujours plus valorisé, pense Leandro, qui trouve son approche prévisible. Cependant, tous sourient, comme s'il s'agissait d'un clin d'œil superficiel, quand Joaquín choisit pour clore sa performance une chanson de Jerome Kern dont le swing déborde dans une improvisation jazzy. Cette nouvelle ambiance conduit à un adieu turbulent au cours duquel Joaquín incline la tête de différentes manières, unanimement appréciées. Les applaudissements ont une résonance métallique. Leandro regarde Aurora, qui sourit tout en applaudissant faiblement.

Quand le public commence à sortir, Leandro lève le frein de la chaise d'Aurora. Tu vas le saluer ?, lui demande-t-elle. Non, Lorenzo nous attend à la maison. Ça lui est égal, allons, tu ne peux pas partir sans aller le saluer. Leandro change d'attitude et, un peu inquiet, regarde autour de lui. Il croise l'ouvreuse et lui demande, pour aller dans les loges ? Je ne sais pas si vous pourrez, avancez vers cette porte là-bas. Elle lui montre une porte gardée par deux ou trois employés. Leandro n'a pas envie de traverser le filtre, de donner des explications. Luis s'approche d'eux, une fois l'orchestre presque vide. Je voulais vous demander une chose, apparemment la fac ne va pas trop me poser de problèmes et je pensais reprendre les cours, je ne sais pas si vous…

Leandro observe le garçon, qui interrompt son explication. Je ne sais pas si je… maintenant. Luis lève les mains en un geste semblable à une prière. Ça pourrait être quand ça vous convient, je ne veux pas non plus reprendre avec autant d'intensité, je préfère finir la fac… Leandro regarde Luis. Une fille blonde attend la fin de leur conversation. Elle est belle, appartient à cette nouvelle génération de filles, comme Sylvia, sans aucun rapport avec les femmes de pierre de son adolescence. Ce pays silencieux et courbé. Pendant qu'elle l'attend, la fille caresse du doigt le tissu au dos d'un fauteuil. Entendu, appelle-moi et nous verrons. Le garçon est rayonnant. Avant de s'en aller, il se baisse sur la chaise d'Aurora pour lui dire avec chaleur heureux de vous revoir. Leandro le voit retourner auprès de la fille et passer son bras autour de sa hanche. Aurora a toujours su plaire aux quelques élèves à domicile de Leandro. Elle leur ouvrait la porte, les menait jusqu'au bureau, leur offrait à boire et les reconduisait à la porte à la fin du cours, en disant en confidence, à beaucoup d'entre eux, il n'est pas aussi ogre qu'il n'y paraît. Ils regardent Luis s'éloigner. Cet argent sera le bienvenu, est le seul commentaire de Leandro à Aurora.

La femme qui barre l'accès aux loges demande à Leandro son nom quand il tente d'aller saluer Joaquín. Elle met un moment avant de revenir et de lui faire signe d'entrer. Leandro commence à pousser la chaise, mais l'employée lui dit la chaise aussi ? Il y a des escaliers… Vas-y toi, coupe Aurora. Leandro veut protester, mais Aurora insiste, je peux attendre ici, n'est-ce pas ? Si ce n'est pas trop long… répond l'employée.

Leandro descend les escaliers jusqu'à un couloir illuminé. Des voix et des rires lui parviennent. Leandro ne se presse pas pour atteindre le seuil de la loge. Dès qu'il le voit, Joaquín s'écarte de ceux qui l'entourent et s'avance vers lui. Quelle surprise, eh bien, je n'ai pas eu le temps de vous appeler, je suis arrivé juste hier et je ne retrouve jamais votre numéro. Il donne une puissante accolade à Leandro, qui s'enfonce dans ses bras. Il a mouillé ses cheveux très blancs, épais, et enlevé sa veste. Il se tourne vers sa femme, de vingt ans plus jeune que lui, mince, la peau très blanche, les yeux bleus. Tu te souviens de Leandro, Jacqueline ? Elle lui tend une main fragile. Bien sûr.

Joaquín se montre cordial, demande des nouvelles d'Aurora et Leandro lui explique qu'elle ne va pas très bien. Il ne veut pas lui dire qu'elle attend en haut, coincée dans un fauteuil roulant. Il trouve Jacqueline vieillie, avec une raideur qu'elle n'avait pas avant, comme si elle portait à grand-peine la belle femme qu'elle cessait d'être peu à peu. Elle possédait une forme de beauté qui n'était pas préparée à ne plus être une radieuse statue aux yeux clairs. Les leurres chirurgicaux sur son visage étaient catastrophiques. Leandro ne veut pas prolonger sa visite de courtoisie. Joaquín le retient par le coude et participe à la conversation avec le reste des invités tout en se tournant vers lui pour un interrogatoire rhétorique et haché. Et ton fils ça va ? Et ta petite-fille ? Comment tu supportes la vieillesse ? Moi horriblement, Madrid est méconnaissable, quand ils auront terminé les milliers de travaux qu'ils font ce sera une autre ville, ils seront obligés de la reconstruire, Jacqueline veut maintenant qu'on achète une maison à Majorque, elle s'est entichée de l'île, ça fait combien de temps qu'on ne s'est pas vus ? Quelle chance tu as d'être à la retraite, moi je ne peux pas...

Leandro insiste pour partir. Joaquín approche son visage de l'oreille de son ami. Je vais rester trois jours à Madrid pour donner une Master Class à la Fondation de je ne sais quelle banque, pourquoi tu ne m'appelles pas et on prend un café. Jacqueline, donne notre numéro de portable à Leandro, il faut que je te parle d'un truc, appelle-moi. Jacqueline lui tend une carte de visite avec un numéro écrit au dos. J'ai les matinées de libre, lui dit Joaquín en dernier lieu. Et avant que Leandro ne sorte de la loge, il lui a déjà tourné le dos pour saisir avec effusion le coude d'une autre connaissance. Il aime bien toucher les coudes, éviter les mains. Il protège ses mains de tout contact, les utilise seulement pour s'exprimer à travers elles, les lève à la hauteur de ses yeux, comme s'il leur accordait la même importance qu'à son regard clair, vif et intelligent.

Dans le taxi qui les ramène chez eux, Leandro est intrigué par la raison pour laquelle Joaquín souhaite le voir. Ce n'était peut-être qu'une politesse de plus. Aurora semble fatiguée mais heureuse. Égal à lui-même, s'est-il contenté de lui dire à propos de Joaquín. Et c'était vrai. Joaquín portait encore une chemise avec ses initiales cousues sur la poche. Leandro a toujours considéré ce détail comme inconvenant chez une personne élégante, même si cela peut être utile à ceux qui fréquentent les hôtels et se méfient des blanchisseries. Il sait que Joaquín, depuis sa jeunesse, aime se vanter de la coïncidence d'avoir les mêmes initiales complètes, Joaquín Satrústegui Bausán, J.S.B., que Jean-Sébastien Bach. C'est le seul avec qui ça ne me gênerait pas d'échanger mes chemises, avait-il dit des années auparavant à Leandro, la première fois que celui-ci avait fait un commentaire sur ses chemises marquées. C'était à l'époque où il voyageait encore en Espagne avec sa première femme, une journaliste allemande qu'il avait quittée quand il avait rencontré Jacqueline. Sans comprendre très bien pourquoi, Leandro pense soudain aux initiales différentes avec lesquelles Bach achevait toutes ses compositions. S.D.G. Il ne s'agissait pas d'un parafe personnel, mais plutôt d'un accès de modestie chrétienne, vertu que Joaquín, en revanche, ne partage pas. C'était une expression latine, *Soli Deo Gloria*, quelque chose comme Gloire Seulement à Dieu. En opposition à ceux qui rêvent de gloire exclusivement pour eux-mêmes. Leandro efface cette cruelle pensée avant de descendre du taxi et de prévenir son fils Lorenzo par l'interphone. Ça y est, nous sommes de retour.

7

Lorenzo observe ses amis, qui se sentent observés. Il le fait de manière frontale, en les fixant dans les yeux. Provocateur. Aucun des quatre n'ose chercher du renfort dans le regard de son voisin. Lorenzo y a pensé juste en arrivant. Si je les scrute, ils n'oseront pas scruter Daniela. Ils sont six dans la salle à manger d'Óscar. La table à rallonges recouverte d'une nappe blanche à franges colorées. Au mur trois gravures dans des cadres en bois. Avant, Óscar et Ana vivaient dans un appartement minuscule près du Retiro. Profitant de la hausse des prix ils avaient réussi à le vendre à bon prix et à déménager dans un appartement neuf à Ventas. Avec piscine et jardin communs. Il y a quinze ans on a acheté l'appart douze millions et on l'a revendu soixante. Comment est-ce possible ? s'exclame Daniela. Ana s'arrête, lui précise qu'ils parlent de pesetas et lui explique les facteurs qui provoquent la hausse quasi constante des prix. Ici personne ne loue, les banques veulent endetter les gens, ajoute Lalo, plus cynique. C'est une façon de nous contrôler.

En milieu de semaine, Óscar a appelé Lorenzo pour l'inviter à dîner à la maison. Comme ça tu verras l'appartement terminé, tout neuf. Lorenzo n'a pas trop réfléchi avant de lui demander je peux venir accompagné ? Ils ont plaisanté un moment sur les femmes, mais Lorenzo n'a donné aucun détail sur Daniela. Il lui a juste dit je suis amoureux comme un adolescent. En revanche, Daniela a hésité. Ce sont tes amis, ils vont trouver bizarre que tu sois avec quelqu'un comme moi. Allons, ne dis pas de bêtises, ce sont des gens formidables, tu verras. Alors qu'ils se rendaient chez Óscar, Lorenzo lui a raconté qu'il l'avait connu longtemps auparavant, à l'université, et qu'il n'avait pas d'enfants en dépit du fait qu'il vivait depuis des années avec Ana. Il lui a dit que Lalo était son plus vieil ami. On allait ensemble au lycée, il connaît mes parents. Tu vas voir, on ne se ressemble pas du tout. Marta, sa femme, est psychologue pour enfants et ils ont un fils de neuf ans.

Quand Ana a ouvert la porte et vu Lorenzo en compagnie de Daniela, elle a affiché un sourire radieux. Il les a présentées l'une à l'autre. Bienvenue en Espagne, a dit Ana. Puis elle a semblé avoir honte quand Lorenzo lui a expliqué que Daniela était là depuis quasiment trois ans. Il avait voulu faire clairement entendre ainsi qu'il ne tolérerait pas de traitement spécial envers elle. Pendant le dîner, lorsque Marta demande sans formalité à Daniela comment elle s'en sort, Lorenzo se voit forcé de l'interrompre. N'espérez pas une histoire tragique du style journal télévisé, Daniela partage un appartement avec des amis et elle a un travail épatant. Je ne me plains pas, ajoute-t-elle. Tu travailles dans quoi ?, lui demande Lalo. Je m'occupe d'un enfant de huit mois. Et avant que Marta ou Lalo puisse ajouter autre chose, Lorenzo est déjà en train de préciser que Daniela travaille dans l'appartement au-dessus de chez lui.

Les amis de Lorenzo sont pleins de tact. Ils ne harcèlent pas Daniela de questions et encore moins quand ils constatent que Lorenzo préfère se montrer agressif par anticipation. Ils plaisantent avec la nourriture et commentent deux infos idéales pour une conversation futile. De temps en temps, quelqu'un questionne Daniela sur sa famille, sa ville d'origine, ou sur son pays. Lui manque-t-il ? À la grande satisfaction de Lorenzo, ce sont ses amis qui paraissent les plus tendus devant Daniela. Lalo demande à Daniela si elle pense aller prochainement dans son pays et Lorenzo se sent obligé de clarifier, elle ne peut pas, elle n'a pas encore de papiers.

C'est une sensation étrange, explique Daniela, comme d'être dans une cage avec la porte ouverte, mais sans oser sortir. J'adorerais aller voir ma mère, mais je sais que je ne pourrais pas revenir.

Apparemment, il va y avoir une légalisation, dit Óscar. Tu crois ? le corrige Ana, j'ai l'impression que ça arrange plein de gens qu'il y ait des travailleurs sans papiers, ils sont moins chers.

Mais Lorenzo garde le regard fixé sur ses amis. Daniela n'a pas l'air intimidée. Après un début un peu hésitant, elle ose questionner Marta sur son métier de psychologue pour enfants. Elle a mis un jean élastique qui moule ses cuisses puissantes. Lorenzo pose délicatement la main sur sa cuisse droite. Elle baisse sa main et caresse celle de Lorenzo, mais sans s'attarder trop longtemps, replace sa main sur la table tandis qu'il retire la sienne. Elle porte un tee-shirt orange collé à son corps qui détonne, électrique, dans le décor plus discret. Daniela ne goûte pas au vin malgré l'insistance de Lalo. C'est un priorato merveilleux. Non, je ne bois pas d'alcool. Lorenzo en revanche remplit une nouvelle fois son verre.

Óscar et Ana semblent enchantés par leur déménagement. Ils ont plus de place. Lorenzo leur raconte que Sylvia a un petit copain. L'autre jour il est venu déjeuner à la maison. Il a l'air vraiment classe. Mais bon, bien sûr, imaginez le choc. C'est incroyable, explique Marta avec un ton professoral, maintenant tous les comportements sexuels se sont accélérés, les jeunes supportent une pression terrible, par exemple on a des cas de garçons et de filles qui à douze ans connaissent une dépendance à la pornographie, et ensuite il y a les médias, qui les forcent à se sentir actifs sexuellement. Ça a accéléré leur vie. C'est un phénomène social. Quelle tristesse, commente tout bas Daniela. Personne ne la contredit.

J'ai appelé Pilar pour lui raconter, reprend Lorenzo. Elle était embêtée que je sache avant elle quelque chose sur l'intimité de Sylvia. Elle n'avait qu'à ne pas vous abandonner, interrompt Daniela. La phrase est mitraillée avec une agressivité tranquille qui les surprend tous. S'ensuit un silence pesant. Lorenzo leur parle de Pilar. Elle va bien, comme vous le savez, Saragosse lui plaît toujours autant. Tu as de la famille par ici ?, demande Óscar pour tenter de réorienter la conversation vers Daniela. Oui, une sœur. Elle est arrivée avant moi, mais on ne se voit presque pas, elle vit près de Castellón. C'est une fille de mauvaise vie.

Personne ne lui pose plus de questions, tous s'abstiennent quand ils perçoivent la dureté des jugements de Daniela. La conversation s'essouffle et Lorenzo annonce qu'ils vont bientôt partir. Il est allé aux toilettes il y a un instant. Il a un peu trop bu et depuis quelques jours ses hémorroïdes lui font mal. Il ne supporte pas de rester assis trop longtemps. Il a perçu l'inconfort de la situation, comme si Daniela devait passer un examen. Énervé, il pisse autour de la lunette, tachant tout autour. Puis il a honte et essaie de nettoyer en formant des boules de papier hygiénique qu'il frotte en vain sur le sol sale et poisseux.

Un moment plus tard ils se lèvent et commencent à se dire au revoir, ravis de t'avoir rencontrée, on se revoit vite, on s'appelle. Dans l'ascenseur, qui sent toujours le neuf, Lorenzo et Daniela se taisent, puis elle dit je ne leur ai pas plu.

Tu n'aimes pas plaire non plus, lui répond Lorenzo avec un sourire. Elle demeure pensive.

Lorenzo refuse de la reconduire chez elle quand ils montent dans la camionnette. Il est encore tôt, je suis sûr que tu connais un endroit où prendre un verre. Daniela cède, lui dit qu'il y a de la salsa tous les samedis soir dans un bar que fréquentent ses amies. Lorenzo démarre et se dirige vers le quartier. C'est dans la rue Fundadores. À cette heure le trafic est dense : les embouteillages du samedi soir. Il doit tourner plusieurs fois dans le coin avant de trouver une place sur un trottoir.

Le bar s'appelle Seseribó. À Quito il y a une boîte de salsa qui porte le même nom, lui explique Daniela. Seseribó était un dieu très beau que personne ne pouvait toucher sous peine de mort. Un Indien en est tombé amoureux et a osé le toucher. Il est mort sur-le-champ. Avec la peau de cet Indien on a fait un tambour et on dit que c'est comme ça qu'est née la musique. Lorenzo approuve en marchant, quelle jolie légende.

À la porte, deux métis musclés observent la rue comme si c'était un territoire ennemi. Plusieurs hommes rôdent autour de l'entrée, on ne sait pas si c'est parce qu'ils viennent de sortir du bar ou parce qu'on ne leur permet pas d'y entrer. Lorenzo et Daniela arrivent et on les laisse passer. Il doit payer, pour elle c'est gratuit. À l'entrée, un des types fouille Lorenzo rapidement, des aisselles jusqu'aux chevilles. Je ne sais pas si ça va te plaire, mais c'est là que je viens parfois, lui dit Daniela tandis qu'ils descendent vers le magma de musique, de fumée et de corps en mouvement.

Il n'y a presque pas de place, mais Lorenzo et Daniela parviennent à avancer vers le bar sur un côté de la salle. La musique est assourdissante. Voix sur boîte à rythmes, pleurs sur amours trahies. Le refrain est répétitif. Les couples dansent, parfois leurs mains ne se touchent pas, mais leurs cuisses, leurs genoux, les rondeurs de leurs corps sont en contact. Les hommes posent une main au bas du dos des femmes pour les attirer vers leurs corps. C'est comme ça en Équateur ? Elle lui confirme que oui par-dessus le bruit.

Daniela prend un jus de fruit en boîte dans un grand verre avec de la glace. Lorenzo commande une bière. Nationale ?, lui demande le serveur. Lorenzo hausse les épaules. Club Verde, Club Café ou Brahma. Club Verde, dit-il finalement. Il n'est pas le seul Espagnol de l'endroit, comme il l'a cru quand il est entré. Il se console en voyant un autre Espagnol danser, ainsi que deux Espagnoles près du bar central. Lorenzo tente de parler avec Daniela. Pour y parvenir il approche tant la bouche de son oreille qu'il effleure ses boucles. Il ne dit rien d'important, peut-être quelque chose comme c'est un sauna ici. Puis il commence à suivre le rythme des chansons qui s'enchaînent. Pour lui tout est salsa, sans plus. Il a beau écouter Daniela lui préciser à chaque chanson si c'est une bachata, une cumbia, un allenato ou juste un merengue. Rester ici sans danser n'a aucun sens et Lorenzo conduit Daniela vers la piste.

Il est surpris qu'elle ne montre aucune réticence. Au contraire, elle laisse rapidement le mouvement de ses épaules accompagner celui de ses hanches et de ses genoux, et la musique s'emparer d'elle. Elle lève les bras en l'air et tourne sur place. Lorenzo se sent empoté face à la façon de danser de Daniela et il essaie d'agiter les bras et de remuer. Il est ridicule jusqu'au moment où il s'accroche à la taille de Daniela. Elle se décoiffe avec les mains et marque le rythme.

Les paroles des chansons reprennent plusieurs fois des lamentations comme ay, ay, ay ou des phrases du type garde le rythme. Il y a un animateur avec un micro, situé sur un côté de la piste. Il excite les danseurs, laissez-vous aller, et accentue les *s* des mots avec la langueur d'un serpent s'enroulant autour d'un arbre. Les femmes portent presque toutes des robes moulantes et les hommes des chemises déboutonnées.

Lorenzo sent à présent les seins de Daniela contre son corps. Ses cuisses dominent leurs vibrations respectives. Lorenzo voudrait profiter du lieu pour l'embrasser, mais leurs visages ne sont pas assez proches. Il doit plutôt s'employer à masquer son érection gênante, contracte l'aine quand les hanches de Daniela le frôlent. S'arrêter au beau milieu de l'agitation serait comme pousser un cri dans un temple. Il lui suffit de constater que Daniela ne dédaigne pas qu'il la touche – ses mains sont effectivement fixées sur ses hanches depuis un moment.

Il se souvient que la dernière fois qu'il a dansé c'était au mariage d'un ami, avec Pilar. Et c'était plus une parodie de danse qu'autre chose. Pilar n'aimait pas danser, lui non plus. Ils écoutaient souvent de la musique ensemble, mais ne dansaient jamais. Son ami Paco disait que danser était l'orgie des pauvres, et il le faisait avec le même mépris de classe que lorsqu'il affirmait que faire l'amour était bon pour les prolétaires. Lui, préférait qu'on le suce. Baiser, c'est du boulot ; se faire sucer, c'est un luxe. Vivre avec une femme est une condamnation ; la séduire, un passe-temps. Avoir un portable est génial pour les patrons, et une connerie pour les employés. Notre centre de gravité n'est pas dans le cerveau, mais dans la bite. C'était le genre de phrases de Paco, sa façon de parler. Sonore et sarcastique. Il avait l'habitude de dire donne un coup de pied à un chien abandonné et il reviendra vers toi pour que tu lui en flanques un autre. Lorenzo avait toujours eu l'impression secrète que cette phrase lui était destinée, à lui, à leur amitié.

Mais pourquoi pensait-il à lui en cet instant ? Et à Pilar ? Il pressentait que tous deux mépriseraient son attitude ridicule, qu'ils se moqueraient de sa transpiration et de sa compagnie. Les chiens de rue croient qu'un coup de pied est une caresse, voilà ce que lui dirait Paco de sa relation avec Daniela. Comme la voix de la conscience cynique et provocatrice se contenterait de lui dire ose dire la vérité, tout ce que tu veux c'est te la faire. Aucun des deux, probablement, ni Paco avec son mépris chaleureux, ni Pilar avec son exigence froide, ne comprendrait qu'il pouvait se sentir heureux, là, tout de suite.

Il vaut mieux que nous partions maintenant, dit Daniela. Lorenzo se sépare d'elle et se laisse guider vers la sortie. Les escaliers aussi sont pleins de gens. Ils ont envie de faire la fête, dit-elle. Le moment qu'ils viennent de passer s'évanouit quand le froid de la rue se pose sur leur transpiration. Ils ne se disent rien et marchent en direction de la camionnette.

Je me suis bien amusée, ça faisait longtemps que je n'avais pas dansé, lui dit Daniela quand ils arrivent devant chez elle. Lorenzo la retient avant qu'elle sorte, lui saisissant sans violence le poignet. Laisse-moi monter et dormir avec toi. Daniela lève la tête vers lui, sans sourire. L'expression de ses yeux n'est pas grave, mais indulgente. Pas ce soir. Elle saute de la camionnette et avant de refermer la porte demande on se voit demain ? Si tu veux, répond-il. Daniela hoche la tête. Oui, je veux. Elle court vers l'entrée et, une fois à l'intérieur, dit au revoir à Lorenzo d'un geste de la main. Pas ce soir, pense-t-il. L'expression avait des accents d'inéluctable victoire ajournée.

Il conduit lentement jusque chez lui. Il n'a aucun mal à trouver une place. Dans son quartier les rues sont endormies. À peine un bar ouvert à cette heure tardive, ou des boîtes louches aux néons bon marché. Demain matin, il se rendra à la messe et se placera juste à côté de Daniela pour l'entendre chanter, gardant bien en mémoire ses mouvements pendant qu'elle dansait, la luxure débridée de ses hanches.

Il passe une tête dans la chambre de Sylvia et la voit dormir à plat ventre, serrant l'oreiller entre ses bras, les vêtements en désordre. Ces jours-ci, il la trouve trop adulte pour son âge. Ça le rend triste. Il voudrait pouvoir toujours la protéger, mais elle s'éloigne, là où il ne peut plus la suivre. Dans son lit, il essaie de se masturber avec courage, n'y arrive pas et au bout d'un quart d'heure lâche sa bite à moitié dressée, rougie par la friction furieuse. Il s'endort, la bouche sèche et une odeur dense de fumée de cigarette dans les cheveux, sur le visage et sur les mains.

8

Ariel entend Sylvia payer le livreur qui a apporté les pizzas et les bières. Le garçon jette un œil derrière elle et, à la vue de l'appartement vide, demande avec innocence, tu squattes ou tu es allergique aux meubles ? Sylvia se met à rire. C'est un Colombien. Un peu des deux, répond-elle. Elle rapporte les canettes de bière dans un sac en plastique. Votre dîner, monsieur le propriétaire. Et elle lui rend la monnaie. Ils ont mis des serviettes, quelle attention, dit-elle. Ils s'assoient par terre. Le bois craque à chacun de leurs gestes. La maison parle, a remarqué Sylvia en entrant.

Ariel a les clés de l'appartement depuis une semaine, mais il n'y était pas encore venu avec Sylvia. De la terrasse ils ont contemplé le coucher de soleil violet derrière les immeubles. Un ciel spectaculaire, a-t-il dit. Ce matin il a plu, et quand il pleut les soirées à Madrid sont claires, lui a-t-elle expliqué. Ariel l'a prise par la taille et l'a embrassée sur la bouche. J'ai cru que tu n'allais jamais m'amener ici, a dit Sylvia en montrant l'appartement. On ne s'est presque pas vus cette semaine. Sylvia s'est réfugiée dans un coin de la terrasse. Elle s'est penchée vers la rue. C'est alors qu'il a proposé de commander des pizzas et de manger sur place.

Ariel sait qu'il a volontairement tardé à faire venir Sylvia dans l'appartement. Attends qu'il soit fini d'être aménagé, on m'a recommandé une nana qui s'est occupée de la déco pour plusieurs joueurs de l'équipe. C'était la seule explication qu'il lui avait donnée quelques jours plus tôt. Typique, tu t'achètes un appart et c'est une bourge spécialisée dans les maisons de footballeurs qui se charge de la déco. Mais Ariel ne voulait pas que Sylvia prenne l'achat de l'appartement pour un engagement entre eux. Il savait que c'était injuste, toutefois il évitait les malentendus.

Le week-end précédent il s'était réjoui de jouer à l'extérieur, de partir à Valence. Il avait marqué le but de l'égalisation face à l'équipe locale, ce qui les avait poussés à chercher la victoire au cours des ultimes minutes.

Ariel n'avait pas célébré le but en mordant une mèche de ses cheveux et n'avait pas trouvé de message de Sylvia sur son portable à la fin du match. On leur avait accordé une soirée de libre en ville et il en avait profité pour sortir avec ses coéquipiers. Ils avaient mangé une paella dans le salon privé d'un restaurant près de la plage et on les avait emmenés ensuite dans une discothèque connue.

Là, on les plongea dans une cabine d'où on voyait la piste de danse bondée, mais à l'écart de la foule. Le propriétaire de l'endroit leur proposa des filles. Amílcar prévint les plus chauds, attention, ici ils enregistrent tout. Si vous voulez des putes faites-les venir à l'hôtel. Malgré les avertissements, dix minutes plus tard la cabine privée était pleine de rires dissonants. Les filles étaient divisées en plusieurs groupes. Elles sont très classes, avait annoncé le propriétaire, laissant clairement entendre qu'il ne s'agissait pas de professionnelles. Ariel discuta avec l'une d'elles qui disait s'appeler Mamen et qui, après une très brève conversation sur tout et rien, lui dit tu sais, je passe un méga moment. Elle ne semblait pas avoir d'autre activité que de maintenir ses boucles blondes derrière son oreille et d'exhiber son bronzage uniforme et excessif. Je croyais que les Argentins étaient de beaux parleurs, dit-elle. Il sourit, seulement avec notre psy. Vous qui venez de petits pays vous devez halluciner quand vous voyez la super passion avec laquelle on vit le foot ici, non ? Ariel se sentit frémir. Amílcar le tira de là en l'entraînant aux toilettes. Le défenseur droit était en train de finir d'uriner. Elle est comment la tienne ? Trop bête, répondit Ariel. Moi j'aime bien les bêtes, pas toi ? dit-il avant de pousser la porte et de retourner avec enthousiasme dans la cabine privée.

Pour que je baise une de ces connes, il faudrait vraiment que je sois super mal, dit Amílcar. Ta femme est une merveille, répondit Ariel. C'est ce que tu dois faire. Cherche-toi une fille honnête qui te tienne la bride. Avec le fric qu'on gagne tu en auras toujours une pour te tourner autour, mais ce n'est pas intéressant, c'est perdre son temps. Ça fait quinze ans que je joue. Si je n'avais pas mené la vie que j'ai menée jusqu'à présent je serais en train de purger une peine quelque part ou déjà à la retraite, je n'aurai pas tenu si longtemps.

Quand il revint dans la cabine, Ariel fut soulagé de voir que la fille parlait avec un autre de ses compagnons. Certains étaient descendus sur la piste pour danser le reggaetón. Il s'assit à côté d'Amílcar et ils commentèrent avec sarcasme le comportement de leurs coéquipiers. La femme de l'un d'eux l'avait coincé au lit avec la baby-sitter. Elle l'avait foutu dehors.

Le lendemain ils rentrèrent en train. La plupart somnolaient, avec la gueule de bois. À la sortie des quais les gens s'amassaient pour leur demander des autographes. Il leur fallut presque une demi-heure pour atteindre le car. Sur le chemin du stade, Ariel observa la queue devant le musée du Prado à cette heure du dimanche matin. Ça fait six mois que je suis à Madrid et je ne suis pas encore allé au musée, se dit-il. Il se promit de le faire dans la semaine.

Il passa l'après-midi enfermé chez lui. Ronco lui rendit visite. Ils regardèrent à la télévision le match qui clôturait la journée. Ronco mit la radio en guise d'accompagnement. Au début, je travaillais à la radio, à la retransmission des matchs. Mais avec la voix que j'ai, putain, les gens appelaient tout le temps pour protester, virez cette voix des cavernes. Je continue à penser que j'aurais pu triompher, un peu comme le Tom Waits de l'information sportive, mais la populace aime bien que le commentateur fasse des fioritures et chante le but avec des roulades. Je dis la populace parce que mon chef sur l'émission appelait toujours les auditeurs la populace, le mec nous disait maintenant passez-moi un appel de la populace, ou cette info va plaire à la populace, nous avons des comptes à rendre à la populace, on ne peut pas tromper la populace, la populace veut du spectaculaire.

Après le match de la ligue argentine, Ariel ramena Ronco en ville. Ça t'a donné une crise de nostalgie, lui dit le journaliste en le voyant silencieux. Tu ne devrais pas regarder les matchs de ton pays. C'est vrai que parfois je me demande, putain, pourquoi je suis ici. Pour l'argent, mon pote, tu gagnes beaucoup d'argent, ça ne te semble rien ? Plus d'argent que celui dont tu pouvais rêver quand tu n'étais qu'un gamin du Rio de la Plata. L'absurde accent argentin que prenait Ronco amusait Ariel.

Tourne dans cette rue, tu vas voir le tableau. Ariel obéit et avança dans une rue dont le trottoir était peuplé de Nord-Africaines qui s'offraient en petite tenue. Va moins vite, je ne les vois pas bien, lui demanda Ronco. Génial, non ? Certaines s'approchaient de la voiture ou leur faisaient des signes. Les plus audacieuses venaient à leur rencontre et se plaçaient devant la lumière des feux. Arrête, arrête, cria Ronco, celle-là est super canon. Pas question, ne me fais pas chier. Mon pote, pour vingt euros elles nous taillent une petite pipe, insiste Ronco. Ariel commença à penser qu'il ne plaisantait pas tant que ça.

La plupart des filles portaient des talons impossibles qui cliquetaient contre l'asphalte. Ce mépris que tu as pour les putes peut seulement signifier une chose, lui dit Ronco quand ils quittèrent le coin. Tu es amoureux. Qu'est-ce que tu racontes, protesta Ariel. Tu es à ce moment super étrange de la vie d'un homme où le cœur commande la bite, moi je crois que ça ne m'est jamais arrivé, et c'est comment, c'est beau ? Ariel sourit aux blagues de Ronco. Tu es un connard de merde, ferme-la une putain de fois pour toutes.

De retour chez lui Ariel se souvint que c'était aussi un dimanche, alors qu'il conduisait seul dans la ville, qu'il avait renversé Sylvia. Il se persuada qu'il serait capable de ne pas l'appeler dans les jours qui venaient, de laisser leur relation se refroidir jusqu'à ce qu'elle-même se rende compte de son impossibilité. Elle est forte, se dit-il, elle comprendra.

Le lundi, Arturo Caspe l'appela pour le traîner à un dîner. C'est la remise des prix d'un magazine, il leur faut des gens célèbres. On le plaça à la table d'un écrivain à succès et d'un présentateur de télé qui passa la soirée à tenter de séduire un jeune mannequin. La fille souriait, amusée, et lançait avec les yeux des appels au secours en direction d'Ariel. Il joua le rôle du timide silencieux. Il dut remettre un prix à une grande nageuse enjouée avec laquelle il discuta un moment. Une fois le dîner terminé, il rejoignit Caspe et son groupe, la plupart acteurs ou gens de télévision. Ils entrèrent dans un bar derrière Callao où il tomba de nouveau sur le jeune mannequin. Ils s'accoudèrent au bar. Elle était sympathique et fumait cigarette sur cigarette. Elle s'appelait Reyes. Ariel appuya sur l'accélérateur. La fille connaissait Buenos Aires et avait des amis là-bas. Après qu'ils eurent discuté un moment, Ariel lui demanda si elle voulait qu'ils aillent dans un autre endroit plus tranquille, juste elle et lui. Elle sourit en exhalant la fumée de sa cigarette et lui dit tu ne le croiras peut-être pas, mais j'ai un mec que j'aime beaucoup et je n'ai pas envie de le tromper ici ou là, même avec un garçon avec un si joli grain de beauté. Ariel encaissa le coup, ils plaisantèrent encore un instant, puis elle le laissa seul, à ruminer son échec devant une boisson. Bientôt il prit congé du groupe de Caspe et rentra chez lui. Il était de mauvaise humeur, il avait honte de la phrase que la fille lui avait dite. Une réponse à la mesure de sa maladresse et de son manque d'élégance. Ariel réfléchissait à son incapacité à accéder à d'autres genres de filles que les oiseaux de nuit. Sylvia était peut-être la seule fille normale qu'il avait croisée depuis qu'il était arrivé à Madrid.

Le mercredi ils jouèrent un match de compétition européenne. Et même s'il avait lieu à Madrid, l'entraîneur préféra les réunir dès la veille dans un hôtel. C'était le début de la phase de qualification et l'équipe allemande était un classique de la compétition. Sylvia n'appela ni le lundi ni le mardi. Le mercredi, elle lui envoya un message, « bonne chance ce soir ». Ce qu'elle taisait était plus expressif que ce qu'elle disait. C'était courant. « Merci, j'ai eu des journées très chargées, je t'appelle », répondit-il.

Ariel joua mal. Il lui fut quasi impossible de déborder les défenseurs allemands. Ils jouaient très en arrière, avec peu d'espace entre les lignes, convaincus qu'un match nul sans but était pour eux un très bon résultat. Il faisait un froid sec sur la pelouse. Ça ne m'étonnerait pas qu'il neige, avait dit un vétéran au moment où ils étaient arrivés au stade dans l'autocar. Ariel sortit à vingt minutes de la fin et le stade siffla son trot jusqu'à la touche. Bonne chance, murmura-t-il au coéquipier qui le remplaçait. Mais en vain. Mis en échec face aux buts allemands, ils subirent une contre-attaque avec un ballon extrêmement rapide qui déborda le seul milieu de terrain en arrière, et durent encaisser un but sans avoir le temps de réagir.

Il rentra chez lui avec un gros hématome au genou. Le lendemain il s'entraîna à peine. Il s'allongea sur la civière et le masseur vétéran de l'équipe aspergea d'onguents magiques la zone affectée. Il le frottait de ses mains marmoréennes. Jusqu'alors c'étaient ses assistants qui s'étaient occupés de lui. Pourtant Amílcar l'avait prévenu. Ne laisse aucun des jeunes te mettre la main dessus, le vieux est un magicien.

Il parlait beaucoup, mais c'était relaxant de l'écouter. Il connaissait des histoires de toutes les époques. Il était dans le club depuis presque trente ans, une institution. Jeune, il avait tout appris d'un masseur galicien qui élaborait des recettes personnelles à base d'herbes, d'huiles et de racines. Il continuait d'en appliquer certaines. Ça va ta vie ?, demanda-t-il à Ariel, soudain. C'est le plus important, le jeu ne fonctionne pas si la vie ne fonctionne pas. Tu es content ici ? Tu t'es bien intégré ? Tu as mal quand j'appuie ici ? Il ne semblait pas attendre de réponses à ses questions. Tu as de bonnes chevilles, c'est important, la cheville prend beaucoup chez les attaquants. Tu as calculé le nombre de coups de pied dans les chevilles que tu peux prendre en dix ans de carrière par exemple ? Environ vingt mille. Imagine à présent si on te les donnait à la suite, vingt mille coups de pied dans les chevilles. Beaucoup de trampoline, voilà ce que vous devez faire, mais le *Mister* il a peur que vous vous blessiez en sautant et que la presse l'assassine le lendemain. Tu as une copine ? Tu sors avec une Espagnole ?

Bah, je ne sais pas, répondit Ariel, fuyant. Il y a quelqu'un mais on est en train d'arrêter, sans se prendre la tête.

Les femmes, c'est un problème. Pourtant on a besoin de quelqu'un qui nous aime, qui nous parle, qui nous aide à porter la solitude. C'est curieux, mais quand on a soixante-dix mille personnes qui nous regardent tous les soirs, on se sent encore plus seul après, ignoré. Putain, c'est un poison. Il faut être fort. Ici sur cette civière on m'en aura raconté des histoires, bordel. Et après on vient me voir, écoute, il y a des garçons que j'ai vus ici devenir des hommes et mal tourner aussi, ici il y en a beaucoup qui tournent mal et certains pourtant qui étaient en or. Ces sifflets qu'ils t'ont balancés hier, ça fait mal et ça fait des dégâts, je te le dis, moi. N'aie pas peur de le reconnaître, ça fait chier n'importe qui, mais c'est la loi. Il faut lever la tête, avec défi, ne va pas t'écrouler maintenant.

Oui, ça fait chier, oui.

Écoute, le foot, c'est comme voyager en train. Tu es super bien assis, par la fenêtre tu vois passer le paysage et tu ne t'ennuies jamais. Jusqu'à ce que tu arrives à la gare. On te fait descendre et c'est un autre qui monte à ta place. Ça va très vite. Tu es déjà allé voir une corrida ? Il faut que tu y ailles. On y apprend beaucoup sur le foot. C'est pareil. Ici on a déjà eu pas mal d'Argentins. Je ne me souviens plus des noms, les noms et moi… Quand on me parle de je ne sais qui, je ne m'en rappelle jamais. Parce que moi, ici, je fais mon travail, mais je ne traite pas avec le footballeur, je traite avec la personne.

Ariel sortit, le genou requinqué par le massage. Il se sentait consolé, enveloppé par le flot de paroles. Cela faisait un bail qu'on ne lui avait pas parlé aussi longuement, avec ce ton sec espagnol. De la voiture il appela Sylvia mais elle ne répondit pas. C'était une heure de cours. Elle était certainement fâchée. Si je partais d'Espagne à l'instant même, il me resterait seulement son souvenir. Sylvia assise à côté de lui dans la voiture, rentrant en ville une nuit. Ce sourire clair et fatigué.

Il mangea chez Amílcar. La conversation dans cet espagnol fluide que parlent les Brésiliens lui paraissait douce, sans *r* disloqué ni *j* guttural. Il se dit qu'Amílcar avait de la chance d'être marié avec Fernanda et il les força à raconter comment ils s'étaient rencontrés. Il l'avait appelée avec insistance après avoir obtenu son numéro par une amie, mais elle résistait. Je l'ai invitée à dîner, à déjeuner, au ciné, à des concerts, mais elle n'a jamais voulu sortir avec moi. J'ai été à deux doigts d'abandonner, expliquait Amílcar. Jusqu'au jour où je lui ai téléphoné et je lui ai dit écoute, prends mon numéro et faisons une chose, je ne te rappellerai plus jamais, mais toi si tu en as envie, appelle-moi. Peu importe si c'est demain, dans un mois, dans un an ou dans trente ans, je te jure que je t'attendrai. C'était beau, l'interrompit Fernanda. J'aurais dû attendre trente ans pour voir si c'était vrai. Malheureusement je l'ai rappelé une semaine plus tard. Une semaine. Tu peux le croire ? J'étais désespéré, avoua-t-il. Elle sourit avec coquetterie. Il m'a trompée, se justifia Fernanda, comme vous faites tous, il a sorti son plus beau visage, m'a montré son meilleur profil et après on n'imagine pas combien c'est dur de le retrouver, parfois même on croit qu'on est avec une autre personne, différente de celle qui vous a fait la cour, et on se dit qu'on s'est fait avoir.

Ce soir-là, seul chez lui, entre des CD et des films qu'il ne regardait pas jusqu'à la fin parce qu'il n'arrivait pas à se concentrer, Ariel sut qu'il rappellerait Sylvia. Il était tard, et elle répondit d'une voix somnolente. Demain je vais aller au Prado. J'ai cours, lui dit-elle. Tant pis. Qu'est-ce qui t'arrive, tu es devenu intello ces jours-ci ? Non, mais ça fait plusieurs jours que je ne t'ai pas vue et j'ai besoin de regarder une œuvre d'art. Tu sors toujours de très jolies phrases, dit-elle sans sourire à l'autre bout du téléphone.

Où ça ? À la sortie de l'entraînement il avoua à Osorio qu'il allait au musée du Prado. Vous les Argentins vous êtes tous des putains de pédés. Ariel en riait encore en montant dans sa voiture.

Il se promena au hasard dans les salles du musée. Il étudia un bon moment *Le Jardin des délices*, de Jérôme Bosch, au fond du couloir central. Puis il tendit l'oreille près d'un homme qui guidait un groupe de lycéens. La « figure vraie », était la manière de définir le portrait à l'époque. La plupart des grands peintres travaillaient pour le compte de leurs seigneurs et avaient l'obligation de faire le portrait de la noblesse, des dames de la cour, avec leur meilleure technique. Mais Vélasquez est sorti de là pour libérer son talent débordant. Regardez par exemple ce portrait de Pierre de Valladolid. Il guida les adolescents jusqu'à une toile près d'eux. Ariel les suivit, demeurant à quelques pas en retrait. L'art espagnol, dans toutes ses facettes, entendit Ariel, s'est distingué par sa capacité à raconter le dégénéré, le fou, l'excentrique. La représentation du pays à partir de son visage le plus noir et le plus taré est une trouvaille profondément espagnole.

Dans la salle de Goya, Ariel admira enfin les peintures originales qu'il avait vues tant de fois sur des reproductions qui ne leur rendaient pas justice. *Saturne dévorant un de ses fils*, *Deux hommes luttant* ou *Le Chien*. Puis il découvrit une peinture intitulée *Le Sabbat* et demeura un bon moment à la contempler, comme s'il s'agissait d'un *Guernica* peint plus de cent ans auparavant. Il ne savait pas pourquoi, mais ça correspondait à la vision qu'il avait parfois des supporters, ça lui rappelait la masse que formait à certaines occasions le public. Le groupe de lycéens le rattrapa, accompagné par le guide. Et distillé de Vélasquez et du Greco nous parvient le regard le plus acéré sur notre pays, l'œuvre de l'Aragonais Francisco de Goya.

Les élèves commencèrent à perdre leur intérêt pour l'explication. Un groupe remarqua Ariel et l'entoura, cahiers ouverts. Certains avaient de l'acné, d'autres étaient obèses, un sourire ou le visage déformé par la croissance. Qu'est-ce que tu fais là ? Vous ne vous entraînez pas aujourd'hui ? Le professeur s'approcha d'eux et sans autorité, mais avec efficacité, les dispersa. Ça suffit, vous ne voyez pas que c'est un lieu privé ? Allez-vous apprendre à respecter les gens ? Je suis désolé. Ariel le remercia d'un signe de tête. Il faut les comprendre, il y a quelque chose d'absurde à rencontrer un footballeur dans un musée.

Il faillit lui demander la permission de continuer le reste de la visite avec eux, mais les gloussements des gamins redoublaient et il préféra s'éloigner. Devant les boucles de la dame de Santa Cruz, devant sa peau blanche et nue, caressée par la lumière et transportée sur la toile par le désir, devant ses cuisses qui se profilaient sous la gaze en une merveilleuse harmonie, Ariel pensa à Sylvia.

Une agitation soudaine. Ça semblait être la pagaille du côté des gamins. Ariel jeta un œil dans la salle contiguë. Une des élèves s'était évanouie. À plusieurs, ils l'allongèrent sur un des bancs de repos. Le professeur répétait écartez-vous, écartez-vous. Une femme, qui s'identifia comme médecin, s'avança jusque-là. Quand ils virent qu'Ariel s'intéressait à l'incident, deux garçons s'approchèrent de lui. Ce n'est rien, c'est juste qu'elle est anorexique.

En sortant, il rappela Sylvia. Il convint de passer la prendre trois heures plus tard près de chez elle. Il fit une promenade. Le vent léger poussait ses cheveux en arrière et semblait le caresser, lui donnant du plaisir. Il fallait éviter le regard de ceux qui le reconnaissaient car le premier autographe en déclenchait automatiquement d'autres. Le premier était fondamental pour éviter le reste.

Il acheta *Clarín* dans le kiosque de Cibeles. Il monta jusqu'à un restaurant près du Retiro et mangea seul à une table. Un joueur argentin d'un club anglais avait été cambriolé dans sa maison d'un quartier luxueux de Londres, sous la menace d'un pistolet, lui et sa famille. Un dessinateur plaisantait sur le sujet dans une bulle : « Pourquoi partir si loin alors qu'on peut être aussi bien agressé dans son propre pays ? » Ariel sourit. Il lut ensuite une succession d'opinions déprimantes sur l'état de l'Argentine. Quand il voulut payer, on refusa de l'encaisser. C'est la maison qui invite, c'est un honneur, revenez quand vous voulez. Il marcha jusqu'au parking. Il inclina le siège et, dans la pénombre du lieu, tenta de faire une courte sieste avec la musique à faible volume.

Il retrouva Sylvia à l'endroit convenu. Elle était distante, ce qui les empêcha de s'embrasser. Mon père peut sortir à tout moment. Elle sourit et il démarra pour s'éloigner. Ils parlèrent un moment de sa visite au musée. Il lui raconta le malaise de la fille. Sylvia haussa les épaules. Au lycée, Mai et moi on va toujours dans les toilettes des garçons parce que celui des filles est plein de vomi, il y a une armée d'anorexiques et de boulimiques, c'est une plaie. Ariel conduisait sans but précis. Je crois que nous sommes déjà passés par cette rue, dit-elle. Où as-tu envie d'aller ?, demanda Ariel. C'est alors qu'il proposa d'aller dans l'appartement qu'il venait juste d'acheter. Elle dissimula tout signe d'enthousiasme. Le trafic était lent et dense à cette heure.

Il fait froid et le parquet de l'appartement vide est glacé, mais la peau nue de Sylvia brûle de chaleur. Ils se sont déshabillés à la va-vite. Les boucles de Sylvia effleurent la poitrine d'Ariel. Ils ont fait l'amour sur les manteaux et le reste des vêtements entassés. Un peu comme s'ils baptisaient la nouvelle maison. Leurs jambes nues s'entremêlent. Sylvia met le pull d'Ariel. À présent ils sont dans les bras l'un de l'autre et l'absence de foyer alentour importe visiblement peu. Ils ont créé leur propre nid. Bientôt ils sentiront de nouveau le froid.

9

La neige tombe tout au long de leur promenade sur le fleuve, mais elle ne tient pas. L'horloge de l'énorme bâtiment sur la rive opposée indique bientôt cinq heures. Sylvia apprécie le toit incliné d'une petite construction, presque semblable à une maison du Tyrol. Ariel vient de mêler ses doigts aux siens. Hier tu portais des gants, lui dit Sylvia. Tu étais très drôle, avec tes petits gants en laine, comme une mamie. Il faisait un froid incroyable. En milieu de match, Ariel les avait retirés et jetés sur le banc de touche. Il s'était rappelé une phrase que répétait le Dragon quand ils étaient gamins : un chat avec des gants ne chasse pas de souris.

Sylvia était arrivée à Munich la veille au soir. Elle avait pris un taxi jusqu'à l'hôtel Intercontinental où, à la réception, on lui avait remis la clé d'une chambre double. Un garçon avait insisté pour lui monter son minuscule sac de voyage et elle s'était vue contrainte de partager l'ascenseur avec cet employé qui la gratifiait d'un aimable sourire pour lui avoir permis de battre le record du bagage le moins lourd dans l'histoire de l'hôtel. Elle s'était efforcée de cacher sa nervosité derrière un visage indifférent et n'avait pas donné de pourboire au garçon, qui s'était attardé avant de se retirer, lui montrant les mécanismes évidents du fonctionnement de la chambre. Il ne lui reste plus qu'à m'apprendre comment on appuie sur les interrupteurs, avait pensé Sylvia. La chambre était lumineuse, tout en bois, avec un lit double et deux couettes en plume de chaque côté. Les Allemands avaient résolu le dilemme des couples qui se volent la couverture pendant la nuit. Elle prit un bain chaud pendant un long moment, les écouteurs dans les oreilles, enveloppée de vapeur, les yeux fermés. Ariel appela pour savoir si tout allait bien. Elle lui donna le numéro de la chambre. 512. Je t'attends ici, je ne bouge pas. Où es-tu ? Dans le car, en route pour le stade.

Sylvia regarda le match à la télévision. Ariel paraissait souffrir du froid, même une fois la partie bien entamée. Sylvia l'observait, allongée sur le lit. À la mi-temps, elle commanda un sandwich. Le serveur qui monta jusqu'à la chambre lui remit des prospectus qui proposaient une descente en bateau sur le fleuve Isar. Il lui expliqua quelque chose en anglais. Elle lui demanda, s'il ne faisait pas trop froid. Il y a de la bière et des saucisses, lui dit-il.

Elle téléphona à son père. Elle l'avait prévenu qu'elle ne passerait pas la nuit à la maison. Tu regardes le foot ? Oui, répondit-il. Il y a combien ? Zéro zéro, mais si on leur met la pression on peut gagner. D'après ce qu'elle avait vu, Sylvia trouva le commentaire plutôt optimiste. Bonne chance, dit Sylvia avant de raccrocher.

Ariel s'était occupé de tout. Le billet électronique qui l'attendait à l'aéroport, la réservation de l'hôtel. Si tu veux je t'envoie un chauffeur à l'arrivée avec une pancarte à ton nom. Je préfère un taxi. La version officielle qu'elle livra à son père était qu'elle restait chez Mai pour préparer un contrôle important. Et ton petit copain ? Non, j'ai juste la flemme de rentrer après, c'est tout. Mai, en revanche, avait exigé plus d'explications que son père.

En réalité, les Allemands mirent la pression en deuxième période. Ils tirèrent si fort sur la barre transversale que la cage de but, pendant une seconde, sembla se briser. En cinq minutes ils obtinrent sept corners. L'un d'eux fit atterrir le ballon, renvoyé par le gardien, jusqu'à la position où se trouvait Ariel, seul joueur démarqué. Il se mit à courir et réussit à éviter un premier défenseur qui se jeta au sol. La longue cavalcade continuait. Sylvia serra fortement l'oreiller dans ses bras. Allez, cria-t-elle, retenant sa voix pour ne pas alarmer les chambres voisines. Allez, allez. En dribblant, Ariel envoya son ballon un peu loin, ce qui poussa le gardien à sortir de sa zone délimitée en vert. Mais Ariel fut beaucoup plus rapide et toucha la balle juste assez pour la mettre hors d'atteinte. Le gardien n'hésita pas : il était sorti à la limite de son territoire pour attendre Ariel. Il le déséquilibra de manière brutale en se jetant de tout son corps sur sa jambe d'appui. Ariel fit un vol plané avant de retomber sur la pelouse. Sylvia mordit une mèche de ses cheveux.

Le gardien fut expulsé avant même qu'Ariel se relève. Il semblait brisé. Maintenant on va l'emmener à l'hôpital avec une jambe cassée et je vais rester toute seule dans cette chambre d'hôtel à Munich. C'est ridicule, pensa Sylvia. Mais Ariel se remit debout et il était encore en train de remonter ses chaussettes lorsqu'un de ses coéquipiers tira le coup franc contre les parties génitales d'un joueur allemand faisant partie du mur. La partie fut à nouveau interrompue. Le commentateur espagnol insistait pour dire que le joueur avait reçu l'impact très fort au genou, alors que le type se tordait de douleur en serrant les mains entre ses cuisses. Sylvia dirait ensuite à Ariel, si c'était toi qui avais pris ce ballon, à présent tu aurais de la glace sur les couilles.

Personne ne parvint à marquer, mais l'échappée d'Ariel fut rediffusée plusieurs fois et resta comme le moment fort du match. Même s'il n'avait pas réussi à modifier le tableau d'affichage, il avait freiné la force de l'attaque allemande. Un coup psychologique, disaient les commentateurs.

Sylvia trouva une chaîne de clips vidéo avec des danses pseudo-érotiques de femmes qui exhibaient des fragments autorisés de leur anatomie parfaite et semblaient pratiquer une sexualité hygiénique. Elle somnola. L'atmosphère de la chambre était chaude. Comment devrais-je l'accueillir ? Combien de temps mettra-t-il ? Elle avait enfilé le peignoir blanc de l'hôtel. Dessous, elle était nue. Les cheveux encore humides du bain. Elle songea à s'habiller, mais ne le fit pas.

Ariel arriva presque deux heures plus tard. Il avait laissé l'équipe dans le car, en route pour l'aéroport. Il avait l'autorisation du directeur sportif et de l'entraîneur. J'ai des cousins à Munich, j'aimerais beaucoup passer ma journée de repos avec eux. Ça te dirait une journée à Munich ? avait-il demandé à Sylvia quelques jours plus tôt. Il lui avait expliqué son plan. Je suis déjà venu une fois, ce ne sont pas tout à fait des bobards. J'ai joué ici avec la sélection sub-17.

Ils s'embrassèrent, se déshabillèrent, firent l'amour. Ariel commanda à dîner et le meilleur champagne disponible. À la troisième coupe de Veuve Clicquot ils étaient souriants et détendus. Il faut la finir, dit-il. Ils étaient assis sur le lit. La tête de Sylvia posée sur le ventre d'Ariel. Il lui caressait les cheveux. Elle entourait de son bras son genou plié. C'était du cinéma ? Quoi ? Quand tu t'es tordu de douleur sur le terrain après la faute du gardien ? Il fallait que l'arbitre l'expulse. Tu as bien simulé, pendant un moment je me suis fait du souci.

Ils refirent l'amour lentement. Ils prolongeaient ce moment comme s'ils ne voulaient pas qu'il se termine. Puis ils s'endormirent dans les bras l'un de l'autre, à une extrémité du lit, relâchés, avec pour la première fois toute une nuit devant eux, la permission de prolonger leur étreinte au-delà du désir immédiat, sans horaire de retour. Ils furent réveillés par le va-et-vient de la femme de ménage dans le couloir et la rumeur de l'ascenseur. Ils se regardèrent pour contempler ce qu'ils n'avaient jamais vu de l'autre. Le visage du matin, les yeux d'enfant au réveil. Ils prirent deux copieux plateaux en guise de petit déjeuner. Ils se sentaient privilégiés. Sylvia lut dans un allemand impossible à déchiffrer une phrase du *Süddeutsche Zeitung* où Ariel était cité. « *Die Spurts des argentinischen Linksfußes waren elektrisierend, es war zweifellos der inspirierteste Stürmer der Gastmannschaft*[1]. » Ils plaisantèrent tous deux. Qu'est-ce que ça pouvait vouloir dire ? *Elektrisierend*, ça sonnait bien. Puis Sylvia dit j'ai une idée, ça te dirait de faire un tour en bateau ?

Ils ont commencé le parcours depuis l'embarcadère où les a conduits le minibus de l'hôtel. Ils avaient demandé le service à la réception. Sylvia s'est fait comprendre avec le prospectus à la main. Dans le bateau, un parasol chauffant au gaz diffuse une température acceptable. Le fleuve Isar coule paisiblement et ils se retrouvent bientôt avec deux pichets de bière blonde entre les mains. Sur le bateau il y a aussi un groupe d'Américains, un jeune couple de Finlandais qui n'arrête pas de boire et un type déguisé en Indien qui chante des chansons en allemand. Quelqu'un fait griller des saucisses et offre à manger aux invités. De temps en temps, sur les rives de l'Isar un passant lève la main et leur fait coucou. J'ai oublié de prendre un appareil photo, dit Sylvia. On n'a aucune photo de nous ensemble. Le groupe d'Américains se prend en photo à côté du rameur et du chanteur. Il explique que c'est un cherokee du fleuve Isar, traduit Sylvia à l'attention d'Ariel quand elle l'entend parler en anglais. La descente dure presque une heure et est agréable. C'est un jour froid et ensoleillé. Ils trouvent la dernière partie du parcours plus pesante. Sylvia se moque d'Ariel. Elle ne veut pas l'embrasser. Tu pues la moutarde.

Le véhicule de l'hôtel les ramène en ville. Ariel et Sylvia se baladent. La rue ne leur est pas hostile et ils ralentissent leur cadence furtive habituelle. C'est une ville étrangère, ils jouissent de ne pas être reconnus. Quand ils croisent un groupe parlant espagnol, ils tournent la tête et s'enfuient dans une rue adjacente.

Ariel porte un bonnet de laine enfoncé jusqu'aux sourcils, qui cache ses cheveux et ses oreilles. Personne, parmi les rares passants qu'ils croisent, essentiellement des retraités défiant la météo et l'obscurité précoce, ne semble l'identifier. Des gens roulent à vélo et un chien renifle l'herbe tandis que son maître écoute de la musique. Sylvia ne dit rien, mais pour la première fois de son histoire avec Ariel, elle découvre la paix et le calme. La normalité. Le léger accent d'Ariel s'est un peu renforcé, par contraste, depuis qu'il vit à Madrid. Elle aime l'écouter parler. Ils laissent derrière eux le bâtiment des vieux bains turcs avec son énorme coupole et regardent le tramway qui traverse la rue. Sylvia dissimule ses traits d'enfant sous un silence étudié. Ariel bondit sur un banc dans la rue et dit c'est une journée magnifique.

---

1. « Les galopades du gaucher argentin étaient électriques, sans nul doute le meilleur attaquant de l'équipe visiteuse. »

L'avion décolle à huit heures moins cinq. À l'heure. Leurs sièges sont séparés, mais ils communiquent entre eux. En première. Après le décollage, Ariel plaisante avec elle.

Tu es espagnole ? Oui, et toi ? Attends, ne me dis pas, uruguayen... Buenos Aires. Ce n'est pas pareil. Tu es footballeur, n'est-ce pas ?, demande-t-elle. Et toi, étudiante ? Quand je peux. Moi aussi je suis footballeur quand je peux. Je m'appelle Sylvia, se présente-t-elle, et elle lui tend une main qu'il prend. Ariel. Comme la lessive. Oui, on me le dit toujours. Il tarde un peu à lâcher sa main douce.

Tout près, un homme d'affaires les observe par-dessus son journal. L'hôtesse leur sourit et leur offre à boire.

Et tu vis à Madrid ? Ton pays ne te manque pas ? Parfois. Je ne connais pas Buenos Aires. Tu devrais. Qui sait, un jour j'aurai peut-être un amoureux argentin qui m'invitera là-bas... Un amoureux argentin ? Quoi ? Tu me le déconseilles ? Sylvia feint d'être inquiète. Il y a de tout, je suppose.

Ils continuent de discuter comme de faux inconnus. Sans le savoir, ils expérimentent un certain plaisir dans la simulation. Comme si tout pouvait recommencer. L'hôtesse demande trois autographes à Ariel de la part de certains passagers. Je préfère qu'ils ne viennent pas vous déranger. Sylvia est surprise par sa cordialité. Et rassurée qu'elle ne soit ni jeune ni jolie. Hier tu as été le meilleur, lui dit l'homme d'affaires quand ils descendent de l'avion. Merci, ça n'a pas servi à grand-chose. Ariel et Sylvia se disent au revoir dans la queue des taxis. Tu es sûre que tu as de l'argent ?, lui demande-t-il en un murmure. Ils montent chacun dans un taxi différent, se sourient à travers la vitre. Puis les voitures se séparent, s'éloignent. À la sortie de l'autoroute, elles prennent des directions opposées. Il est presque onze heures du soir. Dans la radio du taxi quelqu'un parle sur un ton acrimonieux de la scène politique. Les bâtiments qui entourent la ville sont laids et chaotiques. Il y a un long embouteillage avant d'arriver à l'avenue de América. Apparemment, un camion est rentré dans une voiture arrêtée sur le bas-côté. Mais à quoi pensent les gens ?, demande à haute voix le chauffeur de taxi.

Comment ? Sylvia lève la tête. Elle ne sait pas de quoi il parle. À cet instant elle se rappelait la main d'Ariel tenant la sienne quand ils s'étaient présentés l'un à l'autre, comme deux inconnus, dans l'avion. *Elektrisierend*, oui, c'était vraiment une bonne description.

10

Leandro revient d'un quartier luxueux où il serait impossible, contrairement à son quartier à lui, d'entendre au loin une radio sortir d'une fenêtre, de voir une femme se pencher d'un balcon pour secouer son tapis sale, où l'on ne percevrait dans aucun escalier l'odeur d'un ragoût ou le sifflement d'une cocotte-minute. Le ciel est ce jour-là une masse grise sur laquelle se découpent le haut des immeubles et la cime des arbres. La lumière du jour, ombre tamisée, sans soleil. Leandro rentre chez lui à pied après son rendez-vous avec Joaquín.

Les journaux du jour étaient posés sur la table basse, l'un d'eux ouvert à la page où apparaissait une interview de Joaquín. La photo le montrait pensif, le menton posé sur une main. Les cheveux ébouriffés, les yeux extrêmement vifs. La photo l'avantage, a pensé Leandro. C'était l'image vivante d'une maturité digne et attirante. Il était arrivé à l'heure au rendez-vous. Viens, comme ça tu verras l'appartement, lui avait dit Joaquín quand ils s'étaient parlé la veille. Il était dix heures du matin et Joaquín parlait dans son portable pendant que Jacqueline débarrassait les restes du petit déjeuner et se préparait à sortir faire du shopping. À côté des journaux il y avait une tasse de thé fumant. Leandro a refusé d'en prendre. Il a jeté un œil à l'interview. Joaquín parlait du manque d'intérêt public pour l'éducation et la culture, de son plaisir à donner des cours aux jeunes. Puis il présentait un tableau pessimiste de l'humanité. Rien de nouveau. La vision fataliste de ceux qui jouissent d'un présent plus qu'acceptable. Le monde va de pire en pire : c'est ce que disent tous ceux qui savent que pour eux il ne peut pas aller mieux, a pensé Leandro.

Il a souri en lisant la dernière réponse. Joaquín évoquait les pianistes qui avaient le plus influencé sa carrière. Je pourrais citer des pianistes classiques sans lesquels mon métier n'aurait aucun sens, mais sûrement pas Horowitz ou Rubinstein, qui me semblent plus des mythes qu'autre chose. Je mentirais si je niais que le pianiste que j'ai le plus admiré, inlassablement, pendant toute ma vie, c'est Art Tatum. Très habile, a songé Leandro, un artiste avec qui on ne peut ni le comparer ni le mesurer. Joaquín a refermé son téléphone portable et s'est assis à côté de lui. Ne lis pas ces bêtises. Art Tatum, tu te souviens ? Comment s'appelait cette chanson qu'on jouait à quatre mains ? Impressionnante. Leandro n'a eu aucun effort à fournir. *Have You Met Miss Jones ?* Exactement. Joaquín adoptait une certaine coquetterie vis-à-vis de ses souvenirs, ils s'accumulaient dans une vie saturée de sensations, trop nombreuses pour qu'il se les rappelle toutes. Puis il a fredonné la mélodie.

Leandro l'a félicité une nouvelle fois pour le concert de l'autre soir. Oui, les gens avaient l'air contents, apparemment. Il l'a questionné sur la tendinite qui l'avait mis à l'écart du circuit. Tout est psychosomatique, c'est horrible, aujourd'hui je vois un psychothérapeute spécialisé à Londres. Après, tu sais bien qu'il y a un répertoire auquel il faut peu à peu renoncer, qui n'est plus dans nos cordes. Tu ne joues plus *Petrouchka*, lui a dit Leandro avec un sourire. Non, ni la *Hammerklavier*, ni la *Fantaisie Wanderer*, je ne peux plus suivre ce rythme. C'est pour les jeunes, de nos jours ce sont de véritables athlètes. Comme au tennis, chaque année il en sort un nouveau qui tape plus fort. Leandro lui a rappelé alors que l'obsession de don Alonso était qu'ils mangent pour développer leur masse musculaire. Il leur demandait de s'allonger par terre pour faire des exercices. Joaquín a acquiescé. C'était quoi la phrase ? Oubliez l'inspiration et faites confiance aux muscles. Il était marrant le vieux. *Mens sana in corpore sano* et toutes ses citations latines.

C'est pour cela que je voulais te voir. Tu as toujours eu meilleure mémoire que moi pour les petits détails. En réalité, j'aimerais que tu parles avec un jeune type qui a commencé à écrire ma biographie. Il est de Grenade, mais il vit ici à Madrid, un garçon très insistant, il connaît la musique, il écrit bien. Ton biographe ?, a interrogé Leandro. Ne dis pas ça, c'est ridicule. Ma vie n'a aucun intérêt, sauf que je suis un des rares concertistes espagnols, un peu comme un haltérophile éthiopien... J'ai rendez-vous avec lui ce matin, dans un moment, au bar du Wellington. J'espère que nous ne serons pas obligés de supporter le pianiste de l'hôtel qui joue toujours un truc de Falla dès qu'il me voit, va savoir pourquoi, alors que je déteste Falla, et lui, croyant me faire plaisir, me pourrit ma journée avec un extrait de *L'Amour sorcier*. Mais je voulais te voir avant, ne pas t'engager là-dedans sans te demander la permission. On ne se voit presque plus. Je ne vois plus personne, en vérité. Tu sais, ce sentiment qu'on ne rencontrera plus de gens intéressants dans sa vie et qu'on n'a plus de temps non plus pour ceux qu'on connaît déjà ? C'est certainement anxiogène. Jacqueline dit que tout est un problème d'anxiété. Tu me connais, l'anxiété a été toute ma vie, je ne vais pas m'en débarrasser maintenant, n'est-ce pas ?

La femme de Joaquín leur a dit au revoir de loin, déjà à la porte. Elle s'était habillée pour sortir. Un foulard de marque autour du cou. Je ne sais pas si je te verrai à mon retour. Leandro s'est levé et à mi-chemin ils ont échangé deux baisers. Après son départ, Joaquín a paru se détendre. Avec elle l'odeur de son parfum coûteux a disparu également. C'est pour cela que j'aime bien cet endroit, a dit Joaquín en montrant le bel appartement. Les fenêtres donnaient sur le feuillage de deux mûriers blancs, face à de beaux immeubles. Dans un hôtel, c'est différent, ici j'ai mon espace, je peux répéter, me relaxer.

L'appartement est magnifique, a dit Leandro.

Ce quartier vaut une fortune. Tu n'imagines pas. Parfois je m'échappe deux jours de Paris pour venir ici préparer des concerts. Joaquín a eu un sourire coquin et Leandro a cru comprendre ce que son ami suggérait par ses escapades à Madrid. Tu me connais comme personne, quand cette maudite épine de l'autocritique me titille, cette conscience que je ne suis arrivé à rien dans tout ce que j'ai tenté, que je tape sur le piano sans aucun art, aucune classe, alors je ne suis plus qu'un homme fragile, capable de tomber entre n'importe quelles mains féminines qui me font croire que je suis ce que je voulais être. Le sexe n'est rien d'autre qu'une recomposition de l'ego maltraité. Il n'y a rien de pire qu'un vieux séducteur, mais c'est toujours mieux qu'être juste un vieux con. Qu'est-ce qu'on peut y faire.

Cet accès d'affliction a surpris Leandro. Plusieurs fois Joaquín avait essayé de lui expliquer que ce qui l'attirait chez les femmes, dans les aventures sentimentales rocambolesques, était plus lié à son insécurité qu'à un appétit charnel. Il a rapidement changé de registre et lui a demandé des nouvelles d'Aurora. Comme par contraste. Leandro est resté succinct, il a parlé de sa maladie sans détours. Elle va très mal, il n'y a aucun espoir. Putain, ce que nous sommes vieux. Chaque année j'assiste à davantage d'enterrements que de concerts. Le commentaire n'est pas parvenu à affecter Leandro. Il connaissait la superficialité avec laquelle Joaquín affrontait tout sujet grave. Il avait toujours été comme ça. Il évitait d'être touché. Nous sommes des étrangers l'un pour l'autre, a pensé Leandro, nous ne sommes plus ce que nous avons été.

L'appartement était un peu surchargé, avec des moulures au plafond. Des meubles parfaits mais sans vie, un Steinway noir à queue, majestueux, près d'une grande baie vitrée. L'énorme salon était un lieu de réception, avec la cuisine attenante. Un petit couloir conduisait à l'unique chambre. Ils avaient abattu des murs pour donner au salon tout cet espace.

Ils parlèrent de concerts passés, de la situation du pays, de généralités et de sujets impersonnels, de la vie de Joaquín à Paris. Tant de médiocrité… comme elles sont loin les années excitantes où il y avait tout à faire, n'est-ce pas ? Joaquín alluma un Cohiba qui inonda la pièce d'une fumée bleue. Il se jeta en arrière et l'ourlet de son pantalon laissa voir le haut de ses chaussettes. Il caressait son cigare en le faisant tourner du bout des doigts, ouvrait un trou entre ses lèvres pour y loger la fumée un instant avant de l'expulser sans violence.

Je suppose que tu n'es plus dans ce genre de combats.

Devant le visage interdit de Leandro, Joaquín fut obligé de compléter sa phrase. Les femmes… Leandro haussa les épaules et sourit. Moi je place Jacqueline maladivement au-dessus. Écoute, si un jour tu as besoin de l'appartement, tu n'as qu'à me le demander, le concierge a les clés et il est de toute confiance. Si par exemple tu veux venir jouer du piano, mais je suppose qu'il y aurait des choses plus intéressantes à faire ici. Et il éclata de rire, comme un coup de fouet complice. Je veux dire, si tu veux impressionner une petite copine, n'hésite pas à me le demander, hein. On en parle avec Casiano, le concierge, son père était déjà concierge dans cette maison, tu imagines, c'est comme une charge héréditaire, ça ne te paraît pas triste ? C'est un type très discret.

Joaquín n'avait pas d'enfants. La relation qu'il entretenait avec ses épouses avait toujours fait de lui l'objet de toutes leurs attentions. Il était le fils et le mari des femmes, qui acceptaient le rôle de mères, de maîtresses et de secrétaires. Au cours du long moment qu'ils passèrent seuls tous les deux, Jacqueline l'appela deux fois pour lui rappeler son prochain rendez-vous et pour une autre bagatelle.

Ils prirent l'ascenseur, entretenu avec soin, pour rejoindre la rue. Le porche d'entrée datait du vieux Madrid, de cette époque où la ville aspirait à rivaliser avec Paris. Le concierge était assis dans sa loge, avec la radio qui crachait des spots publicitaires. Casiano, je vous présente Leandro, mon ami d'enfance. Il est aussi pianiste. L'homme le salua avec des yeux pleins d'humilité. Dans la rue, Joaquín semblait amusé par le personnage. Il raconta à Leandro que le fils du concierge était en prison pour appartenance à un parti nazi et pour avoir participé à l'assassinat d'un supporter d'une équipe de foot basque. Et soudain, dans une grande fumée de cigare, il changea de conversation. Tu donnes toujours des cours de piano ? J'ai un élève.

Au bar du Wellington, le pianiste repéra Joaquín et il lui fallut à peine une seconde pour lui dédier, le sourire aux lèvres, des accords de Falla, exécutés avec maladresse et mauvais goût. Tu te souviens quand don Alonso nous disait continuez comme ça et vous finirez pianiste dans un hôtel ? Eh bien voilà. À une table attendait, assis, un jeune homme inquiet, avec une sorte de cartable posé par terre sur la moquette. Le garçon dont je t'ai parlé, mon biographe, comme tu dis. Ils s'assirent autour de lui et Joaquín annonça qu'il allait commettre à cette heure l'excentricité de commander un whisky. Comme c'est vous qui devez parler…

Il y eut une tentative de conversation, au cours de laquelle le jeune homme sortit de sa sacoche un cahier de notes qu'il ouvrit pour y chercher une page blanche. Leandro se rendit compte qu'il attendait de lui du concret. Le garçon lui posa une question pour délimiter le terrain. J'aimerais que vous me parliez de votre enfance ensemble, vous êtes tous deux des enfants de la guerre. Aïe, qui peut comprendre cela aujourd'hui, pas vrai, Leandro ? sourit Joaquín. Leandro commença à parler de leurs origines et du quartier où ils vivaient. Le jeune cala ses lunettes et nota en en-tête : ami d'enfance, qu'il souligna ensuite. Leandro se sentit mal.

Il s'efforça de ne pas être trop précis. Il insista sur l'énorme différence sociale qui était la leur à la fin de la guerre et mentionna la générosité de la famille de Joaquín envers la sienne. C'était une obligation morale, intervint Joaquín. L'Espagne était divisée entre vainqueurs et vaincus, et les vainqueurs étaient eux-mêmes divisés entre ceux qui avaient un peu de dignité et ceux qui voulaient juste s'en mettre plein les poches.

Un moment spécial de l'adolescence, mémorable ?

Leandro et Joaquín échangèrent un regard. L'expression de Leandro était assez éloquente. Il lui paraissait invraisemblable que quelqu'un lui demande de résumer une vie en trois ou quatre anecdotes. Il vaudrait peut-être mieux que vous preniez rendez-vous un autre jour, tranquillement, que je ne sois pas là, l'idée était que vous ayez aujourd'hui un premier contact. Leandro peut te raconter des trucs sur moi dont je ne me souviens même pas. Il y a des choses qu'il ne faudrait pas oublier, ces premières leçons de piano que nous avons partagées, puis les premiers concerts et mon départ en France, toi qui as réussi à venir vivre à Paris avec moi pendant un an. À peine trois mois, songea Leandro. On a eu un professeur de piano qui était un vieil atrabilaire, marrant, sérieux, très sérieux. Tu peux lui parler de tout cela. Tout ce qui touche au quartier, moi je ne veux même pas essayer de m'en rappeler. Mon père, par exemple, était un homme d'une autre époque, un modèle de militaire, conservateur, autoritaire, mais plus du XIXe que de cette nouvelle Espagne fascisante.

Je crois que tu as fini par haïr ton père un peu parce que c'était une attitude indispensable à tes ambitions. Les paroles de Leandro firent taire un instant Joaquín. Ce que tu voulais être était très clair pour toi. C'est curieux. Mais c'est un détail très important, je crois. Jeune, tu savais déjà ce que tu voulais être. C'est très rare. Et tu as tout modelé autour de toi. Ton père a peut-être été victime de cela. Et d'autres, comme moi, en ont au contraire bénéficié, parce que tu construisais quelque chose dont toi seul savais très exactement ce que ça devait être. Par exemple, j'étais ton ami, mais c'était un type d'amitié que tu avais fabriqué dans ta tête.

Il y eut un silence. Joaquín ruminait les paroles de Leandro. Il ne trouvait rien d'offensant en elles, mais il ne comprenait pas non plus où il voulait en venir. Puis il ajouta, *unaquaeque res, quantum in se est, in suo esse perseverare conatur.* Le jeune le regarda avec des yeux comme des soucoupes. Spinoza, chaque chose s'efforce, autant qu'elle le peut, de persévérer dans son état. C'est dans *Éthique*, mon livre de chevet. Ne tourne pas autour du pot, j'étais quelque chose et je pouvais seulement persévérer dans ce quelque chose. Le jeune homme prenait des notes à un rythme frénétique.

Au fond, dans ce monde d'enfants et de femmes où nous avons vécu pendant la guerre, sans adultes, avec seulement les personnes âgées et inutiles qui étaient restées dans le quartier, le retour de ton père fut quelque chose d'inattendu et de gênant pour toi, ajouta Leandro.

Joaquín sourit. Il était d'accord. Quand un enfant subit la perte de son père et s'habitue à son absence, tu as raison, ce qu'il attend le moins c'est sa résurrection, un retour au point de départ. Je me révoltais contre cette régression aux principes d'autorité. Tu seras d'accord avec moi : la guerre a été pour nous un très étrange moment de totale liberté, bizarre et cruel, mais libre, quelque chose qui s'est perdu après la victoire. Leandro approuva et Joaquín continua. C'est vrai, dans cette image que je voulais de moi-même, il était nécessaire d'être orphelin. C'est pourquoi sans doute je n'ai jamais pu accepter le retour de mon père, et c'était probablement injuste.

Le jeune prenait des notes. Leandro se souvint brusquement d'un jeu cruel qu'ils pratiquaient parfois pendant les jours de guerre. Ils couraient dans la rue jusqu'à l'entrée d'un immeuble, sonnaient à un appartement, et là, annonçaient d'une voix dramatique à une mère qui leur ouvrait, votre fils est mort, une bombe a explosé. Puis ils partaient en courant, sans être conscients de la douleur qu'ils causaient et sans savoir combien de temps durerait la tragédie qu'avait provoquée leur plaisanterie avant que la vérité soit découverte. Pourquoi faisions-nous un truc pareil ?, se demanda Joaquín à voix haute. Je ne sais pas, c'était la cruauté de la guerre, mais pour les enfants, ce n'était qu'un jeu divertissant. Le jeune recala ses lunettes en un tic de timidité.

Les enfants sont toujours comme ça, dit Leandro. Il raconta ensuite autre chose. Un souvenir brumeux sur le retour du père de Joaquín et un après-midi où il les avait emmenés au cinéma voir les actualités projetées avant le film parce qu'on le reconnaissait parmi plusieurs personnes au fond d'une scène de la cour franquiste de Burgos. Le film qui avait suivi n'était pas autorisé aux mineurs, mais les deux garçons avaient fait pression sur le père de Joaquín pour qu'il les laisse le voir. Leandro ne se souvenait plus du titre. En revanche, il se rappelait fort bien Carole Lombard dans ses tenues ajustées et élégantes qui faisaient ressortir ses seins. Des années plus tard tu m'as avoué que, comme pour moi, cette apparition avait provoqué la naissance de ton désir.

Autrement dit mon père nous avait emmenés au cinéma pour se faire mousser et nous endoctriner avec la politique et nous avons penché vers la chose charnelle : les enfants sont des sages. Oui, je m'en souviens. Joaquín éprouvait un plaisir manifeste à entendre l'évocation de son passé. Cette recréation de moments personnels, remémorés par un tiers, l'attirait, le plaçait en spectateur de sa vie.

Je crois que pendant l'enfance, reprit Leandro, on élabore les défis inavouables de nos vies et que le bonheur, c'est la réalisation plus ou moins proche ou plus ou moins lointaine de ces défis d'enfance, peut-être pas complètement articulés ou clairs, mais évidents pour soi-même. Tu as beau m'écouter maintenant comme si ce que je disais n'était plus qu'un obscur souvenir, je sais que ce que tu étais, et comment pensait l'enfant que tu étais, est très clair pour toi. Joaquín souriait, comme si tout n'était qu'un jeu psychanalytique trop compliqué pour le lieu et l'heure. Leandro poursuivit sans passion. Ne crois pas, je suis pareil, parfois je me surprends moi-même à me sentir regardé par le jeune que j'ai été.

Et ? Te reconnais-tu fidèle à ce que tu désirais ? Crois-tu que quelqu'un y parvienne ?, demanda Joaquín tandis qu'il plantait ses yeux dans les yeux enfoncés de Leandro.

Ce monsieur n'est pas venu ici pour entendre parler de moi, mais de toi. Je n'ai aucune importance.

Joaquín rit, satisfait par la réponse évasive de Leandro. Elle lui suffisait. Ils pouvaient se concentrer de nouveau sur ce qui l'intéressait : lui-même.

Leandro rentre chez lui sans se presser. Il a pris le métro et descend à Cuatro Caminos. Dans sa poche il a un papier avec le téléphone du jeune homme qui s'attelle à la vie de Joaquín. Ils ont convenu d'un rendez-vous pour un autre jour, afin de travailler de façon plus méthodique, sans Joaquín. Mais l'évocation de ces années a réveillé chez Leandro une sensation de fin de voyage, comme s'il ne lui restait plus rien devant. Sa rencontre avec Aurora avait été son salut face à une amertume irrépressible, sa force pour mener une existence qui n'était pas celle dont il avait rêvé. Il ressent pour elle une flambée de tendresse et de gratitude. Et au même instant, il l'imagine ayant rendu son dernier souffle, morte dans son lit, il se voit rentrer à la maison et la retrouver plus pâle que jamais, les yeux voilés et la poitrine sans vie. Il ne sait pas s'il doit hâter le pas ou ralentir. Il a peur, mais il marche. Sans se presser.

11

Il trouve sa mère assoupie, droguée par les calmants. Désormais elle ne reste jamais seule. Si son père doit sortir, il appelle la femme de ménage ou attend que Sylvia vienne passer un moment avec sa grand-mère. Cet après-midi Lorenzo lui a téléphoné. C'est moi qui viendrai. Cela fait un moment maintenant que son père est sorti après une très courte conversation entre eux dans le couloir. Comment vas-tu ? Comme tu vois, emprisonné ici. Lorenzo a trouvé la phrase étrange. Il n'a jamais eu l'impression que son père ait eu besoin d'aller dehors, même quand sa mère était en bonne santé. Ses plaisirs, il les trouvait davantage dans la solitude de son bureau qu'à l'extérieur. Dans ses souvenirs, son père a toujours été un animal domestique que rien ne peut ennuyer autant qu'une escapade à la montagne un week-end, la visite de personnes de la famille ou un engagement qui implique de sortir de la maison. Mais il était désormais évident que la maladie d'Aurora assujettissait son mari. C'est de cette façon que Lorenzo a compris l'envie de son père de faire un tour, de s'aérer.

Il semblait affecté depuis que, quelques jours plus tôt, en rentrant de promenade, il avait trouvé Aurora étendue par terre. Tu n'imagines pas ce que c'était, avait-il raconté à son fils, j'ai cru qu'elle était morte. Aurora n'avait pu contrôler son sphincter, elle avait sali son lit et avait essayé de se lever. Elle ne s'était rien cassé dans sa chute, mais Leandro avait eu une de ces peurs quand il l'avait ramassée par terre, sans parler de la honte qu'il avait éprouvée en décrivant la scène à son fils. Un cauchemard. Tu ne peux pas savoir, c'était affreux. Mon Dieu, c'est horrible ce qui arrive à ta mère, avait-il finalement dit, les yeux pleins de larmes.

On sonne à l'interphone, il sait que c'est Daniela. Elle monte jusqu'à l'appartement et Lorenzo lui ouvre la porte. Mon père est sorti, ma mère dort. Daniela enlève son manteau, elle a terminé sa journée de travail. Lorenzo le suspend au portemanteau de l'entrée. J'ai passé toute mon enfance ici. Daniela regarde avec des yeux curieux autour d'elle, mais elle n'est pas capable d'imaginer Lorenzo enfant, jouant à genoux dans le couloir près de la porte de la cuisine.

Le dimanche précédent, ils étaient arrivés ensemble à l'église et ils avaient bavardé, à la sortie, avec d'autres couples. Ce jour-là il y avait beaucoup d'enfants et le pasteur avait parlé de la possibilité de louer un local dans un autre quartier, avec un jardin, pour que les petits puissent s'amuser. Il faudrait bien sûr que nous collections de l'argent, avait-il dit. Ils allèrent ensuite manger au Retiro. Ils s'assirent dans l'herbe. Les hémorroïdes de Lorenzo lui faisaient souffrir le martyre et il mit du temps à trouver une position confortable. Il finit par s'appuyer complètement sur la cuisse de Daniela. J'aimerais bien te présenter à mes parents, dit-il alors.

Le samedi soir, ils dînèrent dans un restaurant équatorien, El Manso, « La Paisible ». C'est le surnom de Guayaquil, précisa-t-elle. Les patrons poussèrent les tables pour transformer la pièce en un bar dansant. C'était un couple sympathique, ils accueillirent Lorenzo sans aucun a priori. Ils connaissaient bien Daniela. Je viens ici récupérer du surplus de nourriture que nous laissons ensuite à l'église pour les plus démunis, sans qu'ils aient à subir la honte de ces soupes populaires, où les queues se forment en pleine rue, lui expliqua Daniela. Soudain, alors que certains dansaient tandis que Lorenzo et Daniela avaient préféré rester assis dans un coin, la police fit irruption. Pas moins de quarante flics pour une centaine de personnes tout au plus. Ils obligèrent ceux qui étaient debout à s'aligner contre le bar. Sans la musique, et avec les lumières allumées, on aurait tout à coup dit qu'il faisait jour. Il devait pourtant être deux heures du matin. Les quelques personnes restées assises n'eurent pas le droit de bouger de leurs sièges. Les cris laissèrent place à une rumeur dense. Les policiers demandaient les papiers, les permis de séjour. Lorenzo tendit sa carte d'identité à un agent et lui dit c'est une violation de leurs droits. L'homme leva les yeux vers lui. Vous voulez peut-être m'apprendre comment je dois faire mon travail ?, lui lança-t-il sur un ton provocateur. D'un geste nerveux, Daniela le supplia de ne pas répondre. Mais Lorenzo n'en tint pas compte. Je ne comprends pas cette persécution, les gens s'amusent, ils ne font rien de mal.

Daniela fouilla dans son sac comme si elle n'arrivait plus à retrouver son portefeuille. Lorenzo et l'agent se mesurèrent de nouveau du regard. Laissez tomber, dit le policier à Daniela. Et il poursuivit son inspection à la table voisine. Résultat de la rafle : presque trois quarts d'heure de paralysie, et plusieurs avis d'expulsion même si, dans la pratique, ils seraient difficilement appliqués. Une fois la police partie, le local demeura plongé dans une atmosphère lourde et triste. La scène avait servi à rappeler à tous les présents que leur séjour dans le pays était provisoire et fragile, et avait répandu une bouffée d'incertitude. Nous avons juste la licence de restaurant, expliquèrent les patrons, alors il vaut mieux fermer pour aujourd'hui.

Ils ne veulent pas de nous, mais nous ne partirons pas, dit Daniela dans la rue. Une période de légalisation vient de s'ouvrir, tu dois obtenir des papiers, insista Lorenzo. Oui, mais c'est compliqué, il faut encore convaincre mes patrons.

Lorenzo l'accompagna jusque dans l'entrée de chez elle, au pied des escaliers. Il la prit dans ses bras, chercha sa bouche. Daniela lui accorda un baiser. Lorenzo posa sa main dans son dos et la maintint tout contre lui. Daniela enfouit sa tête dans son épaule. Lorenzo sentait l'élastique de son soutien-gorge sous ses vêtements.

Les murs étaient couverts d'un crépi crasseux et les boîtes à lettres étaient toutes gondolées, plusieurs d'entre elles cassées. L'escalier était sale, écaillé, et la lumière émettait un pénible bourdonnement de cigale qui prit fin quand elle s'éteignit. Dans la pénombre, Lorenzo embrassa de nouveau Daniela, mais cette fois leurs baisers furent plus longs. Il plongea ses doigts dans ses cheveux. Il la décoiffait et lui caressait la nuque.

Elles sont toutes là-haut, il ne vaut mieux pas que tu montes, dit-elle. Lorenzo acquiesça, voulut l'embrasser encore, mais elle préférait s'en aller. Lorenzo l'accompagna jusqu'au palier et ils s'embrassèrent une dernière fois en silence. Quand elle entra dans l'appartement, il resta de l'autre côté de la porte. Daniela lui avait souri.

Lorenzo voulait présenter Daniela à ses parents. Il avait remarqué qu'ils étaient préoccupés quand ils l'interrogeaient sur son travail, sur sa situation. Il ne souhaitait pas qu'ils l'imaginent solitaire et déprimé, comme ces chômeurs qu'on voyait, tête basse, mains dans les poches, assis à ne rien faire, telles des ombres grises. Je sors avec une fille, leur dit-il un jour brusquement, je vous la présenterai. La surprise de son père, et de sa mère, immobile sur son lit, lui fit penser qu'elle cachait la crainte de le voir seul pour toujours.

Il ne leur dit pas que Daniela était équatorienne, ni qu'elle travaillait au-dessus de chez lui. Ni qu'il l'accompagnait le dimanche à la messe où le pasteur leur parlait avec enthousiasme du sacrifice de vivre, du renoncement, du bonheur, de concepts bien abstraits qu'il illustrait de métaphores. Au début Lorenzo avait cru que cette cérémonie était quelque chose dont Daniela et ses semblables avaient besoin pour combler une sorte de manque. Puis, en les observant chanter, répondre au pasteur ou rire quand ce dernier faisait retomber la pression du sermon par une blague, il se rendit compte que c'était plus que cela. Daniela parlait de Dieu, de ce que pensait Dieu, de ce que ferait Dieu. Dieu était un compagnon, mais aussi un protecteur.

Les parents de Lorenzo n'avaient jamais été croyants, pas même à l'époque où tout le monde l'était, où c'était la règle dans une société soumise. Lorenzo avait dû faire sa communion, moins motivé que le reste de ses camarades, mais ensuite il ne se rappelait pas être retourné à l'église, et chaque fois qu'il avait questionné son père à propos de Dieu ou de la foi, celui-ci lui avait toujours répété la même phrase : c'est quelque chose auquel toi seul pourras répondre seulement en temps voulu. Sur ce sujet, comme sur tant d'autres, ses parents avaient pratiqué une liberté absolue, en attendant que Lorenzo résolve le problème par lui-même. C'est pourquoi il sentait que Daniela, contrairement à lui, attendait de Dieu qu'il lui dicte sa propre conduite, une doctrine de comportement. Et il se demandait avec étrangeté si ce moment de la vie auquel son père faisait allusion n'était pas arrivé pour lui, enfin, si ce n'était pas l'heure de découvrir la vérité, non comme une obligation sociale, mais comme une voix intérieure.

À l'église, le dernier dimanche, Lorenzo s'était également demandé si l'absence de sexe dans leur relation était liée à cela. Daniela faisait-elle partie de ces femmes qui estiment que le sexe est sale ? Peut-être faudra-t-il qu'on se marie, avait songé Lorenzo en souriant. Les autres couples ne semblaient pas montrer de renoncement ou de chasteté imposée. Au contraire, les filles portaient des vêtements moulants et affichaient des sourires francs. Lorenzo s'était dit que leur désir s'évanouissait peut-être parmi ces chaises en désordre, ces chants euphoriques, ces enfants turbulents et ces parents à l'attitude sérieuse, profonde, dans leurs habits du dimanche.

Aurora ouvre les paupières et voit Lorenzo s'agiter autour d'elle. Bonjour, maman, je te présente Daniela. Sa mère lève les yeux et Daniela se penche pour l'embrasser sur la joue. Ce qu'Aurora remarque en premier chez Daniela ce sont ses yeux de biche. De la main, la jeune femme retient ses cheveux lisses pour qu'ils ne tombent pas sur Aurora quand elle se penche sur elle.

Ça fait longtemps que vous êtes là ? Non, un instant. Je dors presque toute la journée, explique-t-elle à l'attention de Daniela, j'ai des rêves très étranges, très vivants, très réels. Aurora se fatigue dès qu'elle parle. Lorenzo s'assoit sur le matelas et prend la main de sa mère entre les siennes. Ne t'épuise pas. D'où es-tu, Daniela ? Elle répond. Les yeux d'Aurora voyagent de Daniela à son fils. Elle est prise d'un léger frisson, comme une piqûre de douleur. Elle hoche la tête, pour leur faire comprendre que ce n'est rien.

Le masseur a passé la matinée à faire travailler ses muscles et Aurora est plus fatiguée que d'habitude. C'est un luxe que nous ne pouvons pas nous permettre, disait-elle au début, mais Leandro rectifiait, bien sûr que si nous pouvons nous le permettre, pourquoi ai-je passé ma vie à travailler ? Le docteur avait écarté tout traitement agressif. Il fallait juste se contenter d'attendre.

Lorenzo tâchait de maintenir un contact quotidien avec son père. Il le soupçonnait de manquer de force pour affronter seul l'attaque de la maladie. Si quelqu'un est incapable de vivre seul, c'est bien mon père, pensait Lorenzo. Il appartenait à cette catégorie d'hommes en apparence indépendants, mais sans aucune habileté pour résoudre les tâches les plus dérisoires. Lorenzo était content de voir que Sylvia prenait du temps pour rendre visite à sa grand-mère, lui faire la lecture, bavarder avec elle.

La semaine précédente, Lorenzo était retourné à la maison de retraite pour voir l'homme dont il avait vidé l'appartement. Alors, don Jaime, vous vous souvenez de moi ? Je vous ai rapporté vos affaires dans une valise, vous vous rappelez ? Ils n'avaient pas échangé beaucoup de phrases. Rien ne l'unissait à cet homme, au-delà du hasard par lequel il l'avait rencontré. Mais ce même hasard l'empêchait de l'ignorer. Wilson s'était mis à rire quand Lorenzo lui avait raconté qu'il lui avait rendu visite à deux reprises. À ce dingo ? Pourquoi ? Si seulement j'avais comme toi du temps à perdre.

Lorenzo savait qu'il était important de conserver un lien avec l'extérieur. Comme ce bout de papier collé sur le frigo avec le numéro de téléphone d'une inconnue.

Il fait froid. Assez. Ici on est bien. On n'est pas mal. Ce pouvait être un échange normal entre eux, ce à quoi se limitait leur conversation en quarante-cinq minutes. Vous n'avez aucun ami, pas de famille ? Mais l'homme ne répondait pas aux questions concrètes. Ils restaient assis, parfois un des deux baissait le store quand le soleil gênait. Une religieuse entrait et prenait le bras de l'homme pour le descendre dans la salle à manger.

Wilson organisait les journées de travail. Il sortait de sa poche son petit carnet avec le programme précis des tâches du jour. Allers-retours à l'aéroport, déménagements. Wilson réglait l'argent qu'il devait à Lorenzo après lui avoir montré dans son carnet l'état de leurs comptes, les emprunts, les loyers.

Wilson profita de l'arrivée du froid pour s'approprier un hangar vide. C'était un ancien local commercial et il y entassa plusieurs matelas pour en faire un refuge à louer. Il attendait ses clients jusqu'à dix heures et demie du soir, et le matin il était à huit heures pile à la porte pour les déloger. Des types qu'il connaissait travaillaient aux travaux de maçonnerie et il partageait avec eux les revenus de cette sorte d'hôtel de fortune. Si parfois un des locataires buvait trop d'alcool ou faisait trop de bruits, Wilson était obligé de se montrer et de faire revenir le calme. Un jeune garçon qui l'aidait pour les déménagements faisait office de menaçant garde du corps. C'était dans ces moments-là, quand il lui donnait sa paie, que Wilson se sentait obligé de préciser à Lorenzo qu'il n'était pas si facile de gagner quelques euros.

En réalité je dois tout à mon œil bigleux, les gens me prennent pour un fou. Et tout le monde a plus peur des fous que des forts. Personne ne veut se frotter à un dingue. Comme un couteau suisse, Wilson semblait posséder les ressources nécessaires pour chaque cas particulier. Il savait doser à la perfection charme de blabla, violence contenue et menace latente, en toute circonstance. Il avait l'habitude de manier une liasse de billets enroulée dans un élastique qui, au moment de la paie, devenait son bracelet. Il se tournait vers Lorenzo pour expliquer : l'argent attire l'argent.

Lorenzo fut convoqué au commissariat pour récupérer ses affaires, quelques habits, des chaussures, mais il eut beau demander après l'inspecteur, il ne le vit pas ce jour-là. Il se retourna à quelques reprises pour vérifier si on ne le suivait pas ou s'arrêta brusquement sur le bas-côté de la route pour pouvoir regarder passer les voitures qui roulaient derrière lui. Les fins de mois devenaient une obsession, mais son association avec Wilson réglait temporairement les problèmes.

Lorenzo et Daniela sont dans la chambre d'Aurora quand Leandro rentre. Ils se présentent. Leandro remercie Daniela d'être venue. Aurora caresse la main de la fille, tu as une jolie peau. Dans le couloir, avant de partir, Lorenzo demande à son père s'il a besoin de quelque chose. Leandro fait non de la tête.

Dans la rue, Daniela dit à Lorenzo ta mère a dû être quelqu'un d'exceptionnel. Lorenzo hoche la tête. Les mots que lui a murmurés sa mère à l'oreille à un moment où Daniela a quitté la chambre pour répondre à son portable lui reviennent en mémoire. L'important, c'est que tu sois heureux.

12

Il n'y a pas de craquement dans sa jambe ni de courant électrique qui la traverse, il a juste la sensation que son pied se sépare de son corps. Le joueur adverse tombe sur lui, son haleine le frôle, sa transpiration, son geste brusque de la main pour amortir l'impact contre la pelouse. À peine quatorze minutes de match ont passé, le temps qu'on emploie à tester l'équipe adverse. Le choc se produit pendant une phase de jeu simple. Ariel reçoit le ballon dans son dos et le renvoie pour chercher à se démarquer. Le défenseur le met à terre en empêchant son pied de tourner. Ariel reste au sol et attend que quelqu'un arrête le jeu. Le public siffle, comme toujours. Se moque du blessé. La cheville, indique Ariel au docteur qui s'agenouille à côté de lui.

Au ras du gazon, le stade de Barcelone est beau. Les gradins ne s'élèvent pas avec démesure comme dans d'autres stades. Sylvia se trouve de l'autre côté du terrain, avec un point de vue éloigné sur le jeu. Une minute plus tôt elle se disait qu'elle verrait Ariel de plus près à la deuxième mi-temps, et elle s'est mise à manger des graines de tournesol. Maintenant elle le regarde sortir du terrain sur une sorte de ridicule civière à moteur conduite par une fille blonde portant un gilet phosphorescent. L'entraîneur d'Ariel a envoyé un remplaçant s'échauffer. Le docteur à ses côtés, Ariel disparaît dans le tunnel des vestiaires.

Sylvia reste seule au milieu des gens. Elle regarde autour d'elle comme si elle espérait qu'Ariel surgisse à ses côtés ou qu'il envoie quelqu'un la chercher. Mais il ne se passe rien. Le match focalise toutes les attentions, sauf la sienne.

Depuis leur voyage à Munich, ils ne se quittent plus. Le lendemain Ariel est venu l'attendre dans une ruelle proche du lycée. Si quelqu'un de ma classe me voit monter dans ta Porsche je peux chercher un autre bahut. Pourquoi tu ne changes pas de voiture ? Ils sont allés manger dans un grill sur la route de La Corogne. Sylvia a pris un Coca, Ariel du vin blanc. Le médecin de l'équipe nous interdit le Coca, il dit qu'il n'y a rien de pire, a expliqué Ariel. N'importe quel autre convive aurait pu penser, par leur attitude, qu'ils étaient frère et sœur. Ariel le lui avait dit un jour, ne sois pas choquée, mais la plupart des gens qui nous voient pensent que je me promène avec ma petite sœur. Ils ont commandé des côtelettes, mais Sylvia a d'abord pris des gambas, au plus grand effroi d'Ariel. Je n'ai jamais pu manger de ces bestioles. Quand Sylvia a ôté la tête de l'une d'elles, le liquide trouble a jailli d'un coup en direction du visage d'Ariel et tous deux ont éclaté de rire.

Ils sont ensuite allés chez Ariel. Ils ont fait une sieste chaude et agitée, leurs corps fumant comme des étuves. Ils sont demeurés dans les bras l'un de l'autre, aucun des deux ne voulant briser cette position pourtant inconfortable. En fin de journée, Ariel a ramené Sylvia chez elle.

Le jour suivant Ariel partit à Barcelone avec son équipe. Sylvia prit un vol le matin. Ariel lui avait réservé une chambre dans l'hôtel où le staff était réuni. Après avoir déjeuné tôt, Ariel laissa ceux qui jouaient bruyamment aux cartes, ou prenaient un café, et s'échappa au huitième étage où l'attendait Sylvia, allongée sur le lit, entourée de cours à réviser. Quand elle l'entendit arriver, elle flanqua tout par terre.

C'est absurde, je ne peux pas étudier, je pense à toi tout le temps. Ne m'accuse pas si tu redoubles, s'il te plaît. Je peux t'aider ?, demanda-t-il. Combien de temps avons-nous ? J'ai rendez-vous en bas dans deux heures pour partir au stade. Sylvia fit la grimace. J'ai une mauvaise nouvelle. J'ai mes règles. Ça ne fait rien, profitons-en pour réviser. Ariel tenta de lire une feuille de cours. Mes règles étaient programmées pour tomber en même temps que tes matchs de ligue, c'était un calendrier parfait, mais pour aujourd'hui c'est chiant, évidemment. Laisse tomber, je ne t'ai pas fait venir ici pour baiser. Qu'est-ce que tu étudies ?

Deux heures plus tard les joueurs de l'équipe traversaient le hall jusqu'au car stationné juste à l'entrée de l'hôtel. L'endroit était plein de badauds et de supporters. La police surveillait discrètement les alentours. Des jeunes demandaient des autographes. Même la violence était devenue une routine, et ils étaient toujours préparés aux insultes d'un groupe, à une volée de pierres inopinée dans les environs du stade. *Madrid brûle, Madrid brûle*, chantaient d'autres jeunes, presque des enfants. Si quelqu'un veut nous tuer, il n'y aura personne pour mourir à notre place, avait l'habitude de dire un joueur à Buenos Aires quand parfois les abords d'un stade devenaient dangereux. C'était là qu'on retenait les supporters locaux pendant trente minutes, afin de laisser le temps aux visiteurs de prendre leurs quartiers. Mais le parcours escorté par la police était agréable, l'autocar ignorait les feux rouges, faisant d'eux des privilégiés dans un monde qui s'arrêtait pour leur céder le passage.

Le regard de Sylvia croisa celui d'Ariel quand il sortit avec ses coéquipiers. Il lui fit un clin d'œil, elle sourit. Il était encore dans le car quand elle l'appela sur son portable. Je suis sur les Ramblas, c'est plein de touristes, lui raconta-t-elle. C'est beau ? demanda Ariel. Il y a des statues humaines avec des masques, ça me rappelle les mimes, je ne sais pas pourquoi ça me rend triste. Les mimes te rendent triste ? Moi j'ai envie de les assassiner, dit Ariel. Tous les deux mètres il y a des stands qui vendent des maillots de joueurs de foot, mais je ne vois pas le tien. Normal, je suis l'ennemi. Oui. Sylvia continua de lui décrire ce qu'elle voyait. Un type qui vendait des boissons qu'il avait dans son sac, des bars ouverts sur la rue, des animaux domestiques en cage, des pigeons qui venaient picorer des graines au stand des perruches, un troupeau de Japonais avec des valises à roulettes, des dessinateurs qui gaspillaient du fusain pour reproduire les visages impossibles de clients occasionnels ou qui exhibaient des caricatures lamentables de personnages célèbres. Une fois, quand j'étais petite, mon père a voulu qu'on me fasse mon portrait dans la rue, j'ai dû supplier ma mère de le cacher, il était affreux. Sylvia, il faut que je te laisse, on arrive au stade. Bonne chance.

Ariel sortit sur le terrain par les escaliers en granit. Les crampons des footballeurs résonnaient comme des fers à cheval. Certains se signaient, arrachaient un brin d'herbe en arrivant sur la pelouse, d'autres accomplissaient toutes sortes de rituels extrêmement élaborés. En Argentine, Ariel avait joué avec un milieu de terrain de Bahia Blanca qui sautait sur la pelouse du pied droit, devait poser la main gauche sur l'herbe, embrasser ensuite cinq fois le crucifix suspendu contre sa poitrine et dire trois fois mère, mère, mère. Dans ce métier aucune stratégie n'était méprisable pour se sentir protégé, pour survivre dans le vide mouvant.

Moins d'une heure après, une voiture conduit Ariel, accompagné du docteur, vers une clinique dans le haut de la ville. On lui fait une radio qui les rassure. Ce n'est qu'une entorse. Deux semaines de convalescence, lui dit le docteur. Et Ariel sent pour la première fois l'envie de relâcher ses lèvres crispées. Une lésion plus importante aurait signifié ne pas jouer la fin du championnat. Il sait, comme tout le monde, que les dix derniers matchs sont aussi importants que les dix dernières minutes de chaque match. Personne ne se souvient d'une première mi-temps insipide après une fin électrisante, ni des sifflets en milieu de saison quand résonnent les ovations de la fin du championnat. Un vieux milieu de terrain argentin, revenu à San Lorenzo après presque dix ans de football en Europe, leur disait toujours on sauve une saison de merde avec un but décisif à la dernière minute du dernier match. C'est le règne de l'amnésie. Absurde, mais c'était ainsi.

Le docteur lui parle avec sérénité du processus de récupération. Ils prennent un taxi direct de la clinique à l'aéroport. On lui a donné une béquille pour qu'il ne pose pas sa cheville et on a bandé très fortement la partie endolorie. Le docteur demande au chauffeur le résultat du match et Ariel se sent coupable de ne pas s'être inquiété du score pendant tout ce temps. Ils ont perdu. À l'embarquement il retrouve ses coéquipiers, tête basse, fatigués, mutiques. Tous s'intéressent à son état. L'entraîneur s'avance vers lui. Ariel le trouve froid, et il impute ça au résultat du match, qui complique les chances pour le titre. Amílcar vient s'asseoir à côté de lui dans la salle d'attente. Tu nous as manqué sur le terrain, il n'y avait personne à qui envoyer le ballon.

Sylvia n'est pas arrivée à temps pour prendre le vol. Elle lui envoie un message tardif. Impossible de trouver un putain de taxi dans le quartier. Puis elle lui écrit à nouveau pour lui dire qu'elle prendra un avion vers minuit. À Madrid, Ariel n'accompagne pas l'équipe jusqu'au car. Je prends un taxi, dit-il au délégué sportif. Comme il ne doit pas conduire, il laissera sa voiture au parking du club. Au bout de quelques minutes prudentes, Ariel dit au chauffeur de taxi qu'il a oublié quelque chose à l'aéroport et doit y retourner. Aimable, l'homme propose de l'attendre, mais Ariel lui dit qu'il en aura pour un moment et lui donne un généreux pourboire.

Il va s'asseoir loin de la porte de sortie où est annoncé le vol de Sylvia. Ronco l'appelle sur son portable. J'imagine que tu es rentré chez toi, comment va ta cheville ? Ariel bavarde un moment avec lui. Il est de virée en ville. Il lui raconte le match. Il n'a pas pu les accompagner parce que le journal réduit les frais. Bientôt je me remettrai à écrire ma chronique en écoutant le match à la radio, comme lorsque j'ai commencé. Puis il lui dit si seulement tu avais pu jouer, même boiteux, tu aurais été plus utile que certains autres. Je crois que vous avez tiré à trois reprises sur le but en quatre-vingt-dix minutes. Une fois, c'est vrai, le gardien a failli se mettre le but lui-même, tellement il devait se faire chier.

Ariel attend encore une demi-heure avant de recevoir l'appel de Sylvia. Où es-tu ? Il le lui explique. Elle le trouve triste, le bras appuyé sur la béquille. C'est grave ? Il faudra qu'on prenne un taxi. Sylvia attrape le sac d'Ariel par terre et le met sur son dos. Ils marchent lentement jusqu'à la station de taxis. J'ai été à deux doigts de sortir du stade et de revendre ma place. Le match était d'un ennui. Mon remplaçant n'a pas été bien ? Non, et pourtant il est assez mignon. Lui ? On le surnomme Petit Miroir parce qu'il passe deux heures à peigner sa frange, c'est une pédale.

Le chauffeur l'examine dans son rétroviseur quand ils sortent enfin de la zone de l'aéroport. Alors, c'est cassé pour longtemps ? Non, rien de cassé, heureusement, je suis juste arrêté deux semaines. Mais à partir de là Ariel se sent obligé de maintenir avec lui une longue conversation, centrée sur les maux endémiques de l'équipe, comme le chauffeur les définissait. Sylvia fait mine de se moquer, elle forme des ciseaux avec ses doigts afin qu'il coupe la conversation, mais il hausse les épaules. De mon temps, dit le chauffeur, les joueurs appartenaient à une équipe pour toute la vie, c'était comme un mariage. Maintenant, ce sont un peu comme des putes bien payées, pardon hein, et si on perd, celui qui souffre c'est le supporter, parce que vous, les joueurs vous n'en avez rien à foutre.

Ne dites pas des choses pareilles devant ma sœur, je vous en prie, lui dit Ariel.

Un moment après, le taxi erre dans les rues pour trouver l'adresse de Sylvia. Sa main est posée sur la cuisse d'Ariel. Son jean usé semble sur le point d'exploser. Viens à la maison, lui murmure-t-il, reste avec moi cette nuit. Je ne peux pas. Le chauffeur continue de parler. Le foot moderne, c'est du pur commerce, le fric, le fric, le fric, c'est tout ce qui compte. Ariel décide de descendre avec elle.

Ils marchent jusqu'à une entrée au perron haut. La rue est sombre. Ils s'assoient. Ariel étend sa jambe. Je préfère passer un moment dans le froid plutôt que de supporter encore le discours de ce mec. Je t'inviterais bien à monter chez moi, mais mon père est sûrement là. Ce n'est pas le moment de te le présenter. Tu imagines ? On pourrait entrer dans sa chambre et le réveiller. Sylvia rit. Regarde, papa, qui je te ramène. Tu as mal ? Ariel hausse les épaules. Je ne me rappelle pas une seule journée depuis trois ans où je n'ai pas eu mal aux jambes.

Sérieusement, ça me ferait super plaisir de voir ta chambre.

13

Sylvia est surprise d'entendre des murmures dans la chambre de son père. Au début elle pense qu'il parle au téléphone, ce qui à cette heure de la nuit n'est pas vraiment habituel. Mais de sa chambre, alors qu'elle se déshabille, elle perçoit par intermittence une voix féminine qui se contient. La conversation lui parvient comme une rumeur incompréhensible, cependant les mouvements, le frôlement des draps, le grincement du sommier et un halètement étouffé finissent par la persuader qu'ils font l'amour. Dans son lit, elle éprouve deux sensations. Elle se réjouit que son père soit avec quelqu'un, et en même temps elle se demande avec terreur qui et comment est cette femme. Où son père l'a-t-il rencontrée ? Devra-t-elle également, en tant que fille, même si elle tente de repousser cette idée, développer une relation à définir avec elle ? La cohabitation indépendante entre son père et elle est menacée. Aujourd'hui sa maison est un lieu de passage, un refuge, une retraite, elle n'est pas sûre d'accepter de la voir redevenir le foyer d'un couple et d'être obligée de participer à cela.

La fatigue due aux heures de sommeil en retard permet à Sylvia de s'endormir malgré les bruits étouffés qui proviennent de la chambre voisine. Elle a laissé Ariel chez lui, la cheville posée sur la table basse du salon. L'après-midi, Sylvia l'a trouvé plus soucieux que d'habitude. Replié sur lui-même. Des embrouilles avec l'équipe, s'est-il justifié. Ces deux semaines d'arrêt forcé avaient été pour Sylvia, au départ, une bonne nouvelle. Elles brisaient leur routine de séparations et de voyages. Mais elle a vite compris que ne pas jouer était tragique pour Ariel. Ce sont des matchs décisifs, se plaignait-il.

Cet après-midi-là ils n'ont pas fait l'amour. Sylvia a acheté des pâtes à emporter à la boutique Buenos Aires / Madrid. Sur le mur en briques du traiteur argentin était imprimée, dans un cadre rectangulaire, la phrase suivante : « Il manque une chose à Madrid pour être Buenos Aires : être

Buenos Aires ! » Comment va le chef ? a demandé l'une des patronnes. Il se remet de son entorse. Ah, il a une entorse ? Oui, a expliqué Sylvia, il ne peut pas jouer. La femme s'est empressée de lui offrir une boîte de chocolats au lait. Il les adore, donne-les-lui de ma part.

Ariel a regardé à la télé tous les matchs qu'il manquait, pendant que Sylvia révisait ses cours, lovée contre lui. Tu m'appelles un taxi ? lui disait-elle quand elle jetait un œil à sa montre et constatait, surprise, qu'il était déjà presque vingt-trois heures. Il lui donnait de l'argent. Il avait toujours dans un coin une enveloppe pleine de billets. La course jusque chez elle coûtait une fortune. Mais il lui donnait beaucoup plus. Je n'ai pas besoin d'autant, protestait-elle. Tu as acheté les pâtes et payé le taxi à l'aller. Garde la monnaie, comme ça tu as assez pour les jours qui viennent. Mais il y a trois mille euros, c'est beaucoup trop. Et Sylvia levait les doigts en un geste expressif. Et alors ? Tu n'es peut-être pas avec moi pour le fric ? lui disait Ariel. Sûrement pas pour l'intelligence.

Sylvia sort de chez elle alors que rien ne semble bouger dans la chambre de son père dont la porte demeure fermée. Cette matinée de cours a pour Sylvia le charme de la normalité. Elle voit ses camarades et rit avec plus d'indulgence à leurs plaisanteries parce qu'elle sait que l'après-midi même elle sera loin. Elle profite davantage de la pause avec Mai, de la conversation avec Dani lorsqu'il se joint à elles. Une vie normale délimitée par les murs gris du lycée.

Mai s'était un peu éteinte depuis sa rupture avec son copain, Mateo, qui s'était installé à Barcelone, en colocation. Elle était allée le voir, pour qu'ils se réconcilient, et s'était tatoué à l'intérieur du bras, en lettres gothiques, *Ma* + *Ma*. Mai + Mateo, avait-elle expliqué à Sylvia. Mais ça s'était mal passé. Je me suis retrouvée à récurer la vaisselle de tout le monde. L'appart puait, il y avait un groupe de Français qui n'avaient jamais entendu parler de l'invention de la douche, tu vois le truc… Et par-dessus le marché des chiens pleins de puces. Faut-il vraiment être aussi crado ? Putain, c'est une chose d'être contre le système et une autre d'être contre le savon. À présent l'inconfort de la cafétéria, de la cour, la gêne davantage. Son art de l'ironie a laissé place à des propos blasés. L'échec de sa relation lui a fait perdre pas mal d'assurance, même si elle parle à bâtons rompus. Quand je suis rentrée, j'ai montré le tatouage à ma mère. Je l'ai fait pour toi, je lui ai dit, je te raconte pas comme elle a été émue. Sylvia remercie les interruptions créées par d'autres élèves et par l'arrivée de Dani, malgré le regard parfois mélancolique de ce dernier.

Le soir où Ariel avait été blessé à Barcelone, lorsqu'ils étaient rentrés par deux avions différents à Madrid, ils avaient fini par monter sur la pointe des pieds dans sa chambre. Ariel le lui avait demandé, avec un sourire d'enfant, et Sylvia avait accepté, par défi. Elle avait ouvert la porte sans faire de bruit, mais avait eu du mal à se retenir de rire en voyant Ariel traverser le salon dans la pénombre, tout en sautillant avec sa béquille. De la chambre de son père on entendait des ronflements monocordes qui s'étaient interrompus quand la béquille d'Ariel avait heurté le bord de la table basse. C'est toi ? Oui, papa. Quelle heure est-il ? Sylvia s'était approchée de la porte. Une heure et demie, à demain.

Sylvia avait posé un tee-shirt sur sa lampe de bureau pour obtenir dans sa chambre un éclairage orangé. Ariel avait balayé la pièce du regard. L'ordinateur sur le bureau, le désordre des CD, les habits qui débordaient de l'armoire ouverte, accrochés à la poignée de la porte, laissés sur une chaise ou au pied du lit. Il y avait un ours en peluche sur le lit et un vieux poster du chanteur végétarien d'un groupe anglais. C'est qui ? avait demandé Ariel. Tu ne m'as pas encore offert une photo de toi. Ils avaient ri un moment, assis sur le lit, et avaient parlé en chuchotant. De temps en temps, Sylvia levait la main et ils gardaient le silence pour s'assurer que son père ne s'était pas levé. Ils s'étaient embrassés un long moment. Sylvia avait senti l'érection d'Ariel à travers son pantalon. Je te taille une pipe ? Ariel avait rejeté la tête en arrière. Tu poses de ces questions... Mon Dieu, tu es folle... Après, Sylvia l'avait guidé à nouveau vers la sortie. Ils s'étaient quittés en silence sur le seuil. Il avait attendu qu'elle soit retournée dans sa chambre pour appeler l'ascenseur.

Cet après-midi elle passe voir sa grand-mère avant de prendre un taxi pour aller chez Ariel. Elle la trouve faible, incapable de soutenir une longue conversation. Ton père nous a présenté la fille avec qui il sort. La phrase de sa grand-mère surprend tellement Sylvia qu'elle réagit de manière étrange. Ah bon ? Il vous l'a présentée ? Elle feint de la connaître et hoche la tête positivement lorsque sa grand-mère ajoute ça a l'air d'être une fille bien. Sylvia songe que tout l'intérêt de son père pour connaître son petit ami et en savoir plus sur lui n'est peut-être qu'une tentative pour lui permettre à lui d'introduire sa nouvelle compagne.

Elle est surprise de découvrir que sa grand-mère porte une couche à la taille. Son grand-père entre pour la changer et fait sortir Sylvia. Elle passe la tête par la porte entrebâillée de la chambre-bureau de son grand-père. Le piano est ouvert et il y a des partitions éparpillées. Ton grand-père va redonner des cours à son élève, lui avait dit, remplie de joie, Aurora.

Il plane dans l'entrée de l'immeuble de ses grands-parents une atmosphère de maladie et d'absence de vie. Les escaliers sont tristes comme de vieilles larmes. Sylvia a promis à sa mère qu'elle passerait le week-end avec elle. Mais c'était avant la blessure d'Ariel. Maintenant elle ne veut pas le laisser seul. De la rue elle appelle sa mère pour lui proposer de reporter son voyage au week-end suivant. Pilar répond par un long silence.

Je savais que ça arriverait, qu'on finirait par passer des semaines sans se voir. Ça ressemble plus à de l'autopunition qu'à un reproche envers Sylvia. Ça va maman, on se parle tous les jours au téléphone. Je dois préparer un exposé avec d'autres élèves. Je te jure que je viens sans faute la semaine prochaine. Ce n'est pas si grave, non ?

Non. Mais je ne te vois pas grandir, tu trouves que c'est sans importance ?

Sylvia se met à rire au téléphone. Sois tranquille, maman, je te jure que je ne grandis pas. Je ne grandis plus. Désormais, comme beaucoup, je grossis, et plutôt au niveau du cul.

14

C'est la troisième fois en dix jours que le bus le dépose sur cette place, près des massifs de fleurs épanouis grâce à un arrosage abondant. À partir de là, il doit longer trois blocs de maisons pour arriver à l'immeuble aux petits balcons à stores verts. Móstoles est un endroit lointain et inconnu pour Leandro, élevé dans le vieux Madrid, qui ignore ces banlieues, ces villes autour de la ville. Osembe lui avait donné le nom de la rue, le numéro de l'entrée et de l'appartement. Il l'avait noté puis avait cherché l'itinéraire le plus pratique dans son répertoire des rues, avait composé son trajet comme s'il s'agissait d'une aventure, partant de la gloriette en travaux en face de la vieille gare du Nord, en direction de la route d'Estrémadure, par le bus.

C'était un appartement en colocation, divisé en petites pièces, conçu à l'origine pour héberger une famille traditionnelle. Trente ans plus tard, il accueillait six ou sept personnes. Osembe lui avait dit qu'elle le partageait avec six amies. Le désordre était considérable, la cuisine saturée de meubles et de vaisselle. À cette heure, ils sont seuls. Ils traversent le salon carré aux stores baissés, avec la lumière de la rue qui pénètre à peine. Elle le conduit dans sa chambre sans traîner. Elle lui dit par ici, puis ça fait du bien de te revoir. Elle porte un jean avec un dessin doré sur le bas des jambes. Elle paraît plus jeune et plus souriante qu'au pavillon. Mais dès qu'elle ferme la porte et invite Leandro à s'asseoir sur le lit, elle reprend son attitude fermée et mécanique d'avant. Elle lui dit l'argent d'abord, bien sûr. Elle enfonce ses pieds dans des pantoufles roses à grosse semelle.

Amour et chronomètre, pensait Leandro. Car Osembe pouvait lui embrasser le ventre et tout à coup, sans changer de position, soulever le réveil pour y jeter un œil. Quand l'heure était passée, elle retrouvait ses manières félines et lui disait reste encore, et dès que Leandro lui avait remis l'argent, cent cinquante euros de plus, elle redevenait indolente, bavardait un peu, se levait pour parler au téléphone ou envoyer des SMS. Leandro était conscient qu'elle gagnait juste du temps pour obtenir davantage d'argent. Elle ne souhaitait pas passer une seule seconde avec lui, sauf pour cette raison. Sur ce plan, il savait à quoi s'en tenir. Mais cela ne changeait rien. De même, elle le léchait et lui mettait la langue dans l'oreille, ce qu'il détestait et lui faisait peur, à cause des otites qu'il avait eues autrefois, mais il ne trouvait pas le courage de lui dire arrête, je n'aime pas ça. Il se laissait faire, comme une marionnette avec son marionnettiste. Il avait passé des semaines sans la voir et à présent il se concentrait de nouveau sur sa peau, sur ses mains, sur les muscles de ses jambes quand elle se penchait sur lui.

Il y a un bruit dans l'appartement. Une colocataire qui rentre. Elles travaillent dans la même branche que toi ?, demande Leandro. Non, et elles n'imaginent pas une seconde ce que je fais. Mais Leandro sait qu'elle ment. Juste avec des clients spéciaux comme toi, lui a-t-elle dit un moment avant, puis elle lui a souri. Elle a placé l'argent dans le tiroir de la table de chevet. Là où elle range les préservatifs. Au-dessus il y a un magazine de mode et des vêtements épars ainsi que des parfums, des crèmes. Et un grand pot d'huile pour le corps dont elle s'enduit la peau. Leandro la soupçonne de l'utiliser pour interposer une pellicule de distance entre leurs corps. Coincées dans le cadre du miroir accroché au mur il y a des photos d'elle avec des amies et peut-être avec son fiancé, un jeune garçon qui sourit, assis avec elle à la terrasse d'un bar. Malgré les stores baissés, le bruit insupportable de la rue leur parvient, spécialement celui de marteaux-piqueurs. L'activité sexuelle se réduit et Leandro a froid mais elle ne lui propose pas de se mettre sous les draps. Une couverture épaisse et usée est posée sur le couvre-lit. L'endroit est sale et déplaît à Leandro.

Quelques jours plus tôt, son ami Manolo Almendros avait débarqué à la maison avec sa femme. Il était presque midi. Ensemble, ils avaient réussi à convaincre Leandro de sortir déjeuner avec Manolo. Ils avaient déambulé jusqu'à un restaurant sur Raimundo Fernandez Villaverde. De là on voyait le squelette noir de la tour Windsor qui avait brûlé, la nuit du 19 février, dans d'immenses flammes. Les spéculations allaient encore bon train. Quelqu'un avait filmé des ombres à l'intérieur pendant l'incendie, on avait parlé de fantômes, puis de pompiers qui dévalisaient les coffres de sécurité des nombreuses entreprises installées dans le gratte-ciel. Les ouvriers démontaient les restes de la tour dans une zone délimitée par des barrières.

Pendant le repas, Leandro fut à deux doigts d'avouer à son ami Manolo ses rendez-vous avec Osembe. Ils se connaissaient depuis très longtemps. Contrairement à lui, Almendros gardait une vitalité enviable, il était capable de s'enthousiasmer pour un livre ou pour toute nouvelle découverte. C'est curieux, lui dit-il ce jour-là, une fois qu'ils furent tous deux devant leur assiette, nous qui avons vécu l'époque des cafés, quand nous étions jeunes, quand la seule façon d'apprendre la vérité sur les choses était de tendre l'oreille dans les bars, tu te souviens ? Aujourd'hui tout cela a disparu, il y a ce café virtuel et gigantesque qu'est la Internet. Pour lui c'était du féminin : la Internet. Aujourd'hui les jeunes vont là, et ce n'est pas pour savoir ce que dit Ortega ou Ramon, non, tout est déraisonné et anarchique, mais voilà, maintenant c'est comme ça. Dans ce pays, tu sais bien, personne ne veut faire partie d'une association ou d'un groupe, mais tout le monde veut avoir raison. Comme dans le café à l'ancienne. Sur la Internet on peut trouver beaucoup d'informations, mais c'est chaotique. Je t'ai raconté que je suis en train d'écrire un ouvrage sur Unamuno, n'est-ce pas ? Un éloge et une réfutation en même temps. Eh bien je regarde sur la Internet et quand on tape Unamuno la première page qui s'ouvre, tu sais ce que c'est ? Ce sont des jeux de mots sur son nom, des blagues grossières, certaines marrantes d'ailleurs. Mais juste de la déconnade à propos de son nom. Tu imagines. Leandro connaissait la passion de Manolo pour Unamuno. Il citait des paragraphes entiers du *Sentiment tragique de la vie*, partageait sa passion pour l'origami, mais aimait aussi plaisanter à son sujet et spéculer sur l'opération du phimosis qu'il avait eue déjà vieux. Quelqu'un s'est-il demandé s'il y avait un avant et un après dans sa vision douloureuse de la vie ? Il avait mal à l'Espagne et peut-être ailleurs.

Puis la conversation sur le web dériva vers la pornographie. Almendros était atterré de voir le nombre de sites qui pouvaient apparaître en à peine un clic. C'est comme un grand bazar érotique consacré à la masturbation universelle. Des filles épiées, des couples qui s'exhibent, des perversions, des humiliations, des déviances. Parfois je pense qu'il vaut mieux nous épargner de vivre l'avenir. Les gens vivront dans des cubiculum sans sortir, ce sera une planète d'onanistes et de mateurs.

C'est possible, répondit Leandro, mais la prostitution dans la rue n'a pas disparu, elle a même plutôt augmenté. Les gens continuent d'avoir besoin de toucher. Ouais, on verra. Je crois que les humains finiront par toucher de moins en moins, jusqu'à ne plus toucher du tout. Ces femmes qui se font faire des seins ou des lèvres en plastique. Dis-moi, ces femmes-là, elles ne veulent pas qu'on les embrasse ou qu'on les touche, elles veulent juste qu'on les regarde.

Et toi, jamais ?

Almendros haussa les épaules. Moi, ce monde-là me déprime. Qui peut être assez stupide pour payer pour de la simulation ? Et donner de l'argent aux mafias du trafic de femmes. Non, ça me dégoûte. Quiconque contribue à ce marché me semble vil. C'est là, à cette seconde, tandis qu'une serveuse polonaise emportait le premier plat, que Leandro faillit se confier à son ami. Il se retint par pudeur ou par honte, de peur aussi de ne pas savoir s'expliquer, de ne pas trouver de justification raisonnable. Y en avait-il une ? Je suis tombé amoureux d'une jeune femme comme un imbécile. Mais ce n'était pas vrai. Ce n'était pas ça.

Il ne lui raconta donc pas qu'il avait passé trois matinées à errer sans but autour du parc Coimbra à Móstoles. Il dévisageait les gens qu'il croisait, ceux qui sortaient sur leur balcon, ceux qui passaient en voiture. Il s'arrêtait pour observer en détail les femmes africaines qui marchaient avec leurs sacs de courses. Parfois, quand l'une d'elle était seule, et malgré la peur qu'il éprouvait, il s'approchait d'elle et osait l'interroger. Vous connaissez une Nigériane qui s'appelle Osembe ? Mais les femmes haussaient les épaules et hochaient négativement la tête, méfiantes.

Il ne lui dit pas non plus que le troisième matin, alors qu'il lisait le journal assis près du parc, il vit descendre d'un bus une fille noire. Sa coiffure avait changé, elle avait les cheveux plus courts, mais c'était elle, sans aucun doute. Elle était avec deux autres femmes, portait un blouson en cuir rouge très voyant, un jean et des chaussures à talons. Il les suivit pendant plusieurs minutes pour voir si, à un moment donné, elles allaient se séparer. Il ne parvenait pas à entendre leur conversation, sauf un éclat de rire ou une phrase prononcée de manière très exagérée. Finalement, s'armant de courage, il éleva la voix pour l'appeler. Osembe, Osembe. La deuxième fois seulement elle se retourna et le vit. Elle afficha un sourire ironique, mais resplendissant.

Osembe se détacha du groupe et marcha vers lui. Ça alors ! Mon petit vieux. Leandro lui expliqua qu'il la cherchait dans le quartier depuis plusieurs jours. Je ne travaille plus là-dedans. C'est fini. Leandro la regarda avec intérêt. Je peux t'inviter à prendre un café ? Parler avec toi un moment ? Non, je suis avec mes amies, maintenant ce n'est pas possible, vraiment. Elle dut percevoir la désolation de Leandro parce qu'elle lui dit appelle-moi, appelle-moi sur mon portable, c'est mieux. Et elle lui dicta un numéro que Leandro n'eut pas besoin de noter. Il le mémorisa. Il était plein de chiffres pairs, ce qui pour lui était encore plus simple. Les chiffres pairs lui avaient toujours paru plus doux. C'était comme ça depuis qu'il était enfant. En revanche il trouvait les chiffres impairs antipathiques, gênants. Le numéro flottait dans sa tête quand Osembe s'éloigna pour retourner auprès de ses amies, qui l'accueillirent en gloussant. Que pouvait-elle bien leur dire ? C'est ce vieux vicieux dont je vous ai parlé ?

Il laissa passer quelques jours avant de l'appeler. En réalité l'absence d'Osembe lui avait fait du bien. La perdre de vue, c'était la fin du cauchemar. Un après-midi il fit le numéro de chez lui. Aurora était en compagnie de sa sœur et Leandro parla à voix basse. Elle riait, comme si ces retrouvailles la mettaient de bonne humeur, démontraient son pouvoir. Et elle lui dit mais mon chéri, pourquoi tu ne viens pas me voir ?

Osembe exhibe ses muscles pour lui, s'amuse à tendre et à détendre des parties de son corps. Comme une adolescente. Elle se plaît. Cet après-midi, impossible de lui faire enlever son soutien-gorge. La seule chose qu'elle n'aime pas de son corps, lui a-t-elle répété plusieurs fois, ce sont les marques sur ses seins. Des vergetures, lui dit Leandro. On dirait une vieille, répond-elle. Leandro bataille avec elle pour lui ôter son soutien-gorge, mais elle l'en empêche, le taquine, ils se disputent. Elle a de petits tétons et des lignes blanches à la naissance de la poitrine. Il essaie de les embrasser, mais elle dit que ça la chatouille et elle le repousse sans arrêt, comme si elle voulait être la seule maîtresse du jeu.

Cette sorte d'indolence ne déplaît pas à Leandro. Son regard qui fuit constamment vers le réveil ne le dérange pas non plus. Pendant les moments où ils parlent, ils se racontent des choses banales. Il lui demande comment dépenses-tu ton argent, elle lui répond c'est mon affaire, j'aime bien être jolie pour toi. Et d'autres mensonges si évidents que l'échange s'avère grotesque.

Je ne veux pas te revoir ici, lui dit Leandro. Je n'aime pas venir ici. C'est loin, c'est sale. Je ne veux pas rencontrer tes colocataires. Personne ne te dira rien, ici c'est pratique, personne ne nous donne des ordres, lui dit-elle. La prochaine fois je chercherai un autre endroit, tranche Leandro. Il ne se douche pas. La lunette en plastique des toilettes, la petite baignoire oxydée, le tapis usé et les carreaux couleur pistache le dégoûtent.

La rue est pleine de gens. Des enfants jouent au ballon. Presque tous des enfants d'étrangers. Il faut à Leandro presque une heure pour rentrer chez lui. Esther, la sœur d'Aurora, est toujours à son chevet. Elles plaisantent et tentent avec un acharnement absurde de se rappeler le nom de la chocolaterie où leur père les emmenait manger des churros après la messe quand elles étaient petites. Elles disent des noms au hasard et Esther rit, avec son rire chevalin, plein de vitalité.

Dans le couloir, avant de partir, alors qu'il fait déjà nuit dehors, la sœur d'Aurora éclate en sanglots devant Leandro. Elle est en train de mourir, Leandro, elle est en train de mourir. Leandro essaie de l'apaiser. Allons, à présent il faut que nous soyons forts pour elle. Esther parle dans un susurrement douloureux. Elle est si bonne, ma sœur a toujours été si bonne. Il n'y a plus de gens comme elle.

Leandro attend qu'Aurora s'endorme pour composer le numéro de Joaquín. C'est Jacqueline qui lui répond. Leur conversation dure à peine une seconde. Il ne peut pas te parler maintenant, mais rappelle d'ici vingt minutes. Quand il finit par avoir Joaquín, Leandro l'informe qu'il s'est entendu avec son biographe pour un rendez-vous la semaine qui vient. Parfait, c'est un garçon charmant, tu ne trouves pas ? Et Leandro lâche la vraie raison de son appel. Je voulais te demander pour ton appartement. Si je pourrais l'utiliser un de ces soirs. Le silence de Joaquín devient lourd, tendu. Seulement si ça ne te dérange pas, bien sûr. Bien sûr, quand en as-tu besoin ? Je ne sais pas, peu importe, vendredi prochain par exemple. Entendu, dès demain j'en parle à Casiano et tu peux passer récupérer les clés, avant huit heures, il ferme sa loge à huit heures. Très bien. Tu veux impressionner quelqu'un ? lui demande Joaquín en riant. Bon… De toute façon, qu'est-ce qu'on peut y faire ? Mets les draps dans la machine. La femme de ménage vient le lundi. Oui, bien sûr, ce sera seulement pour une fois. Ça vaut mieux, car si Jacqueline l'apprend…

J'ai retrouvé les lettres que tu m'as envoyées de Paris et de Vienne, elles peuvent peut-être avoir un intérêt pour le livre. Leandro était sûr qu'Aurora les avait gardées. La voix de Joaquín reprend son enthousiasme. Fantastique ! Elles doivent être si naïves, mais ça doit avoir son charme. Évidemment.

Leandro ressent de nouveau une pointe de lâcheté. Pourquoi je fais ça ? Pourquoi je salis tout autour de moi ? Il se pose des questions auxquelles il ne peut répondre. Il connaît les faiblesses des autres presque aussi bien que les siennes. Et cependant ce n'est ni une consolation, ni un frein.

15

Il s'était levé si tôt qu'à neuf heures du matin il était épuisé. Son estomac grondait. Il propose de faire une pause. Ils sont à la moitié d'un déménagement et ont rempli la camionnette de cartons et de meubles. Wilson avait rameuté ses amis habituels pour donner un coup de main. Chincho, un jeune avec un cou si épais qu'il aurait pu porter quatre têtes, et Junior, un homme tout en muscles aux yeux bridés. Lorenzo s'accoude au comptoir. Il commande des cafés et une part de tortilla maison qui vient d'être faite. Les autres se plongent dans un journal sportif. Ils semblent bien connaître le football national et soutiennent des équipes rivales, à propos desquelles ils se chamaillent et se disputent. Junior était de Guayaquil et il avait troqué le Barcelone de là-bas pour le Barcelone d'ici. J'aime bien les couleurs, le bleu représente l'idéal et le rouge la lutte. Tu dois montrer ta tendresse pour Madrid, c'est la ville où tu vis, lui dit Wilson qui soutient la même équipe que Lorenzo. Même si c'est une mauvaise saison, lui répond celui-ci. Ils parlent des joueurs. Quand ils en arrivent à Ariel, Wilson dit beaucoup de fioritures, mais il se pose là. Il dribble trop, précise-t-il, cependant c'est le meilleur. En Équateur, il était pour le Deportivo Cuenca. Cette année on a gagné le titre national, c'est Asad qui les entraîne, un Argentin d'origine turque, et c'est la première fois qu'on gagne. L'équipe là-bas, on l'appelle « L'express austral ». Il faut que tu connaisses Cuenca, c'est beau, la cathédrale est incroyable, et l'université. Les deux autres se moquent de lui. La cathédrale et l'université, Wilson les connaît bien, mais de l'extérieur, de très loin. Ils évoquent également un type de leur connaissance qui a gagné la semaine précédente le concours de meilleur coupeur de jambon d'Espagne. Incroyable, quand tu penses qu'il y a quinze mois encore il n'avait jamais vu un morceau de jambon de sa vie.

Lorenzo a ouvert un journal local dont il feuillette les pages sans grande concentration. Soudain il voit la photo de Paco dans un petit cadre près de l'image d'une villa. Il y a une information assez imprécise sur une bande d'agresseurs arrêtée par la police. Apparemment, d'après la description, ils agissaient avec une extrême violence et la police pensait qu'ils étaient les auteurs du meurtre de l'homme d'affaires madrilène Francisco Garrido, survenu quelques mois plus tôt.

Lorenzo saute les lignes, cherche plus d'informations. Albanais, passages à tabac commandités, bande armée, froide cruauté. L'odeur aigre d'un café au lait posé juste devant lui sur le comptoir parvient à ses narines. Il ne sait que penser. Il lit à présent l'article en entier, s'arrêtant à chaque phrase. On parle d'indices, de généralités. Il est possible que la police souhaite ainsi se débarrasser d'affaires non élucidées. Ou bien ce n'est rien d'autre que la puissance d'affabulation du journaliste.

Panique et soulagement. Ces deux sentiments peuvent-ils se mélanger ? Le visage de Paco sur une photo pas du tout avantageuse. Peut-être celle de sa carte d'identité. Lui, qui disait toujours qu'on ne devait jamais autoriser les mauvaises photos et déchirait celles qui n'étaient pas à son goût. Il n'aurait jamais accepté celle-ci, c'est certain. Ironie du sort. Elle ne reflète en rien le magnétisme de sa personnalité, le vulgarise plutôt comme une victime sans importance. Lorenzo se dit que les détentions déboucheront sur un procès. Quelqu'un, alors, se verra dans l'obligation de chercher des preuves concluantes. Rien n'est fini.

Ils retournent travailler. Lorenzo et Chincho font un premier voyage en camionnette avec les meubles jusqu'à la nouvelle adresse. Les autres finissent les cartons. La rue est embouteillée. En Équateur il n'y a sûrement pas une telle circulation, commente Lorenzo. Chincho hausse les épaules, ce qui masque un centimètre de son énorme cou. J'étais taxi à Quito et le centre est hard, c'est super difficile de manœuvrer là-bas, pire qu'ici. L'épuisante tâche ne s'achève que vers deux heures de l'après-midi. Wilson touche l'argent et le partage parmi les quatre hommes après avoir fait des calculs sur son petit carnet de notes. Lorenzo a l'impression bizarre de n'être que son employé. Ils se quittent. À mesure qu'il approche de chez lui, il est envahi par une certaine euphorie. Si le crime a été commis par d'autres personnes, ça ne le concerne plus.

Il prend l'ascenseur jusqu'à son étage, mais avant d'entrer chez lui change d'idée et monte un étage de plus par l'escalier. Il sonne à la porte de ses voisins du cinquième. Daniela lui ouvre. Sans lui laisser le temps de dire quelque chose, Lorenzo se glisse dans l'appartement. Elle ferme la porte et lui fait signe de garder le silence. Le petit dort. Lorenzo l'embrasse, l'étreint. J'avais besoin de te voir. Tu ne peux pas rester ici.

Puisqu'ils ne rentrent pas de l'après-midi. Mais ce n'est pas bien. Je peux t'aider, que faisais-tu ? Ne sois pas bête.

Il l'entraîne, enjoué, à l'intérieur de l'appartement. C'est le même que le sien, mais agencé de manière très différente. Lorenzo n'a pas le temps de percevoir que la principale différence, c'est la chaleur familiale. Il pousse Daniela vers la chambre principale. Non, murmure Daniela, à la fois amusée et effrayée. Lorenzo la renverse sur le matelas, s'allonge sur elle pour l'embrasser et la caresser.

Trois jours avant, Lorenzo a dénudé son corps pour la première fois sur le lit de sa chambre. La scène n'a rien eu à voir avec celle-ci. Un long labeur, passionné et prudent en même temps. Daniela s'est montrée passive. Ils étaient sortis le soir, et il faisait un froid intense. C'est elle qui avait demandé s'ils pouvaient aller chez lui. Bien sûr, avait répondu Lorenzo sans penser à Sylvia. À coup sûr elle rentrerait bien plus tard.

Ils s'étaient assis sur le canapé. Lorenzo mit une musique douce, apporta quelque chose à boire. Il l'embrassa et ils parlèrent tout près l'un de l'autre. Il écartait les mèches de cheveux de son visage du bout des doigts. Il lui raconta des épisodes de sa vie et laissa entendre qu'ils s'étaient rencontrés à un moment où son moral était au plus bas. Le ton confidentiel de Lorenzo sembla plaire à Daniela. Quand il évoqua son histoire d'amour avec Pilar, elle se mordit les lèvres. Je crois que pendant un temps nous avons été le couple le plus heureux du monde. Régulièrement il s'interrompait pour l'embrasser légèrement sur les lèvres ou caresser son visage. Daniela regardait l'appartement. Les étagères du salon, la télévision.

Emmène-moi dans ta chambre, lui dit-elle quand Lorenzo se mit à l'embrasser avec plus d'intensité, estimant peut-être que la conversation sur le canapé était terminée.

Sur le lit, il la déshabilla. Sa peau avait une nuance grise et elle était douce. Sa chair semblait opprimée par ses vêtements. L'élastique du soutien-gorge, le pantalon serré. Elle avait d'énormes tétons d'un rose électrique et des seins généreux qui, une fois libérés, produisirent une onde expansive d'érotisme. Dans son dos, Lorenzo découvrit des cicatrices roses à la hauteur de ses épaules que Daniela cacha en s'allongeant sur le matelas. Elle croisa les bras sur ses seins comme si elle se protégeait ou s'abandonnait, Lorenzo ne put le savoir à ce moment-là. Il lui retira ses chaussures et baissa son pantalon en même temps que sa culotte, qui s'enroula sur elle-même. Il eut du mal à la dévêtir. Il avait l'impression de lui ôter une première couche de peau. La chair de son ventre et de ses cuisses remuait. Lorenzo se pencha pour embrasser son nombril enfoncé. Elle était tendue, mais immobile. La marque de l'élastique de ses dessous demeura un long moment dessinée sur sa peau tremblante.

Quand Lorenzo voulut descendre jusqu'à son sexe, elle serra les cuisses et dit non, pas ça, c'est sale. Lorenzo remonta pour chercher de nouveau son visage et son cou. Comme elle ne le déshabillait pas, il se débarrassa lui-même de ses vêtements sans oublier son corps à elle, qu'il ne cessait d'embrasser et de caresser. Ils étaient dans le noir mais à travers la fenêtre passait assez de lumière pour lui permettre d'apprécier la chair de Daniela sur le couvre-lit. Lorenzo s'allongea sur elle et peu à peu les cuisses de Daniela s'ouvrirent pour le laisser passer. Ses mains trouvèrent un endroit où se poser dans le dos de Lorenzo. Il comprit qu'était venue l'heure de la pénétrer et elle gémit avec intensité.

La soirée la plus inattendue s'était produite. Peut-être à cause du froid de la rue, peut-être plus simplement parce que le moment était arrivé. Daniela avait une tache de naissance sombre sur la peau, au-dessus de la hanche. Lorenzo jouit juste à côté d'elle, après s'être retiré de son corps par une rapide torsion.

Il y eut un instant de silence puis elle dit c'était ce que tu voulais, n'est-ce pas ? Pourquoi dis-tu cela ? Ce n'est pas ce que tu voulais ? Je ne sais pas…

Les paroles de Daniela avaient un accent triste et elles obligèrent Lorenzo à se montrer plus tendre. Il lui parla à l'oreille de la première fois où il l'avait vue, dans l'ascenseur. De l'impression que lui avaient causée ses yeux en amande, du mystère qui émanait d'eux. Aucune autre femme que Pilar n'a dormi entre ces draps, lui dit-il. Il ne parla pas des différences entre leurs corps, des différences de sensations. Lui non plus, à présent, n'était plus le même homme.

Tu ne penses jamais à elle ? À ta femme ? Parfois. Daniela faisait bien attention à ne pas approcher ses mains du sexe de Lorenzo. Elles étaient entrelacées sur son ventre et Lorenzo les caressait parcimonieusement.

Tout est si bizarre. Que je sois ici, avec toi, dit-elle. Pourquoi ? Je ne sais pas, j'imagine que tu as obtenu ce que tu voulais, me posséder, et maintenant tu peux te sentir satisfait, vainqueur. Pourquoi parles-tu comme ça ? Tu n'as pas confiance en moi ? Tout peut-être si laid ou si beau. Mais ça y est, tu as couché avec moi.

Lorenzo garda le silence, il ne parvenait pas du tout à comprendre l'attitude de Daniela. Sa chair, en revanche, l'excitait.

Pour les hommes, posséder notre sexe est la fin de la conquête. Pour nous, c'est le début. J'ai regardé ton visage quand tu as joui hors de moi. Toi en revanche tu ne m'as pas regardée.

Daniela…

Tu ne m'as même pas demandé. Peut-être que j'aurais aimé que tu jouisses en moi. Qu'il me reste au moins quelque chose de toi quand tu disparaîtras de ma vie.

Lorenzo l'embrassa comme si les baisers étaient la meilleure réfutation de ses doutes. Ses lèvres étaient sèches, mais elles avaient bon goût. Viens dans le lit, tu vas attraper froid. Lorenzo souleva les draps pour elle.

Ils entendirent Sylvia rentrer et s'enfermer dans sa chambre. À voix basse ils parlèrent d'elle. Ne faisons pas de bruit. Lorenzo lui raconta que Sylvia avait ramené son copain à la maison l'autre nuit. J'ai fait semblant de dormir. Elle a déjà un copain, si jeune, et ils couchent ensemble ? Non, enfin, je n'en sais rien, dit Lorenzo. Comment peux-tu ne pas le savoir ? C'est ta fille.

Ils firent de nouveau l'amour. Ou plutôt Lorenzo fit l'amour à Daniela. Il laissa ses cheveux s'emmêler sur son visage, voulut qu'elle le chevauche. Il eut du mal à vaincre sa résistance. Il se sentit possédé par la cadence de ses seins qui se balançaient devant lui. Daniela posa ses mains sur le visage de Lorenzo. Je ne suis pas une déesse du sexe, tu sais ? Lorenzo rit et caressa ses seins. Il lui dit ils sont très beaux. Merci. Daniela bougea à peine. Elle gémissait mais ne profitait pas du moment. Lorenzo s'obligea à ne pas la quitter des yeux.

Daniela insista pour rentrer chez elle. Elle ne voulait pas passer la nuit là. Elle sortit du lit et commença à se rhabiller. Il l'observait. L'oscillation de sa chair l'excitait. Elle demanda à Lorenzo de rester au lit, mais il bondit dans ses vêtements et la ramena en camionnette jusque chez elle, même s'il savait que ce serait un enfer, au retour, pour retrouver une place. Ils se quittèrent avec un rapide baiser sur les lèvres. Le sourire de Daniela paraissait franc et joyeux pour la première fois. Lorenzo sentit qu'un abîme s'ouvrait encore entre eux, mais il se dit je l'aime, elle est belle et fragile, peut-être que je ne suis pas à sa hauteur, mais je pourrais essayer.

Maintenant il veut la prendre là, sur le lit impeccablement fait de ses voisins, parmi les peluches posées entre les deux oreillers, sur le dessus-de-lit avec ses dessins de fleurs orange et blanches, entre les tables de chevet où s'entassent les livres de chacun. Elle l'en empêche avec fermeté. Non, ça non. La veille, ils sont sortis ensemble, mais Daniela n'a pas voulu aller chez lui et elle ne l'a pas invité à monter chez elle. Viens, dit Daniela, et elle le force à se lever. Lorenzo reste allongé une seconde sur le lit et montre avec les mains la forme dressée entre ses jambes. Regarde-moi ça, ce n'est pas ma faute, qu'est-ce que tu veux que je fasse ? Insolent, sourit-elle.

Elle prend Lorenzo par la main et le conduit jusqu'à la salle de bains qui se trouve dans le couloir. Près du lavabo, elle descend son pantalon à mi-cuisses et le masturbe avec de profonds mouvements du bras. Elle regarde son visage et sourit, provocatrice. Lorenzo caresse ses seins à travers ses vêtements et la serre au moment où il jouit, éclaboussant les robinets. Il se ressaisit rapidement. Elle lui dit maintenant va-t'en, tu ne peux pas rester ici.

Il sort de l'appartement, regarde auparavant dans l'œilleton pour ne pas croiser un voisin. Il descend les escaliers jusqu'à sa porte. Je t'aime beaucoup, a-t-il dit à Daniela une seconde avant de partir. Beaucoup. Mais il a juste réussi à lui arracher un va-t'en maintenant. Rien ne va être facile.

Il comprend que Daniela ne souhaite pas formaliser leur relation devant ses amies, se promener dans le quartier avec son Espagnol. Quelqu'un peut jaser en les voyant ensemble. Daniela aime se sentir respectée. Comme elle lui a dit un jour : je ne suis pas une de ces filles qui croient qu'un homme va pouvoir résoudre tous leurs problèmes. Les hommes sont plutôt là pour nous rendre la vie encore plus compliquée.

Ils se reverraient le soir, après sa journée de travail. Ils dîneraient peut-être ensemble, bien qu'elle n'eût jamais faim. Éventuellement, il la ramènerait chez lui. Le moment était venu de la présenter à Sylvia. Il ne voulait pas laisser passer encore beaucoup de temps sans qu'elles se connaissent. Il n'avait pas envie de se cacher dans sa propre maison, dans sa propre vie. Il ne dirait pas à Sylvia des banalités comme j'ai le droit de refaire ma vie moi aussi. Il se contenterait de dire voici Daniela.

16

Ils aiment bien ce café parce qu'ils peuvent regarder la rue à travers la grande baie vitrée rectangulaire. C'est Sylvia qui le lui a fait remarquer un après-midi. Regarde, on dirait un cinéma. À travers la vitre, la vie réelle est comme un spectacle projeté pour eux. Souvent c'est Ariel qui arrive en dernier et elle lui sourit de l'intérieur. Mais aujourd'hui, c'est lui qui l'attend et la voit marcher sur le trottoir dans sa direction. Ariel appuie le dos contre sa chaise, tout au plaisir de la regarder arriver.

De la chance et de l'obstination, lui a dit le masseur le matin même. Si on devait définir ce qu'il faut pour triompher ici c'est ce que je dirais en résumé : de la chance et de l'obstination. Quand on arrive ici, si on n'est pas décidé à soulever des montagnes, mieux vaut partir, parce qu'ici il faut serrer les dents. On aurait cru qu'il ne parlait pas à Ariel mais s'adressait à sa cheville endolorie, comme si elle pouvait l'écouter et suivre ses conseils. La moitié des blessures, elles sont là. Et il a posé un doigt humide sur son front. Ariel a apprécié ses mains puissantes sur son corps. Il y a plusieurs années un défenseur italien qui jouait dans l'équipe avait toujours une phrase pour ce genre de choses. *Non piangere, coglioni, ridi e vai*… Inutile de se plaindre, un truc comme ça, lui a-t-il dit pour terminer la session de massage.

Le bronzage de Pujalte intriguait par sa perfection. Il était appliqué sur tout son visage au millimètre près. Il s'harmonisait parfaitement avec ses cheveux gominés, pratiquant un jeu de contrastes avec sa dentition immaculée. Trop parfait pour un ex-footballeur, pensa Ariel quand il le vit. Il avait mouillé le bas du pantalon de son costume au bord du terrain d'entraînement. Ariel sortait de la salle des haltères. Il marcha vers lui. Il avait encore une béquille. Pujalte ne bougea pas, il l'attendait.

On sera plus tranquilles dans le bureau, lui dit Pujalte. Et il le prit par le coude comme si ça pouvait l'aider à se diriger. On est en mars. Il ouvrit le réfrigérateur et sortit deux petites bouteilles d'eau glacée. Ariel ne but pas la sienne. Je voulais te parler suffisamment à l'avance. Il faut que tu saches qu'au jour d'aujourd'hui on ne compte pas sur toi pour la saison prochaine. Parmi toutes les choses qu'Ariel croyait entendre cette semaine de la bouche de ses supérieurs, celle-ci fut la plus inattendue. Et il se sentit mal d'avoir été incapable de l'anticiper. Il n'aimait pas être surpris par quoi que ce soit, ça lui semblait être un signe de stupidité, d'imprévoyance. Il était important de deviner les décisions des autres pour ne pas se trouver subitement agressé. En réalité, c'était très proche de l'attitude nécessaire sur le terrain, où il fallait prévoir les options de l'adversaire.

Mais Ariel ne montra pas sa surprise. Les yeux du directeur sportif voyageaient dans la pièce ou se posaient sur sa poitrine. Ils ne cherchaient jamais ses yeux. Parfois ils allaient jusqu'à la porte ou sur le mur, mais jamais sur le visage d'Ariel. Ni le corps technique ni les supporters ne parient sur l'avenir de cette équipe, contrairement à ce que nous avions espéré. Des mots. Les mots étaient toujours des écrans de fumée. Ariel ne les écouta pas. Il préférait chercher les yeux qu'il ne trouvait pas. Tout ça pour te dire que nous allons être attentifs aux offres. Tu peux bouger de ton côté, mais avec discrétion. Le pire, ce serait de laisser la presse commencer à s'en mêler.

Mais j'ai un contrat. Ariel aurait préféré ne pas avoir à s'entendre dire cette phrase.

Notre seul contrat, c'est le bonheur des gens. La phrase du directeur sportif était certainement extraite d'un manuel, d'une anthologie de répliques brillantes et creuses. Elle ne pouvait pas être de lui. Bonheur était un mot trop complexe. Quand le bonheur n'est pas atteint, pourquoi respecter les contrats ?

L'entraîneur... tenta de dire Ariel. L'entraîneur est au courant de cette conversation. Il l'approuve, ainsi que le président, qui n'intervient jamais pour ce genre de choses.

On me jette, pensa Ariel. Comme on se débarrasse d'un vieux vêtement. Il fut ennuyé que ça se passe au moment où il ne pouvait pas se défendre sur le terrain. Où il ne pouvait même pas se servir de sa rage comme motivation. Blessé, il semblait avoir moins d'arguments pour sa défense. Et il ne voulait pas se défendre. Il entendit Pujalte parler de l'avenir, d'une équipe plus ambitieuse. Ariel songea c'est ma faute, je n'ai pas donné assez, ça ne s'est pas bien passé.

Ne te prends pas la tête, je sais ce que ressent un joueur quand il entend ce que je suis en train de te dire. J'étais dans le même état que toi il y a quatre jours. Ce serait une erreur de t'accrocher à ton contrat et de perdre les meilleures années de ta carrière, il est possible qu'ailleurs ça se passe mieux pour toi et que tu reviennes plus mûr, plus accompli comme joueur.

Vous voulez me céder à une autre équipe ?

On ne veut rien du tout, tu as vingt ans, il faut voir grand, ceci est un faux pas sans importance.

Il y a un truc que je ne comprends pas, dit Ariel. Quand je regarde l'équipe je n'ai pas l'impression que c'est moi qui pose le plus de problèmes, au contraire, ça se passe bien, les gens m'estiment. Tu ne t'es pas mis le public dans la poche, dit Pujalte. Ça aussi ça compte. Je suis en train de t'expliquer qu'on veut révolutionner l'équipe. En Espagne les choses ne se passent pas comme en Argentine. Ici le public ne croit ni aux couleurs ni aux sentiments, on doit le persuader en début de saison qu'on va bouffer le monde, sinon c'est lui qui nous bouffe. On ne peut pas dire aux spectateurs que cette année est un bon investissement pour l'année qui vient ou pour celle d'après, c'est tout de suite qu'ils veulent du résultat. Je vais être sincère avec toi. On a un autre joueur à ton poste, un nom qui apportera de l'espoir aux gens, de la nouveauté. Je ne dis pas que tu ne remplis pas ton poste avec dignité, mais je ne crois pas que tu sois un joueur qui mérite d'être remplaçant. C'est pour ça que je te parle clairement, d'homme à homme, je ne veux pas que tu apprennes par d'autres nos négociations.

Ariel hocha la tête. Pendant un moment ce fut comme s'il devait remercier Pujalte pour les égards qu'il manifestait. Ce qui était peut-être le cas.

Les équipes ne vont pas manquer pour toi, donne-moi quelques semaines, laisse-moi bouger un peu sur le marché et on se revoit après, d'accord ? Ariel se sentit stupide en se levant, aidé par sa béquille. Impuissant. Le moment choisi était définitivement inopportun. Je crains de n'avoir rien à faire dans ce bureau, il vaudrait mieux que vous parliez avec mon agent. Moi, on me paie pour prouver ce que je suis sur le terrain, pas pour assister à des réunions, dit Ariel avant de sortir.

Précisément, c'est peut-être ça en effet, il te faut plus de repos, de concentration, moins de distractions, te sentir davantage footballeur…

Le directeur sportif avait parlé dans son dos. Ariel était sur le point de se mettre à pleurer et il ne voulut pas se retourner pour le regarder, ni lui demander s'il faisait référence à un point précis. Il appela son frère de chez lui et lui raconta tout. Charlie le rassura. Ce sont des mots. Laisse-nous nous occuper de ça. Mais ça se passe si mal ? Pourquoi tu ne me l'as pas dit ? C'est ce qui me fait le plus honte, Charlie, je ne pensais pas que ça se passait si mal.

Cet après-midi-là, il se détendit, allongé sur son canapé, regardant passer les heures, sans s'impliquer dans une conversation avec Sylvia, caressant juste ses cheveux ondulés pendant qu'elle révisait ses cours. Il envia son occupation. Ne voulut rien lui raconter. Tu auras des vacances pour Pâques ? lui demanda-t-elle. Je ne sais pas encore, répondit-il.

Se faire consoler par elle alors que ces derniers jours il avait planifié de prendre de la distance lui donnait un sentiment doux-amer. Après avoir vu sa chambre de lycéenne, sur la pointe des pieds pour ne pas réveiller son père qui ronflait, Ariel avait réalisé quelle sottise il commettait. Elle avait seize ans. Des posters au mur, une peluche sur le lit. Quelques jours plus tôt, elle l'avait rejoint avant un match dans l'hôtel où il se trouvait et, tandis qu'elle révisait en plaisantant, elle lui avait avoué qu'elle avait ses règles. Puis Marcelo débarqua à Madrid pour un concert de présentation de son nouveau disque. Il l'appela. Tu dois absolument venir.

Ariel se rendit à la salle de concerts Galileo. Marcelo lui avait réservé une table. Ariel n'avait pas voulu inviter Sylvia. Il avait décidé de s'éloigner, de mettre un frein à cette folie. Il attendit au bar l'arrivée de Reyes. Il avait obtenu son numéro de téléphone par Arturo Caspe. Pardonne-moi, je ne veux pas te déranger, mais j'ai été ridicule l'autre soir et je tenais à m'excuser. Maintenant il savait qu'elle était mannequin et assez connue. Ce n'était pas la peine, tu parles. Ariel lui expliqua qu'un ami de Buenos Aires jouait à Madrid. J'aimerais beaucoup t'inviter. Elle sourit au bout du fil. Ariel pensa c'est une fille intéressante, cette façon de fumer presque suicidaire. Tu as toujours ce grain de beauté sur le visage ?, demanda-t-elle. Je crois que oui. Alors je ne peux pas refuser, répondit-elle. Se moquait-elle de lui ? Ariel se sentit pourtant encouragé, c'était ce dont il avait besoin. Tu peux venir accompagnée, bien sûr.

Mais elle vint seule.

La salle était bondée de gens, la plupart argentins, ce qui frustra Marcelo. Je ne viens pas jusqu'ici pour chanter pour ceux qui me connaissent déjà, où sont les Espagnols, putain ? Pour triompher en Espagne, il faut vivre ici, lui dit Ariel. Pas question, ensuite les Espagnols te considèrent comme un des leurs et te méprisent. Mais cette conversation eut lieu seulement après le concert d'un Marcelo exultant qui chanta, vêtu d'une tenue noire, chemise blanche et cravate aux couleurs de San Lorenzo, accompagné d'un groupe de quatre bons musiciens.

C'est marrant de jouer dans un endroit qui s'appelle Galileo, dit-il après les deux premières chansons. J'espère qu'on ne me brûlera pas sur le bûcher. Il est difficile, vous savez, de ne pas finir dans le cercle des condamnés de l'histoire de la musique. Et c'est moi qui vous le dis, qui aurai quarante-cinq ans en septembre. À présent je vais vous chanter une version décente de la chanson que j'écoute tous les jours en me réveillant depuis presque vingt ans. C'est ainsi que Marcelo avait présenté son interprétation de *Chimes of freedom*, un vieux classique de Dylan, dont il offrit une version castillane pendant huit longues minutes.

Ariel se tourna vers Reyes. Ça te plaît ?, lui demanda-t-il. Elle fit signe que oui. Elle était magnifique, ses seins pointaient à travers les boutons ouverts de sa chemise blanche, maintenus dans un fin soutien-gorge noir, et si parfaitement modelés qu'Ariel se demanda s'ils n'étaient pas en plastique. Vers la fin du concert, Marcelo dédia à Ariel une chanson, après un long laïus où il évoqua leur amitié. Soyez sympas avec lui ici, demanda-t-il aux spectateurs.

Ils prirent un verre avec Marcelo, mais ensuite Reyes dit je me lève tôt demain. Ariel convint de déjeuner avec Marcelo le jour suivant. Reyes commanda un taxi par téléphone et Ariel proposa de la raccompagner. Quand ils sortirent, un photographe les surprit. Les flashs étaient comme des tirs dans l'obscurité. Ariel leva sa béquille pour lui enlever son appareil photo, mais le type recula. Ils montèrent dans le taxi et s'éloignèrent. Le photographe les mitrailla encore à travers la vitre de la voiture. Le chauffeur marmonna quelque chose, qu'Ariel ne comprit pas. Je vois que tu es très célèbre, dit-il à Reyes. Ils étaient là pour toi, je le crains, dit-elle. Je ne sais pas. Elle vivait près du centre. Ariel s'excusa une nouvelle fois pour la soirée précédente. Ça va, je m'en suis remise, plaisanta-t-elle. Au fond, c'est même flatteur, c'est peut-être toi qui n'as pas l'habitude d'être repoussé. Ariel sourit. Ton ami travaille dans le même domaine ? Il est photographe, mais pas du genre qu'on vient de voir. Ah oui. Ariel était inquiet. Ils font quoi après avec ces photos ? Généralement elles sortent dans un magazine avec une interview inventée où nous disons que nous sommes seulement bons amis et que tu souhaites vite retrouver la forme pour satisfaire les supporters. La merde habituelle. Mon mec était au courant, et comme il sait que les footballeurs ne sont pas mon genre il m'a donné son autorisation. Toi en revanche tu peux avoir des problèmes. Tu sors avec quelqu'un ?

Ariel mit du temps à répondre. Non, enfin, je suis en train de rompre avec une fille. Une histoire étrange. Reyes le regarda avec intérêt. Ariel garda le silence, un peu gêné. Tu veux prendre un dernier verre ? À côté de chez moi il y a un bar tranquille. Elle donna des indications au chauffeur du taxi qui se remit à marmonner entre ses dents, mais cette fois Ariel comprit ce qu'il disait. C'est comme ça que tu vas récupérer de ta blessure ? Ces putains de fêtards, faut voir comment ils vivent. Ariel haussa les sourcils en direction de Reyes, qui lui sourit. Les filles, ça vous intéresse plus que le ballon. Bien entendu, pas vous ?, répondit Ariel. Pour moi toutes les femmes sont des filles de pute, et la mienne plus que les autres. Reyes s'étrangla en toussant. C'est ce que j'appelle parler clairement.

Ils se rendirent dans un pub irlandais. Assis à une table en bois, Ariel raconta à Reyes une partie de son histoire avec Sylvia. Il ne lui cacha pas qu'elle avait seize ans. À seize ans, je tombais encore amoureuse de mes profs de sport, lui dit-elle, et j'étais sûre que George Michael viendrait me chercher à la sortie du lycée. Je suppose que tu as réalisé un de ses fantasmes et c'est peut-être dangereux. Ça m'effraie, dit-il. Même si Sylvia n'est pas une adolescente qui vit dans un conte. Attention, les filles savent très bien dissimuler, le prévint Reyes. Un moment plus tard, elle le quitta, sa bière encore à moitié pleine, lui fit deux baisers sur la joue et proposa qu'ils se revoient un autre jour. Ariel attendit un taxi dans la rue. Il aurait aimé coucher avec elle, plonger dans d'autres bras qui l'auraient tenu loin de Sylvia.

Le lendemain il déjeuna avec Marcelo Polti dans un restaurant de la Cava Baja. Il invita Ronco et l'alchimie entre eux fut immédiate, en dépit d'un démarrage très fort de la part du journaliste. Avant même le premier plat il avait déjà lancé moi, le typique auteur compositeur interprète connard prétentieux, je le trouve super lourd, et plus encore s'il se prend pour un héritier de ce raseur catholique de Bob Dylan. Moi j'aime Neil Young. Un mec qui ne se la pète pas. Dylan est un egolâtre qui mange des hamburgers et fait des chansons trop longues qui lui viennent quand il se balade à moto. Marcelo éclata bruyamment de rire. Ce type est dingue ? Dylan est Dieu. Marcelo travaillait à la composition d'un opéra rock. Dit comme ça, ça paraît horrible, je sais. En effet, renchérirent les deux autres. C'est sur une touriste suisse de vingt-huit ans qui voyageait toute seule en Argentine et qui a disparu sans laisser de trace après être partie se promener à Pagancillo, dans La Rioja. On ne sait rien d'elle depuis six mois. Marcelo voulait centrer ses chansons sur le père de la jeune femme, un professeur d'allemand à la retraite venu dans le pays pour tenter de la retrouver. Sa vision est parfaite pour résumer l'Argentine, exactement ce qu'il nous faut, un regard suisse. On peut raconter la beauté naturelle, la merde sociale, la corruption, tout.

Marcelo pesta, peu après, contre le morceau de viande qu'on lui servit. C'est comme ça que va devenir la viande argentine, une merde du même type, si on continue à développer des champs de soja, à supprimer les pâturages ou à les transformer en trous où s'entassent les vaches. La petite vache a besoin d'espace, pas de grossir comme ici en Europe, à coups de piqûres. Et quand Ronco cherchait de nouveau à s'opposer à lui, il lui disait mais mon pote t'as une voix démente, il faut que tu fasses un duo avec moi sur mon prochain disque, quelle voix, un truc de fou, on dirait qu'on t'a passé par un logiciel Pro Tools défectueux.

Pendant le dessert, Marcelo fit une allusion à Reyes. Félicitation pour la minette d'hier soir, celle que tu avais amenée au concert, quel morceau de gonzesse ! Ariel précisa qu'ils ne sortaient pas ensemble. Ronco s'intéressa au sujet. Ariel parla du photographe à la sortie du bar. Aucun doute là-dessus, si Arturo Caspe savait où vous alliez, c'est lui qui l'a appelé, conclut Ronco. Ce fils de pute ne vit que des faveurs qu'il vend. Je te l'ai déjà dit, ce sont des vampires, il leur faut du sang vierge toutes les nuits.

Marcelo trouva Ariel plus grave. Ce dernier prétexta sa blessure. Il ne voulut pas avouer les mauvaises nouvelles du club ni évoquer sa relation avec Sylvia, qu'il avait décidé d'arrêter. Mais Marcelo pouvait être un homme insistant. Du restaurant il appela un ami à lui, psychanalyste à Madrid, et prit rendez-vous pour Ariel l'après-midi même. Ronco riait à gorge déployée. Les Espagnols ne vont pas chez le psy, ils se bourrent la gueule dans un bar, tous les serveurs ont un diplôme de psy de la Gin Tonic University.

Ariel s'assit face à un docteur du nom de Klimovsky, qui souhaita simplement consacrer cette première séance à parler tranquillement, ce qui se traduisit par une avalanche de données sur sa propre vie. Il était psychanalyste, mais écrivait aussi des scénarios pour le cinéma et peignait. Les tableaux qui décoraient son cabinet étaient la terrible conséquence de cette passion en apparence inoffensive. À peine permit-il à Ariel de bredouiller quelques monosyllabes. Ils prirent rendez-vous pour la semaine suivante, mais Ariel hésitait déjà à revenir. Sur un des tableaux, un poisson sortait du vagin d'une femme au visage peint en arlequin et cette vision provoqua des cauchemars chez Ariel pendant une grande partie de la nuit.

Le lendemain il se présenta sans béquille à la fin de l'entraînement. Il se sentait bien après le massage et voulait connaître l'opinion de l'entraîneur. Hier on m'a dit que vous ne comptiez pas sur moi pour l'année prochaine, lança-t-il en venant le saluer sur la touche. Qui t'a dit cela ? La surprise sonnait faux. C'est le club qui l'exige, si ça ne tenait qu'à moi j'aurais d'autres priorités, tenta de le convaincre Requero. On m'a dit que quelqu'un avait été engagé à ma position. Première nouvelle, je ne suis pas au courant. Dans ce genre de situations, ce qui déplaisait le plus à Ariel c'était la lâcheté. Il aurait préféré une plus grande autorité ou au moins un gramme de sincérité, même en sa défaveur. Mais l'entraîneur l'esquivait.

Je voudrais juste savoir si vous, vous comptez sur moi, car je vais me battre pour rester dans l'équipe. L'entraîneur le regarda avec un sourire neutre et fit un signe de tête positif. Comme s'il appréciait cette attitude. Il n'hésita pas à sortir une stupidité. J'aime les gens qui ont du caractère. Tant que tu fais partie du club, tu seras toujours mon joueur.

Ariel l'ajouta automatiquement dans la liste des personnes les plus méprisables qu'il avait connues dans sa vie. Ce n'était pas une liste trop longue, mais elle incluait ceux qui n'avaient pas assumé leurs responsabilités quand il l'aurait fallu, qui avaient été faux, intéressés, traîtres, dans les moments où il avait été le plus sans défense.

Amílcar l'invita à manger. Ils parlèrent dans la voiture. Il avait deviné qu'il se passait quelque chose comme ça. Ne te prends pas la tête, lui dit Amílcar, écoute ce qu'ils ont à te dire et laisse tomber l'orgueil ou ce genre de trucs. Si on te propose une bonne équipe, vas-y, empoche l'argent de ton transfert et joue comme tu en as envie. Pour nous la vie est très courte. Peut-être que tu reviendras, lorsque tu seras devenu une idole, ce ne serait pas la première fois que ça arrive. Ariel leva le visage vers lui. Tu sais aussi bien que moi qu'il y a des équipes d'où l'on ne revient pas, tout ce qu'on t'offre c'est la possibilité de descendre dans le classement. C'est peut-être pour ça que je préfèrerais rentrer à Buenos Aires. On ne m'a même pas laissé le temps de prouver quoi que ce soit.

Du temps ? Amílcar eut un gloussement moqueur. Du temps ? On parle de foot. Ici la presse sportive sort tous les matins. Tu veux du temps ? D'ici au prochain match c'est plus ou moins l'éternité. Ariel resta silencieux. Il savait qu'Amílcar avait raison. Il conduisait une énorme voiture.

Pourquoi cet air grave ? demanda Fernanda, la femme d'Amílcar, pendant le déjeuner. Des problèmes avec le club, ils ne veulent plus d'Ariel l'année prochaine. Elle possédait une beauté sereine dont elle essaya d'envelopper Ariel. En tout cas, ils sont en train d'y penser, reprit-il. Et tu n'avais pas un contrat pour trois ans ? Pour cinq. Et ? Amílcar intervint. Chérie, quand un joueur veut partir il part, quand un club veut le jeter il le jette, le contrat c'est juste un papier. Un papier qui représente beaucoup d'argent, objecta-t-elle. L'argent, c'est le plus simple. Ils le paieront, le vendront, le céderont. Un contrat est cassé aussi vite qu'il est signé. Pour Amílcar, c'est facile de parler comme ça, se dit Ariel. Ça fait combien d'années que tu es là, Amílcar ? Moi, je ne suis pas arrivé en star.

La dureté d'Amílcar blesse Ariel un instant. Il se concentre sur son assiette. La femme d'Amílcar hoche la tête négativement, choquée par le ton que son mari a employé, ce qu'elle lui reproche d'une mimique. C'est la putain de vérité. Moi, on ne m'a pas payé des millions, ni consacré la une des journaux, ni sorti sur le terrain pour que je résolve le match. Tu échangerais avec moi ? Amílcar, s'il te plaît, tu parles à un gamin de vingt ans, ne sois pas cynique, insista Fernanda. Non, je le comprends parfaitement, susurra Ariel. J'imagine qu'il est venu vers toi pour chercher de l'aide, pas pour que tu enfonces le clou… Amílcar fit la grimace. Vraiment, chérie, arrête. On est en train de parler sérieusement, ce n'est pas une conversation de café, Ok ? Quand on gagne ce qu'il gagne, on peut supporter d'être traité comme de la marchandise. Ah oui ? Je ne crois pas. On peut être payé une fortune, ça ne donne pas le droit d'être méprisé ainsi, dit-elle. C'est bon, vous n'allez pas vous disputer à cause de moi. N'aie pas peur. On adore se disputer, dit Fernanda. Elle plus que moi. La femme d'Amílcar sourit puis caressa la main de son mari. *Meu anjo das pernas tortas*, murmura-t-elle pour lui, qui secoua la tête, vaincu par sa douceur.

Ils mangèrent sans hâte, revinrent au sujet seulement en passant et ne replongèrent pas dans la discussion. Quand arriva l'heure d'aller chercher les enfants à l'école, Amílcar se leva. Toi, ne bouge pas, je reviens dans une demi-heure, dit-il à Ariel. Il disparut en agitant les clés de la voiture, les jambes arquées comme deux parenthèses.

Ariel resta seul avec la femme de son coéquipier. Elle lui servit un café. Tu fais la sieste ? En Espagne, je me suis habituée à la sieste, expliqua-t-elle. Je dors à peine trois minutes, mais ça me détend pour tout l'après-midi. Une mèche blonde tomba sur son œil et Fernanda l'écarta en soufflant, d'un geste enfantin qui fit sourire Ariel. Elle était très belle. Quand tu finis ton café, monte si tu veux. Elle lui sourit avec chaleur. Se leva. Ma chambre est la première porte à droite, en haut des escaliers.

Elle se retourna et monta les marches. Arrivée à la dernière, elle le regarda de ses yeux bleus clair. Ariel toussa. Il faillit renverser sa tasse. La domestique, une petite Marocaine grasouillette, apparut pour retirer le plateau. Ariel se retrouva là, assis tout seul. Il eut envie de s'enfuir. Mais aussi de prendre dans ses bras la femme d'Amílcar et de jouir de sa beauté semblable à un iceberg. Glace en surface, feu immergé.

La montée des marches fut une torture pour Ariel. Tout cela lui paraissait pervers. Il connaissait à peine Fernanda mais depuis le premier jour il avait senti une attirance mutuelle flotter dans l'air. Allait-il être capable de prendre cette femme pour rassasier un désir d'après repas ? Sans tenir compte de rien d'autre ? Peut-être que tout était un jeu pervers auquel participait également Amílcar. Il fut sur le point de redescendre l'escalier en courant. Le joueur vétéran de l'équipe qui amène à sa femme les jeunes recrues. Non, trop tordu.

Il tambourina à la porte. Je ne ferai rien. Tout ce qui se passera sera sa faute à elle. Je ne bougerai pas le petit doigt, se dit Ariel quand il ouvrit la porte après qu'elle l'eut invité à entrer. Il sentit son érection sous son pantalon.

L'électricité de l'instant semblait naître de la chevelure lisse de Fernanda, parfaite, crantée autour de son visage. Elle était allongée sur le lit toute habillée, n'avait ôté que ses chaussures. Elle posa la main sur le matelas, invitant Ariel à s'approcher. Puis elle se redressa un peu. Dès la première fois où je t'ai vu, j'ai senti un courant positif, je sais que tu possèdes en toi des choses que, pour le moment, tu ne sais pas encore comment exprimer. Ariel pensa que c'était le moment de l'embrasser et il ne put quitter ses lèvres des yeux. Mais elle se pencha pour atteindre le tiroir de la table de chevet et saisit la poignée. Elle va prendre des préservatifs, crut Ariel. Du tiroir Fernanda sortit un gros livre. Elle l'éplucha page après page, très concentrée. Quand elle trouva ce qu'elle cherchait elle tendit le livre à Ariel. Lis à haute voix, lui demanda-t-elle.

Ariel lut : « Dans la douleur, seul Dieu est consolation. Rien n'apaise la soif, la fatigue, le doute, la douleur, pour toujours. Seule la voix de Dieu. Il est la réponse à toutes les questions, le remède à toutes les maladies… » Ariel arrêta sa lecture.

Elle lui prit le livre des mains avec délicatesse. Elle lisait lentement. Avec un mélodieux accent brésilien. L'énergie qu'elle mettait à entonner les phrases révélait l'importance qu'elle accordait à chaque mot. Ariel sentit brûler ses joues, mais il ne bougea pas. Il écoutait les mots épars qui n'avaient aucun sens. Vie en commun, vérité, engagement. Il comprit combien il était ridicule. En fin de compte il se réjouissait de ne pas s'être jeté sur elle pour l'embrasser ou de ne pas avoir sorti sa bite juste après avoir franchi la porte. Sa propre idée le fit rire. Il imagina Fernanda en train de se défendre contre l'agression de son membre en érection à coups de sa grosse Bible reliée. Elle cessa de lire un instant. Le caractère grotesque de la situation qui envahissait la tête d'Ariel ne paraissait pas affecter l'intensité de son émotion.

Emporte le livre. Tu me le rendras plus tard. Prends. Je veux que tu saches que nous serions ravis de pouvoir t'aider.

Une secte ? Du délire ? Amílcar était-il complice ? À l'évidence, oui. Il l'avait laissé seul avec elle pour la cérémonie de captation. Ariel se mit debout, le livre sous le bras. À ce moment-là il aurait aussi bien pu rire que pleurer. Elle reprit la parole, son visage était si beau, pas du tout crispé. N'aie pas honte de toi, si tu savais d'où nous venons tous, ça te ferait peur, tu n'es pas pire que moi. Celui qui a monté les escaliers il y a un moment était seulement un homme normal, celui qui va les descendre maintenant est peut-être un homme meilleur.

Ariel acquiesça, recula et finit par quitter la chambre. Avant de refermer la porte il vit Fernanda replier les jambes et put apprécier le dessous d'une cuisse bronzée et attirante dans l'ouverture de sa robe.

Quand Amílcar revint, Ariel était assis sur le canapé où il feuilletait le livre. Il avait demandé deux autres cafés à la domestique et était tellement énervé qu'il aurait pu grimper aux murs. Il ne fut pas question de ce qui venait de se passer. Amílcar était-il une sorte d'athlète de Dieu, comme ce milieu chilien de San Lorenzo qui recommandait à tous ses coéquipiers d'aller voir un psychogénéalogue qui lisait soi-disant le destin dans le trou du cul ? Et qui avait conseillé à un joueur qui perdait ses cheveux, visiblement incapable de supporter le stress de la compétition, de s'enduire le visage avec ses propres selles (sans aucun résultat) ? Amílcar et lui se sourirent. Chacun pour des raisons différentes. Ils blaguèrent un moment avec les enfants puis Ariel commanda un taxi.

Il avait rendez-vous avec Sylvia dans ce bar. En l'attendant il en profite pour regarder les DVD à louer au rez-de-chaussée. Il sait que malgré ses efforts pour s'éloigner, il ne rompra pas avec elle. Dehors tout est étrange. Il est si seul sans elle. Pourquoi ?

17

Sylvia a remarqué l'envie de parler d'Ariel qui tranche avec son mutisme habituel et elle le laisse s'épancher. Sous sa chevelure et derrière ses yeux clairs, ses pensées paraissaient jusqu'à présent rangées dans un coffre-fort. Tu viendrais à Buenos Aires avec moi ? Tu m'accompagnerais ?

Et je ferais quoi moi là-bas ? Ariel lui a prêté de grosses chaussettes en poil de lama. Elle a posé les pieds sur le canapé.

Vendredi elle a apporté un sac avec quelques vêtements. Trois culottes. Pour le reste elle met des tenues de sport prêtées par Ariel. Toutes les semaines il reçoit d'énormes sacs de la marque avec laquelle il a signé un contrat d'exclusivité. Ils ont décidé de passer le week-end retranchés dans la villa. Un autre faux voyage avec Mai. Son père n'a posé aucun problème, il avait l'air heureux. Pour Sylvia c'était un bonheur de passer toute la soirée avec Ariel, de savoir qu'elle se réveillerait à côté de lui. Mais quand Ariel sortit acheter les journaux, elle redouta une mauvaise nouvelle. Un peu avant il avait reçu un appel de son ami Ronco.

Un journal sportif lui consacrait un article dur, sans concession. On lui reprochait son échec, son manque d'adaptation, son absence de compromis et l'inopportune blessure qui l'excluait, par-dessus le marché, de trois matchs décisifs de la saison. La dureté des propos était inhabituelle. Trop jeune pour mener une équipe qui a besoin de triomphes. La fin était claire : « Le président ferait bien de lui trouver un club où il finira de s'endurcir et de chercher un remplaçant qui ne soit pas une illusion mais une réalité. Il vaut toujours mieux pour un joueur prometteur de rester prometteur deux années de plus plutôt que de s'ajouter à la longue liste des joueurs ratés ». Ça paraissait dicté. Ariel jeta le journal loin de lui.

À peine une minute plus tard Sylvia entendit la voix de Ronco à l'autre bout de la ligne, qui essayait de le calmer. Ce type est payé par le club, c'est un employé de plus. Ils appellent ça du journalisme mais c'est une succursale. Ariel informa Ronco de l'entretien qu'il avait eu avec le directeur sportif. Sylvia entendait l'histoire pour la première fois, et en plus racontée à une tierce personne. Quand il vit son intérêt pour la conversation, Ariel mit le haut-parleur du téléphone et Sylvia écouta Ronco lui dire ils t'ont montré leur manière civilisée de travailler, mais ils peuvent aussi sortir leur autre facette et te balancer au fond du fleuve avec les pieds dans du ciment.

Tu sais, l'année dernière le président a forcé un journal sportif à virer les deux types qui suivaient l'équipe. En échange il a promis de donner à ce journal des tuyaux sur les transferts, les nouvelles importantes, avant tous les autres médias. Qu'est-ce que tu crois ? Que les journalistes ne jouent pas ? Ronco eut un rire sardonique. Ici tout le monde doit vendre sa came. On a besoin les uns des autres, putain, ça me semble incroyable d'avoir à t'expliquer, moi, en quoi consiste ce business.

Ariel s'agitait sur le canapé. Une fois qu'il raccrocha, Sylvia tenta de le calmer. Il lui avoua toutes ses frustrations par rapport à l'équipe. Le soir Sylvia l'entendit parler avec son frère à Buenos Aires et elle remarqua que ce dernier avait la vertu de le rassurer. Au cours de cette conversation lui revenait la pureté de son accent original, de vieilles expressions qu'il avait peu à peu reléguées dans un coin de sa tête car les Espagnols ne les utilisaient pas. Ariel lui lut des paragraphes de l'article, semblant se délecter de certaines phrases contre lui, dans une sorte d'exercice masochiste.

La veille il avait recroisé sur le bord du terrain le directeur sportif qui lui avait parlé de l'intérêt que lui portait une équipe en France. Monaco, c'est un endroit idéal, tu ne trouves pas ? avait dit Pujalte. Ariel avait alors affiché son côté provocateur. Je veux rester ici et je vais me battre pour ça. Il paraissait évident que l'article était une réponse cinglante à sa réaction. Le combat va être inégal, prépare-toi. Un message direct à la jugulaire.

Sylvia ne parvenait à comprendre ni les raisons sportives ni les obligations contractuelles. Elle ne pensait qu'à une chose : si Ariel quittait la ville, c'était sans aucun doute la fin de leur histoire. Cependant il refusait cette possibilité. Et moi ? avait-elle envie de lui demander quand elle l'entendait parler, réfléchir à haute voix au problème. Qu'est-ce que je deviens, moi ?

Sylvia l'entendit dire à son frère à Buenos Aires des choses comme l'argent ce n'est pas le plus important, c'est une question de dignité. Une fois qu'il eut parlé avec des amis, son agent, et que sa rage fut retombée, Ariel s'étendit sur le canapé, à côté d'elle. Il paraissait différent. Parler l'apaisait, mais ce n'était plus avec le ton qu'il avait employé pendant ses coups de fil ou toute la journée, comme un fauve en cage, c'était plus cassé, plus fragile, plus tendre aussi, et Sylvia se sentit utile, proche.

À présent elle l'écoute en pressant un coussin contre son ventre. Il dit je ne vaux rien, je n'ai pas été à la hauteur, je peux me mettre en rogne et tout ce qu'on veut, mais ça ne masquera pas la vérité. Personne ne prendra ma défense parce que je n'ai rien fait de remarquable, il faut toujours chercher des coupables, ils attendaient tous quelque chose de moi que je n'ai pas pu leur donner. C'est un jeu : si tu joues bien, c'est toi qui commandes ; sinon ce sont eux. Ça ne manque pas, les footballeurs prometteurs, mais si les choses tournent mal pour eux, cinq ans plus tard ils ne sont plus que des zombies dans des équipes de troisième catégorie, et les gens se demandent mais ce type, là, ce n'est pas lui qui devait être le nouveau Maradona ? Et ça fait de la peine. Non, ça ne fait rien, tout le monde s'en fout. Voilà, maintenant je peux devenir quelqu'un comme ça. Sylvia a peur de l'interrompre et de dire une bêtise malgré ses bonnes intentions. Alors elle se contente de le regarder, les yeux exorbités, essayant de le comprendre.

C'est pourquoi elle est si surprise quand il change de ton et lui demande tu viendrais à Buenos Aires avec moi ? Elle met du temps à répondre. Elle doute qu'il ait pensé, même un instant, à la façon dont tout cela l'affecte, elle. Sylvia se voit comme la compagne d'un footballeur, les valises toujours prêtes. Elle regarde son sac avec son linge de rechange posé au pied de la table basse. Leurs deux mondes éloignés, étrangers, incompatibles, qui refont surface. Mais elle ne dit rien, elle sait que ce n'est pas le moment. Ariel a besoin d'être consolé, il est égoïste de penser à elle. Ils parlent de sa carrière, de son métier, pas de leurs sentiments. Pour cette raison elle se borne à dire et je ferais quoi moi là-bas ?

Putain de gens. Je ne partirai pas d'ici, je ne me séparerai pas de toi. Sylvia sait qu'il ne pense pas ce qu'il dit. Dans un moment, le match de son équipe débutera à la télévision. Ils s'assiéront pour le regarder. Sylvia désirera qu'ils perdent, par un but scandaleux. Qu'ils soient ridicules, que ce public capricieux et cruel regrette l'absent. Ne dis pas cela, il faut qu'on gagne, lui dira Ariel, ce match est super important. Sylvia pense à présent que leur relation se terminera peut-être avec la saison, s'évanouira, et qu'elle redeviendra la même lycéenne grise qu'elle était avant de rencontrer Ariel. Elle ressent une peur incontrôlable.

Dès que je vais rejouer je vais les mettre à genoux.

18

Viens, allonge-toi là, sens la musique. Leandro prend Osembe par la main. Il l'aide à grimper sur le piano. La plante rose de son pied, en marchant sur les touches, produit un accord dissonant. Son corps s'étend sur le bois noir brillant du piano. Elle est nue, à l'exception de son soutien-gorge, qu'elle s'est entêtée une nouvelle fois à garder. Elle ramasse ses jambes en un geste de protection, parvient à s'installer en souriant. Leandro s'assoit face au piano et joue pour commencer une improvisation lente. La résonance est magnifique. Osembe pose sa tête et regarde le plafond. La lumière provient d'une lampe au loin et par la baie vitrée se faufilent les lampadaires de la rue. Mais Leandro n'a pas besoin de lumière pour jouer. Sans l'avoir consciemment choisi il interprète un prélude de Debussy, laissant plusieurs notes en chemin. Elle ferme les yeux et il ralentit le rythme de la musique.

Le caractère pompeux de la mise en scène s'efface peu à peu. Ils oublient les vêtements entassés n'importe comment sur le canapé proche, les baskets avec les minuscules socquettes blanches qui dépassent, retournées sur le tapis. La musique recouvre tout. La cuisse d'Osembe est seulement à quelques centimètres des yeux de Leandro. Il ignore si la vibration de la musique se transmet par l'épine dorsale d'Osembe et réussit à l'émouvoir, mais lui, soudain, se surprend à avoir les yeux remplis de larmes. Cette pièce l'a toujours bouleversé.

Il sait brusquement qu'il réalise avec Osembe ce que l'existence ne lui a pas permis de faire avec Aurora quand ils étaient tous deux des corps jeunes et splendides, pleins de désirs et d'envie de dévorer le monde. Comme c'est absurde. À qui la faute. Existe-t-il un responsable ? Il offre ce secret fantasme de sa vieillesse à quelqu'un qui ne peut ni ne veut l'apprécier. Une scène réservée à la femme de sa vie, mais interprétée par une doublure rémunérée pour mener à bien un rôle qu'elle ne comprend pas.

Joue quelque chose, je t'entends d'ici, lui demande encore Aurora certains soirs avant de dormir. Et il choisit avec précision des pièces dont il sait qu'elle les reconnaît et qu'elle les aime. Il se souvient du jour si loin où elle lui avait dit lorsque je t'entends jouer du piano, quoi que je fasse à l'autre bout de l'appartement, c'est, de tout ce que je connais, ce qui ressemble le plus au bonheur, je crois. Pendant des années il avait eu beaucoup de mal à rentrer après les cours et à s'asseoir au piano. C'était pour lui lié au travail et il ne jouait que lors des cours privés à la maison. Le masseur qui leur rend visite le matin a dit à Leandro, sur le seuil de la chambre, jouez pour elle, vous qui avez ce don, je suis sûr que ça l'aide. Les douleurs d'Aurora semblent s'étendre et ces derniers jours Leandro la voit se contenir quand il la change de position ou fermer les yeux comme si elle subissait de terribles coups de fouet. Quand il lave avec l'éponge, à l'eau tiède de la cuvette, son dos taché de merde ou de pisse, il le fait avec délicatesse, car le moindre mouvement brusque lui arrache des larmes de souffrance.

Lors de leur dernière visite à l'hôpital, tout ce qu'avait osé leur conseiller le médecin avait été : du repos. Lorsque les douleurs deviendraient insupportables, il vaudrait mieux hospitaliser Aurora, mais tant qu'elle pouvait être chez elle, elle se sentirait plus à son aise. Vous savez comme sont les hôpitaux. Je préfère mourir à la maison, avait dit Aurora à Leandro en sortant, avec un calme terrifiant.

Cette semaine il a neigé à Madrid et cela retarde l'approche du printemps. De nombreux arbres en fleurs grâce aux récentes journées ensoleillées ont accueilli la neige avec surprise. Leandro a dit à son fils j'aimerais vivre dans une maison avec ascenseur, au moins je pourrais sortir ta mère tous les jours. Mais s'asseoir est trop douloureux pour Aurora, elle préfère être allongée sur le lit. Parfois elle regarde la télévision installée dans sa chambre. Leandro s'assoit à côté d'elle pour lui tenir compagnie. Elle dit ce qu'il me faudrait c'est moins de télévision et plus de promenades, voir des arbres.

Vendredi je sors dîner, tu pourrais me remplacer ? Mais Sylvia devance la réponse de Lorenzo et se propose de rester avec sa grand-mère. Leandro leur explique sa collaboration à la biographie de Joaquín. Vous n'imaginez pas combien ça me coûte de me remémorer une époque si misérable. À cet instant il avait déjà convenu d'un rendez-vous avec Osembe dans l'appartement de Joaquín.

Combien d'heures ? La nuit entière. Ça sera beaucoup d'argent, le prévint-elle par téléphone. Aucun problème. Deux mille euros. Tu es folle, je te donnerai la somme habituelle à l'heure, rien de plus. Entendu, chéri, mais pas de trucs bizarres, hein, juste toi et moi.

Ils étaient seuls. Leandro arrête de jouer et se lève. Il approche ses lèvres du corps d'Osembe et parcourt la peau âpre de ses cuisses. Elle pose la main sur sa tête et ébouriffe ses cheveux. Tu es un artiste. Leandro se rend compte qu'il ne lui a jamais donné de plaisir, seulement ces orgasmes surjoués qu'elle simule pour l'exciter. Elle ne s'est jamais laissé mener. Leandro avance sa bouche entre ses cuisses, mais Osembe l'arrête immédiatement. Non, je te suce. Déshabille-toi. Leandro insiste. Il porte la main à son pubis rasé comme du papier de verre. Pendant quelques secondes à peine elle feint un plaisir irrépressible, joue un numéro un peu grotesque puis finit par s'asseoir sur le couvercle du piano. Elle foule de nouveau les touches des pieds et s'amuse à les faire sonner faux. Elle déboutonne la chemise de Leandro avec un sourire blanc.

Elle est descendue du piano et conduit Leandro à travers l'appartement en le tenant par la main. C'est beau, c'est ici que tu vis ? Non, ici je répète seulement. Beaucoup d'argent, hein. Elle s'arrête pour regarder un tableau abstrait. C'est moche, non ? dit-elle. Elle le guide jusqu'à la salle de bains, mais en poussant la porte de la chambre elle découvre le vaste lit conjugal. Osembe marche jusqu'à l'armoire et l'ouvre. Ses doigts frôlent d'élégants vêtements de femme, deux ou trois costumes de marque accrochés dans leur housse. Il y a une salle de bains à l'extrémité de la chambre. À peine quelques restes de vie, tout est ordonné avec précision.

Osembe sillonne, nue, toute la maison. Leandro laisse par terre son pantalon. Alors comme ça tu es un pianiste millionnaire… Je donne des concerts dans le monde entier. Je suis sûre que tu connais des femmes beaucoup plus jolies que moi. Leandro sourit et fait non de la tête. Il prend Osembe dans ses bras et tente de l'embrasser sur la bouche. Depuis un moment elle n'esquive plus ses baisers. Mais comme d'habitude elle se laisse faire sans engagement. Leandro a parfois la sensation d'embrasser un objet humide au goût permanent de chewing-gum récemment mâché.

Elle défait le lit qu'il aurait préféré maintenir hors de leurs jeux. Mais il ne dit rien. Ils ont ouvert une bouteille de champagne qu'il y avait dans le frigo. Je vais chercher mon sac, dit-elle, et elle sort de la chambre. Comme toujours, l'attente se prolonge. Leandro s'allonge, détendu, sur le lit. Il sait qu'ils ne passeront pas toute la nuit ensemble, car d'ici deux heures il aura envie d'être seul, il se sentira à nouveau coupable et sale.

Leandro croit entendre Osembe parler au téléphone. Peu après elle entre à nouveau dans la chambre. Elle tient un préservatif dans sa main et aussi son petit sac en plastique accroché à son avant-bras. L'image, unie à sa nudité et à son soutien-gorge, a quelque chose de beau aux yeux de Leandro. Il aime quand tout ne se limite pas à un service érotique, calculé et professionnel. Au fond, pense-t-il, ce qu'il aimerait c'est s'asseoir pour lire le journal pendant qu'Osembe regarde la télévision, ou se contenter de dîner l'un en face de l'autre.

Tu as bien l'argent, n'est-ce pas ? Bien sûr, répond-il. Leandro caresse des doigts ses cheveux, durcis comme une croûte pour pouvoir les dompter. Ça te plaît ? J'aime mieux quand tu n'as pas toutes ces choses sur la tête, c'est dur, on dirait de la pierre. Elle rit. Qu'est-ce que t'es capricieux.

Les mouvements d'Osembe sont aussi peu crédibles qu'à l'accoutumée. La routine entre gymnastique et érotisme. Leandro la laisse faire. Aujourd'hui il a moins de mal à être excité. Le lieu l'aide. De la main il tente de libérer les seins d'Osembe qui finit par céder. Il réussit à lui retirer le soutien-gorge par la tête, ne parvenant pas à ouvrir l'attache. Il en accuse ses mains pleines d'arthrose. Elle essaie de le masturber mais Leandro lui ordonne d'arrêter. Il n'y a pas d'urgence. Entendu, c'est toi qui paies, chéri.

Leandro lui demande l'impossible. Pour elle ça doit être pénible, pathétique, cette scénographie romantique et perverse que j'ai montée. Pourquoi je fais tout ça ? Leandro jouit du simple jeu de leurs peaux l'une contre l'autre, si différentes, de tenir dans sa main ses formes, de palper la dureté de ses cuisses, de sentir sa sueur abondante qui le mouille, ce qui parvient parfois à éliminer l'odeur vulgaire de son eau de Cologne. Il sait que ce seront ses adieux à Osembe. Il n'y aura pas d'autre nuit après celle-ci passée à fantasmer qu'il possède cet appartement, ces baies vitrées, le corps de cette femme, ce mirage de vie éternelle. Il boit sa coupe et verse un peu de liquide sur l'épaule d'Osembe, qu'il lèche immédiatement. Elle sourit.

Il n'a voulu ni penser ni compter combien d'argent il a dilapidé au cours de cet inexplicable dérapage. La dernière fois qu'il a consulté un relevé de compte il avait tellement mordu dans son emprunt qu'il avait déchiré le papier en morceaux comme si, de cette manière, il pouvait nier qu'il était informé. Chaque fois qu'il paie le masseur, la femme de ménage, ou qu'il achète des médicaments à la pharmacie, il est soulagé de penser que l'argent file aussi par des fenêtres plus dignes.

Son érection a disparu et Osembe paraît se lasser de ses mouvements mécaniques. Elle reçoit un message sur son portable. Elle se lève un instant pour téléphoner. Leandro aime la voir marcher. Elle a ramassé son soutien-gorge par terre et se dirige à nouveau vers le salon. Il l'imagine à ses heures libres, collée à son portable, qu'elle a enveloppé dans une housse colorée. C'est comme une mascotte pour elle.

Leandro la suit au salon un instant après. Il est nu et s'assoit au piano. Ça le gêne de voir ses bras flasques quand il lève les mains pour atteindre le clavier. Quand elle raccroche, elle lui touche l'épaule. Tu veux baiser ou non ? Leandro sourit. Elle s'assoit sur les touches et interrompt sa musique.

Leandro lui caresse les cuisses. Tu vas rester en Espagne pour toujours ? Elle hoche négativement la tête. Non, je vais rentrer chez moi et monter un commerce, j'aurai ma propre maison. Tu préfères ton pays à celui-ci ? Osembe acquiesce sans l'ombre d'un doute. Mais là-bas la démocratie est mauvaise, tous les politiques sont des voleurs. Des militaires, ce serait mieux, de la poigne, pour que les gens puissent être en sécurité.

Leandro sourit devant cette analyse inattendue de la politique nigériane. Osembe presque complètement nue, ses fesses musclées posées sur le clavier, prenant la défense de la dictature militaire. À quel autre moment de l'histoire deux personnes comme toi et moi aurions-nous pu nous rencontrer ? Tu ne trouves pas ça miraculeux ? La parole de Leandro parait déliée. Peu lui importe de montrer sa nudité devant cette femme. Où aurais-tu pu connaître un vieux comme moi ? Un vieux encore vert, dit-elle. On avait dû lui apprendre l'expression.

Exact. Un vieux vicieux qui dépense son argent avec une Noire antipathique. Moi ? Oui, toi, très antipathique, c'est pour ça que tu me plais. Je déteste les gens sympathiques. Osembe lui demande d'expliquer la signification d'antipathique. Il lui dit quelques synonymes. Elle le regarde avec des yeux provocateurs. On pourrait se marier, on forme un bon couple. Aujourd'hui tu es romantique, tu es joyeux, lui dit-elle. Tu veux baiser ?

Leandro s'amuse des efforts qu'elle produit sur le canapé pour l'exciter. Il tend le bras de temps en temps pour boire sa coupe. Ne bois plus, lui dit-elle. Si tu bois trop, tu ne pourras plus bander. Brusquement les rôles semblent inversés. J'ai froid, dit-elle. Va me chercher une couverture. Leandro se lève et retourne dans la chambre. Il prend la couette du lit pour la rapporter au salon. Elle est agréable, pas très lourde, pleine de plumes. Leandro la lance négligemment sur le canapé. Il remarque que la boisson lui fait de l'effet. Ça va être un plaisir de pouvoir se reposer, leurs deux corps collés l'un contre l'autre. Osembe s'est recouverte avec la couette. Reste dormir avec moi. Il se met au-dessus d'elle. Il commence à remuer comme s'il allait lui faire l'amour.

Mais quelques secondes plus tard à peine la porte d'entrée s'ouvre brusquement. L'homme qui entre la referme sans faire de bruit. Il regarde autour de lui et marche vers le canapé. Avant que Leandro ait pu dire quoi que ce soit, le type le saisit par le bras, le soulève et le balance dans un coin. Leandro s'écrase, endolori, contre le mur. Le type a le crâne rasé, il est noir, pas très grand, costaud. Il porte un blouson en cuir. Osembe s'est levée du canapé. L'homme marche vers Leandro et lui donne deux coups de pied dans le ventre. Leandro se plie en deux, effrayé. L'homme attrape son pantalon sur la chaise à côté et vide son portefeuille de l'argent qu'il contient avant de le jeter au loin.

Osembe commence à se rhabiller. L'homme lui dit quelque chose que Leandro ne comprend pas. Son corps fragile, blanchâtre et apeuré ne veut pas participer à la scène, ni même entendre ce qu'il dit. Elle lui montre la chambre et l'homme s'y rend. On l'entend ouvrir des tiroirs et des armoires, mettre tout sens dessus dessous. Il revient avec des manteaux et d'autres vêtements qu'il lance à Osembe.

Il relève la tête de Leandro. Encore de l'argent. Où ? Des bijoux ? Sa bouche est rose à l'intérieur, sa langue ressemble à un chewing-gum à la fraise. Il ne parle pas trop fort, sa voix est drôle, avec un timbre étrange, mais Leandro ne rit pas. Il n'y a rien, ce n'est pas ma maison, c'est la vérité, ce n'est pas ma maison. L'homme laisse tomber la tête de Leandro et maintenant il lui donne deux coups de pied en plein visage. Pas brutaux. Modérés. Mais ça lui ouvre une arcade sourcilière, qui se met à saigner. Leandro est sur le point de s'évanouir en sentant la tiédeur de son sang, qui commence à couler. Il cherche des yeux Osembe pour tenter de gagner sa protection. Mais elle finit de remettre ses baskets.

L'homme est à présent dans la cuisine. Il retourne tout, on l'entend casser des verres et des assiettes. Il revient dans le salon avec un énorme couteau. Leandro a peur qu'il le tue. C'est si absurde. Osembe dit allons-nous-en. Mais le type commence à taillader les coussins du canapé, à déchirer les rideaux d'un rouge intense. Osembe semble sourire. L'homme passe devant Leandro, mais l'ignore. Il va vers le piano et commence à lui donner des coups de couteau comme s'il avait affaire à un animal. Sa violence butte contre le bois. Avec la pointe du couteau il taillade le vernis sur toute la longueur du piano, balafre le noir brillant. Puis il jette le couteau loin de lui et saisit le lecteur de DVD sous la télévision et l'équipement stéréo sur une étagère. Il enveloppe le tout dans un des manteaux.

Lorsqu'il voit l'homme prêt à partir, Leandro relève la tête avec confiance. Il reçoit alors un coup de pied dans la cuisse. Il vient d'Osembe. Il lève les yeux vers elle, mais elle ne le regarde pas. Elle lui assène d'autres coups de pied rageurs, avec ses chaussures, trois ou quatre fois. Il reste immobile, recroquevillé. L'homme a ouvert la porte et lui fait signe. Elle le rejoint et ils sortent en refermant la porte avec une délicatesse inespérée. Sur le sol Leandro crache son propre sang, qui a coulé de son sourcil à sa bouche. Il tâte son corps pour tenter de calmer la douleur de ses côtes. Il s'assoit sur le parquet, tient son corps dans ses bras et découvre son pénis recouvert de l'inutile préservatif qui pend, amorphe, comme une peau morte. Il regarde tout autour de lui et sent la panique l'envahir.

19

Lorenzo attend son père près de la porte. Je reste avec elle, ne vous pressez pas, si vous ne voulez pas rentrer avant ce soir, pas de problème, leur a dit Benita. Aurora dort. Elle a salué son fils sans un mot, d'une simple caresse de la main. Elle a de la fièvre, même si ses joues manquent de chaleur. Lorenzo recale son oreiller et caresse les cheveux de sa mère. Elle a perdu beaucoup de poids. On pourrait sortir faire un tour ? propose-t-il à son père. Il ne veut rien dire d'autre, malgré son ton extrêmement préoccupé.

Le premier signe avait été la blessure sur le visage de Leandro. Je suis tombé de la façon la plus bête possible, avait expliqué ce dernier à Lorenzo. Il avait l'arcade sourcilière recousue. Je n'ai pas voulu t'en parler pour ne pas t'inquiéter, j'ai dû glisser sur le verglas du trottoir. Tu as vu un médecin ? Oui, il n'y a rien de cassé. Quand est-ce que ça s'est passé, quand Sylvia est partie ? Non, le soir, en rentrant après le dîner. Je ne lui ai rien dit pour qu'elle aille prendre son train tranquille. Sylvia était allée passer le week-end chez Pilar. Ta mère a eu peur quand elle m'a vu, mais ce n'est rien, avait insisté Leandro.

Le lundi, Lorenzo travailla dès l'aube avec Wilson. Un aller retour à l'aéroport et le transport d'un vieux frigo et d'un canapé entre deux appartements d'Équatoriens. Le soir, il reçut un appel de Jacqueline. Elle se présenta, je suis la femme de Joaquín, je ne sais pas si vous vous souvenez. Bien sûr, dit Lorenzo sans pouvoir dissimuler sa surprise. Ils prirent rendez-vous pour le lendemain matin. C'est important, au sujet de votre père, lui avait-elle dit avec un fort accent français.

Leandro a pris son manteau accroché dans l'entrée et il sort de chez lui derrière Lorenzo. Ils descendent l'escalier et ne se disent rien jusqu'à la rue. Allons par là, vers le square, indique Lorenzo. Non, c'est très sale, il y a des bancs sur la place. Les jeunes ont l'habitude de se réunir le week-end dans le square, après c'est plein de bouteilles et de verres en plastique, de mégots de cigarettes, et il faut attendre le mardi ou le mercredi avant que ça retrouve un aspect normal. Lorenzo ne sait pas très bien par où commencer. Le matin même il s'est présenté au rendez-vous que lui avait donné Jacqueline dans un appartement près de Recoletos. Elle l'a fait entrer et sans pratiquement lui dire un mot lui a montré le salon de l'appartement. Le piano lardé de coups de couteau, tout sens dessus dessous, les fauteuils éventrés, les rideaux tombés par terre. Je suis arrivée hier de Paris, le gardien m'avait appelée. Bien entendu, j'ai dormi à l'hôtel. Le visage de Lorenzo a alors affiché l'étonnement le plus profond. Il n'a pas osé demander pourquoi elle lui montrait tout cela, pressentant qu'il ne pouvait rien attendre de bon de la moue rancunière inscrite sur ses lèvres. Joaquín a préféré ne pas venir, il vaut mieux qu'il s'épargne cette vision, même s'il est coupable de tout.

Lorenzo se souvient de Joaquín. Enfant, il le voyait souvent lors de ses retours de Paris et c'était toujours un événement fabuleux. Les visites de Joaquín faisaient toujours l'objet d'une fête. Pour sa première communion, Joaquín lui avait envoyé comme cadeau un vélo hollandais avec une pédale de frein unique dans le quartier. C'est Joaquín qui m'a demandé de parler avec vous, pas avec votre père. Mon père ? Jacqueline leva ses yeux clairs et les fixa sur ceux de Lorenzo. À qui doit-on tout cela ? Est-ce une crise de folie ? Leandro s'est-il laissé dominer par la jalousie ? Pourquoi faire une chose pareille ?

Elle lui raconta ce qu'elle savait par Joaquín. Leandro lui avait demandé de lui prêter l'appartement pour y emmener une femme le vendredi soir. Le lundi matin, le gardien, Casiano, un homme de toute confiance, avait récupéré les clés dans la boîte à lettres, comme convenu, et était monté jeter un œil à l'appartement par simple précaution. C'est ainsi qu'il l'a trouvé, tel que vous le voyez. Quelqu'un devra prendre en charge les frais de ce désastre, ça c'est clair.

Écoutez, je suis un peu pris de court. Laissez-moi parler avec mon père et ne vous inquiétez pas, tout cela trouvera une explication.

Je ne veux pas d'explication, ça ne m'intéresse pas, je veux juste que quelqu'un prenne en charge les frais de réparation, que tout redevienne exactement comme avant. En plus de ce que vous voyez, il manque des vêtements et plusieurs choses ont été cassées.

L'accent français de Jacqueline, avec ses « r » impossibles, était comique, mais Lorenzo se retint de rire. Son ressentiment envers la femme, à mesure qu'elle parlait, n'en serait peut-être que plus grand. Il se contenta d'acquiescer, de noter son numéro de téléphone et de s'en aller sans même montrer qu'il était impressionné. L'idée de son père dans un appartement prêté pour un rendez-vous galant ne cessait de revenir à son esprit. Était-il devenu fou ?

Lorenzo écoute son père avec le sentiment que tout ce qu'il lui raconte est un énorme mensonge. Il ne peut pas le croire. Ils marchent dans la rue et s'arrêtent sur une phrase puis, sans se regarder dans les yeux, reprennent un chemin incertain. Leandro a adopté un ton neutre, il parle de façon libératrice, sans dramatiser. Il parle d'Osembe sans la nommer, la présente comme une pute quelconque, rencontrée par une annonce dans le journal. Il avait voulu utiliser l'appartement de Joaquín pour la retrouver, une idée stupide, j'en ai conscience, et alors tout s'est passé très vite, de façon inattendue. Je suppose qu'elle s'est servie de moi, j'ai été complètement inconscient du risque que je courais. Attends, papa, on t'a frappé, on t'a agressé, on aurait pu te tuer, il faut porter plainte.

Leandro fait non de la tête. Il le fait avec insistance, sans rien dire, comme s'il voulait repousser l'idée à grands coups de tête. On ne peut rien faire. Dis-moi à combien s'élèvent les frais et je paierai.

Lorenzo comprend le silence de son père. Il voit en lui une victime. Il l'imagine frappé, humilié, ridiculisé dans cet appartement. Cette image est plus puissante que celle de son père client des services d'une prostituée pendant que sa femme meurt lentement dans son lit. Je parlerai avec la Française et je m'occuperai de tout.

On rentre à la maison ? Lorenzo éprouve de la pitié pour cet homme qu'enfant il craignait pour sa rigueur, la fermeté de ses convictions, qu'il ignora ensuite et qu'il finit, plus tard, par apprendre à respecter. Son père rapetissé avance dans le couloir et Lorenzo le regarde entrer dans sa chambre. Qui suis-je pour le juger ? Si on pouvait exposer au grand jour les misères des gens, leurs erreurs, leurs bêtises et leurs crimes, on découvrirait ce qu'est la véritable indignité. Par chance, songe Lorenzo, nous portons tous notre déroute secrète bien au fond de nous, le plus loin possible du regard des autres. C'est pourquoi il n'a pas voulu trop gratter dans la blessure de son père, connaître les détails, l'humilier davantage qu'il doit déjà l'être par cet aveu fait à son fils.

De la cuisine parvient une forte odeur de friture de pommes de terre et d'oignons, peut-être une tortilla en préparation. Tu restes manger ?, demande Leandro. Lorenzo réalise combien il est dur pour un père de montrer à son fils son visage le plus lamentable, le plus honteux. Il ne conçoit pas que les enfants jugent leurs parents, ils leur doivent trop. Lorenzo voudrait le consoler, lui prouver qu'il est pire que lui, papa si tu me voyais, si tu savais ce que j'ai fait.

Lorenzo dit non, j'ai du travail, puis il effleure le coude de son père. Ne te fais aucun souci, lui murmure-t-il, je me charge de tout. Toi, veille à ce que maman soit bien, d'accord ?

À présent, c'est la seule chose à laquelle tu dois te consacrer.

20

Ariel lève les photos devant ses yeux avec l'impression que ce n'est pas lui. Ce n'est pas lui sur les photos. Et ce n'est pas lui non plus qui s'assoit dans le bureau du club pour une nouvelle conversation qu'il n'aurait jamais imaginée, qu'il n'aurait jamais cru pouvoir arriver. Cependant sur les photos il reconnaît Sylvia et la trouve belle, jeune et pleine de vie. Ses cheveux bouclés, son rire franc, sa façon joyeuse de s'accrocher à son cou. Il la voit à Munich, sous la neige, avec lui, main dans la main, et aussi à Madrid tandis qu'ils s'embrassent dans la rue. Ce sont des photos étrangères, sales, sans aucune beauté. Des photos volées d'instants qui ne contiennent pas la valeur du moment, juste des preuves d'on ne sait quel délit.

Il est possible que ça dérange les gens que la fille soit mineure, on sait bien que tout le monde devient moraliste dès qu'il s'agit de juger les autres. Ariel lève les yeux vers le directeur sportif. Il y a aussi le gérant, un type qu'il connaît à peine, avec des cheveux blancs, une cravate bleu ciel et aucune expression, comme si seuls les chiffres pouvaient l'émouvoir. Pas les passions humaines. Il est sur le point de répondre à Pujalte, de sortir le mot chantage, mais il ne le fait pas. Il préfère se taire. À côté de lui se trouve le jeune agent qu'il a choisi pour négocier avec le club. Il croyait qu'il serait ainsi dispensé d'assister aux réunions gênantes, mais ce matin même le type l'avait appelé, alarmé. Je pense qu'il vaudrait mieux que vous soyez là.

Hier les journalistes ont traqué Ariel avec leurs micros et leurs appareils photo à la sortie de l'entraînement. Baissant la vitre de sa voiture, il a répondu un instant à leurs questions. Des rumeurs avaient filtré sur son éventuelle cession à une autre équipe. Je suis engagé avec ce club et avec ses supporters, et je vais tout leur donner. Le football se décide sur le terrain, pas dans des bureaux. Donnez-moi un peu de temps et je vous prouverai que personne ne s'est trompé en me faisant venir ici.

Des mots qui tous les jours alimentent l'information sportive, si saturée déjà de déclarations sensationnelles, émues, passionnées, que plus personne ne leur accorde d'importance. Des phrases incisives qui ne sont plus que cendre le lendemain. Ingénu, lui a dit Ronco, tu as beau t'efforcer de jouer le rôle du bon garçon, tu n'es qu'un ingénu. Ariel lui a rétorqué que dans quelques jours il serait prêt à revenir dans la compétition et à se défendre sur le terrain. Ce matin, après ses déclarations, dans un débat sportif à la radio quelqu'un a pris sa défense. C'est le meilleur de l'équipe, il ne faut pas qu'il s'en aille, ce sont tous les autres qui doivent partir.

Mais dans un journal sportif de Barcelone un journaleux fait état de la rumeur qui veut que la nationalité italienne d'Ariel soit douteuse, ainsi que certaines autres, et que les services fiscaux espagnols enquêtent. Si l'imposture est avérée, il devra céder sa place de joueur communautaire et son départ de l'équipe sera inéluctable. Personne n'est satisfait du rendement d'un joueur dont on attendait beaucoup plus. Le club se montrait capable d'asséner l'un après l'autre des coups de machette nécessaires pour qu'Ariel obéisse à la consigne. Pour qu'il accepte ce qu'on avait décidé pour lui. Sur la page Internet d'un journal argentin on parlait déjà du scandale des passeports truqués, on citait des extraits d'actes de naissance falsifiés pour faire croire que des joueurs argentins étaient originaires d'Europe. Le nom d'Ariel se détachait d'une liste parmi quatre ou cinq autres.

À présent on l'a obligé à s'asseoir à cette table pour contempler la dernière mise en scène du pouvoir véritable. Et était-ce bien la dernière ?

Tu le comprendras, ça n'intéresse personne que cette dérive continue, disait Pujalte. De ton côté il y a beaucoup de choses à cacher, plus que du nôtre. Inutile de te rappeler le départ de ton frère. Je crois que pour tout, et je dis bien pour tout, tu as eu l'équipe à tes côtés. Voici des photos innocentes, elles nous ont été données par une agence qui veut que nous les possédions, nous, tu as de la chance qu'elle veuille garder une bonne relation avec le club, que l'intérêt informatif passe avant le reste. Ça arrive tous les jours. L'année dernière on s'est retrouvés ici avec des photos pornographiques d'un de tes camarades. Une fille voulait les vendre. Qu'est-ce que le magazine a fait ? Il les a achetées pour nous. Ils savent qu'on a besoin les uns des autres. Sans nous, vous, les joueurs, seriez des proies pour ce genre de chasseurs, comme des perdrix dans les champs. Et une perdrix de plus ou de moins dans la gibecière, tout le monde s'en fout, non ? Nous sommes les seuls à vous protéger.

Le directeur sportif parlait en croisant et en décroisant les doigts. Ariel ouvrit lentement sa petite bouteille d'eau. Il but une gorgée. Pujalte continua, sans permettre un seul instant que les yeux d'Ariel rencontrent les siens.

L'affaire est la suivante : tu es en train d'essayer de mettre les supporters de ton côté. Nous les dirigeants, on est les méchants ; vous les joueurs, vous êtes les gentils. J'ai seulement dit que je veux rester ici, exactement ce que je vous ai dit à vous. Si ton passeport italien est finalement annulé, tout se complique davantage. Je vais te dire une chose, je n'ai qu'à bouger le petit doigt et tu perds ton statut de communautaire, et alors là tu peux oublier l'idée de retrouver facilement une équipe. C'est également contre nos intérêts, mais si tu savais ce qu'on en a à foutre. Si c'est ce que tu veux, je te l'ai déjà dit, la presse peut tout dégueulasser, elle sert à ça.

Ariel a envie de se lever et de quitter cette pièce dont les murs sont décorés d'exploits de joueurs mythiques du club. Le gérant n'a presque rien dit, il a ramassé les photos sur le bureau et les a rangées dans son dossier. Le jeune agent d'Ariel tente d'apaiser le ton de la réunion. Nous sommes d'accord pour une vente, pas pour une cession. Parfait, le coupe Pujalte, trouvez-nous un connard qui paie la clause de résiliation, nous n'allons pas offrir un joueur. On peut négocier. C'est ce que nous voulions dès le premier jour, favoriser un départ élégant.

Ariel se souvient de Pujalte le jour où il lui a tendu le maillot du club pour qu'il pose lors de la conférence de presse où on annonçait son arrivée. En peu de mois la relation avait mal tourné. Mais Ariel agit mal, justement, en le jugeant et il le sait. Chacun joue son rôle, à coup sûr Pujalte s'efforce seulement de sauver sa peau et son salaire après une mauvaise année. L'homme qui se révèle aujourd'hui odieux aurait pu être charmant si les choses s'étaient bien passées.

Laisse-nous parler avec ton agent, désintéresse-toi de l'affaire. Tu as encore des matchs devant toi, on joue gros et c'est là-dessus que tu devrais te concentrer. Je vais te dire une chose, c'est là-dessus que tu aurais dû te concentrer depuis le premier jour.

Ariel ne dit rien. Le directeur sportif lui parle de la possibilité de partir pour les ligues italienne, française ou anglaise. Ariel lui demande, pourquoi pas une autre équipe espagnole ? Personne n'aime renforcer les clubs rivaux avec ses propres joueurs. Je ne sais pas pourquoi, ça les motive toujours de façon spéciale le jour où ils doivent nous affronter, répond-il. Les gens ne comprennent pas une cession de ce genre.

Ariel reste avec l'envie de lui demander si la possibilité qu'il retourne à Buenos Aires entre dans ses plans, mais il préfère tout laisser entre les mains de son agent et de Charlie. Il sait qu'en Argentine personne ne pourra payer le prix de son contrat. Il se voit en Russie, dans l'équipe d'un millionnaire louche, comme tant d'autres.

Ça fait plusieurs jours qu'il n'a pas vu Sylvia. Elle a passé le week-end avec sa mère. La veille il est allé à La Corogne pour l'anniversaire d'un ami argentin. D'autres joueurs de tout le pays s'étaient réunis là-bas. Ces derniers jours il a eu le temps de réfléchir à leur relation, de prendre à nouveau de la distance.

Dans le hall de l'hôtel, à l'extérieur de La Corogne, certains joueurs s'étaient retrouvés, beaucoup d'Argentins éparpillés dans les équipes du pays. Trois arrivaient même d'Italie. Un bus vint les prendre là pour les conduire dans une maison à la campagne. Certains ne se connaissaient pas, mais tous avaient des amis en commun. Ariel en avait rencontré beaucoup sur le terrain, avait bavardé avec eux en allant aux vestiaires pendant la mi-temps ou à la fin du match. Avec d'autres il avait juste échangé quelques mots à la porte des vestiaires après la douche. Rapidement il se créa une ambiance de camaraderie un peu scolaire.

C'était une grande maison avec un très vaste jardin qui donnait sur la mer. Les attendait là un barbecue massif, sans oublier des bassines pleines de canettes de bière et de rafraîchissements. Ils passèrent à table bien plus tard. Certains joueurs arrivaient seulement car ils avaient eu entraînement le matin. L'idée était qu'ils repartiraient tous le lendemain matin, très tôt, par avion, vers leurs différentes destinations, de façon à prolonger la fête toute la nuit. C'était une célébration déjà presque traditionnelle. Comme le jour de l'Action de grâce, blaguait l'amphitryon, Tigre Lavalle, un joueur vétéran à la barbe courte.

L'absence de femmes était totale. Certains joueurs plaisantèrent sur ce point. La famille de l'amphitryon résidait dans une autre maison en ville, elle n'utilisait celle-ci que certains week-ends. Le Tigre avait des enfants déjà grands, étudiants. J'ai mis au monde deux Espagnols, se plaignait-il. Un défenseur qui jouait dans une équipe andalouse demanda à Ariel son maillot. J'ai un fils qui collectionne tous ceux des Argentins d'Espagne, c'est un fou furieux, il lui manque le tien et celui de ce fils de pute, mais lui, je n'ai pas l'intention de le lui demander, dit-il suffisamment fort pour que le joueur concerné l'entende et rie du commentaire.

De la musique émanait en permanence des haut-parleurs orientés vers le jardin. La température était agréable. Python Tancredi sortit de la maison avec une guitare et se mit à entonner des chansons de Vicentico, certains firent les chœurs, d'autres chantèrent faux de façon pitoyable. La chanson parlait d'un bateau, elle était sentimentale et triste. Il y avait également trois Espagnols, bons amis de l'amphitryon, et deux Uruguayens victimes des moqueries des autres. Ariel demanda au Python s'il connaissait une chanson de Marcelo Polti. Tu aimes ce type ? tu déconnes. Mais il joua ensuite un extrait de *Visage de rien*, le plus grand succès de Marcelo.

Il y avait trop à manger et la table entière était inondée de bouteilles de rhum, whisky et gin. Un des Espagnols, qui était directeur sportif de l'équipe du Tigre, s'employa à trouver des filles. Il était drôle, tout petit, avec un sourire contagieux. Il fumait un cigare court et robuste. Il téléphona à un ami, ex-joueur, qui après avoir pris sa retraite avait monté deux énormes maisons closes non loin de là. Tous l'écoutaient parler dans son portable sans parvenir à savoir s'il plaisantait ou s'il était sérieux. Oui, trente filles ça ira, mais des mignonnes, hein, ne m'envoie pas n'importe quoi. Puis il sortit pour indiquer au chauffeur du bus la route jusqu'à un club qu'il nomma Vénus ou Aphrodite, quelque chose de ce genre.

Une heure après, alors qu'ils avaient presque tous oublié cette histoire, on entendit le bruit du bus qui s'approchait de la porte. Il m'a promis qu'il réunirait les meilleures putes du coin, disait le directeur sportif, c'est un garçon formidable, un joueur d'ici, il vient d'un petit village près d'Orense. Son nom fut prononcé, mais Ariel ne le connaissait pas.

Une trentaine de jeunes femmes entrèrent et se joignirent à la fête. Elles étaient réparties en groupes. Il y avait des Sud-Américaines, mais les plus nombreuses étaient les Slaves. Trente-trois, compta quelqu'un. Les hommes s'occupaient de leur servir à boire, de distribuer les chaises. Des gens étaient assis sur les marches de la terrasse, d'autres, plus frileux, étaient dans le salon, répartis sur les canapés, d'autres encore allongés dans l'herbe, même si ça c'était rafraîchi depuis que le soleil avait disparu.

On sortit le gâteau d'anniversaire avec les bougies, une surprise qu'ils avaient concoctée pour le Tigre et certains allèrent chercher leurs cadeaux laissés à l'entrée de la maison. Presque tous étaient des blagues. Il y avait une poupée gonflable, plusieurs bavoirs, mais aussi deux casquettes, une boîte de cigares, trois shakers. Vous pensez que je suis un alcoolique, cria-t-il sous les applaudissements tandis qu'il ouvrait ses cadeaux. Un maillot de la sélection argentine et un drapeau du pays de taille réduite. Ariel lui avait acheté un livre qui provoqua un désarroi général. Qui est le connard qui a apporté un livre à ce mec connu pour ne rien lire ? Ariel leva la main et tous l'applaudirent.

La nuit avança, sans que diminuent ni la musique ni les voix. Quelques hommes se rapprochèrent de certaines filles choisies parmi le groupe. D'autres se maintenaient en marge. Je suis heureux dans mon mariage. Arrête tes conneries. Certains dansaient ou changeaient la musique à chaque instant. Ariel se découvrit en train d'échanger des regards avec une fille au visage très fin et aux yeux clairs. Quand il la croisa dans l'escalier en allant aux toilettes, il s'assit pour discuter avec elle.

Elle s'appelait Irina et parlait un bon castillan. Elle avait vingt-trois ans. Dans un coin du salon, une des filles taillait une pipe au directeur sportif affalé par terre sur des coussins, le cigare éteint entre les lèvres, la tête appuyée contre le mur. Ariel se retira avec Irina.

Ils trouvèrent une chambre libre. La fille sortit des préservatifs de son sac. Elle était extrêmement mince et portait une petite chaîne très fine en argent avec un cœur minuscule autour de la taille. Elle travaillait depuis presque quatre mois en Espagne, d'abord sur la Costa del Sol, mais chaque mois on la changeait d'endroit. Elle avait débarqué en Galice la semaine précédente, expliqua-t-elle à Ariel tandis qu'elle s'enduisait le vagin de lubrifiant.

Ariel s'échappa de la fête quand il entendit quelqu'un annoncer qu'un taxi arrivait. Il restait encore des gens dispersés dans le jardin ou tombés entre les coussins du salon. Il prit congé du Tigre par une accolade et partagea le taxi avec deux autres joueurs. Sur le chemin du retour ils parlèrent de la fête. Celle de l'année dernière était mieux, ramener des filles ça enlève le charme. C'est une horreur, ce connard a tout gâché en les faisant venir. Tu as couché avec une ? C'était comment ? Bah, bien. Toi, tu es jeune, tu dois en profiter, la vie dure aussi longtemps qu'un pet tient dans la main.

Ariel avait offert de l'argent à Irina, mais elle lui avait dit que tout était déjà payé. Malgré tout il laissa un billet dans son sac quand ils se quittèrent. À l'hôtel, Ariel vérifia ses messages sur son portable. Il y en avait un de Sylvia. Elle apparaissait toujours pour le gifler avec sa simplicité, sa pureté. Je t'aime, disait le message, je veux être avec toi.

En voyant Ariel se lever, Pujalte lui demande comment va sa cheville. Bien, se contente-t-il de répondre. Ces photos pourraient nuire à une personne innocente, se risque à dire Ariel avant de s'en aller, je ne crois pas que ce soit… Oublie les photos, l'interrompt le gérant, c'est comme si elles n'existaient pas. Ariel hoche la tête. Il est à deux doigts de le remercier mais, par chance, il se retient.

Ariel sort du bureau tête basse. Il pose sans problème sa cheville par terre. Demain il s'entraînera normalement. Il se remettra à frapper le ballon. Le ballon lui manque. Lorsqu'il était petit, son père pour le punir confisquait le ballon et le rangeait dans une armoire de la chambre fermée à clé. Une fois la punition levée, Ariel récupérait son ballon et passait l'après-midi à shooter contre le mur en briques où pendant des années il y avait eu une inscription que personne n'avait effacée : Perón est vivant. Quand le ballon roule tout est facile.

21

Sylvia tend sa feuille de contrôle d'un air absent. Elle ne croise pas le regard du professeur qui, assis, rassemble les copies sur son bureau. Elle revient à son pupitre et ramasse ses affaires. Elle ne sent pas les yeux de don Octavio dans son dos, étonné d'avoir récupéré une feuille blanche. Au bout du couloir plusieurs élèves se sont regroupés pour commenter les questions. Sylvia se joint à eux, mais ne participe pas à la conversation. À la sortie, ils se réunissent sur les bancs d'un square voisin. L'un d'eux est allé acheter des bières à l'épicerie du coin. C'est agréable de se détendre sous le soleil.

Certains parlent des vacances de la Semaine sainte. Un groupe veut aller camper, au moins deux jours. Un garçon raconte que son père l'oblige chaque année à se rendre dans leur village pour la procession. Je le fais pour lui et pour mon grand-père, mais qu'est-ce que c'est chiant, vous n'imaginez pas. Faudrait qu'on te voie avec la cagoule, plaisante quelqu'un. Et pour suivre la tradition, toi aussi tu obligeras ton fils ? Je suppose qu'on s'y attache, c'est un rite, dit-il sans grande passion.

Et puis Sylvia a passé le week-end chez sa mère. Un bon week-end, qui lui a permis de s'éloigner des problèmes d'Ariel, de ne pas se sentir si dépendante. Elle était à l'aise avec Santiago, Pilar riait à ses plaisanteries, se détendait quand il était là. Pendant le déjeuner au rez-de-chaussée de la Casa Hermógenes, Sylvia a avoué qu'elle avait eu des problèmes dans une matière pour les contrôles. C'est sans doute parce que tu t'es consacrée à des choses plus intéressantes, a conclu Santiago. Je crois que oui, a dit Sylvia. Sa mère a tenté de lui tirer les vers du nez au sujet du garçon avec qui elle sortait. Sylvia a répondu évasivement. Elle a changé le terrain de jeu, comme le lui avait appris Ariel. C'était ce qu'on faisait au foot : quand on subissait la pression d'un côté du terrain, mieux valait envoyer le ballon du côté opposé, obligeant ainsi la défense à souffler dans l'autre direction. Celui qui s'est trouvé une copine, c'est papa, a dit Sylvia. Il l'a déjà présentée aux grands-parents. Sylvia a essayé d'observer comment Pilar prenait la nouvelle, mais elle n'a rien remarqué, si ce n'est un soupir de soulagement.

La nuit précédente elle avait dormi avec sa grand-mère. Aurora avait insisté pour qu'elle s'allonge près d'elle. Cela fait longtemps que je ne sens pas un peu de chaleur à côté de moi. Cette chaleur. Sylvia, sans bouger pour ne pas faire mal à sa grand-mère ou la gêner, s'était alors souvenue que, petite, elle avait besoin de la chaleur de sa mère. Quand elle faisait un cauchemar, elle courait dans sa chambre et parfois Pilar se serrait contre elle dans le lit, en la recouchant. Leurs visages se pressaient, elles se transmettaient une chaleur qui était peut-être celle à laquelle se référait sa grand-mère.

Le samedi après-midi elles allèrent se promener sur les ponts, près du fleuve. Elles visitèrent le Pilar et la Aljafería, puis dînèrent dans un restaurant à côté, Casa Emilio, où elles purent à peine parler car il y avait un débat littéraire dans la salle contiguë et on entendait en permanence des cris et des coups sur les tables. Le groupe d'ivrognes habituel menaçait le serveur en vociférant d'appeler un Telepizza. L'un d'eux entonna une copla. *On me l'a dit mille fois mais je n'ai jamais voulu y prêter attention.* La voix, qui chantait faux de manière affligeante, s'étendit dans les salles du restaurant. Au début Sylvia et Pilar écoutèrent avec un sourire moqueur. Mais la détresse du chanteur était telle qu'elles finirent par être émues.

Elles rentrèrent à pied à la maison. Pilar détestait tout autant que Sylvia ce regroupement de gens qui s'efforçaient de s'amuser comme si c'était une obligation. Et tu n'as pas vu dans quel état se met le centre-ville ici aussi. Elles se réfugièrent sur le canapé et regardèrent une émission people où tout le monde criait comme si le sujet abordé était vital pour l'humanité alors qu'il s'agissait, à ce moment-là, de la fistule anale d'un des participants lors d'un concours de survie sur une île des Caraïbes. Pilar alla rapidement se coucher. Sylvia resta encore un moment. À la télé apparut une femme blonde, insignifiante, aux lèvres et aux seins refaits. Après la pub elle va nous révéler la longue liste de footballeurs qui sont passés dans son lit, annonça le présentateur avec enthousiasme. Restez avec nous, nous sommes de retour dans trois minutes.

Le cœur de Sylvia palpita. Ses craintes se confirmèrent après les dix minutes de publicité, lorsque la femme lâcha que parmi plusieurs footballeurs célèbres elle avait baisé avec un Argentin qui jouait dans une équipe madrilène et portait un nom de lessive. Sylvia envoya un message à Ariel sur son portable. Allume la télé. À peine quelques secondes plus tard Ariel l'appela. Tu t'es vraiment tapé cet épouvantail ? Ariel frémit. Elle a dit ça ? Elle l'a laissé entendre. Tu déconnes, je vais porter plainte, c'est incroyable. Tu aurais pu trouver mieux, vraiment, dit Sylvia. Mais c'est un mensonge, c'est une aventure de mon frère Charlie, il l'a fait monter dans sa chambre d'hôtel, on venait d'arriver. Tu ne me connaissais pas encore, hein ? Bien sûr que non, répondit Ariel. Et depuis que tu me connais tu t'es tapé beaucoup de nanas ? Ne dis pas de sottises. Non, ça m'est égal, je préférerais juste qu'elles n'aient pas l'air de grosses putes comme cette pouffiasse. Mais, n'importe qui peut venir à la télé pour raconter ce qui lui passe par la tête, protesta Ariel. Les gens sont comme ça, dit Sylvia avec dégoût.

Au cours de leur promenade sur les bords de l'Ebre, Pilar avait raconté à Sylvia que Santiago et elle avaient entrepris des démarches pour adopter. Santiago serait heureux d'avoir un enfant, il dit qu'il m'envie, quand il te voit. Sylvia ne s'attendait pas à ce que sa mère veuille de nouveau s'empêtrer d'une vie familiale. Tu veux replonger dans un truc comme ça ? Pilar rit de bon cœur. Ce truc, maintenant, c'est toi, et ça m'enchante. Pourquoi ne pas le revivre une fois ? Toi, ça ne te plairait pas ? Ce n'est pas à moi que ça doit plaire, mais à toi, se contenta de répondre Sylvia.

Et si ça ne se passait pas très bien avec Santiago ? Pourquoi est-ce que ça ne se passerait pas bien ? Parce que parfois ça ne se passe pas bien. Mais quand tu es avec quelqu'un, tu ne peux pas penser à ça, tu dois faire le pari que tout ira bien, être confiant, sinon... Pilar ne termina pas sa phrase.

Sylvia envia l'attitude de sa mère. Dans sa relation avec Ariel elle avait toujours en tête un plan alternatif en cas de catastrophe. Un plan de fuite, avec flèches d'évacuation comme celles que montrent les hôtesses de l'air avec leurs gestes automatiques. Même si la plupart du temps, quand survient la tragédie, personne n'atteint la porte de sortie – ou bien elle est obstruée, fermée à double tour. Dans sa relation avec Ariel quelque chose lui disait que tout ce qu'elle vivait pourrait s'arrêter le lendemain et qu'elle ne pourrait ni le pleurer ni le raconter. À personne. Elle ne s'était jamais fait d'illusions. C'est pourquoi sa mère, qui portait déjà un douloureux échec sur ses épaules, était exemplaire dans sa façon d'affronter sa nouvelle vie. Ça pourrait être bien d'avoir un petit frère, se vit-elle obligée de dire. Et elle obtint un sourire de Pilar.

Mai avait proposé à Sylvia de partir ensemble en vacances. Viens avec moi à Barcelone, comme ça tu connaîtras la ville. Dans l'appart en colocation ? Non, on se trouve une petite pension et si Mateo veut sortir avec nous un jour, très bien, mais pas question pour moi d'être traitée comme une esclave. Alors pourquoi aller dans la ville où il est ? Il vaudrait mieux aller ailleurs. En effet. Mai resta sans voix. Puis elle dit c'est que tu ne connais pas Barcelone, c'est trop cool, rien à voir avec Madrid.

Sylvia et Ariel avaient fait des plans pour voyager quelque part lors des trois derniers jours de la Semaine sainte. Mais tout dépendait de la situation avec le club. Les jours de blessure avaient été épuisants. Quand on ne joue pas, on est comme inutile, avait expliqué Ariel à Sylvia.

Maintenant je comprends ces joueurs professionnels à la retraite qui viennent nous regarder nous entraîner sur le terrain. Ils veulent discuter avec nous, ils ont besoin de garder un contact. Ils forment des équipes d'ex-joueurs et rivalisent toujours entre eux, comme si rien n'avait changé. Les anciens joueurs devenaient les piliers de comptoir de bars où ils ressassaient des anecdotes, signant encore des autographes. On leur demandait leur avis sur le prochain match comme s'ils en connaissaient mieux que personne le secret et, bien entendu, ils acceptaient de participer aux débats, aux commentaires qui saturaient les radios et la télévision. Les footballeurs sans football, comme les appelait le Dragon, c'est une race dangereuse, comme les chanteurs sans chanson ou les hommes d'affaires sans affaires. Des montres arrêtées.

Ce sentiment d'inutilité bouleversait Sylvia. Il la terrorisait également. Elle ne voulait pas en être victime, ne voulait pas devenir l'ombre de quelqu'un comme ça. L'ombre d'une ombre. Pour cette raison peut-être, lorsqu'Ariel s'entraîne au gymnase, elle préfère réviser ses cours ou lire le roman que lui a offert Santiago.

Lorsque le professeur de mathématiques a distribué les copies d'examen, Sylvia a compris les conséquences de sa mauvaise année, de son laisser-aller, de son manque de concentration. Elle éprouve de la terreur à rester sans rien, sans Ariel, mais aussi sans elle-même. C'est pourquoi elle prolonge ce moment sur le banc de la rue avec ses camarades de classe. Elle se propose pour accompagner ceux qui vont racheter des bières et des paquets de chips au bacon à l'épicerie du coin. Elle est heureuse soudain de payer l'épicier qui additionne les prix à une vitesse endiablée et donne à chacun ce qui lui revient. Pour cette raison, son portable a beau sonner dans son sac, annonçant l'arrivée d'un nouveau message, elle ne se précipite pas pour le lire.

Un moment plus tard seulement, en rentrant chez elle, elle le consulte. « On fait quelque chose ensemble ? » Tout, voudrait-elle lui répondre, mais elle ne le fait pas car elle sait que ce n'est pas possible. Parfois, pour plaisanter, elle dit je suis jalouse du ballon, jalouse que mon mec ait dans la tête un ballon en cuir avec de petits dessins futuristes plutôt que moi.

Chez elle il n'y a personne. Elle mange des tranches de jambon qu'elle trouve au fond du frigo. Elle a la flemme de cuisiner. Elle s'allonge dans sa chambre, écoute de la musique. Puis elle répond au message. Dans une heure, Ariel passera la prendre et elle se sentira de nouveau une autre personne, loin de cette paresse adolescente qui la maintient pour l'heure le regard rivé au plafond, fredonnant le refrain d'une chanson qu'elle connaît par cœur.

22

À deux reprises ces derniers jours il a essayé de composer le numéro d'Osembe. Il obtient la même réponse mécanique, les appels entrants de ce téléphone sont limités. L'aspect de son sourcil s'est amélioré, la bosse a dégonflé et les craintes qu'il a eues parce qu'il n'était pas allé aux urgences se sont dissipées : la blessure a cicatrisé normalement. Reste la marque du coup, plus jaune que violette, dans son orbite. La douleur qu'il éprouve au flanc est peut-être due à une côte fêlée, mais ça le gêne juste pour dormir sur le côté droit.

Cette nuit-là Leandro était sortie de l'appartement blessé et effrayé. Il s'était contenté de laver sa blessure, de ramasser les draps et de les jeter dans la machine à laver, puis il avait poussé du pied les bris de verre par terre dans la cuisine et les avait entassés dans un coin pour éviter que quelqu'un ne se coupe. Il avait passé son doigt sur les marques du piano. Il avait fermé l'appartement et laissé les clés dans la boîte à lettres du gardien.

Il ne savait pas très bien ce qui allait arriver. Il ne pouvait rien faire non plus pour résoudre le problème. Il attendrait la réaction de Joaquín. Il lui expliquerait ce qui s'était passé.

Il rentra chez lui à pied. Il n'avait pas d'argent pour arrêter un taxi et marcha ainsi dans le froid, qui lui fit du bien au début, du moins c'est l'impression qu'il eut, mais qui ensuite lui meurtrit le visage. Sa douleur à l'abdomen le faisait penser à Osembe. Elle me détestait tant que ça ? Lors d'un de ses allers-retours au salon elle avait dû laisser la porte ouverte pour que l'autre puisse entrer. Était-ce son mec ? Peut-être son mac.

Il y avait beaucoup de gens dans la rue, devant les bars, errant d'un endroit à un autre en quête de divertissement. C'était vendredi soir. Il entra chez lui discrètement, ne voulut pas réveiller Sylvia, qui s'était endormie, allongée à côté d'Aurora. Il choisit un calmant parmi les médicaments de sa femme et se coucha. Il mit du temps à s'endormir.

Le lendemain il descendit prendre son petit déjeuner dans la rue. Au bar, il dut expliquer qu'on l'avait agressé pour lui prendre son portefeuille. C'était un Arabe ? lui demanda son voisin de comptoir. Non, c'était un Noir, dit Leandro, un Africain. Putain de gens, nom de Dieu. Au commissariat, il porta plainte pour le vol de ses papiers et de ses cartes bancaires. Voulez-vous également porter plainte pour coups et blessures ? lui demanda le plus jeune des policiers. Non, ce n'est pas la peine. Faites-le, bordel, faites-le, lança un autre policier de loin, que ça sorte dans les statistiques, sinon ici personne ne se rend compte de la catastrophe que nous vivons.

Le lundi il attendit le coup de fil de Joaquín. Il étudia la possibilité de prendre les devants et de tout lui raconter. Mais de nouveau sa lâcheté refit surface. Il y avait l'éventualité que Joaquín ne lui reproche rien. Il pourrait régler la chose de manière discrète et en échange ils n'auraient plus jamais à se revoir ni à parler de cela. La solution la plus lâche, toujours. Le dimanche il avait passé un certain temps à calculer les probabilités qu'il avait d'être écrasé s'il se jetait du bord du trottoir dans la rue juste au moment où arriverait un autobus. Mais il balaya cette hypothèse après s'être imaginé en piètre état à l'hôpital au moment où Aurora avait le plus besoin de lui. Il comprit que le suicide était une façon assez honorable de sortir de sa situation. Toutefois il éprouvait une atroce peur physique.

Il garda en tête l'idée du suicide jusqu'en milieu de journée, où il donna lentement la becquée à Aurora. De petits morceaux de nourriture restaient sur son menton. Il les enlevait puis essuyait son visage avec une serviette. Il lui raconta qu'il s'était cogné contre la table de la cuisine en ramassant quelque chose par terre. Quelques instants plus tard, lorsque Aurora s'endormit, il se réfugia dans la salle de bains et pleura devant le miroir, avec amertume, contrairement aux bébés qui pleurent avec le désespoir de ceux qui savent qu'ils seront consolés. Il pleura, lui, avec la sourde contention de ceux qui n'attendent plus de réconfort de personne.

Aurora lui parla de Sylvia. Elle se trouve à un âge terrible et pourtant elle est formidable. Elle était partie tôt à la gare. Leandro l'avait évitée, bien qu'il l'eût entendue sortir. Elle dit que cette année elle a des difficultés en classe. Comment pourrait-on lui venir en aide ? Peut-être pourrais-tu donner de l'argent à Lorenzo pour qu'il lui paie des cours particuliers ? Leandro acquiesça. Je le ferai.

Le moment qu'il passa à discuter avec sa femme aida Leandro à se ressaisir. Voilà en quoi a consisté ma vie, rentrer effrayé à la maison et trouver ici le calme, le remède contre la peur, me laisser contaminer par le goût de vivre d'Aurora. Elle a été la locomotive pour ce wagon sans caractère que je suis. Leandro sut qu'il ne se tuerait pas, il ne ferait pas cela à Aurora, peut-être quand elle mourrait, il l'accompagnerait avec plaisir, mais pas avant. Il était sûr qu'elle s'accuserait parce qu'elle était malade, jugerait à partir de ce finale sa vie entière, son échec intime. Le suicide est un coup de poignard incurable pour ceux qui vous aiment et vous survivent. Leandro se rendit compte que sa relation avec Osembe avait eu quelque chose de suicidaire, de l'ordre du suicide privé. Lui au moins reconnaissait qu'il était mort.

Tous ces sentiments s'emballèrent quand son fils Lorenzo vint le voir. J'ai appelé une prostituée, lui expliqua-t-il, je sais que c'est stupide. Il ne voulut pas lui donner davantage de détails. Lorenzo proposa de tout régler avec Jacqueline. Les riches ne connaissent pas la valeur de l'argent, on pourrait parler à la police. Leandro feignit un ultime accès d'orgueil. Non, laisse tomber. Mais il savait que son fils ne le regarderait plus jamais de la même façon. Les enfants sont-ils capables de pardonner à leurs parents lorsqu'ils découvrent qu'eux non plus n'ont pas répondu à leurs attentes ?

Il n'eut absolument aucun mal à écrire un chèque à l'attention de Jacqueline, du montant que Lorenzo avait convenu avec elle. Il fut gêné par le silence de Joaquín dans cette affaire. Lui aussi se cachait. Jacqueline avait accepté dix-huit mille euros, mais elle ne lui avait pas épargné une dernière phrase : ce qui n'a pas de prix, c'est de détruire l'amitié de toute une vie.

Ils poliront le piano, repeindront les murs, poseront de nouveaux rideaux, changeront le canapé et le tapis, et parmi d'autres petites choses supprimées du mobilier, le vieux Leandro disparaîtra de leurs vies. Et, avec lui, les dernières traces d'une encombrante origine.

Lorenzo s'inquiéta pour les comptes de son père. Tu es sûr que tu as cet argent ? C'est beaucoup. Oui, bien sûr, répondit Leandro avant de lui remettre le chèque signé.

Leandro raccroche le téléphone. Il ne saurait pas quoi dire non plus à Osembe. Peut-être craint-elle l'arrivée de la police et a-t-elle quitté son appartement. Tout ça pour les euros qu'elle lui a pris, est-ce que ça en valait la peine ? Des euros qu'elle lui aurait soutirés de manière beaucoup moins violente. L'acte en soi avait eu un air de règlement de comptes. Leandro était aussi mortifié par cela. Elle sait que je ne ferai rien, que je ne me vengerai pas en me rendant au commissariat. Leandro voulait seulement demander à Osembe au nom de qui elle lui avait donné ces coups de pied lâches. En son propre nom ? Les méritait-il ? Le haïssait-elle tant ? Ou était-ce juste une attitude feinte devant son mec, pour éviter tout malentendu ? Qu'est-ce que ça changeait ? Obtenir des réponses à ses questions l'aurait aidé à compléter sa carte de l'humain, un sujet qui fascine Leandro et qu'il ne saisira jamais complètement. Les gens commettent des actes auxquels ils ne prêtent pas attention. Il n'existe pas de motivation pour tout, c'est une erreur de le croire. Quelqu'un pourrait-il éventuellement m'imaginer, m'expliquer ? Bien sûr que non.

Il entre dans la chambre d'Aurora avec la cuvette d'eau et le gant. Il l'aide à lever les bras et arrange ses draps. Il a mal sur le côté, là où il a reçu les premiers coups de pied. Ou peut-être quand il est tombé ? Comme s'il passait d'un train à l'autre, il oublie Osembe pour se concentrer sur Aurora. Elle lui sourit, semble vouloir lui dire quelque chose, mais elle n'a pas assez de force. Leandro se penche et croit qu'elle veut l'embrasser. Il tend sa joue. Alors Aurora lui parle en un murmure.

Il faudrait que tu appelles une ambulance, je ne me sens pas bien.

23

Pour Lorenzo il est important que Sylvia connaisse Daniela. Elle existe déjà comme une ombre, une idée, et même comme une présence réelle, bien qu'elles ne soient pas encore parvenues à se voir. Je vais être la dernière à rencontrer la fille avec qui tu sors ? Non, s'est étranglé Lorenzo avec le toast de son petit déjeuner, j'attends le bon moment. Je te fais si peur ? Lorenzo a souri en guise de réponse.

Régler les affaires de son père, la pénible signature du chèque, qu'il avait remis d'un air sobre à l'antipathique gardien à l'attention de la señora Jacqueline, l'avait tenu éloigné de Daniela. Il avait voulu rester aux côtés de son père, capable de commettre une bêtise. Il lui trouvait le moral à zéro, le regard fuyant. Lorenzo avait l'intention le lendemain d'aller faire un tour à sa banque et de s'informer sur ses comptes. Pendant toutes ces années, pas une fois il n'était venu en aide à ses parents sur les questions administratives et c'était peut-être le moment de revoir tout cela.

Depuis plusieurs jours Daniela et lui n'avaient pas eu d'instants intimes, mais Lorenzo voulait trouver le bon jour pour la présenter à Sylvia. Ce n'était pas facile. Sylvia passait de moins en moins de temps à la maison, disparaissait le week-end, se justifiait par de vagues excuses. Elle avait un petit copain, et les vacances arriveraient bientôt, autorisant des horaires moins rigoureux. Je resterai ce soir à la maison pour réviser, lui dit-elle, et Lorenzo monta en informer Daniela.

Elle lui ouvrit. Entre, mais pas de bêtises. Le petit regardait la télévision, hypnotisé. On va sortir, dit-elle à Lorenzo. Elle voulait aller au Corte Inglés. Là-bas elle retrouvait d'autres filles, par terre c'était propre et les enfants jouaient entre eux pendant qu'elles pouvaient discuter ou faire quelques courses. Il faisait trop froid pour aller au parc. Ce soir je veux que tu viennes à la maison, Sylvia sera là et j'aimerais bien que vous fassiez connaissance. Daniela n'aimait pas qu'il monte la voir à l'appartement et elle l'obligea à partir rapidement. Elle ne souhaitait pas que se répète la scène de l'autre jour. C'est pourquoi, même quand il l'embrassa avec insistance et qu'elle sentit son érection collée à sa cuisse, elle résista et le jeta hors de l'appartement dans un rire étouffé.

Lorenzo avait rendez-vous avec Wilson pour déjeuner. Ils examinèrent leurs comptes sur son petit carnet, et Wilson inscrivit encore quelque chose de son écriture scolaire. Lorenzo lui demanda, ça te gênerait, toi, si je sortais avec Daniela ? Pourquoi ça me gênerait ? Toi, ça te gênerait que ta fille sorte avec un Équatorien ? Lorenzo haussa les sourcils. Il n'y avait jamais pensé. Je suppose que non. Alors pourquoi j'irais me mêler de ce que font deux personnes majeures et vaccinées ?

Lorenzo garda le silence. Wilson esquissait un demi-sourire, comme toujours. Alors ça y est, tu as réussi, on voyait bien que tu en pinçais pour elle. Je crois que je lui plais, sourit Lorenzo. Alors, quel est le problème ? Et dans le regard amical de Wilson, dans son œil fou comme il disait, Lorenzo trouva enfin quelqu'un à qui raconter des aspects non avoués de leur relation.

Lorenzo frappe à la porte de Sylvia. Elle est allongée sur son lit, les écouteurs dans les oreilles. C'est comme ça que tu étudies ? Elle agite ses feuilles de cours en l'air. Tu parles d'une concentration, dit-il. Elle est arrivée ? Lorenzo l'avait avertie qu'elles feraient connaissance ce soir. Sylvia plaisante. Je dois la considérer comme une belle-mère ou seulement comme une amoureuse de mon père ? Lorenzo recule d'un pas et hausse les épaules. Une amoureuse, évidemment, une amoureuse. C'est que ce n'est pas pareil. Pauvre petite, comment quelqu'un pourrait être ta belle-mère, regarde à quoi tu ressembles, tu fais peur, tu te coifferas au moins un peu, n'est-ce pas ?

Lorenzo n'a pas prévenu Sylvia qu'il s'agit de la baby-sitter des voisins. Daniela lui a raconté toutes les fois où elle a croisé Sylvia dans la rue ou dans l'escalier. Elle a tiré la langue au petit, elle est de plus en plus jolie, aujourd'hui elle écrivait un message sur son portable, tu as vu à quelle vitesse elle tape avec le pouce ? c'est drôle de la regarder. Sa fille aurait peut-être les mêmes préjugés que les autres. Tu veux que je prépare un truc pour dîner ? Non, on sortira. Lorenzo se montrait inquiet, Daniela avait du retard. Il se passe quelque chose, tu es nerveux, tu ne m'as peut-être pas dit toute la vérité, elle a mon âge ou genre. Elle est plus âgée que toi. Lorenzo regarde une nouvelle fois sa montre. Daniela est toujours ponctuelle, d'habitude ils doivent courir à la cabine téléphonique parce qu'elle veut appeler sa maison à Loja à l'heure pile. Il l'attend à l'extérieur et les appels durent presque chaque fois le même nombre de minutes.

Ça sonne à la porte. Sylvia sourit. Pour plaisanter elle se ronge les ongles, recoiffe ses cheveux. Lorenzo la laisse au milieu du salon et va jusqu'à la porte. Il ouvre. C'est Daniela. Mais c'est Daniela avec un sac de sport sur l'épaule, son blouson bleu pâle jeté sur ses épaules et les yeux pleins de larmes. Elle ne dit rien. Lorenzo l'invite à entrer. Que se passe-t-il ? Daniela se mord les lèvres et hoche tristement la tête. Elle fait un signe à Sylvia, qui l'a reconnue instantanément et n'a pas bougé. Il vaut mieux qu'on sorte, il faut que je te parle. Pardon, ajoute-t-elle à l'attention de Sylvia. Elle s'excuse de ne pas entrer. Lorenzo regarde en direction de sa fille, attrape son blouson et sort sur le palier. Sur le seuil même, Daniela s'écroule, et fond en larmes. Ses premiers mots compréhensibles sont on m'a fichue dehors, on m'a fichue dehors, Lorenzo.

Je suis virée.

24

Ronco dit ne me redemande jamais un truc pareil, j'ai failli vomir. Il est monté dans la voiture d'Ariel et ils sortent des quartiers nord de Madrid par des rues bouchées, des camionnettes de livraison d'où surgit un employé qui demande une minute d'un geste pour déposer à la porte d'un restaurant bon marché des bidons d'huile de tournesol et des sacs de farine. Quand la file de voitures à l'arrêt s'agrandit et que les klaxons redoublent, la camionnette redémarre. Ronco vient de sortir de l'agence qui possède les photos d'Ariel et de Reyes. C'est dur d'affronter la réalité : je fais un métier de vipères, dit Ronco. Je ne suis pas habitué, mon chef est un de ces rares journalistes qui font bien leur travail, un type honnête, décent et qui par ailleurs écrit comme un dieu.

Ariel s'était intéressé aux photos par l'intermédiaire d'Arturo Caspe. Ne va pas croire que j'ai quelque chose à voir là-dedans. L'agent le prenait de haut. Ces filles sont des mannequins et la presse est toujours derrière elles. C'est ça être célèbre. Et toi, ça ne te nuira pas, les supporters de foot aiment que leurs joueurs soient des conquistadores, virils. Ariel n'avait pas envie de discuter ni de faire durer l'appel. Je veux juste que tu me dises pour quelle agence travaille le photographe, rien de plus, se contenta-t-il de lui répondre. Une demi-heure plus tard, Caspe l'appela pour lui donner un nom. Dans la voiture, avant que Ronco monte au bureau de l'agence, Ariel lui signa un chèque en blanc. Tu es fou, avec ça je pourrais m'enfuir vivre au Brésil.

Pourquoi faisait-il cela ? Les photos ne le compromettaient en rien. Elles ne feraient aucun tort ni à Reyes ni à lui. Mais il ne voulait pas qu'en ce moment, en pleine négociation sur son avenir, le club utilise ses sorties nocturnes contre lui. Quand ça allait mal on agissait toujours ainsi à l'encontre des footballeurs. Après deux matchs perdus par l'équipe locale, la fête à La Corogne avait été montrée du doigt par le président du club, qui avait laissé entendre que les joueurs ne prenaient pas au sérieux la fin de la compétition, et le directeur sportif lui-même, qui avait organisé l'arrivée des filles, refila l'info à un animateur radio à qui il devait une faveur. Après, plus profondément, mais cela Ariel ne l'avoua pas à Ronco, il y avait Sylvia. Ariel ne voulait pas que cette affaire les empoisonne. D'abord l'idiote qui était passée à la télé pour raconter ses coups présumés avec des footballeurs. Même dans l'équipe on s'était foutu de lui. Et Ronco lui avait fait le commentaire suivant : vous, les beaux mecs, vous n'avez pas le droit de fricoter avec ce genre de menu fretin, vous devez mettre la barre plus haut, c'est une obligation morale et esthétique vis-à-vis du monde. Sylvia avait également appris que Marcelo avait donné un concert à Madrid et elle demanda à Ariel, tu y es allé ? Oui, avec des amis argentins, dit-il. Elle fut contrariée qu'il ne l'ait pas invitée. J'ai cru que ça ne te plaisait pas. Tu m'as gavée avec, tu le mets sans arrêt. Une fois de plus il salissait ce qui chez elle était propre, sans duplicité.

Ronco avait mis du temps à redescendre de l'agence. Il en expliqua à Ariel le fonctionnement. En plus des photos professionnelles, les agences géraient celles de couples séparés, de profiteurs. Rare était la semaine où ne surgissait pas un type pour négocier les photos d'un top model, d'une actrice, d'une présentatrice nue sur une plage ou sur la terrasse de sa maison, ou encore s'enfonçant sa brosse à dents dans la chatte, exemple qu'avait donné Ronco. Des photos prises dans l'intimité d'une relation qui, des semaines, des mois ou des années plus tard, ne servaient plus qu'à soutirer un peu d'argent et à salir la réputation de celui ou de celle qui vous avait quitté(e).

Quand le prince s'est marié, lui raconta Ronco, les agences ont remué ciel et terre pour s'emparer des photos provenant d'anciens camarades de classe, d'ex de la mariée, on vendait ses dossiers médicaux, sa fiche gynécologique, ses carnets scolaires, il y a même eu un peintre qui a déboulé avec des tableaux pour lesquels elle avait posé nue. Ensuite, avec ça, on négocie, on échange des faveurs. Ce pays engloutit des centaines de ragots par jour. Comme partout. Tu crois que c'est mieux chez moi ? corrigea Ariel.

Lorsqu'il réapparaît après une longue négociation, sort du bâtiment et monte dans la voiture d'Ariel, Ronco est d'humeur moqueuse. Je m'attendais à un truc érotique, chaud, un scandale dans les règles. Sexe sauvage, orgies, avec des animaux au milieu. Même le type de l'agence était surpris. Tu veux sortir de la circulation des photos de merde de deux beaux jeunes gens dans un taxi ? Que se passe-t-il ? Elle a mis le grappin sur un millionnaire et ne veut pas que les photos risquent de la compromettre ? Ou bien il est sur le point d'épouser la fille du Premier ministre et ça peut ruiner ses plans ? C'est ce que m'a demandé le mec de l'agence et, en vérité, je n'ai pas su quoi lui répondre. Ariel ne dit rien, se contente l'écouter, un sourire naissant aux lèvres. Tu vas me raconter ? Tu vas me dire ce qui se passe, putain, et pourquoi on a dû lâcher deux mille euros à ces fils de pute ?

Le mieux c'est que je te présente Sylvia, dit Ariel. Et il démarre la voiture.

À elle, pas un mot de tout cela, lui demande Ariel un peu plus tard. Ils prennent la direction de chez Sylvia. Mais au même moment Ariel reçoit un message d'elle. « Ma grand-mère est à l'hôpital, je te rejoins dans deux heures. » Changement de plan, annonce Ariel, on a deux heures libres. Après avoir traité avec ces putois de l'agence, mon corps a besoin d'alcool et j'ai une putain envie de me battre. Ça te dit ? Ronco guide Ariel jusqu'à un bar qui sert, d'après lui, le meilleur gin tonic de la ville. Tout un art. Un gin tonic à cinq heures de l'après-midi ? Tu connais une meilleure heure ? interroge Ronco.

L'endroit est situé près de la Castellana. C'est un bar décadent, aux murs recouverts d'un tissu grenat, avec un comptoir à moitié vide. Une femme seule à une table au fond. C'est un lieu de rendez-vous, un classique. Ronco salue le serveur avec familiarité et ils vont s'asseoir. C'est un piano-bar. C'est ici que j'ai eu rendez-vous avec un milieu de terrain des Asturies qui jouait dans ton équipe et avec qui j'ai fait une de mes premières interviews pendant qu'il bécotait une femme qui n'était pas la sienne. C'était une autre époque, j'étais au début de ma carrière, il était à la fin de la sienne. Le résultat, ce fut une interview formidable qui n'a jamais été publiée.

Devant leurs verres, Ariel et Ronco s'épanchent. La tranche de citron flotte entre les glaçons et les bulles minuscules du gin tonic. Ariel a repris l'entraînement le matin même. Avec Requero, l'entraîneur, il échange à peine quelques monosyllabes. Je ne croyais pas que ce serait aussi compliqué, avoue-t-il à son ami. Ici, pour gagner le public, ça tient à un détail, parfois au hasard, explique Ronco. Il y a des médiocres que les supporters ont aimé à en crever et des génies qu'ils n'ont jamais compris. Ici, on apprécie beaucoup le populiste, celui qui court avec son âme derrière un ballon inatteignable, celui qui demande au public des encouragements, celui qui s'en prend à ses coéquipiers quand ils sont en train de perdre. Il faudrait sanctionner ceux qui transpirent le plus pendant les matchs. La sueur est très surestimée. De plus, je vais te dire une chose : à Madrid les joueurs étrangers aux yeux clairs n'ont jamais triomphé. Jamais. C'est un sport de méfiants et les gens se méfient des yeux clairs. Ici, casser des jambes c'est mieux vu que dribbler. Dans le journalisme c'est pareil, on veut des casseurs. Les gens croient que les journalistes qui insultent sont plus libres, plus indépendants, mais ils ne voient pas qu'ils insultent toujours celui qui n'a pas de pouvoir. Ils crachent vers le bas. Je te jure qu'il te faudrait vingt saisons pour commencer à comprendre à quel point c'est barjo par ici. Chez moi c'est pareil. Partout c'est pareil. Tu as peut-être raison. Tu sais quel est ton problème, Ariel ? Tu penses. Tu penses trop. Et un footballeur ne peut pas penser. Un footballeur ne peut pas avoir de monde intérieur, putain. Ça le détruit. Le broie, le paralyse. Tu penseras quand tu prendras ta retraite, bordel. Ne te prends pas la tête, joue. Contente-toi de jouer et de voir jusqu'où te porte le courant, putain. On prend un autre gin tonic ?

Ariel lui parle de Sylvia. Depuis que je l'ai rencontrée j'ai essayé de ne pas tomber amoureux de cette fille. Peut-être l'alcool, ou le regard passionné d'Ariel quand il parle de Sylvia pousse Ronco à se confier. Tu sais que j'ai seulement passé un an à l'université ? Après j'ai trouvé un stage et j'ai tout envoyé chier, au grand désespoir de ma mère. Là-bas j'avais connu une fille. Elle était assez spéciale, elle écrivait des poèmes. Tu vois le genre, non ? Mais jolie, tu n'imagines pas. On était nés pour ne jamais se rencontrer. À cette époque j'aimais les Who, j'avais vu *Quadrophenia* cent trois fois et j'avais des rouflaquettes comme les pieds de cette table, mais je suis tombé amoureux d'elle comme un imbécile.

Ronco marque une pause, si longue qu'Ariel se demande s'il a terminé son histoire. Et ? On est sortis ensemble, un mois, dans ces eaux-là. Et puis on a rompu. On était peut-être trop jeunes, je ne sais pas, ou alors c'est à cause de cet adage absurde, si on rencontre à vingt ans la femme de sa vie il vaut mieux s'enfuir. Il faut la rencontrer à quarante, et encore ça me paraît encore tôt. À soixante. Il y a deux ans je l'ai croisée dans la rue. Elle a un enfant, elle est mariée, s'occupe de la presse dans je ne sais quel ministère à la con, Justice ou Affaires Étrangères, je l'ignore. Ç'a été bizarre parce que lorsque je lui ai demandé tu écris toujours des poèmes ? elle est devenue rouge comme une tomate. Je suis resté sans voix. Elle ne voulait pas parler de ça, tu peux y croire ? OK, c'étaient des poèmes horribles, évidemment, comme tous les poèmes. Ne sois pas vache, comment tu peux dire ça ? C'est la vérité. Après m'être tapé la troisième division régionale et les putains de terrains de football de toute l'Espagne, après avoir rencontré des vraies gens un peu partout, je te jure que si Lorca, Bécquer ou Machado se trouvaient devant moi, je saurais quoi leur dire. Imagine s'ils allaient réciter leurs plus grandes œuvres au milieu d'un terrain de foot. Combien de temps faudrait-il avant que les gens se ruent sur eux pour les réduire en bouillie ? Non, mon pote, non, la poésie est un mensonge que nous avons inventé pour nous faire croire que de temps en temps on peut être tendres et civilisés. À l'instant où la fille a rougi, je me suis rendu compte que je connaissais son secret, pire encore, qu'elle avait vraiment été amoureuse de moi, autant que moi d'elle, ce dont j'avais toujours douté, malgré le poème qu'elle m'a écrit un jour. À toi ? Elle t'a dédié un poème ? Ça te paraît si bizarre ? Il y a des gens qui ont dédié des poèmes à une vache aveugle ou à Staline. Eh bien oui, à moi. Et je le connais toujours par cœur. Tu veux l'entendre ? Ariel fit oui de la tête, enthousiaste. Ronco se mit à réciter en marquant bien les pauses : « Tu n'es pas beau, tu n'es pas parfait, sans parler de tes cheveux roux, penser t'effraie, caresser t'effraie, tu préfères qu'on t'appelle imbécile plutôt qu'on te dise je t'aime, c'est pourquoi maintenant je t'écris : tu es un imbécile, tu es un imbécile, mon amour, tu es un imbécile. » Tu ne trouves pas que c'est la plus jolie déclaration d'amour que tu as entendue de toute ta vie ?

Ariel éclata de rire, surtout parce que Ronco semblait comme habité lorsqu'il avait récité les vers. La fille te connaissait bien, tu es un imbécile. Tu n'as pas compris, « tu préfères qu'on t'appelle imbécile plutôt qu'on te dise je t'aime », et elle me dit je t'aime en m'appelant imbécile, quel ignare !

Ariel ne pouvait plus s'arrêter de rire. Un peu plus tôt il n'aurait jamais cru que quelqu'un pouvait lui faire oublier ce qu'il vivait en ce moment. À présent il essuyait ses larmes avec une serviette en papier tandis que Ronco insistait, espèce d'animal, imbécile veut dire mon amour dans le poème, ce n'est pas littéral, c'est une métaphore ou ce qu'on veut… Tu sais ce qu'est une métaphore ? Bien sûr que non, comment un putain de footballeur pourrait savoir ça ?

Ils retrouvent Sylvia à la porte latérale de l'hôpital. Elle dit bonjour à Ronco, qui l'oblige à s'installer sur le siège arrière. Pardon, mais moi je ne me mets pas dans ce trou, mes jambes ne tiennent pas, s'excuse Ronco. En plus j'ai toujours eu mal au cœur dans les voitures de sport. Moi aussi, dit-elle. Je vais en changer, je vous jure, je vais en changer, dit Ariel.

C'est Ronco qui a choisi le restaurant. Pour y arriver il faut sortir de Madrid. Traverser une zone pleine de bureaux, de centres commerciaux et de nœuds d'autoroutes. C'est loin, mais c'est génial, et là-bas on ne rencontrera personne.

C'est un restaurant galicien. La femme du patron sort de la cuisine pour embrasser Ronco. Mon petit, comme tu es maigre. Pourvu que ce restaurant reste ouvert, leur explique-t-il quand ils finissent par s'asseoir, ce serait la preuve que ce pays n'est pas complètement devenu une merde. Maintenant vous allez voir quel goût ont les choses, c'est un truc de malade.

Ronco se retire aux toilettes. En chemin il leur montre un morceau de miche de pain placé dans une panière en osier sur une table vide, regardez, regardez ce pain, s'il vous plaît, il nous reste encore quelque chose d'authentique dans ce monde. Ariel caresse la main de Sylvia. Comment va ta grand-mère ? Très mal. Sylvia reste silencieuse. Si tu veux on laisse tomber le voyage, propose-t-il. Tu as pensé à une destination ?, demande-t-elle. Ariel acquiesce d'un sourire. Les hommes amoureux, on est comme ça. Sylvia le regarde dans les yeux. Vous êtes saouls tous les deux.

Ronco sort des toilettes et revient à table. Sylvia, quand ce raté de merde jouera en troisième division en Sibérie, s'il te plaît, n'hésite pas à m'appeler pour sortir, hein, n'hésite pas.

J'y penserai.

Quatrième partie

« C'est ça la fin ? »

1

Venise a la teinte ocre de ses maisons. On ne peut rien faire d'autre que la regarder, dit Sylvia. S'émerveiller que des gens puissent vivre là. Ils se sont assis sur une place pavée. Ils sont entrés dans une boutique de bracelets et de colliers artisanaux. Il y a deux chats allongés sous un magnolia. Pendant leur promenade en gondole, la nuit, Ariel l'a prise dans ses bras. Sylvia a enfoui son visage dans son cou. On entendait de la musique d'une maison proche. Des canaux on aperçoit le plafond des appartements habités. Ils croisent des touristes de carte postale, écoutent le sifflement des gondoliers avant les virages. Sylvia sent la main d'Ariel posée sur son épaule tout au long de la promenade. Elle aura du mal à l'oublier. Quand ils sont passés sous un pont, un groupe d'Espagnols a reconnu Ariel et s'est mis à prendre des photos et à crier. On est les meilleurs, ohé, ohé. Le gondolier leur a permis d'échapper à leur assaut en bifurquant dans un canal.

Ils ont visité un musée de peinture et contemplé des vêtements de luxe dans les vitrines. Ils ont mangé une glace sur la place Saint-Marc, regardé les enfants qui ouvrent les bras et laissent les pigeons se poser sur eux et les recouvrir. La nuit précédente ils ont pris un dernier verre au Harry's Bar et Ariel n'a pas autorisé Sylvia à regarder l'addition. Ça te déprimerait. Sur la table, Ariel lui tendit un cadeau. Elle le déballa. À l'intérieur d'un petit étui se trouvaient deux colliers. C'est de l'or ? Il acquiesça. Tu es fou. Ce sont deux petites chaînes qui portent chacune la moitié séparée d'un ballon de foot. Si on les réunit, on a le ballon entier. Tu es juste un enfant, pensa Sylvia. C'est beau, dit-elle. Je l'ai commandé à un bijoutier de Rosario, il a mis un temps d'enfer. Il utilisait là l'expression espagnole, qu'un Argentin n'aurait jamais employée. Sylvia sourit, elle aimait quand il utilisait ces formules qui semblaient si étranges dans sa bouche. Elle accrocha le collier d'Ariel et il l'aida à fermer le sien. Leur hôtel se trouve sur l'île du Lido, mais ils font une balade avant de tomber sur un vieux gondolier qui leur offre de la vodka tandis qu'il conduit l'embarcation. Quand ils se réveillent, ils tirent les rideaux et voient la mer, avec les bungalows à louer sur la plage.

Ariel était passé prendre Sylvia au coin de chez elle pour l'emmener à l'aéroport. Au comptoir d'enregistrement elle lut Venise et le secret prit fin. Je ne peux pas le croire. C'est l'agence de voyage, ils m'ont convaincu, moi ça me paraissait un peu bourge. Bourge ? Tu plaisantes. Ils embarquèrent ensemble. Sur ce vol je suis ta sœur ou on vient juste de se rencontrer ?

À la sortie de l'aéroport un conducteur de vaporetto les attendait avec un panneau au nom de Sylvia. Ils le suivirent jusqu'au ponton d'embarquement et, de là, prirent la direction de l'île. Comment peut-elle porter tout cela ? C'est magique. Quelle odeur, tu ne trouves pas ? Ils parcourent la ville en vaporetto et voient les façades recouvertes d'échafaudages, les travaux de restauration. Ils descendent se promener dans un marché et s'arrêtent au milieu d'un pont pour contempler le canal. Tout près d'eux bruissent des conversations bruyantes en espagnol. Ariel porte des lunettes de soleil et une casquette de golf. Tu es déguisé en people incognito, tout le monde va te regarder, lui dit Sylvia. Et, de fait, jusqu'au moment où il retire ses lunettes et sa casquette, il ne cesse de signer des autographes. Une famille argentine avec un enfant au maillot de San Lorenzo leur parle presque vingt minutes sous le pont des Soupirs. Le père est économiste et il explique inlassablement à Ariel sa théorie sur la globalisation et le déficit étatique. Dans un point de vente de maillots de footballeurs, Sylvia demande celui d'Ariel. Le vendeur cherche en compagnie de deux de ses plus jeunes employés. Ariel Burano, oui, mais le vendeur finit par hocher négativement la tête. Sylvia se tourne vers Ariel et le taquine.

Ariel a commandé un bateau pour aller sur l'île de Burano. On suppose que je viens de là. Du moins, c'est ce qu'a inventé le club. Les maisons autour des canaux sont peintes de couleurs pastel, on dirait le décor d'une comédie musicale. Le capitaine leur explique que c'est une manière de reconnaître sa maison les jours de brume, puis il imite l'attitude d'un ivrogne. Ceux-là aussi, ça les aide. Ils avaient juste pensé rester sur l'île un moment, mais ils y passent presque toute la journée. Ils viennent de manger à la terrasse d'un restaurant qui sert du poisson du jour. Ils se promènent sous un porche avec une vierge entourée de fleurs. Ça me rappelle la Boca, dit Ariel. Il y a une école où les enfants jouent au foot et deux petits vieux les saluent en les voyant passer. Ça doit être des parents à toi.

Je peux peut-être venir jouer dans une équipe italienne l'année prochaine, dit Ariel pendant le repas. Ça te plairait de vivre ici ? Sylvia hausse les épaules. Trop beau, non ? Le serveur montre à Sylvia comment verser l'huile sur son assiette. Il laisse ensuite tomber sur la goutte vert olive une toute petite pincée de fleur de sel.

Dans deux mois la saison sera finie. Tous deux redoutent ce moment. Je serai quoi pour toi ? a envie de lui demander Sylvia, mais elle ne le fait pas. Elle pense qu'elle aura du mal à oublier tout ce qu'elle vit maintenant. Cependant elle dit Ronco est très sympa, pourquoi ne me l'as-tu pas présenté avant ? J'ai cru qu'il te ferait peur, c'est un fou. Il a une de ces voix… Au début je croyais qu'il exagérait. Ce sont des nodules, explique Ariel, il m'a dit que petit on lui a retiré un tas de nodules de la gorge et qu'il passait des semaines sans pouvoir parler. Il écrivait dans un carnet. Sylvia regarde le canal. Des bateaux de pêcheurs sont amarrés tout au long. Elle n'a plus faim. On devrait peut-être se séparer tout doucement, pour que ça n'arrive pas d'un coup. Qu'est-ce que tu veux dire ? demande Ariel. Je ne veux pas te dire au revoir le dernier jour à l'aéroport, me retourner et te voir disparaître pour toujours. Ariel la regarde. Il a envie de la prendre dans ses bras. Il vaudrait mieux qu'on se quitte par paliers. Comme un compte à rebours. Pourquoi dis-tu cela ? Sylvia a un nœud dans la gorge. Ses yeux soudain se remplissent de larmes et elle baisse la tête, troublée. Elle passe la main sur sa joue. Ariel lui touche le genou. Il a honte de son incapacité à l'étreindre dans un lieu public. Pourquoi penses-tu à cela maintenant ? On est là pour en profiter, n'est-ce pas ? Regarde autour de toi. Ne pense plus à rien d'autre.

Sylvia fait un signe affirmatif de la tête. Elle a seize ans, semble penser Ariel, elle n'a que seize ans. Il lui dit tu es la plus belle chose qui m'est arrivée. Pff, répond-elle, et elle se mord les lèvres pour ne pas pleurer, avec cet accent argentin il faut que tu fasses attention à ce que tu dis. Elle écarte une larme. Excuse-moi, je suis en train de gâcher le voyage, je suis une conne.

Venise n'était peut-être pas une bonne idée. Venise est un lieu où les amoureux du monde entier jouent à se jurer un amour éternel. Il y a d'autres endroits, beaucoup d'autres, pour trahir ensuite cet amour. Mais pas Venise. Sylvia regarde autour d'elle, elle a refusé la grappa qu'Ariel boit lentement. Dans deux jours elle passera de ce lieu à la salle de classe mal aérée où ses camarades se tapent dans le dos et parlent fort. N'oublie pas que tout cela est seulement un accident. Il s'agit de sortir de là vivante, rien de plus.

Chaque soir, de l'hôtel, elle a téléphoné chez elle. Son père lui donne des nouvelles. Sa grand-mère est toujours à l'hôpital. Sans perspective de sortie. Lorenzo reste la nuit, pour permettre à son père de se reposer un peu. Sylvia l'a questionné sur lui, elle l'a trouvé très déprimé au cours des derniers jours. Et avec Daniela, tout va bien ? Oui, oui, tout va bien. Quand Lorenzo était rentré à la maison le jour de la présentation ratée entre toutes les deux, Sylvia regardait un film où une femme spécialiste en arts martiaux cognait sur son ex-mari. Avant même qu'elle l'interroge, Lorenzo avait expliqué à Sylvia la cause des larmes de Daniela. Ses patrons l'ont renvoyée quand ils ont appris qu'elle sortait avec moi. Un voisin m'a vu monter au cinquième. Tu es allé dans leur appartement ? Deux fois, pour parler avec elle. Lorenzo n'évoqua pas la séance de masturbation qui avait eu lieu dans les toilettes des invités. Je vais aller les voir, c'est un malentendu. Sylvia le retint. Papa, attend, ne te fourre pas dans des embrouilles. Daniela avait eu beau passer toute la soirée à répéter qu'elle méritait d'être renvoyée, qu'elle avait trahi la confiance du couple, qu'elle aurait dû tout leur raconter avant qu'ils le découvrent par l'entremise d'un voisin fouinard, il insistait : il fallait aller s'expliquer, ça en valait la peine. Papa, redit Sylvia, ne te mêle pas de ça. Elle était leur baby-sitter, tu es leur voisin, ça les gêne et point barre. Ne va pas chercher midi à quatorze heures. Lorenzo demeura pensif, s'assit sur un des bras du canapé. Un monstre visqueux attaquait à présent la fille du film.

C'est injuste.

Papa, il est plus de onze heures, tu ne vas pas monter maintenant. Mais Daniela fait bien son travail, elle vit de cela. C'est quoi le problème, la fille qui s'occupe de leur putain de gosse ne peut avoir de relations avec personne ? Il leur faut une bonniche vierge pour changer la merde de leur gamin ? Sylvia s'enfonça dans le canapé. Lorsque son père parlait comme ça, il avait l'air d'une cocotte-minute sur le point d'exploser. Généralement il n'employait pas de gros mots devant elle. Il ne le faisait que quand il perdait son sang-froid. Elle est très jolie, dit Sylvia pour calmer sa colère. Tu trouves ? C'est une Équatorienne, n'est-ce pas ? Oui. Je vais te dire un truc, papa, pour toi aussi c'est mieux qu'elle ne travaille pas au-dessus. Elle trouvera autre chose, c'est sûr. Lorenzo semblait s'apaiser. Sylvia lui souriait. J'aurais dû monter pour faire connaissance avec eux avant. Évidemment. Frapper à la porte et dire je viens vous demander la main de votre employée. Mais dans quel monde vivons-nous ! Ce pays prend l'eau de toutes parts. Tu la trouves vraiment jolie ?

Désespoir.

Pourquoi quand Sylvia regarda son père à ce moment-là vit-elle un homme désespéré ? C'était peut-être la nervosité, l'agitation, la culpabilité. Ou son incapacité à consoler Daniela. Elle avait voulu rentrer chez elle. On parlera demain, j'ai besoin d'être seule. Frustration. C'est possible. Mais Sylvia n'avait pas l'impression qu'il s'agissait d'un désespoir momentané. Son père lui paraissait être un homme désespéré. Il avait rencontré une femme dans sa cage d'escalier. Désormais tel était son champ d'action, si réduit. Il lui faisait penser à un naufragé accroché à sa planche de bois, épuisé, vaincu, fragile.

Ariel et Sylvia montent vite dans leur chambre. L'hôtel est plein d'Américains à la peau extrêmement blanche qui rient fort. Ils n'ont pas envie de dîner. Sur le lit immense, sous une lampe Modern Style, ils regardent la télévision. Il y a des concours et un biopic sur le Christ, avec barbe et regard languissant. Ariel lui dit des choses à l'oreille et Sylvia sourit. Puis il la chatouille et elle tente de lui échapper entre deux éclats de rire, sur le lit, jusqu'au moment où elle glisse par terre de manière spectaculaire, sans parvenir à se retenir au dessus-de-lit. Ariel voit son corps blanc tomber sur le tapis rouge aux fils dorés et il saute pour la relever, la prendre dans ses bras et la reposer sur les draps. Où as-tu mal ? Partout, dit-elle. Ariel se met à embrasser chaque partie de son corps. Sylvia reste ainsi, la nuque et le dos contre le matelas, les vêtements en désordre. Tu es une fille très dangereuse, tu sais, très très dangereuse.

2

Les journées à l'hôpital sont épuisantes. Un paravent vert en trois parties sépare Aurora d'une autre malade. Il y a deux chaises dont le siège usé est enfoncé, près du lit. Leandro s'assoit toujours sur la même, et croise et décroise ses jambes toutes maigres. Il veille sur sa femme inconsciente et il est là aussi lorsqu'elle s'éveille et s'anime un peu pour regarder les visiteurs, feint d'écouter la minuscule radio posée sur la table de chevet ou remercie les infirmières pour leurs incursions bruyantes depuis le monde des vivants en pleine santé. Elles entrent comme un ouragan, exécutent leurs tâches, changent le sérum et les draps, injectent le calmant, prennent la température et la tension, comme si leur métier était une activité sportive.

Leandro connaît chaque centimètre du couloir, le bruit des portes de l'ascenseur quand elles s'ouvrent au fond, les gémissements d'un patient qui meurt dans une chambre voisine. Mourir est un rite qui, à cet étage de l'hôpital, est interprété à la cadence d'une partition. Le docteur l'informe des progrès de la maladie dans le corps d'Aurora. Un mot résonne de façon horrible et Leandro l'identifie comme une forme de la mort. Métastase. Elle ne souffre pas. Nous contrôlons le seuil de la douleur pour qu'elle ne souffre pas et puisse rester consciente le plus longtemps possible. Leandro reste avec l'envie de l'interroger sur cette douleur non localisée, qui n'apparaît pas sur les graphiques ni dans des plaintes concrètes, mais qui peut vous transpercer d'un coup d'épée.

Parfois il étudie le visage d'Aurora pour savoir si ce mal profond s'est emparé d'elle. Elle a toujours été une femme courageuse, qui regarde de l'avant. Lorsqu'elle a failli mourir après avoir accouché de leur fils et qu'il a fallu la transférer d'urgence parce qu'elle se vidait de son sang, elle a eu le temps de dire à Leandro n'oublie pas de baisser les stores pour empêcher le soleil d'entrer, l'appartement reste plus frais ainsi. C'était l'été dans la ville. Lors de ces journées d'incertitude, la sœur d'Aurora était venue aider Leandro à s'occuper du petit. Un après-midi, Leandro était allé voir sa femme à l'hôpital et elle l'avait rassuré. Tu ne crois pas que je vais mourir maintenant que nous avons un si beau bébé.

Et aujourd'hui ? se demande Leandro. Aujourd'hui, c'est le bon moment ? Plus rien ne te retient ? La nuit, leur fils Lorenzo, qui désormais est un homme entre deux âges, chauve et abattu, vient prendre la relève et s'allonge pour dormir sur le canapé, qui se déplie en lit inconfortable. Leandro dîne dans une cafétéria près de chez lui, qu'il préfère à celle de l'hôpital, pleine de commentaires morbides et de regards tristes. Il a commencé à faire ses cartons. Il se prépare à déménager pour s'installer dans l'appartement de Lorenzo, il ne sait pas encore comment ils s'organiseront. Prends seulement le strict nécessaire, a dit son fils. Il a classé les disques qu'il réécoutera et les livres dont il a encore besoin pour ses cours. Il y en a peu. Il a entassé ses notes, ses partitions d'étude, les bulletins, les fiches des élèves, dans des boîtes qui iront au feu. Il offrira ou détruira l'essence de ce qu'a été leur vie, à Aurora et à lui. Il n'est pas encore entré dans la chambre d'Aurora, n'ose pas revoir leurs albums photo, leur ancienne correspondance, les bijoux de sa femme, ses vêtements. Il partira, quand tout cela sera terminé, avec le moins de choses possible. Le strict nécessaire ? Existe-t-il quelque chose qui le soit ? Il sera une lourde charge pour son fils et sa petite-fille, un fardeau. La vie sans Aurora ne pourra être que plombée et vide.

La première nuit où Lorenzo vint le relever à l'hôpital il lui dit dans le couloir je ne savais pas que tu avais hypothéqué l'appartement. Je suis allé à ta banque. Leandro resta silencieux. Il entendit Lorenzo lui demander des explications à propos des sommes d'argent dilapidées en une saignée constante. Il n'y avait aucune colère dans les paroles de son fils, ni indignation, ni scandale. Je suppose qu'il a perdu tout respect pour moi, même sur ce plan-là.

Je ne vais pas te demander à quoi tu as dépensé ces milliers d'euros, papa.

Leandro se sentit défaillir. Il marcha jusqu'au petit salon, où à cette heure certains sièges étaient vides. Dans le fond, une infirmière leur fit signe de garder le silence. Leandro se laissa tomber, affligé. La tête entre les mains, le regard baissé. Lorenzo s'approcha de lui mais sans s'asseoir. Il préférait l'observer de haut.

Ne dis rien à ta mère, s'il te plaît, ne lui raconte rien. Ni à Sylvia.

Mais comment pourrais-je leur raconter quelque chose, papa ? Que veux-tu que je leur dise ? Hein ? Dis-moi, que puis-je leur raconter ? Leandro respira profondément. Rien, admit-il. Putain…

Le silence se prolongea, devenant plus douloureux que n'importe quelle récrimination. Leandro aurait voulu dire je ne sais pas ce qui m'a pris, j'ai perdu la tête. Mais il ne dit rien. Lorenzo se mordait la langue, marchant de long en large dans le salon pour décharger sa colère. Finalement, l'aspect économique vint à son secours. Il parla à son père. Et tu as laissé la banque te signer une hypothèque qui est de la pure escroquerie ? Tu ne le comprends pas ? Ils te paient jusqu'à ce que tu meures, mais ils t'arnaquent. Si tu vendais l'appartement tu obtiendrais le double de ce qu'ils te donnent, en faisant semblant, en plus, de t'aider. Ce n'est pas ce qu'ils m'ont dit. Et que veux-tu qu'ils te disent ? Que ce sont des fils de pute ? Tu as déjà vu une publicité pour une banque qui dise venez nous voir pour qu'on vous pompe le sang ?

Lorenzo parut enfin satisfait. Il se calma. Je vais régler ça, mais il faudra que tu t'installes à la maison. On doit tout arrêter, je trouverai comment. Leandro fit oui de la tête. Il se retint de sortir une banalité stupide comme je ne voudrais pas vous déranger. Il aurait été plus sincère en disant : j'accepte de vous déranger. Il se leva. Ils se remirent à marcher dans le couloir, et Lorenzo lui dit quelque chose qui le blessa profondément, qui était dit pour le blesser profondément. Tu ne devrais pas aller voir un médecin ?

C'est donc cela, pensa Leandro, je suis malade. Sauf que quelques médicaments et un faux diagnostique ne peuvent pas me soigner. Peut-être un psychiatre, ce serait mieux, une cure de désintoxication. Se désintoxiquer de la vie, apprendre à être vieux, passif, une ombre. Leandro aurait voulu rassurer son fils, lui dire ce fut un accès de folie, une imbécillité transitoire, il apprendrait à se respecter de nouveau. Mais il dit seulement ça ne se reproduira plus.

Lors de conversations dans le couloir de l'hôpital Leandro avait fait la connaissance d'un autre vieux monsieur, également au chevet de sa femme. J'étais sûr que je mourrais avant elle, comme c'est toujours le cas, lui avait dit l'homme. Leandro n'avait jamais pensé à l'ordre de départ. Au cours des derniers mois, il avait eu du temps pour se préparer, pour s'habituer à l'idée d'être seul, de la perdre. Une fois, il avait entendu Aurora dire à leur petite-fille, alors qu'elles bavardaient toutes les deux, tu veilleras sur ton grand-père ? Tu veilleras sur lui ? Et Sylvia lui avait promis de le faire. Bien sûr que oui.

Relirai-je Unamuno ou Ortega pour reprendre les conversations de toujours avec Manolo Almendros ? Les poèmes de Machado ou de Rubén peuvent-ils être une consolation ? Et la chair qui tente avec ses jeunes racines, et la tombe qui attend avec ses branches funèbres. Tout Bach. Et Mozart ? Ou bien renoncer à l'un et à l'autre ? Et Schubert ? Quel doit être le critère ? Défaire l'écheveau de la vie, décomposer à présent ce qui s'est enroulé au cours de tant d'années, revenir en arrière. Prendre juste ce que j'ai apporté dans cette maison quand nous sommes venus nous y installer. Cette dernière proposition amusa Leandro. Mais rapidement il se rendit compte qu'ainsi il annulerait ce qui avait donné du plaisir à Aurora, ce qu'ils avaient partagé, acheté ensemble, écouté ensemble, lu ensemble. Refaire en sens inverse le chemin de la vie. Jeter à la poubelle sa plaque de retraite avec la légende « à notre professeur, pour ses années de dévouement et d'enseignement », puisque tout ce qu'il avait tenté, pendant toutes ces années avec tous ces élèves, avait été de faire revivre don Alonso, de reproduire sa rectitude, son mode d'éducation, son rigoureux défi à l'égard des élèves les plus prometteurs, et même de leur asséner des citations latines qu'aujourd'hui il ne se risquait même plus à prononcer pour ne pas avoir l'air pédant comme Joaquín.

Il s'attardait sur une partition, racontait où et quand elle avait été composée, on ne peut pas la jouer sans savoir son histoire, répétait les anecdotes apprises du vieux professeur, c'est une commande, jeunes gens, n'oubliez pas que le compositeur écrivit chaque note avec la précision de l'orfèvre, elle doit être interprétée avec une discipline de fer, en gardant à l'esprit qu'elle avait pour but de donner du plaisir à un évêque, un comte, un empereur. Haydn composait pour les Esterhazy, Beethoven a écrit la *Sonate en la bémol majeur* alors qu'il était en convalescence après une jaunisse. Il est important de le savoir pour la jouer. Schubert a composé la grande *Sonate en do mineur* avec quelques touches de la *Pathétique* parce que Beethoven venait de mourir et qu'il se sentait un de ses dignes héritiers. Il pouvait parvenir à répéter mot pour mot des phrases entières de son ancien maître. C'est un caprice, le compositeur avait vingt ans, ne le jouez pas comme s'il avait été écrit par une momie, une statue, enlevez-moi de là-dessus cette pierre tombale de deux cents ans et souvenez-vous, par ailleurs, que la pièce a été écrite au mois de mai, de la fenêtre de l'auteur on voyait un bois de bouleaux très certainement plein, en cette saison, de papillons inimaginables aujourd'hui. Il faut donc l'interpréter comme une fête, pas comme un châtiment disciplinaire.

Des notes, et un état d'esprit. De la rigueur, et de l'intuition. Liberté expressive. Nous sommes ce que nous transmettons. Ne le trahissons pas. Voilà ce qu'il disait. Traînant avec lui le vieux professeur jusqu'à être lui-même un autre vieux professeur, semblable et différent, une version mise à jour. Mais il ne sait pas si quelqu'un, quelque part, voyage avec le souvenir de ses cours. Leandro pense que la vie perdure au-delà de ses interprètes, comme la musique, tout répond à un mécanisme chaotique d'horlogerie, à une machine accordée sans la moindre précision.

L'armoire pleine de vieux métronomes, de revues musicales gardées à cause d'un article non lu, des coupures de presse, des programmes qui dressent la liste des concerts auxquels il a assisté. Il n'a jamais tenu de journal, mais il a l'impression d'en relire un. La chemise que je mets encore parfois le dimanche, le gilet complètement usé que je porte au printemps, mon parapluie en parfait état, une de mes casquettes à visière, mon portefeuille en cuir, les crayons les mieux conservés, deux ceintures, la veste la moins abîmée, l'écharpe cadeau d'anniversaire, les mouchoirs de la dernière Épiphanie.

Ce matin, à l'hôpital, il tombe sur Sylvia. Elle ne peut pratiquement plus parler, prévient-il sa petite-fille. Il regarde par la fenêtre. Le soleil se pose sur les arbres dont il fait éclater le vert. Il est tôt. Il a une idée. Et si on sortait Aurora ? On peut l'emmitoufler et l'asseoir sur le fauteuil roulant. C'est peut-être dangereux, dit Sylvia. Elle est tellement bien au soleil. Il faut le faire nous deux parce que ton père refusera tout net. Je demande aux infirmières ? Non, plutôt au docteur. Sylvia sort de la chambre pendant que Leandro prépare les affaires d'Aurora, son manteau, qui se trouve dans le placard encastré. Il déplie le fauteuil roulant. Sylvia revient, le médecin est sorti, il n'est pas à l'étage. Ils posent la question à une infirmière, qui s'oppose vigoureusement à leur projet. Par pitié, n'y songez même pas. Vous êtes fous ?

Quand l'infirmière s'en va, Leandro laisse échapper son amertume, les hôpitaux vous engloutissent, ils sont là pour en finir avec vous. On entre là comme dans la gueule d'un animal qui vous dévore. Avant, les gens mouraient chez eux. Sylvia baisse la tête. Elle sait, pense Leandro, qu'Aurora est plus proche de la mort que de la vie. La mort est quelque chose de nouveau pour quelqu'un d'aussi jeune que sa petite-fille. Les yeux de Leandro se fixent à l'extérieur de la fenêtre. Il aime la légèreté juvénile avec laquelle se déplace Sylvia, sa manière de parler imprécise, sans terminer ses phrases, et la façon dont elle agite ses cheveux et tout son corps dès qu'elle bouge. Face à la démarche prudente des vieux, aux pas tremblants de ceux qu'on voit dans le couloir, Sylvia est une rafale de vent presque insultante, lorsqu'elle se dirige à grandes enjambées vers l'ascenseur ou l'accompagne à la cafétéria.

Tu veux prendre ton petit déjeuner avec moi ? C'est que j'ai déjà raté le premier cours. Alors, file, vas-y. Ils se quittent à la porte de l'ascenseur. On la sortira un autre jour, hein grand-père ? Sans le dire à personne. Mais Leandro a l'impression que cela n'arrivera pas. Parmi les clients qui se pressent au comptoir de la cafétéria, se trouve une famille africaine. Leandro l'examine avec attention. Deux femmes et trois petits enfants. Elles ont du mal à expliquer ce qu'elles veulent. Au fur et à mesure de leurs questions, le serveur réduit ses propositions. Un café, oui, avec du lait, OK, autre chose ? Leandro remarque l'attitude avec laquelle l'homme prend la somme exacte d'argent que la femme lui montre dans la paume de sa main tendue. Quand il finit d'encaisser, il regarde autour de lui pour voir si quelqu'un l'observe et Leandro détourne les yeux. La cafétéria de l'hôpital est une mosaïque, une petite ville, avec l'aristocratie des médecins en blouse, les employés, les familles des patients. Leandro se considère comme un spécimen d'un autre temps, prêt à disparaître. Comme lorsqu'il se regardait dans les yeux d'Osembe et découvrait un monde qui ne peut plus comprendre le sien.

Le monde des vivants.

3

Comme les premières fois, comme au début de leur relation, Lorenzo se rend à l'église pour retrouver Daniela. Ce jour-là il n'arrive pas en avance, il sait que l'acte a déjà commencé et il se faufile par la porte arrière du local. Il cherche une place dans les derniers rangs, sous le regard curieux de ceux qui se sont retournés en entendant le bruit de la rue.

Sensation que tout ce qui a été construit s'est écroulé comme un château de cartes. Le processus de décomposition a été rapide. Au cours des dernières semaines, chaque rencontre avec Daniela a été un pas en arrière. Il y a d'abord eu la perte de son travail. Dès le départ Daniela a adopté la posture de victime coupable. Ne dis pas qu'il ne s'est rien passé, Lorenzo, bien sûr qu'il s'est passé quelque chose. Nous avons mal agi. Tu es entré dans cet appartement sans aucun droit, je t'ai laissé faire sans aucune autorisation pour cela. Ne mens pas.

Les reproches ont augmenté. C'est à cause de ta luxure que j'ai été renvoyée. Je t'ai provoqué et je n'ai pas su te maintenir hors de cette maison. Ma luxure ? De quel siècle sors-tu ce mot ? Pourquoi ne dis-tu pas l'amour ? Parce que l'amour, c'est le respect. Et je ne te respecte pas peut-être ? Si, mais nous n'avons pas su respecter la maison d'autrui.

Par une coïncidence fatale, ces discussions eurent lieu pendant la Semaine sainte. Daniela sembla s'imprégner d'un esprit martyr. Il était impossible de trouver un nouveau travail pendant les fêtes et cela lui laissait le temps de se mortifier. La mère de Lorenzo était hospitalisée, ce qui occupait ce dernier toutes les nuits. Ça, ce n'est pas un sacrifice, peut-être ? La journée, il cherchait Daniela, tentait de recomposer ce qui était brisé. Ils allèrent chez lui. Sylvia avait dit qu'elle partait faire du camping avec des copains de classe. Ils avaient trois jours seuls. Mais pour Daniela, il était difficile d'entrer dans le hall de l'immeuble, de revenir si près de ce couple pour lequel elle avait travaillé. Et si je les rencontre ?

Tu n'as à rougir de rien. Tu crois cela ? Alors pourquoi, si je les voyais, je baisserais la tête ? Au cours du repas chez Lorenzo, ils examinèrent les solutions pour que Daniela trouve un autre travail. Il y a une religieuse qui a une agence de colocation, elle m'a aidée la première fois. Je suis sûr que Wilson pourrait te trouver quelque chose, il a des centaines de relations, proposa Lorenzo. Je n'aime pas les relations de Wilson, trancha-t-elle pour clore ce chapitre. Il profite des gens, c'est mal. Il les aide aussi, intervint Lorenzo. Non, aider, c'est autre chose.

Daniela demeurait songeuse, envisageant son avenir avec désolation. Ils avaient commencé à m'aider pour les papiers. Je m'en occuperai, ne t'en fais pas. Je dois envoyer de l'argent chez moi. Je peux t'en prêter. Pas question. Lorenzo éprouva le désir véritable de la prendre dans ses bras et de lui faire l'amour, mais il se retenait, ne voulait pas être repoussé. Ta fille a dû penser que j'étais folle, en me voyant pleurer comme ça, dit-elle à Lorenzo. Non, au contraire, elle m'a dit que tu étais très belle.

Quand ils terminèrent de dîner, Daniela se mit à faire la vaisselle. Lorenzo l'enlaça par derrière. Il joua avec ses mains dans l'eau mousseuse et mouilla ses bras nus. Il était collé à elle. Tu es excité, remarqua Daniela. Très, répondit-il. Attends-moi dans le lit, je te rejoins.

Lorenzo obéit. Il alla dans sa chambre et se déshabilla. Il se glissa entre les draps du lit défait, qu'il tapota pour lui donner meilleur aspect. Puis il réfléchit un peu et remit son caleçon. Daniela mit du temps à le rejoindre. Pendant un instant, Lorenzo n'entendit plus le bruit des assiettes dans l'évier et crut qu'elle était partie. Mais il perçut alors le bruit de la chasse d'eau dans les toilettes. Lorsqu'elle ouvrit la porte de la chambre, Lorenzo lui sourit. Daniela marcha jusqu'à la fenêtre et baissa le store. La pièce se retrouva dans l'obscurité presque complète. Lorenzo sentit le matelas s'enfoncer quand elle s'assit. Elle retira ses chaussures, son pantalon et son tee-shirt, qu'elle plia et posa près du pantalon par terre, sur la descente de lit. Lorenzo s'assit et la prit dans ses bras. Il l'embrassa sur les épaules et suivit les marques de son dos avec le doigt, puis avec les lèvres. Ce sont des blessures ? Mon père était très autoritaire, avant de nous abandonner. Elle ne dit rien de plus.

Lorenzo caressa son corps. Tu es très belle. Mais Daniela ne disait rien. Elle ne l'empêcha pas d'abaisser les bretelles de son soutien-gorge, ni de le lui ôter quand il parvint enfin à le dégrafer après un combat qui les fit rire tous deux. Lorenzo caressa le sexe de Daniela par-dessus sa culotte, puis introduisit sa main. Elle semblait excitée, offerte. Lorenzo se jeta sur elle. Alors il l'entendit lui murmurer oui, viens, prends-moi, viens. Après un mouvement cadencé de Lorenzo, les mains de Daniela l'invitèrent à accélérer le rythme. Comme ça, oui, ça te plaît ? Je suis ta putain, ça m'est égal d'être ta putain, viens, prends-moi.

Lorenzo ne l'avait jamais entendue parler ainsi. Deux fois il essaya de rouler sur le dos pour qu'elle vienne sur lui, mais les mains de Daniela l'agrippaient fortement. Elle secouait la tête et haletait les yeux fermés. Son attitude était si différente de d'habitude que Lorenzo en vint à se demander si elle simulait. Il mit son pouce, que Daniela mordit sans lui faire de mal, dans sa bouche. Elle ne cessait de répéter des obscénités à son oreille. Lorenzo se retira pour jouir sur son ventre. Ils demeurèrent ainsi, en sueur, collés l'un à l'autre.

Tu as peur, n'est-ce pas ? Tu as joui en dehors de moi, ajouta-t-elle un instant après. Je ne sais pas si tu prends la pillule. Et alors ? Tu as peur que je tombe enceinte ? C'est à cet instant, avec le détachement que provoquait en lui l'orgasme juste atteint, que Lorenzo pensa pour la première fois qu'elle était folle. Mais son ton était doux et tendre. Il n'était ni psychotique ni menaçant. Ça m'a paru normal, dit-il. C'est facile d'avoir un rapport sexuel sans aller jusqu'au bout, comme si c'était juste un jeu, mais le plus beau c'est quand on va jusqu'au bout, avec toutes ses conséquences. J'aurais beaucoup aimé que tu jouisses en moi.

Ces choses-là, mieux vaut en parler avant, en discuter tranquillement. Tu ne me l'as jamais demandé. Attends, Daniela, soyons francs, ça a un rapport avec la religion ? Pourquoi dis-tu cela ? Daniela parut offensée. Tu ne comprends rien. Est-ce que je t'ai obligé à quoi que ce soit ? Je t'ai demandé de venir à l'église, de croire en quelque chose ? J'ai couché avec toi sans t'arracher la moindre promesse... Pardon, je ne suis pas très claire.

Sous les draps, Daniela prit la main de Lorenzo et la posa sur son ventre encore humide. Elle la frotta énergiquement jusqu'à la naissance de ses seins et son pubis. Tout cela est à toi, je te l'offre.

Daniela tourna le dos à Lorenzo Au bout d'un instant il la prit par les épaules. Cette position le soulageait car ses hémorroïdes le faisaient atrocement souffrir. Après un moment de silence, il commença de nouveau à se frotter contre elle. Tu veux avoir un enfant avec moi ?, lui dit-il. C'est cela que tu veux ? Eh bien, on va le faire, allez, moi aussi j'en ai envie. Mais Lorenzo s'arrêta peu après et se laissa retomber de son côté du matelas. C'est ridicule, dit-il, je ne peux plus avoir un enfant maintenant, je suis désolé. Tu es un lâche, Lorenzo. Tu dois encore beaucoup changer.

Ils restèrent un long moment ainsi, immobiles, sans rien se dire. Puis Daniela se leva et se rhabilla. Tu t'en vas ? Tu ne veux pas te doucher ? Non, j'aime emporter un peu de toi avec moi. Lorenzo voulut la retenir, l'obliger à se rallonger à côté de lui. Lorsqu'il se leva à son tour, il lui demanda que veux-tu de moi ? Que puis-je faire ?

Avec une musicalité ferme mais douce, Daniela lui dit je te demande seulement de ne pas faire de moi ta putain. C'est tout ce que je te demande. Respect et amour.

Les jours passèrent. Ils se revirent avec naturel. Ils sortirent se promener un soir, s'éloignèrent du quartier en métro et Lorenzo la prit par la taille. Il aimait faire ça devant le regard de tous. Il croyait que ça mettait Daniela en confiance. Dans le wagon un groupe d'adolescentes entra, pas plus de cinq filles, mais qui firent un boucan d'enfer, attirant le regard des passagers. Abondamment maquillées, coiffées dans un style douteux, plusieurs d'entre elles portaient une minijupe au ras des cuisses. Daniela les regarda avec un certain dégoût. L'une d'elles, la plus grande, buvait une bouteille d'un litre de bière enveloppée dans un grand sac en plastique. Personne ne lui disait rien, mais elle élevait la voix, parlait de garçons avec grossièreté. Chaque fois qu'il voyait un groupe de ce genre, Lorenzo pensait toujours à sa fille. Peut-être qu'elle aussi, à l'extérieur de la maison, se comportait ainsi. Mais il en doutait. Avec elle il avait eu de la chance. Lorenzo regarda le groupe de filles avec tristesse. Le temps les écrasera. Toute cette provocation qu'elles nous crachent au visage aujourd'hui avec mépris s'épuisera un jour et elles deviendront ce qu'à présent elles haïssent le plus.

Lorenzo et Daniela allèrent au Retiro. Ils regardaient les enfants sur les balançoires, sur les toboggans, jouant avec des cordes à sauter. Aucun des deux ne retrouva le fil de la conversation interrompue. Que puis-je lui donner ? Où me suis-je trompé ? La dernière phrase qu'elle avait eue dans sa chambre tournait autour de lui sans solution. L'abîme entre l'un et l'autre était tel que leur couple paraissait impossible.

Lorenzo l'accompagna à un entretien d'embauche dans une maison en banlieue. Il l'attendit dans la camionnette. Ce n'était pas très loin du quartier de Paco, de l'endroit où il était mort. Lorenzo pensa à lui. Quelquefois il avait été tenté de raconter à Daniela la vérité, de se confesser à elle. Que lui aurait-il dit ? Elle sortit tête basse de l'entretien. Ils veulent quelqu'un qui parle anglais et puisse l'enseigner aux enfants. Lorenzo voulut l'emmener à la résidence pour personnes âgées où il rendait visite à don Jaime. Ça lui parut être une bonne idée. C'est un homme curieux, Wilson et moi avons vidé son appartement, maintenant il vit dans une résidence. Il est seul, il n'a personne, de temps en temps je vais passer un moment avec lui.

La visite ne fut pas différente des autres fois. Les mêmes phrases correctes, la même absence. Quand ils entrèrent, don Jaime sourit un instant, du moins c'est ce qui sembla à Lorenzo. Lorsqu'ils se levèrent pour partir, Daniela lui caressa la main. Pourquoi viens-tu le voir, Lorenzo ? lui demanda-t-elle sur le chemin du retour. Je ne sais pas, en vérité je ne sais pas. Mais ça te fait du bien. Tu crois ? Oui, je suppose que oui.

Ce soir-là, comme les précédents, il l'invita à monter chez lui, mais elle refusa. Alors il lui proposa de la raccompagner chez elle pour qu'ils dorment ensemble. Elle dit non.

Non, pas ce soir.

4

Le jour où le tableau des dix-huit joueurs convoqués pour le match ne comporte pas son nom, Ariel n'est pas du tout surpris. Lors de la rencontre précédente, à Vitoria, il a passé sur le banc de touche les meilleures minutes de la partie et l'entraîneur lui a seulement accordé les dix dernières pour tenter de remonter le score, qui était de un à zéro en leur défaveur. Le fait qu'il soit remplaçant était justifié. Il sortait d'une blessure. Ce n'était pas non plus la pelouse idéale pour une cheville affaiblie. Le terrain était un vétiable bourbier. Chaque enjambée contraignait à extraire ensuite son pied d'une flaque de boue. Mais Ariel se souvenait de la phrase du Dragon : dans les pires conditions, sur le pire des terrains, le meilleur reste le meilleur. Ronco lui raconte les déclarations de l'entraîneur lors de la conférence de presse qui vient de prendre fin. À ce stade du championnat, je dois aussi penser à la saison qui vient et aux joueurs qui vont rester avec nous.

Quelques jours plus tôt Ronco lui avait consacré un article. Il liait ses éloges à l'impression que rien dans l'équipe n'avait fonctionné comme on l'attendait. « Ariel Burano Costa fut un bijou enlevé à San Lorenzo. Une équipe qui ne fonctionne pas dévalorise tous ses éléments, à l'inverse d'une équipe qui triomphe. Voici un footballeur qui se retrouve soldé à cause d'un système qui n'a pas marché. »

Ariel le remercia pour ce commentaire. En même temps il était gêné que cet éloge vienne d'un ami. Il aurait préféré le silence. Il espérait que la direction valorise son rendement et cesse la guerre enclenchée. Certaines données personnelles dévoilées par Ronco l'ennuyaient. « Il fut difficile pour un jeune Argentin de Buenos Aires, qui écoute de la musique avec des paroles intelligentes, regarde des films en version originale sous-titrée, visite le Prado avec assiduité et même lit (!), d'intégrer une équipe pleine de vétérans. L'époque où, dans cette même équipe, on pénalisait d'une double session de gymnastique les garçons qui lisaient lors des phases de concentration, n'est pas si loin. Il est arrivé seul, sans famille, sans connaître le pays, sans avoir le temps nécessaire pour comprendre le football espagnol, qui ressemble au football argentin comme une noix à une orange. Sa chevelure a volé le long de la ligne de touche, mais n'a pas convaincu les supporters. Peut-être reviendra-t-il en des temps meilleurs ? On raconte qu'une jeune et très belle Madrilène constituerait une bonne raison pour qu'il ne parte pas du tout de cette ville. »

Tu aurais pu t'épargner ce dernier paragraphe, reprocha Ariel à Ronco. Pardon, ça m'a provoqué une hémorragie poétique. Et je ne suis allé au Prado qu'une demi-heure en un an, tu me décris comme un putain d'intello. En comparaison de tes coéquipiers, on pourrait te donner le prix Nobel de littérature et personne en première division ne pourrait rivaliser avec toi. Dis-moi la vérité, ça t'a un peu ému, non ? Je n'ai pas la larme facile. Tu sais ce que m'a dit mon chef? Que c'était le plus spectaculaire léchage de cul depuis la mort de Mère Teresa. Ton chef a raison. Tu as oublié de dire que j'ai joué comme une merde pendant tout le championnat.

Ariel découpa l'article et l'envoya par courrier à ses parents. Auparavant il le montra à Sylvia. Ton ami est un sentimental. Le dernier paragraphe se réfère à moi ? Je crois que tu l'as impressionné. Ah. Que je sache tu n'es allé qu'une seule fois au Prado. Je lui ai dit, mais il est comme ça.

Il vit le match où ils furent éliminés de la compétition européenne à la maison avec Sylvia. Il ne voyagea pas avec l'équipe car l'entraîneur le considérait en dessous de sa forme après sa blessure. Mais on joue la saison, s'il vous plaît. L'entraîneur hocha négativement la tête. Ariel sortit des vestiaires en claquant violemment la porte. Il fut désespéré de voir la saison se terminer en eau de boudin sans lui sur le terrain. À ses côtés, Sylvia s'amusait de le voir cogner les coussins du canapé à coups de poing, encourager ses coéquipiers, allez, allez, il faut attaquer, allez, on a encore du temps. Si Sylvia lui disait qu'ils aillent se faire foutre, ces connards t'ont jeté, il se retournait et lui disait c'est mon équipe, tu ne peux pas le comprendre ?

La défaite le déprima. Il attrapa une bouteille de vodka dans le congélateur. Wlasavsky en rapportait une à tout le staff à chacun de ses retours de Pologne. Liquide blanc aromatisé avec une petite branche à l'intérieur et dessin d'un mammouth sur l'étiquette. Ils en burent tous deux et firent réchauffer des friands.

Ils sortirent deux soirs avec Ronco. Alors que leur relation semblait condamnée à l'impasse, elle devenait soudain plus stable que jamais. Ils pouvaient partager un ami, marcher dans la rue sans se soucier du regard curieux des autres. Ronco servait de troisième homme et cela leur garantissait la tranquillité. Si Ariel était entouré par un groupe d'adolescents qui voulaient le photographier avec leurs portables, il les dispersait avec autorité ou faisait rire Sylvia en commentant l'aspect des gens, leur façon de parler, de s'adresser à quelqu'un de célèbre. Il n'arrêtait pas de charrier Ariel, lui disant que bientôt il jouerait dans l'équipe d'un millionnaire russe, et dribblerait des stalactites. À Sylvia il disait aussi tu ne ressembles pas au cliché habituel de la lolita, puis il lui recommandait le roman, même si je te préviens ça se termine mal, Lolita grandit.

Quand la conversation revenait inévitablement vers le football, Ronco ouvrait une parenthèse et confessait à Sylvia le football est un sport très bizarre auquel jouent d'éternels adolescents décérébrés et millionnaires mais qui font bouger une mécanique qui rend heureux des centaines de milliers de décérébrés beaucoup moins favorisés économiquement. Il lui racontait le cas d'un type qui, après la mort de son père, continuait d'apporter ses cendres sur le terrain à l'intérieur d'une petite urne, de nombreux autres qui demandaient qu'on répande les leurs sur la pelouse du stade de leur équipe préférée, des pères qui prenaient un abonnement pour leur fils le jour même de sa naissance, ou essayaient de glisser leur chien sur les gradins, des collectionneurs de vignettes, de maillots, de ballons, des gens qui emportaient des bouts de la cage de but le jour de la finale, des morceaux de gazon.

Ronco les faisait rire, faisait baisser la tension qui parfois s'accumulait entre eux. Il raccompagnait Ariel lorsqu'il laissait Sylvia devant chez elle, la nuit. Souvent Sylvia se plaignait avec amertume : pourquoi je ne t'ai pas connu avant ? Oui, même avant que tu connaisses Ariel, tant qu'à faire. Ronco buvait de la bière, transpirait et s'essuyait le front avec des serviettes en papier qu'il jetait par terre après en avoir fait des boules. Avec ce que je transpire, on pourrait arroser le continent africain tous les jours.

Quand est-ce que tu joues ton dernier match ?, avait demandé Sylvia deux jours plus tôt. Ariel consulta le petit calendrier qu'il gardait dans son portefeuille, près de la photo de ses parents. Il avait plusieurs fois montrée celle-ci à Sylvia, ainsi que sa carte de joueur poussin, qui les faisait rire à cause de la tête qu'il avait à douze ans. Le samedi 6 juin, à domicile, répondit-il. Pourquoi ? Pour rien.

Ariel redoutait la réaction de Sylvia à la fin de la saison. Il lui disait nous aurons tout l'été pour être ensemble. Et elle acquiesçait, comme si elle savait mieux que personne ce qui allait se passer.

Le masseur entre dans les vestiaires une fois que les joueurs ont fini de ramasser leurs affaires. Il s'approche d'Ariel. J'ai vu que tu ne voyages pas avec l'équipe. Tu veux venir avec moi à la corrida samedi ? D'accord, dit Ariel. Une promesse est une promesse, j'ai un abonnement aux arènes. À ce moment-là, tout geste amical ou complice avait une valeur énorme. Il vit s'éloigner le type, qui marchait avec une claudication comique.

Amílcar l'attendait dans le couloir et il commenta la non convocation d'Ariel pour le prochain match. Ils marchèrent ensemble jusqu'au parking. Tu as lu ce que ma femme t'a donné ? Je suis dedans. N'arrête pas, sans déconner, ça te fera du bien. Ne te laisse pas abattre. Non, bien sûr que non.

Derrière la barrière au bout de l'esplanade, comme chaque jour, un groupe de supporters réclamaient des autographes ou prenaient des photos impossibles. D'après Ronco des centaines de milliers de chambres dans le monde étaient décorées de photos mal cadrées de la nuque d'une idole. Beaucoup suivaient du regard les voitures luxueuses des joueurs jusqu'au moment où elles se perdaient sur l'autoroute.

Au volant de sa voiture, sur la route qui le ramenait chez lui en ce milieu de journée, Ariel songea que ce chemin tant de fois parcouru serait bientôt un souvenir flou, remplacé par d'autres constructions, une autre maison, et très probablement une autre solitude. Il comprenait chaque fois mieux pourquoi de nombreux joueurs fondaient une famille avec des enfants, à vingt ans à peine. Ils avaient besoin d'établir des fondations sur les sables mouvants où ils vivaient. S'il pouvait entraîner Sylvia tout serait différent, mais de quel droit l'obligerait-il à payer un prix si élevé ? Dans ce métier, un seul esclave suffisait. Au bout du compte, il n'était qu'un esclave de luxe. Changer sa vie à elle serait trop égoïste. Sans savoir pourquoi, il sent que ce retour chez lui est le début d'un voyage qui va le mener loin, très loin. Bientôt il laissera tout cela derrière lui.

Mais c'était quoi, tout cela ?

5

Parfois un petit détail change tout. L'ennuyeux cours de langue est terminé et la salle s'est vidée à une vitesse vertigineuse. Les camarades de Sylvia sont descendus profiter de la pause du milieu de la matinée. Il fait chaud. Sylvia a enlevé son pull très fin qu'elle met dans son sac. Elle s'est assise devant un pupitre et rallume son téléphone pour vérifier s'il y a un nouveau message. Il y a une semaine à peine, le destin d'Ariel a été scellé. Il quitte Madrid, cédé à un club anglais. Le club actuel devra verser un tiers de son salaire et gardera la propriété du joueur pendant la durée restante de son contrat. Encore quatre ans. Sylvia ne comprend pas et ne veut pas comprendre les détails mercantiles de l'opération, toutefois il semble clair que la cote d'Ariel a baissé. Il n'a rien dit, mais le nom de la ville où il part, Newcastle, fait penser à Sylvia, depuis la première fois qu'elle l'a entendu, à une prison. Newcárcel [1].

Ils ont surfé sur Internet pour obtenir des renseignements. La ville se trouve à cinq heures de car de Londres, elle possède une université. Il me reste encore deux ans avant de finir le lycée. Tu pourrais apprendre l'anglais. On dit que dans les années qui viennent il y aura plein d'argent dans le foot britannique, dit Ariel.

Près du tableau, aux pupitres de devant, quatre élèves sont restés, avec lesquels Sylvia n'a pas vraiment de liens. Ils parlent d'un programme télé de la veille qu'elle n'a pas vu. Apparemment, un homme d'âge moyen, qui en réalité était venu pour un entretien d'embauche dans les bureaux de la chaîne, s'était retrouvé par erreur dans un débat sur les nouvelles technologies. L'homme avait répondu avec discernement aux questions pendant une bonne partie de l'émission, avant que l'imposture soit révélée et qu'on l'éjecte du plateau.

1. *Cárcel* signifie prison en espagnol.

La dernière à sortir de la classe est son amie Nadia. Tu viens ? lui demande-t-elle. Dans un moment, répond Sylvia. Elle attend ce nouveau message comme on attend les premières gouttes de pluie d'une averse espérée. Sylvia remet son téléphone dans la poche de son sac. Le professeur de mathématiques, don Octavio, passe dans le couloir, devant la porte ouverte, avec son cou penché et sa démarche de crabe. Sylvia le regarde passer et saluer en levant les sourcils. Mais un instant après il revient sur ses pas et, du seuil de la porte, pointe la tête dans la classe. Tu es Sylvia, n'est-ce pas ? demande-t-il en fixant les yeux sur elle. Sylvia fait oui de la tête. Tu aurais un moment en fin de matinée pour venir dans le bureau des professeurs ? Oui, dit Sylvia et le professeur repart. Alors à tout à l'heure. Il disparaît de nouveau.

Sylvia se demande pourquoi le professeur veut la voir. Elle n'arrive à aucune conclusion, c'est peut-être plutôt le hasard, il est évident qu'il n'était pas à sa recherche. Elle passe devant la porte ouverte de la classe de Mai mais celle-ci n'est pas là. En se retournant elle tombe sur Dani. Tu cherches Mai ? Elle est à la cafétéria. Ensemble ils descendent les escaliers. Arrivée au rez-de-chaussée, Sylvia change d'idée. Il fait beau, je préfère aller dans la cour. Je peux venir avec toi ? Elle hausse les épaules pour toute réponse.

Ils cherchent un endroit pour s'asseoir au soleil. Tu as vu l'émission hier soir ? Sylvia fait signe que non. Ma mère la regardait et elle m'a appelé. Ils étaient déjà au milieu quand quelqu'un a dû avertir la présentatrice qu'ils s'étaient trompés, alors elle se tourne vers la caméra et dit apparemment il y a un malentendu, un de nos invités se trouve par erreur dans ce débat. Tous les mecs se regardent entre eux et je crois qu'ils ont la trouille. Le type en question était un Guinéen assez fort, il avait l'air sympa. Il s'est excusé, je suis désolé, j'avais dit à l'hôtesse que je n'étais pas sûr de devoir participer à ce programme. Il a expliqué que quelqu'un, à l'entrée de la chaîne, l'avait conduit jusqu'au plateau et lui avait demandé de s'asseoir parmi le panel d'experts. Le plus beau, c'est que c'était lui qui semblait le moins faux de tous. Si ç'avait été un concours où il faut éliminer celui qui ment, ils auraient tous été virés avant ce gars. Il paraissait avoir plus de bon sens que les vrais experts. Incroyable.

Trois camarades de classe de Sylvia se joignent à la conversation. L'un d'eux mange un sandwich qu'il propose aux autres. Dani se montre gêné une seconde, mais le regard de Sylvia le tranquillise. C'est un regard en dehors de la conversation, juste pour lui. Reste.

Sylvia est surprise chaque fois que s'établit un étrange courant entre Dani et elle. Elle aime sa façon négligée de s'habiller et de bouger, et sa timidité pour parler lorsqu'il y a des gens qu'il ne connaît pas, qui contraste avec son assurance dès qu'il est en confiance. Quelque chose le maintient en marge du groupe, comme s'il n'avait pas besoin d'être avec les autres pour exister. Cette indépendance plaît à Sylvia. Cependant il ne l'attire pas physiquement. Ce qu'elle éprouve pour lui, c'est plutôt de la complicité, celle qu'on a avec une âme sœur.

À la fin des cours, Sylvia cherche avec une certaine paresse la salle des profs. La porte est fermée et elle attend un instant pendant qu'un flot d'élèves défile vers la sortie. Le professeur apparaît avec une poignée de photocopies. Entre, entre. Il ouvre la porte et pose les feuilles sur son bureau. Assieds-toi. Il montre une chaise tandis qu'il referme la porte. Il range de manière superficielle le désordre le plus proche et s'assoit à sa place. Sylvia pose son sac sur ses genoux. Bien, Sylvia, je voulais parler avec toi si ça ne te dérange pas. Que se passe-t-il ? Sylvia reste silencieuse, n'arrive pas à comprendre vraiment le sens de la question. Don Octavio se passe deux doigts sur la moustache en un geste mécanique et poursuit : nous sommes en fin d'année et, avec les autres professeurs, nous avons commenté tes résultats. Ils ont beaucoup baissé. Ça peut te compliquer la vie. Je ne veux pas me mêler de ce qui ne me regarde pas, mais il peut toujours y avoir une raison qui… Il n'achève pas sa phrase, ses yeux sont posés sur ceux de Sylvia. Elle parcourt du regard les étagères. Non, il n'y a rien. C'est un manque de motivation ? De concentration ? Je suis sûr que je peux te venir en aide. Tu as un bon niveau, tu ne dois pas finir l'année avec des matières à repasser. Tu comprends cela, n'est-ce pas ?

Sylvia mord une mèche de ses cheveux. La moustache du prof cache sa lèvre supérieure, ce qui lui donne l'air un peu sévère. Mais ses yeux, vus de près, démentent cette impression. Ils scintillent, et Sylvia se sent intriguée par ce regard. Elle ne parvient pas à répondre quoi que ce soit de cohérent. Elle hésite à dire mes parents se sont séparés, mais ça lui paraît lourd. Elle préfère garder le silence. On va faire une chose pour compenser tes mauvais résultats, d'accord ? Pour voir si on peut t'aider. Le professeur se lève et cherche dans son tiroir des photocopies. Voici quatre ou cinq problèmes, qui sont davantage des jeux de logique qu'autre chose. Je veux que tu me développes les solutions sur deux ou trois feuilles. Prépare cela chez toi, une explication raisonnée, comme si c'était toi qui devais l'exposer en classe. Tu peux regarder dans ton livre de maths, bien sûr, mais il faut qu'on voie que tu as compris. C'est très simple et j'en tiendrai compte dans tes résultats. OK ?

Sylvia lève les yeux, n'arrive pas à y croire. Ferait-il la même chose avec d'autres élèves ? Elle ne pose pas la question et fixe de nouveau les yeux de don Octavio. Tu as trois jours. Rapporte-moi ça ici, dans ce bureau, c'est entre toi et moi, en dehors de la classe. Le professeur semble considérer que la conversation est terminée. Sylvia se lève et reprend son sac. Merci. N'abandonne pas le cours, ne te laisse pas aller, hein, Sylvia, on passe tous par ces bonnes et mauvaises périodes, mais là il s'agit pour toi d'appuyer sur l'accélérateur ces deux dernières semaines, ça en vaut la peine.

Dans la rue, un instant plus tard, Sylvia a envie de pleurer. Son intimité est à ce point exposée pour qu'un professeur, même de loin, soit capable de la deviner ? Avec une sorte de rayons X. Ce qui bouleverse Sylvia, c'est l'intérêt presque accidentel du prof à son égard. Il marchait dans le couloir et brusquement, en la voyant seule dans la classe, il a pris conscience de sa chute de niveau, s'est sûrement rappelé son dernier et pénible examen. Au lieu de s'éloigner, il s'est arrêté un instant pour s'intéresser à elle. Quelque chose a dû lui traverser l'esprit durant un millième de seconde pour qu'il se décide à passer la tête dans la salle où elle se tenait et à parler avec elle. Comme la plupart de ses camarades, Sylvia est convaincue d'être insondable pour les professeurs. Un visage qui s'ajoute à un groupe, qui occupe une année de leur vie et se perd ensuite pour toujours. Des mondes qui ne se croisent jamais au-delà de l'heure de cours obligée.

Ce qui la met au bord des larmes, c'est de réaliser qu'elle a tout lâché, études, famille, amis, pour s'investir dans une histoire qui se termine en laissant derrière elle un paysage désolé, frustrant, stérile. Elle était en train de partir ailleurs et, tout à coup, le professeur, de manière professionnelle, pas du tout intimidante, l'a ramenée à la réalité. Nous sommes là, toi tu es où ? semblait-il lui demander. Cette main tendue est importante. Elle aussi, comme le Guinéen pris pour un expert à la télévision, a été invitée dans un monde auquel elle n'appartient pas. Elle aussi a correctement simulé, a réussi le test de l'imposture générale, mais il faut à présent de toute urgence cesser d'alimenter la comédie.

En rentrant chez elle, Sylvia sent que sa passion pour Ariel s'éteint ou doit s'éteindre si elle veut s'en sortir. Elle assume la rupture comme si elle venait d'avoir lieu, dans ce bureau, quelques minutes plus tôt. Cet après-midi, avant que les étudiants envahissent les longues tables de la bibliothèque publique, elle ira s'asseoir là-bas avec les feuilles de mathématiques et tentera de remplir la tâche symbolique que lui a donnée le professeur. Elle lira les problèmes de logique qu'elle doit commenter, ne comprendra pas trop bien ce que don Octavio veut d'elle. Jusqu'à ce que le troisième problème vienne tout éclairer.

« Deux personnes, A et B, sont séparées par deux mètres de distance. A veut se rapprocher de B, mais à chaque pas A doit couvrir exactement la moitié de la distance totale qu'il reste pour atteindre B. » Sylvia avalera sa salive, mais continuera de lire. « Le premier pas est d'un mètre, le deuxième d'un demi-mètre, le troisième d'un quart de mètre. Chaque pas de A vers B sera plus petit, et la distance entre eux se réduira en une progression éternelle, mais le plus surprenant c'est que, compte tenu de la prémisse que chaque pas est équivalent à la moitié de la distance totale qui les sépare, A aura beau avancer, il n'atteindra jamais B. »

Sylvia aura les yeux rougis. Il est possible que ce simple exercice l'aide à expliquer la théorie des limites qui changea l'histoire de la science au début du XVIIIe siècle. Il est possible que ce soit exact, comme l'expliquent les photocopies reproduisant des citations de Leibniz et de Newton. Mais Sylvia commencera à écrire son exposé personnel du problème qui, soudain, se transformera en lettre d'adieu. La lettre qu'elle ne saura ni ne pourra écrire à Ariel pour lui dire, de la manière la plus logique et la plus simple, notre histoire est terminée. A n'atteindra jamais B.

6

Certains soirs, quand Leandro, après avoir quitté l'hôpital, rentre dormir chez lui, ça sonne à l'interphone et il est obligé d'ouvrir à l'employée de l'agence immobilière qui accompagne des acheteurs potentiels. C'est une femme nerveuse, avec une sacoche qui déborde et un téléphone portable qui a tout l'air d'un animal vivant. Elle s'excuse toujours auprès de Leandro d'arriver à une heure pareille. Leandro ne visite pas l'appartement avec eux, mais il observe l'attitude des clients quand ils s'en vont. De loin il entend des choses comme il faut le refaire entièrement, mais une fois à votre goût il sera superbe ; le jour la lumière est magnifique, le quartier est une merveille, près de tout.

C'est lui qui a fourni à Lorenzo les procurations et les documents nécessaires pour mettre en marche le processus de vente. L'agence immobilière appartient à un ami de son fils qu'ils connaissent depuis l'enfance, Lalo. Un garçon vif et souriant qui petit répondait, chaque fois qu'on lui demandait ce qu'il voulait faire quand il serait grand, explorateur en Chine. Cinquante millions de pesetas, voilà ce qu'ils demandent. Les grandes sommes, il ne les calcule pas très bien en euros. C'est le bon moment pour vendre, a dit quelqu'un de l'agence pour être sympathique. L'hypothèque de la banque subrogée en lieu et place de l'appartement avait été, d'après les calculs de Lorenzo, une erreur majeure. Une de plus. Par ailleurs ses dépenses avaient constitué un trou important, démesuré. Toutefois, le jour de la signature, Lorenzo donna seulement comme explication qu'ils avaient dû faire face à de nombreux frais ces derniers mois.

Je crois qu'il vaudrait mieux que je m'occupe de tout, lui avait dit son fils. Ils avaient transféré l'argent à son nom. Si son père avait refusé, il aurait pu obtenir sa mise sous curatelle, mais ils n'en arrivèrent jamais là. Comment va la maison ? demandait Aurora de l'hôpital. Benita vient toujours faire le ménage et la cuisine ? Leandro répondait oui alors qu'il l'avait congédiée à présent qu'il passait tout son temps à l'hôpital. Benita s'était mise à pleurer et il se souvenait d'une phrase qu'elle lui avait dite en partant, après lui avoir donné une tendre accolade sur la pointe des pieds. Vous m'avez fait venir ici pour m'apprivoiser, et vous avez bien réussi, oui.

Chez Lorenzo, il y avait une petite pièce où Leandro pourrait s'installer. La pièce où ils conservaient des documents, un vieil ordinateur et un bureau qu'utilisait Pilar quand elle rapportait du travail à la maison. Là, ils pourraient mettre le canapé de Leandro et ses quelques affaires. Pour le piano ils avaient fait de la place près de la télé. Sylvia refusait qu'ils se séparent de lui.

À la cafétéria, un voisin avait dit à Leandro on n'a plus l'âge de déménager. Il passait ses journées assis près du lit d'Aurora, s'efforçait d'être aimable avec les visiteurs qui, apprenant la nouvelle les uns des autres, se présentaient pour faire leur adieu à sa femme, et tenter une ultime conversation qu'Aurora ne pouvait plus soutenir. Lors de sa dernière visite, Manolo Almendros se mit à pleurer après avoir embrassé Aurora sur la joue. Dans le couloir il dit à Leandro j'ai toujours aimé ta femme, j'étais si jaloux de toi.

Il avait très rarement pensé à Osembe. Un après-midi il fut tenté de prendre le bus pour Móstoles et de se planter devant l'entrée de chez elle, mais il ne le fit pas. Si dans la rue il croisait une fille qui lui ressemblait, il s'amusait à la regarder, à étudier ses gestes, sa façon de se comporter, comme s'il voulait comprendre quelque chose qui lui avait échappé. Dans le journal il apprit la fermeture du pavillon où il l'avait connue. Il y avait une photo de la façade, prise du même angle distant d'où tant de fois il avait observé la maison avant de se décider à entrer. Le lierre s'était développé avec le printemps et masquait le mur et une partie des portes métalliques. Selon le journal, la mafia bulgare, associée à un Espagnol, exploitait les femmes et possédait un système d'enregistrement des images dans les chambres. Grâce à ce système, on avait extorqué avocats, hommes d'affaires et autres clients fortunés qu'on faisait chanter. Une des victimes avait porté plainte à la police. Deux des chefs avaient été arrêtés, ainsi qu'une femme qui faisait office de responsable du pavillon. Sept femmes, apparemment contraintes de se prostituer sous la menace, avaient été libérées.

Leandro imagina les cassettes entre les mains de la police. Les agents ou les fonctionnaires judiciaires s'étaient peut-être réunis pour regarder ce vieux client si assidu. Ils avaient dû rire de bon cœur. Hé, regardez, il y a le grand-père qui revient encore.

Aurora est allongée sur le lit, la bouche entrouverte, le visage détendu à l'exception d'une légère agitation passagère. Les infirmières entrent.

Leandro les observe travailler. La nudité devinée de l'une d'elles avait constitué, se souvient-il, le début de sa spirale. Il reconnaît à présent que la vie exige un haut degré de soumission. Tout le reste est suicide.

Quand ils se retrouvent seuls, Aurora lui parle. Tu es sorti te promener ? Il fait signe que oui. Elle mentionne soudain le canari qu'on lui avait offert, des années plus tôt, quand la voisine, Petra, était retournée définitivement dans son village. Tu te rappelles ? Leandro pense qu'il s'agit d'un souvenir capricieux, fruit du désordre mental qui parfois la pousse à délirer ou à voir des images imprimées sur les murs. Lorenzo venait de commencer l'école et la voisine avait offert à Aurora le canari, car tous les matins par la fenêtre elle se félicitait qu'il chante si bien. C'est la joie de cet immeuble, disait Aurora à la voisine. Ses roulades rendaient Leandro fou. Il suffisait qu'il écoute la radio ou une conversation pour que cela déclenche un délire insupportable. Pauvre bête. C'étaient les mots qu'avait prononcés Aurora quand elle l'avait retrouvé mort un matin, quelque temps plus tard, dans sa cage, sous un torchon de cuisine. Pourquoi ce souvenir ? Aurora répète la phrase, pour elle, à voix basse. Pauvre bête.

Leandro s'est assis sur le matelas. Dans le lit voisin la femme s'est endormie et sa fille en a profité pour descendre manger quelque chose. Pourquoi te souviens-tu de cela maintenant ? Aurora sourit. Il chantait si bien. Leandro lui prend la main. On a passé du bon temps, dit-il. On a été heureux. Aurora ne dit rien, bien qu'elle sourie. En fouillant dans les papiers j'ai retrouvé les cartes que je t'ai envoyées de Paris. C'est incroyable comme je pouvais alors être pédant et bouffi d'orgueil. Je ne sais pas ce que tu attendais de moi. À ta place je me serais enfuie en courant après avoir lu les âneries que je t'écrivais, ces airs de grandeur que je me donnais. Leandro se demande si elle est capable de l'entendre. Je t'ai déçue tant de fois. Je suis resté très en dessous de ce que tu attendais, pas vrai ? Aurora sourit et Leandro lui caresse le visage. J'ai été une vraie catastrophe, mais je t'ai tant aimée. Aurora peut le voir pleurer, mais elle ne peut pas lever la main pour le toucher.

L'après-midi, Leandro reçoit son élève. Luis finit de monter les escaliers en courant à moitié avec agilité. On monte comme un vieux quand on est jeune et on finit par monter comme un jeune quand on est vieux, c'est ce qu'on me disait, lui explique Leandro tandis qu'il le conduit vers le bureau.

Les cartons accueillent à présent la majorité des documents et des livres qui occupaient auparavant les murs. Nous allons déménager. Votre femme... dit le garçon, mais il n'ose pas terminer sa phrase. Leandro s'explique. Je vais habiter chez mon fils, l'état de ma femme est stationnaire. Je ne sais pas si, là-bas, nous pourrons continuer les cours, je te le dirai. Luis entend du bruit dans la cuisine. Leandro hoche la tête. On m'aide à faire les cartons. Son fils Lorenzo lui a envoyé deux garçons équatoriens. L'un d'eux est amusant, il s'appelle Wilson et il a un œil qui regarde le salon et l'autre la cuisine. Quand il l'a vu, Leandro a pensé à un jeune ami chef d'orchestre, strabique lui aussi, qui se vantait d'être le seul chef professionnel qui pouvait diriger au même moment les cordes et les vents. Vous savez a dit Wilson à Leandro quand ils se sont arrêtés un moment pour faire une pause entre deux cartons, que votre fils Lorenzo vous ressemble beaucoup ? Et, quand il a vu le visage surpris de Leandro, il a ajouté on ne vous l'a jamais dit ? Non, en vérité, peut-être quand Lorenzo était petit. Pourtant si, vous vous ressemblez beaucoup, tous les deux. Vous êtes du genre pas très causants, hein, je me trompe ?

Leandro montre les cartons à son élève. Regarde, là-dedans il y a peut-être des choses qui t'intéressent, si tu les veux elles sont à toi. Le garçon s'avance et se penche sur un tas de partitions, des livres sur l'histoire de la musique. Celui-ci est magistral, dit Leandro quand il le voit en prendre un. Les vinyles, inutile de les regarder, mieux vaut les jeter, ce sont des reliques. Mon père dit que les CD n'ont pas la même qualité de son, explique le garçon. Ton père aime la musique ? Le garçon hoche la tête, sans grande assurance. Il a été un de vos élèves, au conservatoire. C'est là-bas qu'on a eu votre téléphone quand on cherchait un professeur particulier pour moi. Sérieusement ? Comment s'appelait-il ? Luis dit le nom et le prénom de son père. Leandro fait semblant de se souvenir de lui. Il répète toujours que vous étiez un grand professeur, que vous faisiez jouer les élèves devant un miroir, pour qu'ils puissent eux-mêmes se corriger. Leandro acquiesce avec un demi-sourire. Que vous leur parliez en latin et que vous leur racontiez plein de choses sur les compositeurs.

Leandro l'interrompt. Prends tout ce que tu veux, je ne peux pas envahir l'appartement de mon fils avec tous ces trucs.

7

La nouvelle de la mort de Wilson frappe Lorenzo de façon cruelle. Il devait passer le prendre pour le conduire à un déménagement. Au bout d'une heure de retard, Lorenzo a essayé de l'appeler sur son portable. Mais personne n'a répondu. Il a supposé qu'il avait eu un contretemps et il a téléphoné aux clients pour s'excuser. La camionnette est tombée en panne, a-t-il inventé. Je vous rappelle d'ici une heure. Il n'avait aucun moyen de joindre leurs collaborateurs habituels. Il a été tenté d'aller voir chez Wilson, mais ne l'a pas fait. Il a réessayé le portable toute la matinée, à plusieurs reprises. À midi enfin quelqu'un a répondu. Vous cherchez Wilson ? Il est mort hier soir, il a été tué. Lorenzo reçoit l'information brutale au beau milieu de la rue. Il était sorti au marché avec la liste de courses qui s'allongeait, collée sur le frigo. Il ne demande pas de détails, mais se dirige vers l'appartement de Wilson.

Là sont rassemblés des amis et sa cousine Nancy, que Lorenzo connaît puisqu'elle vit avec Daniela. Ils lui apprennent les circonstances de sa mort. Wilson a été retrouvé par terre dans le local qu'il louait la nuit, la tête défoncée à coups de brique. Il y a des traces partout, mais la police pour l'heure n'a arrêté personne. À la radio, en revanche, ils disent que l'auteur a été localisé, explique quelqu'un.

Lorenzo attend avec les proches le permis du médecin légiste pour récupérer le corps. Ils auront l'autorisation de l'enterrer seulement après l'autopsie. Ils n'ont pas le droit de l'incinérer au cas où il faudrait faire plus d'examens. La cousine de Wilson pleure, elle a parlé avec sa mère, elle veut qu'ils ramènent le cadavre sur sa terre natale. Ça va coûter très cher. Il avait certainement tout l'argent sur lui, comme toujours, c'était une tentation de le voir sortir cette liasse de billets, dit l'un d'eux. Ça peut être n'importe quel dingue. Pas mal de racaille allait dormir là-bas, le pire du pire. Je trouve ça bizarre, Wilson savait se défendre. Les conversations s'estompent. De temps en temps une des femmes brise le silence d'une plainte ou d'un sanglot. Je m'occuperai de rapatrier le corps dans sa famille, quel qu'en soit le prix, dit Lorenzo. Daniela ne sait rien encore, l'informe Nancy, à présent elle travaille en dehors de Madrid et elle rentre seulement le samedi pour dormir.

Lorenzo interroge Chincho à propos de la camionnette. La veille, à midi, Wilson était venue la prendre chez lui. Lorenzo a sur lui un double des clés, mais personne ne sait où elle est garée. Il hausse les épaules. Il cherchera autour du local.

Lorenzo entre dans la chambre de Wilson et examine la pièce du regard. Juste un matelas, une petite armoire et une table de nuit. Contre une lampe de chevet tordue il y a une carte postale du Chimborazo couvert de neige. Lorenzo ouvre le petit tiroir et ne trouve pas ce qu'il cherche. Dans l'armoire ses quelques vêtements sont alignés. Lorenzo fouille les habits. Chincho l'observe de la porte. Si c'est ça que tu cherches… Il lui tend deux carnets remplis de notes. Je les ai pris sur lui, au cas où. Lorenzo les feuillette. Son nom apparaît plusieurs fois. Quand il revient au salon, Chincho s'avance vers lui. Tu peux compter sur moi pour le boulot. Bien sûr. L'homme penche son cou invraisemblable. La vie continue, murmure-t-il.

Lorenzo prend le métro en direction du centre. Debout, au fond de la rame, il parcourt les notes de Wilson. Il biffait les travaux effectués d'une croix au crayon qui laissait visibles les données. Les pages débordent d'additions et de divisions, d'adresses de rues et de détails, tout cela rassemblé en un désordre organisé. Il y a également des noms avec des téléphones inscrits dans les dernières pages. Le second carnet est à peu près pareil. Ça donne à Lorenzo une idée de l'activité frénétique déployée par Wilson au cours des jours précédents. Il se servait des carnets comme aide-mémoire, inscrivait dedans les affaires en attente, ce qui lui restait à faire. On peut reconstruire sa vie à partir de l'ordre dans lequel apparaissent ses annotations. De temps à autre un nouveau numéro de téléphone et à côté, écrit, Carmita, voisine. Soudain Lorenzo voit son nom. Souvent il apparaît uni à des chiffres, à des divisions, à une somme due, une mise à jour des comptes. Mais sur cette page la note est encadrée et elle n'est liée à aucune affaire. De son écriture scolaire Wilson a écrit : « 10 juin, anniversaire de Lorenzo. Montre. »

Dans cette rame, entouré d'étrangers, une dame qui voyage les deux mains accrochées à son sac, deux jeunes Brésiliens qui parlent fort, deux femmes des pays de l'Est, une maman avec un bébé dans sa poussette et qui pourrait être péruvienne, un homme qui examine le plan du métro, Lorenzo, debout, alors qu'il reste des places assises, ressent un frisson. Le contact de ce carnet, sa couverture noire et rugueuse, l'élastique qui permet de le maintenir fermé, lui renvoient à présent des fragments de Wilson, perdu mais proche. Il se souvient qu'un jour il avait remarqué que Lorenzo regardait toujours l'heure sur l'écran de son portable. Tu n'as pas de montre ? Je n'en porte jamais, lui avait répondu Lorenzo. Ma mère disait toujours qu'un monsieur devait avoir un mouchoir propre dans sa poche et une montre à son poignet. Cette conversation entre eux devient, maintenant qu'il a lu cette petite note, un détail qui le bouleverse.

Il avait rencontré Wilson grâce à Daniela et aujourd'hui il ne restait plus traces ni de l'un ni de l'autre. Wilson s'était taillé une place significative dans sa vie, avec son sourire franc, sa conversation vive et son œil fou. Il avait vu Daniela pour la dernière fois samedi dernier. Elle était sortie avec des amies et ils s'étaient donné rendez-vous dans le centre.

Il fut surpris de la trouver accompagnée. Notre relation a régressé, pensa Lorenzo en la voyant entourée. On peut prendre un verre juste tous les deux ? Ils entrèrent dans un bar de la rue Arenal avec des azulejos aux motifs andalous. Elle avait l'air contente. Le pasteur lui avait proposé du travail, elle aidait les gens du quartier en échange d'un premier salaire.

Que nous arrive-t-il, Daniela ? Nous ne sommes plus un couple ou quoi ? Je ne sais plus quoi penser. Au début, répondit Daniela, quand je t'ai rencontré, par la façon dont tu m'as abordée, sans insolence ni supériorité, je me suis dit c'est un homme courageux. Daniela buvait son jus de fruit à la paille. C'est à cause des enfants ? Tu veux qu'on ait des enfants ? Écoute, Lorenzo, je ne peux pas avoir d'enfants. Un jour, si tu veux, je te raconte l'histoire en entier, c'est un peu compliqué. Je te dirai juste qu'il y a un an on m'a retiré un fibrome de la taille d'un ballon de foot et qu'on m'a complètement vidée. Te voilà rassuré comme ça ?

Lorenzo baissa la tête. Sa main tenta d'atteindre celle de Daniela, mais elle s'arrêta au milieu de la table. Ce fut elle qui posa sa main sur la sienne. Elle portait un petit bracelet en or au poignet. Lorenzo ne se rappelait pas lui avoir déjà vu auparavant. Brusquement il éprouva une piqûre de jalousie.

Quand je t'ai rencontré tu étais un homme étrange. J'ai eu l'impression que tu étais perdu, seul. Tu m'as fait beaucoup de peine, mais une peine joyeuse, car j'ai cru que tu étais quelqu'un qu'on pouvait sauver, que je pouvais sauver, moi, et ça m'a rendue heureuse. Je t'ai vu remonter la pente, comme un oiseau qui retrouve des forces pour voler. Oui, c'est cela. Aujourd'hui tu peux voler, tu n'as plus besoin de moi, tu ne te raccroches plus à moi. Va-t'en si tu veux. Je ne peux pas te donner ce que tu cherches. Ne dis pas de bêtises, je ne veux aller nulle part. Lorenzo pensa soudain, avec une clairvoyance cruelle, que la mentalité de ces jeunes femmes élevées à la chaleur des mélos télévisés était déformée de manière diabolique. Il leva le regard vers l'harmonieuse composition des yeux de Daniela. À ce moment-là, elle lui parut plus belle que jamais. Mais elle parlait de salut, d'animaux blessés. Elle semblait vouloir en finir avec leur relation.

Moi aussi j'ai besoin d'aide, Lorenzo, ne crois pas que je sois si forte. Je suis très faible. Mais qu'est-ce que tu racontes comme bêtises ? Daniela, parlons clairement, s'il te plaît... Bêtises ? Peut-être. Daniela sourit. Rien de ce que tu dis n'a de sens.

Le pire, c'est que Lorenzo pensait au contraire que ça avait un sens. C'est pourquoi il n'ajouta rien. Car le sourire de Daniela était un défi. Ses amies regardaient par la vitre depuis le trottoir d'en face. Elles riaient, échangeaient des commentaires entre elles. Il est possible que je sois le sujet de plaisanteries qui m'échappent. Daniela se leva et lui donna deux baisers. C'était la dernière fois qu'ils s'étaient parlé.

Lorenzo passa un samedi soir terrible. Sortir à la dernière minute avec Lalo, Óscar et leurs compagnes respectives, ne fut pas une bonne idée. Il but trop et s'enfonça dans un silence pénible pour eux. Il n'avait rien à leur dire. Il remarqua, quand il partit, combien ils semblèrent soulagés. À l'hôpital, la nuit, sur le canapé-lit inconfortable près de sa mère, ses hémorroïdes le torturèrent de nouveau. Dans les toilettes, grimpé sur un tabouret, il s'appliqua une pommade que lui avait recommandée la pharmacienne. Dans une position impossible pour parvenir à voir son cul dans le miroir, il frotta avec la pommade la zone douloureuse. C'était effroyable de faire ça tout seul, à moitié bourré à la bière, mais il réussit à calmer la sensation de brûlure.

Il dormit à peine et le dimanche matin, lorsque son père apparut pour le remplacer, il se rendit à l'église. Lorenzo vit la chevelure de Daniela dans les premiers rangs et il observa parmi les fidèles sa silhouette boudinée, comme toujours, dans des vêtements moulants. Le pasteur parlait sans discontinuer avec sa douceur professionnelle. Lorenzo mit un moment à lui prêter attention, à assimiler ses paroles.

Quand on regarde le monde où on vit, la société, la vie qui se déroule là dehors, si je pouvais parler avec Dieu, je lui dirais : Seigneur, sauve-nous, pulvérise cette Sodome et Gomorrhe, détruis-nous, envoie un déluge qui inonde tout, et des cendres fais renaître une civilisation plus juste et plus fidèle à ton image. Il prononça « civilisation » avec le sifflement des Équatoriens. Si cela dépendait de moi je vous dirais que la destruction et la disparition sont l'unique espérance de notre race. Mais j'ai la consolation de Dieu. Il me dit attends et tu verras. Nous devons savoir que dans cette vie il n'y a qu'une chose que nous méritons tous : la mort. Tout ce qui nous est donné, les petites joies, le quotidien, le bien et le mal minuscules de chaque jour, et le grand Mal et le grand Bien auxquels bon nombre d'entre nous ne pouvons accéder tant nous sommes petits, tout cela ce sont des cadeaux dans l'attente du Grand Cadeau, la mort. Notre unique libération. Mais avant, de nos cendres, peut-être réussirons-nous à être capables de modeler un homme nouveau, une femme nouvelle, une jeune fille nouvelle, non pas dans une volonté esthétique, comme ces gens malades de la télévision. Non. Dans une volonté morale.

Lorenzo baissa la tête. Le gros homme à la guitare joua une vieille chanson de Dylan dont il avait changé les paroles. Oh, c'est moi, Seigneur, c'est moi que tu cherches. Lorenzo resta encore là presque une demi-heure, dans ce local de l'Église de la Seconde Résurrection. Une seule n'a pas suffi, songea Lorenzo. Peut-être que le pasteur parlait aussi de lui. Si c'était le cas, il serait capable de fabriquer un homme nouveau avec la dépouille de l'ancien.

Mais ce furent les paroles du pasteur qui le poussèrent à s'en aller sans parler à Daniela. Pourquoi ? À présent que Wilson est mort, il le sait. Il comprend mieux pourquoi il a profité d'une des chansons, avant la fin du rite, pour sortir dans la rue, fuir cet endroit. Pourquoi la mort était-elle indispensable ? Pourquoi lui accorder tant de pouvoir ? Lorenzo se rebellait contre ce qu'il venait d'entendre. Maintenant il le comprend, Wilson est mort, la tête écrasée à coups de brique.

J'ai tué un homme, se dit-il. Et le pire, ce n'est ni ce que je ressens ni ce qu'il faudra payer pour cela, ni si j'atteindrai le pardon ou la réconciliation, ni si je serai capable de me sauver. Tout cela n'a pas d'importance, face à ce fait sans appel : j'ai disposé de sa vie, comme si j'étais un dieu. Pour cette raison, il ne pouvait pas croire en Dieu, puisqu'il avait pris sa place sans aucune difficulté.

À présent, en descendant de la rame de métro, Lorenzo pense que Wilson aussi est mort, des mains d'un assassin, peut-être au cours d'une stupide bagarre pour une somme ridicule d'argent ou à cause de la folie violente d'un ivrogne. Wilson devrait-il aussi célébrer sa fin absurde ? Non, pense Lorenzo, tandis qu'il monte les escaliers qui le mènent à la sortie, la vie c'est ce soleil, cette lumière vers laquelle je marche, tout ce que je suis. Il faut avancer, continuer d'avancer.

Pensées et émotions se pressent dans l'esprit de Lorenzo. Il sait qu'il est un assassin et qu'il marche dans la rue. Il est possible que la mort de Wilson le libère lui aussi, car elle s'ajoute à son quotidien qui n'a aucun sens. J'ai tué un homme. J'ai été Dieu pour lui. Ce Dieu que certains prient ou auquel ils demandent une fin, une sortie, un espoir, auquel ils se livrent dans la joie et dans la peine, ce dominateur, détenteur du pouvoir. C'est ce que j'ai été.

Il est parvenu jusqu'au local, scellé par des rubans en plastique de la police. C'est sur ce sol que Wilson est mort quelques heures plus tôt. Personne ne peut ramener à la vie Paco ou Wilson, même si certains prétendent le contraire. Rien de meilleur ne renaîtra de leurs cendres. Ils ne seront plus rien. Jamais. Juste ce qu'ils ont été.

Personne ne pourrait croire, en croisant Lorenzo dans la rue, que dans la tête de cet homme tournoient des raisonnements aux conclusions athées et confuses, valables pour lui seul. C'est un homme en colère, qui fait confiance à la vie, à ses hasards, à son énergie, qui pleure une absence, la continuité brisée de l'homme. Il pleure aussi le pouvoir de l'assassin. Il ne se confesse pas, ne se livre pas. Il cherche une camionnette blanche garée dans les environs, une camionnette dont les fenêtres arrière sont remplacées par du gros scotch. Il finit par la voir en haut d'une rue en côte. Il marche vite dans sa direction. Et il trouve sur le pare-brise le papier vert d'une amende qu'il retire. Il la déchire en mille morceaux et la jette par terre. Voici l'ordre des hommes, l'absurde amende pour ne pas avoir respecté l'horaire du parking est la dernière trace du passage par la vie.

Il a son jeu de clés dans la poche. Il monte dans la camionnette et démarre. Mais il ne sait où aller, n'a nulle part où aller. Il éclate en sanglots sur le volant. Il pleure avec amertume, recroquevillé. En appuyant le front sur le volant il fait sonner le klaxon, ce qui l'effraie lui-même, quelqu'un se retourne dans la rue et tout est ridicule pendant un instant.

Un moment après il roule sur la route en direction de l'aéroport. Il doit aller chercher quelqu'un à quatorze heures trente. Il a retrouvé la bouée de Sylvia quand elle était petite, au fond du débarras, et il l'utilise pour s'asseoir dessus car les hémorroïdes sont en train de l'achever. Sur l'autoroute, il passe à côté de la résidence pour personnes âgées qu'il connaît. Il réalise que ses visites à don Jaime sont sa manière particulière de comprendre le sacrifice, la pénitence. Et alors ? Comme il est en avance, il fait un détour pour aller le voir. Dans cette zone il n'y a aucun problème pour se garer.

L'homme est assis devant la fenêtre, enveloppé dans la rumeur d'un avion qui décolle. Je ne dérange pas ? Don Jaime fait non de la tête et Lorenzo s'assoit sur le matelas, près de lui. Ils ne se regardent pas.

Après demain c'est mon anniversaire, dit soudain Lorenzo. Je ne pense pas que je vais le fêter. Ma mère est en train de mourir à l'hôpital. Et je crois que mon père a perdu la raison. Il a claqué presque soixante mille euros en prostituées. Lorenzo constate que la note avec le numéro de téléphone est toujours au même endroit que la dernière fois. À côté on a posé un calendrier en forme de triangle avec la publicité pour un médicament. Je vais avoir quarante-six ans. Et je ne sors plus avec la fille avec qui j'étais. Vous vous souvenez d'elle ? Mais l'homme ne semble pas être en condition de répondre. Ils restent un moment silencieux, puis Lorenzo ajoute vous croyez en Dieu ?

L'homme penche la tête, on dirait qu'il va parler mais il ne dit rien. Un peu après, il se contente de demander c'est bientôt l'heure de manger ?

Lorenzo sort son téléphone de sa poche et regarde l'heure. Non, je ne crois pas. Quand il range son portable il regrette de ne pas avoir de montre au poignet. L'homme ouvre le tiroir de sa table de chevet et sort des magazines et des ciseaux. Les feuilles des magazines sont découpées. Don Jaime profile au moyen des ciseaux les silhouettes qui se trouvent sur les photos. Il recommence, songe Lorenzo. En peu de temps il a découpé toutes les photos de femmes qui apparaissaient sur les pages, comme si c'était un devoir qu'il ne pouvait cesser de remplir.

Lorenzo a écrit au dos d'une vieille facture froissée le nom de la personne qu'il doit récupérer. Il la tient en l'air au moment où commencent à sortir les passagers en provenance de Guayaquil et de Quito. La piste de l'aéroport de Quito, lui avait expliqué Wilson, est si courte et si imbriquée dans la ville, que les avions ne peuvent pas être trop lourds, c'est pourquoi ils font une escale forcée à Guayaquil, où ils se ravitaillent suffisamment en combustible pour traverser l'Atlantique. Un homme de plus de trente ans, aux yeux globuleux, s'avance dans sa direction. Nous sommes quatre, le cinquième a été arrêté à la douane. Derrière lui il y a deux hommes et une femme. Ils sont très couverts pour la chaleur qui les attend dehors. Lorenzo les guide vers l'étage supérieur. Il a trouvé une place pour la camionnette au terminal des départs. La grosse valise d'un des hommes est attachée avec des cordes. La femme porte deux boîtes en carton. Lorenzo propose de l'aider, elle le remercie en silence. Vous n'avez pas chaud avec tous ces vêtements ?

Lorenzo s'assoit au volant et met la clé dans le contact. Au même moment, quelqu'un toque à la vitre. Lorenzo croit que c'est un policier et se retourne avec parcimonie. Mais c'est un homme robuste aux cheveux blancs. Derrière lui il y a d'autres hommes, l'un d'eux, d'une soixantaine d'années, fume une cigarette. D'un geste un peu grossier il lui fait signe de baisser la vitre tandis qu'il regarde les passagers assis à l'arrière. Lorenzo la baisse d'à peine quelques centimètres.

Tu nous prends pour des cons ? Si tu veux du travail, tu vas en chercher ailleurs, OK ? On en a ras le bol de te voir par ici. Avant que Lorenzo ait pu répondre, deux des hommes entourent la camionnette. L'Équatorien assis à côté de lui sert son sac et ferme la portière à clé. On entend des coups sourds et, en une poignée de secondes, Lorenzo note que les quatre pneus de la camionnette se dégonflent, éclatés à coups de couteau.

Lorenzo ne bouge pas. Il maintient le regard à l'extérieur. Les hommes, probablement des chauffeurs de taxi, passent devant le pare-brise et s'éloignent vers l'intérieur de l'aéroport. En un trot lâche et dominateur, sans grande hâte. L'un d'eux, en courant, tient la poche de sa chemise pour ne pas perdre son portefeuille. Aucun des hommes ne se retourne pour le regarder. Lorenzo met un moment avant de s'adresser aux passagers qui se trouvent avec lui dans la camionnette. Bien. Il affiche un sourire rassurant.

On va arranger cela.

8

Le ballon a un dessin argenté et une tache d'herbe verte. Ariel l'atteint avant qu'il cesse de rouler. Il trompe le défenseur par un petit pont, frappe des deux pieds dans la balle pour se diriger vers le centre. Le ballon obéit à son contrôle et, grâce à sa vitesse, Ariel dribble facilement un autre défenseur, central, beaucoup plus lent. Il passe la jambe au-dessus du ballon, dans une direction, puis dans la direction opposée, l'objectif étant de déconcerter les deux adversaires qui sont venus lui barrer le passage à l'entrée de la surface de réparation. Au moment où ils arrivent sur sa droite, l'un d'eux est gêné par la tentative de blocage de l'autre. Ariel met alors sa hanche en avant, se retourne et frappe le ballon de l'extérieur du pied. Il le fait avec force, un tir du gauche dirigé avec précision vers le visage du gardien, ce lieu indéfendable. C'est un truc dont il s'est souvenu à l'instant même et qui remonte à un entraînement avec le Dragon presque huit ans auparavant. Si tu n'as pas d'angle, tire directement dans le visage du gardien. Il l'écarte obligatoirement, c'est un réflexe. Sinon, tu lui bousilles la gueule et ensuite tu t'excuses. Le ballon entre avec force dans la lucarne et finit à l'intérieur des filets, dans l'angle opposé.

Ariel ne court pas. Il fait demi-tour, marche vers le centre du terrain, tête basse. Au loin il entend un speaker qui s'époumone pour décrire son but. Un coéquipier vient pour l'étreindre, puis il se contente de lui donner une tape dans le dos ou sur le bras. Un autre lui effleure la nuque. Ariel mord une mèche de ses cheveux. Les spectateurs applaudissent et une partie d'entre eux se met debout. Les autres joueurs lui cèdent la place pour qu'il célèbre en solitaire ce but qui a le goût des adieux. C'est ma soirée, pense Ariel. Quinze minutes plus tôt il a marqué un but en arrivant avec la pointe du pied sur un ballon mort dans la surface de réparation. Mais il n'a pas célébré ce but-là non plus, parce qu'il était laid. On ne doit pas célébrer ces buts-là. Un des symptômes de la décadence du football, disait le Dragon, c'est de voir les joueurs célébrer les buts laids, ou pire encore, les buts marqués sur penalty. C'est indigne, avant on ne faisait jamais ça.

Aujourd'hui, tout se passe bien. Il touche la balle, court. Il a plus d'espace pour recevoir, gagne facilement les défenseurs dans la course. En première mi-temps, on l'a fait tomber dans la surface de réparation, mais c'est Matuoko qui a tiré le penalty contre un panneau publicitaire. Avec ce résultat ils seront quatrièmes au classement final. De cette équipe médiocre et sans profondeur, on aura tiré deux matchs brillants. Quand l'arbitre siffle la fin, les joueurs se saluent, plusieurs d'entre eux étreignent Ariel avec chaleur. Il marche en direction des vestiaires. Un des responsables de l'équipement lui dit des mots gentils et le gardien remplaçant lui donne un coup de poing amical. Les supporters l'applaudissent. Ariel les remercie, mais sans lever la tête. Requero, l'entraîneur, se tient à l'entrée du couloir qui conduit aux vestiaires et tend la main aux joueurs qui quittent le terrain. Ariel l'ignore.

On a eu une mauvaise année, lui a dit le masseur l'après-midi où il l'a invité aux arènes. Il y a de bonnes et de mauvaises années, tu es tombé sur une mauvaise. La corrida fut épouvantable. Ariel fut surpris par la manière brutale avec laquelle le public insulte les toreros dans une enceinte qui amplifie chaque cri. En comparaison, les footballeurs sont chouchoutés par les spectateurs. Trois des six taureaux étaient chancelants, presque invalides. Le torero ne sut pas tuer le quatrième, le seul bon taureau de l'après-midi d'après le compagnon d'Ariel, et le massacra à coups d'épée dans les vertèbres cervicales jusqu'au moment où l'animal fléchit sur ses genoux. Si un spectateur lui avait prêté une poêle, il aurait tué la pauvre bête en lui tapant avec dessus. Une horreur. À la fin de la corrida, alors qu'une pluie indignée de coussins volait sur le sable, le masseur se tourna vers Ariel. C'est comme au foot, dit-il, le jour où ça se passe bien, ça rattrape toute la merde d'avant.

Le masseur l'emmena boire un verre dans un bar taurin où les conversations tournaient en boucle et où les vieux serveurs s'occupaient des clients à une vitesse vertigineuse. Ils parlèrent de la profession et de l'équipe. Il y a plusieurs années, tous les footballeurs passaient entre mes mains et celles d'une Sévillane qui s'appelait Mari Carmen, elle travaillait dans un bar, le Casablanca. On avait fini par l'appeler « la Fifa », à cause de la quantité de joueurs qui s'étaient retrouvés dans son lit. On raconte qu'elle a terminé en faisant des branlettes sur la Castellana, une fois ses charmes perdus. Je me suis plusieurs fois comparé à elle, sur ce plan-là il ne faut jamais se croire éternel. Sais-tu qu'il y a quelques années des Japonais sont venus me voir, je crois que c'était pour me proposer d'aller dans un club de chez eux. J'ai des amis qui se sont retrouvés à jouer ou à entraîner par là-bas. Putain ! Le masseur éclata de rire avant de pouvoir continuer. Ils voulaient que je vienne faire des massages aux veaux, tu sais, les veaux de Kobe, dont on s'occupe avec tant de soin. On leur donne de la bière et ensuite on sert leur viande uniquement dans les restaurants de luxe. Ils m'offraient une tonne d'argent. L'argent est le pire conseiller dans cette vie. Celui qui fait quelque chose pour de l'argent finit par tout faire pour de l'argent.

Ce fut une soirée agréable. La conversation du masseur vétéran, d'une certaine manière, le réconcilia avec sa profession. Il s'agit de tenir, de te trahir le moins possible. De vieux amis s'approchèrent et entretinrent avec lui une discussion brève, mais enjouée, pleine de phrases qu'Ariel aurait voulu noter, de mots qu'il n'avait jamais entendus. L'un disait tu es allé aux arènes ? Quelle horreur, la corrida est morte, liquidée, à eux tous ils l'ont flinguée, c'est une hécatombe. Le masseur riait, commentant ensuite leurs propos à Ariel. Ça fait des années qu'ils disent la même chose, c'est fini, ce qu'ils peuvent être lourds, ce sont eux qui sont finis. C'est comme le football, maintenant c'est différent, ni meilleur ni pire. Avant un footballeur durait jusqu'à quarante ans, avec un peu de chance tu pouvais le voir triompher dans trois coupes du monde, mais aujourd'hui ce n'est plus possible. On vous trait comme des vaches, trois matchs par semaine, il faut faire de l'argent, la télé, tout cela, sinon pourquoi vous payer autant ? Le jeu a changé, avant un joueur courait environ six kilomètres par match, maintenant plus de dix kilomètres, tout est plus rapide, c'est pourquoi un bon joueur, aujourd'hui, tient deux ou trois ans, à un bon niveau, hein, et ensuite il se réserve et fait des efforts seulement quand c'est nécessaire. Pour cette raison la plupart ne sont que des visages sans le moindre engagement ni soif de dépassement. Puisque tout est pareil. Moi je suis galicien, vraiment galicien, pas comme vous qui traitez de galiciens tous les Espagnols, non, moi je suis d'un village d'Orense. Et tu sais quoi ? Aujourd'hui les vaches donnent deux fois plus de lait que lorsque j'étais petit. Tu crois que mon grand-père était un con ? Ce qui se passe c'est que ceux d'aujourd'hui sont plus malins. Le double de lait. Et il avait mimé avec les mains le geste de faire une piqûre à une vache.

L'arbitre arrête Ariel, alors qu'il vient juste de poser le pied sur les escaliers qui descendent au tunnel des vestiaires, et lui prend la main. Bonne chance en Angleterre. Tu veux le ballon en souvenir ? Ariel hausse les épaules. L'arbitre le lui donne. Quel dommage de perdre un aussi beau joueur que toi. C'est agréable de te voir courir sur le terrain, dit-il avec un sourire insinuant. Peut-être que je t'arbitrerai par là-bas et qu'on se retrouvera lors d'un match de UEFA. Un journaliste radio court vers lui avec un petit micro. Nous avons ici le héros du match, un homme qui quitte avec tristesse l'équipe, mais heureux car il a fait son meilleur match de l'année. L'emphase est forcée. Quel paradoxe, pas vrai ? Je ne crois pas, le reprend Ariel, il y a eu des jours où j'ai moins brillé mais où j'ai mieux joué. Le journaliste hoche la tête par automatisme. Je vois que tu emportes le ballon, peut-être en souvenir de ton dernier match en Espagne ? Non, si tu le veux, je te le donne. Ariel lance le ballon et le journaliste l'attrape sans savoir quoi dire.

Il se douche dans ce lieu pour la dernière fois. Il s'habille et range ses vêtements dans le grand sac à l'emblème du club. Il vide son casier : chaussettes, protège-chevilles, bandeau, eau de Cologne, brosse, deux élastiques à cheveux, un carnet de photos de lui pour les autographes et la cravate officielle de l'équipe, qui est bleue, laide et snob. Ses coéquipiers partent rapidement. Ils ont convenu de se retrouver le lendemain pour un dîner privé afin de dire au revoir à ceux qui quittent le club et où très certainement ils finiront tous ivres morts, à crier, boire, chanter et, comme il se doit, lancer des cacahuètes dans le ventilateur. Comme le dernier jour d'école. Ariel décline la proposition d'Osorio et de Blai de se joindre à eux pour dîner.

Il quitte avec sa voiture le parking du stade. Il reste encore quelques supporters à la sortie du souterrain qui frappent contre le capot pour se faire remarquer et prennent des photos à travers les vitres. Il appelle son frère à Buenos Aires. Ça y est, j'ai joué mon dernier match ici. Depuis plusieurs jours Charlie lui répète qu'un club tranquille en Angleterre servira mieux ses intérêts. Ce sera plus facile de briller. À la fin de la conversation il lui parle du Dragon. Quand tu seras ici, il faudra que tu ailles le voir. Il est arrivé quelque chose ?, demande Ariel. Il a toujours eu l'impression que le cœur du vieil entraîneur pouvait lui causer un problème à tout moment. Lui non, c'est son fils. On dit qu'il s'est suicidé, je ne sais pas, un truc moche avec de la drogue. Quand il raccroche, Ariel stoppe sa voiture le long de la route. Il compose le numéro du domicile du vieil entraîneur, mais personne ne répond. Au numéro de sa maison de campagne se déclenche un répondeur précaire. Bonjour, c'est Ariel, de Madrid. Je ne sais pas si ce bidule fonctionne ni si ça enregistre mon message, mais je voulais juste vous dire que… Ariel marque une longue pause. Il cherche les mots justes.

Sylvia l'attend dans le salon privé d'un restaurant. Elle lit un livre en buvant un Coca. Devant elle se trouve une assiette de fines tranches de jambon. Ariel l'embrasse sur la bouche, s'assoit et mange deux, trois, quatre tranches de jambon d'un seul coup. J'ai besoin d'une bière, demande-t-il au serveur. Donc tu savais jouer au foot, lui dit Sylvia. Il sourit et relève son livre pour voir le titre. Et tes contrôles, comment ça s'est passé ? Elle hausse les épaules. J'espère faire comme toi, briller à la dernière minute.

Au milieu du repas, alors qu'ils sont seuls tous les deux, Sylvia lui demande tu crois qu'après le match de ce soir ils vont remettre en cause ton départ ? Ariel sourit et fait non de la tête. Pujalte lui a envoyé un message sur son portable. Félicitations pour le match, tu sors par la grande porte. Ariel a pris un énorme morceau de bœuf bien cuit.

Le portable d'Ariel n'arrête pas de sonner. C'est la presse, mais il ne répond pas. Ronco appelle. Il demande si on boit un verre. Je ne peux pas, répond Sylvia. Ariel convient de rappeler Ronco plus tard. La réponse de Sylvia l'a surpris. Tu ne peux pas ? Que dois-tu faire ? Sylvia se gratte une épaule sous ses vêtements. Demain mon grand-père emménage à la maison, il vient vivre chez nous, nous devons l'aider à s'installer. Ariel ne dit rien. À la fin du repas il lui propose de nouveau d'aller prendre un verre quelque part. Vraiment, je dois rentrer.

Ariel aussi a passé ces derniers jours à ranger ses affaires. Il veut profiter de ses vacances au maximum. Il videra la maison et s'envolera dans deux jours à Buenos Aires. Là-bas, il veut oublier la compétition, retrouver l'envie de jouer. À la mi-juillet il doit intégrer sa nouvelle équipe en Angleterre. Sylvia a refusé de l'accompagner à Buenos Aires, elle veut être près de sa grand-mère, dit-elle. Ces derniers jours elle s'est montrée fuyante, silencieuse.

Devant son insistance, elle accepte de prendre un verre dans un bar élégant et cher où ils détonnent par leur jeunesse. Le téléphone d'Ariel sonne une nouvelle fois. C'est Ronco, parle-lui, toi. Ariel tend son portable à Sylvia. Bonsoir, dit-elle. Elle sourit à quelque chose qu'il lui dit à l'autre bout de la ligne. Non, je préfère dire au revoir maintenant, je ne veux pas être de ces gens qui pleurnichent à l'aéroport. Aujourd'hui c'est un beau jour et voilà. Je préfère ainsi, ça ne te dérange pas, n'est-ce pas ? Ronco semble rester aussi silencieux à l'autre bout de la ligne qu'Ariel assis face à elle. Sylvia raccroche. Ariel lui passe un bras autour des épaules. Sylvia peut à peine retenir ses larmes. Elle ne voulait pas de larmes, dit-elle, et elle s'écarte pour boire une gorgée de sa boisson. Rien ne se termine, tu es têtue comme une mule, insiste-t-il. Si tu le dis.

Ils récupèrent la voiture dans la rue. Un garçon leur crie de loin aujourd'hui t'as joué comme un dieu, mon pote. Ariel est surpris par l'immobilité de Sylvia. Je préfère rentrer en taxi. Tu es folle ? Ariel lui ouvre la porte et l'invite à monter dans sa voiture. On ne va pas se quitter comme ça, d'accord ? Une minute après ils sont arrêtés à un feu. La lumière rouge illumine le visage de Sylvia à l'intérieur du véhicule. Je ne veux pas d'adieux horribles, pleins de larmes, le vieux cliché. Je ne veux pas qu'on s'appelle tous les soirs en se promettant de se retrouver toutes les trois semaines dans un hôtel. Ç'a été merveilleux, pour moi ç'a été un rêve de te rencontrer, d'être avec toi, mais c'est fini, c'est tout. Ce n'est pas grave, n'est-ce pas ?

Le feu est passé au vert mais Ariel n'a pas envie d'avancer. Il est resté silencieux. Sa mémoire lui ramène capricieusement différents moments vécus avec Sylvia, dans une sorte de flash-back chaotique. Un bout de sa peau, uni à son rire, un regard mêlé à une couleur. De la tête, Sylvia lui montre le feu. Ari, c'est vert.

Ariel est arrivé jusqu'à la rue de Sylvia. Aujourd'hui il approche sa voiture le plus près possible de l'entrée. À peine engagé dans la rue, un type lui fait des appels de phares. Ariel se déporte d'un côté, se gare devant la porte d'un garage, mais la voiture veut précisément entrer dans ce garage-là et klaxonne de nouveau. Ariel change de place, énervé. Fils de pute, il fallait qu'il vienne juste là. Il stoppe à nouveau sur un passage piéton. C'est horrible, dit-il. Sylvia veut accélérer les adieux, ne veut pas que la scène s'éternise. Prends soin de toi, d'accord ? Et elle pose la main sur la poignée. Ariel lève ses doigts jusqu'à la nuque de Sylvia et elle se tourne. Ils se donnent un court baiser. Ariel essuie les larmes de Sylvia du dos de la main. Toi aussi, prends le plus grand soin de toi, dit-il. Sylvia acquiesce et sort sans un mot de la voiture. Tiens. Avant qu'elle referme la porte Ariel lui tend les CD qu'il avait dans sa boîte à gants. Je peux les racheter. Merci, dit-elle. Elle les saisit et lui tourne le dos rapidement.

Elle s'éloigne de la voiture. Ariel la regarde arriver jusqu'à l'entrée de chez elle. Sylvia traverse entre deux voitures garées, atteint le trottoir et cherche ses clés dans sa poche. Si tu ne te retournes pas pour me regarder, je me tue, murmure Ariel. Sylvia semble l'entendre. Elle se retourne très lentement et agite la main avec les clés. Elle se perd à l'intérieur du hall de son immeuble. Ariel reprend position devant son volant. Et maintenant, je vais où ?

9

C'est samedi. Sylvia ouvre la porte à un jeune homme. Son grand-père surgit de sa pièce. Mon élève, Luis. Ma petite-fille, Sylvia. Tous deux se saluent et évitent le regard de l'autre. Sylvia se réfugie dans sa chambre et de là écoute, au loin, le cours de piano qui a lieu dans le salon. Bientôt les nouvelles habitudes seront établies. Pour l'heure, elles surprennent encore.

Cela fait deux jours que son grand-père a emménagé chez eux. Sylvia le voyait à l'hôpital quand elle rendait visite à Aurora. Un jour elle l'a trouvé assis près du lit. La tête collée au transistor de la table de nuit. Il n'y a plus de piles, lui a-t-il dit, lorsqu'il a découvert Sylvia, qui les observait depuis un moment sur le seuil de la chambre. Aurora était inconsciente. Sylvia a ouvert la porte de l'armoire et a cherché le manteau de sa grand-mère. Elle l'a posé au pied du lit, puis a déplié le fauteuil roulant. Il fait un temps magnifique, grand-père. Leandro l'a regardé et s'est levé. Allons-y, a-t-elle dit. Il a enlevé la poche de sérum du pied à perfusion et l'a posé sur les genoux d'Aurora. Il a fait la même chose avec celle du calmant. À eux deux ils ont redressé Aurora et l'ont porté avec précaution jusqu'au fauteuil. Elle pesait trois fois rien. Ils lui avaient mis son manteau quand ils l'avaient assise sur le matelas. Sylvia a aperçu alors sa pâle nudité sous sa chemise. Aurora a ouvert les yeux mais elle n'avait plus assez de force pour être encore pudique. Quand elle a vu ses pieds nus, Sylvia a sorti de son sac deux grosses chaussettes, en poil de lama. Elles viennent de Patagonie, a-t-elle dit, tandis qu'elle les lui enfilait. Leandro a retiré sa ceinture et l'a passé autour de la taille d'Aurora afin de la fixer au fauteuil. Comme ça elle ne tombera pas. Aurora ne semblait toujours pas consciente de ce qui se passait autour d'elle. L'important est de feindre la plus grande normalité, a dit Leandro en poussant le fauteuil. Sylvia lui a ouvert la porte.

Ils attendirent l'ascenseur pendant un moment, inquiets. Leandro regarda sa petite-fille mais ils ne se dirent rien. L'ascenseur était occupé tant il y avait d'étages à desservir dans le bâtiment. Sylvia replaçait les poches de sérum et de calmant, vérifiant que les aiguilles ne bougeaient pas sous le manteau qui les recouvrait. Chaque fois, les infirmières ont de plus en plus de mal à trouver la veine, dit Leandro.

Les portes s'ouvrirent enfin et ils purent descendre vers la sortie. L'accès à l'hôpital était constitué par un énorme carré en ciment. Ils avancèrent doucement pour arriver jusqu'à une rue proche, aux larges trottoirs, avec une promenade boisée. Une intense odeur de soudure métallique les envahit. Ainsi que le son percutant de travaux non loin derrière des plaques en tôle. Ils s'éloignèrent du bruit vers une rue bondée de voitures, une énorme avenue de la taille d'une autoroute. Les pots d'échappement polluaient l'air, un autobus freina dans un fracas métallique à son arrêt, tout près d'eux. Il faisait chaud, mais une légère brise effleurait les cheveux d'Aurora. Ils cherchèrent refuge dans une rue perpendiculaire, plus tranquille. Il y a des années, tout cela était un immense terrain vague et en été, ici, on organisait des kermesses, dit Leandro.

Aurora avait les yeux ouverts, même si depuis quelques jours ses phrases n'avaient plus de sens. Elle hochait la tête, dubitative, lorsqu'on lui demandait si elle reconnaissait ceux qui se présentaient devant elle. Sylvia se proposait pour pousser le fauteuil au moindre obstacle de la rue, quand les trottoirs se rétrécissaient et qu'il était impossible de passer entre une poubelle et un panneau de signalisation, un réverbère ou un arbre. Sans se concerter, ils firent demi-tour au bout du bloc et revinrent vers l'hôpital. Le niveau des sondes baissait.

Au moins elle a vu la rue, dit Leandro. L'hôpital est horrible. Sylvia était contrariée, la promenade avait été frustrante. La rue n'était pas accueillante, le bruit était gênant, il n'y avait rien de beau à montrer au regard vide d'Aurora. C'est une sensation très contradictoire, dit Leandro. Quand on vivait ensemble je voulais toujours être seul et qu'elle aille faire un tour avec ses amies. J'aimais le silence dans lequel se plongeait la maison. Mais si elle tardait à rentrer je devenais nerveux et je commençais à m'inquiéter, à faire les cent pas dans le couloir, à guetter par la fenêtre. Ils s'arrêtèrent à un feu. Le bruit de la rue obligeait Leandro à élever la voix. Maintenant je sais que si ce silence me plaisait tant, c'est parce que j'avais la certitude qu'il serait bientôt rempli par sa voix, ses questions, son émission de radio. Aujourd'hui ce n'est plus…

Leandro ne termina pas sa phrase. Ils s'approchaient de l'hôpital.

Le premier jour qu'il avait passé chez eux, Sylvia s'était employée à l'observer. C'était un homme silencieux. Il descendit tôt pour acheter le pain et le journal et se servit un morceau de pain avec un filet d'huile d'olive assis dans la cuisine, en lisant les nouvelles. Il lava la vaisselle qu'il avait salie et la laissa dans l'égouttoir. Il regarda Sylvia pianoter quelques notes sur le piano. Il est désaccordé, lui dit-il, à cause du déménagement. Cet après-midi j'appellerai Suso, l'accordeur.

L'homme se présenta vers neuf heures. Leandro venait de rentrer de l'hôpital. Lorenzo le remplaçait toutes les nuits. Voir travailler l'accordeur était un véritable spectacle. Il avait la maladie de Parkinson mais son tremblement s'effaçait dès qu'il appuyait sur les touches. Par moments il chantait par-dessus les notes, avec un timbre effroyable. *La*, *si*, *do*, *fa*. Leandro fit un clin d'œil à Sylvia, qui avait un mal fou à se retenir de rire. Les vibratos de l'homme provoquaient une sorte de désolation comique. C'est lui qui accordait tous les pianos du conservatoire, expliqua Leandro à Sylvia, il connaît la mécanique mieux que quiconque. Ta grand-mère l'invitait toujours à manger quand il venait accorder le piano à la maison. Il la faisait rire. L'homme entendit le nom d'Aurora et se contenta de dire elle préparait une de ces paellas, incroyable. Même au restaurant on n'en mangeait pas une pareille.

Le matin même Sylvia avait fini ses cours. Il lui restait encore un contrôle de repêchage pour ne pas écoper d'une autre matière à repasser en septembre. Elle en avait déjà récolté une, mais elle pensait pouvoir éviter les autres. Ce qui était quasiment un miracle après la déconnexion des derniers mois. Pour préparer son père, elle lui avait dit quelques jours plus tôt qu'elle aurait probablement trois matières à repasser en septembre. Lorenzo avait été scandalisé. Tu es folle ? Tu veux redoubler ? Elle avait affirmé qu'elle aurait son examen. Tu vas voir, ta mère va me tuer, avait dit Lorenzo. Il aurait fallu mettre le holà à cette histoire de mec et toutes ces nuits où tu es rentrée à pas d'heure, mais on a tous la tête ailleurs. C'est bon, papa, laisse tomber. J'ai déconné et je vais arranger ça, promit Sylvia. C'est à ce moment-là que Lorenzo, sérieux, le regard fixé sur le plateau de friands, dit si seulement je pouvais retourner au lycée. Il se leva et ouvrit une canette de bière. Tu me donnes une petite gorgée ? demanda Sylvia. Il hésita une seconde et lui tendit la canette. Pendant qu'elle buvait, Lorenzo s'assit en face d'elle. Depuis quand tu bois de la bière ? Il secoua la tête sans attendre de réponse. Puis il se parla à lui-même, sans oser regarder sa fille. Je voudrais juste que tu ne deviennes pas une nulasse, tu sais ? C'est si facile de devenir une moins-que-rien. Tu es à présent… Lorenzo s'arrêta. C'est si facile de déconner. De faire tout mal.

Sylvia aurait voulu le prendre dans ses bras, mais cela faisait un moment qu'entre eux s'était élevée une barrière physique. Ils la brisaient seulement lorsqu'ils plaisantaient. Il la décoiffait, elle l'aspergeait d'une eau de Cologne qu'il détestait, il lui faisait un croche-pied assis sur le canapé, elle lui chipait la télécommande. Une accolade aurait été un événement majeur. Elle lui demanda s'il ne sortait plus avec cette fille équatorienne et il se contenta de dire Daniela ? Non, c'était compliqué.

Mange, papa, tes friands sont d'enfer, dit Sylvia. Et il en engloutit un d'une seule bouchée, comme s'il prétendait la faire rire.

Sylvia s'était rendue dans le bureau du professeur de mathématiques avant l'heure de la sortie. Je viens vous remettre le travail que vous m'avez demandé. Ah, pose-le là. Il y avait deux autres profs. Ils dégustaient dans des verres en plastique un vin que l'un d'eux avait apporté. Sylvia posa ses feuilles sur le bureau. Alors ? Comment ça s'est passé ? Bien ? Je ne sais pas, répondit Sylvia. Don Octavio lui sourit et feuilleta ce qu'elle avait écrit. Je vais regarder ça tranquillement et on verra si on peut remonter ta note, hein.

Avant de partir, Sylvia adressa un dernier coup d'œil aux professeurs du fond. Ils avaient l'air joyeux. Ils étaient peut-être un peu saouls. Du vin, il restait à peine trois gouttes d'un rouge cerise. Eux aussi célébraient la fin des cours. Don Octavio s'était assis et lisait le travail de Sylvia avec un vague sourire.

Quand elle les avait vus revenir dans le couloir l'infirmière s'était dressée devant Leandro. Vous êtes un irresponsable, la sortir sans demander l'autorisation, vous allez voir ce que va dire le docteur. Mais le docteur avait souri et augmenté la dose de calmant. Il avait ensuite entraîné Leandro en dehors de la chambre pour lui parler seul à seul. Sylvia était restée assise devant le lit d'Aurora.

Sa respiration commença à s'agiter. Elle ouvrait et fermait la bouche comme si elle se noyait. Sylvia s'inquiéta et alla jusqu'au couloir. Leandro et le docteur entrèrent dans la chambre. C'est la fin, dit le médecin. Leandro et Sylvia se mirent de chaque côté du lit, seuls avec elle. Leandro lui tenait la main et Sylvia caressait son visage.

Elle ne mit pas longtemps à mourir. Elle le fit discrètement. Sa respiration s'espaça, chaque inspiration semblant soudain être la dernière, mais une autre arrivait, de plus en plus faible. Cela dura ainsi quelques minutes. Sa bouche demeura entrouverte et Leandro tenta de la fermer. À l'instant de la mort, Sylvia sentit que quelque chose quittait Aurora. Ce n'était ni son âme ni rien de ce qu'on pouvait imaginer. C'était comme si sa personne la quittait, ce qu'elle avait été, l'essence de ce que Sylvia aimait en elle, sa présence. Elle restait désormais limitée à un corps, tel un souvenir, plus un objet qu'autre chose. Rien de mystique. Sylvia regarda Aurora et elle ne vit plus sa grand-mère en elle, ni une femme, mais juste un morceau de chair inerte. Elle leva ses yeux pleins de larmes. Son grand-père la regardait aussi, mais lui souriait. Ce n'était plus qu'une chose entre eux, une affaire entre les vivants.

Sylvia sort de sa chambre pour se rendre dans la cuisine. Son grand-père et son élève arrêtent leur exercice. Continuez, continuez, vous voulez boire quelque chose ? Elle pose ensuite sur la table une carafe d'eau avec des glaçons et deux verres.

Sylvia trouve que le jeune homme a un visage intéressant, avec une bouche singulière qui donne un sens au reste de ses traits. Il est habillé d'une manière discrète, comme s'il ne voulait pas trop en dévoiler par ses vêtements. Elle retourne dans sa chambre et sent dans son dos son regard cloué sur elle.

Quand elle les entend se lever, une fois le cours terminé, elle sort la tête pour dire au revoir. Son grand-père est resté près du clavier et range les partitions. Sylvia raccompagne Luis jusqu'à la porte. Tu vas venir tout l'été ? lui demande-t-elle. Oui, jusqu'en août je n'ai pas de vacances. Ah, alors on se verra. Luis appuie sur le bouton de l'ascenseur et se tourne vers Sylvia, restée sur le pas de porte. Ne m'attends pas, ferme, dit-il. Non, ça va. Sylvia attend qu'il entre dans l'ascenseur et ils se font un signe d'au revoir.

Tu veux jouer un peu ? La question de son grand-père surprend Sylvia. Elle hausse les épaules et s'approche pour s'asseoir devant le piano.

Leandro numérote les notes d'une partition de un à cinq avec un vieux crayon. Puis il pose les mains de Sylvia sur le clavier et lui dit le numéro qui correspond à chaque doigt. Sylvia répète ce qui est marqué. Non, regarde bien, joue ce qui est écrit. Elle recommence. Le dos plus droit. Les poignets plus souples, ne les force pas. Très bien. Comme si tu avais une boule dans la main. Maintenant on va jouer une octave au-dessus. Il replace les mains de Sylvia. Ses doigts pleins d'arthrose frôlent les jeunes doigts de sa petite-fille. *Do*, *fa*, *sol*, *fa*, *la*, *si*, *do*, *do*. Leandro se met à chanter les notes chaque fois qu'elle enfonce une touche.

L'après-midi Sylvia a rendez-vous avec Mai et Dani. Ils discutent un moment. Mai les oblige à entrer dans une boutique de vêtements. Mais elle ressort pour parler pendant presque une demi-heure au téléphone tout en traversant la rue d'un côté à l'autre. Sylvia et Dani finissent par s'asseoir sur le bord du trottoir en attendant qu'elle finisse sa conversation.

Je me suis rendu compte d'un truc à propos de Mai, dit Dani. À son look personne ne le dirait, mais je te jure qu'à l'intérieur c'est une housewife. Elle peut faire tout ce qu'elle veut pour avoir l'air branchée, dans dix ans elle sera mariée, paiera l'hypothèque d'un pavillon mitoyen et travaillera comme caissière chez Carrefour ou dans le genre, tu verras. Avec ses rastas et compagnie. Peut-être qu'on terminera tous pareil, répond Sylvia. Déconne pas.

Sylvia rejoint ensuite des amis de sa classe dans un bar de Malasaña. La rue est pleine d'élèves ivres qui fêtent la fin de l'année. Rassemblés sur les trottoirs, à la porte des bars. La police surveille les banques d'une place et les jeunes s'entassent dans les bars bondés. Sylvia est entourée par ses camarades, près du comptoir. De temps en temps quelqu'un élève la voix par-dessus le bruit, avec un rire ou une insulte. Son portable sonne. C'est Ariel. Putain de nichons, dit un garçon dans un groupe devant lequel passe Sylvia pour sortir du bar. Je suis à l'aéroport, je vais embarquer. Sylvia se bouche l'autre oreille avec sa main. Je t'entends super mal, attends que je sorte dehors.

J'avais envie de te dire au revoir, tu ne m'en veux pas, n'est-ce pas ? Sylvia l'écoute. Elle est sortie dans la rue et appuie son pied sur le bord du trottoir. Au contraire, ça me fait plaisir, appelle-moi quand tu veux, je peux t'appeler moi aussi, non ? Bien sûr. Combien de matières dois-tu repasser ? demande Ariel. Une seule, je crois. Je le saurai vraiment la semaine prochaine. Donc tu as brillé à la dernière minute. Comme toi, répond-elle. Et l'exam de maths ? Je l'ai eu. De justesse.

Sylvia lève la main pour saluer deux amis du lycée qui arrivent dans la rue. À l'autre bout de la ligne, au loin, elle entend le haut-parleur de l'aéroport. Ariel lui parle. Tu portes le collier ? demande Ariel. Oui. Tu le touches ? Sylvia sort le collier de sous son tee-shirt et caresse le demi-ballon doré qui pend à son cou. Oui, je le touche. Moi aussi… dit Ariel. Je ne t'oublierai pas, hein, Sylvia. Je ne t'oublierai pas. Moi non plus, dit-elle.

Le bruit de la communication qui s'arrête sonne plus abruptement que jamais. Sylvia reste un instant dans la rue. Elle est un peu saoule. Tout à l'heure elle a dû manger un sandwich et ralentir le rythme des bières. Ses vêtements et ses cheveux empestent la fumée. À l'une de ses oreilles retentit un sifflement percutant et irritant. L'asphalte dégage encore la chaleur de la journée et Sylvia sent son tee-shirt mouillé de sueur.

Un moment après elle quitte ses amis. Elle décide de marcher jusqu'à chez elle, sans hâte, sur la chaussée, à côté des voitures. Elle évite les gens sur le trottoir. Elle passe devant l'appartement d'Ariel. Je vais le louer, je ne veux pas le vendre. Si tu en as besoin, tu as juste à me le demander. Elle a envie d'être seule, de marcher seule. Elle éprouve une sorte de douleur à la poitrine, intense et pourtant délicieuse. C'est comme s'il y avait une blessure, mais une blessure légère, une marque sur la peau qu'on veut caresser, reconnaître, dont on veut jouir à cause de tout ce qu'elle signifie pour soi. Tant qu'elle est encore là, car il est possible que, bientôt, elle disparaisse.

REMERCIEMENTS

Au cours du processus d'écriture de ce roman, l'aide de certaines personnes m'a été indispensable. La plupart sont des amis, il n'est donc pas nécessaire de les nommer, ce qui m'évite de les inculper. Je veux les remercier pour les nombreuses choses qui leur appartiennent dans ce livre. Certains ont été des lecteurs fondamentaux, d'autres ont uni leur inspiration à ma transpiration. Je leur dois des expressions argentines ou équatoriennes, des réflexions sur le football, des détails juridiques, des connaissances médicales, des notes musicales, des corrections syntaxiques, des regards strabiques, des expériences érotiques, et surtout la générosité d'avoir partagé cela avec moi. J'ai également emprunté une démonstration logique à Adrián Paenza dans son livre *Matemática… ¿ estás ahí ?*, et des extraits musicaux et poétiques à plusieurs maîtres qui apparaissent cités ou suggérés ou camouflés, comme par exemple cette leçon de vie que je m'efforce de suivre : *non piangere, coglione, ridi et vai…* Mais le plus important est peut-être de reconnaître la patience et les encouragements de ceux qui m'ont entouré pendant le processus d'écriture. J'espère avoir l'occasion de partager avec eux toutes les satisfactions que ce livre nous apportera.

CET OUVRAGE
A ÉTÉ REPRODUIT
ET ACHEVÉ D'IMPRIMER
SUR ROTO-PAGE
PAR L'IMPRIMERIE FLOCH
À MAYENNE EN AOÛT 2010

N° d'édition : L.01ELHN000192.A002. N° d'impression : 77383.
Dépôt légal : août 2010.
Imprimé en France